자미

자미 ZAMI

A NEW SPELLING OF MY NAME

내 이름의 새로운 철자   오드리 로드 자전신화 송섬별 옮김

A BIOMYTHOGRAPHY
AUDRE LORDE

디플롯

오드리 로드는 인종, 계급, 젠더에서 모두 비주류 쪽의 카드를 가지고 태어났다. 보통 이런 경우 가장 시급한 것은 먹고사는 문제라고 생각하기 마련이지만 그렇지 않다. 소수자들에게 존재의 의미를 재규정하는 언어를 찾는 일은 생존의 바닥을 다지는 일이기 때문이다. 소수자로 살아간다는 건 눈에 띄고 싶을 때는 보여지지 않다가 눈에 띄고 싶지 않을 때는 누구보다도 도드라지게 드러나는 삶의 아이러니를 견뎌내야 한다는 걸 의미한다. 다행스럽게도 오드리 로드는 스스로 '낙인찍힌 자'라고 부르는 것을 겁내지 않는 유별난 친구들과 함께할 수 있었다. 이들은 유색인종, 공산주의자, 다이크 등 그 시대의 가장 불온한 이름으로 불린 이들이었고 그에 걸맞는 삶을 기꺼이 살아갔다. 이렇게 살 수 있었던 뿌리에는 조금의 실수도 용납될 수 없는 세계에서 꼿꼿하게 자기 자신과 가족을 지켜낸 어머니의 존재가 있었다. 보고도 못 본 척하되 아무것도 잊지 않는 어머니의 방어술은 뿌리를 옮겨온 이들이 새로운 땅에서 살아남을 수 있는 방법이었다. 하지만 이것은 매일 조금씩 자신을 죽여야만 가능한 일이다. 소수자들은 적응할 수 없는 것을 적응하기 위해 애쓰면서 경험과 지식이 분리된 세계에 살아간다. 그것은 무지개가 되지만 종종 올가미인 '우리'를 만들어낸다.

"침묵은 우리를 지켜주지 않는다." "지배자의 연장으로는 지배자의 집을 부술수 없다." 이 두 문장은 시간의 흐름 속에서도 꺾이지 않는 오드리 로드의 불굴의 정신을 담고 있다. 《자미》는 그 정신의 뿌리를 알려준다. 이 책에는 저자에게 흔적을 남긴 아름답고 강한 여자들에 대한 이야기로 가득하다. 자신을 죽이지 않으면서 '우리'를 다시 짓는 방법을 알고 싶다면, 여자를 사랑하고 싶다면, 여자인 자신을 사랑하고 싶다면, 바로 이 책을 읽어야 한다. 지금 당장.

_ **권김현영** 여성주의 연구활동가, 《여자들의 사회》 저자

오드리 로드는 삶의 모든 순간을 기억하고 있는 것만 같다. 가능한 일일까? 가만히 오드리 로드의 책을 읽고 있으면 내가 인간이라는 것을, 또한 지구에 태어나 인간으로서 인생이라는 것을 살아가고 있다는 것을 강렬하게 자각하게 된다. 살아 있으므로, 살아가고 있으므로, 우리는 이 책의 빼곡한 문장이 담고 있는 의미를 이해할 수 있다. 오드리 로드는 우리가 살아 있다고, 인생은 살아 있는 자에게 주어지는 것이라고 《자미》의 모든 문장을 통해 말하고 있다. 그러나 우리가 발 딛고 있는 이곳이 전부가 아니라는 것을 잊지 않고 알려주는 이 또한 오드리 로드 자신이다. 분명히 고백하자면, 나는 이토록 자세하고 내밀하고 풍성하게 삶을 기억하지도 기록하지도 못한다. 그러나 내게도 어둡고 빛나며 복잡하고 단순명료한 순간이 삶으로써 언제나 나와 함께했음을 나는 오드리 로드를 통해서야 가까스로 믿게 되었다.

_ 유진목 시인, 《연애의 책》 저자

'언어와 시와 사랑과 좋은 삶'이 한데 버무려진 이야기를 오래 꿈꿨다. 바닷가에 발을 조금 적시고 마는 그런 사랑 말고 파도에 휩쓸려 정수리까지 젖어버려서 꼴이 말이 아니게 되는 신나는 사랑. 사랑이 끝나도 시로 남아서 영원의 축복을 누리는 사랑. 자발적인 헌신과 상스러운 섹스가 있지만 나쁜 남자는 등상하시지 않는, 마음이 놓이는 사랑 이야기.
《자미》에서 이 모든 서사의 욕망이 충족되었다. 오드리 로드는 흑인으로 사는 것만으로도, 흑인이자 여성으로 사는 것만으로도, 흑인이자 여성이자 동성애자로 사는 것만으로도 형벌이던 시대를, 거짓 자아가 아닌 자기 자신으로 위엄 있게 살아낸다. 사랑과 글쓰기의 힘이다. 그래서 그의 자전신화는 상호 탐구와 존재 연결에 관한 보고서다. 얼마나 멋진가. 추방된 존재의 서사가 마침내 사랑의 역사로 재배열되는 삶은. 만나고 헤어질 때마다 더 큰 우주로 팽창하는 그의 생애는 별빛 같은 언어를 쏟아낸다.

첫 장부터 마지막까지 찬탄과 동경을 담아 숨죽이며 읽었다. 시시하게 살기 싫지만 고통이 두려워 잔뜩 움츠린 내 삶에 그의 이름을 "정서적인 타투"로 새기고 싶다. 사랑, 여성, 글쓰기로 된 구축물 《자미》는 온갖 난관에도 불구하고 자신으로 살아가려는 이들에게 미래의 피난처가 될 것이다.

_ 은유 작가, 《크게 그린 사람》 저자

《자미》는 오드리 로드의 삶을 '관계' 중심으로 서술한 책이다. 이 관계를 촘촘히 채운 이들은 여성들이다. 어머니와 자매처럼 가족관계에서 시작해 수많은 친구와 연인 등으로 뻗어나간다. 로드가 자전적 이야기를 통해 우리에게 펼쳐 보여준 그 관계의 지도를 따라가다 보면, 1930년대부터 1950년대까지 뉴욕의 흑인·여성·동성애자의 삶에 대한 일종의 문화기술지로도 읽힌다.
'자매들'과의 관계는 로드를 먹이고 입히고 재우며 생존을 위한 단단한 의식주 역할을 하는 동시에, 그 무엇보다 로드에게 정서적으로 사랑이 충만한 일상이 가능하도록 해줬다. 한편, 이 관계들은 굵직한 상처와 커다란 상실감도 남겼다. 다시 말해 《자미》는 이 관계들에 대해 로드가 보내는 사랑의 언어이며 동시에 애도의 언어로 가득하다. 로드에게 영양분을 준 만큼 상처도 준 관계들이지만 그 상처마저도 "반향과 힘을 담은 정서적인 타투로서" 로드의 삶에 흔적을 남겼다. 서로를 북돋아주며 성장한 관계들 속에서 '나'는 더 단단해졌다. 사랑의 힘을 믿지 않을 수 있을까. 세상의 약자와 소수자가 사랑하기를 방해하는 권력의 한복판에서 서로의 사랑을 굳건히 믿는 마음만큼 질긴 저항도 없다.

_ **이라영** 예술사회학자, 《말을 부수는 말》 저자

흑인 레즈비언 페미니스트의 여성 운동 연대기가 펼쳐지리라 예상했던 나는 클리토리스 이야기가 나오는 프롤로그를 읽을 때부터 조금 당혹했다. 《자미》

는 400페이지가 훌쩍 넘는 분량 내내 여성에 대한 사랑 이야기로 가득했고 그 사랑은 운동의 동지나 자매로서의 사랑이 아니라 쏟아지는 햇살 아래에 몸을 온전히 드러낸, 침대 위에서 기분 좋게 엉켜 있는 두 여자의 땀에 젖은 몸에서 흘러나오는 그러한 사랑이다. 책을 다 읽고 나니 묻지 않을 수 없었다. 운동과 투쟁의 영역이 키스와 관능과 성애와는 거리가 먼 것이라는 메마른 상상은 언제부터 왜 하게 되었던 걸까? 오드리 로드가 《시스터 아웃사이더》에서 말했듯, 성애는 "영적인 것과 정치적인 것을 이어주는 다리"이며 "우리 안의 가장 깊고 강력하고 풍요로운 것을 신체적·감정적·심리적으로 표현하고 다른 사람과 나누는 것, 즉 가장 깊은 의미에서의 사랑을 향한 열정"이다. 이 열정은 힘과 앎과 연결의 원천이 되어 우리를 행동하게 만든다. 나와 타자를 섞어주고 나와는 너무나 다른 그를 알아보기 위해 스스로 뻗어나가 자라게 만든다. 그런 점에서 키스가 없다면 운동도 없다. 아아, 오드리 로드처럼 쓰고 오드리 로드처럼 살고 싶다. 《자미》는 지구상에서 가장 섹시하고 가장 정치적인 자전신화다.

_ **하미나** 작가, 《미쳐있고 괴상하며 오만하고 똑똑한 여자들》 저자

흑인 여성에 대한 사회의 폭력과 혐오를 목격할 때마다 나는 오드리 로드에게 의지한다. 로드가 그러한 공격들에 이떻게 응전할지 궁금하다. 로드의 우아함과 힘, 맹렬한 지성은 모든 흑인 여성을 옹호해내는 데 탁월한 능력을 발휘한다.

_ **록산 게이** 작가, 《나쁜 페미니스트》《헝거》 저자

《자미》는 내가 가장 좋아하는 책이다. 오드리 로드의 아웃사이더 성향에 관한 서술은 닫혀 있던 내 마음을 열게 해주었다.

_ **앨리슨 벡델** 작가, 《펀 홈》 저자

최고의 모험을 꾸려준 헬렌에게
그 모험의 대부분을 함께한 블랜치에게
아프레케테의 두 손에

절망에 대한 답은 사랑의 인식 안에 있다

차례

일러두기

1. '자전신화'는 'biomythography'를 우리말로 옮긴 것이다. 이는 오드리 로드가 만들어낸 조어로, 사실과 허구의 경계를 아우르는 자기 정체성의 기원에 관한 이야기를 의미한다.

2. 특정 인종이나 성적 정체성을 가진 이들을 비하하는 단어들은 시대 배경과 원문의 의도를 고려하여 그대로 살렸다.

3. 인명과 장소 등 외래어는 외래어표기법을 따르는 것을 원칙으로 하되, 일부는 관례와 원어 발음을 따랐다.

4. 원문에서 대문자와 이탤릭으로 강조한 것은 굵은 글씨로 표기했다.

5. 본문의 각주는 모두 옮긴이와 편집자 주다.

**내 목소리에 담긴 힘을, 멍든 살갗의 수포 아래서 문득 거품을 일으키
듯 부풀어 오르는 강인한 나를 만들어준 이들은 누구인가?**

아버지는 나에게 묵묵하고, 강렬하며, 집요한 정신적 흔적을 남겼
다. 그러나 아버지의 흔적은 먼빛이다. 나와 혼돈 사이에는 횃불처럼 활
활 타는 여성들의 이미지가 다이크들*처럼 서서 내 여정의 경계를 장식
하고 구분한다. 이 친절하고도 잔혹한 여성들의 이미지가 나를 집으로
이끌었다.

내 생존의 상징들을 만들어준 이들은 누구인가?

호박의 계절부터 그해의 자정까지 언니들과 나는 집 안을 돌아다니
며 거실의 장밋빛 리놀륨 바닥에 난 구멍에 대고 돌차기 놀이를 했다.
토요일이면 누가 바깥으로 심부름하러 나갈지, 누가 빈 퀘이커 오트밀
상자를 가질지, 밤에 누가 마지막으로 욕실을 쓸지, 누가 제일 먼저 수
두에 걸릴지를 놓고 싸워댔다.

---

* 다이크dyke는 '남성적' 레즈비언을 멸시하는 표현이나 레즈비언들은 이 단어에 담긴
강인함을 중시해 긍정적인 의미로 재전유했다. 또한 물이 넘치지 않도록 막는 제방이
라는 의미도 있다. 여기서는 두 가지 모두를 뜻하도록 중의적으로 쓰인 표현으로 보인다.

여름철 사람들로 가득한 할렘의 거리에서 풍기는, 살수 트럭이 잠시 물을 뿌리고 간 뒤 길에서 다시 태양을 향해 피어오르는 썩은 내. 나는 목이 짧은 가게 주인한테서 우유와 빵을 사러 길모퉁이로 뛰어가다가 어머니에게 꺾어다 줄 풀을 찾으려고 걸음을 멈췄다. 지하철로 이어진 철제 살대 아래 새끼 고양이처럼, 반짝 빛나는 동전을 찾으려고 또 걸음을 멈췄다. 나는 늘 신발 끈을 묶으려 허리를 숙인 뒤 그대로 미적거리며 무언가를 알아내고자 했다. 돈을 수중에 넣는 법을, 어떤 여자들이 꽃무늬 블라우스 주름 아래에 부어오른 위협처럼 품고 다니는 비밀을 슬쩍 들여다보는 방법을.

'오늘의 나'라는 여성이 되기까지 나는 어떤 이들에게 빚을 졌는가?

델로이스는 142번가에 살았고 머리를 다듬는 법이 결코 없었으며 이웃 사람들은 그가 지나갈 때마다 쯧쯧 혀를 찼다. 델로이스가 커다란 배를 당당하게 내밀고 거리를 걸을 때면 여름철 햇빛을 받은 푸슬푸슬한 머리카락에서 빛이 났고 그 모습을 바라보는 나는 그가 시^{詩}인지 아닌지 신경 쓰지 않았다. 그가 지나가면 신발 끈을 묶는 척 몸을 숙이고 블라우스 아래를 들여다보려 했을 때조차도 나는 델로이스에게 말을 걸지 않았는데 내 어머니가 그와 말을 섞지 않아서였다. 그럼에도 나는 그를 사랑했다. 그는 마치 스스로가 특별하다고 생각하는 사람처럼,

내가 언젠가 알고 싶은 누군가처럼 움직였으므로. 신의 어머니도, 그리고 오래전 내 어머니도 그렇게 움직였을 것이고, 어쩌면 언젠가는 나도 델로이스 같은 몸짓을 지니게 될 터였다.

정오의 뜨거운 태양이 델로이스의 배 위에 스포트라이트를 비추듯 후광 같은 고리 모양 햇빛을 던지는 모습을 보면 내 배가 납작하다는 게, 나는 머리와 어깨로만 햇볕을 느낄 수 있다는 게 서운했다. 바닥에 등을 대고 눕지 않는 한 햇빛이 그렇게 내 배에 내리쬘 일은 없었다.

나는 크고, 흑인이고, 특별하고, 늘 웃는 델로이스를 사랑했다. 그리고 똑같은 이유로 그를 무서워했다. 어느 날 나는 델로이스가 142번가에서 신호등을 무시한 채 느리고 신중한 동작으로 연석 아래로 발을 내딛는 모습을 보았다. 흰색 캐딜락을 몰고 지나가던 하이 옐로* 남자 하나가 차창 밖으로 몸을 내밀고 델로이스를 향해 고함을 질렀다. "빨리 빨리 좀 움직이라고, 느려터진 데다가 얼빠진, 얼굴도 웃기게 생긴 년아!" 캐딜락은 델로이스를 거의 치고 지나갈 뻔했다. 델로이스는 주변을 두리번거리지도 않고 걷던 대로 느긋하게 걸음을 옮겼다.

어머니의 집, 부엌을 쓸 수 있고 가구가 구비된, 그러나 침구는 제공되지 않던 방에 세 들어 살다 죽었던 루이즈 브리스코에게. 내가 우유를

---

* 피부색이 밝은 흑백 혼혈인을 가리키는 용어다.

한 잔 가져다주었지만 그는 마시지 않았고, 내가 침구를 갈고 의사를 불러주겠다고 하자 웃었다. "그 의사가 엄청나게 귀여운 남자가 아니라면 불러봤자 소용없지." 브리스코 씨의 말이었다. "날 위해 아무도 불러줄 필요 없어. 내 힘으로 혼자 이 세상에 왔으니 똑같이 내 힘으로 떠나련다. 그러니까 그 남자가 엄청나게 귀엽지 않다면야 쓸모가 없지." 방 안에서는 거짓말을 하는 냄새가 났다.

"브리스코 아주머니, 전 당신이 정말 걱정돼요."

그러자 그는 마치 내가 거절할 수밖에 없는 제안을 한다는 듯, 그럼에도 그 말이 고맙다는 듯 나를 흘낏 보았다. 회색 이불 속, 부종이 심한 커다란 몸으로 누운 채 그는 다 안다는 듯 씩 웃었다.

"뭐, 괜찮다, 얘야. 널 원망할 마음은 없어. 너야 어쩔 수가 없겠지. 그게 네 천성이니 말이다."

내 꿈속에 등장하는, 공항에서 내 뒤에 서 있다가 자기 자식이 나한테 자꾸만 일부러 몸을 부딪쳐대는 모습을 아무 말 없이 지켜보고만 있는 백인 여자에게. 자식 간수를 제대로 하지 않으면 당신 주둥이에 주먹을 한 방 날리겠다고 말할 셈으로 몸을 돌린 순간 나는 그 여자가 이미 잔뜩 얻어맞은 뒤라는 사실을 알았다. 그 여자도, 아이도 얼굴은 멍투성이인 데다가 눈가가 시커멓게 물든 만신창이였다. 나는 돌아서서 슬픔과 분노에 젖어 걸음을 옮겼다.

한밤중 스태튼 아일랜드에서 얇은 잠옷만 걸치고 맨발로 내 차로 달려오며 비명과 고함을 지르던 창백한 얼굴의 소녀에게. "선생님, 제발 도와주세요, 아, 제발 병원에 데려가주세요, 선생님······." 소녀의 목소리는 농익은 복숭아와 초인종 소리를 섞어놓은 것 같았다. 내 딸*과 엇비슷한 나이인 그 소녀가 수풀이 우거진 밴 두저 스트리트의 굽은 길을 달려오고 있었다.

나는 얼른 차를 세우고 차창을 열었다. 한여름이었다.

"그래, 그래. 내가 도와줄게. 타려무나."

그런데 가로등 불빛 속에서 내 얼굴을 확인한 순간 소녀의 얼굴은 공포로 일그러졌다.

"아, 안 돼! 당신은 안 돼요!"

소녀는 울부짖더니 홱 돌아서서 다시 달려가기 시작했다.

내 검은 얼굴에서 무엇을 보았기에 그만한 공포를 느낀 것일까? 진짜 나와 그 소녀가 바라본 나 사이의 간극 속에 나를 버려둔 채, 그는 도움도 받지 않고 떠났다.

나는 다시 차를 몰았다.

백미러를 통해 길모퉁이에서 그 소녀가 악몽의 실체에게 붙들리는

---

* 오드리 로드의 딸 엘리자베스 로드 롤린스는 1963년 태어났고, 이 책이 쓰여질 때에는 십 대 후반이었다.

장면이 보였다. 가죽재킷과 부츠, 남성, 백인.

소녀가 아마 어리석은 죽음을 맞이하리라는 것을 알면서도 나는 계속 차를 몰았다.

내가 구애했고 또 떠났던 첫 여자에게. 그는 필요하지 않은 것을 원하는 여성들은 비싸고 때로는 낭비벽이 심하다는 것을, 그러나 아무것도 원하지 않는 것을 필요로 하는 여성들은 위험하다는 것을 가르쳐주었다. 그들은 당신을 빨아들이고 아무것도 모르는 척한다.

내가 쉴 곳이 필요할 때마다 찾아 나섰고 때때로 쉼터가 되어준 무장 부대에게. 검게 물든 내가 완전한 이 모습 그대로 세상으로 나설 수 있도록 자비 없는 태양 아래로 나를 밀어내준 타인들에게.

아프레케테가.

되어가는.

내 안에 깃든 여행하는 여성에게.

프롤로그

　　나는 언제나 남성인 동시에 여성이 되기를, 어머니와 아버지가 가진 가장 강하고 풍부한 면모들을 내 안에, 내 속에 받아들여 지구가 언덕과 산봉우리를 품듯 내 몸에 골짜기와 산맥이 공존하기를 바랐다.

　　나는 여느 남성과 마찬가지로 여성 속에 들어가고 싶은 동시에 상대가 내게 들어오기를 바라며, 떠나고 싶은 동시에 떠나보내고 싶으며, 사랑을 할 때면 뜨거우면서도 단단하고, 또 부드럽고 싶었다. 밀어붙이기를 바라면서도 다른 때는 쉬거나 밀어붙여지고 싶다.

　　목욕물 속에 앉아 놀 때면 미끄럽고 접혀 있으며 부드럽고 깊은, 내 안 깊숙한 그곳을 느끼는 걸 좋아한다. 때로는 나의 진주이자 나의 돌출부인, 다른 방식으로 단단하고 민감하고 취약한 그곳의 핵심을 상상하는 걸 좋아한다.

　　나는 '나를' 영영 핵심에 두는, 어머니와 아버지와 자식이라는 해묵은 삼각형이 길게 늘어나고 평평해져, 할머니와 어머니와 나라는 우아하고 강인한 삼위三位를 이루고, 그 안에서 '내'가 필요에 따라 한 방향 또는 양방향으로 이리저리 움직이는 것을 느꼈다.

영원토록 여성. 내 몸은 더 늙고 오래되고 현명한 다른 삶들의 살아 있는 재현이다. 산맥과 골짜기, 나무, 바위. 모래, 꽃, 물, 돌. 지구상에서 만들어진 것들.

1
—

그레나다 사람들과 바베이도스 사람들은 아프리카 사람들처럼 걷는다. 트리니다드 사람들은 그렇지 않다.

그레나다를 찾았을 때 나는 내 어머니의 힘을 이룬 뿌리가 거리 위를 걸어다니는 모습을 보았다. 나는 생각했다. 여기가 내 어머니 조상들, 내 어머니 선조들, 자신이 하는 일로 자신들을 정의하던 흑인 섬 여자들의 나라라고. "섬 여자들은 아내 노릇을 잘 한다. 무슨 일이 일어난다 해도 이미 더한 것을 겪었으므로." 이 여성들이 가진 아프리카인다운 예리함에는 보다 부드러운 모서리가 있고, 그들은 비가 내리는 따뜻한 거리를 오만하면서도 점잖은 태도로 휘젓고 다니며, 나는 힘과 취약함 속에서 그 모습을 떠올린다.

내 어머니와 아버지는 1924년에 이 나라로 왔는데, 당시 어머니는 스물일곱 살, 아버지는 스물여섯 살이었다. 두 사람이 결혼한 지 1년이 됐을 무렵이었다. 언니의 편지를 통해 미국인들이 원하는 건 젊고 튼튼한 여성 일꾼이라는 사실을 이미 알았던 내 어머니 린다는 나이가 많아 일자리를 얻지 못할지도 모른다는 생각에 입국심사에서 거짓 나이를 말

21

했다. 결혼하던 무렵에도 이미 고향에서는 노처녀 취급을 받지 않았던가.

아버지는 지금의 엠파이어스테이트 빌딩 자리에 있던 옛 월도프아스토리아 호텔에서 잡역부 일을 구했고 어머니는 그곳에서 객실청소부로 일했다. 철거가 예정된 호텔이 문을 닫자 어머니는 콜럼버스 애비뉴와 99번가 사이에 있는 찻집에서 주방일을 하게 되었다. 쉬는 날 없이 일주일 내내 동트기 전에 출근해 12시간씩 일했고 휴식시간도 없었다. 찻집 주인은 이곳에선 보통 '스페인 출신' 여직원을 쓰는 일이 없으니 일자리를 준 걸 고맙게 여기라고 했다. 린다가 흑인이라는 사실을 주인이 알았더라면 애초 채용조차 하지 않았을 터였다. 1928년 겨울, 어머니는 흉막염에 걸려 죽을 고비를 넘겼다. 어머니가 앓는 사이 아버지는 세탁해야 할 어머니의 유니폼을 가지러 찻집을 찾아갔다. 주인은 아버지를 보자마자 어머니가 흑인이라는 사실을 깨닫고 즉각 어머니를 해고했다.

1929년 10월, 첫 아이가 태어났고 주식시장이 쇠락하는 바람에 고향으로 돌아가고자 했던 부모님의 꿈은 저만치 물러났다. 어머니가 열대 과일을 찾으러 '다리 밑'을 찾아가고, 석유등의 불을 켜고, 발재봉틀을 밟고, 바나나를 굽고, 생선과 바다를 사랑하면서 여태 그 작고 비밀스러운 꿈의 불꽃을 꺼뜨리지 않고 지켜왔는데 말이다. 덫에 걸린 셈이었다. 어머니는 이 낯선 나라에 대해 아는 바가 거의 없었다. 전기라는 것이 어떻게 작동하는 것인지. 가까운 교회는 어디 있는지. 아기들을 위한 무료 우유기금의 우유는 몇 시에, 어디에서 나눠주는지 같은 것들 말이다. 물론 어머니는 우리더러 자선으로 나눠주는 우유를 마시지 못하게 했다.

어머니는 지독한 추위에 맞서 몸을 꽁꽁 감싸는 법을 알았다. 한 면은 체리처럼 붉고 다른 한 면은 파인애플처럼 노란, 딱딱한 타원형 사탕인 파라다이스 플럼도 알았다. 비스듬히 기울어진 유리병에 담긴 그 사탕을 사려면 레녹스 애비뉴에 있는 서인도제도 상점들 중 어느 곳에 가야 하는지도 알았다. 단것에 굶주린 아이들이 파라다이스 플럼 사탕을 얼마나 좋아하는지, 또 장을 보러 다니는 긴 시간 동안 아이들의 참을성이 떨어지지 않게 하려면 그 사탕이 얼마나 중요한지도 알았다. 새콤한 아라비아 껌을 씹다가 날카로운 이빨에 분홍색 혀를 베이고 그 자리에 새빨간 혓바늘이 돋는 사태를 막으려면 이 수입 사탕을 정확히 몇 개까지 입 안에서 빨고 굴려야 되는지도 알았다.

어머니는 다양한 오일을 혼합해 멍과 발진을 치료하는 방법을, 깎은 발톱과 빗에 낀 머리카락을 처리하는 방법을 알았다. 위령의 날*이 다가오면 아기들의 피를 빨아 먹는 수코얀트**를 쫓는 촛불을 밝힐 줄도 알았다. 식사하기 전 음식과 스스로에게 축복을 내리는 법을, 잠들기 전 기도문을 읊는 법을 알았다.

어머니는 우리에게 학교에서는 배운 적 없는, 성모마리아를 위한 기도문을 알려주었다.

생각하소서, 지극히 인자하신 동정녀 마리아여,
그 누구도 당신의 변호를 요청하고, 도움을 애원하며, 보호를 청하고도 버림받았다 함을 일찍이 듣지 못하였나이다.
우리도 굳게 신뢰하는 마음으로 어머니 슬하에 달려들어

---

* 죽은 이들을 기리는 가톨릭 축일로 11월 2일이다.
** 서인도제도의 신화에 등장하는 흡혈귀로, 낮에는 노파의 형상을 하지만 밤에는 허물을 벗어던지고 불덩이로 변신한다.

동정녀 중의 동정녀요,

우리 어머니이신 당신 앞에 죄인으로 눈물을 흘리오니

강생하신 말씀의 어머니시여,

우리의 기도를 못 들은 체하지 마옵시고 인자로이 들어주소서.*

어린 시절, 냉장고 문이 부서지거나 전기가 나갔을 때, 언니가 스케이트를 빌려 타다가 입가가 찢어졌을 때처럼 온갖 위기나 재난이 닥칠 때마다 어머니가 입 모양으로 이 기도문을 들릴락 말락 하게 외우던 모습이 기억난다.

어린 나는 기도문의 내용에 귀를 기울이면서, 바위 같고 엄격한 내 어머니가 이렇게 아름다운 말을 읊는 상대인 그 어머니란 누굴까 하는 수수께끼에 골몰했다.

마지막으로, 어머니는 아이들에게 겁을 주어 공공장소에서 얌전히 굴게 하는 법을 알았다. 집 안에 남은 유일한 먹거리를 주의 깊게 계획하여 차려낸 식사인 척하는 법도 알았다.

어머니는 선택의 여지없이 해야 하는 일일지라도 정성껏 하는 법을 알았다.

린다는 노엘스 힐 기슭 방파제에 찰싹이던 파도가, 해안에서 약 800미터 떨어진 위치에 비스듬히 솟아 있던 신비로운 마르키즈섬이 그리웠다. 재바르게 날던 흰눈썹꿀새가, 나무가, 그렌빌로 내려가는 비

---

* 성 베르나르도의 기도로, 널리 회자되는 기도문을 원문을 참조하여 다듬어 옮겼다.

탈길 양옆을 차지한 나무고사리에서 진동하던 악취가 그리웠다. 귀를 기울이지 않아도 온 사방에서 들려오던 음악이 그리웠다. 무엇보다도 일요일마다 배를 타고 캐리아쿠에 사는 안니 이모를 찾아가던 여행이 그리웠다.

그레나다 사람들에게는 모든 것에 관한 노래가 있었다. 린다가 열일곱 살 때부터 운영하던 잡화점 내에 있는 담배 가게에 관한 노래도 있었다.

십자가의 4분의 3
그다음엔 완전한 동그라미
반원 두 개에 수직선을 대고……

'TOBACCO'라는 글자를 읽을 줄 모르는 사람들도 담배 가게를 찾을 수 있도록 만든 노래였다.

모든 것에 관한 노래가 있었다. 심지어는 항상 콧대를 하늘로 쳐들고 다니던 벨마 자매들에 관한 노래도 있었다. 제 이야기를 큰 소리로 떠들고 다니면 다음 날이라도 길에서 누가 자기 이름이 들어간 노래를 부르는 걸 들을 가능성이 높았다. 언니인 루 이모는 어머니더러 끝없이 노래를 지어 부르는 건 품위 있는 여자라면 하지 않는 처신사납고 천박한 일이라고 가르쳤다.

그러니 미국이라는 이름의 춥고 소란스러운 나라에 있는 지금, 린다는 음악이 그리웠다. 심지어 토요일 아침에 술을 사러 나와서 아무 말이나 지껄이던 손님이 잔뜩 꼬인 혀로 흥얼거리던 성가신 노래마저도

25

그리웠다.

어머니는 먹거리에 대해서는 일가견이 있었다. 하지만 양고기 다리 부위를 씻지도 않고 조리하거나 쇠고기 중에서도 제일 질긴 부위를 물도 뚜껑도 없이 굽는 이곳의 정신 나간 사람들한테 린다의 지식이 무슨 쓸모가 있었겠는가? 미국에서 호박은 어린애들 장난감이었고 이곳 사람들은 자식보다 남편 대접이 우선이었다.

어머니는 자연사박물관을 오가는 길은 몰랐어도 아이들을 똑똑하게 키우려면 그런 데 데려가야 한다는 건 알았다. 아이들을 박물관에 데려간 어머니는 겁이 나서 오후 내내 우리 자매들의 통통한 위팔을 꼬집어댔다. 우리가 얌전치 못하게 군 탓이라는 명목이었지만, 사실은 단정한 모자 차양 아래서 빛나는 박물관 경비원의 연푸른 눈이 우리에게서 악취라도 풍긴다는 양 이쪽을 내내 주시하고 있어 겁이 났던 것이다. **이건** 어머니가 통제할 수 없는 상황이었다.

그 밖에 또 린다가 알았던 것은? 어머니는 사람들의 얼굴을 들여다보고 상대가 어떤 행동을 하기 전에 선수 치는 법을 알았다. 자몽이 다 익지 않아도 그중 과육이 분홍색인 자몽이 어떤 것인지 알았고 나머지는 돼지 먹이로나 던져주어야 한다는 것을 알았다. 비록 할렘에는 돼지가 없었고 때로는 사 먹을 자몽이 그것밖에 없을 때도 있었지만 말이다. 어머니는 열린상처가 감염되지 않도록 검은느릅나무 잎을 숨이 죽을 때까지 장작불에 가열한 뒤 그 즙을 상처에 바르고 나긋나긋해진 연두색 섬유질을 반창고 삼아 대는 법을 알았다.

그러나 할렘에는 검은느릅나무가 없었으며, 뉴욕 전체를 통틀어도 검은상수리나무는 물론 이파리 하나도 찾아볼 수 없었다. 이런 지식들은 어머니의 할머니이자 뿌리가 된 여성인 마 마리아가 그렌빌의 노엘스 힐 기슭에서 바다를 내려다보며 알려준 것들이었다. 안니 이모, 그리고 린다의 어머니인 마 리즈가 할머니의 비법을 이어받았다. 하지만 여기서 이런 지식들은 쓸모가 없었다. 게다가 린다의 남편 바이런은 고향 이야기를 하면 서글퍼지는 데다가 새로운 세계에 자신의 왕국을 건설하겠다는 결심이 무너진다며 말하기를 꺼렸다.

어머니는 〈데일리 뉴스〉에 등장하는 백인노예 상인 이야기가 진짜인지 아닌지는 몰랐지만 아이들에게 사탕 가게에는 발도 들이지 말라고 신신당부했다. 심지어 지하철 자판기에서 잔돈으로 살 수 있는 풍선껌마저도 사지 못하게 했다. 어머니는 자판기가 귀중한 돈을 낭비하게 할 뿐 아니라 일종의 슬롯머신이므로 사악한 것이고 적어도 **세상 누구보다도 악랄한** 백인노예 상인들과 연관된 걸지도 모른다며 불길한 말투로 말하곤 했다.

린다는 초록은 귀중하다는 것, 물에는 평온과 치유를 가져다주는 힘이 있다는 것을 알았다. 때로 토요일 오후 집 청소를 끝낸 후면 어머니는 우리와 함께 공원을 찾아가 나무를 바라보기도 했다. 때로는 142번가에 있는 할렘 강가에 가서 물을 바라보기도 했다. D트레인을 타고 바다에 갈 때도 있었다. 물가에 갈 때마다 어머니는 말이 없어지고, 나긋나긋해지고, 정신을 딴 데 둔 것 같았다. 그곳에서 어머니는 그레나다의 그렌빌, 카리브해가 내려다보이는 노엘스 힐에 관한 신기한 이야기들을 해주었다. 짙은 라임 향기 속에서 어머니가 태어난 곳, 캐리아쿠섬 이야기도 해주었다. 치유의 효과를 가진 식물들, 사람을 미치게 하는 식물들에 관한 이야기도 해주었지만 우리는 그런 식물들을 한 번도 본 적이 없었으므로 잘 알아듣지는 못했다. 어린 시절부터 결혼 전까지 어머니가 살았던 집 앞에 자라던 나무와 과일과 꽃 이야기도 해주었다.

한때 **집이란** 아주 먼 곳, 한 번도 가본 적 없지만 어머니의 입으로 전해 들어 잘 아는 장소였다. 어머니는 노엘스 힐의 상쾌한 아침과 뜨거운 정오에 풍기던 과일 향기를 들이마시고 내뿜으며 흥얼거렸지만, 나는 코 고는 소리와 악몽 때문에 흥건한 땀으로 가득한 할렘의 공동주택 어둠 위로 그물처럼 걸려 있는 사포딜라와 망고를 상상해야만 했다. 다만 이곳이 전부가 아니라 믿었기에 견딜 만했다. 비록 엄청난 에너지와 집중이 필요한 일이었지만, 지금 여기는 그저 잠깐 머무는 장소일 뿐이라고, 영영 생각할 장소도 아니며 나를 완전히 사로잡는 곳도, 정의하는 곳도 아니라고 상상했다. 우리가 올바르게, 또 검소하게 살아가고, 길을 건너기 전에 양옆을 확인한다면, 언젠가 우리는 다시 그 달콤한 장소로, **집으로** 돌아갈 수 있으리라고.

우리는 그레나다 그렌빌의 언덕을 걸어 다닐 테고, 바람의 방향이 잘 맞으면 향신료가 듬뿍 나는 앞바다의 캐리아쿠로부터 라임나무 향기가 실려올 테지. 바다는 킥엠제니*를 북처럼 두들기고, 파도가 사면을 두드리는 가운데 화산섬의 우렁찬 목소리가 밤을 가르고 울려 퍼지리라. 캐리아쿠에 살던 쌍둥이 벨마 형제는 섬과 섬 사이를 잇는 스쿠너선에 올라 그렌빌로 왔고 이곳에서 본토 여자들인 노엘 자매와 결혼했다.

노엘 자매. 마 리즈의 언니인 안니는 남편을 따라 캐리아쿠로 향했으나 도착할 때는 홀몸이었고 그곳에서 독립한 여성으로 살았다. 어머

---

* 그레나다 앞바다의 활화산을 말한다.

니 마 마리아가 알려준 약초의 지혜를 잊지 않았으며, 캐리아쿠 여성들로부터 또 다른 힘들을 배웠다. 그러다가 레스테르 뒤편 언덕에 있는 집에서 여동생 마 리즈가 일곱 딸을 낳자 출산을 도왔다. 내 어머니 린다는 출생을 기다리던 안니 이모의 다정한 두 손바닥에 실려 세상에 나왔다.

캐리아쿠에서 안니 이모는 남편이 배를 타고 떠나버린 다른 여자들과 더불어 살면서, 염소를 치고 땅콩을 기르고 곡물을 심고 땅이 옥수수를 잘 길러내도록 흙에다가 럼주를 부었으며, 여자들이 살 집과 빗물 집수장을 지었고, 라임을 수확했고, 자신들의 삶과 아이들의 삶을 한데 엮었다. 바다로 나간 남편 없이도 잘 살아남은 여성들, 남편이 돌아오지 않더라도 서로를 사랑하게 되었으므로.

마디빈, 프렌딩, 자미.[**] **캐리아쿠 여성들이 서로를 사랑하는 방식은 그레나다의 전설이며, 그들의 힘과 아름다움도 마찬가지다.**

캐리아쿠의 레스테르와 하비 계곡 사이 언덕에서 나의 어머니, 벨마 집안의 딸이 태어났다. 안니 이모의 집에서 여자들과 라임을 따며 여름을 보냈다. 훗날 내가 그레나다를 꿈꾸게 되듯, 어머니는 캐리아쿠를 꿈꾸며 자랐다.

캐리아쿠. 시나몬, 너트메그, 메이스[***]를 닮은 마법의 이름. 빵 싸는 종이를 정교하게 잘라 만든, 퀼트 무늬의 파라핀 포장지에 싸인 조그만 사각형의 맛 좋은 구아바 젤리, 기다란 막대 모양의 말린 바닐라콩과 달짝지근한 냄새가 나는 통카콩, 코코아에 들어가는 뻑뻑한 질감의 갈색

[**] 모두 서인도제도의 속어로 레즈비언을 지칭하는 단어다.
[***] 너트메그 열매에서 씨앗 부분은 너트메그, 과육 부분은 메이스의 원료로 각각 쓰인다.

29

압착 초콜릿 덩어리, 이 모든 것들을 매년 크리스마스마다 야생 월계수 잎사귀 위에 올려 찻잎 깡통에 예쁘게 담아 포장해 보내온 것만 같은 이름.

캐리아쿠. 〈구드 스쿨 아틀라스〉에도, 〈주니어 아메리카나 월드 가제트〉는 물론, 내가 찾아본 그 어떤 지도에도 실려 있지 않은 곳. 그래서 지리 수업시간이나 도서관 자습시간마다 이 마법의 섬을 찾아다녔지만 찾지 못한 나는 어머니의 이야기에 나오는 이곳은 환상이거나 망상이거나 그게 아니라면 적어도 옛날식 이름일 거라고, 어쩌면 실제로 어머니가 말하는 곳은 사람들이 퀴라소라고 부르는 서인도제도 저 먼 곳 네덜란드령의 섬일 거라 생각했다.

하지만 그럼에도 나는 어린 시절 내내 **집**이란 사람들이 여태까지 지도 위에 포착해내지 못한, 목을 졸라 교과서의 페이지 사이에 가두지 못한, 여기가 아닌 어느 다정한 곳일 거라고 속으로 생각했다. 그곳은 오로지 우리만의 공간, 나무에 매달린 블루고*와 빵나무 열매, 너트메그와 라임과 사포딜라, 통카콩, 그리고 붉고 노란 파라다이스 플럼 사탕으로 가득한 나만의 비밀스러운 낙원이었다.♦

♦ 세월이 흐른 뒤 도서관학 학위를 받기 위한 필수 과정의 일환으로 나는 여러 지리부도의 장점과 특별한 강점들을 상세히 비교했다. 내 초점 중 하나가 캐리아쿠 섬이었다. 이 섬은 자국의 식민지 지도를 정확하게 담아낸다고 언제나 자부해왔던 브리태니커 대백과사전 지리부도에 단 한 번 등장했다. 지도에서 처음 캐리아쿠를 찾았을 때 나는 이미 스물여섯 살이었다.

---

* 플랜테인의 일종이다.

2

—

나는 어째서 늘 가장 멀리 떨어진 곳에서 가장 자연스럽다고 느끼는지 궁금했다. 어째서 머무르기 힘들며 때로 고통스럽기까지 한 극단에 있는 것이, 냉정을 잃지 않고 한가운데로 똑바르게 이어지는 한 가지 계획을 고수하기보다 편안한지 말이다.

내가 분명 이해하는 것은 특정한 종류의 결단이다. 그것은 완고하고 고통스럽고 괴로움을 유발하지만, 종종 효과를 발휘한다.

어머니는 무척이나 강한 여성이었다. 그 시절 미국 백인들의 일상어에서 **여성**과 **강한**이라는 두 단어의 조합은 눈먼, 등이 굽은, 미친, 아니면 흑인 따위의 일탈적인 형용사가 뒤따르지 않는 한 불가능에 가까운 것이었다. 그러기에 내가 어렸을 적 **강한 여성**이라는 말은 평범한 여성, 그러니까 그저 '여성'과는 완전히 동떨어진 어떤 것을 의미했다. 그렇다고 '남성'과 동등한 것도 아니었다. 그럼 무엇이었을까? 이 제3의 신분은 무엇을 의미했을까?

어린 나는 내 어머니가 백인과 흑인을 막론하고 내가 아는 다른 여자들과는 다르다는 걸 처음부터 알았다. 그 이유는 그가 내 어머니이기 때문이라고 생각했다. 그러나 어떻게 다른가? 뭐라 꼭 집어 말할 수는 없었다. 우리 동네에도, 교회에도, 다른 서인도제도 출신 여자들이 여럿 있었다. 특히 낮은 섬* 출신 여자들 중에는 내 어머니만큼이나 피부색이 옅은 흑인 여자들도 있었고 이들은 '레드본'이라고 불렸다. **무엇이 다르지?** 알 수 없었다. 그러나 오늘날의 내가, 스스로를 다이크라고 부르느니 차라리 죽음을 택했을, 여성에게 끌리는 강인한 여성이라는 의미에서의 흑인 다이크 여성들이 오래전부터 존재했다고 믿는 것은 그 때문이다. 그중에는 내 어머니도 포함된다.

나는 내가 여자를 대하는 방법을 아버지로부터 처음 배웠다고 생각해왔다. 하지만 아버지가 어머니를 대하는 태도는 남들과는 달랐다. 두 분은 일에 관한 것이건 가족에 관한 것이건 결정을 내리거나 규칙을 정하는 과정을 늘 함께했다. 우리 세 딸들에 관해 결정할 일이 있다면, 심지어 새 외투를 사주느냐 마느냐 하는 결정이라 할지라도 두 분은 침실로 들어가 잠시 머리를 맞대고 고민했다. 닫힌 문 사이로 때로는 영어로, 때로는 두 분의 공용어인 그레나다 방언**으로 대화하는 소리가 웅얼웅얼 새어 나왔다. 그러다가 두 분은 침실을 나와 논의 끝에 내린 결정을 발표했다. 내 어린 시절, 부모님은 언제나 둘로 나눌 수도 없고 반박할 수도 없는 한목소리로 말씀하셨다.

자식들이 생긴 뒤 아버지는 부동산 학교에 다녔고 할렘의 작은 셋

---

* 카리브해 지역의 화산섬을 '높은 섬', 산호섬을 '낮은 섬'이라고 구분해 부르고 있다.
** 그레나다에서 사용하는 프랑스어 기반 크레올어를 뜻한다.

집들을 관리하는 일을 시작했다. 아버지는 저녁에 퇴근하면 우리의 인사를 받은 뒤 부엌으로 가서 선 채로 급히 브랜디를 한 잔 들이켠 뒤에야 외투와 모자를 벗었다. 그러고 나면 어머니와 아버지는 곧장 침실로 들어갔다. 어머니 역시 같은 사무실에 있다가 고작 몇 시간 먼저 귀가했을 뿐인데 닫힌 문 뒤에서 두 분이 오늘 하루 있었던 일들을 놓고 이야기를 나누는 소리가 들려왔다.

자식들 중 누군가가 규칙을 어겼을 때야말로 우리는 발 교정용 특수신발을 신은 채로 덜덜 떨었다. 저 닫힌 문 뒤에서 우리의 운명이 논의되고 어떤 벌을 받을지가 정해지기 때문이었다. 문이 열리면, 부모님이 이미 합의를 마쳤으므로 그 어떤 반박도 통하지 않는 판결이 내려졌다. 자식들 앞에서 중요한 이야기를 해야 하면 두 분은 곧바로 그레나다 방언으로 언어를 바꾸었다.

부모님은 어떤 규칙이나 결정이든 항상 함께했으므로, 어린 내 눈에 어머니는 분명 여성이 **아닌** 누군가였다. 다시 말하지만, 그렇다고 남성도 아니었다. (여성성이 그토록 오랫동안 부재했더라면 우리 세 자매는 견디지 못했을 것이다. 아마 잘못된 집에 굴러떨어진 흑인 아기들에게 주어지는 선택지대로, 8일째가 되기 전 각자의 **크라*****를 갈무리해 떠나버렸으리라.)

내 어머니가 다른 여자들과 달랐기에, 때로 나는 남들과 다르다는 데서 오는 기쁨과 특별함 같은 긍정적인 감정을 느꼈다. 그러나 때로는 같은 이유로 고통을 느끼기도 했는데, 나는 어린 시절 그것이 내가 느끼

*** 가나의 아칸족 신화에서 인간은 신에게서 받은 크라kra, 즉 영혼을 지니고 태어나며 생후 8일 이후에 이름을 얻어 지상에 속하게 된다.

는 슬픔 대부분의 원인이라 생각했다. **내 어머니가 다른 어머니들과 같았더라면 남들이 날 더 좋아했을지도 몰라.** 그러나 어머니가 남들과 다른 건 계절 같은 것, 추운 날씨 같은 것, 6월의 안개 낀 밤 같은 것이었다. 이유도 계기도 필요치 않은, 원래 **그런** 것이었다.

어머니와 두 이모는 덩치가 크고 우아한 여성이었으며 풍만한 신체는 할렘 그리고 미국이라는 낯선 세계를 헤치고 다니는 그들에게 결연한 분위기를 덧씌워준 듯 보였다. 나에게 어머니를 남들과 **다르게** 만드는 건 당신이 지닌 육체적 실체감, 존재감, 그리고 늘 유지하는 침착함이었다. 사람들 앞에 있을 때 어머니는 상황을 책임지는 사람 특유의 조용하면서도 효과적인 자신감을 뿜어냈다. 거리에서 물건을 사더라도 취향, 경제성, 의견, 품질 같은 문제에 있어 사람들은 어머니의 판단을 존중했으니, 버스에서 자리가 날 때 누구를 앉혀야 하느냐 같은 문제를 결정할 때는 말할 것도 없었다. 한번은 레녹스 애비뉴의 버스 안에서 어떤 남자가 자리에 앉으려 하자, 어머니가 푸른색과 회색, 갈색이 섞인 눈으로 그를 빤히 바라보았다. 그러자 남자는 멈칫하더니 겸연쩍은 미소와 함께 옆에 서 있던 할머니에게 곧바로 자리를 양보했다. 그렇게 나는 어린 시절부터 어머니가 자기 의견을 애초에 입 밖에 내지 않거나 심지어 딱히 신경 쓰지 않을 때라 할지라도 사람들이 어머니 의견에 따라 행동을 바꾸기도 한다는 사실을 알게 되었다.

어머니는 남에게 자기 이야기를 하는 법이 없었고 실제로 상당히 수줍음 많은 성격이었지만 겉모습은 허튼수작 따위는 통하지 않을 것만 같은 위압적인 분위기를 풍겼다. 가슴이 풍만하고 태도는 당당하며 체격 역시 상당했던 어머니는 돛을 활짝 펼친 배처럼 거리를 걸었고 보통은 어기적거리는 나를 뒤에 달고 다녔다. 어머니의 뱃머리를 바짝 가로지를 정도로 배짱 좋은 사람은 많지 않았다.

정육점에 가면 생판 모르는 사람도 어머니에게 이 고기가 신선한지, 맛있어 보이는지, 이런저런 용도에 적합한지를 물었고, 기분 상한 티를 있는 대로 내는 성마른 정육점 주인마저도 어머니가 의견을 낼 때까지 공손히 기다렸다. 낯선 이들이 어머니를 신뢰하는 이유를 나로서는 모를 일이었으나, 어린 나는 어머니가 실제보다 더 힘이 세다고 생각하게 되었다. 어머니 역시 그런 모습으로 보이고자 했고, 이제 와서 생각하면 어머니는 무력한 순간들을 자식들에게 내보이지 않으려 고통스러울 만치 애를 썼다. 1920년대, 1930년대의 뉴욕에서 흑인이자 외국인인 동시에 여성으로서 살기란 녹록한 일이 아니었는데, 특히나 어머니 당신은 백인으로 여겨질 만큼 피부색이 희었던 반면 자식들은 그렇지 않았기에 더했다.

레녹스 애비뉴와 8번 애비뉴 사이 125번가는 훗날 블랙 할렘의 쇼핑 중심지가 된 곳이지만, 1936년에서 1938년 사이 그 시절엔 여전히 다인종으로 이루어진 지역이었으며 이곳의 상점들 역시 주인도 백인, 손님도 백인이었다. 흑인이 입장할 수 없는 가게도 있었고 흑인 점원은 찾아보기 힘들었다. 돈을 낼 때조차 받아가는 태도가 탐탁지 않았고 바가지를 씌우는 일도 잦았다. (이런 정황으로 인해 1938년 젊은 시절의 애덤 클레이턴 파월 주니어가 블룸스타인백화점과 와이스베커마켓을 상대로 보이콧과 피켓 시위를 벌여 125번가의 흑인 고용을 외쳤고 나아가 성공을 거두게 됐다.) 인종이 혼합된 과도기 지역들이 으레 그렇듯 거리에는 팽팽한 긴장이 감돌았다. 꼬마 아이였던 나는 특히 어떤 소리, 후두를 긁어내는 것 같은 날카로운 쉰 소리가 들리면 몸을 움츠렸던 기억이 나는데, 보통 그 소리가 나자마자 내 외투나 신발에 역겨운 회색 가래침이 떨어졌기 때문이었다. 어머니는 핸드백 안에 늘 넣어 다니던 신문지 조각으로 침을 훔쳤다. 때때로 어머니는 하층민들은 분별도 예의도 없어 아무 데서나 허공에 대고 침을 뱉는다며 야단스레 욕하면서, 나한테 이런 모욕은 순전히 무작위로 일어난 것이라는 인상을 심어주었다.

세월이 흐른 뒤 나는 어머니와의 대화 중간에 "그러고 보니 요즘 사람들은 옛날처럼 허공에 대고 침을 뱉는 일이 별로 없지 않아요?" 하고 물었다. 그때 어머니의 표정을 보고서야, 다시는 입에 올려서는 안 되는 비밀스러운 고통을 건드리고 말았다는 걸 알았다. 하지만 백인더러 당신 자식한테 침을 뱉지 말라고 할 수 없다면, 그 행동의 의미가 완전히 다르다고 우기는 것이야말로 내 어린 시절 어머니가 할 법한 전형적인 행동이었다. 어머니가 세상에 접근하는 방식은 종종 그런 식이었다. 어머니는 현실을 바꾸고자 했다. 현실을 바꿀 수 없다면, 현실을 인식하는 방법을 바꾸고자 했다.

부모님은 우리가 온 세상이 당신들의 손바닥 안에 있다고 믿게끔 행동했고, 우리 세 딸들이 올곧게 행동하면, 즉 공부를 열심히 하고 시키는 일들을 다 해내면, 우리 역시도 온 세상을 움켜쥘 수 있다고 가르쳤다. 부모님의 가르침은 어린 나에게는 혼란스럽기 그지없었고, 우리 가족이 살아가는 방식이 남들과는 동떨어졌던 나머지 혼란은 더 가중되었다. 무언가가 잘못된다면 그건 부모님이 최선이라고 결정했기 때문이었고, 무언가가 잘 된다면 그것도 부모님이 그렇게 되어야 한다고 결정했기 때문이었다. 현실은 다르지 않을까 하고 의심이라도 품는 순간,

신성한 권위에 대한 작지만 용납할 수 없는 반항은 즉각 저지당했다.

이야기책에 나오는 사람들은 전부 우리와는 무척 달랐다. 금발에 백인이고 나무로 둘러싸인 집에서 점박이 개를 키우며 살았다. 나한테 그런 사람들은 성에 사는 신데렐라만큼이나 낯설었다. 우리 같은 사람들이 나오는 이야기를 써주는 사람은 없었지만 여전히 사람들은 내 어머니에게 길을 물었다.

동상에 걸린 우리 손에 끼워줄 장갑이나 제대로 된 겨울 외투를 사줄 돈조차 없었는데도 어린 내가 우리 집이 부자라고 생각한 건 그 때문이었다. 어머니는 빨래를 마친 뒤 바삐 내게 옷을 입혀서는 언니들을 집으로 데려와 점심을 먹이려고 한겨울의 거리로 나섰다. 일곱 블록 떨어진 세인트마크플레이스에 도착할 무렵이면 어머니의 늘씬하고 아름다운 손은 보기 흉한 붉은색 반점과 물집투성이가 되었다. 어머니가 차가운 물을 틀어놓고 손을 살살 비비다가 고통으로 양손을 쥐어짜던 모습이 떠오른다. 그러나 아프냐고 물으면 당신은 '집'에서도 원래 그렇게 했다는 대답으로 내 질문을 피해갔고, 나는 그 뒤로 오랫동안 어머니가 장갑 끼는 걸 싫어한다는 말을 믿었다.

사무실이나 정치 회의에 다녀오는 아버지는 밤늦게야 귀가했다. 우리 세 아이들은 저녁을 먹고 나면 부엌 식탁에 둘러앉아 숙제를 했고, 잘 시간이 되면 언니들은 복도 저편 방으로 자러 갔다. 어머니는 앞쪽 침실에 내 침대를 놓아두었고 내가 잘 준비를 제대로 하는지 지켜보았다.

어머니는 전깃불을 전부 끄고 나서 방 두 개 사이에 놓인 부엌 식탁에 앉아 등유 램프에 의지해 〈데일리 뉴스〉를 읽으며 아버지를 기다리곤 했다. 귀가한 아버지가 "린, 왜 깜깜한 데 앉아 있어?" 하며 불을 켤

때까지 몇 푼이라도 전기세를 아껴보려 했던 것임은 자라서야 알았다. 어머니가 '다리 밑'에서 사온 표백하지 않은 모슬린 천으로 침대 시트며 베개를 만드느라 싱어 재봉틀 페달을 부드럽게 달칵달칵 밟는 소리를 들으며 잠드는 밤도 있었다.

어린 시절, 어머니가 우는 모습은 단 두 번 본 게 다였다. 한 번은 내가 세 살 때, 23번가에 있던 시립 치과의원에서 내가 치과의자 발판에 앉아 있는 동안 치의학과 학생이 어머니의 위턱 한쪽에 난 이를 모조리 뽑았을 때였다. 커다란 방 안에는 치과의자가 잔뜩 있었고, 그 의자마다 사람들이 누워 똑같이 앓는 소리를 냈으며, 하얀 재킷을 걸친 젊은 남자들이 그들의 벌린 입을 향해 몸을 숙이고 있었다. 여러 치과용 드릴이며 장비가 한꺼번에 돌아가는 소리가 길 한편에서 굴착공사를 하는 소음을 방불케 했다.

발치가 끝난 뒤 진료실을 나가 바깥의 기다란 나무 벤치에 앉은 어머니는 고개를 뒤로 젖히고 눈을 감았다. 내가 어머니의 외투를 툭툭 치고 잡아당겨도 반응이 없었다. 낮인데 왜 잠든 걸까 생각하면서 벤치 위로 기어올라가 어머니의 얼굴을 들여다보자, 감은 눈꺼풀 밑에서 눈물방울이 배어나와 뺨을 타고 귀를 향해 흘러내리고 있었다. 두려움과 놀라움에 사로잡힌 나는 높이 자리 잡은 광대뼈 위의 작은 눈물방울을 만져보았다. 어머니가 울다니, 세상이 거꾸로 뒤집힌 거나 마찬가지였다.

두 번째는 몇 년 뒤 내가 부모님 침실에서 자고 있던 어느 밤이었다. 응접실 문이 살짝 열려 있어서 그 틈으로 안을 들여다볼 수 있었다. 나는 부모님이 영어로 이야기하는 소리에 잠에서 깼다. 방금 집에서 돌아온 아버지의 숨결에 술 냄새가 묻어 있었다.

"비, 내가 살다 살다 당신이 어느 술집에 서서 누군지도 모를 클럽하우스 여자랑 술을 마시는 꼴을 볼 줄이야."

"린, 무슨 소리야? 그런 게 아닌 거 알잖아. 정치를 하려면 사람들이랑 어울려도 줘야지. 아무 의미도 없었어."

"당신이 나보다 먼저 세상을 떠나더라도 난 다른 남자 따위는 영영 거들떠도 안 볼 거야. 당신 역시 똑같이 해주기를 바라."

어머니의 목소리가 눈물에 젖어 잔뜩 가라앉아 있었다.

제2차 세계대전이 발발하기 직전, 대공황이 사람들, 그중에서도 특히 흑인들에게 지독한 시련을 안기던 시절이었다.

우리 같은 아이들마저도 귀갓길에 동전 한 닢을 잃어버렸다면 언어맞아도 싼 시기였지만, 어머니는 아낌없이 베푸는 마음씨 후한 부인 역할을 도맡고자 했다. 내가 자라서 친구들한테 무언가를 나눠주며 같은 역할을 하려 했을 땐 어머니가 나를 가혹하게 비난했지만 말이다. 하지만 제2차 세계대전에 관한 내 가장 오래된 기억 중 하나는 전쟁 직전, 어머니가 500그램짜리 커피 깡통 하나를 이따금 찾아오던 오래된 가족의 지인들과 나눠 가지던 기억이다.

어머니는 언제나 당신이 정치라든지 정부 일에는 아무런 관심이 없다고 말하고 다녔지만, 어디선가 전쟁이 일어나리라는 이야기를 듣자마자 가난한 살림에도 불구하고 개수대 아래 비밀 찬장에다 설탕과 커피를 꾸준히 쟁이기 시작했다. 진주만 공습이 일어나기 한참 전, 시장에서 산 2킬로그램 설탕 자루를 뜯어서는 그중 3분의 1은 쥐가 쏠지 못하도록 깨끗이 닦은 양철통에 담아서 개수대 아래 넣어둔 게 기억난다. 커피도 마찬가지였다. A&P 슈퍼마켓에서 사온 보카 커피를 사서 봉투에 나눠 담은 뒤, 반은 스토브 뒤에 둔 커피통 안에 넣고 나머지 반은 개수대 아래 양철통에 두었다. 손님이 찾아오는 일은 별로 없었지만 커피와 설탕 보급량이 엄격하게 제한되던 전쟁 중에 어머니는 우리 집을 찾아오는 손님들한테 적어도 설탕 한 컵, 커피 한 컵은 손에 들려서 보냈다.

고기와 버터는 쟁여놓을 수가 없었다. 전쟁 초기에 어머니는 버터 대체품을 완강히 거부했고(마가린을 쓰는 건 '다른 사람들', 즉 아이들 점심도시락으로 땅콩버터 샌드위치를 싸 주고, 마요네즈 대신 샌드위치 스프레드를 쓰고, 포크 촙과 수박을 먹는 '다른 사람들'이나 하는 일이었다), 덕분에 우리는 토요일 아침마다 살을 엘 만큼 추운 날에도 시내 곳곳의 슈퍼마켓이 문을 열기도 전에 줄을 서야 했다. 문을 열자마자 제일 먼저 들어가서 한 사람당 약 100그램씩 할당된, 보급품이 아닌 버터를 사와야 했기 때문이다. 전쟁이 끝날 때까지 어머니는 버스로 한 번에 갈 수 있는 슈퍼마켓을 기억해두었다가 차비가 공짜인 나를 종종 함께 데리고 다녔다. 어떤 곳이 흑인에게 호의적이고 또 아닌지도 모두 기억해둔 덕분에 전쟁이 끝나고 한참이 지난 뒤에도 우리는 특정 시장이나 가게에는 발길을 끊었다. 그곳에서 일하던 누군가가 전쟁 중 귀한 물자를 놓고 어머니의 심기를 거슬렀다는 이유였는데, 어머니는 그 무엇도 결코 잊지 않았으며, 용서하는 일도 거의 없었다.

3

내가 다섯 살, 여전히 법적으로 시각장애를 갖고 있던 시절, 처음 간 학교는 135번가와 레녹스 애비뉴에 있는 지역 공립학교에 개설된 시각장애인 학급이었다. 학교 한구석에 있는 파란 나무 부스에서는 백인 여자들이 아이가 있는 흑인 어머니들에게 우유를 무료로 나눠 주었다. 그 시절의 나는 허스트 무료우유기금에서 주는 빨갛고 흰 뚜껑이 달린 작고 귀여운 병에 담긴 우유가 정말 먹고 싶었지만, 어머니는 그것은 자선이고, 따라서 나쁘고 모욕적일 뿐만 아니라 우유가 미지근해 배탈이 날지도 모른다며 절대 받아 마시지 못하게 했다.

두 언니가 다니던 가톨릭 학교에서 큰길 하나를 사이에 둔 이 공립학교는 내 기억대로라면 언니들에게는 협박용으로 쓰이던 장소였다. 둘 중 누군가가 잘못을 한다든지, 학교 성적이나 품행 점수를 나쁘게 받아 오면 그 학교로 '전학'시킨다는 식이었다. '전학'이라는 말은 수십 년 뒤 '추방'이라는 말이 암시하게 될 것과 마찬가지로 무시무시하게 들렸다.

물론 공립학교 아이들이 '싸움질' 말고는 아무것도 안 한다는 사실을 누구나 알았다. 가톨릭 학교 아이들처럼 학교가 끝나면 작은 로봇들처럼 두 줄로 서서 조용하지만 안전하게, 아무한테도 얻어맞지 않은 채로 교문 밖으로 나와 아이들을 기다리는 어머니들에게로 다가오는 대신, 매일같이 '두들겨 맞을지도' 모른다는 사실도 누구나 알았다.

하지만 가톨릭 학교에는 유치원이 없었고, 시각장애가 있는 아이가 다닐 유치원은 더더욱 없었다.

나는 심한 근시였지만, 어쩌면 그 사실 때문에 말하는 법과 글 읽는 법을 동시에 배웠다. 학교에 입학하기 고작 1년쯤 전이었다. 아마 말하는 법을 **배웠다**는 표현은 적절하지 않을 것 같다. 그때까지 말을 하지 않았던 게 말하는 법을 몰라서였는지, 아니면 혼나지 않을 말 중에는 할 말이 없어서였는지 지금까지도 확실치가 않기 때문이다. 서인도제도 출신 가족 안에서 아이는 이른 나이부터 자기보호를 시작하곤 한다.

내가 글 읽는 법을 알게 된 것은 135번가 도서관 분관의 어린이열람실 사서였던 오거스타 베이커 선생님 덕분이었다. 이 건물은 얼마 전 허물어졌고 그 자리에는 샴버그가 수집한 아프리카계 미국인 역사와 문화 자료를 담은 새 도서관 건물이 생겼다. 설령 베이커 선생님이 평생 살면서 한 좋은 일이 오로지 내게 글 읽는 법을 알려준 것 하나뿐이라 할지라도 나는 그의 명복을 빌 것이다. 머지않아 내가 글을 읽을 줄 안다는 사실 한 가지에 매달려, 그것이 날 버티게 해주리라 믿고 견뎌야 하는 시기가 왔기 때문이다.

어느 밝은 날 오후, 내가 어린이열람실 바닥에서 성이 난 작은 갈색 두꺼비처럼 도리깨질하며 팔다리를 흔들고 고함을 질러대는 바람에 어머니는 부끄러워 죽겠다며 내 귀를 꼬집었다. 봄 아니면 초가을이었던 것 같은데, 두툼한 외투를 입지 않아서 꼬집힌 위팔이 얼얼하게 아팠다.

어머니가 조용히 하라며 매서운 손가락으로 꼬집은 자리였다. 가차 없는 손가락에서 빠져나오려 바닥을 데굴데굴 구르고 아프다고 소리소리 지르자 이번에는 손가락이 내 귀를 향해 다가오는 게 보였다. 우리는 위층에 있는 또 다른 조용한 도서관에서 열린 이야기시간에 간 언니들을 기다리는 중이었다. 내 비명이 경건한 정적 속에 울려 퍼졌다.

고개를 들자 도서관의 여자 사서가 나를 내려다보고 있었다. 어머니가 손을 내렸다. 누워 있는 내 눈에는 베이커 선생님도 어머니와 매한가지로 나를 괴롭힐 작정으로 온 덩치가 거대한 여자 어른으로 보였다. 그러나 도톰한 눈꺼풀과 크고 옅은 색의 눈을 가진 베이커 선생님은 시끄럽다고 야단치기는커녕 나직하기 이를 데 없는 목소리로 입을 열었다.

"꼬마야, 책 읽어줄까?"

내가 울화통을 터뜨렸던 이유 중 하나는 내가 너무 어린 나머지 이야기시간이라는 비밀스러운 축제에 가지 못했기 때문이었는데, 이제는 이 낯선 여자가 나한테만 이야기를 들려준다고 했다.

나는 어머니의 입에서 '안 돼, 넌 못된 애니까 이야기를 들을 수 없어' 하는 말이 나올까봐 두려워 차마 어머니를 쳐다볼 수조차 없었다. 갑작스러운 사건 진개에 여전히 당황한 채로, 나는 베이커 선생님이 가져다준 스툴에 앉아 온 신경을 선생님한테 집중했다. 처음 겪는 일이었고, 나는 호기심에 사로잡혀 있었다.

베이커 선생님이 읽어준 책은 《마들린느》와 《코끼리 호튼이 부화시킨 알》이었다. 둘 다 운문으로 되어 있었으며, 새로 맞춘 안경 양다리에 검은 고무줄을 매어서 좀처럼 가만있을 줄 모르는 내 머리통에 빙 둘러 끼워둔 덕분에 커다란 안경알 너머로 책에 큼직하게 그려진 귀여운 그림들도 보였다. 선생님은 또 허버트라는 곰이 부모부터 시작해 온 가족을 하나하나 잡아먹는 다른 이야기도 읽어줬다. 선생님의 이야기가 끝났을 때 이미 나는 남은 평생을 책 읽기에 바칠 태세였다.

선생님은 방금 읽어줬던 책들을 나에게 건네주었고, 나는 손가락으로 큼지막한 검은 글자들을 더듬어 보다가 선명하고 화려한 그림들도 눈여겨보았다. 바로 그 순간, 나는 직접 책 읽는 법을 배우겠다고 마음먹었다. 글자가 너무 작아 내 눈에는 한 페이지 전체가 뭉개진 회색 덩어리로만 보이던, 언니들이 읽던 어른 책들과는 확연히 다른, 하나하나 구분할 수 있는 검은 글자를 손으로 가리키면서 나는 누구에게랄 것도 없이 큰 소리로 내뱉었다. "읽고 싶어요."

그때 어머니는 당신 표현대로라면 내가 똥강아지처럼 난리를 피울 때마다 일던 짜증을 압도할 정도로 놀라고 안도했다. 베이커 선생님이 책을 읽는 내내 뒤에서 서성거리던 어머니는 감동해 누그러진 마음으로 황급히 앞으로 나왔다. 그러더니 의자에 앉은 나를 번쩍 안아 올려서는, 놀랍게도 베이커 선생님을 비롯해 도서관의 다른 사람들이 다 보는 앞에서 입을 맞췄다.

어머니가 남들 앞에서 이런 애정 표현을 하는 것은 전에 없이 드문 일이었고, 나로서는 어머니가 왜 그러는지 알 수 없었다. 그럼에도 따뜻하고 행복한 기분이 들었다. 이번만큼은 내가 뭔가를 제대로 해낸 모양이었다. 어머니가 나를 다시 스툴에 앉히더니 웃는 얼굴로 선생님을 바라보았다.

"해가 서쪽에서 뜰 노릇이군요!" 어머니의 들뜬 목소리에 놀란 나는 다시 경계하며 입을 다물었다.

나는 어머니가 예상하지 못한 만큼 오래 제자리를 지켰을 뿐 아니라, 잠자코 앉아 있기까지 했다. 고함을 지르는 대신 말을 했다. 어머니는 지난 4년간 말이 트이지 않는 나를 크게 걱정했으며 내가 영영 말을 못 할지도 모른다는 좌절감까지 느끼고 있던 터였다. 내가 혀짤배기소리를 내지 않도록 병원에 데려가 설소대 자르는 시술도 했고 의사들한테서 내 발달 속도에 문제가 없다는 확답까지 받았는데도, 여전히 두려움과 의심을 품고 있던 것이다. 내가 벙어리일지도 모른다고 생각했기에, 그렇지 않다는 사실만으로도 어머니는 기뻐했다. 조금 전까지만 해도 내 귀를 꼬집었다는 사실은 까맣게 잊어버린 듯했다. 우리는 베이커 선생님으로부터 알파벳 책과 그림책을 받아 들고 집으로 갔다.

어머니와 부엌 식탁에 함께 앉아 글자를 따라 그리고 글자의 이름을 배웠다. 오래지 않아 어머니는 그레나다에서 하는 것처럼 알파벳을 순서대로, 또 거꾸로 읽는 법도 알려주었다. 어머니는 테일러 교장 선생님이 운영하는 학교를 7학년*까지밖에 다니지 못했지만 마지막 학년일 때 1학년생들에게 글자를 가르치기도 했던 것이다. 어머니는 테일러 선생님이 얼마나 엄격했는가 하는 이야기를 들려주면서 내 이름을 대문자로 쓰는 법을 가르쳐주었다.

'AUDREY'라는 글자에서 줄 밑으로 내려오는 'Y'의 꼬리가 마음에 들지 않았던 내가 마지막 글자를 자꾸 빼먹는 바람에 어머니는 심란해했다. 'AUDRELORDE'라고 썼을 때의 평평한 모양새가 마음에 들었지

---

* 미국은 초기에는 8-4-4학제, 즉 초등학교 8학년, 고등학교 4학년, 대학교 4학년으로 학제를 운영했다.

만, 네 살의 나이에도 꿋꿋이 'Y'를 덧붙여 썼던 건 어머니가 바랐고, 또 원래 그렇게 써야만 하는 거라고 주장해서였다. 어머니는 올바른 것이란 일탈을 허용하지 않는다고 여겼다.

그런 연유로, 깨끗이 씻고 머리를 땋고 안경까지 쓴 채 시각장애인 학급에 갔을 무렵 나는 이미 큰 글자로 인쇄된 책을 읽고 보통 연필로 내 이름을 쓸 줄도 알았다. 그리고 그날 나는 처음으로 학교는 불쾌한 곳이라고 자각하게 되었다. 내 능력은 예상한 바와는 완전히 달랐다.

커다란 교실 안에 모여 앉은 흑인 꼬마들은 고작 일고여덟 명이 다였고 각기 다양한 정도의 시각장애를 지니고 있었다. 몇몇은 사시, 몇몇은 근시였고, 어느 어린 여자아이는 한쪽 눈에 안대를 하고 있었다.

선생님은 우리한테 특별히 제작한, 위아래 길이가 짧고 폭은 널찍한 공책을 한 권씩 나눠 주었다. 노란 종이에 큼직한 간격을 두고 줄이 그어져 있어 언니의 음악공책 같았다. 이걸로 글씨를 쓰라며 굵은 검은색 크레용도 주었다. 서인도제도 출신 가족, 그것도 우리 부모님 밑에서 뚱뚱하고, 흑인이고, 눈은 거의 안 보이는, 양손잡이로 자라나면서 그리 융통성도 없고 그리 민첩하지도 않게 살아남았다고 생각해보라. 집에서 똑같은 실수를 했다고 몇 번이나 얻어맞은 경험이 있었던 나로서는 크레용은 글씨 쓰는 도구가 아니며 음악공책 역시 글씨를 쓸 종이가 아니라는 걸 알고 있었다.

나는 손을 들었다. 선생님이 왜 그러느냐고 묻자 나는 글씨를 쓸 수 있는 보통 종이와 연필을 달라고 했다. 거기서부터 내 실패가 시작된 것이다. "연필은 없다." 선생님이 말했다.

공책에다가 검은 크레용으로 각자 이름 첫 글자를 베껴 쓰는 것이 첫 번째 과제였다. 선생님은 교실 안을 돌아다니면서 아이들 각자의 머리글자를 공책에 써주었다. 내 책상 앞에 도착한 선생님이 공책 첫 페이지 상단 왼쪽 구석에 'A'라고 커다랗게 대문자로 쓴 다음 내게 크레용을 건네주었다.

"못해요." 검은색 크레용이란 벽에 낙서하고 궁둥이를 두들겨 맞을 때, 또는 그림 테두리를 칠할 때 쓰는 것이지 글을 쓰는 도구가 아니라는 걸 잘 알았던 나는 그렇게 말했다. 글을 쓰려면 연필이 있어야 했다. 겁에 질린 나는 "못해요!" 하고는 울기 시작했다.

"다 큰 여자아이가 이러다니, 정말 창피스러운 일이구나. 노력하지도 않았다고 어머니께 말씀드리겠다. 그것도 너처럼 큰 아이가 말이다!"

그 말은 사실이었다. 나는 어렸지만 아이들 중 덩치가 제일 컸는데, 그 사실을 빨리도 알아차린 뒷자리에 앉은 조그만 남자애는 선생님이 등을 돌릴 때마다 나더러 "뚱보, 뚱보!"라며 속삭여대고 있었다.

"애야, 그냥 한번 해보렴. 'A'라고 쓸 수 있을 거야. 해보려고 한 것만으로도 어머니가 얼마나 기뻐하시겠니." 선생님은 뻣뻣하게 땋은 내 머리카락을 토닥거려준 뒤 다른 아이의 책상으로 갔다.

그러니까 선생님의 입에서 마법의 말이 나온 셈이었다. 나는 어머니를 기쁘게 할 수만 있다면 쌀을 쏟아놓은 바닥이라도 무릎걸음으로 기어갔을 것이다. 역한 냄새가 풍기는, 오래되고 무른 데다가 손에 온통 묻는 크레용을 뾰족하게 깎은 단정한 연필인 양 손에 쥐었다. 오늘 아침, 아버지가 목욕가운 주머니에 항상 넣어 다니는 주머니칼로 욕실 문 밖에서 섬세하게 깎아놓은 바로 그 연필이기라도 한 것처럼 말이다.

오래된 가래침과 고무지우개 냄새가 진동하는 책상 위로 고개를 바짝 숙인 채, 비웃음이 절로 터질 만큼 널찍한 간격으로 줄이 그인 우스운 노란 종이 위에다가 최선을 다해 'AUDRE'라고 썼다. 줄 간격이야 어떻건 나는 원래 반듯하게 일자로 글씨를 쓰는 데는 소질이 없었기에 글자들은 페이지 위에 이런 식으로 펼쳐졌다. A

                                                U

                                                  D

                                                      R

                                                              E

공책은 위아래 길이가 짧아 더 이상 공간이 없었다. 그래서 나는 페이지를 넘긴 뒤 열심히, 힘겹게, 반쯤은 자랑삼아, 반쯤은 어머니를 흐뭇하게 하고 싶은 마음으로 입술까지 물어뜯어가며 나머지 글씨를 써나갔다. L

                      O

                                R

                                      D

                                          E

그때, 선생님이 다시 교실 앞으로 들어왔다.

"자, 이제 글자를 다 쓴 사람은 머리 위로 손을 높이 드세요." 그 목소리는 환하게 웃고 있었다. 참 이상한 건, 아직 그 목소리가 귀에 선한데도 선생님의 얼굴은 물론 흑인이었는지 백인이었는지조차 기억나지 않는다는 것이다. 선생님에게서 나던 냄새는 기억나지만, 내 책상에 얹었던 손목이 무슨 색이었는지는 기억에 없다.

아무튼 나는 그 말을 듣자마자 손을 번쩍 들고 열심히 흔들어댔다.

언니들이 학교생활을 자세히 알려주면서 학교에서는 절대로 손을 들기 전에 말을 하면 안 된다고 경고해주었기 때문이었다. 나는 눈에 띄고 싶어 안달이 나 손을 들었다. 정오에 어머니가 학교로 나를 데리러 왔을 때 선생님은 무슨 말을 할까? "착하게 굴어라"라는 말을 내가 잘 지켰다는 걸 어머니도 알게 될 터였다.

선생님이 책상 사이로 다가와 내 앞에 서서 공책을 내려다보았다. 그 순간, 내 공책 옆에 얹은 선생님의 손을 둘러싼 공기가 느닷없이 딱 멎기라도 한 듯 섬뜩해졌다. 선생님이 날카로운 목소리로 외쳤다.

"어처구니가 없구나! 분명 글자를 베껴 그리라고 하지 않니? 애초에 시키는 대로 할 생각조차 없었구나. 자, 이제 다음 페이지로 넘겨서 다른 아이들처럼……" 페이지를 넘기던 선생님의 시선이 다음 장 가득 쓰인 두 번째 이름에서 멈췄다.

잠깐 동안 얼음 같은 침묵이 흘렀고, 내가 뭔가 엄청난 잘못을 저질렀다는 건 분명했다. 그런데 어째서 선생님이 내가 이름을 쓴 걸 자랑스러워하는 게 아니라 이토록 화를 내는지 도무지 알 수가 없었다.

선생님의 날 선 목소리가 침묵을 깼다. "알았다. 꼬마 아가씨는 시키는 대로 할 마음이 없구나. 어머니께 말씀드려야겠다." 선생님이 공책에서 내가 이름을 쓴 장을 뜯어내자 아이들이 낄낄대며 웃음을 터뜨렸다.

"마지막 기회다." 선생님이 새로운 페이지 상단에 다시 한번 선명하게 'A'라고 썼다. "이 글자를 보이는 그대로 베껴 쓸 때까지 다른 친구들은 계속 기다릴 거나." 그러면서 내 손에 억지로 크레용을 쥐여 주었다.

이쯤 되니 도대체 어쩌라는 건지 알 수가 없어서, 나는 정오에 어머니가 데리러 올 때까지 오전 내내 울고 또 울었다. 집에 가는 길에 언니들을 데리러 학교에 들렀을 때 또 울었고, 집까지 가는 길에서도 내내 우는 바람에 결국 어머니가 남우세스러운 짓을 당장 그만두지 않으면 귀뺨을 올려붙이겠다고 을러댄 뒤에야 울음을 그쳤다.

점심을 먹고 언니들이 학교로 돌아간 뒤, 나는 어머니를 도와 먼지를 털면서 학교에서 있었던 일을 고해바쳤다. 크레용을 주고 글씨를 쓰라더니, 이름을 쓰자 화를 냈다고. 그날 밤 아버지가 퇴근하자 부모님은 또다시 방에 들어가서 상의했다. 다음 날 아침에 어머니가 나를 학교에 데려다주면서 내가 잘못한 게 무엇인지 선생님한테 물어보자는 결론이 났다. 그 결정은 불길한 조짐을 품고 내게 전해졌으니, 내가 선생님을 엄청나게 화나게 할 만한 잘못을 한 게 틀림없었다.

다음 날 아침, 학교를 찾은 어머니에게 선생님은 내가 지시를 따를 줄 모르고 시키는 대로 하지 않아서 아직 유치원에 들어올 준비가 안 된 것 같다고 했다.

어머니는 내가 지시를 따를 줄 안다는 사실을 아주 잘 알고 있었는데, 내가 지시를 따르지 않을 때마다 엄청난 노력과 팔 힘을 써서 큰 고통을 느끼게 만든 장본인이 당신이기 때문이었다. 또한 어머니는 학교의 제일가는 기능이 시키는 대로 하는 법을 가르치는 거라고 믿었다. 어머니는 그걸 가르칠 수 없는 학교란 제대로 된 학교가 아니라 여겼으므로, 제대로 가르칠 다른 학교를 찾기로 했다. 즉, 어머니는 이미 나를 학교에 보내기로 확고하게 결심했던 것이다.

바로 그날 아침, 어머니는 곧바로 나를 데리고 길 건너 가톨릭 학교로 가서는 내가 벌써 글도 읽을 줄 알며 보통 종이에 진짜 연필로 이름도 쓸 줄 아니 1학년에 넣어달라고 수녀들을 설득했다. 첫 줄에 앉히면

칠판도 볼 수 있다며 말이다. 마치 그린 것처럼 모범생이었던 두 언니와
는 달리 나는 제멋대로이니 필요하다면 언제든 엉덩이를 때려주어도
좋다고까지 했다. 교장인 조세파 수녀님은 그러마 했고 그렇게 나는 학
교에 입학했다.

1학년 담임선생님의 이름은 영원한 도움의 마리 수녀님이었고, 어
머니에 버금갈 만큼이나 규율을 중시하는 분이었다. 입학하고 일주일
뒤 그는 채찍으로 엉덩이를 후려쳐도 내가 아픈 줄을 모르니 옷을 지금
처럼 겹겹이 입혀 보내지 말라는 가정통신문을 들려 보냈다.

영원한 도움의 마리 수녀님은 십자가의 형태를 한 압제를 휘둘러
1학년을 다스렸다. 그는 기껏해야 그때 열여덟 살이나 되었을까 싶다.
덩치가 컸고, 아마 금발이었던 것 같은데, 그 시절엔 수녀들이 머리카락
을 꽁꽁 감추고 다녔으니 정확하지는 않다. 그러나 눈썹은 금빛이었고,
성체수녀회의 다른 수녀들과 마찬가지로 미국의 유색인과 원주민 아동
들을 돌보는 데 전적으로 헌신해야만 했다. 돌본다는 것이 꼭 마음을 쓴
다는 것과 같은 의미는 아니었다. 게다가 영원한 도움의 마리 수녀님은
가르치는 일을 싫어하거나, 아니면 아이들을 싫어하는 것 같았다.

그는 반을 '페어리'와 '브라우니'라는 두 모둠으로 나누었다. 인종주
의는 물론이고 색의 사용에 대한 감수성이 크게 개선된 오늘날에 와서
는 어느 쪽이 우등생이고 어느 쪽이 문제아인지 굳이 설명할 필요는 없
으리라. 나는 매번 브라우니 모둠에 들어가게 되었는데, 말이 너무 많아
서, 안경을 깨뜨려서, 아니면 끝도 없는 행동 규범 중 또 무엇을 어겨서
등등 그 이유는 수도 없었다.

그러나 그해, 나는 잠깐이지만 두 번이나 페어리 모둠에 들어가는

영광을 누렸다. 못된 행동을 하거나 읽기를 못 따라가는 아이들은 브라우니 모둠에 들어갔다. 나는 이미 글을 읽을 줄 알았지만 숫자를 구분할 줄 몰랐다. 영원한 도움의 마리 수녀님은 읽기 시간이면 학생들 중 몇몇을 교실 앞쪽으로 불러내 세워놓고 "자, 여러분, 읽기 책 6페이지를 펴세요" 하거나 "19페이지를 펴서 맨 위에서부터 읽어보세요"라고 했다.

나는 페이지 번호를 읽을 줄 몰랐고, 숫자를 읽을 줄 모르는 내가 부끄러웠기에, 내 차례가 와도 제대로 된 페이지를 펼치지 못해서 읽을 수가 없었다. 선생님은 몇 개의 단어를 읊어주다가 다음 순서로 넘어갔고 나는 결국 브라우니 모둠에 들어가는 신세가 되었다.

입학한 지 두 달째가 되는 10월이었다. 내 새로운 짝꿍은 우리 반 최고의 문제아 앨빈이었다. 앨빈은 옷이 더러웠고 씻지 않아 몸에서 악취를 풍기는 데다가 마리 수녀님께 욕을 했다는 소문까지 돌았지만, 그 소문이 진짜였다면 학교에 영영 나오지 못했을 테니 진짜는 아닐 것 같았다. 앨빈은 나를 협박해 연필을 빌린 다음, 비행기에서 음경 모양의 거대한 폭탄이 떨어지는 그림을 끝도 없이 그렸다. 매번 그림을 다 그린 뒤에 나한테 주겠다고 약속했지만, 막상 완성하고 나면 여자애한테 주기에는 너무 잘 그려서 자기가 갖고, 나한테는 새로 그려주겠다고 하기 일쑤였다. 그럼에도 앨빈은 비행기를 썩 잘 그렸으므로 나는 언젠가 그 애한테서 그림을 한 장 얻을 수 있으리라는 희망을 버리지 않았다.

또 앨빈은 머리를 벅벅 긁은 뒤, 같이 보는 철자법 책이나 읽기 책에 비듬을 털고는 비듬 부스러기가 죽은 머릿니라고 했다. 그 말 또한 믿었던 나는 머릿니가 옮을지도 모른다는 공포에 시달렸다. 그러나 앨빈과 나는 힘을 합쳐 읽기 시스템을 만들어냈다. 앨빈은 글을 못 읽는 대신 숫자를 다 알았고, 나는 글을 다 읽을 줄 알았지만 페이지를 펼칠 수가 없었으니까.

브라우니 모둠 아이들은 교실 앞으로 불려 나가지 않고 둘씩 짝지어 앉는 책상에 앉아 익명으로 책을 읽었다. 평소에 우리는 책상 끄트머리에 몸을 웅크리고 앉아야 했는데, 가운데 우리의 수호천사들이 앉을 공간을 만들어줘야 한다는 명목이었다. 그러나 우리가 책 한 권을 나눠 보아야 할 때는 수호천사들이 우리를 폴짝 뛰어넘어 책상 양끝 끄트머리로 가서 앉았다. 그렇게 수녀님이 책을 펼치라고 하면 앨빈이 페이지를 찾아 펼쳤고, 그가 책을 읽을 차례가 되면 내가 목소리를 죽여 그에게 글을 읽어주었다. 이런 술책을 만들어내고 단 일주일 만에 우리 둘은 브라우니 모둠에서 탈출했다. 읽기 책 한 권을 같이 읽는 사이였기에, 페어리 모둠 아이들이 교실 앞으로 불려 나갈 때도 우리 둘은 함께 나갔다. 그렇게 한동안 모든 일이 술술 풀리는 듯했다.

그런데 추수감사절 무렵 앨빈이 아프기 시작하더니 결석을 밥 먹듯 했고, 크리스마스가 지나자 아예 학교로 돌아오지 않았다. 그 애가 그리던, 급강하 폭격을 퍼붓는 비행기 그림도 그리웠지만 가장 아쉬운 건 페이지 번호였다. 혼자서 몇 번 교실 앞으로 불려 나갔다가 책을 읽지 못하고 돌아온 나는 다시 브라우니 모둠으로 돌아가는 신세가 되었다.

세월이 흐른 뒤에야 나는 앨빈이 크리스마스에 폐결핵으로 죽었다는 것을, 크리스마스 방학이 끝나고 개학한 첫날, 미사를 본 뒤 다들 강당에 모여 엑스레이 촬영을 한 이유도 그 때문이었다는 것을 알았다.

브라우니 모둠에서 지낸 몇 주 동안, 나는 그날 읽는 페이지가 마침 내가 아는 단 세 개의 숫자인 8이나 10, 20인 때를 제외하고는 읽기 시간에는 입을 꾹 다물고 살았다.

그러던 어느 날, 처음으로 주말 동안 글쓰기 숙제를 해가게 되었다. 부모님의 신문에서 뜻을 아는 단어를 오려낸 뒤 간단한 문장을 만들어 오라는 숙제였다. '그 the'라는 단어는 딱 한 번만 쓸 수 있었다. 그 무렵 이미 신문만화까지 읽고 있던 나한테는 쉽게 느껴지는 숙제였다.

일요일 오전, 평소처럼 교회에 다녀온 뒤 숙제하는 시간에, 아버지가 읽던 〈뉴욕타임스 매거진〉 뒷면에 실린 '화이트 로즈 살라다 티' 광고가 보였다. 빨간 바탕에 굉장히 멋진 흰 장미가 그려진 광고여서 저 장미 그림을 넣어야겠다는 생각이 들었다. 우리가 만든 문장에 삽화까지 덧붙여오는 숙제였기 때문이다. 나는 신문을 뒤져 '난'을 찾고, 그다음에는 '좋아'를 찾은 뒤, 광고 속 장미 그림을 '화이트' '로즈' '살라다' '티'라는 단어와 함께 오려냈다. 어머니가 제일 좋아하는 차였기에 나도 알고 있는 상표명이었다.

월요일 아침, 우리는 각자 해온 숙제 종이를 칠판에 기대어 세웠다. '소년이 달렸다' '날씨가 추웠다' 같은 스무 개 남짓 되는 문장들 사이로 '난 화이트 로즈 살라다 티가 좋아'라는 문장이 빨간 바탕의 아름다운 흰 장미와 어우러져 자리를 잡았다.

브라우니 모둠 아이가 해오기엔 과한 숙제였다. 영원한 도움의 마리 수녀님이 얼굴을 찌푸렸다.

"여러분, 숙제는 직접 해야 하는 겁니다. 오드리, 누가 도와줬지?" 나는 내 힘으로 혼자 해냈다고 대답했다.

"거짓말을 하면 수호천사가 눈물을 흘린단다, 오드리. 내일 어머니한테서 아기 예수님께 거짓말을 해서 죄송하다는 내용이 담긴 통신문을 받아오도록."

집에 그 말을 전한 나는 다음 날 아버지가 써준, 그 문장은 정말 나 스스로 만든 것이 맞는다는 내용의 통신문을 들고 학교에 갔다. 나는 의기양양하게 책을 챙겨 페어리 모둠으로 자리를 옮겼다.

여전히 1학년 시절을 떠올리면 나는 좁아터진 책상에서 수호천사가 앉을 곳을 만드느라 웅크렸던 때나, 브라우니 모둠과 페어리 모둠 사이를 몇 번이나 옮겨 다닐 때 느낀 불편한 기분이 가장 생생하게 기억난다.

이번에는 페어리 모둠에 한참이나 머무를 수 있었다. 드디어 숫자를 읽을 줄 알게 된 것이다. 나는 안경을 깨뜨릴 때까지 내내 페어리 모둠에 있었다. 화장실에서 안경을 물에 씻고 싶어 벗었다가 떨어뜨리고 말았기 때문이다. 안경은 절대 벗어서는 안 되는 것이었기에 크게 혼날 일이었다. 의료센터 안과에서 안경을 맞추는 데는 사흘이 걸렸다. 우리 가족은 안경을 한 번에 여러 개 맞출 여유가 없었고, 부모님도 그런 사치가 필요하다고 생각지 않았다. 안경이 없으면 앞이 하나도 보이지 않았지만, 아무것도 안 보이는 상태로 학교생활을 하는 것이야말로 안경을 깨뜨린 것에 대한 벌이었다. 언니들은 안경을 고무줄로 동여매기까지 했는데도 내가 안경을 망가뜨리고 말았다는 어머니의 통신문과 함께 나를 교실까지 데려다주었다.

잘 때를 빼고는 안경을 벗지 말라고 했음에도 나는 빠른 속도로 내 일부가 되어가며 내 우주를 변신시키고 있으면서도 여전히 벗을 수도 있는, 마술 같은 동그란 두 개의 유리가 언제나 궁금했다. 근시가 심한 맨눈으로 자세히 들여다보고 싶었지만, 그때마다 난 안경을 떨어뜨리곤 했다.

칠판이 보이지 않았으니 학교에서는 할 수 있는 게 없었다. 그래서 영원한 도움의 마리 수녀님은 나한테 부진아 모자*를 씌워 교실 맨 뒤 창가 자리에 앉혀놓았다. 그러고는 반 아이들더러 안경을 깨뜨리는 바람에 새 안경을 사느라 불필요하게 큰돈을 쓰게 만든 말썽쟁이 딸아이를 가진 가여운 우리 어머니를 위해 다 같이 기도하라고 했다. 또 나의 못된 마음을 없애달라는 특별 기도도 하라고 했다.

나는 그저 영원한 도움의 마리 수녀님 책상 위 램프가 뿜어내는, 후광처럼 춤추는 무지개색 빛깔들을 세어보며 심심함을 달랬다. 안경 없이 전구를 볼 때 나타나는 별 모양의 광채도 바라보았다. 안경이 없어서 아쉬웠지만, 아무것도 볼 수 없던 날들이 그립기도 했다. 그때는 전구가 색색의 별 모양이라 믿어 의심치 않았으니까. 내 눈에는 그렇게 보였다.

아마 여름이 가까울 무렵이었던 것 같다. 반 아이들이 내 영혼을 구제하려 의무적으로 성모송을 읊는 사이, 내가 부진아 모자를 쓰고 앉아 일그러진 빛의 무지개를 구경하다가 마침내는 수녀님께 들켜 눈을 그렇게 빠르게 깜박거리지 말라고 혼이 났던 그때, 교실 창문을 통해 쏟아지는 햇볕이 등을 뜨겁게 달구고 있었던 게 기억나서다.

---

* 19세기에서 20세기 초반 유럽과 미국에서 수업시간에 학습이 느린 아이들에게 쓰게 하던 고깔 모양의 종이 모자를 말한다.

"발 없는 새는 날아가는 곳마다 가지 없는 나무를 찾는다."

하고 싶은 말이 가장 힘센 언어가 되어 내게서 쏟아져 나올 때면 그것들은 기억 속 내 어머니의 입에서 나오던 말들을 닮았고, 그러면 나는 지금 해야 할 모든 말의 의미를 다시금 평가해보거나, 어머니가 옛날에 했던 말의 가치를 다시금 검토하게 된다.

내 어머니는 말word과 특별하고도 은밀한 관계를 맺고 있었으며 언어language라는 것은 언제나 그 자리에 존재하는 것이라고 당연하게 받아들였다. 내가 말을 시작한 것은 네 살이 되어서였다. 세 살이 되었을 때 안경을 통해 보이는 사물의 새로운 본질을 배웠고, 희한한 빛과 매혹적인 형상들로 이루어졌던 나의 세계는 차츰 본래의 시시한 윤곽을 찾아갔다. 그렇게 인식한 세상은 다채롭거나 혼란스러운 면에 있어서는 예전만 못했으나 심한 근시 때문에 초점이 고르지 못한 눈으로 보던 세상에 비하면 훨씬 더 편안했다.

어머니와 함께 레녹스 애비뉴를 터벅터벅 걸어 점심시간에 필리스 언니와 헬렌 언니를 데리러 가던 것이 기억난다. 두툼한 눈옷바지를 입지 않은 다리가 가볍고 내 것처럼 느껴졌으니 늦봄이었을 것이다. 나는 공설놀이터 울타리 언저리에서 꾸물거렸다. 울타리 안에서는 튼튼한 플라타너스가 한 그루 자라고 있었는데, 나는 눈앞에 문득 드러난, 순수

한 햇빛 속에서 윤곽과 잎맥이 또렷하게 드러나 보이는 초록 잎 하나하나를 매혹에 차 올려다보았다. 안경을 쓰기 전 나는 나무라는 것은 내게 시각의 세계 중 많은 부분을 가르쳐준 언니들의 이야기책에서 열심히 본 그림에 나오는 것처럼 우뚝 솟은 갈색 기둥이고 그 꼭대기엔 소용돌이치는 모양의 초록 잎들이 뭉게뭉게 모여 있는 모습인 줄로만 알았다.

그러나 어머니가 마음이 편하거나 마음껏 말해도 되는 처지에 있을 때면 당신의 입에서는 피카레스크식* 구조와 초현실적 장면들로 가득한 말의 세계가 폭포수처럼 쏟아져 나왔다.

옷을 너무 가볍게 입은 게 아니라 "벌거숭이 같다". 목에 아무것도 걸치지 않았다고?"** 도저히 갈 수 없는 머나먼 거리는 "호그***에서 킥엠제니까지"로 측정했다. **호그라니? 킥엠제니라니?** 내가 분별 있는, 입안에 별을 가득 담은 시인으로 자라기 전까지, 이 두 단어가 그레나다와 캐리아쿠 사이 그레나딘제도에 위치한 두 개의 작은 산호섬이라는 걸 누가 알았겠는가?

신체에 대한 완곡한 표현들도 마찬가지로 혼란하고 그만큼 다채로웠다. 가벼운 벌을 받을 때는 볼기를 치는 것이 아니라 "궁둥이bum를 짝

---

* 동일 인물이 등장하는 각각의 독립된 이야기들이 연속해서 전개되는 구조를 말한다.
** '벌거숭이 비슷하다in next kin to nothign'라는 표현의 원문과 '목에 아무것도 걸치지 않았다neck skin to nothing'라는 원문 발음이 비슷해 불러일으킨 오해다.
*** 그레나다 앞바다의 섬을 말하지만, 영어에서는 식용 돼지라는 뜻이기도 하다.

때리거나" 아니면 "뱀지"를 때렸다. 자리에 앉을 땐 "뱀뱀"을 대고 앉아야 하지만 골반뼈와 허벅지 윗부분 사이는 전부 하부라는 뜻의 "로어 리전lower region"으로 통칭했는데 난 그 단어가 예를 들면 "자기 전에 로레지옹l'oregión 씻어라"같이 프랑스어 어원을 가지고 있을 거라 상상했다. 그곳을 보다 임상적이고 정확하게 설명해야 할 때면 언제나 "두 다리 사이"라고 속삭였다.

삶의 육감적인 요소들은 가려져 있고 불가해했으나 암호화된 구문에 실려 등장했다. 어쩌다 보니 사촌들 모두가 시릴 삼촌이 "뱀뱀쿠" 때문에 무거운 물건을 들 수 없다는 것을 알았는데, 목소리를 한껏 낮춰서 탈장 이야기를 하는 것 자체가 그것이 분명 "저쪽 아래"와 관련 있는 문제임을 경고하는 것과 다름없었다. 그리고 어머니가 목에 담이 걸리거나 근육이 당겨 기분 좋게 손으로 주물러주는, 아주 가끔 일어나는 마술 같은 일을 할 때. 어머니는 척추를 마사지하는 것이 아니라 "잔달리zandalee를 깨웠다."

나는 감기에 걸린 게 아니라 "코훔코훔에 걸렸고", 그러면 모든 게 "크로-보-소", 즉 뒤죽박죽이거나 적어도 약간 기울어졌다.

나는 어머니의 숨겨진 분노뿐 아니라 비밀스러운 시를 비추는 거울이다.

어머니의 벌린 두 다리 사이에 앉으면 어머니의 튼튼한 양 무릎이 잘 손질한 북처럼 내 어깨를 바짝 조였고, 내 고개를 허벅지 위에 누인 상태로 어머니는 내 머리를 빗고 솔질하고 기름을 발라 땋았다. 제멋대로 솟는 내 머리카락을 온통 매만지는 어머니의 강인하고 거친 손길을 느끼며 나는 낮은 스툴이나 바닥에 깔아놓은 수건 위에서 몸을 꾸불거리다가 빗살이 가차 없이 지나갈 때마다 어깨를 움츠리고 뒤틀었다. 용수철처럼 탄력 있는 머리카락 중 분할된 한 구역을 빗질해 땋고 나면 어머니는 부드럽게 땋은 머리를 토닥거리고 다음 구역으로 넘어갔다.

어머니와 아버지가 무슨 의논을 할 때마다 중간중간 야단치는 소리가 소토보체*로 튀어나왔다.

"등을 쭉 펴보라니까! 디니, 가만히 좀 있어! 고개 좀 들어봐." 벅벅 긁는 소리. "마지막으로 머리 감은 게 언제야? 이 비듬 좀 봐!" 벅벅. 나는 빗이 지나가는 소리에도 긴장했다. 그러나 우리의 진정한 전쟁이 시작된 뒤 내가 그리워하게 된 것 중에는 바로 이런 순간들이 있었다.

두 다리 사이에 맴돌던 따뜻한 어머니의 냄새, 메이스 한가운데 웅크린 너트메그처럼 불안과 고통 속에 웅크리고 있던 친밀한 신체접촉을 기억한다.

라디오, 빗을 긁어내리는 소리, 바셀린 냄새, 어깨를 꽉 누르던 어머니의 양 무릎과 얼얼하게 따가운 두피 모두가 하나가 된다. **기나긴 기도**

---

* 저음이라는 의미의 이탈리아어다.

의 리듬, 딸의 머리를 빗질해주는 흑인 여성들의 의식 속에서.

토요일 아침. 일주일 중 어머니가 나와 언니들을 학교나 교회로 보낼 채비를 하려고 침대에서 벌떡 일어나지 않는 유일한 아침이다. 그날은 어머니가 아직 침대에서 홀로 잠들어 있는 운 좋은 아침이라는 사실만을 아는 상태로 나는 부모님 침실의 간이침대에서 눈을 뜬다. 아버지는 부엌에 있다. 물 끓는 소리와 익어가는 베이컨이 풍기는 약간의 탄내가 끓어오르는 커피 냄새와 뒤섞인다.

어머니의 결혼반지가 목제 헤드보드에 부딪히는 소리. 어머니는 깨어 있다. 나는 일어나서 어머니 침대로 기어든다. 어머니의 미소. 글리세린과 플란넬 천의 냄새. 온기. 어머니는 옆으로 비스듬히 누워 한 팔은 쭉 뻗고 다른 팔은 이마에 대고 있다. 어머니가 밤에 담낭의 통증을 가라앉히려 쓰는, 플란넬 천으로 싸놓은 체온과 같은 온도의 더운 물주머니. 단추 달린 잠옷 아래 커다랗고 말랑거리는 두 가슴. 그 아래, 만져보라는 듯 잠자코 자리하고 있는 둥글게 부풀어 오른 배.

나는 침대로 기어들어 가서 어머니에게 몸을 기댄 채 플란넬 천으로 싼 따뜻한 고무주머니를 주먹으로 치기도 하고 던져보기도 하고 어머니의 구부린 팔꿈치 사이 가슴 아래 허리의 곡선을 따라 미끄러뜨리다가, 날염한 천 싸개 속에서 한쪽으로 세워보기도 하면서 가지고 논다. 이불 속 아침의 냄새는 부드럽고 밝고 약속으로 가득하다.

나는 물이 가득 찬 고무주머니의 탄탄하고 부드러운 감촉을 두들기고 문지르며 신나게 논다. 느닷없는 포근함에 푹 빠져 살살 흔들어보고 앞뒤로 까딱여보다가도 어머니의 고요한 몸에다 문질러본다. 아침의 따뜻한 젖 내음이 우리를 감싼다.

매끈하고 단단한 어머니의 가슴을 내 어깨와 잠옷으로 싸인 등에 대보다가 한층 대담하게, 내 귀와 뺨에도 대본다. 던지고, 흐트러뜨리면 고무주머니 속에서 나직하게 꾸르륵 움직이는 물. 어머니가 내 머리 위로 손을 올려 반지가 침대 프레임에 부딪히는 가느다란 소리가 들린다. 어머니의 팔이 내려오더니 나를 잠시간 끌어안아 까부는 나를 진정시킨다.

"이제 그만."

나는 안 들리는 척 어머니의 달콤한 몸에 코를 묻는다.

"이제 그만두려무나. 분명 말했다. 그만해. 일어날 시간이다. 꾸물거리지 말고, 물 쏟지 말고."

내가 무슨 말을 하기도 전에 어머니는 크게 한숨을 쉬더니 일어선다. 따스한 플란넬 잠옷 위로 작정하고 큰 동작으로 휙 걸쳐 입는 셔닐 소재의 가운, 이미 식어버린 침대 옆자리.

"발 없는 새는 날아가는 곳마다 가지 없는 나무를 찾는다."

4

네다섯 살 무렵의 나는 친구나 여동생이 생긴다면 어머니만 빼고 내가 가진 무엇이든 내놓을 수 있을 것 같았다. 대화를 나누고 같이 놀 사람, 나랑 나이가 엇비슷해서 내가 겁을 낼 필요도 없고, 상대가 나에게 겁먹을 필요도 없는 상대. 서로 비밀을 털어놓는 상대 말이다.

언니가 둘이나 있었지만 언니들끼리는 나이가 비슷한 반면 나와는 터울이 커서 나는 외동아이 같은 기분으로 어린 시절을 보냈다. 사실 어린 시절의 나는 내가 적대적인, 아무리 좋게 표현해도 쌀쌀맞은 창공에 떠 있는 외로운 행성이라고, 홀로 동떨어진 세계라고 느끼며 자랐다. 대공황 시기에 할렘의 다른 아이들보다 의식주에 있어 형편이 나았다는 사실이 어린아이인 나한테는 그리 크게 다가오지 않았던 것이다.

어린 시절 내가 품은 공상 대부분은 함께 놀 수 있는 이런 여자아이가 생기는 꿈이었다. 우리 가족이 내가 바라는 여동생을 만들어줄 생각이 없단 걸 일찍이 깨달은 나는 마술적인 수단에 집중하기로 했다. 로드 가족은 더 늘어날 일이 없었으므로.

게다가 아이를 가진다는 것은 무서운 일, 길에서 배가 튀어나올 정도로 커다랗게 부른 여자를 마주칠 때마다 어머니나 이모들이 그러듯, 애매한 곁눈질로 흘겨보아 마땅한 은밀한 과오로 가득한 일이었다.

입양 역시 선택지가 아니었다. 구멍가게 주인한테서 새끼 고양이를 얻어올 수야 있었겠지만 여동생을 얻어올 수는 없었다. 크루즈 여행이나 기숙학교, 침대칸이 있는 기차에서 위쪽 침상을 택하는 것과 마찬가지로 입양은 우리 가족한테는 불가능한 일이었다. 영화 〈제인 에어〉에 나오는 로체스터 씨처럼 거대한 나무가 줄지어 선 영지에 혼자 사는 부자들은 아이를 입양하지만 우리는 아니었다.

서인도제도 출신 가족의 막내에게는 여러 가지 특권이야 있었으나 권리는 없었다. 또 어머니가 내 '버릇을 망치지' 않으리라 단단히 마음먹은 이상 특권이란 것들도 대체로 환상에 지나지 않았다. 그러기에 나는 만약 우리 가족이 어린아이를 입양하는 일이 생긴다 한들 분명 남자아이일 것이며 그 애는 틀림없이 어머니의 것이지 내 것이 아닐 것임을 알았다.

하지만 나는 내가 수시로, 알맞은 장소에서, 정확하게, 또 맑은 영혼으로 행하는 마술적 노력들을 통해 언젠가는 작은 여동생이 생길 것이라고 진심으로 믿었다. 그러니까 정말 작은 여동생 말이다. 나는 둥글게 오므린 손바닥 위에 그 애를 포근하게 앉혀놓고 흥미진진한 대화를 나누는 상상을 했다. 내 손바닥 위에서 몸을 웅크린 그 애는 세상 사람들, 특히 우리 가족의 호기심 어린 눈으로부터 안전하게 몸을 숨길 터였다.

세 살 하고도 반이 되어 처음 안경을 맞춘 뒤로 나는 발을 헛디뎌 넘어지는 일이 없어졌다. 그럼에도 나는 어디를 가든지 어머니나 언니의 손을 꼭 붙잡은 채로 고개를 푹 숙이고 사각형 보도블록 사이 선을 셌다.

가로선을 모조리 다 밟는 어느 날, 꿈이 현실이 되듯 내가 바라던 작은 인간이 나타나 내 침실에서 나를 기다리고 있으리라 믿기로 했으니까. 하지만 매번 선 하나를 건너뛰거나 중요한 순간에 누가 내 팔을 잡아당겨버리는 바람에 실패하곤 했다. 그렇게 내 여동생은 영영 나타나지 않았다.

겨울의 토요일이면 어머니가 우리 셋에게 밀가루와 물, 다이아몬드 크리스털 셰이커 소금을 반죽해 점토를 만들어주는 날도 있었다. 나는 내 몫의 점토로 매번 작은 사람 인형들을 빚어냈다. 나는 어머니에게 신기한 향신료와 허브와 추출액을 보관하는 부엌 선반에서 바닐라 추출액을 꺼내달라고 부탁하거나 슬쩍한 뒤 점토에 섞었다. 때로는 외출 준비를 하는 어머니가 귀 뒤에 글리세린과 장미수를 바르던 것을 흉내 내 내가 만든 점토 인형들의 양쪽 귀 뒤를 톡톡 두드리기도 했다.

밀가루 점토에 짙은 갈색 바닐라의 진한 향내가 스미는 것이 좋았다. 연말에 피넛브리틀과 에그노그를 만들던 어머니의 손이 떠올랐다. 그러나 무엇보다도 좋은 것은 바닐라가 새하얀 밀가루 반죽에 생생한 빛깔을 더해준다는 점이었다.

진짜 사람들은 다양한 채도의 베이지색과 갈색과 크림색과 불그레한 황갈색 피부를 지니고 있고, 아무리 백인이라 불린다 해도 세상에 밀가루와 소금물로 반죽한 것처럼 새하얀 색으로 태어나는 사람은 없다는 사실을 나는 잘 알았다. 그렇기에 내가 빚어낸 사람이 진짜가 되게 하려면 바닐라가 꼭 필요했다. 그러나 점토에 색을 입힌다고 해도 달라지는 건 없었다. 복잡한 의식과 주술과 주문을 아무리 되풀이해도, 성모 마리아와 하느님 아버지의 이름을 아무리 되뇌어도, 신에게 아무리 많은 대가를 치르리라 약속해도, 바닐라 향을 풍기는 점토 인형은 서서히 굳으며 오그라지기 시작했고 날이 갈수록 약해지고 상해가더니 마침내 는 부스러져 오돌토돌한 밀가루 부스러기가 되었다. 아무리 열심히 기 도하고 계획을 꾸민들 점토 인형은 살아나주지 않았다. 둥글게 오므린 내 손바닥 위에서 몸을 돌려 미소 띤 얼굴로 나를 올려다보며 "안녕" 하 는 일도 없었다.

처음으로 놀이 친구가 생긴 것은 네 살 때였다. 우리 우정은 약 10분 정도 이어졌다.

겨울의 정오였다. 어머니는 위아래가 붙은 모직 눈옷과 모자와 풍 성한 목도리로 나를 꽁꽁 쌌다. 이렇게 나를 온갖 방한복 안에 집어넣 고, 내 신발에 고무 덧신을 씌우고, 한 덩어리가 된 나를 빈틈없이 동여 매려는 듯 두꺼운 목도리를 하나 더 둘러준 다음 나를 바깥으로 데려가 아파트 현관 계단 밑에 세워놓고 어머니도 급하게 나갈 준비를 했다. 어 머니는 내가 잠시라도 시야를 벗어나는 걸 원치 않았지만 집 안에서 체 온이 지나치게 올라간 뒤에 바깥에 나가면 감기에 걸려 죽기라도 할까 걱정했기에 어쩔 수 없었다.

어머니는 제자리에서 꼼짝도 하지 말라고 엄중한 주의를 여러 번 주고, 만약 자리를 이탈하면 어떤 일을 당하게 되는지를 낱낱이 묘사하 고, 만에 하나 낯선 사람이 말을 걸면 고함을 지르라고 가르친 뒤 외투 와 모자를 챙기고 집 안 창문이 전부 잘 잠겨 있는지 확인하러 아파트 현관에서 얼마 떨어지지도 않은 우리 집 안으로 사라졌다.

나는 몇 분 안 되는 이 자유로운 시간이 좋아서 남몰래 소중히 여겼다.

어머니의 결연한 발걸음을 좀처럼 따라잡지 못하는 통통하고 짧은 다리를 허겁지겁 놀리는 대신 혼자 집 밖에 있을 수 있는 시간은 이때가 전부였기 때문이다. 나는 석조 난간 위 어머니가 나를 올려놓은 판석에 가만히 앉아 있었다. 부한 옷가지에 둘러싸인 내 두 팔은 옆구리에 붙지 못하고 공중에 살짝 떠 있었고, 질긴 신발에 덧신까지 신은 발은 무겁고 답답했으며, 모직 모자와 둘둘 감은 목도리로 단단히 감싼 목은 뻣뻣했다.

인도 옆 도랑 근처에는 지저분한 눈더미가 둑처럼 쌓여 그을음투성이가 되어 있었고, 해는 온 거리에 겨울철 특유의 우윳빛을 흩뿌리고 있었다. 세 집 건너에 있는 레녹스 애비뉴의 모퉁이가 보였다. 건물이 늘어선 곳 가까운 모퉁이에는 파더 디바인*을 따르는 한 남자가 나무로 다 쓰러져가는 노점을 짓고 안에 작고 둥근 화로를 놓아 차린 피스 브라더 피스 구두 수선집이 있었다. 노점 지붕 위로 가느다란 연기가 새어 올라가는 게 보였다. 생명의 흔적인 이 연기를 제외하고 거리에서는 아무것도 보이지 않았다. 거리가 조금 더 따뜻하고 아름답고 부산했더라면, 나는 우리가 돌아오길 기다리며 스토브 위에서 뭉근하게 끓고 있을 뜨거운 홈메이드 완두콩 수프 대신 캔털루프 멜론을 점심으로 먹었을 것이고 그편이 더 좋겠다고 생각했다.

외출 전 거의 다 접어뒀던 신문지 종이배가 집에 돌아왔을 때도 그대로 부엌 식탁 위에 놓여 있을까? 혹시 어머니가 벌써 쓰레기통에 쓸어넣은 건 아닐까? 점심을 먹기 전에 신문지를 도로 꺼내올 수 있을까? 아니면 오렌지 껍질이며 키피 찌꺼기로 범벅이 되어 축축하고 더러워

---

* 20세기 초반 활약하던 아프리카계 미국인 목사로 평화선교운동을 주도했다.

져 있을까?

그때, 정문으로 들어가는 계단 위에 작은 생명체 하나가 서서 반짝이는 눈에 함박 미소를 담은 채로 나를 바라보고 있다는 사실을 알아차렸다. 꼬마 여자아이였다. 그 애를 보는 순간 나는 그 애가 내가 평생 본 꼬마 중 가장 아름답다고 생각했다.

점토 인형이 진짜가 됐으면 했던 평생의 소원이 정말 이뤄진 거였다. 바로 지금, 라일사* 스타킹을 신은 앙증맞게 조그만 발 위로 활짝 펼쳐진 풍성하디풍성한 치마와 너무나도 멋진 와인 빛깔 벨벳 코트를 입은 그 애가 예쁘게 웃으며 내 앞에 서 있었다. 발에는 실용적인 것과는 거리가 먼 까만 에나멜 메리제인 구두를 신었는데, 구두에 달린 은색 버클이 칙칙한 정오의 햇빛을 발랄하게 반사하고 있었다.

불그레한 갈색 머리카락은 내 머리처럼 네 가닥으로 땋은 게 아니라 뾰족한 턱을 가진 작은 얼굴을 꼭 감싸듯 곱슬곱슬하게 늘어뜨리고 있었다. 머리 위에는 외투와 맞춤인 것 같은 와인 빛깔의 벨벳 베레모를 썼고 모자 꼭대기에는 커다란 하얀색 털 방울이 달려 있었다.

그 뒤로 유행이 몇십 년이나 지났고, 시간이 지나며 그 기억도 흐려졌지만, 당시 옷이라는 것을 입기 시작한 지 아직 5년도 안 된 내 눈에는 그 옷이 태어나서 본 것 중 가장 예쁜 옷이었다.

꿀 빛이 감도는 갈색 피부에는 그 애 머리카락처럼 불그레한 윤기가 흘렀고, 눈동자 역시 신기하게도 그 애의 살빛과 머리카락 빛과 어울리는 색이었는데, 색깔 자체는 더 옅었지만 햇빛을 받아 빛나는 눈이 어머니의 눈과도 닮았다는 생각이 들었다.

아이가 몇 살인지는 짐작도 가지 않았다.

"이름이 뭐야? 난 토니야."

그 이름을 듣자 얼마 전에 읽은 그림책이 생각났는데, 내 머릿속에 떠오른 그림 속의 아이는 **남자아이**였다. 하지만 내 앞에 나타난 이 귀여운 꼬마는 여자아이가 분명했고, 나는 그 애가 나만의, 나만의 무엇이라고 해야 할지는 알 수 없었지만, 오로지 나만의 것이기를 바랐다. 나는 아이를 어디에 숨길지 머릿속으로 상상하기 시작했다. 베갯잇 사이에 끼워놓고 모두가 잠든 밤에 쓰다듬어줄까, 그러면 악마한테 쫓기는 악몽도 물리칠 수 있겠지. 하지만 아침이 되면 어머니가 내 간이침대를 반으로 접어 낡은 꽃무늬 크레톤 침대보를 덮어서는 침실 문 뒤 구석에 정갈하게 치워놓을 테니 그 애가 침대 사이에서 짜부라지지 않게 조심해야 할 거야. 아니, 그런 식으론 절대 안 될 거야. 납작해진 베개를 당신만의 방식으로 다시 부풀리던 어머니가 분명 그 애를 발견하고 말 테니까.

마음의 눈으로 이미지들을 재빠르게 넘겨가면서 그 애를 숨길 안전한 곳을 상상하는 사이 토니는 내게 다가와 눈옷에 감싸인 채로 활짝 벌린 내 다리 사이에 섰고, 불이 붙은 것처럼 반짝이는 짙은 갈색 눈이 내 눈높이에서 나를 바라보고 있었다. 나는 양 소매를 통과한 줄에 매달린 털실 손모아장갑을 손목 언저리에서 달랑거리며 손을 뻗어 아이가 입은 부드러운 벨벳 프록코트 어깨 부분을 살며시 쓰다듬어보았다.

토니는 베레모 꼭대기에 달린 털 방울과 어울리는 북슬북슬한 흰색 머프의 끈을 목에 걸고 있었다. 나는 목도리도 만져보고, 손을 들어 털 방울도 만져보았다. 부드럽고 매끈하고 따스한 털의 촉감을 느끼자 손가락이 추울 때 느끼는 것과는 또 다르게 얼얼해져서, 나는 토니가 고개를 흔들어 내 손아귀에서 빠져나올 때까지 털을 만지고 주물러댔다.

그다음에는 토니의 외투에 달린 반짝이는 금색 단추들을 어루만졌다. 맨 위의 단추 두 개를 풀어보고 나서 나는 그 애 엄마라도 된 것처럼 다시 채워주었다.

"추워?" 추운지 서서히 장밋빛으로 물들고 있는 그 애의 분홍색과 베이지색 귀를 보며 물었다. 섬세한 귓불에는 작고 둥근 귀고리가 하나씩 달려 있었다.

"아니." 그 애는 대답하며 내 무릎으로 더 바싹 몸을 붙였다. "같이 놀자."

내가 그 애의 털 달린 머프 구멍에 양손을 집어넣고는 누비 안감으로 된 캄캄한 구멍 속 따뜻한 그 애 손을 차가운 손가락으로 감싸자, 그 애는 재미있다는 듯 킥킥 웃었다. 그 애가 한 손을 빼더니 내 얼굴 앞에 대고 손바닥을 펼쳐 손바닥의 온기에 녹아 끈끈해진 페퍼민트 맛 라이프세이버 사탕 두 개를 보여주었다. "하나 먹을래?"

나는 머프에서 한 손을 뺀 다음 그 애의 얼굴에서 내 눈을 떼지 않은 채로 줄무늬가 새겨진 동그란 사탕 하나를 입 안에 쏙 집어넣었다. 입 안이 바싹 말라 있었다. 입을 다물고 사탕을 빨자 화하고 달콤한 나머지 아릿하기까지 한 페퍼민트 즙이 목구멍으로 넘어가는 게 느껴졌다. 세월이 흐른 뒤에도 나는 늘 페퍼민트 맛 라이프세이버를 보면 토니의 머프 속 사탕이 떠올랐다.

그 애는 참을성을 잃어가고 있었다. "나랑 같이 놀 거지?" 토니가 미소 띤 얼굴로 한 발짝 물러서자 나는 문득 그 애가 사라지거나 도망갈지도 모른다는, 142번가의 햇빛도 분명 그 애와 함께 사라져버릴 거라는 두려움에 사로잡혔다. 어머니는 제자리에서 꼼짝도 하지 말라고 주의를 줬었다. 하지만 내 마음엔 어떤 의심도 없었다. 절대 토니와 헤어지고 싶지 않았다.

나는 팔을 뻗어 그 애를 내 쪽으로 부드럽게 끌어당긴 다음 내 무릎 위에 다리를 벌려 앉혔다. 눈옷 충전재 위로 느껴지는 그 애의 무게는 후 불면 날아가버릴 것처럼 가벼워서 그 애가 있어도 없어도 그 차이를 느끼지 못할 것 같았다.

부드러운 붉은 벨벳 외투 위로 팔을 둘러 그 애 등 뒤에서 양손으로 손깍지를 낀 다음, 벽장 선반에 보관해두었다가 크리스마스가 가까워져야 꺼내주는, 언니들 소유의 눈을 깜박거릴 수 있는 커다란 코카콜라 인형을 갖고 놀 때처럼 천천히 앞뒤로 흔들어줬다. 무릎 위 그 애의 무게는 우리 집 늙은 고양이 미니 더 무처만큼이나 가벼웠다.

그 애가 얼굴을 돌려 나를 쳐다보더니 또 한 번 까르르 웃었는데, 그 소리는 아버지가 자기 전 마시는 술잔 속 각 얼음이 부딪치는 소리 같았다. 그 애의 몸에서 전해진 온기가 겹겹의 옷을 뚫고 내 몸 앞면 전체로 퍼지는 게 느껴졌다. 그 애가 고개를 돌려 입을 열자 차가운 겨울 공기 속 축축한 숨결 때문에 내 안경에 살짝 김이 맺혔다.

추운데도 눈옷 안에서 땀이 나기 시작했다. 아이의 외투를 벗기고 그 안에 뭘 입었는지 보고 싶었다. 옷을 전부 벗긴 다음 살아 있는 갈색 몸을 만지며 그 애가 진짜인지 확인하고 싶었다. 말로 표현할 수 없는 사랑과 행복감으로 심장이 터질 것 같았다. 나는 다시 그 애의 외투 윗단추를 풀기 시작했다.

"안 돼, 하지 마! 할머니가 그러면 안 된댔어. 조금 더 흔들어줘." 그 애는 다시금 내 품에 파고들었다.

나는 다시 양팔로 그 애의 어깨를 감쌌다. 진짜 어린아이일까, 아니면 인형이 살아난 걸까? 확인할 방법은 하나뿐이었다. 나는 그 애의 몸을 돌려 내 무릎에 걸터앉혔다. 계단에 앉아 있는 우리를 비추는 빛은 아까와는 달라진 것 같았다. 누군가 서 있을지도 모른다는 걱정에 복도로 이어지는 문간에 눈길을 한 번 주었다.

나는 토니가 입은 와인 빛깔의 벨벳 외투 뒤춤을 걷고 그 안에 입고 있던 여러 겹의 풍성한 초록색 아일릿 드레스도 걷어 올렸다. 그 속에 입은 페티코트도 걷어 올리자 흰색 면 속바지가 드러났는데, 양쪽 다리 부분은 자수가 놓인 주름장식으로 마무리되어 있었고, 그 아래에 스타킹을 고정하는 탄성 있는 가터가 달려 있었다.

땀방울이 가슴을 타고 흘러 단단한 밴드로 조인 눈옷의 허리 부분에 고였다. 평소에 나는 눈옷을 입고 땀을 흘리면 몸 앞면에서 바퀴벌레가 기어가는 느낌이 들어서 싫었다.

토니가 또 웃음을 터뜨리더니 뭐라고 말했지만 알아들을 수가 없었다. 그 애는 내 무릎에 앉은 채로 편안하다는 듯 몸을 꿈틀거리더니 고개를 들어 예쁘장한 얼굴로 비스듬히 날 올려다보았다.

"할머니가 집에서 내 레깅스를 잃어버렸어."

나는 겹겹의 치마와 페티코트 속으로 손을 집어넣어 속바지 허리춤을 잡았다. 그 애의 하반신은 따뜻한 진짜일까, 아니면 코카콜라 인형과 마찬가지로 주름 진 거푸집으로 딱딱한 고무를 찍어낸 실망스러운 모습일까?

흥분감에 손이 떨렸다. 너무 오래 뜸을 들인 모양이었다. 토니의 팬티를 내리려는 순간 정문이 열리는 소리가 나더니 어머니가 서둘러 복도를 걸어 나와 모자챙을 추스르며 현관 계단으로 한 발 내디뎠다.

나는 끔찍하게 창피스러운 행동을 하다가 들킨 기분이었고, 숨을 곳도 없었다. 내가 딱 굳어서 꼼짝도 못 하고 앉아 있던 사이 토니는 고개를 들어 내 어머니를 보고는 아무렇지도 않게 내 무릎에서 내려가 아까 하던 것처럼 치마 옷매무시를 매만졌다.

어머니가 우리 둘 쪽으로 다가왔다. 나는 어머니가 그 막강한 두 손으로 즉시 나에게 벌을 내릴 거라고 생각하며 움찔했다. 그러나 어머니는 내가 하려던 엄청난 짓을 알아차리지 못한 모양이었다. 어머니는 내가 볼기를 때리는 어머니나 체온계를 든 간호사만이 가지는 은밀한 특혜를 빼앗기 직전이었다는 사실에 그리 신경 쓰지 않았던 것 같다.

어머니가 내 팔꿈치를 붙잡고 어정쩡하게 일으켜 세웠다.

나는 모직 눈옷으로 단단히 감싼 눈사람처럼, 양팔은 허공에 붕 뜨고 두 다리는 약간 벌린 자세로 잠시 가만히 서 있었다. 어머니는 토니의 존재를 무시하고 계단을 내려가기 시작했다. "서둘러라. 늦겠다."

어깨너머를 돌아보았다. 와인 빛깔 외투를 입은, 반짝이는 눈을 가진 환영이 계단 꼭대기에 서 있다가 하얀 토끼털 머프에서 한 손을 뺐다.

"사탕 하나 더 줄까?" 그 애가 외쳤다. 나는 미친 듯이 고개를 저었다. 어머니는 다른 사람에게, 특히 낯선 사람에게서 절대로 사탕을 받으면 안 된다고 했으니까.

어머니는 계단을 내려오는 나를 재촉했다. "발밑 보며 걸어라."

"내일 나와서 같이 놀 수 있어?" 토니가 뒤에서 외쳤다.

내일, 내일, 내일. 벌써 계단 한 칸 아래로 내려간 어머니가 내 팔꿈치를 꽉 잡고 있던 바람에 계단을 헛디딜 뻔했는데도 넘어지지 않았다.

어쩌면 내일…….

인도로 내려서자마자 어머니는 다시 내 손을 붙잡고 결연한 걸음으로 앞으로 나아갔다. 겹겹의 부한 옷가지와 덧신으로 감싼 내 짧은 다리도 어머니와 보조를 맞추려 애를 쓰며 열심히 따라갔다. 어머니는 숙녀답게 발가락을 살짝 바깥쪽으로 뻗은 채 바쁠 게 없는데도 보폭을 크게 해 힘차게 걸었다.

"미적거리지 마라. 정오가 거의 다 됐잖아." 내일, 내일, 내일.

"저렇게 깡마른 꼬맹이를 눈옷도 안 입히고 다리에 레깅스도 안 입힌 채로 이런 날씨에 밖에 내놓다니 창피한 줄 알아야지. 저러다가 감기 걸려 죽는 거야."

그러니까 그 애는 꿈이 아니었던 거다. 어머니 눈에도 토니가 보였구나. (하지만 여자아이한테 토니라는 이름을 붙이는 사람이 어디 있담?) 어쩌면 내일…….

"엄마, 저도 저 애처럼 빨간 코트 가질 수 있어요?"

신호가 바뀌기를 기다리며 서 있던 어머니가 나를 내려다보며 말했다.

"길에서 엄마라고 부르지 말라고 몇 번이나 말했니?"

신호가 바뀌자 우리는 걸음을 재촉해 앞으로 나아갔다.

어머니를 따라가는 동안, 나는 방금 했던 질문을 정확하게 다시 전달하고 싶어 곰곰이 생각했다. 드디어 정확한 말이 떠올랐다.

"빨간 코트 사주실래요, 어머니? 부탁이에요." 나는 위험천만한 길가에서 덧신까지 신은 발을 헛디디지 않도록 땅만 내려다보고 있었고, 내 말은 목에 두른 목도리 때문에 작게 들리거나 들리지 않았던 모양이었다. 어느 쪽이건 어머니는 내 말을 듣지 못한 듯 말없이 걸음을 재촉했다. 내일, 내일, 내일.

우리는 말린 완두콩 수프를 먹고, 다시 왔던 길을 되짚어 언니들이 다니는 학교를 향했다. 그러나 그날 어머니와 나는 곧바로 집으로 돌아오지 않았다. 레녹스 애비뉴에서 길을 건너 4번 버스를 타고 125번가로 간 뒤, 와이스베커마켓에 장을 보러 가서 주말에 먹을 닭고기를 샀다.

시장 바닥을 뒤덮은 톱밥을 발로 차며 서서 기다리고 있자니 낙심에 차 울적해졌다. 그럴 줄 알았어. 그 애가 진짜이길 바라다니, 내 소망이 도를 넘고 말았다. 그 애를 다시 한 번 보고 싶은 마음이 너무 큰 나머지 그런 일이 다시는 일어나지 않을 것만 같다는 생각이 들었다.

시장 안은 너무 따뜻했다. 땀에 젖은 살갗이 간질거렸지만 내가 도저히 긁을 수 없는 부분이었다. 오늘 장을 본다는 건 내일이 토요일이라는 뜻이었다. 토요일에는 언니들이 학교에 안 갔다. 그건 우리가 점심시간에 언니들을 데리러 가지 않는다는 뜻이고, 어머니가 청소와 요리를 해야 한다는 뜻이고, 우리는 우리끼리만 밖에 나가 놀 수 없으니 온종일 집에 있어야 한다는 뜻이었다.

그 주말은 끝나지 않을 영원 같았다.

다음 주 월요일, 나는 또다시 현관 앞 계단에서 어머니를 기다렸다. 평소처럼 꽁꽁 싸맨 차림으로 혼자 앉아 있었지만 찾아온 사람은 어머니뿐이었다.

매일 정오마다 계단에 앉아 토니를 기다리는 일을 얼마나 오래 했는지 모르겠다. 결국은 그 애의 모습도 내 모든 상상이 탄생하는 그곳으로 사라져버렸다.

5

오늘날까지도 내 마음속에 피카소가 그린 정물처럼 영영 살아 있는 슬픔과 비애의 정수는, 바로 우리 집 부엌 창문에서 마주 보이는 다세대 주택의 벽돌 외벽에 버려진 실크스타킹 한 짝이 비바람을 맞으며 걸려 있던 쓸쓸한 풍경이다. 어머니가 장을 보러 나간 사이, 동생들을 돌봐야 했던 큰언니를 향해 소리를 지르면서 내가 한 손으로 창틀을 붙들고 매달려 있던 그 부엌 창문에서 보인 풍경이었다.

그전에 무슨 일이 있었는지는 기억나지 않지만, 마침맞게 집에 돌아온 어머니가 나를 컴컴한 부엌 안으로 끌어올려줬던 덕에 나는 한 층 아래 통풍구 속으로 떨어지는 일을 면했다. 그 순간 느낀 공포와 분노는 기억나지 않지만 우리가 회초리로 얻어맞은 건 기억난다. 무엇보다도, 버려지고 찢어진 채 벽돌 벽에 걸려 비를 맞고 있던 스타킹이 뿜어내던 슬픔, 박탈감, 외로움이 기억난다.

나는 늘 두 언니를 질투했다. 둘 다 나이가 많은 만큼 할 수 있는 것도 많았기 때문에, 또 둘이 서로의 친구 노릇을 해줄 수 있었기 때문에. 언니들은 서로 이야기를 해도 혼나거나 벌을 받지 않았고, 그게 아니더라도 내 눈에는 그렇게 보였다.

내 눈에 필리스 언니와 헬렌 언니가 복도 끝 방에서 보내는 시간은 꼭 마술에 걸린 것만 같았다. 작지만 사생활이 지켜지는 방이었으며, 집 안의 공용공간에서만 놀아야 했던 나와 달리 그곳에서 언니들은 부모님의 끈질긴 감시를 피할 수 있었다. 나는 절대 혼자 있을 수 없었으며 어머니의 눈초리에서 벗어날 수도 없었다. 집 안에서 내가 닫아도 되는 문은 욕실 문 하나뿐이었는데, 심지어 그 문조차도 내가 안에서 한참 꾸물거리고 있으면 열리는 것이었다.

부모님 침실이 아닌 다른 곳에서 처음 잠을 잔 날은, 내가 혼자만의 집을 갖게 되기까지 거친 여정에서 하나의 이정표가 되었다. 내가 네 살 아니면 다섯 살쯤 되었을 때, 온 가족이 일주일간 코네티컷주의 바닷가로 여름휴가를 떠났다. 로커웨이 비치나 코니 아일랜드 나들이보다 훨씬 근사하고 신나는 여행이었다.

우선 우리 집이 아닌 다른 집에서 잠을 잤던 데다가 아버지도 온종일 우리와 함께 있어줬다. 게다가 신기하고 낯선 음식도 먹어봤는데, 예를 들면 점심때 아버지가 주문한 뒤에 나한테도 맛을 보게 해주자고 어머니를 설득했던 푸른빛 도는 소프트 셸 크랩 요리 같은 것들이었다. 아이들인 우리에게는 그런 생소한 음식이 허락되지 않았으나, 금요일에는 새우와 조갯살을 섞어 구운 작은 팬케이크도 먹어보았다. 맛이 좋았고, 어머니가 만든 음식 중 제일 좋아하는 금요일 메뉴였던 대구와 감자를 넣은 어묵 완자와도 사뭇 다른 맛이 났다.

내 기억 속 바닷가는 죄다 반지르르한 은빛 광채를 덧입고 있다. 동공확장 안약을 넣은 탓에 쓰지 못했던 두꺼운 안경알처럼 반짝이던 어린 시절의 찬란한 여름들.

의료센터 안과 의사들이 내 시력이 회복되고 있는지 검사하며 넣은 동공확장 안약의 효과가 몇 주나 갔기 때문에, 그런 초여름의 기억들은 모조리 눈을 찌르는 직사광선 때문에 눈을 가늘게 뜨고 보던 기억, 모든 것이 빛을 받아 번쩍거리던 탓에 보이지 않던 사물들에 걸려 비틀거리던 기억들이다.

모래톱에 묻힌 조개껍데기와 게 껍데기가 다르다는 건 모양이 아니라 내 갈색 발가락에 밟히는 감촉으로 구분할 수 있었다. 소프트 셸 게 껍데기는 발꿈치 아래서 사포처럼 우그러졌던 반면, 작지만 튼튼한 조개껍데기는 작고 통통한 작은 발꿈치로 밟으면 단단하고 딱딱한 소리를 내며 짓이겨졌다.

우리가 묵던 호텔에서 멀지 않은 바닷가, 만조의 물이 미치지 않는 모래톱에는 낡은 배 한 척이 옆으로 누인 채 버려져 있었다. 어머니는 매일 가벼운 면 드레스를 입고 나와 배에 앉아서는 발목을 단정하게 겹치고 가슴 앞으로 팔짱을 낀 채 언니들과 내가 물가에서 노는 모습을 지켜보았다. 물을 바라보는 어머니의 눈이 부드럽고 평온했기에 나는 어머니가 '집'을 떠올리고 있다는 걸 알았다.

한번은 아버지가 나를 번쩍 안아 들고 물속으로 들어가는 바람에 나는 높이 떠 있는 게 즐겁고도 무서워 꺅꺅 비명을 질러댔다. 아버지가 내 양팔을 붙잡고 바닷물에 담갔다가 들어 올리자, 콧구멍으로 들어간 소금물이 타들어가듯 따가워 저항하고 싶기도 하고 울고 싶기도 한 마음에 성이 나서 아우성을 쳤던 기억이 난다.

여름휴가를 간 첫해에 나는 평소처럼 부모님 침실에 간이침대를 놓고 잤고, 가족 중 제일 먼저 잠들었다. 해 질 녘, 희끄무레한 하늘빛이 침대 머리맡에 감긴 눈꺼풀처럼 꼭 닫힌 담황색 블라인드를 통과하며 초록빛이 되어 스미면 집에서와 마찬가지로 겁이 더럭 났다. 나는 땅거미 지는 시간의 빛깔이 싫었고, 아버지의 부동산 업계 동료가 싼값에 일주일간 빌려준 호텔 포치 아래 계단에서 들려오는 편안하고 익숙한 부모님의 목소리로부터 멀어져 일찍 잠드는 것도 싫었다.

담황색 블라인드 안으로 새어드는 땅거미의 빛깔은 내게 외로움의 색이었고 도저히 나를 떠나주지 않았다. 그 밖에 코네티컷주에서 처음 보낸 그 여름의 일주일에 관해서는 늘 그랬듯 햇빛 때문에 눈을 가늘게 뜨고 불만스러운 표정으로 찍힌 사진 두 장 말고는 아무것도 기억나지 않는다.

다음 해에 우리는 더 가난해졌다. 아니면 아버지의 부동산 업계 동료가 숙박료를 올렸던 건지도 모른다. 아무튼 우리 다섯 식구는 간이침대를 놓을 자리도 없는 방 하나에 모여 잤다. 방에는 창문이 세 개, 더블베드가 두 개 있었고, 하얀 셔닐 커버를 씌운 널따란 매트리스는 가운데가 살짝 내려앉아 있었다. 언니들과 나는 침대 하나에서 함께 잤다.

이곳에서도 나는 일찍 잤다. 언니들은 1층 거실, 포치를 향한 창문 근처에 놓인 오래된 업라이트식 캐비닛 라디오로 늦게까지 〈아이 러브 미스터리〉를 들어도 좋다는 허락을 얻었다. 라디오에서 나오는 나직한 목소리는 포치 바깥, 소금기 버석버석한 바닷가 리조트의 뒷골목에 한 줄로 나란히 내어놓은 크레톤 커버를 씌운 흔들의자 너머까지 새어나갔다.

그해는 해 지는 시간에 그리 연연하지 않았다. 이곳에는 더 일찍 컴

컴해지는 뒷방이 있었으므로 내가 잠들 때는 언제나 밤이었다. 땅거미 지는 시간의 초록빛이 두렵지 않았기에 어렵잖게 잠들 수 있었다.

어머니는 내가 이를 닦고 기도를 하는지 지켜보다가, 모든 게 제대로 끝난 걸 확인한 다음 굿나잇 키스를 하고 전등갓도 없는 침침한 알전구의 불을 껐다.

문이 닫혔다. 나는 흥분으로 몸을 빳빳이 굳힌 채로 어서 〈아이 러브 미스터리〉가 끝나고 언니들이 돌아와 내 곁에 눕기만을 바랐다. 그때까지 잠들지 않게 해달라고 기도했다. 혹시라도 잠들어 버릴까봐 입술을 물어뜯고 손바닥의 통통한 살에 손톱을 꽂아 넣기까지 했다.

오늘 하루 있던 일들, 해야 했던 일들이며, 하지 말았어야 했던 일들 중 내가 했거나 하지 않았던 일들을 되돌아보며 30분이라는 영원 같은 시간을 보낸 뒤에야 복도를 걸어오는 언니들의 발소리가 들렸다. 문이 열리고 언니들이 어두운 방으로 들어왔다.

"어, 오드리, 아직 안 자?" 나보다 네 살 많은, 그나마 나와 나이가 가까운 헬렌 언니였다.

나는 갈팡질팡했다. 어쩌지? 아무 대답을 하지 않으면 언니가 내 발가락을 간지럽힐 텐데, 대답한다면 뭐라고 해야 하나?

"깨어 있느냐니까?"

"아니." 나는 잠결인 척 어색한 작은 목소리로 대답했다.

"그럴 줄 알았어. 봐, 아직 깨어 있잖아." 헬렌 언니는 필리스 언니를 향해 짜증이 그득 담긴 목소리로 말하고는 이어 잇새로 쓥 하고 소리를 내며 숨을 들이쉬었다. "저것 좀 봐, 눈을 크게 뜨고 있네."

침대 한쪽이 삐걱거리는 소리를 냈다. "얼간이처럼 눈을 휘둥그레

뜨고 뭐하고 있어? 어서 안 자면 부기맨이 찾아와서 머리통을 물어뜯어 버리는 거 몰라? 지금 와서 너 잡아간대."

언니들이 내 양쪽에 눕자 매트리스가 꺼지는 게 느껴졌다. 어머니는 내가 자다가 침대에서 떨어지지 않도록, 또 두 언니도 떼어놓을 수 있도록 내가 매트리스 가운데에서 자야 한다고 명령했다. 나는 언니들과 한 침대에서 잔다는 것만으로도 황홀하기 그지없었으므로 조금도 개의치 않았다. 헬렌 언니가 손을 뻗어 나를 살짝 꼬집었다.

"아얏!" 나는 피아노로 단련된 힘센 손가락에 꼬집혀 얼얼해진 위팔의 연한 살을 문질렀다. "아, 나 꼬집었다고 엄마한테 이를 거야. 그럼 언니는 회초리로 얻어맞게 될걸." 그 뒤에는 당당하게 비장의 카드를 꺼냈다. "또 언니들이 밤마다 침대에서 뭐하는지도 다 일러바칠 거야!"

"마음대로 해보라고, 얼간이야. 어디 입을 한번 놀려보라지. 부기맨이 네 얼굴부터 먹어치우고 네 발가락까지 먹어버릴 테니까!" 헬렌 언니는 또 한 번 위협하는 소리를 냈지만 그래도 손을 거두었다.

"아, 어서 자렴, 오드리." 늘 평화 유지 역할을 맡는 차분하고 이성적이며 침착한 맏언니 필리스가 말했다. 하지만 손톱으로 손바닥을 꾹꾹 찔러가며 잠을 참았던 나는 좀처럼 진정할 수 없었다.

그해 여름, 바닷가 리조트의 뜨거운 뒷방에서, 나는 초대받지 않으면 절대 들어갈 수 없고, 단 한 번도 초대받지 못한 복도 끝의 그 매혹적인 방 안에서 언니들이 밤마다 하는 일이 무엇인지 알게 되었다.

언니들은 서로에게 이야기를 해주었다. 그 당시 언니들이 홀딱 빠져 있던 라디오 프로그램에서 나오던 모험 이야기들이 탄생시킨 판타지를 매일 연재하듯 조금씩 이야기해주면서 자꾸만 새 이야기를 지어

내는 것이었다.

〈벅 로저스〉〈아이 러브 미스터리〉〈잭 암스트롱, 올 아메리칸 보이〉
〈그린 호닛〉〈콰이어트, 플리즈〉 같은 이야기들이 있었다. 〈평화와 전란
속 FBI〉〈미스터 지방검사〉〈론 레인저〉도 있었지만 내가 제일 좋아하
는 프로그램은 〈더 섀도〉였고 나는 불과 얼마 전까지만 해도 인간의 정
신을 흐릿하게 해 자기 모습을 숨기는 힘을 갖기를 갈망했다.

거짓말을 해도 회초리를 맞지 않는다는 사실 자체가 나로서는 상상
하기 힘든, 신기하기 짝이 없는 일이었으므로, 그 주 내내 나는 밤마다
내게도 이야기를 들려달라며 애걸복걸했다. 언니들이 막을 도리가 없
다는 사실은 까맣게 몰랐다. 필리스 언니는 내가 입만 가만히 다물고 있
다면 상관없다고 했지만, 헬렌 언니는 잠들 때쯤 되면 성가신 막냇동생
의 존재는 물론 동생의 끝없는 질문에도 질릴 대로 질린 뒤였다. 헬렌
언니가 하는 이야기는 남자 옷을 입어 정체를 숨긴 어리지만 강단 있는
여자아이들이 매번 악당을 물리치고 구사일생으로 승리를 거두는 최고
로 재미난 이야기였다. 필리스 언니 이야기에 나오는 주인공은 조지 버
자이너스라는 이름을 가진 말이 없고 착하고 강한 남자아이였다.

"필리스 언니, 부탁이야." 나는 애원했다. 한참 침묵이 흐른 뒤 헬렌
언니가 불길하게 쓩 하는 소리를 냈고 필리스 언니가 속삭였다. "좋아.
오늘은 누구 차례지?"

"난 애 잠들기 전엔 한마디도 안 할 거야!" 헬렌 언니는 단단히 결심
한 모양이었다.

"필리스 언니, 제발, 나도 들으면 안 돼?"

"아니, 절대 안 돼!" 헬렌 언니는 요지부동이었다. "네가 어떤 지 뻔

히 다 아는데 어떻게 널 믿어?"

"언니, 제발 부탁이야. 조용히 한다고 약속할게." 헬렌 언니가 옆에서 황소개구리처럼 점점 부풀어 오르는 게 느껴졌지만, 나는 내가 맏언니 필리스에게 호소하면 할수록 헬렌 언니가 더더욱 성이 날 뿐이라는 사실도 모른 채 계속 우겼다.

필리스 언니는 마음이 약하지만 열한 살 먹은 서인도제도 여자다운 실질적인 태도로 일관하는 무척 현실적인 성격이었다.

"아무한테도 말 안 한다고 약속하는 거지?"

나는 마치 그 무엇보다도 비밀스러운 회합에 가담하는 기분이 들었다.

"맹세할게." 가톨릭 교인은 하늘에 맹세코 진실만을 말하니까.

헬렌 언니는 내 말을 딱히 믿지 않는 모양이었다. 언니의 손가락이 이번에는 내 허벅지를 겨냥했고 나는 아픔에 깩하고 소리를 냈다.

"이제 슬슬 지겹다. 내가 한 이야기에 관해 단 **한 마디라도** 입을 놀리면 샌드맨이 네 눈깔을 고등어처럼 뽑아서 수프로 만들어버릴 거야." 언니는 구미가 당기기라도 한다는 듯 입술로 쫍 소리를 냈다.

금요일 저녁식사로 나온 스튜 속에 고무처럼 질긴 하얀 눈알이 떠다니는 모습이 눈에 선해서 나는 발발 떨었다.

"약속할게, 언니. 맹세해. 아무한테도 말 안 하고 입 다물게, 응?" 기대감으로 안달이 난 나머지 나는 어둠 속에서 두 손으로 입을 꼭 막았다.

오늘은 헬렌 언니가 이야기할 차례였다.

"어디까지 했지? 아, 그래. 그래서 나랑 벅이 하늘 말을 다시 데려왔어, 그러자마자 닥이……"

나는 도저히 참을 수가 없었다. 입을 가렸던 내 손은 아래로 떨어졌다.

"아니야, 아니야, 언니. 기억 안 나? 닥은 아직 안 왔어, 왜냐하면……."
단 한 부분조차도 놓치고 싶지 않았다.

그 순간 헬렌 언니의 조그만 갈색 손가락이 번개처럼 날아와 엉덩이를 꼬집는 바람에 나는 아픔의 비명을 질렀다. 분노를 참지 못한 언니가 높은 목소리로 외쳤다.

"봤어? 내 말이 맞지? 내가 뭐랬어, 필리스 언니?" 헬렌 언니는 노여운 나머지 거의 고함을 지르다시피 했다. "이럴 줄 알았어! 쟨 단 1분도 닥칠 줄 모른다니까. 내가 분명 말했지? 맞잖아? 그런데 이제는 쟤가 내 이야기까지 훔치려고 해!"

"쉬이잇, 둘 다 조용히 해! 엄마가 곧 오실 거야. 너희 둘 때문에 우리 다 엄청 혼나게 생겼어!"

그러나 헬렌 언니는 놀고 싶은 생각이 싹 사라진 모양이었다. 언니는 성이 나서 나를 등지고 돌아눕고 말았다. 땀에 전 베개에 얼굴을 묻고 분에 못 이겨 흑흑 소리 내며 우는 진동이 침대를 타고 전해졌다.

나 자신을 발로 차버리고 싶은 심정이었다. "진짜 미안해, 언니." 나는 용기를 끌어모아 입을 열었다. 진심이었다. 이놈의 입이 참아주지 않는 바람에 오늘 밤 치 이야기를 못 듣게 된 데다가, 어쩌면 이번 주 내내 이야기와는 안녕 해야 할지도 몰랐다. 또 내일 언니들이 해변을 따라 멀찍이 달려가서 둘이서만 이야기를 다 끝내버릴지도 몰랐다. 그러나 나는 언니들 이야기를 들으러 따라갈 만큼 오랫동안 어머니의 시야를 벗어날 수 있을 리 없었다.

"진심이야. 일부러 그런 게 아니었어, 언니."

나는 마지막으로 한 번 더 사과하면서 헬렌 언니 쪽으로 팔을 뻗었지만, 언니는 몸을 휙 뒤로 빼 엉덩이로 내 배를 세게 쳤다. 여전히 성이 가라앉지 않았는지 잇새로 식식 노기를 뿜어내는 소리가 들렸다.

"내 몸에 마음대로 손대지 마!" 언니의 손가락에 당한 일이 하도 많았던 나는 물러서야 할 때가 언제인지 잘 알았다.

그래서 나는 다시 엎드려 누운 뒤 필리스 언니에게 잘 자라고 인사하고 잠들었다.

다음 날 아침, 나는 필리스 언니보다, 헬렌 언니보다 일찍 일어났다. 언니들의 몸을 건드리지 않게 조심하면서 침대 한가운데 가만히 누워 있었다. 천장을 보고 있자니 아버지가 옆 침대에서 코 고는 소리가, 어머니가 잠결에 아침 해를 가리려 손을 뻗었는지 헤드 보드에 결혼반지가 부딪치는 소리가 들렸다. 나는 침묵을, 낯선 침대보와 짭짤한 바다 냄새가 묻은 공기를, 높은 창문을 통해 끝이 없는 하루를 약속하듯 꾸밈없이 쏟아져 들어오는 노란 햇빛을 한껏 들이마셨다.

바로 그 순간 그곳에서, 모두가 잠에서 깨어나지 않았던 그때, 나는 나만의 이야기를 지어내기로 마음먹었다.

6

할렘에서 보낸 어린 시절 여름날, 나는 만화책에 등장하는 평이하고 엉성한 언어로 우주를 정복할 계획을 세우고 있는 두 언니 사이에 서서 걸었다. 도서관을 제외하면 우리의 여름을 장악하고 사로잡는 열정 같았던 이 만화책을 얻기 위해 우리는 몇 마일씩 언덕을 올랐다. 우리는 큰 결심을 품고 결의에 찬 채로 레녹스 애비뉴부터 145번가의 슈거 힐을 올라 암스테르담 애비뉴로 향했다. 중고 만화책을 바꾸러 가기 위해서였다. 제2차 세계대전이 일어나기 전이던 그 시절 워싱턴 애비뉴는 백인 전용 주거지역이었으며, 지금은 내 어머니가 살고 계신 곳이다.

만홧가게 주인은 눈동자가 하늘색이었고 만들다가 실패한 젤로처럼 흐물거리는 배가 벨트 아래로 흘러내리는 뚱뚱한 백인 남자였다. 낡은 만화책 표지를 쭉 찢어버린 다음 반값에 팔거나, 상태 좋은 만화책 한 권을 받고 두 권으로 바꿔주는 곳이었다. 만홧가게 안에는 이렇게 표지를 뜯어낸 요란한 만화책이 가득 담긴 통들이 몇 개씩이나 놓여 있었는데, 언니들은 《벅 로저스》나 《캡틴 마블》 따위의 자기들이 좋아하는 책들이 있는 곳을 찾아갔고 나는 내가 좋아하는 《벅스 버니》 그림을 찾기 시작했다. 그러자 늙은 가게 주인이 사악한 시가 연기를 뻐끔뻐끔 뿜어내며 나를 뒤따라 통로를 걸어왔다.

다시 언니들을 찾아 달려가고 싶었지만 너무 늦었다. 만홧가게 주인의 큰 덩치가 통로를 가득 메우자마자, 애초부터 언니들 곁을 떠나지 말걸 하는 뼈아픈 후회가 밀려들어왔다. "내가 들어 올려주마, 예쁜아. 그럼 더 잘 보일 거야."

다음 순간, 그가 소시지처럼 퉁퉁한 손가락으로 내 갈비뼈를 걸머쥐더니 토할 것 같은 시가 연기 속으로 나를 번쩍 들어 올려서는《벅스 버니》와《포키 피그》만화책이 들어 있는 통 언저리까지 올려줬다. 다시 발로 바닥을 딛고 싶었고 등의 옴폭한 부분에 철썩 들러붙은 물렁한 뱃살의 감촉에 토할 것 같았던 나는 손에 집히는 무엇이라도 붙잡으려 필사적으로 몸부림쳤다.

그는 뱃살과 만화책 통 테두리 사이에 끼어 옴짝달싹 못 하는 신세가 된 내 몸을 역겨운 손가락으로 위아래로 더듬었다. 그가 손아귀의 힘을 풀어주어서 바닥으로 미끄러져 내려오고 나자 더러워진 기분이 들었고 마치 내가 어떤 역겨운 행위에 가담한 것 같은 느낌이 들어서 겁이 났다.

곧, 나는 언니들한테 꼭 붙어 있으면 그를 피할 수 있다는 것을 알았다. 또한 통로 반대쪽으로 뛰어서 도망가면 그가 따라오지도 않는다는 걸 알았다. 하지만 그렇게 하면 언니들이 고른 만화책을 계산대로 가져갔을 때 "꼬마 아가씨를 위한 선물"이라며 한 권을 더 넣어주는 일은 없었다. 퉁퉁한 손가락으로 나를 번쩍 들어 올린 그의 역겨운 행위는 표지가 찢어진《벅스 버니》만화책을 얻기 위해 치러야 하는 대가였다. 나는 몇 년 동안이나 천장으로 들어 올려져 도저히 내려오지 못하는 꿈을 꾸었다.

세 명의 갈색 꼬마 여자아이들, 심지어 그중 한 명은 글도 읽지 못하는 우리가 만홧가게에 가려면 하루 종일 언덕을 올라야 했다. 그러나 그것 역시 여름 나들이였고, 집에 가만히 앉아 어머니가 사무실이나 시장에서 돌아오기만을 기다리는 것보다 나았다. 우리는 길에 나가 노는 건 허락받지 못했던 것이다. 시내를 두 블록 가로질러 피스 브라더 피스 구두수선집이 있는 8번 애비뉴까지 간 다음, 끝도 없이 높은 언덕을 몇 블록이나 더 올라야 했으므로 만홧가게에 다녀오려면 꼬박 하루가 걸렸다.

저녁식사를 마친 뒤, 어머니가 내일 우리가 만홧가게에 다녀올 거라고 아버지한테 알리면, 두 사람은 곧바로 그레나다 방언으로 짧게 상의했다. 두 분의 얼굴을 자세히 살펴보면 우리에게 용돈 몇 푼을 줄지 말지 의논하고 있다는 걸 알 수 있었다.

때때로 우리는 나가는 길에 아버지한테서 구두를 받아 피스 브라더 피스 구두수선집에서 앞창을 대달라는 심부름을 맡기도 했다. 때로는 구두에 윤내기까지 포함됐는데 그건 고작 3센트와 "피스 브라더 피스" 경례만으로도 얻을 수 있는 감당할 만한 사치였다.

아침 먹은 걸 치우자마자 어머니는 사무실로 향했고 우리는 길모퉁이까지는 어머니와 같이 걸어갔다. 그다음에는 우리 셋이서 145번가로 접어들어 리도 볼링 팰리스, 술집 몇 군데, 그리고 숫자를 휘갈겨 쓴 작은 하얀 종이가 매출의 대부분인 정체불명의 구멍가게들을 지났다.

옴폭 들어간 무릎을 박박 문질러 씻고 반짝거리게 기름을 바르고, 머리카락은 단단히 땋아 끈으로 묶은, 통통한 흑인 꼬마 여자아이 셋.

우리는 스타더스트 라운지, 미키 미용실, 핫 프레스와 콜드 프레스, 할렘 밥 라운지, 드림 카페, 프리덤 이발소 그리고 그 시절엔 사람이 웬

만큼 많은 길 한편엔 꼭 있던 것 같은 옵티모 시가 판매점을 지나 언덕을 터벅터벅 올라갔다. 앤트 메이 식품점, 세이디스 부인복과 아동복, 럼스 찹 수이* 식당, 유리창은 알록달록하고 건물은 희게 페인트칠을 한 샤일로 침례선교교회, 바깥에 커다란 라디오를 체인으로 묶어 내놓고 점점 더워지는 아침의 길거리에 박자를 만들어주던 레코드 가게도 있었다. 그리고 7번가 구석에서 서로 팔짱을 끼고 초록 불을 기다리다 보면 눈 살룬의 스윙도어 너머 서늘하고 어둑어둑한 공간에서 효모가 부풀어 오르는 것 같은 도발적이고 신비로운 냄새가 풍겼다.

우리는 언덕을 오르기 시작했는데, 따지고 보면 언덕이 다섯 개 이어진 곳이었다. 8번 애비뉴로 들어가는 곳에서 고개를 들고 찬란한 햇빛을 올려다보면 언덕은 끝이 없는 것 같았다. 언덕에는 트롤리 철로가 수평으로 나 있었다. 구불구불한 보도 위는 사람들로 가득했다. 오른편 길로 언덕을 반쯤 오르다 보면 브래드허스트 애비뉴와 에지컴 애비뉴 사이에 널따란 잔디밭이 있고 그 주변에 연철로 된 높은 울타리가 쳐져 있었는데 이곳이 콜로니얼 파크였다. 공공 공원이 아니었기 때문에 공짜는 아니었다. 입장료 10센트가 없었던 우리는 한 번도 들어가보지 못한 곳이었다.

언니들이 잡아당긴 탓에 팔이 얼얼했지만 그건 내가 뒤처진 탓에 치러야 하는 대가였다. 글자를 읽을 줄 알고 만화책도 읽을 줄 아는 언니들이 외출할 때 나를 데리고 가는 것 자체가 그들이 치러야 하는 대가였던 것과 마찬가지였다. 난 언제나 불평할 처지가 아니었다.

---

* 채소와 고기를 볶은 미국식 중화요리를 말한다.

우리 셋은 손을 꼭 잡고 사람들이 가득한 145번가 큰길을 건넜다. 언덕배기 중간, 브레드허스트에서 잠시 멈춰 콜로니얼 파크를 둘러싼 연철 창살에 얼굴을 댔다. 시원하고 밝은 기운의 첨벙 소리와 말간 웃음 소리가 반쯤 숨겨진 사설 수영장에서 희미하게 들려올 뿐이었다. 그럼에도 그 희미한 시원함의 소리가 초록빛으로 우리의 마른 입가까지 다가왔다. 이쯤 되면 우리의 여정은 영원히 끝나지 않을 것 같았다. 콜로니얼 파크 위 하늘에서 햇볕이 사정없이 내리쬐였다. 그늘이라고는 아무 데도 없었다. 그럼에도 콜로니얼 파크 주변 공기는 어쩐지 더 시원했다. 우리는 공원 바깥에 벤치 같은 게 없었는데도 그곳에서 잠시 머물렀다. 할렘 대로의 행인들이 우리 주변을 부산하게 휩쓸고 지나갔다.

어머니가 어물거리지 말라고 단단히 경고했는데도 우리는 초록빛 수영장의 신선한 냄새 근처에서 한참을 머물렀다. 만화책이 든 봉투는 언니들이 빈틈없이 지키고 있었고 나는 땀이 밴 손으로 간식인 짭짤한 크래커 한 봉지와 바나나 세 개가 든 봉투를 들고 있었다. 집에서는 우리가 먹을 점심이 이미 준비되어 우리를 기다리고 있었다.

우리는 공원을 둘러싼 연철 창살에 기대어 크래커를 하나씩 먹었다. 내가 걸음걸이에 맞춰 가방을 앞뒤로 흔들었던 탓에 크래커가 몽땅 부서졌다며 헬렌 언니가 성을 냈다. 가방에 들어 있던 냅킨으로 가루를 쓸어낸 다음 우리는 또다시 언덕을 끝도 없이 올라갔다.

마침내 우리는 암스테르담 애비뉴의 정점에 올랐다. 맑은 날에는 발돋움해서 서쪽을 보면 브로드웨이부터 리버사이드 드라이브까지 눈에 들어왔다. 가파르게 경사진 리버사이드 드라이브의 나무들 너머로 신기루처럼 희미하게 보이는 한 줄의 물줄기는 허드슨강이었다. 오래

전부터 나는 〈아름다운 아메리카〉 노래를 들을 때마다 암스테르담 애비뉴 정점에 서 있던 순간들을 떠올렸다. 그 노래의 "바다에서 반짝이는 바다로"라는 노래 가사를 생각할 때면 동쪽에서 허드슨강까지의 풍경이 눈에 선했다.

암스테르담 애비뉴와 145번가가 만나는 곳, 신호등이 바뀌길 기다리는 사이 나는 좁고 긴 골짜기 같은 145번가를 내려다보았다. 콜로니얼 파크와 파더 디바인 교회, 레녹스 애비뉴의 드럭스토어에서 할렘강을 가로질러 브롱크스로 이어지는 다리까지, 블록마다 자동차, 말이 끄는 수레, 사람이 바글거리는 언덕배기를 눈에 담았다.

문득 공포에 사로잡히면 나는 부르르 몸을 떨었다. 언덕 꼭대기인 이곳에서 넘어지기라도 하면 어쩌지? 언덕에서 언덕으로 레녹스 애비뉴까지 데굴데굴 굴러 내려가버릴지도 몰라. 그런데 실수로 다리를 비켜 나가면 그대로 물에 퐁당 빠져버리겠지. 내가 언덕을 구르는 사이 사람들은 그림책《조니 케이크》에 나오는 것처럼 나를 피해 뛰어다닐 거다. 비명을 지르며 할렘강으로 굴러 내려오는 뚱뚱한 흑인 여자아이와 부딪치지 않으려고 몸을 피할 것이다.

아무도 날 잡아주지도 막아주지도 구해주지도 않을 거고 나는 마침내 142번가의 아모리를 지나 아빠가 주말마다 정기적으로 흑인민병대 훈련을 받으러 가는 물가로 흘러가버리고 말겠지. 스피팅 데빌*이라는 신화 속 장소 같은 이름을 가진 곳에서 시작되어 할렘강으로 흘러드는

---

* 허드슨강과 할렘강을 잇는 두물머리인 '스피튼 듀이빌'이라는 지명을 잘못 알아듣고 '스피팅 데빌'이라고 표현한 것이다.

위험천만한 조류에 실려 바다로 가버릴 것이다. 아이들이 공짜로 물가로 가지 못하게 만든 할렘 리버 드라이브가 생기기 전까지 콜로니얼 파크의 시원한 초록빛 수영장에 들어갈 입장료도, 중고 만홧가게에 데려갈 언니도 없는, 먼지와 더위에 찌든 내 또래 아이들의 목숨을 수도 없이 빼앗아갔다고 아버지가 경고했던 무시무시한 조류였다.

7

전쟁은 어느 일요일, 교회에 다녀온 오후 〈요들송 부르는 소년 올리비오〉와 모일런 시스터즈의 노래 사이 어딘가에서 라디오를 통해 우리에게 도착했다. 진주만 공습이 있던 일요일이었다.

"일본군이 진주만에 폭탄을 투하했단다." 집을 살 생각이 있어 보이는 고객한테 매물을 보여주고 돌아오자마자 곧장 라디오 앞으로 다가온 아버지가 심각한 목소리로 말했다.

"그게 어딘데요?" 방금 만든 동물 옷을 고양이 클레오한테 입혀보겠다며 낑낑거리던 헬렌 언니가 고개를 들고 물었다.

"그래서 〈올리비오〉가 안 나오는 거구나." 필리스 언니는 실망의 한숨을 쉬었다. "어쩐지, 늘 이 시간에 나오는데 안 나오니까 뭔가 문제가 있다고 **생각했어요.**"

그리고 어머니는 거실을 떠나 개수대 아래에 저장해둔 커피와 설탕이 잘 있는지 확인하러 갔다.

나는 목제 캐비닛 라디오에 등을 기댄 채 바닥에 앉아 《푸른 요정 책》을 무릎에 놓고 바닥에 앉아 있었다. 나는 책을 읽으면서 라디오를 듣는 걸 좋아했는데 등을 타고 전해지는 소리의 울림이 마치 동화에 몰입해 머릿속에 펼쳐지는 장면들의 배경이 되어주는 것 같아서였다. 책을 읽다가 갑자기 그만둘 때면 들던, 혼란스럽고 멍한 기분이 되어 고개를 들었다. 트롤들이 진주로 된 보물이 묻힌 항구를 습격했다는 소린가?

거실 공기의 냄새도 그랬거니와, 라디오의 다이얼을 돌려 게이브리얼 히터나 H. V. 칼텐본 같은 당신이 좋아하는 뉴스 해설자들 목소리를 번갈아 듣는 아버지의 목소리가 긴장되고 심각해서 무언가 정말로 끔찍한 일이 일어났다는 것을 알았다. 이 뉴스 해설자들의 목소리는 〈뉴욕타임스〉 다음으로 아빠와 바깥세상을 꾸준히 이어주는 연결고리였다. 그리고 그날 밤 라디오에서 〈론 레인저〉도, 〈더 섀도〉도, 〈당신의 FBI입니다〉도 나오지 않았으므로 진짜 끔찍한 일이 일어났다는 것을 알 수 있었다.

그날 밤엔 내내 심각하고 흥분된 어조로 죽음, 파괴, 사상자, 불타는 배, 용감한 남자들과 전쟁을 끊임없이 이야기하는 뉴스 보도만 이어졌다. 내 주변을 휩쓰는 극적인 드라마에 홀려 겁에 질린 나는 결국 동화책을 내려놓고 처음으로 현명하게 입을 딱 다문 채 뉴스에 더 열심히 귀를 기울이기 시작했다. 하지만 부모님은 뉴스에 몰두한 나머지 나를 부엌으로 보내야겠다는 생각조차 하지 않았다. 그날은 저녁식사조차 평소보다 늦었다.

어머니가 그레나다 방언으로 뭐라고 말하자 아버지가 대답했다. 부모님의 눈을 보니 사무실, 그리고 돈 이야기라는 걸 알 수 있었다. 어머니가 일어나서 다시 부엌으로 들어갔다.

"비, 식사할 시간이야." 어머니가 그렇게 외치더니 다시 거실 문간에 나타났다. "우리가 할 수 있는 일은 없잖아."

"그건 당신 생각이지, 전쟁이 일어났다니까, 린." 아버지는 몸을 뻗어 라디오를 껐고, 우리 모두 저녁을 먹으러 부엌으로 향했다.

며칠 뒤, 수업이 끝나자 전교생이 반별로 강당에 모여 줄을 섰고, 수녀님들이 우리에게 푸른 잉크로 각자의 이름, 주소, 나이, 그리고 **혈액형**이라는 것이 새겨진 둥글납작한 크림색 뼛조각을 하나씩 줬다. 걸쇠 없는 금속 사슬에 달린 이 원판 조각을 전교생이 목에 줄곧 걸고 다녀야 하며, **그동안 내내** 절대로 벗으면 안 되고 그러지 않으면 엄청난 체벌을 받는 것만으로 끝나지 않을 거라고도 했다.

그동안 내내라는 말에는 **무한**이라거나 **영원**같이 그 자체로 구체적인 생명력과 에너지가 담긴 것 같았다.

수녀님들은 조금 있으면 방독면이 도착할 거라며, 우리가 안전한 곳을 찾아 부모를 떠나 시골로 가야 했던 가여운 영국 아이들 같은 신세가 되지 않도록 기도해야 한다고 했다. 나는 남몰래 그건 정말 신나는 일이 될 텐데 하고 생각했기에 그런 일이 일어나면 좋겠다고 바랐다. 다른 아이들처럼 고개를 숙였지만 도저히 그런 신세가 되지 않게 해달라는 기도는 차마 나오지 않았다.

기도가 끝난 뒤 수녀님들은 지난 일요일 진주만에서 목숨을 잃은 용감한 젊은 남자들의 영혼을 위해 주기도문을 열 번, 성모송을 열 번 외우라고 했고, 다음에는 굶주리는 유럽 아이들을 위해 두 기도문을 각각 다섯 번씩 더 외우게 시켰다.

기도가 끝나자 우리는 모두 자리에서 일어섰고, 조세파 수녀님이 뛰다가 넘어질 때 가장 안전한 자세라며 손이 반대쪽 어깨에 닿도록 양팔을 엑스자로 교차해 가슴을 감싸안는 자세 시범을 보여주었다. 그다음에는 연결 통로를 따라 교회 지하실로 달려가는 공습 대피훈련을 했다. 공습 대피훈련은 우리가 아무 소리도 없이, 재빨리 해낼 수 있을 때까지 반복됐다. 어머니들이 강당 안에 앉아 지켜보는 가운데 몇 시간이나 계속되던 이 모든 과정은 심각하기 이를 데 없었으므로 인상에 남았다. 마침내 훈련을 마치고 12월의 밤길을 걸어 집으로 돌아갈 땐 거의 땅거미가 질 시각이었다. 거리는 낯설고 으스스했고 침침한 가로등 꼭대기에는 이미 덮개를 씌웠으며 가게들도 깜깜한 어둠에 싸여 있었다.

봄이 오자, 학교에서는 해안경비대가 적기를 격추할지도 모르니 어머니들이 모두 정기적으로 학교에 나와 하늘을 지켜봐야 한다고 했다. 뉴욕시의 모든 학부모가 학교 지붕에 올라가 같은 일을 했다. 뉴스는 꼼꼼하게 검열됐기 때문에 부모들을 포함한 그 누구도 롱아일랜드 해협에 독일 잠수함이 접근했으며 따라서 연안이 무척 심각한 위험에 처해 있다는 사실은 모르고 있었다. 우리가 아는 것이라고는 유럽을 면한 동해안에 위치한 뉴욕시가 폭탄 투하의 주요 표적이라는 사실뿐이었다.

별 뜻 없는 대화도 의심의 대상이었다. 사방에 널린 포스터에도 **"침묵은 금이다"** 같은 말이 도배되어 있지 않던가? 애초 이야기할 비밀이 없는 나조차도 140번가와 레녹스 스트리트에 있는 가로등 앞을 지날 때마다 올바른 일을 하고 있다는 기쁨에 가슴이 벅차올랐다. 그곳에는 한 백인 남자가 입술에 손가락을 대고 있는 알록달록한 포스터가 붙어 있었다. 반쯤 돌린 얼굴 위에 크고 각진 글씨로 경고문이 적혀 있었다.

"입만 잘못 놀려도 배가 침몰할 수 있다!" 내 침묵은 사회적이면서도 애국적인 지지를 받는 것만 같았다.

그러나 그 밖의 삶은 평소와 그리 다를 바 없었으며 고작 일곱 살이던 나로서는 실제 삶의 드라마와 내가 중독되어 있는 라디오 속 드라마를 구분하기가 힘들었다.

세인트마크플레이스의 어머니들은 우리 교실 입구를 통해 들어갈 수 있는 3학년 교실 근처의 지붕 배수로에서 적기를 감시했다. 3학년은 점심시간 바로 전에 철자법 수업을 들었는데, 어머니의 감시 시간은 오전 11시부터 낮 12시까지였다.

따뜻한 봄날의 햇살 속에서 철자법 책 위로 웅크리고 있자면 얼른 점심을 먹고 싶어 배가 꼬르륵거렸다. 창밖을 내다보면 헙수룩한 짙은 모직 정장에 큐반 힐이 달린 수수한 옥스퍼드 구두, 테는 넓지만 단순하게 생긴 모자 차림으로 매를 닮은 회색 눈 위를 가린 채 서 있는 어머니가 보였다. 어머니는 풍만한 가슴 앞에 팔짱을 끼고 모자챙 아래 눈을 찌푸린 채 적기가 나타날 테면 나타나보라는 듯 열심히 하늘을 보고 있었다.

이토록 중요한 일을 하는 여성이 내 어머니라니 자부심에 가슴이 터질 것 같았다. 우리 반 어머니들 중에서 적기를 감시하는 것은 내 어머니가 유일했다. 그뿐만 아니라 어머니는 특별히 정해진 날, 학교 강당 안쪽에 설치해놓은 공식적인 느낌을 주는 테이블에 앉아 우리한테 교과서를 지급하는 신비로운 일을 하기도 했다. 게다가 투표일마다 악명 높은 공립학교 로비의 네이블에 자리 잡고 거대한 마술책을 뒤적여 유권자들을 확인하고 마술 같은 회색 커튼이 덮인 기표소를 지키는 사람도 내가 아는 어머니들 중 오직 내 어머니뿐이었다. 심지어 일요일 미사에 갈 때조차 립스틱을 바르지 않는 여성도, 매일 '출근'하는 것도 내 어머니가 유일했다.

어머니가 자랑스러웠지만 때로는, 그러니까 아주 가끔은, 다른 집 어머니들처럼, 〈딕 앤드 제인〉에 나오는 미소 짓는 금발 어머니처럼, 프릴 달린 앞치마를 두르고 하교한 나를 우유와 직접 구운 쿠키로 맞아주는 여느 어머니 같았으면 하고 바라기도 했다.

가톨릭 휴일이나 학교를 일찍 마치는 날이면 나는 어머니를 따라 사무실로 가서 아버지의 떡갈나무 책상 뒤 커다란 회전식 나무 의자에 앉아 임대료 영수증을 쓰거나 세입자 지원자들의 면접을 보는, 또는 석탄을 보도에 쏟아두느냐 아니면 길 아래에 있는 석탄 통에 담아두느냐를 두고 석탄 배달부와 격렬한 말다툼을 벌이는 어머니를 지켜보았다.

전쟁 기간 동안 겨울이라 테이프로 여며놓은 큼직한 판유리 창문 앞에 어머니와 함께 서 있던 것도 기억난다. 우리는 그곳에 서서 부모님이 관리하는 음울한 임대주택의 한기를 가시게 해줄, '전쟁물자'로 보내고 남은 저급 석탄을 싣고 올 공공 연료 트럭을 초조하게 기다렸다. 때로 아버지도 함께였지만, 대개 아버지는 집을 보여주러 가거나 다른 부동산 업무를 보거나 아니면 낡아빠진 주택들의 이런저런 보수를 하러 갔다. 전쟁이 계속되고 노동력이 필요해지자 아버지는 퀸스에 있는 비행기의 알루미늄 부품을 만드는 군수공장 수위로 밤마다 일했다. 그는 야간근무를 마친 뒤 아침 일찍 공장에서 곧장 사무실로 왔다. 누수를 확인하고, 여름철에는 배관을 뚫고, 겨울에는 얼어붙은 파이프를 녹이면서 필요한 일은 뭐든지 했다. 집을 보여주러 가는 약속이 없다면 어머니가 출근해 업무를 보는 동안 2층 빈방에서 몇 시간 눈을 붙였다. 부동산 관련 약속이 있으면 2층 방에서 면도를 하고 씻고 옷을 갈아입고 나가서는 오후에 다시 돌아와 눈을 붙였다.

정오가 되면 어머니는 점심을 먹이러 우리를 데리고 집으로 돌아온 뒤 바삐 움직여 아버지에게 가져다줄 음식을 데우고 포장했다. 보통은 전날 밤 먹고 남은 음식이거나 그날 아침 준비한 끼니였다. 어머니는 음식을 병에 담고 보온을 위해 수건으로 싸서는 우리를 학교에 데려다준 다음에 사무실로 가서 아버지를 깨우거나 아버지가 돌아오기를 기다렸다.

어머니는 회계를 보고 문제를 해결하고 뒷방에 둔 싱어 재봉틀로 침대 시트와 베갯잇을 꿰매고 2층 방을 정리했다. 청소부가 오지 않는 날이면 어머니가 빈방들을 청소했다. 그러다 보면 다시 열 블록 떨어진 학교로 우리를 데리러 올 시간이 되었다.

때로 시간과 필요가 맞아떨어지거나 반드시 장을 봐야 하는 상황이면 어머니는 125번가 시장까지 걸어가 저녁으로 먹을 고기를 조금 사거나 가는 길에 있는 서인도제도 시장에 들러 싱싱한 생선과 채소를 샀다. 장을 본 다음에는 묵직한 장바구니를 든 채 버스에 몸을 싣고 우리를 데리러 왔다. 그런 날이면 우리 셋이 조용히 서서 기다리고 있던 139번가 초입에 도착해 버스에서 내리는 어머니의 눈이 평소보다도 매서웠고 얼굴은 지치고 피곤해 보였다. 나는 버스가 멈추고 어머니가 양손에 든 쇼핑백을 다리에 부딪쳐가며 계단을 느릿느릿 내려오는 순간부터 그 표정을 읽고 해석해보려고 애를 쓰곤 했다. 일곱 블록을 걸어 집으로 가는 시간이 어떤 시간이 될지는 어머니의 표정에 달려 있었다. 어머니가 입술을 꼭 다물고 있으면 우리가 짐을 들어주건 말건 우리 중 한 사람, 주로 내가 매맞게 될 가능성이 높았다.

집에 오면 훈육이건 처벌이건 모두 저녁 준비를 끝내고 스토브에 불을 피운 뒤로 미뤄졌다. 그다음에는 언니들이 그날 학교에서 내가 저지른 온갖 잘못이 적힌 가정통신문을 내놓고, 이를 읽은 어머니가 묵직한 손으로 가정 안의 정의를 실천할 시간이었다.

어떤 때, 특히 내가 정말 못되고 커다란 잘못을 했을 때는 "아버지가 오실 때까지 기다려라"라는 무시무시한 선고가 내려졌다. 아버지는 절대 우리를 때리는 법이 없었다. 아버지가 너무 힘이 센 나머지 손찌검하면 상대가 죽을 수도 있다는 친척들의 말만 전설처럼 전해질 뿐이었다. 그러나 아버지가 그 현장에 있다는 사실만으로도 체벌은 어쩐지 공식적인 것처럼 느껴졌고, 때문에 훨씬 더 무섭고 두려웠다. 아마 체벌의 시간이 미뤄지는 바람에 겁에 질린 채로 기다리게 되는 것 역시 같은 효과를 내었을 것이다.

아버지가 정말로 사람을 죽일 정도로 힘이 셌는지는 모르겠다. 아버지는 덩치가 크고 힘센 사람이었고 그 시절 해변에서 찍은 사진 속 2미터에 가까운 아버지의 몸집에 살집이라고는 거의 붙어 있지 않았다. 눈은 작았지만 상대를 꿰뚫어 보는 듯했고, 아버지가 매머드를 연상시키는 턱에 힘을 주고 목소리를 한껏 낮춰 쉰 소리로 말할 때는 정말 무서웠다.

전쟁이 발발하기 전 어느 평온한 저녁, 아버지가 퇴근해 집에 돌아왔을 때 나는 어머니 무릎에 앉아 빗질을 당하고 있었다. 아버지는 우리 둘을 한꺼번에 번쩍 안아 올렸고, 웃으면서 우리더러 "초과 수화물"이라고 했다. 아버지로부터 관심을 받아 무척 기쁘고 신이 나는 한편으로, 익숙한 배경이 난데없이 **크로-보-소** 되는 바람에 무서웠던 기억이 난다.

전쟁 중에 아버지는 주말을 빼면 집에 있는 법이 거의 없었으므로 어머니는 나를 즉각 매질하곤 했다.

전쟁이 길어지자 흑인들 사이에 돈이 돌기 시작했고 아버지의 부동산 사업도 점점 호황을 누렸다. 1943년 인종봉기* 이후 레녹스 애비뉴와 142번가 사이의 지역은 할렘의 '똥통'이라는 악명을 얻게 되었다. 우리 가족은 '언덕 위'로 이사했다. 언니들과 내가 여름날 만화책을 바꿔보겠다며 오르곤 했던 그 기나긴 언덕이었다.

---

* 1943년 미국 내에서 동시다발적으로 일어난 흑인 공동체의 저항 중 하나로, 할렘에서 백인 경찰이 흑인 군인을 총기로 쏴 죽인 사건으로 인해 촉발됐다.

8
—

어린 시절, 내가 상상할 수 있던 가장 두려운 상황은 잘못을 저지르고 들키는 것이었다. 실수란 폭로, 어쩌면 절멸을 뜻했다. 어머니 집에는 오류를 범할 공간이, 잘못을 저지를 공간이 없었다.

나는 삶을 필요로 하는 만큼, 확인을, 사랑을, 나눔을 필요로 하는 흑인으로 자랐다. 어머니의 내면에 있는 충족되지 못한 것을 그대로 본뜬 대로. 나는 몇 번의 내 다음 생이 지나간 뒤에 아보메*의 진흙으로 만든 서늘한 방에서 만나게 될 **세불리사****만큼 검게, 그리고 외롭게 자라났다. 어머니는 백인 남성들의 혀에서, 당신 아버지의 입에서 나온 말들로 인해 배운 온갖 교활하고 견제적인 방어술을 내게 알려주었다. 어머니는 이런 방어술을 사용해야 했고, 그것들을 통해 살아남았으며, 동시에 그것들로 인해 조금씩 죽었다. 모든 색채는 변하고 서로가 되었으며 섞이고 나뉘고 무지개와 올가미로 흘러들어갔다.

————————

* 옛 다호메 왕국의 수도를 뜻한다.
** 다호메 신화에 등장하는 세계의 창조여신이자 모두의 어머니인 마울리사에 해당하는 아보메 지역 여신을 뜻한다.

나는 어둠 속 내 자매들 옆에 눕는다, 길에서 나를 알아보지도 인정하지도 않고 스쳐 지난 자매들. 이 중 얼마만큼이 벗겨지지 않는 보호용 마스크의 역할을 맡은 거짓 자기부정이고, 또 얼마만큼이 우리를 갈라놓고자 계획된 증오일까?

어느 날(내 기억에 내가 아직 2학년일 때) 어머니가 장을 보러 나간 사이 언니들은 누가 **유색인**이라느니 하는 이야기를 하고 있었다. 여섯 살의 내가 으레 그랬듯 나는 이야기에 낄 기회를 놓치지 않았다.

"**유색인**이 무슨 뜻이야?" 내가 물었다. 알고 보니 언니들도 그 말의 정확한 의미를 몰랐다.

"음, 수녀님들은 죄다 백인이야. 목이 짧은 가게 주인 아저씨도 백인이고, 멀보이 신부님도 백인이고, 우리는 유색인이야." 필리스 언니의 대답이었다.

"그러면 엄마는? 엄마는 백인이야, 유색인이야?"

"몰라." 언니의 목소리에 짜증스러운 기색이 섞였다.

"어, 그럼 누가 나한테 내가 어느 쪽이냐고 물으면 난 엄마처럼 백인이라고 말할래."

그러자 두 언니 모두 경악한 듯 입을 모아 말렸다. "으아아, 야, 그런 짓은 하면 안 돼."

"왜 안 돼?" 나는 더욱더 혼란스러워졌지만, 그러면 안 되는 이유는 언니들도 몰랐다.

언니들과 내가 인종 문제를 우리 집의 현실, 적어도 우리 자신한테 해당되는 일로서 이야기한 건 그날이 처음이었고, 또 마지막이었다.

새로 이사한 집은 암스테르담 애비뉴와 브로드웨이 사이에 있는 152번가의 아파트였다. 워싱턴하이츠라고 불리던 이곳은 그 당시에 이미 '변화하는' 동네로 통했는데, 그 말인즉슨 흑인들이 쇠퇴해가는 우울한 할렘 중심가를 떠나 값비싼 아파트를 찾을 수 있게 된 지역이라는 뜻이었다.

집주인은 덩치 작은 남자였다. 여름이 끝날 무렵 이사를 했고, 새 학기부터 나는 우리 집에서 길 하나만 건너면 있는 다른 가톨릭 학교에 다니게 됐다.

우리가 입주하고 2주 뒤, 집주인이 지하실에서 목을 맸다. 〈데일리 뉴스〉 보도대로라면 그는 급기야 니그로에게 집을 빌려주는 신세가 됐다는 허탈감 때문에 자살했단다. 나는 세인트캐서린학교에 입학한 최초의 흑인 학생이었으며, 우리 가족 때문에 집주인이 목을 매서 죽었다는 사실을 6학년에 다니는 백인 학생 모두가 알았다. 집주인은 유대인이었다. 나는 흑인이었다. 따라서 우리 둘은 십 대 초반 아이들의 잔인한 호기심 앞에 모두 만만한 희생양이 되었다.

나한테 집주인이 자살한 걸 알고 있느냐고 처음으로 물은 사람은 수녀들과 브래디 대주교의 사랑을 듬뿍 받던 빨간 머리를 한 앤 아치디컨이었다. 늘 그랬듯 부모님은 중요한 이야기는 모두 그레나다 방언으로 나눴으며, 나는 신문에서 만화 말고는 읽지 않았다. "난 아무것도 몰라."

점심시간, 학교 마당에 선 채 땋은 머리카락을 배배 꼬면서 나는 그렇게 대답했고, 조금이라도 친절해 보이는 얼굴을 찾아 주위를 두리번거렸다. 앤 아치디컨은 심술궂게 웃었고 우리 이야기를 엿듣느라 모여 있던 무리도 와르르 웃음을 터뜨리는 바람에 결국 블랑슈 수녀가 뒤뚱대는 걸음으로 다가와 무슨 일이냐고 물었다.

세인트마크플레이스의 성체수녀회 수녀들도 나를 내려다보는 태도이긴 했으나 최소한 그들은 수녀로서의 사명 속에 인종차별을 숨기기라도 했었다. 세인트캐서린학교, 자선수녀회 수녀님들은 대놓고 적대적이었다. 그들은 장식도, 핑계도 없이 인종차별을 일삼았으며, 나는 아무런 마음의 준비가 되어 있지 않았기에 더 고통스러웠다. 나는 집에서도 도움받지 못했다. 우리 반 아이들이 내 땋은 머리를 놀려대자 교장인 빅투아르 수녀는 내가 "'돼지꼬리' 머리를 할 나이는 이미 지났으니 머리 모양을 더 '적절하게' 바꿔주라"는 가정통신문을 나한테 들려 보냈다.

전교생이 입던 푸른색 개버딘 교복은 아무리 자주 드라이클리닝을 해도 봄이 오면 곰팡내가 풍겼다. 쉬는 시간이 끝나 자리로 돌아오면 내 자리에 "냄새 나"라고 적힌 쪽지가 놓여 있곤 했다. 블랑슈 수녀에게 쪽지를 보였더니, 그는 유색인들이 **실제로** 백인과 다른 체취를 풍긴다는 걸 내게 알려주는 것이 기독교인의 의무라는 생각이 든다고 말했다. 그러나 이는 내가 바꿀 수 있는 것이 아니고 아이들이 못된 쪽지를 쓴 건 잔인한 일이기에, 내일 점심시간이 끝난 뒤 내가 교실에 들어오지 않고 건물 바깥에서 기다리는 사이 다른 아이들한테 나에게 잘해주라는 이야기를 해주겠다는 게 아닌가!

교구와 학교의 우두머리였던 존 J. 브래디 대주교는 내가 전학 수속을 밟을 때 어머니에게 이 학교에 유색인 아이가 다니게 될 줄 예상치 못했다고 말했다. 대주교가 제일 좋아하는 여가활동은 앤 아치디컨이

나 일린 크리먼스를 무릎에 앉힌 뒤 한 손으로는 그 애들의 빨갛고 노란 곱슬머리를 만지작거리고 다른 손으로는 푸른색 개버딘 교복을 입은 등을 어루만지는 일이었다. 나는 그의 호색은 무시할 수 있었으나 수요일 오후마다 방과 후에 나를 붙들어놓고 라틴어 명사를 외우게 하는 건 무시하기 힘들었다.

수요일은 종교적 가르침을 위해 수업이 일찍 끝나는 날이었기에, 다른 아이들은 수업시간에 라틴어 단어의 일반 지식만 다루는 형식적인 쪽지 시험만 치르고 집에 갔다.

나는 교실에 혼자 남아 기나긴 목록 속 라틴어 명사의 단수, 복수, 성까지 외워야 하는 수요일 오후를 극도로 혐오하기 시작했다. 브래디 대주교는 30분에 한 번꼴로 사제관에서 나타나 내게 단어를 외워보라고 했다. 단어 또는 복수형이나 성 변화를 말할 때 단 한 번이라도 막히거나 목록에 있는 순서를 틀리면 검은 사제복을 입은 그는 몸을 휙 돌려 다시 사제관으로 돌아간 뒤 30분간 나타나지 않았다. 수요일은 오후 2시면 수업이 끝났지만 때로 나는 4시가 되어야 집에 갈 수 있었다. 그런 날 밤이면 등사기로 인쇄한 시큼한 냄새가 풍기는 흰 종이가 꿈에 나오기도 했다. '아그리콜라, 아그리콜라이, 여성형, 농부.' 3년 뒤 헌터고등학교에 입학해 정식으로 라틴어 과목을 듣게 되었을 때 나는 이미 라틴어와 관련 있는 모든 것에 벽을 세워버린 뒤였으므로 2학기 연속으로 낙제했다.

집에 돌아가 내가 학교에서 이런 취급을 받는다고 이야기하면 어머니는 나한테 성을 냈다.

"그 사람들이 너더러 뭐라 하건 신경 쓸 게 뭐가 있냐? 그 사람들이 네 접시에 빵이라도 올려주냐? 학교는 공부하러 가는 데니까, 공부나 하고 나머지는 관심 꺼라. 친구 같은 게 뭣하러 필요하니." 그때의 내 눈엔 어머니의 무력함도 고통도 보이지 않았다.

나는 우리 학년에서 제일 똑똑한 아이였지만 그래도 인기는 없었다. 성체수녀회 수녀들한테서 잘 배워뒀던 덕분에 수학과 암산은 다른 아이들보다 한참 앞섰다.

6학년 봄, 블랑슈 수녀는 남학생과 여학생 중 각각 반장을 한 명씩 뽑겠다는 발표를 했다. 누구든 출마할 수 있으며 선거는 그 주 금요일이었다. 후보들의 공로, 노력, 애교심을 보고 뽑겠지만 제일 중요한 건 성적이라고 그는 덧붙였다.

당연하게도 앤 아치디컨이 가장 먼저 후보로 추천을 받았다. 최고로 인기가 많았을 뿐 아니라 제일 예쁘기까지 했으니까. 브래디 대주교의 총애를 받는 금빛 곱슬머리 일린 크리먼스도 후보 추천을 받았다.

점심시간에 아버지 주머니에서 훔친 10센트를 짐 모리아티에게 빌려줬던 덕분에 짐이 나를 추천했다. 반 아이들이 킥킥 웃어대도 나는 신경 쓰지 않았다. 황홀했다. 내가 제일 똑똑하니까, 분명 내가 반장이 될 터였다.

그날 저녁, 퇴근한 어머니에게 나는 반장선거에 출마했으며 내가 반장으로 뽑히게 될 거라고 했다. 그러자 어머니는 노발대발했다.

"도대체 뭣하러 그런 바보짓을 하는 거냐? 머리가 그렇게밖에 안 돌아가니? 반장 같은 게 왜 하고 싶은 거냐? 공부하라고 학교에 보낸 거지, 반장이니 선거니 그런 일 따위에 정신 팔라고 보낸 게 아니다. 이제 정신 좀 차리고 그런 멍청한 소리는 그만둬라." 우리는 식사 준비를 시작했다.

"내가 뽑힐 수도 있단 말이에요, 엄마. 반장은 제일 똑똑한 학생이 되어야 한다고 블랑슈 수녀님이 말씀하셨는걸요." 나는 이 문제가 나한테 얼마나 중요한지 어머니가 알아주기를 바랐다.

"그따위 헛소리로 귀찮게 굴지 말아라. 더는 안 듣고 싶구나. 이러다가 금요일에 기가 죽어 돌아와서 '떨어졌어요, 엄마' 할 생각은 마라. 듣고 싶지 않으니까. 반장선거 따위는 둘째 치더라도, 너희들을 학교에 보내는 것만으로도 네 아버지랑 나는 충분히 고생스럽다."

나는 그 이야기는 그만두었다.

너무 길고 설레는 한 주였다. 6학년인 내가 친구들 관심을 끌 방법은 돈을 갖는 게 다였다. 그 주 내내 밤마다 아버지의 바지 주머니에서 계획적으로 슬쩍해둔 덕에 돈은 넉넉했다. 점심시간마다 나는 길 건너 우리 집으로 내달려 어머니가 마련해둔 점심을 우걱우걱 먹고 다시 학교로 돌아갔다.

때로 점심시간에 집에 가면 아버지가 저녁 근무를 하러 가기 전에 부모님 침실에서 쪽잠을 자고 있을 때도 있었다. 이제 나한테는 혼자 쓰는 방이 생겼고, 두 언니가 다른 방 하나를 나눠 쓰고 있었다. 반장선거 전날, 나는 발끝으로 살살 걸어 부모님 침실에 달린 프렌치 도어로 다가간 뒤 칸막이 커튼 사이로 아버지가 잠들었는지 살짝 확인했다. 아버지가 코를 고는 우렁찬 소리에 문이 흔들리는 것 같았다. 코를 골 때마다 입이 살짝 열리고 닫히면서 콧수염 아래가 요란하게 진동하는 모습을 지켜보았다. 이불 한쪽이 걷혀 있어 파자마 상의에 쑤셔넣은 두 손이 보였다. 아버지는 내 쪽을 향해 모로 누워 잠들어 있었는데 끈으로 여미는 파자마 바지 앞섶이 풀어 헤쳐져 있었다. 내 눈에 보인 건 옷 틈새에 자리 잡은 아버지의 연약한 비밀의 그림자에 불과했지만, 별안간 나는 아버지의 너무나 인간적인 모습에, 내가 그를 몰래 지켜보고 있고 잠들어 있는 그는 그 사실을 까맣게 모른다는 생각에 충격을 받았다. 호기심을 느낀 게 창피하고 부끄러워진 나는 얼른 뒷걸음질로 물러나 문을 닫으면서도 파자마 앞섶이 좀 더 벌어져 있었더라면 남자들이 다리 사이에 지니고 다니는 그 비밀 같은 수수께끼가 무엇인지 마침내 정확히 알 수 있었으련만 하고 생각했다.

열 살 때 어느 조그만 남자애가 옥상으로 나를 데려가 내 안경을 벗겼다. 앞이 잘 보이지 않았던 내가 그 사건에 관해 기억하는 건 연필같이 길고 가느다란 물건이 전부여서 아버지와 도저히 결부시켜 생각할 수가 없었다.

하지만 나는 문을 닫기 전 아버지의 정장을 걸어둔 커튼 쪽으로 슬며시 손을 뻗었다. 바지 주머니에 돌돌 말아 넣어놓은 얄팍한 지폐 뭉치에서 1달러를 꺼냈다. 그러고는 부엌으로 가서 접시와 컵을 설거지한 다음 서둘러 학교로 돌아갔다. 해야 할 선거운동이 있었다.

나는 어머니에게 더는 반장선거 이야기를 꺼내지 않을 정도로는 현명했지만, 금요일에 퇴근한 어머니에게 당선 소식을 어떻게 알리면 좋을지 온갖 상상에 빠져 있었다.

"아, 엄마, 그건 그렇고 반장 회의 때문에 월요일에 집에 늦게 올 것 같은데 괜찮죠?" 아니면, "어머니, 제가 반장 자리를 받아들여도 된다는 이 가정통신문에 서명 좀 해주시겠어요?" 아니면 심지어 이런 상상도 해보았다. "어머니, 우리 집에서 반장 당선을 축하하는 작은 모임을 열어도 될까요?"

금요일, 나는 제멋대로 뻗어나가는 머리카락을 목 뒤에서 고정시키는 철제 머리핀에 리본을 달았다. 선거는 오후였고, 점심을 먹으러 집에 갔을 땐 난생처음으로 너무 들떠서 음식이 넘어가지 않았다. 나는 어머니가 먹으라고 꺼내놓은 캠벨 수프 깡통을 식료품 창고에 있는 다른 깡통들 뒤에 숨겨놓고 어머니가 미리 깡통 개수를 세어놓지 않았기만을 빌었다.

우리는 학교 마당에서 줄을 선 뒤 계단을 올라 6학년 교실로 들어갔다. 벽에는 아직 얼마 전 성 패트릭의 날 행사를 치르느라 꾸며놓은 초록색 장식들이 드문드문 남아 있었다. 블랑슈 수녀가 투표지로 쓸 백지를 하나씩 나눠주었다.

처음 불쾌함을 자각했던 순간은 남학생이 반장이 되고, 여학생은 부반장만 될 수 있다는 말을 들었을 때였다. 말도 안 되게 불공평한 처사라는 생각이 들었다. 그 반대는 왜 안 돼? 수녀님 말대로 반장을 두 명 뽑을 수 없다면 여학생을 반장, 남학생을 부반장으로 뽑으면 될 것 아닌가? 나는 크게 상관없다고 스스로 되뇌었다. 부반장 정도로도 괜찮았다.

나는 나를 뽑았다. 투표지를 모아 교실 앞에서 절차에 따라 개표했다. 남자 반장으로는 제임스 오코너가 당선되었다. 여자 부반장으로는 앤 아치디컨이 당선됐다. 차점자는 일린 크리먼스였다. 나는 네 표를 받았고 그중 한 표는 내 표였다. 충격적이었다. 모두가 당선자를 향해 손뼉을 치자 앤 아치디컨이 몸을 돌려 나에게 재수 없는 미소를 지어 보였다. "떨어지다니 안 됐네." 나도 마주 웃어줬다. 그 애의 얼굴을 찢어버리고 싶었다.

하지만 나는 너무도 내 어머니를 닮은 딸이었기에 남들 앞에서 감정을 드러낼 수가 없었다. 그러나 나는 파괴된 것 같았다. 어떻게 이럴 수가 있지? 난 우리 학년에서 제일 똑똑했다. 그런데 부반장으로 뽑히지 못했다. 무언가 엄청나게 잘못됐다. 억울했다.

기독교인의 의무로서 내 친구가 되어주기로 한 헬렌 램지라는 체구가 작고 다정한 여자애가 있었는데, 겨울 동안 자기 썰매를 빌려준 적도 있었다. 그 애는 교회 옆집에 살았는데, 그날 학교가 끝난 뒤에 자기 집에 코코아를 마시러 오라고 초대했다. 나는 대답도 하지 않고 그 자리를 벗어나 안전한 우리 집을 향해 길 건너로 내달렸다. 책가방을 다리에 부딪쳐가며 계단을 뛰어올랐다. 교복 주머니에 핀으로 고정해놓은 열쇠를 꺼내 문을 열고 들어갔다. 집 안은 따뜻하고 어둡고 아무도 없이 고요했다. 나는 그대로 집 앞쪽에 있는 내 방까지 달려가서 책과 외투를 방구석에 집어 던진 뒤 분노와 실망으로 꺼이꺼이 울며 그대로 소파베드에 몸을 던졌다. 혼자가 되고 나서야 지난 두 시간 동안 내 두 눈을 타오르게 했던 눈물을 마침내 쏟아낼 수 있었다. 나는 한없이 울었다.

예전에도 갖지 못한 것들을 갖고 싶어 한 적이 있었다. 그런 마음이 너무 커서, 나중에는 내가 무언가를 원하는 마음이 크면 클수록 그것을 절대 가질 수 없게 된다고 믿게 되었다. 반장선거도 마찬가지였을까? 내가 너무 간절히 원했던 걸까? 어머니가 늘 하던 말이 그 말이었던 걸까? 어머니는 왜 그렇게 화가 났을까? 원하면 갖지 못하기 때문에? 그런데 어쩐지 이번만큼은 다르다는 생각이 들었다. 반장선거는 내가 간절히 원하면서도 내가 통제할 수 있는 문제라고 처음으로 확신한 일이었다. 제일 똑똑한 학생이 반장이 될 거라고 했고, 내가 제일 똑똑하다는 건 분명한 사실이었다. 그건 내가 나 스스로 해낸 일, 그래서 반장이 된다는 결과를 보장받아야 하는 일이었다. 제일 인기가 많은 게 아니라 제일 똑똑한 학생, 그건 나였다. 그런데 일은 그렇게 되어주지 않았다. 어머니 말이 맞았다. 나는 선거에서 떨어졌다. 어머니 말이 줄곧 옳았다.

그런 생각을 하자 반장선거에서 떨어진 것만큼이나 마음이 아팠고, 그 아픔 때문에 나는 아까만큼이나 격렬하게 울음을 터뜨렸다. 다른 식구가 있었다면 도저히 그럴 수 없었을 만큼 나는 빈집에서 마음껏 슬픔을 누렸다.

무릎을 꿇은 채 엎드려 소파 쿠션에 얼굴을 묻고 눈물범벅이 되어 있느라 바깥에서 열쇠로 문을 여는 소리도, 현관문이 열리는 소리도 못 들었다. 정신을 차려보니 어머니가 내 방 문간에 서서 얼굴을 찌푸린 채 걱정스러운 목소리로 물었다.

"무슨 일이니, 무슨 일이야? 큰일이라도 났니? 이 난리법석이 다 뭐냐?"

나는 눈물에 젖은 얼굴을 들어 어머니를 바라보았다. 아픈 마음을 조금이라도 위로받고 싶었던 나는 일어서서 어머니를 향해 다가갔다.

"반장선거에서 떨어졌어요, 엄마." 어머니의 경고를 까맣게 잊고 나는 울부짖었다. "블랑슈 수녀님이 내가 제일 똑똑한 학생이라고 했는데, 내가 아니라 앤 아치디컨이 뽑혔어요!" 억울한 감정이 다시금 온통 밀려오는 바람에 나는 목소리를 떨며 흐느꼈다.

눈물로 흐려진 눈앞에서 어머니의 얼굴이 분노로 경직되는 것이 보였다. 눈썹이 일그러지더니 핸드백을 들고 있던 손이 허공으로 올라갔다. 어머니의 손이 내 옆통수를 정통으로 후려치는 순간 나는 걸음을 멈췄다. 어머니는 약골이 아니었고, 나는 주춤 물러났다. 귀가 윙윙 울렸다. 온 세상이 미쳐가는 것 같았다. 그제야 나는 지난번에 어머니가 했던 말을 기억해냈다.

"봐라, 새는 잊어버리더라도 덫은 결코 잊지 않는단 말이다! 내가 분명 경고했지! 선거에서 떨어졌다고 울며불며 집에 돌아오다니, 무슨 짓이냐? 내가 백번은 말하지 않았니, 그 사람들 뒤꽁무니나 따라다니지 말란 말이다! 아무짝에도 쓸모없는 백인 오줌싸개 녀석들이 너 같은 검둥이 꼬마한테 뭐라도 넘겨주길 기대했다니, 무슨 이런 얼빠진 게 다 있냐?" 퍽! "내가 방금 뭐라고 말했니?" 내가 어머니의 성난 주먹세례와 핸드백 모서리를 피해보려 몸을 옹송그리자 어머니는 내 양어깨를 붙들었다.

"그래, 내가 바보 같은 반장선거 때문에 쓸데없이 울면서 집에 오지 말라고 말하지 않았니?" 퍽! "우리가 널 학교에 보내주는 이유가 대체 뭐라고 생각하니?" 퍽! "남들 일에 기웃거리지만 않아도 훨씬 잘 지낼 거다. 울음 그쳐, 어서, 울음 그치라고!" 퍽! 어머니는 아까 내가 쓰러져 울던 소파베드로 나를 질질 끌고 갔다.

"그래, 울고 싶어? 그럼 울 일을 만들어주마!" 이번에는 아까보다 내 어깨를 살짝 잡은 어머니가 입을 열었다. "너랑 아무 상관도 없는 남들 일 때문에 발 동동 구르는 바보짓은 그만하고 일어나라. 당장 나가서 얼굴 씻고 오거라. 사람처럼 굴란 말이다!"

어머니는 나를 뒤에서 밀면서 거실을 지나 부엌까지 성큼성큼 걸었다. "길에서 장 보느라 지칠 대로 지쳐 집에 돌아왔더니 네가 세상이 끝난 듯 난리를 치고 있더구나. 무슨 끔찍한 일이라도 일어났나 싶었는데 알고 보니 고작 반장선거였어. 이제 이 음식 정리나 도와다오."

나는 누그러진 어머니의 목소리에 안심하고 눈물을 닦았지만, 그럼에도 어머니가 묵직한 손을 한 번 더 크게 휘두를 구실을 만들고 말았다.

"선거가 공평하지가 않았다고요, 어머니. 그래서 운 거예요." 나는 식탁에 놓인 갈색 종이봉투를 열었다. 상처받은 걸 인정하면 고통을 받게 된 게 내 탓이 될 터였다. "반장선거 때문이 아니라 불공평한 게 싫었다고요."

"공평, 공평이라, 대체 공평한 게 뭐냐? 공평한 걸 바라거든 하느님 얼굴이나 바라봐라." 바삐 손을 놀려 양파를 통 안에 집어넣던 어머니가 동작을 멈추고 몸을 돌려 손으로 내 턱을 받치더니 우느라 퉁퉁 부은 내 얼굴을 쳐들게 했다. 아까는 그렇게 날카롭고 노엽던 어머니의 눈은 이제 그저 피곤하고 슬퍼 보였다.

"아가, 공평하건 아니건 그걸 뭣하러 고민하고 있니? 그냥 너는 네할 일을 하고 남들 일은 남들이 알아서 하게 내버려두거라." 어머니는 내 얼굴에 붙은 머리카락을 치워주었고, 나는 어머니의 손길에서 분노가 가셨다는 사실을 느낄 수 있었다. "봐라, 바보 같은 일로 몸부림을 치다가 머리가 다 엉망이 되었잖니. 얼굴이랑 손 씻고 와서 저녁으로 먹을 생선 재우는 거나 도와다오."

9

아버지는 정치적인 사안에 대해 이야기할 때를 제외하면 말이 거의 없는 사람이었다. 그럼에도 당신은 매일 아침 욕실 안에서 자기 자신을 상대로 길고 긴 대화를 나눴다.

전쟁의 마지막 몇 해 동안 아버지는 집보다는 집 밖에 있을 때가 많았고 집에서 기껏해야 몇 시간 눈을 붙인 뒤 다시 군수공장으로 야간근무를 하러 나갔다.

어머니는 사무실이나 시장에 있다가 집으로 황급히 달려와서는 우리를 붙들고 잠시 법석을 떤 후 저녁을 차리곤 했다. 우리가 밥이나 감자를 먼저 익혀놓거나, 어머니가 고기를 양념에 재워두고는 우리한테 집에 오거든 약불에 올려두라는 쪽지를 남기고 나가는 날도 있었다. 아니면 전날 저녁을 먹고 음식을 일부러 남겨둘 때도 있었다. ("내일 아버지 저녁거리 하게 조금 남겨놔라!") 그런 날이면 나는 어머니의 귀가를 기다리지 않고 직접 음식을 싸서 버스를 타고 시내에 있는 아버지의 사무실을 찾아갔다.

나는 소분한 음식을 한 가지씩 뜨겁게 데웠다. 뜨거운 밥과 짭조름한 고기, 매운 닭고기와 그레이비를 이런 용도로 쓰기 위해 깨끗이 닦아

쟁여둔 우유병에 담았다. 채소도 종류별로 다른 병에 담은 뒤 버터가 있을 땐 버터 조금, 없으면 마가린을 위에다 살짝 올렸다. 병을 하나하나 여러 겹 신문지로 싼 다음에는 음식이 식지 않게 낡은 수건으로 쌌다. 이것들을 어머니가 아버지한테 가져다드리라고 미리 내놓은 옷가지와 함께 쇼핑백에 넣어 짊어진 나는 묵직한 사명감과 성취감을 안고 시내로 나가는 버스에 올랐다.

워싱턴하이츠에서 출발하는 버스는 다운타운을 달려 125번가를 가로질렀다. 레녹스 애비뉴에서 내린 뒤 바, 식품점, 길가에 모여 생기 넘치는 대화를 나누는 사람들을 지나쳐 세 블록을 걸었다.

내가 도착했을 때 아버지가 벌써 1층 사무실로 내려와 수납대장이며 세금고지서며 청구서를 들여다보고 있는 날도 있었다. 어떤 날엔 아직 2층 방에서 주무시는 중이라 관리인이 올라가 문을 두드려 깨워야 했다. 내가 2층으로 올라가거나 아버지가 주무시는 방에 들어가는 것은 금지였다. 나는 '위층'에서 어떤 수수께끼 같은 일이 벌어지는지, 부모님이 내 눈에 보여주지 않으려는 그곳엔 무엇이 있는지가 줄곧 궁금했다. 그곳에는 부모님 침실을 슬쩍 들여다본 날 내게 충격과 당황스러움을 안겨주었던 것과 같은 취약함이 숨겨져 있었던 것 같다. 아버지의 평범하기 짝이 없는 인간적인 모습 말이다.

아버지가 1층으로 내려오면 나는 입맞춤으로 인사를 했고 아버지는 식사에 앞서 사무실 안쪽에서 손과 얼굴을 씻었다. 나는 준비실에 있던 특별한 책상 위에 신경 써서 식사를 차렸다. 식사 중 아버지를 찾아오는 사람이 있으면 나는 자랑스레 메시지를 받아쓴 다음 준비실에 있는 아버지에게 전했다. 아버지에게 먹는 행위란 다른 사람에게 보이기에는 너무나도 인간적인 소일거리였다.

찾아오는 사람이 아무도 없으면 나는 잠자코 준비실에 앉아 아버지가 식사하는 모습을 지켜보았다. 아버지는 빈틈없이 단정한 태도로 먹고 남은 뼈를 접시 옆 종이 냅킨 위에 한 줄로 질서정연하게 늘어놓았다. 가끔 고개를 들어 내가 쳐다보고 있다는 걸 알아차리면 접시 위 고기나 밥, 그레이비를 한 입 먹어보라고 나눠주기도 했다.

그런 일이 없는 날이면 난 앉아서 조용히 책을 읽으면서도 속으로 오늘도 특별한 간식을 얻어먹을 수 있기를 기대했다. 방금 전 똑같은 음식을 먹었더라도, 아니면 내가 딱히 좋아하지 않는 음식이라도, 회사 준비실 책상 위에 놓인 아버지의 접시에 담겨 있던 음식은 마술에라도 걸린 듯 맛있고 황홀하고 또 귀한 맛이 났다. 이 맛이 아버지와 보낸 따뜻한 순간 중에서도 가장 다정하고도 친밀한 기억들을 이룬다. 그런 순간들은 많지 않았다.

아버지가 식사를 마치면 나는 음식을 담았던 병을 물로 헹구고 아버지가 쓴 접시와 식기를 설거지했다. 그다음에는 그릇을 깨끗이 치워둔 선반에 놓고, 그 자리에 준비해둔 천 냅킨으로 그릇을 덮었다. 우유병들을 가져온 쇼핑백 안에 조심조심 도로 챙겨 넣고는 아버지한테서 집에 갈 버스 값으로 5센트 동전을 하나 받았다. 잘 있으라는 입맞춤을 한 뒤 집으로 향했다.

사무실에서 함께 시간을 보내는 동안 우리 사이에 두세 문장 오가는 것이 전부일 때도 있었다. 그럼에도 내 기억 속 그런 저녁들, 특히 봄날 저녁들은 사뭇 특별하고 만족스러운 시간들로 남아 있다.

10

처음으로 워싱턴에 가본 건 아이로 사는 나날을 끝내고 여름이 막 시작될 무렵이었다. 적어도 8학년을 마치고 졸업하는 우리에게 사람들이 했던 말대로라면 그렇다. 같은 해 필리스 언니는 고등학교를 졸업했다. 그때 언니가 끝내게 된 나날이 어떤 나날이었을지는 잘 모르겠다. 아무튼 그해 독립기념일에 우리 가족은 필리스 언니와 내가 졸업한 기념으로 미국의 전설적이고도 이름 높은 수도 워싱턴으로 다 함께 여행을 떠났다.

낮에 기차를 타본 건 그날이 처음이었다. 어린 시절 코네티컷주의 바닷가로 휴가를 갈 때는 저렴한 야간 완행열차를 탔으니까.

우리 가족은 학기가 채 끝나기 전부터 여행 준비에 들떠 있었다. 짐을 일주일 내내 쌌다. 아버지가 옮긴 엄청나게 큰 여행가방 두 개에 음식을 가득 담은 상자도 하나 더 있었다. 따지자면 내 첫 워싱턴 여행은 이동식 만찬이나 다름없었다. 열차 안에 자리를 잡자마자 나는 음식을 먹기 시작했고 필라델피아를 지날 때까지 멈추지 않았다. 그곳이 필라델피아였다는 게 기억나는 건 자유의 종을 못 본 게 못내 아쉬웠기 때문이다.

어머니는 닭을 두 마리 구워서 한입 크기로 잘라왔다. 흑빵을 썰고, 버터, 피망, 막대 모양으로 길게 썬 당근도 챙겼다. 쿠시먼 베이커리에서 사온, 가장자리에 물결무늬를 낸 '메리골드'라는 샛노란 색의 작은 냉동 케이크도 있었다. 세인트마크플레이스 건너편 레녹스 애비뉴의 서인도제도 빵집인 뉴턴스에서 사온 스파이스 번과 록케이크도 있었고, 아이스티도 마요네즈 병에 담아 깨지지 않게 싸서 들고 왔다. 우리가 먹을 달콤한 피클과 아버지 몫인 딜 피클도 있었으며, 솜털 보송보송한 복숭아도 서로 부딪쳐 멍이 들지 않도록 하나하나 따로 싸서 챙겨왔다. 음식을 깔끔하게 먹기 위해 준비한 냅킨 한 무더기는 물론, 끈끈해진 입가를 닦는 용도로 장미수와 글리세린을 적신 헝겊을 담아온 작은 양철통도 있었다.

책에 나오던 대로 식당 칸에 가보고 싶었지만 어머니는 식당 칸에서 파는 음식은 너무 비싸고 조금 전까지 뭘 했는지도 모르는 누군가의 손이 닿았을지 모른다며 귀에 못이 박일 만큼 잔소리를 했다. 1947년의 남행 열차 식당 칸에 흑인은 출입금지였다는 사실에 관해서는 입도 벙긋하지 않았다. 늘 그랬듯 어머니는 싫지만, 바꿀 수 없는 것들은 무시했다. 마치 관심을 주지 않으면 그 일들이 없어지기라도 한다는 것처럼.

훗날 나는 필리스 언니가 다니던 고등학교 졸업반들이 워싱턴으로 수학여행을 갔다는 사실, 그러나 수녀들이 언니를 따로 불러 수학여행 경비를 돌려주면서 언니만 빼고 모두 백인이던 학생들이 묵게 될 호텔이 언니에게는 '행복하지 않을' 곳이라고 설명해주었다는 사실, 아버지 역시 언니를 따로 불러 설명해준 바대로라면 그 말은 니그로의 숙박을 받아주지 않는다는 뜻이었다는 사실을 알게 되었다. 아버지는 호언장담했다. "우리 가족끼리 다 같이 워싱턴에 가보자꾸나. 빈대가 들끓는 쥐구멍만 한 호텔에서 하룻밤 자는 것과는 비교도 안 되게 근사하게 다녀오자고."

미국의 인종주의는 부모님이 미국에 온 이래로 매일같이 헤쳐 나가야 했던 새롭고도 고통스러운 현실이었다. 부모님은 인종차별을 개인적인 괴로움으로 취급했다. 두 분은 미국에서 흑인들이 겪는 현실과 미국의 인종주의라는 엄연한 사실로부터 아이들을 가장 안전히 지키기 위해서는 그것의 이름을 알려주지 않았고, 나아가 그 속성조차 입에 올리지 않아야 한다고 믿었다. 백인을 믿지 말라고 가르치면서도 **왜** 그래야 하는지, 그들이 품은 악의가 무엇인지는 알려주지 않았다. 어린 시절 나에게 꼭 필요했던 다른 지식들과 마찬가지로, 인종주의도 역시 배우지 않고도 알고 있어야 하는 것이었다. 이런 경고가, 절대 믿지 말라는 그 사람들과 너무나 흡사한 외모를 지닌 어머니의 입에서 나오는 게 참 이상했다. 그러나 나는 왠지 어머니는 왜 백인이 아니냐고, 또 아버지와 나처럼 문제적인 피부색이 아닌 것은 물론, 그 중간 어디쯤에 있는 언니들과도 완전히 다른 피부색을 지닌 릴라 이모와 에타 이모는 왜 백인이 아니냐고 물어보면 안 될 것 같았다.

우리는 워싱턴에서 더블베드 두 개와 내 몫의 간이침대 하나가 있는 큰 방에 묵었다. 아버지의 부동산 업계 동료가 소유한 뒷골목 호텔 중 한 군데였다. 다음 날 나는 미사에 다녀온 뒤 종일 링컨 기념관에서 시간을 보냈다. '미국혁명의 딸'로부터 흑인이라는 이유로, 또는 아버지가 이 일화를 우리에게 들려주었을 때 썼던 표현대로 '유색인'이라는 이

유로, 강당에서의 공연을 거부당한 메리앤 앤더슨이 노래한 곳이었다.[*]
그러나 아버지는 시대에 비해 꽤나 진보적인 분이었으므로 아마도 '니그로'라는 표현을 썼을 것이다.[**]

나는 어린 시절의 여름이면 늘 겪었던 고요한 고통에 시달리느라 눈을 가늘게 떴다. 6월부터 7월 말에 이르는 방학 내내 동공이 확장된 연약한 내 눈이 여름의 햇빛에 노출된 탓이었다.

나는 괴로울 만큼 눈부신 백색의 꽃부리를 통해 7월을 바라봐야 했으므로 독립기념일[***]을 축하하는 것이 이 나라에 사는 흑인의 입장에서 얼마나 졸렬한 모방인지 알기 전부터 그날이 싫었다.

내 부모님은 선글라스도, 그런 물건에 치르는 값도 쓸데없다고 생각했다.

오후 내내 가늘게 뜬 눈으로 자유라든지 과거의 대통령들이며 민주주의를 보여주는 기념물들을 올려다보면서, 나는 어째서 워싱턴은 빛도 열기도 뉴욕보다 훨씬 거셀까 생각했다. 길에 깔린 보도블록조차도 뉴욕보다 조금 더 밝은 색조였다.

그날 해가 저물어갈 무렵 우리 가족은 펜실베이니아 애비뉴를 걸어 숙소로 돌아갔다. 피부가 흰 어머니, 갈색인 아버지, 그리고 그사이에

---

[*] '미국혁명의 딸'이라는 모임은 차별금지 규정에도 불구하고 1939년 흑인 가수 메리앤 앤더슨의 공연을 거부했고, 이에 앤더슨이 역사적 의미를 담은 장소인 링컨 기념관의 야외 계단으로 장소를 옮겨 7500여 명의 관객 앞에서 공연한 사건을 가리킨다.
[**] 니그로negro라는 단어는 흑인을 비하하는 표현이었으나, 1950~1960년대에 이르러 백인 중심의 유색인colored이라는 단어에 대항하여 자신의 정체성을 지칭하는 표현으로 니그로 또는 블랙black이라는 단어의 재전유가 일어났다.
[***] 미국의 독립기념일은 7월 4일이다.

단계적으로 분포된 피부색을 가진 세 딸로 이루어진 우리는 썩 볼 만한 행렬을 이뤘다. 역사적인 환경과 이른 저녁의 더위에 고무된 아버지는 우리에게 또 한턱내기로 했다. 아버지는 역사를 잘 알았고 말수는 없어도 천성적으로 드라마틱한 면이 있었을 뿐 아니라 행사나 여행을 특별하게 생각하는 사람이었다.

"린, 잠시 쉬면서 시원한 것 좀 먹을까?"

우리 가족은 호텔에서 두 블록 떨어진 브라이어스 아이스크림과 탄산음료 판매점에 들러 아이스크림을 한 접시 먹기로 했다. 가게 안은 어둑어둑했고 선풍기가 돌아가고 있어서 따갑던 눈이 기분 좋게 누그러졌다.

우리 가족은 카운터 앞에 나란히 앉았다. 어머니와 아버지 사이에 내가 앉았고, 어머니의 다른 쪽 옆에 언니들이 앉았다. 얼룩덜룩한 대리석 카운터를 따라 자리를 잡은 우리에게 종업원이 다가와 뭐라고 말했지만 처음에는 우리 다섯 중 누구도 그의 말을 알아듣지 못해 그저 가만히 앉아 있었다.

종업원이 이번에는 아버지를 향해 조금 더 가까이 다가오더니 다시한번 말했다. "포장해서 가실 수는 있지만, 가게 안에서 드실 수는 없다고 말씀드렸어요. 죄송합니다." 그러면서 종업원이 무척이나 부끄럽다는 듯 눈을 내리깔자, 그제야 우리는 그 사람이 지금까지 또렷한 큰 소리로 내내 했던 말이 바로 그 말이었다는 사실을 깨달았다.

마치 우리가 흑인인 적이 없던 것처럼, 우리 가족은 허리를 꼿꼿이 세운 채 노기에 차 카운터 앞 스툴에서 하나씩 내려왔고, 그대로 말없이, 분노하며 가게를 나왔다. 죄책감으로 가득한 침묵만이 내 감정적 질

122

문에 대한 답이었을 것이다. "하지만 우리는 아무 짓도 안 했잖아요!" 옳지도, 공정치도 않았다! 심지어 나는 바탄*이며 자유와 민주주의를 주제로 시까지 쓰지 않았던가.

부모님은 이런 부당한 일을 놓고 아무 말도 하지 않았다. 당신들이 잘못했다고 생각해서가 아니라, 이런 취급을 받을 것을 예상하고 몸을 사렸어야 한다는 기분을 느꼈기 때문이었다. 그래서 나는 더 화가 났다. 나와 같은 분노를 느끼는 사람한테서 내 분노를 인정받을 수 없기 때문이었다. 심지어 두 언니마저도 그 어떤 이례적인 반미 행위도 일어나지 않은 것처럼 구는 부모님의 태도를 그대로 따라 했다. 미국 대통령을 향해 분노를 담은 편지를 쓴 건 나뿐이었다. 내가 습자지 일기장에 쓴 편지를 보여주자 아버지가 다음 주 사무실 타자기를 쓰게 해주겠다고 약속하기는 했지만 말이다.

종업원의 피부는 희고 카운터도 흰색이었으며 내가 어린 시절을 떠나보낸 그해 여름 워싱턴에서 내가 먹지 못한 아이스크림도 흰색이었다. 워싱턴에 처음 갔던 그 여름의 하얀 열기와 하얀 보도블록과 하얀 석조 기념물 때문에 여행이 끝날 때까지 구역질이 났으므로 결국 그 여행은 딱히 졸업 선물이라 하기도 뭣한 것이었다.

---

* 바탄 죽음의 행진을 말한다. 진주만 공습 직후인 1942년 필리핀 바탄반도를 점령한 일본군이 7만여 명의 연합군 포로에게 120킬로미터에 달하는 거리를 강제로 이동하게 한 전쟁범죄다.

11

어머니의 집에서 살던 어린 시절, 우리 집에서 쓰는 향신료 중에는 갈아서 쓰는 것도 있고 빻아서 쓰는 것도 있었다. 향신료나 마늘, 허브 따위를 빻을 때는 절구를 썼다. 한 사람 몫을 하는 서인도제도 여자들은 누구나 자기만의 절구를 하나씩 가지고 있다. 그 절구를 잃어버리거나 깨뜨리더라도 다리 밑 파크 애비뉴의 시장에 가면 새것을 살 수 있었다. 하지만 그런 곳에서 파는 것은 보통 푸에르토리코산 절구로, 똑같이 나무로 된 것인 데다가 쓰는 방법이 같아도 어쩐 일인지 서인도제도산 절구만큼 좋지가 않았다. 최고의 절구를 만드는 곳이 어딘지는 모르지만 분명 어떤 모습이라 꼬집어 말할 수 없는 수수께끼 같은 완벽한 장소인 '집'과 가까운 곳이리라는 것은 알았다. '집'에서 온 것이라면 특별하지 않을 도리가 없었다.

어머니의 절구는 어머니의 다른 소지품들과는 사뭇 다른 동시에 당신을 바라보는 타인들의 시각을 투사한 정교한 물건이었다. 내 기억 속에서 언제나 부엌 찬장 선반 위에 자리 잡고 있던 단단하고도 우아한 절구를 나는 못내 좋아했다.

절구는 벚나무라기에는 색이 짙고 호두나무라기에는 붉은 이국의 향목으로 만든 것이었다. 어린 내 눈에 절구의 바깥에 새긴 부조 그림은 복잡하고도 유혹적이기 이를 데 없었다. 둥근 자두, 무엇인지 알아볼 수 없는 타원형 과일, 길쭉한 모양에 세로 홈이 새겨진 바나나 같은 과일, 농익은 아보카도처럼 끄트머리가 부푼 알 모양 과일. 그리고 이런 모양들 사이에 체리처럼 작고 둥근 형상들이 서로에게 기대기도 하고 서로 둘러싸기도 하는 모양으로 잔뜩 새겨져 있었다.

절구에 새겨진 과일의 단단하고도 둥그런 감촉을 손가락으로 쓸어보는 게 좋았고, 새긴 그림이 절구 테두리에서 급격한 내리막을 그리며 시작되어 부드러우면서도 효율적인 곡선으로 느닷없이 끝나는 느낌도 좋았다. 나무로 된 실용적인 부엌용품이 가진 묵직한 견고함에 나는 늘 안심했고, 어쩐지 충만한 기분을 느꼈다. 절구 안쪽 벽에 짓이겨지는 다채로운 향미들이 언젠가 즐겼던, 그리고 앞으로 또 찾아올 유쾌한 만찬에 관한 상상들을 이루는 것만 같았다.

절굿공이는 똑같이 정체 모를 짙은 색 장밋빛 나무로 만든, 길쭉하고 끝으로 갈수록 가늘어지는 모양의 물건이고 익숙하고 편안하게 손안에 쏙 들어갔다. 실제 절굿공이의 생김새는 갈고리호박의 굽은 목을 펴서 살짝 비틀어놓은 모습을 연상시켰다. 또 아보카도의 목 부분을 길게 늘인 것 같기도 했는데, 빻는 일에 적합한 모양으로 만든 한편, 나무의 감촉 덕분에 아보카도처럼 특유의 부드러운 견고함을 그대로 지키고 있던 것이다. 어머니의 절굿공이는 보통 절구에 쓰는 것들보다 빻는 부분이 조금 커서 널따랗게 굴곡진 끝부분이 절구에 더 잘 맞아 들어갔다. 오래 쓴 데다가 내내 낡은 절구 안을 내리치고 재료를 으깬 탓에 부드러워진 나무로 된 절굿공이의 둥근 끝부분에는 벨벳을 한 겹 입힌 것처럼 섬유질이 곱게 일어나 있었다. 절굿공이가 닿았던 절구 바닥도 마찬가지로 벨벳 같은 감촉을 입었다.

어머니는 향신료 빻는 일을 그리 즐기지 않았으므로 가루로 만들어 파는 온갖 양념들은 요리사의 은총이라고 여겼다. 그러나 마늘, 생양파, 후추를 함께 빻아서 풍미를 더해야 하는 요리들이 있었는데, 그중 하나가 사우스*였다.

어머니의 사우스에 들어가는 고기는 중요하지 않았다. 염통, 비프엔드**, 영 사정이 안 좋을 땐 닭고기 등살이나 모래주머니를 넣을 수도 있었다. 사우스라는 요리가 특별하고도 기억에 남는 것은 요리하기 전 몇 시간 동안 고기에 발라 재우기 위해 빻은 허브와 향신료의 조합 덕분이었다. 하지만 어머니는 요리에 있어 당신이 가장 잘하는 요리, 또 좋아하는 요리에 대해 확고한 생각을 갖고 있었고, 분명한 건 사우스는 그중 하나가 아니었다.

식사 준비를 돕는 일은 매일 당연히 해야 하는 일이었다. 아주 가끔 어머니가 우리 셋 중 한 사람한테 먹고 싶은 음식을 고르게 해주는 날이면 언니들은 보통 친척 집에서 맛있게 먹었지만 우리 집에서는 먹기 힘든 밀수품에 해당하는 음식을 고르곤 했다. 케첩을 듬뿍 바르거나 뻑뻑한 보스턴 베이크드빈을 곁들인 핫도그라든지, 남부에서 하는 것처럼 빵가루를 입혀 바삭하게 튀긴 프라이드치킨, 학교에서 먹어본 크림소

---

* 카리브 지역에서 흔히 먹는 가벼운 요리로, 절인 고기를 다양한 향신료로 만든 국물과 함께 차갑게 낸다.
** 구운 소고기 양지머리에서 잘라낸 자투리 고기를 뜻한다.

스로 만든 이런저런 음식들이나 무슨 크로켓, 무슨 튀김 같은 것이었고, 한번은 심지어 신선한 수박을 썰어서 먹고 싶다는 대담하고도 뻔뻔한 요구를 하기도 했다. 망가지기 직전인 데다가 남부의 도로 먼지가 아직 측면에 자욱한 픽업트럭에 실려온, 야구 모자를 거꾸로 쓴 앙상한 체구의 흑인 남자가 반쯤은 고함처럼 반쯤은 요들송을 부르는 것처럼 "수우우우바이악" 하고 외치면서 파는 수박 말이다.

나 역시 먹고 싶은 미국 음식들이 많았지만 1년에 한두 번 음식을 고를 기회가 오면 나는 매번 사우스가 먹고 싶다고 했다. 그러면 어머니의 절구를 써볼 수 있을 테고, 그게 나한테는 그 어떤 금지된 음식보다도 큰 상이었기 때문이다. 핫도그나 크로켓 따위가 그렇게 먹고 싶다면 아버지의 주머니에서 돈을 슬쩍해 학교 식당에서 사 먹을 수 있을 터였다.

"사우스가 먹고 싶어요." 나는 그렇게 말하면서도 사우스 생각을 멈추지 않았다. 부드럽고 매콤한 고기의 맛과 어머니의 절구를 사용할 때의 촉각적인 기쁨은 내 마음속에서 떼려야 뗄 수 없는 것이었다.

"그 많은 양념 재료를 빻을 시간이 어디 있니?" 어머니는 무성한 검은 눈썹 아래 매 같은 회색 눈으로 나를 힐끔 보았다. "너희들은 참 생각이라고는 없구나." 그러면서 하던 일로 돌아갔다. 어머니가 아버지와 사무실에서 일하다가 막 돌아왔을 때라면 그날의 영수증을 확인하고 있었을 것이다. 때로는 세 놓는 집들에서 쏟아져 나온 것 같은 지저분한 침구 무더기를 세탁하고 있을 때도 있었다.

그러면 나는 오래전 비밀리에 쓰인 각본의 대사이기라도 한 것처럼, "아, 마늘은 제가 빻을게요, 엄마!" 하고 외친 뒤 곧장 찬장으로 가서 묵직한 나무절구와 절굿공이를 꺼냈다.

냉장고 속 마늘을 보관하는 통에서 통마늘을 하나 집어 열 쪽에서 열두 쪽쯤 떼어낸 다음 라벤더색 속껍질을 조심스레 벗기고 세로로 반을 썰었다. 그렇게 자른 편 마늘을 큼직한 절구 안에 하나씩 집어넣었다. 작은 양파도 한 부분만 떼어내 나머지는 나중에 고기와 같이 재워두게 따로 두고 떼어낸 부분만 주사위 모양으로 썰어 역시 절구에 넣었다. 그다음에는 굵게 간 신선한 흑후추, 재료 위를 소복하게 덮을 소금을 넣었다. 마지막으로 셀러리가 있으면 잎을 몇 장 따서 함께 넣었다. 어머니는 때로 피망을 한 조각 추가했지만 나는 피망 껍질이 절굿공이에 으깨지는 질감을 싫어했기에 피망은 양념을 바른 고기를 재울 때 양파와 함께 넣었다.

재료를 전부 절구에 넣은 뒤에는 공이를 절구 안에 집어넣고 천천히 둥글게 몇 번 돌리며 재료들을 골고루 섞었다. 그다음에 공이를 치켜들고 다른 한 손으로는 절구의 옆면을 단단히 움켜쥔 채 향신료 향이 풍기는 손가락으로 절구에 새겨진 과일 부조를 매만지며 재빨리 콩 하고 내리찍었다. 소금 알갱이와 단단한 마늘 알갱이가 솟아올라 절굿공이 끝부분에 달라붙었다. 다시 위로, 아래로, 둥글게, 위로, 그렇게 리듬이 시작되었다.

쿵 찧고 문지르고 돌리고 위로 올리는 행위가 끝없이 반복됐다. 절구 바닥에서 으깨지는 향신료에 절굿공이가 부딪치는 낮은 소리와 함께 소금과 후추는 마늘과 셀러리 잎에서 배어나는 노란 즙을 흡수했다.

쿵 찧고 문지르고 돌리고 위로. 절구 속에서 뒤섞인 다채로운 향기들이 피어올랐다.

쿵 찧고 문지르고 돌리고 위로. 손가락을 구부려 쥔 절굿공이의 감촉, 몸을 지지대 삼아 단단하고 둥그스름한 절구의 겉면이 과일처럼 내 손바닥 안에 담기던 감각.

재료들이 으깨지며 액체로 변해갈수록 그 모든 것들이 나를 더더욱 짜릿한 향기와 리듬과 움직임과 소리의 세계로 실어 보냈다.

때로 어머니가 가벼운 짜증이 담긴, 그러나 다정하다고 해석할 수 있는 눈길로 나를 슬쩍 보기도 했다.

"마늘로 국물이라도 내는 거냐? 이제 그만하고 가서 고기나 꺼내 와라." 그러면 나는 양 염통이라든지 하는 것을 냉장고에서 가져와 장만하기 시작했다. 부드럽고 단단한 근육 표면의 굳어진 핏줄을 칼로 베어낸 다음 타원형 염통을 네 개의 쐐기 모양으로 나누고 절구 속 향신료를 손끝에 조금 묻혀 염통에 바르고 있노라면 부엌에 마늘과 양파와 셀러리의 알싸한 냄새가 퍼졌다.

내가 마지막으로 사우스를 만들 향신료를 빻은 것은 열다섯 살 여름의 어느 날이었다. 그해 여름은 내겐 참 불쾌했다. 고등학교 1학년을 막 마친 여름이었다. 나는 새로 사귄 먼 동네 친구들을 만나러 가는 대신 어머니를 따라 병원을 전전해야 했고, 어머니는 목소리를 낮춰 한참이나 의사들과 이야기를 나눴다. 어머니는 엄청나게 중요한 일이 아닌 한 며칠 연속으로 사무실을 비우는 일이 없었다. 어머니는 열네 살 하고도 반인 내가 여태 초경을 하지 않아 걱정이었다. 가슴은 나왔는데 초경은 하지 않는 내가 어딘가 '잘못된' 게 아닌가 했던 것이다. 그럼에도 어머니는 월경이라는 그 신비스러운 일에 관해 나랑 차근히 대화를 나눈 적은 없었으니, 이는 곧 의사와 속삭이는 말들이 전부 내 몸에 관한 것인데도 나는 몰라야 한다는 소리였다.

당연히 나는 공공도서관의 사서 책상 뒤편에 있는 '폐쇄서가'에서 쉽게 접근할 수 없는 책들을 읽어 그 당시 알 수 있는 만큼은 다 알고 있었다. 책을 읽어도 된다는 부모님의 허가서를 위조해서 보여준 뒤 폐쇄서가 책을 읽을 수 있게 마련된 전용 책상에 앉아 사서의 감시하에 읽은 것들이었다.

이런 책들에 대단히 많은 정보가 담긴 것은 아니었지만 그 책들은 내 마음을 사로잡았고, 또 **생리**, **배란**, **질** 같은 단어들도 등장했다.

4년 전, 나는 내가 임신을 하게 될지 알아야만 했다. 도서관에서 집으로 돌아가던 길, 나보다 덩치가 훨씬 큰 남학생이 옥상으로 나를 불러내서는 내 다리 사이에 자기 '물건'을 집어넣게 해주지 않으면 안경을 부수겠다고 협박했던 것이다. 그 당시에 내가 알던 건 임신이란 섹스와 관련이 있고, 섹스란 저 연필처럼 가느다란 '물건'과 관련이 있는 것이지만 점잖은 사람이라면 대체로 입에 올리지 않는 역겨운 행위라는 것 정도였기에 어머니한테 이 일을 들키면 대체 어떤 벌을 받을지가 겁이 났다. 애초에 그 외롭던 열 살의 여름, 세인트마크플레이스 동급생인 도리스라는 아이네 집 우편함을 들여다보느라 그 집 복도를 서성이고 있었던 것 자체가 혼날 일이었다.

그래서 나는 집으로 돌아와 몸을 씻은 뒤 늦게 귀가한 이유를 거짓으로 고한 다음 벌로 회초리질을 당했다. 그해 여름 독립기념일부터 노동절 사이에 매일같이 온갖 이유로 매맞은 걸 보면 그 당시 부모님의 일 역시 꽤나 고되었던 모양이다.

매를 맞지 않을 때면 나는 135번가 도서관에 숨어서 폐쇄서가 책을 읽어도 된다는 어머니의 허가서를 꾸며낸 다음 섹스와 출산에 대한 책을 읽으면서 내가 임신할 때까지 기다렸다. 월경과 임신 사이에 무슨 관계가 있는지는 책을 읽어도 분명히 알 수 없었지만, 이런 책들은 페니스와 임신 사이의 관계에 관해서는 명확하게 알려주었다. 어쩌면 책을 읽는 속도는 빨라도 꼼꼼히 읽지는 않는 내 마음이 문제였는지도 몰랐다.

이 때문에 4년 뒤 열다섯 살의 여름에 나는 의사들이 내 몸속을 들여다보고 4년간 숨겨왔던 수치스러운 일을 알아낸 다음 어머니한테 "아하! 바로 이게 문제였군요. 따님께서는 곧 임신하게 될 겁니다!" 하고 말할지도 모른다는 어렴풋한 두려움을 여전히 품고 있는 겁에 질린 어린 소녀였다.

또 한편으로는 내가 지금 무슨 일이 일어나고 있는지, 사파리 구경이라도 하듯이 병원을 순회하는 이유가 무엇인지 안다는 걸 말하고 나면 어머니가 당신이 알려주지 않은 것들을 언제, 어떻게 알았느냐고 캐묻는 바람에 금지된 책이며 위조한 허가서, 옥상이나 층계참에서의 대화에 담긴 무시무시한 범죄 행위들을 다 들켜버릴 터였다.

우리 가족이 업타운으로 이사한 건 옥상에서의 사건이 있고 1년 뒤였다. 세인트캐서린학교 학생들은 세인트마크플레이스 학생들보다 섹스에 관해 아는 게 많은 것 같았다. 8학년 때 나는 훔친 돈으로 애들라인이라는 아이한테 담배를 한 갑 사주고 그 대가로, 도서관 책에서 읽은 것을 토대로 아이가 생기는 과정에 대해 품었던 의심을 확인할 수 있었다. 애들라인이 해주는 실감 나는 설명을 들으면서 나는 속으로 생각했다. **분명 애들라인이 모르는 방법도 있을 거야. 우리 부모님도 아이를 낳았지만 절대 그런 일을 했을 리가 없잖아!** 그러나 그 애가 해준 이야기

속에 담긴 기본적인 원칙들은 당연히 내가 《청소년을 위한 성교육 교과서》에서 읽은 대로였다.

그러기에 검사대와 검사대를 전전하며 다리를 벌리고 입을 꾹 다물었던 열다섯 살 여름, 7월의 어느 뜨거운 오후 팬티에 묻은 핏자국을 발견한 나는 어머니와 나의 걱정이 드디어 사라졌다는 소식을 어떻게 알리면 좋을지 몰라 욕실에서 핏물을 헹구고 젖은 팬티를 도로 입었다. (나는 최소한 월경을 한다는 건 임신하지 않았다는 증거라는 것 정도는 알고 있었다.)

그 뒤에 일어난 일은 마치 어머니와 내가 아주 오래된 복잡한 춤을 함께 추고 있는 것처럼 느껴졌다. 내가 침묵의 선언 삼아 변기 시트 위에 일부러 남겨둔 핏자국을 보고 상황을 알게 된 어머니는 나를 야단쳤다. "어째서 말을 안 한 거야? 걱정할 일이 아니라니까. 넌 이제 어린애가 아니라 다 큰 여성이다. 이제 약국에 가서 사와야 할 게……."

나는 오직 지긋지긋한 일이 다 끝났다는 데 안심했을 뿐이었다. 혀가 두 개가 아닌 이상 이중의 메시지를 말하기는 힘든 것이었다. 어머니는 앞으로 일어날지 모르는 끔찍한 일이며, 이제부터 해선 안 되는 일들을 끊임없이 나열하기 시작했다.

"앞으로는 몸가짐을 조심하고 톰, 딕, 해리 같은 녀석들이랑은 가까이 지내서는 안 된다……." (나는 아는 남자애가 하나도 없었으니, 학교가 끝난 뒤 늦게까지 남아 여자 친구들과 수다를 떨지 말라는 의미였겠지.) 그리고 "자, 또 하나 명심할 건, 더러워진 생리대는 신문지로 싸야 하고, 화장실 바닥에 아무렇게나 펼쳐둬서 아버지 눈에 띄게 해서는 절대로 안 된다. 생리대가 부끄러운 물건인 건 아니지만, 그래도……."

훈계를 늘어놓는 와중에도 어머니한테서는 내가 딱히 꼬집어 뭐라고 하기 힘든 다른 어떤 감정도 뿜어져 나오고 있었다. 눈썹을 잔뜩 일그러뜨린, 즐거움과 짜증이 공존하는 것 같은 어머니의 미소를 보자 잔소리와는 정반대로 마치 아주 좋고 만족스럽고 기쁜 일이 일어나기라도 한 것 같은 기분이 들었다. 꼭 우리 둘 다 어떤 지혜롭고 비밀스러운 이유 때문에 이 일이 좋은 일이 아닌 척하는 것만 같았다. 아마 내가 몸가짐을 바르게 한다면 언젠가는 이유를 알 수 있겠지. 대화가 끝나자 어머니는 나한테 코텍스 한 상자(내가 약국에서 생리대용 벨트*와 함께 사온 수수하게 포장된 제품이었다)를 내게 안기면서 말했다.

"그런데 지금이 벌써 몇 시냐? 오늘 저녁은 뭘 먹을까?" 어머니는 내가 대답하기를 기다렸다. 처음에 나는 어머니의 의중을 짐작하지 못했지만 곧 신호를 알아차렸다. 오늘 아침 냉장고 안에 비프엔드가 있는 걸 봤었다.

"엄마, 사우스를 만들어 먹어요. 마늘은 제가 빻을게요." 나는 생리대 상자를 부엌 의자 위로 치워버리고는 기대에 차서 손을 씻기 시작했다.

"먼저 할 일부터 해라. 이거 아무 데나 두지 말라고 했잖니?" 어머니는 대야에 담갔던 손을 닦더니 생리대 상자를 내게 건넸다.

"가게에서 차를 사 오는 걸 잊어서 다시 나가봐야겠다. 그사이에 고기 밑간을 제대로 해두려무나."

---

* 1970년대에 부착식 생리대가 고안되기 전에는 생리대를 고정시키기 위해 벨트를 사용했다.

다시 부엌으로 돌아오니 어머니는 나가고 없었다. 나는 부엌 찬장으로 가서 절구와 절굿공이를 꺼냈다. 온몸이 새롭고 특별하면서도 동시에 낯설고 수상하게 느껴졌다.

띠 모양의 긴장이 달 표면에 부는 월풍月風처럼 내 몸의 앞뒷면을 휩쓸고 있었다. 다리 사이로 살짝 볼록한 생리대의 촉감이 느껴졌고, 날염 블라우스 앞섶에서 빵나무 열매 냄새가 옅게 피어오르는 것도 느꼈다. 그것이 내 몸에서 풍기는 여성의 내음, 따뜻하고, 수치스러우면서도 비밀스러운, 너무나 다디단 향이었다.

세월이 지나 어른이 된 뒤 그날 내게서 풍기던 그 냄새를 생각할 때마다 나는 어머니를 상상한다. 손을 씻고 물기를 훔친 뒤 앞치마 끈을 풀어 단정하게 벗어놓은 어머니가 소파에 누운 나를 내려다보다가, 천천히, 또 빠짐없이, 우리는 서로의 가장 은밀한 부분을 어루만진다.

마늘의 속껍질을 빨리 벗겨내려고 절구 밑면의 단단한 모서리로 내리쳐 으깼다. 마늘을 썰어 절구에 던져 넣고 흑후추와 셀러리 잎을 넣었다. 흰 소금을 뿌려 마늘과 후추와 옅은 녹황색 셀러리 잎을 눈처럼 소복이 덮었다. 양파와 피망 몇 조각을 넣고 절굿공이를 집으려 손을 뻗었다.

절굿공이는 손가락 사이에서 미끄러져 바닥에 쨍그랑 소리를 내며 떨어지더니 내가 몸을 구부려 집어 들 때까지 반원을 그리며 앞뒤로 흔들렸다. 절굿공이의 머리 부분을 잡고 몸을 일으키는데 희미하게 귓속이 울렸다. 나는 공이를 닦지도 않은 채 그대로 절구에 집어넣고 소복한 소금과 그 아래 쪼개진 마늘이 으깨지는 감촉을 느꼈다. 절굿공이를 아래로 내리찧는 움직임은 바닥에 닿을 때마다 느려졌고, 앞뒤로 둥글게 문지르는 움직임과 함께 서서히 리듬이 변화해 위아래로 쿵, 쿵 찧는 박자가 더해졌다. 앞으로, 뒤로, 둥글게, 위로, 아래로, 앞으로, 뒤로, 둥글게, 둥글게, 위로, 아래로……. 짜릿하고도 위험하게 뿌리부터 묵직하게 꽉 차는 기분이 들었다.

향신료를 빻고 있는 동안, 매끈한 절굿공이를 꼭 움켜쥐고 아래로 내리찧는 내 손가락 근육과 내 몸의 녹진한 핵심 사이에 근원적 관계가 생겨난 듯했다. 뱃속 깊은 곳에서 발산되는 새로이 무르익은 충만감이 나의 핵심으로 흘러들어가고 있었다. 드러난 클리토리스처럼 팽팽하고 민감한 이 보이지 않는 실은 구부린 손가락 끝에서 토실토실한 갈색 팔을 따라 축축한 겨드랑이까지 이어졌고, 겨드랑이에서 풍기는 뜨뜻하고 날카로운 체취는 절구 속 마늘 냄새, 그리고 한여름 특유의 가득한 땀 냄새와 뒤섞여 향기를 한 겹 덧입혔다.

보이지 않는 실은 아릿하게 노래하며 갈비뼈 위를, 등줄기를 타고 내려가 내 골반 사이 위치한 옴폭한 곳, 지금 내가 향신료를 빻는 동안 낮은 조리대에 대고 꾹 누르고 있는 그 부위로 들어갔다. 이 옴폭한 곳에서 피로 이루어진 바다가 차올라 진짜가 되어 내게 힘과 지식을 전해주기 시작한 것이다.

벨벳처럼 표면이 일어난 절굿공이가 향신료에 부딪칠 때 생겨나는 불편한 충격은 보이지 않는 실을 타고 올라가 내 한가운데로 갔고, 반복적인 충돌이 주는 혹독함은 점점 더 견디기 힘들어졌다. 이제는 공격처럼 느껴지는 소리가 쿵, 쿵 반복되며 골반뼈 사이 걸쳐진 옴폭한 바다가 몸을 떨었다. 아래로 절굿공이를 내리찧는 손길이 나도 모르게 점점 부드러워지더니 마침내는 벨벳 같은 공이 표면이 절구 바닥에서 액체가 되어가는 향신료 무더기를 살며시 어루만지는 동작이 되었다.

내 움직임의 리듬은 갈수록 누그러지고 또 길게 늘어졌으며, 나는 결국 꿈을 꾸는 기분으로 부조가 새겨진 절구를 한 손으로 단단히 움켜쥔 채 내 몸 한가운데에 대고 절굿공이를 든 다른 손으로는 촉촉해진 향신료를 누르며 둥글게 둥글게 문지르고 있었다.

따뜻한 부엌에서 식사 준비를 하는 내내 나는 음조가 없는 콧노래를 흥얼거리면서 이제 여성이 되었으니 앞으로의 내 삶이 얼마나 단순해질지 생각하며 안도하고 있었다. 어머니가 알려준 월경의 주의사항 따위는 머릿속에서 이미 사라지고 없었다. 온몸이 강하고, 꽉 차고, 열린 느낌이었지만, 여전히 절굿공이의 부드러운 움직임, 그리고 부엌을 가득 채운 풍부한 향기, 초여름의 열기가 품은 충만함에 사로잡혀 있었다.

어머니가 현관문에 열쇠를 꽂는 소리가 들렸다.

어머니는 돛을 활짝 펼친 배처럼 부엌으로 척척 걸어왔다. 인중에는 땀방울이 송송 맺혀 있고, 눈썹 사이에는 세로로 주름이 여러 개 잡혀 있었다.

"설마 아직 고기가 준비 안 된 거냐?" 어머니가 차 꾸러미를 식탁에 내려놓고 내 어깨너머 절구 안을 들여다보더니 마음에 안 든다는 듯 쯧 소리를 냈다. "이걸 요리 준비라고 하는 거냐? 저녁 내내 서서 음식 가지고 놀았단 말이냐? 나는 한참 떨어진 가게까지 갔다가 벌써 돌아왔는데 너는 그사이에 고기 양념할 마늘 몇 쪽 빻는 것도 못 끝냈고? 안 그러던 애가 왜 이래? 어째서 이렇게 나를 성가시게 하는 거냐?"

어머니가 내 손에서 절구와 공이를 낚아채더니 힘주어 짓이기기 시작했다. 아직도 절구 바닥에 마늘 몇 조각이 남아 있었다.

"이렇게 하란 말이다!" 어머니가 절굿공이로 절구 바닥을 내리쳐 마지막 남은 마늘을 으깼다. 나무가 나무에 묵직하게 부딪치며 나는 쿵 소리를 듣는 순간, 마치 내 안에서 무언가 부서진 듯 가혹한 충격이 온몸에 퍼지는 게 느껴졌다. 쿵, 쿵, 절굿공이는 확고한 목적을 품고 익숙하고 오래된 방식으로 위아래로 움직였다.

"열심히 으깨는 중이었다고요, 어머니." 나는 대담하게도 말대꾸를 한 다음 냉장고를 향했다. "고기 가져올게요." 어머니의 말을 받아치다니 나 자신의 뻔뻔함에 놀랄 지경이었다.

그런데 내 목소리에 담긴 어떤 기색을 알아차린 건지, 어머니의 효율적인 움직임이 멎었다. 말대꾸란 그 자체로 반항이기에 우리 집에서 철저히 금지되었으나 어머니는 내가 대들었다는 사실을 무시했다. 쿵 쿵 소리가 그쳤다.

"왜 그러냐? 몸이 안 좋니? 방에 가서 눕겠니?"

"아니요, 괜찮아요, 어머니."

그러나 어머니는 억센 손가락으로 내 위팔을 붙잡고 돌려세우더니 다른 손으로 내 턱을 치켜들어 얼굴을 들여다보았다. 어머니의 목소리가 누그러졌다.

"월경 중이라서 오늘 그렇게 축축 처지는 거니?" 어머니는 내 턱을 살짝 흔들었고, 나는 어머니의 처진 눈꺼풀 아래 회색 눈을 바라보았다. 눈빛이 아까보다 훨씬 부드러웠다. 별안간 부엌이 숨 막힐 듯 뜨겁고 고요하게 느껴졌고, 나는 나도 모르게 온몸을 떨기 시작했다.

영문 모를 눈물이 둑 떨어지는 순간, 나는 여태까지 그토록 즐겁기만 하던 향신료를 빻는 일이 앞으로는 다르게 느껴지리라는 사실을 깨달았고, 또 어머니의 부엌에서는 오로지 한 가지 정해진 방식으로만 일해야 한다는 사실을 알았다. 어쩌면 결국 내 삶은 하나도 단순해지지 않은 건지도 몰랐다.

어머니가 조리대에서 물러나더니 묵직한 팔로 내 어깨를 감쌌다. 어머니의 팔과 몸 사이에서 글리세린과 장미수 향기, 틀어 올린 숱 많은 머리카락 냄새와 따뜻한 여성의 내음이 뒤섞여 솟아오르는 게 느껴졌다.

"저녁 준비는 내가 하마." 어머니는 미소를 지었다. 짜증이라고는 섞여 있지 않은 부드러운 목소리가 반가우면서도 귀에 설 지경이었다.

"들어가서 소파에 누워 있으면 뜨거운 차를 한 잔 가져다주마."

내 어깨를 두른 어머니의 팔은 따뜻하고 조금 축축했다. 서늘하고 어두운 거실로 나를 이끌고 가는 어머니의 어깨에 고개를 기대는 순간, 나는 내가 벌써 어머니와 키가 엇비슷하다는 사실을 깨닫고 기쁘고도 놀라운 충격을 느꼈다.

12

집에서 어머니는 "이방인들 앞에서는 자매답게 구는 걸 잊지 마라"
라고 했다. 어머니가 말하는 이방인이란 백인들, 4번 버스 안에서 내게
일어나 자리를 양보하게 만들던, 세척액 냄새를 풍기던 그 여자 같은 사
람들을 뜻했다. 세인트캐서린학교 수녀님들도 "이방인들 앞에서는 자
매답게 굴어라"라고 했는데 이때 이방인이란 남자들을 뜻했다. 친구들
이 "이방인들 앞에서는 자매답게 굴자" 했을 때 이방인이란 고지식한
사람이라는 뜻이었다.

그러나 고등학교 때 내 진짜 자매들은 이방인이었다. 선생님들은
인종차별을 일삼았고, 내 친구들은 내가 믿어서는 안 되는 피부색을 가
진 이들이었다.

고등학교에서 나는 반항적인 친구들과 친하게 지내며 '낙인찍힌 자
들'이라는 이름을 자처했다. 우리는 각자가 가진 차이에 관해서는 입을
다물고 오로지 **남들**과 다른 우리를 하나로 묶어주는 공통점에 관해서
만 이야기했다. 누가 독일어를 배우고 프랑스어를 배우는지, 누가 시를

좋아하고 누가 '트위스트' 추는 걸 좋아하는지, 누가 남자를 사귀고 누가 '진보적'인지 같은 이야기였다. 심지어 남성들이 이끌어가는 세상에서 여성인 우리의 입지는 어떠한지에 관한 이야기도 나누었다.

하지만 우리는 흑인 또는 백인으로 살아가는 게 어떤 기분인지, 그 사실이 우리의 친구 관계에 어떤 영향을 미치는지에 관해서는 단 한 마디도 한 적이 없었다. 이론적으로는 정신이 제대로 박힌 사람이라면 누구나 논쟁의 여지없이 인종주의를 규탄했다. 우리는 인종주의를 무시함으로써 극복할 수 있었다.

나는 차이를 위협이라고밖에는 느낄 수 없는 고립된 세계에서 자라났고, 대개는 실제로 그랬다. (헬렌 언니가 벌거벗고 목욕하는 장면을 처음 보았을 때 나는 열네 살이 다 된 나이였음에도 옅은 갈색 가슴에 달린 언니의 젖꼭지가 나처럼 짙은 보랏빛이 아닌 옅은 분홍색인 걸 보고 언니가 마녀인 줄 알았다.) 그러나 때때로 나는 나와 나의 백인 친구들 사이에 보이지 않는 장벽을 만드는 알 수 없는 무언가가 있다는 생각이 들어 미칠 것 같았다. 왜 친구들은 나를 집에, 파티에, 주말 동안 여름 별장에 오라고 초대하지 않는 걸까? 우리 어머니처럼 그 애들의 어머니들 역시 친구를 데려오는 걸 싫어해서? 그 애들의 어머니들 역시 이방인을 믿지 말라고 경고하나? 그러나 다른 친구들끼리는 서로의 집에 놀러 가곤 했다. 내가 모르는 무언가가 있는 게 틀림없었다. 내가 선명하게 볼 수 없는 곳이라고는 내 두 눈의 뒤쪽뿐이니, 문제는 나한테 있는 게 분명했다. 나는 인종주의를 표현하는 말이 무엇인지 몰랐다.

그때의 나 역시 마음속 깊은 곳에서는 지금 내가 아는 것을 알고 있었으리라. 그러나 어린 나의 정신이 이해하기에 그건 적합하지 않은 것이었으며, 조금이라도 더 아이로 남아 있기는 쉽지 않았다.

우리는 스스로가 유별나고 제정신이 아니라는 점을, 우리가 사용하는 특이한 잉크와 깃펜을 자랑스러워하는 '낙인찍힌 자들'이자 '과격한 주변인들'이었다. 고지식한 무리를 조롱하는 법을 배웠고, 우리가 가진 집단적인 편집증을 퇴학당하지 않을 선에서 멈출 수 있는 본능적인 자기보호에 이르도록 계발시켰다. 모호한 시를 쓰고, 불복종의 전리품인 우리의 괴상함을 아끼고 사랑했으며, 그 과정에서 고통과 거부가 상처를 준다는 걸 배웠지만, 그럼에도 그런 것들이 치명적이지는 않으며, 또 피할 수 없기에 쓸모 있다는 걸 배웠다. 우리는 아픔이 무감각보다 낫다는 걸 배웠다. 그 시절엔 괴로워하는 것이야말로 우리가 가장 잘하는 일이었다. 우리는 피할 수 없는 괴로움을 미덕으로 만드는 법을 배웠기에 '낙인찍힌 자들'이 되었다.

고등학교를 다니던 4년간 나는 근근이 생계를 유지한다는 것은 얼마나 빈약하기 짝이 없는지, 그러나 그런 생계가 나의 생존에 얼마나 중요한 것인가를 알게 되었다. 그 시절을 떠올릴 때마다 마치 수용소 쓰레기더미에서 먹을 만한 것을 골라내면서 이 쓰레기 없이는 굶어 죽으리라는 걸 아는 내 모습이 담긴 오래된 사진을 보는 기분이다. 내가 짝사랑하던 이들을 포함해 선생님들은 대부분 극도의 인종차별을 일삼았다. 사람과의 접촉에 있어 나는 내가 의식하던 욕망에 비해 얼마나 미약한 정도로 만족해야 했던가.

내가 백인 친구들과 다르다는 것, 내가 흑인이라서가 아니라, 내가 나라서 다르다는 것을 알게 된 것은 고등학교를 다닐 때였다.

헌터고등학교는 4년간 내 생명줄이나 마찬가지였다. 실제로 이곳

이 어떤 곳이었건 간에 나는 그곳에서 내게 필요한 것을 얻었다. 헌터고 등학교에서 나는 처음으로 내가 이해하는 언어로 말하고 또 내가 답할 수 있는 내 또래의 흑인과 백인 여성들을 만났다. 감정과 꿈, 생각을 나누더라도 버릇없다고 지탄하지 않는 어른들을 만났고, 그중엔 심지어 내가 품은 것들을 존중하고 존경하는 이들도 몇 있었다.

헌터고등학교에서 시를 쓰는 건 비밀도 반항도 아닌 평범한 노력이었다. 시를 쓰는 다른 아이들도 나를 집에 초대하지는 않았지만 나를 학교 문예지 문학 편집자로 뽑아주었다.

고등학교 2학년이 되었을 무렵 나는 학교를 제외한 모든 전선에서 야전野戰을 벌였다. 가족과의 관계는 서인도제도 버전의 제2차 세계대전이나 마찬가지였다. 부모, 특히 어머니와 나누는 모든 대화는 흑색 파노라마에 입체음향을 덧입혀 상영하는 〈벌지대전투〉 같았다. 나는 집을 진격전進擊戰에 즐겨 빗대곤 했다. 가족과의 갈등이 일어날 때마다 나는 그 배경으로 랭스의 잔 다르크나 독립전쟁을 상상했다.

나는 밤마다 화승총을 손질했고 자정이 넘어 모두가 잠든 뒤 납탄을 장전했다. 나는 자발적 고독이라는 신세계를 발견했다. 우리 집에서 고독을 누릴 수 있는 때는 자정이 넘은 시각이 유일했다. 다른 때는 문을 닫는 것 자체가 모욕으로 간주됐기 때문이다. 어머니는 당신으로부터 분리되고자 하는 그 어떤 행위도 당신의 권위에 대드는 것으로 보았다. 방문을 닫아도 되는 건 숙제를 할 때뿐이었고 숙제를 마치자마자 재깍 다시 방문을 열어야 했다. 방문 밖은 거실이었는데 저녁을 먹고 나서 한 시간이 지나면 어머니는 내게 고함을 치고는 했다.

"어째서 아직 방문이 닫혀 있니? 아직 숙제를 못 마친 게냐?"

나는 방문으로 다가가 대답했다.

"아직 공부 중이에요, 어머니. 내일 기하학 시험을 보거든요."

"책을 들고 나와서 공부하지 그러니? 네 언니는 소파에서 공부하고 있잖니."

사생활을 지켜달라고 요구하는 건 노골적으로 오만불손한 행동이기에 즉시 고통스러운 벌을 받았다. 고등학교 3학년 때 우리 집에 텔레비전이 들어온 게 다행이었다. 방에 들어가 문을 닫을 핑계가 되어주었으니까.

마침내 잠들면 폭력과 학살의 장면들이 희고 검은 후추를 뿌리듯 내 악몽을 가득 메웠다. 잠에서 깨면 잠결에 터뜨린 코피에 벌겋게 물든 베갯잇이 뻣뻣하게 굳어 있거나, 매캐한 냄새가 나는 눈물이며 공포에 질려 흘린 땀으로 푹 젖어 있을 때가 잦았다.

침구를 교체하는 주말마다 나는 어머니의 눈을 피해 베갯잇을 손빨래한 뒤 내 방 라디에이터 위에 널어놓고 말렸다. 표백하지 않은 두꺼운 리넨 위에 밤마다 번쩍이며 불을 뿜던 내 감정의 전쟁이 전부 기록됐다. 나는 코를 찌르는 톡 쏘는 악취를, 심지어 피를 씻어낸 뒤에 남은 노란 얼룩까지도 남몰래 좋아했다. 냄새와 마찬가지로 얼룩들은 흉측했음에도 살아 있는 무언가의 증거였으며 나는 집이라는 이름의 지옥에서 죽었다가 또다시 깨어나는 기분을 느끼는 날이 잦았기 때문이다.

나는 8페이지에 달하는 에드나 세인트 빈센트 밀레이의 시 〈르네상스〉를 전부 외웠다. 그 시를 마음속으로 읊는 날이 많았다. 아름다운 시어들을 들으면 행복해졌지만, 내게 희망을 가져다준 건 이 시가 이야기하는 슬픔, 고통, 그리고 재생이었다.

그러나 동과 서는 서로를

갈라놓을 수 없는 심장을 꼬집을 것이며

납작한 영혼을 가진 이 위로

하늘이 내려앉으리라, 머지않아.

내게 일어난 이런 변화 앞에서 어머니는 마치 외적이 침입하기라도 한 것 같은 반응을 보였다.

나는 학교 생활지도교사에게 고민 상담을 하기로 했다. 영어과 부장이기도 했던 그 선생님은 내게 조금만 더 노력하면 우리 민족의 자부심이 될 수 있을 거라는 말을 일삼았었다.

"애, 집에 무슨 문제라도 있니?"

어떻게 알았을까? 어쩌면 선생님한테 도움을 받을 수 있을지도 몰라. 나는 플라우튼 선생님에게 속내를 전부 털어놓았다. 내가 얼마나 불행한지 다 말했다. 어머니는 엄하고 사납고 불공평하며, 내가 못된 짓을 하고 뚱뚱한 데다가 언니들만큼 단정하고 모범적이지 않기 때문에 사랑해주지 않는다고 했다. 열여덟 살이 되면 집을 나가거나 대학에 가고 싶지만 어머니가 반대한다는 말도 했다.

창밖, 렉싱턴 애비뉴가 소란스러워졌다. 오후 3시 30분이었다. 플라우튼 선생님은 손목시계를 보더니 말했다.

"여기까지 해야겠구나. 어머니께 내일 잠시 오셔서 면담하라고 전해주겠니? 이 작은 문제를 해결해보자꾸나."

선생님이 무슨 문제를 말하는 건지는 알 수 없었지만 윗사람 특유의 미소가 다정했고 처음으로 어른이 내 편을 들어주어서 기분이 좋았다.

다음 날, 어머니는 일찍 퇴근해 학교로 왔다. 전날 밤, 플라우튼 선생이 어머니와 면담을 요청했다고 전하자 어머니는 피로한 눈으로 나를 매섭게 흘겨보았다.

"학교에서 또 사고를 친 게냐?"

"아니에요, 엄마. 그냥 대학 진학 면담이에요." 내 편을 들어주는 사람이 있다. 나는 어머니가 플라우튼 선생님과 면담하는 동안 상담실 바깥에 앉아 기다렸다.

문이 열리더니 어머니가 성큼성큼 걸어 나와 내겐 눈길도 주지 않고 바깥으로 나갔다. 세상에, 나 이제 장학금만 받으면 대학에 갈 수 있는 걸까?

교문 앞에서야 나는 가까스로 어머니를 따라잡았다.

"플라우튼 선생님이 뭐래요, 어머니? 저 대학에 가도 된대요?"

거리로 나가기 직전, 마침내 나를 돌아본 어머니의 눈이 새빨개서 나는 당황하고 말았다. 어머니의 목소리에는 분노가 아닌, 오로지 무겁고 아픈 고통만이 담겨 있을 뿐이었다. 어머니는 한마디를 내뱉고는 다시 나를 외면해버렸다. "어떻게 백인 여자한테 네 어머니를 그런 식으로 말할 수가 있니?"

플라우튼 선생님은 내가 한 말을 병적인 만족감을 느낄 만큼 세세하게 어머니한테 고해바쳤던 것이다. 내 어머니를 건방지게 도움을 거절하는 흑인 여성으로 보아서였는지, 아니면 우리 둘 모두를 인간적 감정이나 비밀 유지, 상식 따위는 무시해도 좋은 사회실험의 대상으로 보아서였는지는 영영 알 길이 없으리라. 1년 뒤 플라우튼 선생님은 내 적성검사를 실시한 뒤 과학과 손재주 영역에서 고득점이 나왔다며 치기

공사로 진로를 고려해보라고 말한 선생님이기도 하다.

나는 우리 집에서 일어나는 일 전부 무척이나 단순하고 무척이나 슬프다고 여겼다. 부모님이 나를 사랑한다면 나 때문에 두 분이 그렇게 나 짜증을 낼 리가 없을 터였다. 두 분이 나를 사랑하지 않으므로, 나는 자기보전이 가능한 선 안에서 내가 최대한 그들을 역정 내게 만들어도 마땅하다고 여겼다. 이따금 어머니가 내게 고함을 지르는 대신 두려움과 고통이 남긴 눈으로 나를 관찰하는 걸 알 수 있었다. 그러나 내 심장은 이름 붙일 수 없는 무언가를 그리느라 아프고 또 아팠다.

13

헌터고등학교에 다니던 첫해, 같은 학년은 아니었지만 흑인 여학생이 세 명 더 있었다. 셋 중 하나는 몸가짐이 어찌나 바른지 용의주도하게 '낙인찍힌 자들' 모두를 피해 다녔다. 나머지 둘은 퀸스의 같은 학교 출신으로 자기보호를 위해서 늘 붙어 다녔다.

그러다 학기 중간에 흑인 여학생 두 명이 전학 왔다. 둘 중 한 명은 사촌인 제리와 사귄 적 있는 이본 그레니지의 여동생이었다. 그 애 때문에 학교와 집이라는 동떨어진 두 개의 세계는 위험할 정도로 가까워지고 말았다. 나는 학교와 집을 별개의 행성으로 생각하는 데 익숙해져 있었는데 말이다.

나머지 한 명이 내가 제니라고 부른 제너비브였다.

제니를 만나면서 헌터고등학교에서의 내 이중생활이 시작되었다. 정확히는 삼중생활이라 해야 하리라. 나는 '낙인찍힌 자들'과 어울릴 때면 바이런과 키츠의 영혼을 소환하겠다며 강령회를 열었다. 피아노를 치는 수줍은 유대인 친구인 맥신과는 통금 이후에 탈의실을 배회하는 사이였는데, 나중에 그 애는 나병에 걸려 죽는 게 두려워 신경쇠약을 일으키고 말았다. 그리고 제니가 있었다.

이 삼중생활은 나라는 연결고리를 제외하면 완전히 동떨어져 있었다. 각각의 친구들은 나의 다른 친구들과 인연을 맺고 싶어 하지 않았다. 맥신은 '낙인찍힌 자들'은 너무 위험하고 제니는 너무 튄다고 생각했다. '낙인찍힌 자들'은 맥신은 마마걸이고 제니는 속물이라고 생각했다. 제니는 나의 다른 친구들이 전부 따분하기 짝이 없다고 생각했으며 기회가 있을 때마다 내게 대놓고 말했다.

"넌 진짜 웃긴 애들이랑 놀더라. 무슨 훈장이라도 받은 것처럼 거들먹거리던데." 나는 제니가 토슈즈 안에 양털을 집어넣고 발목 끈을 묶는 모습을 보면서 웃었다. 제니는 늘 무용 수업에 다녀오는 길 아니면 무용 수업에 가는 길이었다.

나는 '낙인찍힌 자들'과 함께 수업을 듣고 점심을 먹었고, 맥신과는 가끔 점심을 먹고 방과 후에 어울렸으며, 제니와는 남는 시간을 모조리 함께 보냈다. 주말에도 만나는 건 제니뿐이었다.

그때부터 인생은 내가 함께 있고 싶은 사람들과 얼마나 많은 시간을 보낼 수 있는가를 목표로 하는 게임처럼 느껴졌다. 우리는 사물함 뒤에서 서로의 부드러운 몸을 만져보면서 '만지기 놀이' '느낌이 어때' '내가 더 세게 때릴 수 있어' 같은 온갖 이름을 붙인 온갖 게임을 했다. 그러던 어느 날 제니가 물었다. "네가 아는 친구 사귀는 방법은 이런 것뿐이야?" 그때부터 나는 친구를 사귀는 다른 방법들을 배우기 시작했다.

나는 먼저 느끼고 질문은 그다음에 하는 방법을 배웠다. 처음에는 외면을, 그다음에는 무법자라는 사실을 즐기는 법을 배웠다.

1학년 봄 학기 동안 제니와 내가 한 일들에 비하면 '낙인찍힌 자들'

은 유치원생 같았다. 제니와 나는 욕실에서, 길에서 담배를 피웠다. 학교를 땡땡이치고 서로의 어머니 글씨체를 흉내 내 사유서를 위조했다. 제니의 집에 틀어박힌 채로 그 애 어머니 침대에 누워 마시멜로를 구워 먹었다. 어머니 지갑에서 동전을 훔쳐 5번 애비뉴를 쏘다니며 노동조합가를 불렀다. 모닝사이드 파크 위 화강암 절벽에 올라가 라틴계 남자애들과 어울려 야릇한 게임을 했다. 제니와 나는 많은 대화도 나누었다. 베를린 공수작전이 막 시작되었고 이스라엘이 독립을 선포한 것은 인간 존엄에 대한 새 희망의 상징이었다. 갓 싹트기 시작한 정치적 의식 덕분에 이미 우리는 코카콜라 민주주의를 적대시하고 있었으니까.

제니는 쭉 클래식 발레를 해온 애였다. 그 애가 춤추는 모습을 본 건 우리 둘만 있을 때, 그 애가 오직 나를 위해 춤을 춰주었을 때뿐이었다. 그 애는 3학년이 되고 오래지 않아 헌터고등학교를 그만두었는데, 춤을 출 시간이 부족해서라고 했다. 사실은 그 애가 학교 공부를 싫어해서였지만 말이다. 그때부터 우리의 우정은 학교 밖으로 뻗어나갔다.

제니는 내가 살면서 처음으로 사랑한다고 생각한 사람이었다.

그 애는 내가 처음 만난 진정한 친구였다.

1948년 여름은 전 세계적으로 강력한 변화가 일어난 시기였다. 헌터고등학교에 다니던 웬만한 여학생들이 그랬듯, 제니와 나도 우리가 그 변화의 일부라고 생각했다. 신생 국가 이스라엘로 가서 키부츠*에서 일하겠다는 계획을 미리 세워둔 유대인 여학생들이 부러웠다. 흰 천

---

* 이스라엘의 농업공동체로, 사회주의 신념의 성공적 실현으로 여겨진다.

으로 몸을 두른, 체구 작고 깡마른 온순한 남자는 승리하여 마침내 인도 해방의 염원을 이뤘으나 이 때문에 살해당했다. 머지않아 중국이 공산주의 국가가 되리라는 데 그 누구도 의문을 제기하지 않았다. 미국의 수도에서 우리 가족이 백인 종업원으로부터 아이스크림 주문을 거부당하던 때부터 시작된 나의 혁명가다운 열정은 더 선명해져 내가 세상을 바라보는 렌즈가 되었다.

우리는 책상 아래에 숨는 공습 대피훈련을 했고, 핵폭탄이 떨어져 온 도시가 눈 깜짝할 새 파괴될지 모른다는 공포에 떨었다. 종전일, 우리는 길에서 춤을 췄고 소방차가 울리는 사이렌 소리, 강에 뜬 예인선 경적이 울리는 소리를 들었다. 1948년 우리에게 평화란 현실적이기 그지없는 생생한 그 무엇이었다. 안전하고 민주적인 세계를 만들고자 수천 명의 미국인 남자가 죽었다. 비록 우리 가족은 워싱턴에서 아이스크림을 먹을 수 없었지만 말이다. 그러나 우리, 제니와 나는 새 유행인 풍성한 스커트와 토슈즈 차림으로 이 모든 걸 바꿀 작정이었다.

온 세상에 바람이 몰아쳤고 우리 또한 이 바람의 일부였다.

제니는 어머니와 함께 8번 애비뉴와 모닝사이드 애비뉴 사이에 있는 119번가의 간이주방이 딸린 원룸 아파트에 살았다. 제니가 침실을 썼고 제니의 어머니인 루이자는 거실에 놓인 큼직한 소파를 침대 삼아 지냈다.

제니의 어머니는 매일 출근했다. 나는 여름학기 수업을 빼먹고 제니 집으로 가서 그 애를 깨웠고, 우리는 몇 시간이나 제니가 무슨 옷을 입을지, 오늘은 우리 둘이 어떤 모습으로 세상에 나설지를 고민했다. 그 럴싸한 옷이 없다 싶은 날에는 폭이 넓은 치마에 바느질과 시침 핀으로

스카프를 이어붙이기도 했다. 제니는 나보다 날씬했기에 내 몸에 맞게 옷을 수선해야 하는 때도 종종 있었지만 그럴 때면 우리는 금방 원래대로 옷을 돌려놓을 수 있는 방식을 택했다.

우리는 서로에게 옷을 입혀주느라 몇 시간을 쓰고도 때로는 외출하기 직전에 옷을 전부 갈아입어 완전히 다른 모습을 연출했고, 그때마다 서로를 칭찬했다. 마지막 순간까지 시침질이며 다림질을 놓고 고민한 끝에 우리는 마침내 바깥으로 나섰다.

그해 여름엔 박물관이건 공원이건 대로건 뉴욕 전체가 우리 둘의 뒷마당이었다. 사고 싶은 게 있는데 돈이 없으면 어머니의 지갑에서 돈을 훔쳤다.

노상강도, 집시, 가지각색의 외국인, 마녀, 창녀, 멕시코의 공주. 우리한테는 온갖 역할에 어울리는 의상들이 있었고, 뉴욕에는 역할 놀이에 어울리는 장소가 넘쳐났다. 우리가 되고자 하는 사람들이 함 직한 일들도 얼마든지 있었다.

노동자가 되기로 한 날에는 헐렁한 바지를 입고 구두약 통에 도시락을 싸고 빨간 반다나를 목에 둘렀다. 지붕이 없는 이층 버스를 타고 5번 애비뉴를 돌아다니며 온 힘을 다해 노동조합가를 고래고래 외쳐 불렀다.

연대는 영원히이이이이, 조합은 우리를 강하게 하네!
노조의 영감이 노동자의 피를 타고 흐르면……

방종한 여자들처럼 굴고 싶은 날이면 딱 달라붙는 치마에 발이 아

151

플 만큼 높은 하이힐을 신고 5번 애비뉴나 파크 애비뉴로 가서 점잖아 보이는 변호사 유형의 잘생긴 남자들을 졸졸 따라다니면서 우리 딴에 는 외설적이라 여기는 말들을 큰 소리로 주고받았다.

"엉덩이가 얼마나 예쁜지."

"분명 잘 때는 다 드러낸 각도겠지." 헌터고등학교에서 나체를 일컫 는 은어였다.

"못 들은 척하는 것 좀 봐, 바보 같긴."

"아니야, 부끄러워서 이쪽을 못 보는 거야."

아프리카인이 되기로 한 날이면 화사한 무늬가 나염된 치마로 머리 를 감싸고 지하철을 타고 빌리지까지 가는 내내 우리가 지어낸 언어로 떠들어댔다. 멕시코인이 된 날에는 풍성한 스커트에 페전트블라우스*, 우아라체** 샌들을 신고 맥두걸 스트리트에 있는 프레드 레이턴 보석상 앞 작은 노점에서 산 타코를 먹었다. 한번은 하루 종일 '엄마'라는 말을 '씨발'이라고 바꿔 말하는 바람에 노발대발한 5번 버스 운전사가 우리 를 버스에서 내리게 한 적도 있었다.

때로는 던들스커트***에 폭이 넓은 벨트를 하고 머리에는 꽃을 꽂은 채로 빌리지를 쏘다녔고, 제니의 기타를 번갈아 뚱땅거리며 파블로 네 루다의 초기 시를 따와 노랫말을 붙인 노래를 불러대기도 했다.

---

* 가슴 부분에 주름이나 자수 장식이 특징인 단순한 형태의 낙낙한 블라우스를 말한다.
** 굽이 낮으며 발목 위를 가죽끈으로 엮는 형태의 멕시코 전통 샌들이다.
*** 알프스 티롤 지방의 전통복식에서 따온 폭넓고 풍성한 개더스커트를 뜻한다.

붉은 양키들은 모두 슈림의 아들
한 병의 술에서, 럼주 한 병에서 태어났네

때로는 우리가 이런 노래를 지어내서……

진을 마셔라 빌어먹을 진을 마셔라
진을 마셔라 빌어먹을 진을 마셔라
나와 함께 진을 마시지 않으면, 빌어먹을
넌 어느 빌어먹을 남자와도 진을 마시지 못하리
진을 마셔라 빌어먹을 진을 마셔라

……기타 줄을 최대한 단조롭게 퉁기면서 부르기도 했다.

빌리지에서 우리는 제니의 친구이자 역시 무용을 하는 친구인 진을 만났다. 검은 피부를 가진 아름다운 진은 지니와 같은 동네에 살면서 음악예술고등학교에 다녔다. 진에게는 약혼자가 있었는데, 학교를 그만두고 디에고 리베라와 함께 그림을 그리겠다며 멕시코로 떠났다는 앨프라는 백인 남자였다. 제니와 진이 59번가의 뉴 댄스 그룹에 무용 수업을 들으러 갈 때면 나도 가끔 그들을 따라갔다.

하지만 보통은 제니와 나 둘이서만 도시를 헤치고 다녔다. 그해 여름, 주말엔 가족과 시간을 보내는 것이 우리의 암묵적 약속이었다. 덕분에 주말은 금요일과 월요일을 잇는 끝없이 길고 따분한 다리처럼 느껴졌다. 그해 여름은 제너비브와 함께한 찬란하고 신나는 날들, "온종일 어디 있었니? 옷은 왜 또 그 모양이냐?"라고 말하는 어머니의 잔소리,

또는 방을 치우지 않았거나 부엌 바닥을 물청소하지 않았다는, 우유를 사놓지 않았다는 잔소리로 시작해 매일 저녁 집에서 벌어지는 전쟁으로 이뤄져 있었다.

제니와 나는 오후의 햇빛 속에서 이 도시에 대한 합동공격을 시작할 기세로 힘차게 나아갔다. 시내로 나갈 차비가 없는 날이면 센트럴 파크에 곰을 구경하러 갔다. 어떤 때는 그저 손을 잡고 할렘의 제니네 집 근처를 걸어 다니기도 했다. 할렘의 거리들은 내가 사는 워싱턴 하이츠의 거리들보다 활기가 넘쳤다. 어린 시절 살던 142번가가 떠오르는 곳이었다.

우리는 얼음과자를 사 먹기도 했다. 벽돌 같은 얼음 덩어리를 긁어 조그만 종이컵에 담은 뒤 얼음 덩어리 양옆에 쭉 세워놓은 갖가지 색깔의 끈끈한 시럽을 뿌려 파는 것이었다. 곧 무너질 것 같은 나무 수레에는 얼음이 덜 녹도록 밝은색 양산이 달려 있었지만, 무심해 보이리만큼 깨끗한 낡은 수건에 덮인 얼음은 늘 서서히 녹고 있었다.

차가운 얼음가루를 컵에 담아 먹는 얼음과자는 세상의 차가운 간식 중에서 가장 맛이 좋았는데 어머니들이 절대로 못 먹게 했기 때문에 더 맛있게 느껴졌다. 흑인 어머니들 대다수가 할렘에 소아마비가 퍼지는 것은 얼음과자 때문이라 의심하고 있었으므로 얼음과자는 공공수영장과 마찬가지로 퇴출시켜 마땅한 것이었다. 결국 라과디아 시장은 길에서 수레를 끌고 돌아다니며 얼음과자 파는 것을 금지했다. 우리는 어디에 있건 그림자가 길어지는 늦은 오후가 되면 집을 향해 걸음을 옮겼다. 멋대로 구는 데는 한계가 있고, 그 선을 넘으면 자유를 빼앗긴다는 걸 우리 둘 다 알았으므로 선을 지키고자 애를 썼다. 때로 바보 같은 실수

154

를 해서 규칙을 무시하고 선을 넘어버리면 제니는 며칠간 외출 금지를 당했다. 내가 우리 집에서 받는 벌은 훨씬 더 즉각적이고 직접적이며 금방 끝나는 것이었고, 그해 여름 내 팔과 등은 어머니가 손으로 집는 온갖 것에 두들겨 맞아 쑤시는 날이 많았다.

제니가 외출 금지일 때는 내가 그 애 집으로 갔다. 우리는 부엌 식탁 앞에 앉아 커피를 마시며 이야기를 나누거나 거실에 있는 그 애 어머니의 소파베드에 벌거벗고 누운 채로 라디오를 들으면서 구멍가게 주인이 제니의 어머니 몫이라 생각하고 외상으로 내어준 샴페일*을 마셨다. 때로는 위층에 사는 제니의 할머니를 찾아가서 냇 킹 콜의 레코드를 얻어 듣기도 했다.

춤을 춰요, 발레리나여, 춤을 춰요
그대 아픈 가슴의 리듬으로
피루엣을 돌아요

제니의 어머니는 제니가 갓 태어난 아기일 때부터 혼자 힘으로 그 애를 키웠다. 제너비브의 아버지는 그 애가 태어나기 전에 어머니인 루이자를 떠났기 때문이다. 나는 루이자가 좋았다. 우리 어머니보다 젊고, 예쁘고, 몹시 합리적이라는 생각이 들었다. 제니는 우리 모녀로서는 불가능한 방식으로 자기 어머니와 대화를 나눴다. 제니의 어머니는 요즘

---

* 1939년부터 생산된 맥주의 상표명으로, 스파클링 와인과 비슷한 맛이 나서 '가난한 이들의 샴페인'으로 인기가 높았다.

사람 같았다. 제니와 공통 관심사가 많았고 옷도 나눠 입었기에, 나는 나와 옷 취향이 통하는 어머니가 있다면 얼마나 신날까 생각했다.

그해 여름, 제너비브는 처음으로 아버지인 필립 톰프슨을 만났고, 그의 매력이라는 그물에 완전히 사로잡히고 말았다. 필립은 재치는 뛰어나지만 성을 잘 내고 가혹하며 애정은 거의 없는 사람으로 자기를 좋아하는 사람을 먹잇감으로 삼는 사람이었다. (아버지를 처음 만났을 때 제너비브는 열다섯 살이었다. 그 애는 열여섯 살을 2주 남겨놓고 죽었다.)

제니는 아버지가 엘라라는 여자와 동거하는 집을 자주 찾아갔다. 아버지와 만나는 문제를 놓고 제니는 루이자와 점점 더 자주 싸웠다. 루이자가 제니의 의식주를 마련해주고 학교에 보내느라 혼자 15년을 고군분투했는데, 잘생기기만 하고 책임감 없는 필립이 난데없이 나타나 제니를 완전히 홀린 것이다. 루이자 톰프슨은 혀를 깨물며 인내하는 여자가 아니었다.

그해 여름이 반쯤 지나갔을 때, 필립의 재촉에 넘어간 제니는 필립과 엘라의 집에서 살겠다고 마음먹었다. 루이자는 거의 정신이 나갈 지경이었고, "안 된다"며 온 힘을 다해 말렸다. 제니가 나를 비롯해 그 애의 말에 귀를 기울이는 사람들에게 여름이 끝날 무렵 자살하겠다고 말하기 시작한 게 그 무렵이었다.

나는 반신반의했다. 그 애는 조급해하지 않았다. 어떤 때는 한동안 자살하는 이야기를 입 밖에 내지 않았고, 그러면 나는 그 애가 자살 생각은 잊어버렸거나 언제나처럼 변덕스럽고 과감하게 마음을 바꾼 거라고 믿었다. 그러다가 제니는 버스 안에서 아무렇지도 않게 다시 자살 이야기를 하거나, 아니면 우리가 하기로 계획한 어떤 일에 관해 시간이 얼마 없다는 식으로 말하거나, 자살하기까지 시간이 얼마나 남았다는 이야기를 했다.

그때마다 오싹한 기분이 들었으므로 나는 그 문제에 관해 생각하고 싶지 않았다. 제니는 자살은 되돌릴 수 없는 이미 끝난 결정이라는 듯이, 더는 어떤 질문도 받지 않을 것이며, 내가 할 수 있는 건 겨울이 온다는 사실을 받아들이듯 그 결정을 받아들이는 것뿐이라는 식으로 말했다. 내 마음속 일부분은 언제나 안 돼, 안 돼, 안 돼, 울부짖고 있었기에 어느 날 워싱턴 스퀘어 파크에서 집으로 돌아가는 길 나는 그 애한테 말했다. "하지만 제니, 널 사랑하는 사람들은 어떡하라고?" 나와 진, 그리고 내가 알지는 못하고 늘 상상하기만 하는 그 애의 다른 친구들 이야기였다. 제니는 언제나처럼 두 가닥으로 길게 땋은 머리채를 오만해 보이는 동작으로 뒤로 넘겼다. 그다음에는 크고 검은 눈 위 짙은 눈썹을 일그러뜨리더니 고압적이기 짝이 없는 말투로 이렇게 말했다.

"뭐, 너희들 일은 알아서 해야 할 것 같은데, 안 그래?" 그러자 마치 내가 바보 같은 소리를 한 것 같은 느낌이 들어 대답할 말이 없었다.

제니가 정해둔 자살 날짜는 8월의 마지막 날이었다. 비가 와서 눅눅한 토요일이었고, 나는 우리 집의 컴컴한 거실 소파에 누워 베개를 끌어안은 채 제너비브가 죽지 않게 해달라고 하느님께 기도했다. 하느님께 말을 걸지 않은 지도 오래되었고 어차피 나는 신을 믿지도 않았다. 그래도 지푸라기라도 붙들고 싶은 심정이었다. 달리 할 수 있는 일이 없다는 무력감이 들었다.

앞으로는 일요일에 교회에 낼 헌금을 슬쩍하지 않겠다고, 몇 년 만에 교회에 가서 고해성사를 할 거라고 맹세했다.

그날은 노동절 직전의 토요일이었고 여름은 끝이 났다. 여름 내내 제니는 여름이 끝나면 손목을 긋겠다고 말했었다.

그리고 제니는 정확히 그렇게 했다.

이미 빨갛게 변해버린, 따뜻한 물이 가득 찬 욕조에서 피 묻은 담배를 피우고 있는 제니를 발견한 건 그 애 할머니였다.

우리는 2주 동안 만나지 못했지만 전화통화는 매일같이 했다. 제니는 일을 망쳐버린 자신에게 짜증이 나지만 결과에는 만족한다고 했다. 제니가 필립과 엘라의 집에 가서 살아도 된다고 루이자가 허락해줬던 것이다.

난 그 애가 살아 있는 것만으로도 다행이라고 생각했다. 한동안 일요일마다 다시 미사에 나갔고, 이스트사이드에 있는 외딴 교회를 찾아 고해성사를 하러 갔다.

가을은 순식간에 찾아왔다. 학교가 다르니 제니와 만나는 빈도도 줄어들었다. 전화로 그 애에게 보고 싶다고 말했다. 나는 필립과 엘라와의 생활은 루이자와의 생활과 무척 다르다는 사실을 감지했지만, 제니는 그 이야기를 별로 하고 싶어 하지 않았다. 가끔 제니를 만나러 찾아가면, 우리는 필립과 엘라의 방에 있는 간이침대에 앉아서 샴페일을 마시고 연필에 마시멜로를 꽂아 토치로 구워 먹었다. 마시멜로에 불꽃이 옮겨붙는 바람에 자꾸만 후후 불어 불을 꺼야 했다.

하지만 나는 그 집에 있을 때마다 불편했고, 제니 역시 그 집에서는 평소와 달라 보였다. 아마 엘라가 비질을 하거나 먼지를 떤다는 핑계로 닫힌 문 밖에 서서 우리가 하는 말을 엿듣는 기척이 느껴져서 그랬던 것 같다. 엘라는 늘 카펫 슬리퍼를 신고 머리에는 행주를 두른 채 단조로운 노랫가락을 작은 소리로 끝도 없이 흥얼거리며 집 안을 청소하고 있었다.

우리 부모님은 어른이 없을 때 친구를 부르는 것을 금지했으므로 제니를 데리고 우리 집에 갈 수는 없었다. 우리 부모님은 기본적으로 친구를 그리 좋아하지 않았고, 제니 역시 별로 좋아하지 않았는데, 어머니 말로는 그 애가 너무 "시끄러워서"였다. 그래서 우리는 주로 콜럼버스 서클이나 워싱턴 스퀘어 파크에서 약속을 잡고 만났고, 한동안 분수대 언저리 황금빛으로 물든 잎사귀들이 우리의 앞길을 뒤덮는 혼란스럽고 낯선 색채들에 담긴 가혹함을 한동안은 감춰주었다.

제니가 없는 헌터고등학교는 또 다른 세계였다. 그해 가을엔 주로 맥신과 그 애가 듣는 음악과 그 애의 여드름 치료와 음악부장 선생님을 향한 그 애의 간절한 짝사랑이 내 세계를 채웠다. 나 역시 얼마 전부터 정장에 플랫슈즈를 신고 다니는, 부정교합이 그 누구보다 매력적인 영어 선생님을 짝사랑하고 있었으니 우리는 잘 맞았다. 또 수업이 끝난 뒤 맥신과 탈의실에서 미적거리느라 자꾸만 문제가 생기기도 했다.

그곳에서 우리가 하는 일이 왜 문제라는 것인지 우리는 결국 알 수 없었다. 그저 우리가 그곳에 있어서는 안 된다는 사실만을 알았다. 하지만 탈의실은 우리가 완전히 혼자, 즉 어머니 없이 있을 수 있는 유일한 장소였다. 우리 둘 다 가족 간의 전쟁이 벌어지는 집으로 돌아가고 싶은 생각이 전혀 없었다. 탈의실은 맥신과 나 둘만의 공간이었다. 탈의실을 함께 헤집고 다니다 보면 사물함들 사이 통로에서 둘이 열심히 소곤거리는 또 다른 전쟁 난민들의 사적인 세계를 지나치기도 했다.

나는 사랑에 빠진 용맹한 청년 역할을 맡아 말 위에 올라탄 것처럼, 재빠르게 돌아다니는 바퀴벌레들을 대담하고 겁 없이 밟아 죽이곤 했다. 바퀴벌레가 돌아다니는 가운데 여자애들이 꼼짝도 못 하고 비명만 질러대는 광경은 흔하디흔했다. 나는 탈의실 사회에서 공식적인 바퀴벌레잡이가 되었고, 덕분에 나는 더 용감해졌다. 한번은 미끈하게 생긴 10센티미터짜리 미국바퀴벌레를 밟아 죽이기도 했다. 나 역시 정말 무서웠다는 건 몇 년이 지나서야 털어놓을 수 있었다. 그 당시에는 겁 없이 상황을 주도하는 용감한 사람으로 보이는 것, 바퀴벌레 죽이기 챔피언으로 각광받는 것이 나한테 너무나 중요했던 것이다.

어쩌면 용감함이란 용감하지 못한 것에 대한 더 강렬한 두려움인지도 모르겠다.

1월 말, 제니와 나는 대단치도 않은 일을 두고 다퉜다. 그렇게 2주간 우리는 연락하지도, 만나지도 않았다. 내 생일날 제니한테서 전화가 왔고, 우리는 며칠 뒤 워싱턴탄생일*에 만났다. 손을 잡고 센트럴 파크 동물원에 가서 원숭이를 구경했다. 개코원숭이가 커다랗고 슬픈 눈으로 우리를 바라보는 가운데, 우리는 앞으로 아무리 화가 나더라도 이렇게 오랫동안 말을 안 섞는 일은 하지 않기로 약속했다. 우리의 우정이란 너무 중요한 데다가, 어차피 뭣 때문에 싸웠는지 둘 다 기억나지 않았던 것이다.

그 뒤에 우리는 제니의 집으로 갔다. 눈이 오기 시작했고, 제니가 내 배 위로 머리를 벤 자세로 우리는 소파 위에 누웠다. 마시멜로를 굽고

---

* 미국의 연방공휴일인 '대통령의 날'을 말한다. 2월 셋째 주 월요일이다.

담배를 피웠다. 그 방은 그 집에 하나뿐인 방이었다. 제니는 삼촌이 방문할 때를 빼면 거실 소파에서 잠을 잤고, 삼촌이 왔을 때는 바닥에서 잤다. 제니는 정해진 잠자리도 옷을 둘 곳도 없는 게 싫다고 했다.

한밤중에 제니가 우리 집을 찾아온 건 3월 중순이었다. 그 애는 전화를 걸어와서 나한테 할 말이 있으니 집으로 가도 되느냐고 물었다. 어머니는 탐탁지 않아 했으나 허락했다. 내가 제니와 함께 기하학 중간고사 공부를 해야 한다는 핑계를 댔던 것이다. 제니가 찾아온 건 밤 9시가 가까운 시각이었다. 제니의 인사를 받으며 어머니는 매서운 말투로 평일에 남의 집을 방문할 만한 시각이 아니라고 지적했다.

우리는 내 방으로 들어와 문을 닫았다. 제니의 몰골은 엉망이었다. 눈가가 퀭한 데다가 얼굴 양쪽에 손톱으로 할퀸 흉한 상처가 기다랗게 나 있었다. 평소에는 길게 땋아 깔끔하던 머리채 역시 아무렇게나 헝클어져 있었다. 그 애는 그저 아버지와 싸워서 잠잘 곳이 없다고, 더 자세한 이야기는 하고 싶지 않다고 했다. 그날 밤 여기서 자고 가도 되느냐고 했다. 나는 그게 불가능한 일이란 걸 알았다. 부모님이 허락할 리도 없었고, 무슨 일인지 캐물을 게 뻔했다. 가슴이 미어졌지만, 가급적 우리 부모님이 이 사태를 모르게 해야 했다.

"어머니 집에 갈 수는 없어?" 내가 물었다. 세상에 어떤 아버지가 자기 딸을 저렇게 할퀸단 말인가? "제발 그 집으로 돌아가지는 마, 제니."

제니는 마치 내가 아무것도 이해하지 못한다는 표정으로 나를 바라봤지만, 그 애의 말투는 평소처럼 짜증스러운 투는 아니었다. 그 애는 그저 피곤해 보였다. "어머니 집엔 못 가. 그 집엔 이제 내가 있을 자리가 없는걸. 침실이든 뭐든 다 정리해버린 데다가, 어머니는 나더러 선택하라고 했고 난 선택을 했어. 아버지 집에 간다면 다시는 돌아오지 말라고 했단 말이야. 요즘 엘라가 남부에 있는 자기 어머니 집에 가 있고, 아버지랑 레디 삼촌은 매일같이 술만 마셔. 그런데 아버지는 술만 마시면 완전히……."

제니는 울음을 터뜨릴 것 같았고, 그 순간 나는 더럭 겁에 질렸다. 어머니가 거실에서 목소리를 높여 경고하는 소리가 들렸다.

"9시 30분이다, 얘들아. 용건은 다 끝났니? 이 오밤중에 정말 공부하는 거 확실하니?"

"제니, 최소한 어머니한테 전화라도 하면 안 돼?" 나는 그 애한테 애원하고 있었다. 제니를 곧 돌려보내야 할 터였다. 어머니가 언제 발을 쿵쿵 울리며 내 방으로 쳐들어올지 몰랐다.

갑자기 제니가 평소의 기세를 찾은 듯 벌떡 일어났다. "안 된다고 내가 이미 말했잖아? 어머니한테는 아버지 이야기를 하면 안 돼. 아버지가 가끔 제정신이 아니거든." 그러면서 그 애는 자기 얼굴에 난 흉터를 만지작거렸다. "알았어. 난 가볼게. 저기, 금요일에 네 시험 끝나면 헌터 고등학교 앞에서 보자, 알겠지? 그날 몇 시에 끝나?" 제니가 외투를 입으며 물었다.

"12시. 이제 어떡할 거야, 제니?" 나는 그 애의 표정이 걱정스러웠다. 한편으로는 그 애가 떠난다니 안도감이 들었다. 제니가 이 집을 나서자마자 어머니와 나 사이에 펼쳐질 장면이 벌써 눈앞에 선했던 것이다.

"나는 신경 쓰지 마. 진의 집으로 갈 거야. 중간고사 잘 봐. 금요일 정오에 68번가 쪽 교문에서 보자."

나는 제니를 현관문까지 바래다주면서 거실에서 쏟아져 내리는 집중포화의 시선을 함께 견뎠다.

"잘 지내냐, 제너비브." 아버지는 근엄한 목소리로 말하더니 다시 읽고 있던 신문으로 눈길을 돌렸다. 내가 어머니 속을 썩이지 않는 이상 아버지는 이런 일에 관여하지 않았다.

"잘 가거라, 애야." 어머니가 다정한 목소리로 인사했다. "밤늦게 돌아다니는데 아버지가 걱정 안 하시니?"

"아니에요, 아주머니. 저는 버스 타고 곧장 어머니 집으로 갈 거예요." 제니는 아무렇지도 않게 거짓말을 하며 우리 어머니를 향해 눈부시게 웃어 보였다.

"음, 밤이 너무 늦었잖니." 어머니가 말투에 살짝 꾸짖는 투를 섞었다. "조심해서 돌아가고, 어머니한테 안부 전해다오." 어머니가 제니 얼굴의 흉터를 살피는 걸 보고 나는 얼른 그 애를 데리고 복도로 나갔다.

"잘 가, 제니. 몸조심해."

"바보 같은 소리 하지 마. 조심할 필요는 없어. 그냥 잠을 자야 하는 거지." 그 애를 내보낸 뒤 나는 현관문을 잠갔다.

다시 거실로 돌아 왔을 때, 어머니가 노엽다기보다는 걱정스러운 표정이어서 나는 사뭇 놀랐다.

"네 친구한테 무슨 일 있냐?" 어머니가 안경알 너머로 나를 빤히 바라보았다.

"무슨 일은요. 그냥 기하학 필기를 빌린 게 다예요."

"온종일 학교에 있었으면서, 이 늦은 밤에 갑자기 집까지 와서 기하학 필기를 빌린다고? 하!" 어머니는 내 말을 조금도 믿지 않았다. "내일 세탁할 침대 시트 꺼내오려무나." 어머니는 바느질감을 옆으로 치워두고 일어서서는 나를 따라 내 방으로 왔다.

어머니의 직감은 특정한 무언가에 붙박여 있었다. 어머니는 그게 무슨 문제인지 살펴보지 않았다. 자신의 인식에 의문을 제기하지도 않았다. 나 역시 어머니의 목소리에 담긴 걱정을 적당히 활용할 수가 없었다. 이 집의 그 어떤 곳도 어머니에게서 자유롭지 않다는 사실을 단호히 상기시켜주기라도 하듯 나를 따라 내 방까지 들어오지 않았는가!

어머니는 어떤 문제가 생겼음을 본능적으로 알아차렸지만 그 우려의 대상은 틀린 곳을 향하고 있었다. 위험에 빠진 것은 내가 아니었다.

어머니는 잠시 내 더러운 옷가지들을 이리저리 쿡쿡 찔러보다가 한 손가락으로 찢어진 슬립을 낚아챘다. "네가 슬립이라고 부르는 이 넝마 말고는 입을 게 없니? 이러다가 조만간 한 손으로는 몸 앞을, 한 손으로는 몸 뒤를 가리고 거리를 걸어 다니겠구나." 내가 나머지 세탁물을 그러모으는 사이 어머니는 슬립을 한쪽에 던져놓았다.

"얘야, 너를 위해 하는 소린데 말이다. 절대 그 애랑 그 애 부모님 일에 엮이지 말거라, 알겠니? 무슨 그런 망나니 같은 여자가 다 있다니…… 그 쓸모없는 남자도 아버지랍시고 제 딸을 내맡기고……" 어머니와 교복을 사러 갔다가 125번가에서 필립 톰프슨을 만난 적이 있었다. 제니는 자랑스레 제 아버지를 소개했고, 그는 가장 가식적이고 정중한 태도로 일관했었다.

어머니가 내 손에서 세탁물 더미를 빼앗았다. "아무튼 말이다. 난 네가 그 애랑 이렇게 밤늦게까지 어울려 다니지 않았으면 하는구나. 그 애는 끊임없이 사고를 치고 다닌단 말이다. 내 말 귀 기울여 들어야 한다.

난 그 애가 어느 날 배가 불러 나타나도 하나도 안 놀랄 것 같구나······."

어머니의 말에 분노가 얇은 커튼처럼 내 눈앞을 가리는 게 느껴졌다.

"어머니, 제너비브는 아무 잘못도 없고, 그 애는 그런 애가 아니에요." 나는 말투에서 노여움을 걷어내려고 무진 애를 썼다. 어떻게 제니에 대해 그런 말을 할 수가 있지? 그 애를 알지도 못하면서. 그저 우리가 친구라는 사실만으로.

"어머니 앞에서 그게 무슨 말투냐?" 거실에 있던 아버지가 불길한 말투로 한마디했다.

어머니에게 불손하게 구는 것은 실제이건 상상이건 대역죄에 해당했고, 어머니와 나 사이의 전쟁을 중립적인 태도로 지켜보던 아버지도 그럴 때만큼은 끼어들었다. 이 일에 아버지가 엮이는 것만큼은 무슨 수를 써서라도 피하고 싶었다.

두 언니 중 하나는 타자기로 보고서를 쓰는 중이었다. 언니들의 방에서 거실로 연결된 프렌치 도어 너머로 또각거리는 스타카토 소리가 새어 나왔다. 제니는 벌써 진의 집에 도착했을까? 지금 부모님과 다투기라도 한다면, 시험이 끝난 뒤에 곧장 집으로 와야 하는 신세가 될지도 몰랐다. 나는 분노를 꿀꺽 삼켰고, 내가 삼킨 분노는 썩은 달걀처럼 내 위장과 목구멍 사이에 걸려 있었다. 입에서 썩은 맛이 나는 것 같았다.

"일부러 그런 거 아니에요, 아버지. 죄송해요, 어머니." 나는 거실로 나왔다. "안녕히 주무세요."

나는 의무를 다하듯 어머니와 아버지에게 입을 맞춘 다음 다시 상대적으로 안전한 내 방으로 돌아왔다.

우리는 한때 아이였던 것을 위해 울지 않았네.

한때 아이였던 것을 위해 울지 않았네.

한때의 것을 위해

어리디어린 살을 뜯어 먹은

깊고 검은 어둠을 위해 울지 않았네.

그러나 우리는 하늘 아래 외따로이 서서

어린 피를 잠재우려

담요처럼 흙을 퍼내며 서 있는

두 남자의 모습을 보고 울었네.

검고 따스한 어머니의 담요 속에서

부풀어 오르는 대지의 가슴 깊은 곳에서

더는 어리지 않은

우리의 모습을 보았으므로 —

그리고 처음으로 우리가

외따로이 죽어 있음을 알았으므로.

우리는 그것을 위해서 울지 않았네 — 울지 않았네 —

우리는 한때 아이였던 것을 위해

울지 않았네.

1949년 5월 22일

14

내가 제너비브와 한 번도 한 적 없는 일들. 서로의 몸을 맞대고 우리가 느끼는 열정을 털어놓기. 빌리지의 레즈비언 바, 아니, 어느 바라도 가기. 리퍼* 피우기. 서커스 동물들을 태우고 플로리다로 향하는 화물열차를 탈선시키기. 전 세계의 욕설들을 배우는 수업 듣기. 스와힐리어 배우기. 마사 그레이엄 무용단의 공연 보기. 펄 프리머스 만나기. 다음번에는 함께 아프리카에 가자고 하기. 그 책을 쓰기. 사랑을 나누기.

오후 3시 30분, 믿기지 않는다는 듯 목이 멘 소리로 루이자가 전화를 걸어왔다.

"오늘 아침 제니가 110번가 커뮤니티센터 계단에서 발견됐단다. 쥐약을 먹었대. 비소 말이야. 살 수 있을 것 같지 않단다."

거짓말이야. 제니는 살아날 거야. 그 애가 이번에도 우리 모두를 속여 넘기려는 거야. **제니. 제니. 죽지 마. 사랑해.** 그 애를 구할 수 있는 무

---

* 그레나다 방언으로, 마리화나 궐련을 뜻한다.

언가가 있을 거야. 무언가는. 어쩌면 걘 도망간 걸지도 몰라, 또 도망간 걸 거야. 이번엔 리치먼드의 친척들한테는 가지 않았겠지. 안 돼. 아, 안 돼. 제니는 아무도 생각지 못한 어떤 곳을 찾아내고 말 것이고 그러다가 어디선가 누가 사다가 입혀준 새 옷을 입고 어슬렁어슬렁 나타나서는 고개를 한 번 홱 돌리면서 "나 내내 잘 지내고 있었어" 할 것이다.

"톰프슨 아주머니, 제니는 어디에 있어요?"

"시드넘에 있다. 밤새도록 지하철을 탔다는구나. 그 애가 경찰한테 한 말로는 그렇다는데, 그전에 어디에 있었는지는 알 도리가 없다. 어제 는 학교에 안 갔다는구나."

루이자의 목소리를 뚫고 마이크의 식당 주크박스에서 나오던 음악 소리가 들려오는 듯했다. 어제, 수업이 끝난 뒤, 그곳에서 제니가 요즘 제일 좋아하는 노래를 들었다. 초콜릿처럼 풍부하고 길게 늘어지는 세 라 본의 목소리가 끝없이 되풀이되었다.

나는 항구의 불빛들을 보았지, 우리가 헤어진다고 말했어
그 항구의 불빛들이 한때 그대를 내게 데려다주었는데
나는 항구의 불빛들을 보았지, 도저히 멈출 수 없이 눈물이
흐르네
　　흐르네
　　　흐르네……

마이크가 다가와서 주크박스를 발로 찼다. "알바니아 요술* 따위." 그가 웃더니 다시 요리용 화로 쪽으로 돌아갔다. 입 안에 블랙커피와 레

몬이 섞인 역거운 맛이 감돌았다. **제니, 제니, 제니, 제니.**

"톰프슨 아주머니, 제가 제니를 보러 가도 될까요? 면회 시간은 언제인가요? 제니를 보러 갔다가 저희 어머니가 돌아오기 전에 집에 돌아올 수 있을까요?"

"언제든지 와도 된단다. 하지만 너무 늦으면 안 돼."

나는 어머니의 낡은 지갑을 뒤져 차비로 쓸 10센트를 찾았다. 주린 배가 꼬르륵거렸다. 응급실 앞에서 나를 맞이한 루이자는 눈물을 흘리며 내 손을 잡았다.

"의사들이 다시 그 애 상태를 보러 갔어. 병동으로 올려 보내주지를 않더라. 오늘 밤까지 못 버틸 거래."

할렘병원 응급실 뒤, 유리로 된 칸막이 속 병실 침대. 제니의 어머니와 할머니와 내가 서로를 안심시키려 손을 맞잡고 있던 것. 루이자한테서 풍기던, 늘 재채기를 유발하던 이브닝 인 파리 향수 냄새. 무감각한 이미지가 끝없이 뒤섞이고 이어지던 만화경 같은 내 머릿속.

우리가 마지막으로 함께 들었던 수업은 발음 수업이었다.

제니 와서 나의, 제니 와서 나의, 제니 와서 나의 어여쁜 스카프를 묶어줘

나는 뒤에서 묶었고, 예전에도 묶었고,

너무 많이 묶어서, 더 이상은 묶지 않아.

---

* 당시 사라 본이 부른 〈댓 올드 블랙 매직〉 등의 재즈곡이 유행했고, 알바니아 사람들이 미신, 흑마법을 널리 믿는 것으로 알려진 데서 비롯된 표현으로 보인다.

메이슨 선생님은 단조로운 목소리로 이 연습 문장을 끝없이 되풀이하라고 시켰다. "입을 크게 벌려서 아이, 라고 외치세요. 자, 여러분, 다시."

제니의 할머니, 그 어떤 의미라도 찾으려 애쓰던 끈질긴 남부 사투리. "이번에는 그 애가 아무 말도 하지 않았어요. 아무도 몰랐어요. 그 애가 무슨 말이라도 했더라면, 나도 이번만큼은 믿어주었을 텐데……."

젊은 백인 의사. "들어가 보셔도 됩니다만, 자고 있습니다."

제니, 제니, 제니. 잠든 네 모습은 처음 봤어. 눈을 감고 있다는 것 말고는 깨어 있을 때와 똑같네. 얼굴을 찌푸릴 때처럼 눈썹 가운데가 아래로 처져 있구나. 어머니는 집에 언제 돌아올까? 만약 어머니가 사무실에서 업타운으로 돌아올 때 타는 그 버스를 내가 타게 되면 어쩌지? 집에 가면 뭐라고 말하지?

집에 왔더니 어머니는 이미 귀가해 있었다. 어머니와는 내 사적인 세계를 단 한 조각도, 심지어 고통조차도 나누고 싶지 않았던 나는 거짓말을 했다. 제니가 실수로 독을 먹는 바람에 병원에 입원했다고 했다. 약장에 있던 아이오딘을 먹었다고.

"도대체 어떤 집구석이기에 어린 여자애를 그런 데서 키우는 거냐? 대체 그 불쌍한 아이가 어쩌다가 그런 실수를 한 거야? 그 애 의붓어머니는 집에 없었다니?"

"모르겠어요, 어머니. 그 애 아버지한테 들은 말은 그게 다였어요." 어머니의 호기심 어린 눈초리 앞에서 나는 일부러 무표정을 유지했다.

다음 날 아침, 아주 이른 시간. 헌금할 돈으로 차비를 냈다. 병원 특유의 냄새, 스피커에서 나오는 낮은 소리. 주위에는 아무도 없었다. 날막을 사람이 없었다. 유리 칸막이 속 병원 침대. **이렇게 죽는 건 정말 아니잖아, 제니. 아직 여름도 오지 않았잖아, 기억 안 나? 약속했잖아.** 그 애는 죽어서는 안 됐다. 독을 너무 많이 먹었다고 했다. 쥐약을 젤라틴 캡슐 안에 넣어 한 개씩 삼켰다고 했다. 우리는 지난 금요일에 캡슐을 스물네 개 샀었다.

일그러진 채 병원 침대에 놓인 꽃 한 송이. 비소는 부식성이다. 그 애는 아직 살아 있지만, 시커멓게 변한 축축한 입가에 쇠 냄새를 풍기는 거품이 일었다. 땋은 머리채가 풀려 비뚤어져 있었다. 자세히 보니 땋은 머리카락 끝의 10센티미터 정도는 헤어피스였다. 어째서 난 하나도 몰랐을까? 제니는 헤어피스를 머리카락과 함께 땋은 것이었다. 그 애는 긴 머리를 몹시도 자랑스러워했다. 때로는 머리채를 정수리 위에 왕관 모양으로 빙글빙글 말아 올리기도 했다. 그런데 일요일 이른 아침의 햇빛이 드는 텅 비고 고요한 병원에서는, 그 애가 눈을 감은 채 고개를 뒤척일 때마다 그 긴 머리채가 병원 베개 위에서 흐트러졌다. 나는 그 애의 손을 잡았다.

"원래는 교회에 가야 했는데 널 보러 올 수밖에 없었어, 제니."

그 애는 미소를 지었지만 여전히 눈은 뜨지 못했다. 그 애가 고개를 내 쪽으로 돌렸다. 밭은 숨에서 악취가 풍겼다.

"죽지 마, 제니. 아직도 죽고 싶어?"

"당연하지. 내가 죽을 거라고 얘기하지 않았어?"

나는 그 애한테 바짝 몸을 가져간 다음 그 애의 이마에 손을 대고 속삭였다.

"아, 어째서야, 제니, 어째서?"

그러자 제니가 크고 검은 눈을 번쩍 떴다. 그러더니 예전의 거만한 몸짓을 흉내 내듯 고개를 움직이며 미간을 찌푸린 뒤 쏘아붙였다. "어째서라니? 바보 같은 소리 마. 너도 알잖아."

하지만 나는 알지 못했다. 나는 다시금 눈을 감은 그 애의 얼굴을 찬찬히 보았다. 굵은 눈썹 사이에는 여전히 주름이 잡혀 있었다. 나는 이유를 몰랐다. 그저 사랑하는 제니가 더는 이곳에 머무르고 싶지 않을 정도로 고통스럽다는 것만 알았다. 그리고 우리의 우정조차도 그 사실을 바꾸지 못한다는 것을. 나는 우리가 쓴 시 중 제니가 가장 좋아하는 구절들을 기억했다. 지난 금요일 오후, 영화관에서 그 애가 나에게 맡긴 공책들 여백에 몇 페이지나 휘갈겨 쓰여 있던 구절들이었다.

그리고 오늘이라는 짧은 순간
몽상가는 커다란 희망을 품지.
속삭이는 소리로 들었거든,
다른 별에서의 삶에 관한 이야기를.

우리 중 누구도, 나조차도, 그 애가 이 세상에 머무르고 싶을 만한 이유를 만들어주지 못했다. 난 영영 그 사실에서 자유롭지 못할 터였다. 눈을 감은 그 애의 커다란 눈 뒤에 숨은 건 분노일까? 손가락에 닿는 제니의 뺨이 뜨겁고 거칠었다.

어째서라니? 너도 알잖아. 제니가 나한테 남긴 마지막 말이었다.

가지 마, 제니, 가지 마. **난 그 애를 보낼 수가 없다. 텅 빈 캡슐 스물네 개. 영화관에서 두 번 연속으로 본 영화. 14번가로 가는 버스를 기다리며 모퉁이에 서 있다. 나는 그 애를 떠나지 말았어야 했다. 하지만 이미 깜깜해지고 있었어. 집에 너무 늦게 돌아가면 또 매를 맞을까봐 겁났어. 나랑 같이 집으로 가자, 제니. 이제는 어머니가 뭐라고 하건 신경 안 써, 제니. 나한테 화가 났다. 내게 가버리라고 했다. 나는 떠났다.** 가지 마, 제니, 가지 마.

월요일 저녁, 제너비브는 죽었다.

나는 학교에서 병원으로 전화를 걸었다. 학교에 교과서를 놔둔 채 그대로 나와서 집으로 갔다. 혼자 있고 싶었다. 어머니가 문을 열었다. 어머니가 한 팔로 내 어깨를 감쌌고 나는 부엌으로 들어갔다.

"제너비브가 죽었어요, 어머니." 나는 식탁 앞에 털썩 주저앉으며 말했다.

"그래, 안다. 내가 뭐라도 할 수 있는 일이 없는지 물어보려고 그 애 아버지한테 전화를 걸었더니 그렇게 전해주시더구나." 어머니가 내 얼굴을 뚫어지게 쳐다보더니 말을 이었다.

"왜 자살한 거라고 말 안 했니?"

울고 싶었다. 나는 그 작은 비밀조차도 빼앗긴 것이다.

"그 애 아버지가 그러더라. 너도 아는 것 있니? 말 좀 해보려무나. 나는 네 엄마잖니. 이번에는 거짓말을 했다고 혼내지 않으마. 그 애가 너한테 미리 말했니?"

나는 식탁에 고개를 댔다. 부엌 창문이 살짝 열려 있는 게 보였다.

건너편 집 여자가 음식을 차리고 있는 모습이 보였다.

"아니요."

"차를 한 잔 타주마. 애야, 그렇다고 너무 속상해하지는 말거라." 어머니가 돌아서더니 차 거름망 테두리를 몇 번이나 문질러 닦았다. "얘, 우리 아가야. 그 애랑 친했던 것도, 그래서 속상한 것도 알지만, 여태 내가 늘 너한테 잔소리하지 않았니? 다른 아이들과 어울릴 때는 조심해야 한다. 너희들은 항상 특이한 짓을 하면서 어른들이 아무것도 모른다고 생각하지. 그러나 이 늙은 엄마도 알 건 다 안다. 세상엔 처음부터 잘못된 것들이 있어. 내 말 똑똑히 듣거라. 아버지 행세를 하는 그 남자는 네 친구를 입에 담지도 못할 그런 일에 이용하고 있었단 말이다."

어머니의 어설픈 통찰은 잔인했기에, 그 말은 위로라기보다는 또 한 번의 살인처럼 느껴졌다. 어머니의 혹독한 말이 내게 강인함을 전해줄 수 있기라도 하다는 걸까. 어머니한테는 진실로 보이는 그 불꽃 속에서 내가 제련되어 종국에는 고통을 느끼지 않는, 당신을 꼭 닮은 복제물이 될 수 있기라도 하다는 걸까.

하지만 그런 것들이 아무래도 상관없지는 않았다. 캄캄해지는 창밖, 맞은편 집 와서 씨가 자기 집 블라인드를 내렸다. **제니는 죽었어, 죽었어, 죽었어, 죽었어. 동전 한 닢 토끼의 머리.**

집으로 돌아온 아버지 역시 소식을 알고 있었다. "다음번엔 우리한테 거짓말하지 말거라. 네 친구가 곤경에 처했었니?"

며칠 뒤, 나는 루이자의 집 창가 낮은 벤치에 앉았다. 겨울 동안 테이프로 막아두었다가 이제 막 다시 창문을 열어둔 터였다. 초봄의 오후였다. 그해 봄은 계절의 시작부터 이상하리만치 따뜻했다. 바깥에는 비가 추적추적 내렸고 젖은 인도 위로 기름이 무지갯빛을 반사했다.

루이자는 창틀에 걸터앉아 있었다. 한쪽 골반을 나무 창틀에 걸친 채, 스타킹 신은 다리를 아주 가볍게 앞뒤로 흔들고 있었다. 다른 한쪽 다리는 내가 앉아 있는 벤치 모서리로 늘어뜨린 채였다.

"너는 제니와 참 친했지." 딱 부러지는, 그러나 그리움이 담긴 말투였다. "따지자면 그 애는 너랑……." 루이자는 내가 방금 전해준 제니의 공책에 달린 스프링을 만지작거리고 있었다. 일기장은 내가 가지고 있기로 했다. 루이자의 물기 없는 눈은 간절하게 이야기를 하는 듯했다. 문득, 그 애가 자기 어머니가 오래전 남부에서 학교 선생이었다며, 말을 또박또박 잘하는 스스로를 자랑스러워했던 게 떠올랐다. "……다른 그 누구보다도 자주 만났지." 루이자는 갑작스레 말을 끝맺었다. 나는 방금 알게 된 사실을 말없이 곱씹었다. **내가 제니와 제일 친한 친구였구나.** "다들 너희 둘이 자매처럼 꼭 닮았다더구나." **제니가 피부색이 더 밝고, 더 날씬하고, 더 예뻤다는 것만 빼면.**

루이자의 눈빛을 보고 문득 불안해진 나는 얼른 자리에서 일어났다. "전 이제 가볼게요, 톰프슨 아주머니, 저희 어머니가……." 나는 소파에 놓인 외투로 손을 뻗었다. 루이자의 간이침대, 제니와 내가 함께 누워 웃고, 대화하고, 담배를 피우던 침대였다. 제니가 떠나버린 뒤 루이자는 작은 아파트를 뜯어고쳐 침실을 차지했다. 문득 그날 밤 나를 향해 쏘아붙이던 제니의 상처 난 얼굴과 피곤한 눈이 떠올랐다. "돌아갈 수 없어, 내 자리가 없거든…… 어머니한테는 아버지 이야기를 할 수가 없어……."

나는 황급히 외투 단추를 여몄다. "같이 장 보러 가기로 해서 어머니가 기다리고 계세요. 언니들은 학교에서 연습이 있거든요." 그러나 동작이 빠른 루이자는 내가 문을 채 열기도 전에 내 팔을 붙잡았다.

무테안경을 벗은 루이자는 그 누구의 어머니로도 보이지 않았다. 너무 젊고, 너무 예쁘고, 너무 피곤해 보였고, 눈물이 그렁그렁한 충혈된 두 눈은 애원하는 듯했다. 루이자는 서른네 살, 내일 우리는 그의 하나밖에 없는 아이, 열여섯 살에 자살한 딸을 땅에 묻으러 간다.

"너희들은 정말 친했어." 고집스럽고, 조금 전까지의 예의는 잊어버린 것 같은 그의 손가락이 내 외투 소매를 단단히 그러쥐었다. "그 애가 왜 그랬는지 **너는** 아니?"

루이자는 코 옆, 제니와 거의 똑같은 자리에 점이 하나 있었다. 뺨을 타고 흘러내리는 눈물 때문에 점이 커다랗게 확대되어 보였다. 나는 문 손잡이를 쥔 채 눈길을 돌렸다.

"아니요, 몰라요." 나는 다시 고개를 들었다. 어머니의 말이 떠올랐지만 생각하지 않으려 애썼다. '아버지 행세를 하는 그 남자는 네 친구를 입에 담지도 못할 그런 일에 이용하고 있었단 말이다.'

"전 이제 가볼게요."

나는 문을 열고, 여태까지 몇 번이나 걸려 넘어졌던, 바닥을 지탱하는 쇠 버팀대를 넘어간 다음 문을 닫았다. 방범용 자물쇠의 빗장이 제자리에 다시 맞물리면서 나는 찰칵 소리가 문 안에서 루이자가 흐느끼는 소리와 뒤섞였다.

제니는 4월 1일 우드론 공동묘지에 묻혔다. 그 애의 죽음을 보도한

〈암스테르담 뉴스〉는 그 애가 임신하지 않았기 때문에 자살의 이유를 확실히 알 수 없다고 했다. 그 외의 이유는 없을 터였으므로.

하얀 관 위에 흙덩어리가 공허하게 툭툭 떨어지는 소리. 죽음이 침묵할 이유라고 생각지 않는 새의 울음소리. 검은 옷을 입고 외국어로 뭐라고 읊어대는 남자. 자살한 사람을 위한 빈 구덩이는 없다. 여자들이 흐느끼는 소리. 바람. 봄의 최전선. 풀이 자라는, 꽃이 피어나는, 저 먼 나무들이 가지를 뻗는 소리. 하얀 관 위에 부딪치는 흙덩어리.

우리는 차를 몰고 구불구불한 비탈을 내려가 묘지로부터 멀어졌다. 묘지에서 마지막으로 본 모습은, 수염이 듬성듬성 자란 얼굴을 한, 덩치 큰 두 명의 무덤 파는 남자가 관을 내리는 끈을 무덤에서 잡아당겨 꺼내는 장면이었다. 그들은 아직 살아 있는 꽃들을 쓰레기통에 집어 던진 다음 구덩이에 흙을 퍼 넣었다. 사뭇 낮아진 회색빛 4월 하늘을 배경으로 무덤 파는 남자들이 두 손으로 솟은 흙무덤에 마지막 손질을 한다.

15

고등학교를 졸업하고 2주 뒤 나는 부모님 집에서 나왔다. 그런 식으로 나올 생각은 아니었다. 그냥, 그렇게 되어버렸다. 나는 로어이스트사이드의 리빙턴 스트리트에 아파트를 구해 혼자 살고 있던 진의 친구 집에서 같이 살게 되었다.

밤에는 베스데이비드병원에서 간호사 보조로 일했고, 피터라는 남자와 사귀었다.

2월에 있었던 노동청년연대* 파티에서 피터를 만났고, 우리는 데이트 약속을 잡았다. 다음 날 오후 피터는 나를 영화관에 데려가려고 우리 집을 찾아왔다. 워싱턴탄생일이었던 그날은 부모님 둘 다 집에 있었다. 아버지는 방문객을 맞이하러 나갔다가 피터가 백인인 것을 알고는 집 안으로 들이지 않으려 했다. 그 순간, 그저 십 대다운 풋사랑에 불과했을 감정은 삽시간에 혁명적인 사건이 되고 말았다.

이 무렵, 아버지가 죽은 지 2년 가까이는 되었던 제니를 깎아내리는

* 1949년에 창설된 마르크스-레닌주의 청년단체다.

말을 했던 것, 또 헬렌 언니와 싸운 것까지 쌓이고 쌓인 덕에 나는 집을 나오기로 했다. 경찰에 신고하겠다는 어머니의 말에 나는 집을 박차고 나가버렸다. 그대로 병원으로 출근했고, 모두가 잠든 밤에 집으로 돌아와 짐을 쌌다. 챙겨갈 수 없는 물건들은 침대 시트로 싸서 바깥으로 끌고 나가서는 경찰서 계단 밑에 두었다. 옷가지와 책 몇 권, 제니가 남긴 기타만 챙겨 아이리스 집으로 갔다. 다음 날, 지나가던 픽업트럭을 불러 세운 뒤 트럭을 몰던 남자한테 5달러를 주면서 함께 업타운의 부모님 집으로 가서 내 책장을 실어달라고 했다. 집에는 아무도 없었다. 나는 부엌 식탁 위에 "저 집 나갈게요. 원인이 명백한 이상 그 결과 역시 뻔하죠"라고 암호 같은 쪽지를 써서 남겨두었다. 지금 생각하면 내가 하고 싶었던 말은 그 반대였던 것 같지만, 그때 나는 무척이나 들뜬 동시에 엄청나게 겁에 질린 상태였다.

나는 열일곱 살이었다.

결의에 차 벌벌 떨며 부모님의 집에서 나온 뒤, 나는 우리가 머무는 이 나라와 지금까지와는 다른 관계를 만들어가기 시작했다. 어머니의 망명지였으나 이제는 어머니가 아는 것보다 거리 구석구석을 더 잘 알게 된 이 나라에서 나는 그저 쓰라린 감정이 아니라 생산적인 소득을 얻고자 마음먹었다. 그럼에도 어머니가 알고 가르쳐주었던 것들 덕분에 나는 이곳에서 상상 이상으로 잘 살아남을 수 있었다. 나는 오직 나만의 눈으로, 나만의 힘으로 싸우리라는, 젊은이 특유의 무모하면서도 강력한 맹세를 했으나, 이는 결국 어머니가 했던 맹세와 크게 다르지 않았다. 집을 떠난 뒤 나는 나를 살아가게 해주는 다른 여성들을 만났으며, 그들로부터 다른 사랑을 배웠다. 어머니의 집에서는 먹어본 적 없는 음

179

식을 만드는 법을, 기어변속 자동차를 운전하는 법을, 긴장을 풀고도 길을 잃지 않는 법을 배웠다.

꿈속에서 그들은 린다와 마 리즈와 안니 이모와 함께 손에 칼을 들고 힘이 넘치는 위풍당당한 발걸음으로 그들 모두가 전사戰士**이던 시절을 기리는 춤을 춘다.**

진동 속에서 나는 내 조상들의 땅을 흠뻑 적신다.

그해 여름, 나는 내내 자유와 사랑을 만끽하며 지냈던 것 같다. 한편으로는 마음이 아팠다. 나를 찾으려 드는 사람이 아무도 없었다. 나는 내가 자긍심을 배운 것이 누구의 무릎 위에서였는지를 잊어버렸다. 피터와는 자주 만났고, 예정된 일이었기에 같이 잤다.

섹스라는 것은 음침하고 무섭고 조금은 모욕적인 느낌이었지만 피터는 익숙해질 거라고 했고, 아이리스도 익숙해질 거라고 했고, 진도 익숙해질 거라고 했는데, 나는 끙끙거리는 짓은 그만두고 그저 서로를 따뜻하게 사랑해주면 안 되는 걸까 하는 생각을 종종 했다.

9월에는 브라이턴 비치에 집을 얻어 혼자 살기 시작했다. 여름 초입, '낙인찍힌 자들'과 함께 찾은 방이었지만 그때는 다른 세입자가 있던 방이었다. 집주인은 한 달에 25달러로 겨우내 방을 빌려주겠다고 했다. 병원에서는 한 달에 100달러에 더해 하루 한 끼 식사를 제공받는 것이 전부였으므로 그보다 비싼 방을 구할 여유는 없었다.

집주인은 거시 파버라는 여자였다. 집주인의 형제라는 남자가 아이리스의 집에서 짐을 나르는 걸 도와주었다. 이사가 끝나고 집주인이

2층으로 올라가고 나자 그 남자는 내 방 문을 닫더니 내가 착한 여자라며, 잠시만 입 다물고 가만히 서 있기만 하면 일해준 값은 받지 않겠다고 했다.

난 모든 게 다 멍청한 짓이라고 생각했고, 남자는 내가 입은 덩가리* 뒤에 온통 정액을 묻혀놓았다.

나는 큰 방 하나를 썼고 욕실과 복도 끝에 있는 부엌을 공용으로 쓸 수 있었다. 욕실과 부엌을 공유하는 상대는 장기 세입자인 노부인이었는데, 자식들이 따로 사는 대가로 월세를 내주고 있었다. 밤이면 노부인은 큰 소리로 혼잣말을 했고 자식들이 자기를 슈바르츠**와 한집에 사는 신세로 만들었다며 오열했다. 공용 부엌에 인접한 벽을 통해 노부인의 혼잣말이 다 들렸다. 낮이면 노부인은 부엌 식탁에 앉아 시간을 보냈고 내가 일터나 학교에 가 있는 사이에 내 탄산음료를 마셨다.

대학에 입학한 뒤 나는 피터와 헤어졌다. 어쩌다 사귀게 된 것인지 알 수 없었던 것처럼 헤어진 이유 역시 알 수 없었다. 그저 어느 날 피터가 앞으로 당분간 만나지 말자고 했고, 나는 동의해야 할 것 같아서 알았다고 했다.

그 뒤로 뼈저린 외로움, 길고 긴 지하철 통학과 수면 부족이 가을 내내 이어졌다. 매주 44시간을 병원에서 일하는 것에 더해 매주 15시간을 학교에서 수업을 들었다. 브라이턴 비치의 집에서 학교와 일터를 왕

---

* 질긴 천으로 된 가슴받이가 달린 바지를 가리키는 말이지만 '진'이라는 단어가 등장하기 전까지는 오늘날 청바지라고 불리는 푸른 데님으로 만든 바지들을 총칭하는 말이기도 했다.
** 검다는 의미의 독일어로 흑인을 비하하는 표현 중 하나다.

복하는 데는 매일 세 시간이 걸렸다. 남은 토요일 반나절과 일요일 종일은 피터로부터 소식이 없어서, 어머니가 날 보고 싶어 하는지가 궁금해서 울었다. 공부할 시간은 아예 없었다.

11월이 끝날 무렵 나는 사흘간 침대에서 나오지 않았고, 자리를 털고 나오니 병원에서 해고당해 있었다.

일자리를 잃고 나자 새롭고도 냉혹하리만치 유익한 경험들이 쏟아졌다. 타자기를 전당포에 잡히자 악몽이 찾아왔고, 매혈을 하자 오한이 들었다.

피를 팔아 받은 5달러를 쥐고 바워리 스트리트와 휴스턴 스트리트의 혈액은행에서 나오는 길이면 베스데이비드병원에서 환자의 수혈관을 조정하던 내 모습이 떠올랐다. 머지않아 내 피는 어떤 이의 혈관 속을 흐르게 될까? 그러면 그 사람은 나한테 어떤 존재가 될까? 한 사람이 다른 사람에게 피를 팔아 이뤄지는 관계란 대체 무얼까?

실직이라는 것은 무엇보다도 대학교 학생식당에서 공짜로 주는 뜨거운 물을 마셔야 한다는 것, 직업소개소에서 끊임없는 실패를 맛보게 된다는 것, 인사 담당자가 병원 접수처에서 시간제로 일하겠다는 내 생각이 주제넘다는 듯 실실 웃는다는 것을 뜻했다. (나는 장학금으로 매주 10달러씩 받았지만 대부분 집세로 나갔다.)

크리스마스 직전에, 대학에서 소개해준 덕분에 개인병원에서 매일 오후 동안 일할 수 있게 되었다. 그렇게 전당포에 맡긴 타자기를 찾아올 수 있었고, 우울해할 시간도 조금 더 생겼다. 나는 겨울 바닷가를 오랫동안 산책했다. 대략 1.5킬로미터를 걸으면 코니 아일랜드가 있었고, 상점들은 다 문을 닫았으므로 판자 깔린 산책로는 바라던 대로 기분 좋게 고요했다. 영화를 좋아했지만 영화관에는 갈 수 없었다. 커플이나 무리를 이룬 사람들 틈에 끼어 있노라면 고독이 더 선명해져서 혼자인 시간이 조금만 더 길어져도 가슴이 미어질 것 같아서였다.

어느 날 밤, 잠이 오지 않아 바닷가로 걸어갔다. 보름달 아래 밀물이 들어오고 있었다. 잘게 이는 파도의 물마루는 하얗게 부서지는 대신 형광빛을 뿜어냈다. 하늘과 바다가 만나는 경계는 아물아물 보이지 않았다. 비스듬한 녹색 불꽃들이 층층이 겹쳐지며 밤을 가득 메우더니, 물결에 실려 리드미컬하게 물가로 밀려오는 파리한 부채꼴의 빛 덕에 칠흑같던 어둠이 환해졌다.

무슨 수로도 그 흐름을 멈출 수 없었고, 다시 물러가게 할 수도 없었다.

혼자 보낸 첫 크리스마스였다. 나는 온종일 침대를 떠나지 않았다. 옆방 노부인이 세면대에 토하는 소리가 들렸다. 내가 크림소다 병 안에 눅스 보미카*를 탔기 때문이었다.

그날 밤 피터에게서 전화가 왔고, 다음 주 내내 우리는 다시 만났다. 새해 전날을 맞아 우리는 모피노조캠프에 함께 가기로 했다. 퇴근 후 포트 어서리티 버스 정거장에서 만나기로 했다. 캠프에 가는 건 처음이었기에 나는 신이 났다.

나는 부츠에 청바지, 배낭 차림으로 아이리스한테 빌린 침낭까지 가지고 출근했다. 서터 박사의 사무실에서 옷을 갈아입은 다음 7시 30분에 약속 장소에 도착했다. 피터는 8시에 오기로 했고, 버스 출발 시각은

---

* 구토를 유발하는 동종요법 약제를 말한다.

8시 45분이었다. 피터는 나타나지 않았다.

9시 30분이 되어서야 나는 피터가 영영 나타나지 않으리라는 걸 알았다. 버스 정거장은 따뜻했고, 너무 당혹스러운 데다가 피곤했던 나머지 도저히 움직일 수가 없었던 나는 그곳에 한 시간쯤 더 앉아 있었다. 그 뒤에야 짐을 챙겨 BMT 지하철역을 향해 터벅터벅 걷기 시작했다. 휴일을 맞은 사람들이 시내로 몰리기 시작했고 벌써 새해를 맞이하는 나팔 소리가 떠들썩해 축제 분위기가 났다. 청바지에 잭부츠*, 럼버재킷 차림으로 배낭과 침낭을 둘러멘 채 타임스스퀘어를 가득 메운 군중사이를 헤치며 눈으로 진창이 된 길을 밟고 있자니 눈물이 났다. 이런일을 당했다는 게 믿기지가 않았다.

며칠 뒤 피터가 전화해 변명을 해왔지만 자기방어를 위해 나는 곧바로 전화를 끊어버렸다. 나는 피터라는 사람이 애초에 존재하지도 않았던 것처럼, 따라서 내가 이런 취급을 받은 적도 없는 것처럼 굴고 싶었다. 다시는 그 누구도 나를 이렇게 취급하도록 내버려두지 않을 작정이었다.

2주 뒤 나는 임신 사실을 알았다.

사람들이 '곤란에 빠진' 친구들에게서 들었다며 말해줬지만, 듣자마자 반쯤 잊어버린 정보들을 떠올리려 애썼다. 펜실베이니아주에 깔끔하게 중절수술을 해주는 의사가 있다고 들었다. 자기 딸 수술을 거부했다가 딸이 부엌 식탁에서 죽어버린 뒤로 헐값에 수술을 해준다는 거였다. 그러나 때때로 경찰의 의심을 사는 탓에 항시 수술을 해주는 것은

* 무릎까지 감싸는 질긴 가죽으로 된 군용 부츠다.

아니라고 했다. 복잡한 경로를 거쳐 그 의사와 통화할 수 있었지만 지금은 수술할 수 없다고 했다.

덫에 걸린 기분이었다. 뭐라도, 무슨 일이라도 해야 했다. 다른 누가 해결해줄 수 있는 일이 아니었다. 어떻게 해야 하지?

내 토끼 시험** 양성 결과를 통보해준 의사는 진의 이모와 친한 사이였는데 자신이 '도움'을 줄 수도 있다고 했다. 그 도움이란 바로 자기 친구가 운영하는 도시 외곽의 미혼모 쉼터에 넣어주겠단 얘기였다. 그러면서 경건한 말투로 "그 밖의 다른 조치는 불법입니다"라고 덧붙였다.

학교에서, 친구들한테서 들었던 푸주한에 가까운 의사 이야기라든지 〈데일리 뉴스〉에 나온 낙태 공장 이야기가 있었기에 나는 공포에 질려 있었다. 부엌 식탁 위에서 헐값에 이뤄지는 수술 말이다. 지난해 진의 친구 프랜시는 1호짜리 붓 손잡이로 자가 낙태를 시도했다가 병원으로 실려가는 길에 죽었단다.

이런 무서운 일들은 떠도는 낭설에 불과한 것도, 드문 것도 아니었다. 나 역시 서툰 솜씨로 이루어진 중절수술의 결과를 응급실 바깥 복도에 늘어선 피투성이 들것들 위에서 너무 많이 보았으니까.

게다가 나는 이렇다 할 인맥도 없었다.

병원에서 퇴근한 뒤 어둑어둑한 겨울 거리를 걸어 지하철역으로 향하면서 나는 내가 아이를 낳을 수 없다는 걸 알았고, 그 사실을 내가 아는 다른 그 무엇보다도 선명하게 자각하고 있었다.

나한테 피터를 소개해준 장본인인, 노동청년연대에서 만난 여자애

** 1931년 고안된 조기 임신검사로 소변을 토끼에게 주입해 임신 여부를 확인한다.

도 중절수술을 받은 적 있는데 300달러가 들었고 비용은 남자가 냈다고 했다. 나한테는 300달러도, 300달러를 구할 길도 없었다. 나는 그 애한테 피터의 아기가 아니니 비밀을 지켜달라고 부탁했다. 그 어떤 조치건 간에 나는 해야만 했다. 그것도 속히.

피마자유도, 브로모 퀴닌 알약 여남은 개도 소용없었다.

겨자로 목욕을 해봤지만 발진만 생겼을 뿐 역시 소용없었다.

헌터고등학교의 빈 교실 책상에서 뛰어내려도 봤지만 안경만 깨질 뻔했다.

베스데이비드병원에서 일하던 시절 알게 된 앤이라는 간호조무사가 있었다. 자정이 넘은 시각 수간호사가 1층 빈방에 눈을 붙이러 가면 간호사용 창고 안에서 시시덕거리던 사이였다. 앤의 남편은 군인으로 한국전쟁 때문에 파병을 가 있었다. 앤은 서른한 살로, 자기 표현대로라면 **세상 일을 알 만큼 아는**, 아름답고 상냥하며 작고 탄탄한 체구를 지닌, 뼛속까지 흑인인 여자였다. 어느 밤, 환자들의 저녁 간호에 포함된 등마사지에 쓸 알코올과 탤컴파우더를 데우는 동안, 앤이 자기 오른쪽 가슴의 짙은 자주색 유륜과 그보다 옅은 초콜릿색 피부가 만나는 경계에 난 검은 점을 보여주더니 이 점이 "의사들을 미쳐버리게" 한다며 녹아들 것처럼 웃었다.

졸음을 참으며 기나긴 야간근무를 하던 내게 암페타민 견본의 존재를 알려준 사람도 바로 앤이었다. 우리는 근무를 마친 뒤 캐서드럴 파크웨이에 있는 그의 집을 찾았고, 간이주방이 딸린 해 잘 드는 그 집에서 블랙커피를 마시면서 동이 틀 때까지 주로 수간호사들이 지닌 묘한 버릇을 소재로 수다를 떨곤 했다.

나는 병원으로 전화해 앤과 만나기로 했다. 근무를 마친 밤에 앤을 만나 내가 임신했다고 알렸다.

"난 네가 동성애자인 줄 알았는데!"

앤의 목소리에 담긴 실망한 듯 의아한 기색에, 나는 문득 우리가 간호사용 창고에서 벌이던 시시한 수작들을 떠올렸다. 그러나 경험에 따르면 내게 꼬리표를 붙이려는 사람들은 대개 나를 깎아내리거나 이용하려는 목적이 있었다. 그 시절, 나는 내 성정체성을 자각하지도 못했으니 그 어떤 선택을 했을 리 만무했다. 그래서 나는 그 말을 그저 못 들은 척 흘려버렸다.

나는 앤더러 약국에서 에르고트레이트*를 구해달라고 부탁했다. 간호사들한테서 하혈을 유발한다고 들었던 약이었다.

"미쳤니?" 충격에 사로잡힌 앤이 되물었다. "그런 약은 함부로 쓰면 안 돼. 과다출혈로 죽을 수도 있단 말이야. 내가 방법을 좀 알아볼게."

앤은 다들 이런 일 하는 사람을 한 명씩은 안다고 했다. 앤의 경우에 그 사람은 수술방 동료 간호사의 어머니였다. 안전하고 깔끔하면서, 간단한 데다가 값도 싸다고 했다. 폴리카테터를 통한 인공유산. 집에서 직접 하는 중절수술. 폴리카테터란 수술 후에 환자 신체의 각종 관들이 닫히지 않게 하는 경질고무로 만든 좁다란 튜브로, 멸균하면 물러졌다. 약 40센티미터 길이의 카테터를 무른 상태일 때 자궁경부를 통해 삽입하면 자궁 안에서 깔끔하게 돌돌 말린다. 카테터가 다시 굳어지면 말린 부분에 각이 지면서 자궁 내막이 파열되고 자궁수축을 유발하며, 결국 착

---

* 출산 후 자궁 수축과 출혈을 유발하는 에고메트린 제제의 상표명이다.

상된 태아는 세포막과 함께 배출된다. 배출 속도가 너무 빠르지만 않으면, 또 자궁에 천공이 생기지만 않으면 안전하다고 했다.

전 과정에는 15시간이 걸렸고 가격은 40달러, 일주일 하고 사흘 치 급여였다.

수술을 받기로 한 날 오후, 나는 서터 박사의 진료실에서 퇴근하자마자 무뇨스 여사의 집으로 갔다. 1월의 해빙기는 지나갔지만 아직 오후 1시인데도 햇살에 온기라고는 담겨 있지 않았다. 칙칙한 회색으로 가득한 2월 중순, 어퍼이스트사이드 거리에 거뭇거뭇 남은 더러운 눈의 흔적들. 바람에 맞서느라 피코트를 입은 나는 가방 안에 새 고무장갑 한 켤레, 앤이 병원에서 새것으로 구해다 준 새빨간 카테터 하나, 그리고 생리대 한 개를 챙겨 갔다. 지난주에 받은 주급 대부분에다가 앤이 빌려준 5달러까지 합쳐서 수술비를 마련했다.

"아가, 물 끓이는 동안 치마랑 팬티는 벗으렴." 무뇨스 여사가 가방에서 카테터를 꺼내 얕은 대야에 넣고는 거기다 주전자의 끓는 물을 부었다. 처음 보는 사람 앞에서 반벌거숭이 모습을 보이기가 부끄러웠던 나는 널따란 침대 한끝에 몸을 웅크리고 앉았다. 무뇨스 여사는 얇은 고무장갑을 낀 뒤 탁자 위로 대야를 가져오며 깔끔하지만 허름한 방 한구석에 옹송그린 나를 쳐다보았다.

"누워, 누우렴. 겁나니?" 작은 머리통을 완전히 가리는 깨끗하고 하얀 머릿수건을 쓴 그가 나를 바라보았다. 머릿수건에 가려 머리카락이 한 올도 보이지 않았던 데다가 날카로운 이목구비와 반짝이는 눈으로는 몇 살인지 도저히 짐작할 수 없었지만, 간호사로 일할 나이의 딸이 있다는 게 놀라울 정도로 젊어 보였다.

"이제 똑바로 누워서 두 다리를 들어 올리렴. 겁낼 거 없어. 별거 아니다. 내 딸한테도 해줄 수 있는 일이란다. 자, 이미 임신한 지 3개월이나 4개월째였다면 시간이 더 오래 걸려서 힘들었을 테지만, 넌 아직 그만큼 된 게 아니잖니? 걱정 마렴. 오늘 밤이랑 내일은 아마 조금 아플 거야. 심한 월경통처럼 말이야. 월경통 있니?"

나는 아픔을 참으려 이를 악문 채로 소리 없이 고개를 끄덕였다. 하지만 무뇨스 여사는 내 다리에서 손을 바삐 움직이며 하는 일에만 집중하고 있었다.

"아스피린을 좀 먹고 술도 조금 마셔라. 너무 많이 마시진 말고. 시간이 지나면 튜브가 도로 나오면서 피가 날 거야. 그러면 아기는 이제 없는 거지. 다음번엔 더 조심하거라, 아가."

무뇨스 여사가 말을 마쳤을 무렵에는 이미 그가 자궁경부를 통해 자궁 안에 길고 가느다란 카테터를 솜씨 좋게 완전히 삽입한 뒤였다. 예리한 아픔이 느껴졌지만 금세 지나갔다. 내 안에 잔인한 은인처럼 둘둘 말려 있는 카테터가 조만간 여린 자궁 내막을 훼손하여 내 걱정거리를 피로 씻어내버릴 터였다.

나한테는 모든 고통이 참기 힘든 것이었으므로 이 짧은 치레조차도 도무지 끝나지 않을 듯이 길었다.

"자, 이제 다 끝났다. 그렇게 힘들지는 않았지?" 덜덜 떨리는 허벅지를 무뇨스 여사가 안심시키듯 다독여준 뒤, 고무장갑을 벗으며 주의사항을 알려주었다. "다 됐어. 이제 옷 입으렴. 생리대도 하고. 두어 시간 뒤에 하혈이 시작되거든 눕거라. 자, 고무장갑은 돌려줄까?"

고개를 젓고 돈을 건네자 그는 고맙다고 하더니 미소 띤 얼굴로 외투를 걸치는 걸 도와주었다. "애나 친구라니 특별히 싸게 해준 거다. 내일 이 시간쯤이면 다 끝이 날 거야. 혹시라도 문제가 있으면 전화하려무나. 하지만 아무 일 없을 거다. 그저 약간 배가 뭉치는 게 다야."

돌아가는 길, 웨스트 4번가에서 89센트짜리 살구 브랜디를 한 병 샀다. 내일은 내 열여덟 살 생일이었고, 걱정에서 놓여난 걸 자축하고 싶었다. 이제 남은 건 아파하는 게 다였다.

브라이튼 비치에 있는 가구 딸린 셋방으로 돌아가는 토요일의 느릿한 열차 안에서 조금씩 배가 뭉치더니 아픔이 점점 심해졌다. 나는 몸을 앞으로 약간 구부리고 앉아 내일까지만 버티면 다 괜찮을 거라고 자꾸 되뇌었다. 최악의 사태는 끝났고 문제가 생기면 병원에 가면 된다. 병원에 가게 되거든 중절수술을 해준 의사 이름은 모른다고, 그곳까지 안대를 쓴 채 끌려갔다고 우길 작정이었다.

얼마나 심하게 아플지 알 수 없는 것이 제일 겁이 났다. 과다출혈이나 자궁 천공으로 죽을지도 모른다는 데까지는 생각이 미치지 않았다. 그저 아픈 게 무서울 뿐이었다.

지하철 안은 텅텅 비어 있었다.

작년 이맘때의 봄날, 어느 토요일 아침, 어머니 집 부엌에서 풍기는 베이컨 굽는 냄새에 잠을 깬 나는 방금 딸을 낳은 게 꿈이었을 뿐이라는 걸 알아차렸다. 침대에서 벌떡 몸을 일으킨 내가 실망한 나머지 통풍구로 이어지는 작은 창문을 마주하고 앉은 그대로 한없이 울고 또 우는 바람에 어머니가 무슨 일이라도 났나 하고 내 방에 찾아오기까지 했다.

열차는 터널을 통과해 브루클린 남부의 황량한 변두리로 빠져나왔다. 코니 아일랜드의 높다란 낙하산 점프대와 거대한 회색빛 가스탱크 하나 말고는 납빛 지평선이 가리는 것 없이 휑하니 뚫려 있었다.

그제야 나는 감히 후회라는 감정을 느꼈다.

그날 밤 8시 무렵, 나는 침대에 몸을 단단하게 웅크려 누운 채로 사타구니를 칼로 쑤시는 것 같은 통증을 어떻게든 잊어보려고 머리를 새까맣게 염색할지 말지 생각하고 있었다.

지금 내가 감수하고 있는 위험에 관해서는 차마 생각할 수조차 없었다. 한편으로는 나 자신의 대담함이 놀랍기까지 했다. 내가 해낸 것이다. 몸속을 허물어내는 이 행동, 죽고 싶은 생각이 추호도 없었음에도 목숨을 잃을 위험을 무릅써야 했던 이 행동은, 안전을 넘어 자기방어로 나아가는 행동이라는 점에서 집을 나온 것보다도 한 수 위의 행동이었다. 나는 고통을 선택한 것이다. 그것이야말로 삶의 의미다. 나는 그 사실에 집중하며 오로지 자부심만을 간직하려 애를 썼다.

난 굴복하지 않았다. 너무 늦어버릴 때까지 천장만 올려다보지도 않았다. 난 아무에게도 붙잡히지 않았다.

그때, 골목을 향해 난 문을 두드리는 소리가 들리기에 창밖을 내다보았다. 고등학교 친구 블로섬이었다. 내가 '괜찮은지' 살펴보고 생일 선물로 복숭아 브랜디를 한 병 전해줄 생각으로 옛 선생님께 부탁해 여기까지 차를 얻어 타고 왔다고 했다. 나는 블로섬한테도 고민을 상담했지만, 그 애는 중절수술을 도와줄 수 없다고, 아기는 낳아야 한다고 했었다. 흑인 아기는 아무도 입양해가지 않는다는 말은 굳이 그 애한테 하지 않았다. 흑인 아기가 태어나면 가족이 키우거나, 버리거나, '포기'한다. 그러나 입양되는 일은 일어나지 않는다. 그럼에도 나는 블로섬이 퀸스에서 맨해튼을 통과해 브라이턴 비치까지 찾아올 만큼 나를 걱정하고 있다는 것을 느끼고 감동받았다.

우리는 그저 시답잖은 잡담을 나눴을 뿐이다. 내 몸속에서 일어나고 있는 일에 관해서는 한 마디도 입 밖에 내지 않았다. 이제 그 일은 나만의 비밀이었다. 이 일을 해결하는 유일한 방법은 혼자 해결하는 것이었다. 블로섬과 선생님 둘 다, 내가 알아서 그 일을 처리해서 다행이라 여기고 있는 걸 알 수 있었다.

"진짜 괜찮겠니?" 블로섬의 물음에 나는 고개를 끄덕였다.

버먼 선생님은 차디찬 2월의 밤 속에서 다 같이 판자 깔린 산책로를 걷다 오자고 제안했다. 그믐밤이었다. 산책도, 브랜디도, 아픔을 잠시 잊는 데 도움이 됐다. 그러나 다시 방으로 돌아온 뒤에는 도저히 대화에 집중할 수가 없었다. 뱃속을 갉아먹는 맹렬한 아픔 때문에 정신을 차릴 수가 없었다.

"우리가 이만 가주는 게 좋겠니?" 블로섬이 특유의 직설화법으로 물었다. 인정 많지만 엄한 버먼 선생님은 아무 말 없이 문간에 서서 내가 붙여둔 포스터를 바라보고 있었다. 나는 다행이다 싶어 블로섬을 향해 고개를 끄덕였다. 버먼 선생님이 떠나기 전 5달러를 내게 빌려주었다.

그날 밤 내내 나는 너무 아파 몸을 반으로 접다시피 구부린 채로 방과 욕실을 끝없이 왕복했고, 변기 속으로 떨어지는 핏덩이들을 보면서 정말로 괜찮은 건지 겁을 냈다. 몸에서 이토록 크고 새빨간 핏덩이가 나온 건 처음이었다. 무서웠다. 열여덟 살 생일이 되는 한밤중에 나는 브라이튼 비치의 공용 욕실에서 복도 끝에 사는 미친 할머니의 끝도 없는 잠꼬대를 들으며 과다출혈로 죽게 될까봐 두려움에 떨었다. 하지만 난 괜찮아질 것이었다. 오래지 않아 모든 게 끝나고 난 무사해질 터였다.

회색이 도는 점액질의 형체 하나가 변기 속으로 사라지는 것을 보면서 저것이 배아였을까 하고 생각했다.

동틀 무렵 아스피린을 먹으려고 일어났을 때 카테터가 몸에서 빠져나왔다. 피가 많이, 아주 많이 나왔다. 그러나 산부인과 병동에서 일을 해봤던 덕에 과다출혈이 아니라는 걸 알 수 있었다.

길고 딱딱한 카테터를 세척한 뒤 서랍 안으로 치워버리기 전 자세히 들여다보았다. 나를 구원해준 물건은 사악해 보이는 빨간색을 띠고 있다는 것 외에는 무해한 생김새였다.

아침 햇살이 희미하게 시작될 때쯤 나는 암페타민을 한 알 먹었고, 커피와 데니시 페이스트리를 사 먹는 데 25센트를 써도 될까 고민했다. 그때, 그날 오후 10달러에 헌터대학교에서 열리는 음악회 안내원 일을 하기로 했던 게 떠올랐다. 오후 한나절만 일하는 노동에 비해 액수가 큰 데다가 앤과 버먼 선생님한테서 빌린 돈도 갚을 수 있는 돈이었다.

우유를 넣어 달달한 커피를 한 잔 만들어 마신 뒤, 출혈이 있는데도 뜨거운 물로 목욕을 했다. 그러고 나니 아픔은 서서히 누그러져 둔탁한 통증을 지닌 배앓이 정도로 잦아들었다.

갑작스러운 변덕에 사로잡힌 나는 옷을 챙겨 입고 아침의 거리로 나섰다. 코니 아일랜드까지 버스를 타고 가서는 네이선스 근처 이른 아침부터 여는 간이식당을 찾아 감자튀김과 잉글리시 머핀까지 곁들여 풍성한 생일 아침을 먹었다. 무척 오랜만에 식당에서 사 먹은 제대로 된 끼니였다. 코셔 음식인 데다가 비싸고, 또 맛있는 음식이어서 버먼 선생님한테 빌린 5달러 중 음식 값으로 반이나 써야 했다.

식사를 마친 뒤 집으로 돌아갔다. 침대에 누워 쉬고 있자니 괜찮은 삶을 살고 있다는 감각, 그리고 고통과 공포에서 놓여났다는 안도감에 희열이 느껴질 지경이었다. 정말 괜찮았다.

오전이 지나고 오후가 되니 너무 피곤했다. 그러나 오후 한나절을 일하고 10달러를 벌고 싶은 욕심 때문에 간신히 몸을 일으켜 완행열차에 몸을 싣고 헌터대학교로 향했다.

오후가 반쯤 지났을 무렵에는 다리가 후들후들 떨렸다. 현악 사중주조차도 귀에 들어오지 않는 상태에서 굼뜬 걸음으로 통로를 돌아다녔다. 연주회가 후반으로 접어들 무렵, 탐팩스 탐폰과 생리대를 교체하러 화장실로 갔다. 화장실 칸 안에 들어간 순간 별안간 몸이 반으로 접힐 만큼 심한 토기가 밀려오는 바람에 나는 코니 아일랜드에서 사 먹은, 소화도 되지 않은 팁 포함 2달러 50센트짜리 식사를 단숨에, 온 힘을 다해 토해냈다. 나는 스툴에 앉아 힘없이 덜덜 떨며 벽에 머리를 기댔다. 다시금 거센 경련이 몸을 예리하게 훑고 지나가는 바람에 나는 끙끙 앓는 소리까지 냈다.

헌터고등학교에서부터 알던 사이였던 여자화장실의 흑인 안내원인 루이스 씨가 화장실 안쪽 대기공간에서 내가 들어오는 모습을 보았던 모양이었다.

"오드리, 끙끙 소리 내는 거 너야? 괜찮니?" 루이스 씨의 굽 낮은 신발이 내가 들어온 칸 앞에 멈췄다.

"예, 괜찮아요." 하필이면 이 화장실로 들어오다니 운도 더럽게 없다고 생각하며 나는 간신히 문밖을 향해 외쳤다. "월경통 때문에요."

나는 일어나서 옷매무시를 다듬었다. 고개를 꼿꼿이 들고 용감하게 나서자 루이스 씨는 가슴 앞에 팔짱 낀 자세로 여전히 화장실 칸 앞에서 있었다.

루이스 씨는 헌터고등학교에 몇 없던 흑인 여학생들의 삶에 꾸준하면서도 사적인 감정을 섞지 않은 관심을 유지하던 분이었고 그해 가을, 대학에 진학한 뒤 화장실에서 익숙한 얼굴과 마주쳤을 때 나는 반가웠다. 이제 대학에 다닌다고, 집을 나왔다고 전하자 루이스 씨는 눈썹을 치켜 올리고 입술을 오므리더니 회색 머리를 설레설레 저으며 "너희들 참 대단하다!"라고 했었다.

사정없이 쏟아져 내리는 형광등 불빛 아래서 루이스 씨는 펑퍼짐한 갈색 코끝에 둥그런 안테나처럼 얹힌 점잖은 금테 안경 너머로 나를 빤히 바라보았다.

"애, 너 정말 괜찮니? 아무래도 내가 보기엔 안 괜찮은 것 같다." 루이스 씨는 내 얼굴을 살폈다. "잠시 여기 앉으렴. 이제 막 시작한 거냐? 백인 아이처럼 얼굴이 새하얗구나."

나는 감사한 마음으로 루이스 씨의 자리에 앉았다. "전 괜찮아요, 루이스 씨. 그냥 월경통이 심한 것뿐이에요."

"월경통인데 그렇게 심하다고? 그러면 오늘 왜 일하러 나왔니? 네 눈만 봐도 집에서 누워 쉬어야겠는데 말이다. 커피 좀 마시련?" 루이스 씨가 내게 커피가 담긴 컵을 내밀었다.

"돈이 필요하니까요. 전 괜찮을 거예요. 정말이에요." 나는 고개를 저어 커피를 거절하고는 일어섰다. 힘을 꽉 주어 오므리고 있던 허벅지로부터 또 한 번 허리를 타고 경련이 올라왔지만, 나는 그저 화장실 칸막이에 고개를 기댔다. 그리고는 눈앞 유리 선반에 쌓여 있던 종이 타월을 한 장 집어 물에 적셔서 이마에 배어나는 식은땀을 훔쳤다. 얼굴 전체를 닦은 다음 지워진 립스틱을 조심스레 다시 발랐다. 거울에 비친 내 얼굴을 향해 미소를 지어 보인 다음 아직도 짤막한 허리 위 널찍한 가슴 앞으로 팔짱을 끼고 내 옆에 서 있는 루이스 씨를 향해서도 웃어 보였다. 그는 잇새로 쓥 하는 소리를 내며 숨을 들이마시더니 후 하고 길게 한숨을 내뱉었다.

"얘, 엄마가 계시는 집으로 돌아가는 게 어떠니?"

그 말에 하마터면 눈물이 터질 뻔했다. 세상일이 그토록 단순하기라도 한 양 말하는 저 애처롭고 다정한 할머니의 목소리가 내 귀에 들리지 않게 고함을 지르고 싶었다.

"엄마가 걱정하시지 않겠니? 네가 이렇게 곤란한 상황인 걸 엄마도 아시니?"

"전 곤란한 상황이 아니에요, 루이스 씨. 그냥 월경이 시작되어서 몸이 안 좋은 것뿐이라니까요."

나는 몸을 돌리며 사용한 종이 타월을 구겨 휴지통에 버린 뒤 다시 털썩 주저앉았다. 다리에 힘이 하나도 들어가지 않았다.

"그래, 알았다." 루이스 씨는 또 한 번 쓥 소리를 내더니 앞치마 주머니에 손을 넣었다. 그러더니 지갑에서 4달러를 꺼내 "자" 하고 내게 내밀었다. "이걸로 택시 타고 집에 가라." 그는 내가 브루클린에 산다는 걸 알았다. "지금 바로 집으로 가라. 1층에 가서 네 이름을 명단에서 지워 주마. 돈은 나중에 일당을 받으면 갚거라."

나는 오랜 노동으로 다져진 검은 손에서 구깃구깃한 지폐를 받아들었다. "정말 고맙습니다." 나는 감사한 마음으로 그렇게 말한 뒤 이번에는 아까보다 좀 더 침착하게 일어섰다. "걱정 마세요, 금방 괜찮아질 거예요." 나는 후들거리는 다리로 문간을 향했다.

"다리를 높이 들고 배는 차가운 걸로 압박해라. 며칠간 누워서 가만히 쉬고." 승강기가 있는 쪽으로 다가가는 내 뒤에 대고 루이스 씨가 외쳤다.

나는 택시 기사에게 브라이튼 비치 애비뉴에 내리는 대신 골목 입구까지 들어가달라고 했다. 다리가 말을 듣지 않아 집까지 갈 수 없을까 봐 겁이 나서였다. 이러다 기절하는 게 아닐지 걱정됐다.

집 안으로 들어오자마자 나는 아스피린을 세 알 삼킨 뒤 24시간을 내리 잤다.

월요일 오후에 눈을 뜨니 침대는 피투성이였지만 출혈도 평상시 월경혈 양 정도로 줄어들었고 배가 뭉치는 것 같은 경련도 멎어 있었다.

일요일 아침에 사 먹은 음식이 상해서 탈이 난 것은 아니었을까? 평소 나는 배탈이 나는 일이 전혀 없어서 무쇠 같은 소화기관을 자랑스레 여겼다. 다음 날부터는 다시 학교에 갔다.

금요일, 수업이 끝나고 출근하기 전 지난주에 일한 일당을 받았다. 강당 화장실에 가서 루이스 씨를 찾아 4달러를 갚았다.

"아, 고맙구나, 오드리." 그는 놀란 눈치였다. 그는 지폐를 단정히 접어 유니폼 앞치마 주머니에 넣어두었던 물림쇠 달린 초록 지갑에 넣었다.

"몸은 좀 어떠니?"

"아무렇지도 않아요. 금방 괜찮아질 거라고 말씀드렸잖아요." 나는 의기양양하게 대답했다.

"아니지! 너는 **괜찮다**고 했는데, 내 눈엔 안 괜찮더라. 그러니 그런 말은 하지 마라, 듣고 싶지 않으니까." 루이스 씨가 불길한 눈빛으로 나를 바라보았다.

"아직 엄마한테로 돌아가진 않은 거냐?"

16

스프링 스트리트의 아파트는 동화 속 궁전 같은 곳은 아니었지만 내가 처음 얻은 진짜 아파트였고 오로지 나 혼자만 쓰는 곳이었다. 리빙턴 스트리트에 있던 아이리스의 집은 독립 선언에 따른 트라우마 이후에 잠깐 거쳐 간 곳이었다. 브라이튼 비치의 집 역시 따지고 보면 요리를 할 수 있는 가구 딸린 큰 방 하나에 지나지 않았다. 그러나 스프링 스트리트의 집은 비록 1년간 파리에 가게 된 진의 친구로부터 재임대한 곳이었음에도 나만의 공간이었다. 전 세입자는 복잡하기 이를 데 없는 하이파이 오디오 장치, 나무로 만든 흔들 목마, 그리고 부엌의 모든 것에 어마어마한 찌든 더께를 남기고 떠났다. 그 밖에 이 집에 있는 거라고는 집 전체에 깔린 더러운 리놀륨 바닥과 방 세 개를 덥히는 유일한 난방장치인 벽난로에 쌓인 재가 전부였다. 하지만 매달 단 10달러의 월세면 이 집에서 살 수 있었다.

그 집으로 이사한 건 중절수술 후 2주 뒤였다. 몸은 멀쩡했고 건강했기에, 내가 그 몸서리쳐지는 경험의 후유증으로부터 아직 자유롭지 못하다는 생각은 전혀 하지 못했다. 하지만 내 생일이 있던 2월의 그 주말부터, 처음 봄기운이 감돌기 시작해 기차를 타고 '낙인찍힌 자들' 중 한 명이었던 질을 만나러 베닝턴으로 가던 주말 사이의 몇 달은 그저 흐릿한 기억으로만 남아 있었다.

학교나 시간제 일자리를 마치고 집으로 돌아와 외투도 벗지 않은 채 방에 놓인 박스스프링 침대 모서리에 걸터앉았는데, 정신을 차려보면 어느새 다음 날 아침이고, 여전히 외투 차림인 건 물론 악몽을 함께 버텨보겠노라 데려온 고양이에게 먹이려고 사온 우유까지도 그대로 들고 있을 때가 많았다.

내가 가진 거라고는 이 집 하나, 그 밖에는 동네 식품점에서 얻어온 고양이, 그리고 마사와 주디가 집들이 선물로 가져온 새장 속 자바 참새 두 마리가 다였다. 어느 일요일 오후, 아직 고등학교 졸업반이던 마사와 주디가 새장과 살구 브랜디, 그리고 네 개의 젊고 튼튼한 팔을 갖고 찾아왔다. 다세대주택 건물 뒤편이 내다보이는 앞방의 길고 좁은 창문에 커튼을 달고 난 뒤, 우리 셋은 소파에 앉아 벽난로 위 회반죽이 벗겨져 나오면서 드러난 그 아래 아름다운 붉은 벽돌로 된 방화벽을 바라보았다. 참새들이 분에 못 이겨 깍깍 울어대는 소리에, 레코드플레이어로 틀어놓은 라흐마니노프의 음악에 귀를 기울이며, 추운 집 안에서 살구 브랜디를 마셨다. 밤이 깊어지자 우리는 벽난로에 불을 지폈고 나는 브랜디 병을 넘어뜨렸는데 어쩌면 그건 마사의 소행이었던 것 같기도 하다. 그는 언제나 그런 실수를 하고 열심히 사과해댔으니까. 우리는 브랜디를 쏟은 걸 농담거리로 삼아서는 무른 나무 바닥재를 뜯어 깨끗한 부분을 고르면 살구 브랜디 맛이 나는 이쑤시개를 만들 수 있을까 하는 상상을 주고받았다.

그러나 내가 이 집으로 이사한 날부터 여름이 시작되기까지 기억나는 건 그날 하루가 전부였다. 그래도 그사이 나는 학교에 다녔고 단 한 과목도 낙제하지 않고 학기를 마쳤다. 매주 목요일 업타운에서 열리는 할렘작가협회[*] 회의에도 참석했다.

아파트는 이곳에 한 사람 이상이 살 수 있다는 게 충격적일 정도로 좁아터진 곳이었지만 당연하게도 예전에는 이 세 방에서 온 가족이 함께 살았다. 건물 앞에는 내가 사는 3층짜리 건물과 6층짜리 본관 건물을 갈라놓는 작은 중정이 있었다.

앞방에는 벽난로, 그리고 현관문이 있었다. 가운데 방은 앞방보다도 작았고 창문 없이 더블베드 하나, 폭 좁은 서랍장이 간신히 들어갈 크기였다. 문을 열면 부엌이 나왔는데 이곳에는 개수대, 스토브, 냉장고, 그리고 욕조가 자리했다. 바깥 복도로 이어지는 문이 하나 더 있었지만 볼트를 박아 폐쇄해놓았다. 보통 한 층 전체를 차지하는 형태의 아파트를 플로어스루라고 불렀다. 그러나 이 건물은 한 층에 두 세대씩 여섯 가구가 살고 있었고, 온수는 아예 나오지 않았다. 층마다 복도에 하나씩 화장실이 있어 두 집이 나눠 썼다. 옆집 이웃인 랠프와 나는 바워리를 돌아다니는 노숙인들이 건물에 들어와 우리 화장실을 쓰지 못하도록 맹꽁이자물쇠로 잠가놓았다.

최선을 다해 아파트를 싹싹 문질러 닦았지만, 예전 세입자의 묵은 때가 다 지워질 거라는 기대는 애초부터 없었다. 가능한 만큼 제거하고,

---

footnote
[*] 1950년에 생긴 가장 오래된 아프리카계 미국인 작가 단체로 1960년대 이루어진 흑인 예술운동에서 주요한 역할을 했다.

지워지지 않는 오염 자국은 무시하기로 했다. 부엌 상태가 가장 심각했기에 나머지 두 개의 방을 온전한 나만의 공간으로 만드는 데 집중했다.

책장과 책, 레코드, 기타, 휴대용 타자기를 챙겨 이 집으로 이사했을 때는 조그만 전기난로를 포함해 살 것이 엄청나게 많다는 생각이 들었다.

가장 큰돈을 쓴 품목 두 개는 할인행사에서 산 박스스프링 침대와 매트리스였고, 푹신한 깃털 베개 두 개도 딸려왔다. 침대 시트와 베갯잇은 브라이튼 비치의 집에서 쓰던 것을 가지고 왔다. 또 오처드 스트리트에서 모직 담요도 한 장 더 마련했다. 선명한 빨간색과 흰색이 어우러진 인도풍 담요는 따뜻하고 솜털이 보송보송해서 춥고 어두운 침실에 온기를 더해주는 것 같았다.

물을 끓일 때가 아니면 부엌은 거의 쓰지 않았다. 부엌은 이따금 집에 가져오는 식재료를 넣기 위해 냉장고를 보관하는 공간일 따름이었다. 어느 토요일 밤, 진과 앨프한테 닭발 스튜를 만들어준 기억이 난다. 그사이에 나는 점점 말라갔다.

여름이 오자 어느 주말 '낙인찍힌 자들'이 스프링 스트리트에 왕림해 집을 반짝거리게 쓸고 닦았다. 그 뒤로는 요리를 좀 더 자주 하게 됐다.

벽난로 주변 벽의 회반죽을 뜯어낸 뒤 오래된 벽돌 벽이 고르고 부드러워질 때까지 사포질도 했다. 벽난로 위에는 한쪽으로 약간 치우치게 제니의 기타를 걸어두었다.

나는 새벽 3시에 거실의 카드 테이블 앞에 앉아 팬티에 속치마 차림으로 가슴골을 타고 땀이 뚝뚝 흘러내리는 가운데 타자기를 두드리곤 했다. 참새들은 죽었고 고양이는 참새를 죽인 뒤 집을 나가버린 뒤였다. 이제 내가 살아 있다고 느끼게 해주는 건 오로지 글쓰기뿐이었다.

그 시절 나는 글을 써놓고 다시 읽어보지는 않았다. 내 글은 죽음과 파괴, 깊은 절망을 다룬 묘한 시들이었다. 할렘작가협회의 문예지인 〈할렘 라이터스 쿼털리〉 모임에 가서도 이제는 졸업한 지 1년이 훌쩍 지난 고등학교 시절에 쓴 옛 시만 낭독했다.

나는 골짜기에서 왔다

새까맣게 웃으면서

산맥의 입 사이에서 나는 일어났다

흐느끼며, 차게 식어

죽은 이들의 영혼에 붙들려 허우적거리며

태어나지 못한 세월의

낭비된 순간들이 불러일으킨 반향으로

떨면서……

……………………

나는 유령 사람들의 이야기였고

나는 살지 못한 삶들의 희망이었고

나는 텅 빈 공간 그리고 텅 빈 빵 광주리 안 공간이

남긴 사고의 산물이었고

나는 태양을 향해 뻗는 손

위안을 구하려 까맣게 타들어간……

………………………

그리고 애도의 나무 위에 그들이 날 매달았네

성난 사람들의 길 잃은 감정이

나를 매달았네, 내가 얼마나 오랫동안

죽어갔는지

얼마나 오래 불멸로서 버텼는지

잊은 채로

내가 얼마나 쉽게

다시 일어설 수 있는지

잊은 채로.

1952년 4월 20일

17

그해 여름학기, 독일어와 삼각함수에서 낙제한 나는 그것이 여름 내내 좁아터진 임대 아파트에서 '낙인찍힌 자들'에게 유모 노릇을 해준 탓이라는 데까지는 조금도 생각이 미치지 않았다.

일을 마치고 저녁에 집에 돌아오면 다음 날 수업을 위한 과제를 하는 대신 모두에게 시나몬 얼음과 분유를 넣은 커피를 대접하고 곧바로 덱세드린을 내놓았기 때문이라는 데까지에도 생각이 미치지 않았다. 우리는 모두 가난했고 배가 고팠다. 불 꺼진 벽난로가 있는 좁아터진 거실 바닥에 앉아, 길쭉한 유리창 두 개를 열어둔 채로 침실에서 끌어온 매트리스에 드러누워 더위를 식혔다. 몸에 걸친 것이라고는 가슴 위로 끌어올린 나일론 속치마뿐이었으며 가끔은 그 위에 띠를 두르기도 했다.

나는 그저 독일어를 도무지 이해할 수 없어서 낙제한 거라고 생각했다. 어떤 사람은 독일어를 이해할 수 있으나 어떤 사람은 못 하는데, 나는 못 하는 쪽이라고 말이다.

그뿐만 아니라 나는 헌터대학교가 지루하고 실망스러웠다. 대학교는 가톨릭 여학교의 연장선인 동시에, 흥미로우면서도 정신적으로 복잡한 삶을 살던 이들로 가득하던 헌터고등학교와는 딴판이었다. 헌터대학교 1학년 수업에서 알게 된 여자들에게 정신적인 복잡함이란 수업을 빼먹고 대학 구내식당에서 브리지 게임을 한다는 의미였다.

또 성적 욕구불만 때문에 제정신이 아니었다. 특히 내가 우리 집에서 아름다운 젊은 여자들을 상처 입은 밴시*들처럼 돌보고 있었다는 점을 감안하자면 말이다. 여기에 더해, 내 집과 내 독립심을 피난처 삼고 있는 이 여자들은 내가 안정적이고 강하고 믿을 만한 사람이라 생각했고 나 스스로도 그렇게 보이고 싶은 욕심에 임신중절이 남긴 슬픔을 결코 털어놓을 수 없었다.

내가 학교나 일터에 간 사이 이 친구들이 블룸 앤드 크루프 더블 박스스프링 매트리스 위에서 서로와 자는지 아닌지는 알 수 없었다. 그런 농담을 종종 하기는 했지만 실제로 그런 일이 있었다 한들 내게 말해주지는 않았으며, 나 역시 실내온도가 37도에 육박하는 이 작은 아파트 안, 끌어올린 속치마 밑으로 은근슬쩍 내비치는 그들의 낯선 금빛과 붉은 빛과 밤갈색 비밀들이 얼마나 유혹적이고 또 두려운지 말하지 않았다.

그해 여름, 난 여자와 관계를 갖겠다고 결심했다. 정확히 이 표현대로 말이다. 그 목표를 어떻게 이룰지는 전혀 알 수 없었으며, 관계를 갖는다는 게 무슨 의미인지도 몰랐다. 하지만 그게 마리의 침대에서 이불을 뒤집어쓴 채 서로 끌어안고 입 맞추는 것 이상의 의미라는 것은 알았다.

마리는 나처럼 고등학교 시절 '낙인찍힌 자들' 중 하나였다. 키가 작

---

* 켈트 전설에 등장하는 여성의 모습을 한 요괴로 구슬피 울며 죽음을 애도한다.

고 통통했으며, 하트 모양 얼굴에서는 지중해 혈통 특유의 강렬한 두 눈이 반짝였다. 우리는 같은 낭만주의 서정시를 외우고 밀레이의 시를 낭송한다는 열정적 결점을 공유하는 사이였다. 대학 진학을 원치 않았던 마리는 고등학교를 졸업하자마자 일하기 시작했고 덕분에 어느 정도 자유를 얻었지만 아직도 엄격하기 그지없는 이탈리아인 부모님 집에서 살고 있었다.

집을 나온 그해 가을 나는 마리의 집에 몇 번 저녁을 먹으러 갔었다. 말이 없고 인심 좋은 마리의 어머니는 언제나 풍족한 음식을 배불리 내주었다. 그분은 나를 털끝만큼도 탐탁히 여기지 않았는데, 주된 이유는 내가 흑인이라는 사실이었지만 내가 혼자 살고 있어서이기도 했다. 제대로 된 딸이라면 결혼하기 전에는 창녀가 된 게 아닌 이상 어머니 집을 떠나선 안 되는 것이었는데, 마드로나 여사의 눈에는 어차피 창녀나 흑인이나 그게 그거였다.

때로 나는 마리의 집에서 자고 오기도 했다. 두 번째 침실은 오빠 차지였기에 거실에 놓인 마리의 카스트로 컨버터블 소파베드에서 함께 자야 했다. 우리는 거실 한편 성모 마리아 제단에 피운 봉헌용 촛불에 의지해 침대 안에 숨은 채로 밤새 키스하고 끌어안으며 마드로나 여사 몰래 낄낄 웃이댔다.

봄이 가고 '낙인찍힌 자들'이 각자 다니던 아이비리그 대학교에서 집으로 돌아오자 모두 내 집에 모여 성대한 동창회 겸 대청소 파티를 벌였다.

마리만 빼고 모두 모였다. 그 애는 집을 나가서 YWCA에 들어가 살다가, 월도프백화점 구내식당에서 대뜸 같은 테이블에 다가와 앉은 어떤 남자와 결혼했다. 그것도 처음 만난 그날 밤에 메릴랜드로 가서 치안판사를 찾아갔다고 했다.

나는 '낙인찍힌 자들'에게 내 집을 활짝 열어주었으며, 그들은 이곳을 제2의 집이라 여겼다. 여름이었으므로 난방도 온수도 없다는 건 큰 문제가 아니었지만 샤워를 할 수 없다는 건 문제였다.

때로 나는 옆집의 랠프와 함께 그의 친구 집을 찾아가 뜨거운 물로 샤워를 했다.

젊은 여자들이 끊임없이 우리 집을 들락날락했고, 그들 대부분은 다양한 기간과 상태의 고통을 지나고 있었다. 특히 기억에 남는 건 근처에 살던 한 학년 후배 보비였다. 당시 고등학교 졸업반이던 보비는 매일같이 어머니한테 얻어맞고 지내던 끝에 아직 졸업도 하지 않았음에도 캘리포니아로 가출하기로 마음먹었다. 그 시절에 그건 흔치 않으리만큼 이상하고도 용감한 일이었다. 보비는 비행기가 뜨기 전까지 우리 집에 숨어 지냈다. 우리 모두 그 애가 굉장히 대담하다고 생각했다. 그 애는 굉장히 어리고 또 어리석었는데도 말이다.

FBI가 우리 집을 수색하러 왔을 때 다행히도 보비, 그리고 똑같이 어리석은 그 애의 남자친구는 이미 떠난 뒤였다.

매카시 시대의 정점이던 1952년, FBI를 집에 들이면 안 된다는 것 정도는 나도 알았다. 멍청하고, 남성이고, 점잖고, 금발이며, 단추로 여미는 셔츠와 줄무늬 넥타이 덕분에 아주 조금은 위협적이던 요원 두 명은 내 집 밖에 서서 기다렸다. 한 명은 머리를 짧게 쳤고 다른 한 명은 가운데 가르마를 타서 빗어 내린 모습이었다.

친구들도, 나도, 우리가 현 상태를 위협하는 존재임을 알았으며 우리의 반항 역시 마찬가지로 정의했다. 당시 과학자들은 선형문자 B의 암호를 풀어서 고대 미노아 문자의 비밀이 풀렸다. FBI가 우리 집을 찾아오기 전날에는 에바 페론*이 아르헨티나에서 사망했다. 그런데도 무슨 연유인지 문명세계를 위협하는 존재는 **우리**였다.

하루는 마리가 갓 결혼한 남편과 우리 집을 찾아왔다. 남편이라는 자가 도저히 마음에 들지 않았기에, 마리를 정말 좋아했는데도 두 사람이 우리 집을 떠나주어서 마음이 놓였다. 마리의 남편은 술 냄새를 풍겼고 웃는 모습도 역겨웠으며 그가 위스키를 더 사 온다며 나간 사이 마리가 속닥여준 말대로라면 성적으로도 역겨운 취향을 지니고 있었다. 마리가 그 남자와 함께 있는 모습을 생각하면 가슴이 미어졌지만, 마리는 남편이 자기를 사랑한다고 우겼다. 도저히 믿기지 않는 소리였지만 마리 말을 믿기로 했다.

이 또한 다행한 일이었던 게, 이틀 뒤 마리의 어머니가 지난번 왔던 이들과 똑같이 생긴 또 다른 FBI 요원들을 끌고 우리 집에 들이닥쳤던 것이다. 그 시기 경제 상황은 여전히 악화일로를 걷고 있었고, 참전군인에게는 뾰족한 일자리가 없었다. 따라서 보안과 연금에 집착한 백인 대학생들 덕분에 1952년에는 조금은 멍청하고, 조금은 위협적인, 금발에 푸른 눈을 지닌 요원들이 끊임없이 공급되는 것만 같았다.

옆집의 평화주의자 랠프는 낮 동안 잠을 잤는데 마리의 어머니가 히스테리 상태였던 탓에 이번에는 방문자들을 집 안으로 들였다. 사촌

---

* 아르헨티나의 대통령을 지낸 후안 페론의 두 번째 부인으로, 자궁암으로 1952년 32세의 나이로 생을 마감했다. 국민들은 그를 외경스러운 존재로 추앙했다.

제리가 안쪽 침실에서 자고 있었고 그가 벗어놓은 신발이며 바지는 소파 위에 대놓고 널브러져 있었다. FBI도 마리의 어머니도 그 광경에 그리 좋은 인상을 받지 않았음을 알 수 있었다. 혼자 사는 젊은 여자는 모조리 다 창녀인데 지금 눈앞 소파에 그 증거가 널려 있는 셈이었다. 나는 신경 쓰지 않았다. 침대 위의 형체가 한 사람이 분명한 이상, 마리의 어머니가 나를 뭐라고 생각한들 무슨 상관인가?

마리와 그 애 남편인 짐은 우리 집에 없었으며 FBI가 합법적으로 수사할 수 있는 건 거기까지였다. 방문자들이 떠나고 문을 닫고서야 나는 안도의 한숨을 내쉬었다. 떠나기 전, 그들은 짐이 매춘 목적으로 미성년자 소녀들을 텍사스주 경계 바깥으로 빼돌려 백인노예 매매 혐의로 수배 중이라는 사실을 알려줬던 것이다.

그 말에 충격을 받은 나머지 나는 제리를 깨웠고, 제리는 나더러 에어컨이 나오는 극장으로 영화를 보러 가자고 했다.

코네티컷주 스탬퍼드의 공장들에 일자리가 많다고 알려준 건 '낙인찍힌 자들' 중 하나인 로리였다. 잠시 뉴욕과 이곳의 정신적 복잡함에서 거리를 두고 싶기도 했거니와, 일자리가 많다니 마음에 들었다. 독일어를 도저히 이해할 수 없으니 대학도 그만두기로 했다.

번호조합식 자물쇠로 현관문을 걸어 잠근 뒤 곧 대학으로 돌아갈 '낙인찍힌 자들'에게 비밀번호를 알려주었다. 몇 안 되는 옷가지, 책 몇 권, 레코드, 휴대용 타자기를 챙겨 스탬퍼드를 향했다.

주머니에 든 63달러가 전 재산이었다.

목요일 오후, 뉴헤이번 완행열차를 타고 스탬퍼드에 도착했다. 일주일 전 왔을 때 주소를 알아놓은 흑인 커뮤니티센터를 찾아가서, 방을 세놓는 집을 찾았다. 1주일에 8달러라는 충격적으로 비싼 값에 방을 빌린 뒤, 새로운 방에 짐을 부려놓고는 이사를 도와준 마사에게 작별인사를 했다. 다음 날 아침, 로리가 여름 내내 일했다는 리본 공장에서 일자리를 구했다. 다음 주 월요일부터 출근하기로 했다.

내 방은 아주 작았고 두 명의 다른 세입자와 욕실을 같이 썼다. 조리 시설이 없어서 방에 몰래 핫플레이트를 놓고 깡통에 든 수프를 데워먹는 게 보통 저녁식사가 되었다.

그 주 주말에는 동네 분위기를 파악하려고 스탬퍼드를 돌아다녔다. 작은 동네는 물론, 뉴욕 바깥에서 살아보는 것도 처음이었다. 시내의 제일 큰길인 애틀랜틱 애비뉴에 있는 리젯 드럭스토어 사람들은 에그크림*이 뭔지도 몰랐다. 또 탄산음료를 소다가 아니라 팝이라고 불렀다. 애틀랜틱 애비뉴를 걸어 철도역까지 왕복하는 길, 이스트 메인스트리트와 웨스턴 메인스트리트, 흑인 동네와 백인 동네를 가르는 리포왐강의 작은 다리를 건너면서, 이곳에서의 삶은 규모부터가 딴판이라는 사실에 놀랐다.

토요일 오후인데도 이상하게 길에 사람이 없어 한산했다. 애틀랜틱 애비뉴 끄트머리에 있는 기차역 근처 조그맣고 우중충한 가게들 안을 들여다보면서, 온 동네가 이렇게 가난하고 칙칙한데 어째서 가게는 이렇게 많은지 신기해했다. 이곳 사람들이 뉴욕 사람들처럼 토요일에 쇼

---

* 우유와 탄산수에 향이 나는 시럽을 첨가해서 만든 음료를 말한다.

핑하지 않는 이유는 몇 주가 지난 뒤에야 알게 됐다.

그 주 주말, 나는 스탬퍼드에서 돈을 벌어 멕시코에 가기로 마음먹었다.

식비를 아끼면 가능할 것 같았다. 어차피 빌린 방에 조리 시설도 없으니 크게 어렵지도 않을 것 같았다. 나는 슈퍼마켓에 가서 무스아벡표 정어리 통조림 다섯 개, 빵 한 덩이, 그리고 내가 제일 좋아하는 캠벨 페퍼폿 수프* 깡통 다섯 개를 샀다. 이만큼이면 일주일 치 식량으로 충분했다. 점심은 샌드위치를 싸가고 저녁에는 수프 깡통을 하나씩 데워 먹으면 될 터였다. 주말에는 프랑크소시지나 닭발 스튜 같은 호사를 누리기로 했다.

월요일, 오전 8시부터 일을 시작했다. 출근길은 걸어서 30분이 걸렸다. 나는 다른 여자들과 나란히 기다란 작업대 앞에 앉아 리본을 한 타래로 돌돌 말아 작은 금속 띠로 여미는 기계 손잡이를 돌리는 일을 했다. 작업은 믿기지 않을 정도로 지겨웠지만 리본은 밝고 명랑한 색깔이어서 점심시간쯤 되면 작업대 위는 크리스마스트리 같았다. 9월이었지만 공장에서는 벌써 크리스마스 주문량을 생산하는 중이었다. 기계 사용법을 익히고 감독관이 조소를 흘리며 되돌려 보내지 않을 정도로 타래를 깔끔하게 짓는 법을 배우기까지는 시간이 걸렸다. 옆자리 여자가 나를 위로했다.

"걱정 마, 애. 3주면 다 끝나."

스탬퍼드는 조합원만 고용하는 동네였고, 노동자는 일을 시작하고

---

* 고기와 채소가 든 매콤한 자메이카식 수프를 말한다.

3주 안에 노동조합에 가입해야 했다. 처음 일을 시작할 때는 시급이 90센트지만 노동조합에 가입하면 최저시급인 1달러 15센트로 오르게 된다. 동료들은 내가 모르는 것을 알았다. 보통 '소프트웨어' 공장에서는 흑인 노동자를 3주간 고용한 뒤 노동조합에 가입하기 전에 잘라버리고 새 노동자를 구한다는 것이다. 숙련이 필요 없는 일이었기 때문이다. 그렇게 3주 뒤 나는 첫 급여 수표를 손에 쥔 실업자 신세가 되었다.

그해 가을, 나는 몇 달간 침묵한 끝에 다시금 시를 쓰기 시작했다. 주말 밤은 우그러진 휴대용 타자기 자판소리로 채워졌다. 외부 계단에서 마주친 옆방 여자는 자정 이후 라디오나 타자기는 사용하지 않는 게 보통의 주거 규칙이라고 가볍게 꾸짖었다. 나는 소음을 줄이려 담요를 접어 타자기 아래에 깔아둔 채 몰래 들여온 핫플레이트와 두 줄로 착착 쌓아둔 깡통들 사이 공간에 욱여넣어둔 휘우뚱한 테이블 앞에 앉아 글을 썼다.

새로운 곳에서 보내는 부드러운 9월 밤들마다 꼭 제니가 다시 살아난 것만 같았다. 토요일 밤이면 낯선 거리를 걸어다니며 목소리를 낮추어 제니를 향해 여기가 어떤 거리인지, 공장은 어떤 곳인지를 이야기해주고, 뉴욕 아닌 다른 데 사는 사람들이 지키는 특이한 예의들을 알려주었다.

그리고 너는 4월에 돌아오지 않았어.
봄이란 힘이 센 미끼인데도
죽은 이는 인내해야 한단 걸 알기에
침묵 속에서 때를 기다렸지.

그리고 너는 여름에도 돌아오지 않았어.

떡갈나무의 녹색 잎이

가을의 핏기를 남기고

애도의 시간이 돌아올 때까지.

스탬퍼드에서 보낸 첫 몇 주간 내 벗은 제니뿐이었고, 때로는, 어떤 때는 내리 며칠간 오로지 제니만이 내 말 상대가 되어준 때도 있었다.

18

쌀쌀한 월요일 아침 10시, 웨스트 메인 커뮤니티센터 안은 휑했다. 나는 제자리에 앉아 켈리 씨가 입을 열기를 기다리며 앞만 똑바로 바라보았다. 풀을 빳빳이 먹인 옷을 입고, 코코아색 피부에 철회색 머리카락을 곱슬곱슬 말고 있던 켈리 씨는 금테 안경을 쓴 채 내 지원서를 꼼꼼히 읽었다. 로비 맞은편 벽에 걸린 동으로 된 명패 앞에는 크리스퍼스 애턱스 센터라는 글씨가 인쇄된 하얀 표지판이 걸려 있었다. 분명 이 지역 어느 고위 공직자의 이름이리라.

켈리 씨가 한숨을 쉬며 고개를 들었다. "자, 그럼 오늘은 어떻게 도와드릴까요, 젊은 아가씨?" 친절하고, 어머니를 연상시키는 부드러운 말투였으나, 눈빛을 보니 예전에 묵을 곳을 알아보러 왔던 뉴욕 출신의 낯선 새내기인 나를 알아본 게 분명했다.

나는 좋은 인상을 주고자 차려입은 셔츠 웨이스트 드레스의 스커트 매무시를 가다듬었다. 면접을 볼 때 입을 만한 옷은 이 한 벌이 전부였고, 나는 싸구려 옷이 으레 그렇듯 상의 부분이 가슴에 지나치게 꽉 끼는 게 켈리 씨 눈에 띄지 않기를 바라며 구부정한 자세로 앉아 있었다.

"일자리를 찾고 있어요, 켈리 씨."

"그래요, 아가씨, 어떤 일자리를 찾고 있지요?"

나는 몸을 앞으로 기울이며 대답했다. "음, 사실 병원의 접수 담당자로 일하고 싶습니다."

"뭐라고요?"

"병원의 접수 담당자요. 뉴욕의 개인병원 두 군데에서 일한 적이 있었거든요."

켈리 씨는 마치 내가 입을 쩍 벌리고 트림이라도 했다는 듯 눈썹을 치켜들고 다른 데로 눈길을 돌렸다.

"글쎄요, 지난주에 뉴턴주립병원에서 잡역부 구인공고를 냈는데 그 자리는 이미 찼을 것 같네요. 또 거기선 주로 나이가 지긋한 여성들을 선호하기도 하고." 켈리 씨는 성의 없이 파일박스 안을 뒤적이다가 어머니 같은 인상을 주는 섬세한 입술을 비쭉 내민 채로 나를 바라보았다. "아가씨, 알겠지만 이 동네엔 유색인한테는 선택의 여지가 많지 않아요, 특히 니그로 여자인 경우는 더하죠. 만약 타자를 칠 줄 알면……."

"아니요, 타자는 칠 줄 몰라요." 이어진 내 대답에 켈리 씨는 파일을 탁 닫았다.

"저기, 아가씨, 들어봐요. 이 동네에서 기술이 없는 사람들은 주로 동네 반대쪽 '하드웨어' 공장에 가서 일자리를 찾거든요. 그쪽에서 찾아보는 건 어때요? 공장 일은 저희 쪽에는 등록되어 있지 않지만 직접 발품을 팔면 자리를 찾을 수 있을 거예요. 도움이 못 되어서 안타깝군요." 켈리 씨는 의자를 뒤로 밀고 일어나더니 입고 있던 회갈색 정장 옷자락을 살짝 잡아당겨 다듬었다. "그럼, 나중에 타자 칠 줄 알게 되면 곧바로 다시 찾아주시고요."

나는 켈리 씨에게 고맙다고 인사하고 그곳을 떠났다.

다음 주, 나는 상업용 엑스레이 기계를 다루는 일을 얻었다.

키스톤 일렉트로닉스는 스탬퍼드의 다른 공장들과 매한가지로 상대적으로 작은 규모의 공장이었다. 정부의 수주를 받아 라디오나 레이더 장비에 들어가는 쿼츠 크리스털을 가공하고 운송하는 곳이었다. 브라질에서 작은 크리스털이 도착하면 공장에서 절삭하고 갈고 제련한 뒤 전하를 축적한 정도에 따라 분류했다.

험한 일이었다. 2층으로 이루어진 공장 전체에 거대한 절삭기와 제련기의 소음이 울렸다. 절단 담당자들이 쓰는 진흙이 다이아몬드 입자 칼날에 묻은 진득한 기름에 굳어 온 사방에 묻어 있었다. 머드 소* 32대가 항시 가동되는 곳이었다. 크리스털을 세척할 때 쓰는 사염화탄소에서 나오는 독한 가스 때문에 언제나 묵직하고 톡 쏘는 냄새가 났다. 오전 8시 이후 공장에 들어가는 순간은 마치 단테의 지옥에 발을 들이는 느낌이었다. 너무 차갑고, 너무 뜨겁고, 찌꺼기와 소음투성이인 데다가, 추하고, 끈끈하고, 악취가 나고, 위험한, 모든 감각을 괴롭히는 곳이었다.

절삭기는 남자들이 돌렸다. 지역 사람들은 이런 환경에서 일하는 걸 꺼렸기에 절삭기 담당은 대부분 뉴욕에서 모집한 푸에르토리코인들로 매일 아침 회사에서 제공하는 승차권으로 스탬퍼드까지 출근했다. 여자들은 다양한 엑스레이 기계로 크리스털을 읽는 일, 아니면 매일같이 수천, 수만 개씩 처리되어 나오는 크리스털을 거대한 통에 담긴 사염

---

* 매우 단단한 재료를 위한 절단 도구를 뜻한다.

화탄소에 세척하는 일을 했다.

공장 일꾼들은 감독관만 제외하면 모조리 흑인이거나 푸에르토리코인이었고, 여자들은 전부 스탬퍼드 지역에 사는 사람들이었다.

사염화탄소가 간을 망가뜨리고 신장암을 유발한다는 사실은 누구도 알려주지 않았다. 보호 장구 없이 엑스레이 기계를 사용하면, 그 시절의 기준으로도 안전하다고 간주하는 양 이상의 저준위 방사선에 꾸준히 노출된다는 사실도 알려주지 않았다. 키스톤 일렉트로닉스는 흑인 여성을 고용했으며 3주가 지난 뒤에도 해고하지 않았다. 심지어 노동조합에도 가입할 수 있었다.

내가 맡은 일은 1차 절단을 한 쿼츠 원자재를 읽는 엑스레이 기계를 다루는 것이었다. 절삭 담당자들이 각 원석의 전하가 최대치가 되게끔 절삭기를 조정할 수 있도록 돕는 공정이었다. 그러므로 엑스레이 기계 두 대는 절삭실 바로 앞에 놓여 있었고, 절삭기에서 나오는 소음, 진흙, 날아다니는 입자들에 그대로 노출되었다. 이 일은 업무 환경 때문에, 또 연장근무나 단가 작업이 없어 추가 수당을 받을 수 없기 때문에 여성들이 가장 꺼리는 자리였다. 나머지 한 대의 기계는 다들 진저라고 부르는 버지니아라는 젊은 여자 담당이었다. 첫 출근 날 아침, 새로운 일터에서 보내는 첫날을 기념하려고 공장 건너편 간이식당에서 커피와 롤빵을 사 먹다가 진저를 처음 만났다.

우리는 오전 8시부터 오후 4시 30분까지 일했고, 오전 10시와 오후 2시 30분에 각각 10분의 휴식시간이 있었으며, 정오에 30분의 점심 시간이 있었다.

절삭을 담당하는 '남자들'이 끈끈한 윤활유와 진흙이 잔뜩 묻은 기계로 1차 절단을 한 뒤 거칠거칠한 5센티미터 크기의 크리스털을 진저나 나에게 넘겨주면 우리가 엑스레이 기계로 전하를 읽고 그들이 이에 맞춰 절삭기의 축을 조정하는 식으로 공정이 이뤄졌다. 전하를 측정하기 위해서는 가느다란 엑스레이 빔을 크리스털에 통과시켜야 했다. 기계에는 덮개가 달려서 엑스레이가 닿지 않게 손가락을 보호할 수 있었지만, 덮개를 젖히는 그 1초 때문에 절삭 담당자들로부터 너무 굼뜨다고 불호령을 들을지 서로 원활한 업무 관계를 유지할지 판가름이 나고는 했다.

그다음에는 오일펜슬로 표시한 축을 따라 원석을 절단했다. 그러면 우리가 다시 원석을 읽고, 원석은 평판형으로 절삭됐다. 진저와 나는 찌끼와 진흙이 잔뜩 묻은 평판들을 엑스레이로 읽은 뒤 기계 옆에 놓인 커다란 통에 던져 넣었다. 그러면 세척 담당자들이 그 통을 가져가서 사염화탄소가 담긴 트레이에 넣어 세척했고, 이것들은 다시 사각형으로 절삭되어 엑스레이 '측정실'로 갔다. 깨끗하고 조용한 이 측정실에서 담당자들이 마지막으로 크리스털을 읽은 다음 전하의 등급에 따라 분류했다.

엑스레이 측정실에서 일하는 여자들은 대량의 기대 생산량을 초과히는 분량에 대해서는 단가 작업에 따르는 보너스를 받을 수 있어서 다들 이곳에서 일하기를 바랐다. 절차를 무시하고, 시간을 아끼고, 덮개를 젖혀 손가락을 보호하지 않으면 매주 약간의 보너스를 받을 수 있었다.

공장에서 첫 주를 보낸 뒤 나는 과연 내가 이곳에서 버틸 수 있을까 하는 의심이 들었다. 남은 평생 이런 환경에서 일하느니 목을 긋는 게 나을 것 같았다. 어떤 아침이면 악취와 오염과 소음과 지루함뿐인 8시간을 도저히 견딜 수 없을 것만 같았다. 오전 8시면 나는 딱 두 시간 치의 마음을 다잡으면서 두 시간만 버티면 휴식시간이 온다고 스스로를 달랬다. 10분 동안 책을 읽은 뒤 또다시 두 시간을 버틸 준비를 하며, 자, 이제 괜찮아, 두 시간만 버티면 점심시간이야, 생각했다. 점심시간이 끝나고 등 뒤의 절삭기가 다시 돌아가기 시작하면 방금 먹은 정어리 샌드위치 덕분에 조금 힘이 생기기는 했지만, 이 두 시간이 바로 하루 중 가장 고된 때였다. 2시 30분에 있을 휴식시간은 좀처럼 다가와주지 않았다. 그럼에도 결국은 이제 두 시간만 버티면 자유의 몸이 된다고 생각할 수 있는 그때가 찾아왔다.

아직 어둑어둑한 이른 아침, 다른 노동자들과 함께 서서 화물용 승강기를 기다리는 내내 승강기가 영영 오지 않아 지각해버리기를 초조하게 바랄 때도 있었다. 다시 공장 바깥으로 나와 집으로 가고 싶었다. 어제와 같은 하루를 도저히 단 하루도 더 보낼 수 없었으니까. 그러나 승강기가 도착하면 나는 다른 이들과 함께 승강기에 올라탔다.

이 공장이 생긴 이래 10년 동안 쭉 이곳에서 일한 여자들도 있었다.

3주가 지나야 급여를 받을 수 있었고 얼마 없는 돈마저 위험할 정도로 동나고 있었다. (스탬퍼드의 공장에서는 첫 주 급여를, 말하자면 일자리에 대한 보증금 삼아 떼놓았다가 퇴사할 때에야 내주는 게 관행이었다.) 급여에는 휴식시간에 마실 커피 값은 포함되지 않았다. 때로 나는 휴식시간에도 기계 앞에 앉아 가져온 책을 읽었다. 진저는 상대적으로 청결한 측정실로 쏙 들어가 다른 여자들과 대화를 나눴다. 어느 날 진저가 내게 귀띔해줬다.

"애, 휴식시간엔 의자에서 궁둥이를 떼는 게 나을 거야. 안 그러면 거기 철썩 붙어버린다니까? 그러니까 내 말은 미쳐버린다고."

그 말은 정확하게 내가 느낀 감정 그대로였다.

감독관인 로즈 역시 의도는 달랐지만 나에게 휴식시간 습관에 대해 한마디했다. 점심시간에 로즈는 나를 한쪽으로 불러내더니 의미심장한 미소를 띠고는 너는 똑똑한 아이니 화장실에 너무 자주 가지만 않는다면 이리저리 돌아다니는 게 좋을 거라고 했다.

절삭 담당자들은 추가생산량에 따라 보너스를 받았지만 진저와 나는 아니었다. 어느 날 남자들이 아침 내내 내가 굼뜬 바람에 자기들 일이 밀린다며 괴롭혀댔다. 10시가 되자 남자들은 기계를 그대로 켜놓은 채 커피를 마시러 아래층으로 우르르 내려갔다. 나는 엄청난 소음에 둘러싸인 채로 엑스레이 기계에 고개를 기댄 채 엉엉 울음을 터뜨리고 말았다. 그때 진저가 기계 아래 바구니 밑에 두고 간 동전지갑을 찾으러 돌아왔다가 내 팔을 주먹으로 가볍게 툭 쳤다.

"이제 알겠지? 내가 뭐랬어? 이러다가는 미쳐버린다니까? 커피에 뭐 넣어 마셔? 내가 사줄게."

"고맙지만 괜찮아." 우는 모습을 들킨 게 심란했던 나는 눈물을 닦았다.

"고맙지만 괜찮아." 진저가 내 말투를 따라 하며 킥킥 웃었다. "네가 무슨 귀부인이라도 돼? 이러지 말고 **제발** 커피 한잔하자. 아침부터 시비를 걸려고 작정한 저 망할 자식들을 남은 하루 내내 나 혼자 감당할 수는 없단 말이야. 어서 말해, 넌 뭐 마실래?"

"설탕 넣은 아주 연한 커피." 나는 고마운 마음에 미소 지었다.

"장하다." 진저가 평소처럼 익살스럽게 웃더니 우리가 쓰는 엑스레이 기계와 절삭실을 나누는 좁다란 통로를 따라 나갔다.

그렇게 진저와 나는 친구가 되었다. 그 주 목요일, 진저는 자기 어머니와 자기와 함께 차를 타고 시내에 가서 급여 수표를 현금으로 바꾸자고 했다.

키스톤 일렉트로닉스에서 받은 첫 급여였다.

주급은 매주 목요일에 나왔기 때문에 애틀랜틱 애비뉴의 가게들은 늦게까지 영업하며 사람들로 북적거렸다. 다들 시내에 나와 물건을 사고 수표를 현금으로 바꾸고 함께 어울렸다. 사람들은 금요일인 내일 역시도 출근해야 한다는 사실에는 개의치 않고 큰길에 차를 세우고 지나가는 사람들과 잡담을 주고받았다.

진저는 내가 키스톤 일렉트로닉스에 입사하기도 전, 내가 스탬퍼드에 온 첫 주 목요일에 시내에서 나를 본 적이 있다고 했다.

"그래. 목요일 밤 애틀랜틱 애비뉴에서 청바지에 운동화를 신고 다니고 있었잖아. 혼잣말했지. 도시에서 온 저 세련된 새끼 고양이는 누구지?"

누가 나를 **세련된** 사람이라 여긴단 사실 자체가 우스워서 웃었지만 나는 아무 말도 하지 않았다.

그 목요일 밤 진저는 자기 집 저녁식사에 나를 초대했고, 매시트포테이토를 세 접시째 먹을 때에서야 나는 내가 여태 집밥 맛을 거의 잊어버리고 있었음을 깨달았다. 진저의 젊고 성질 급한 어머니인 빨간 머리 코라는 반쯤은 재미있고 반쯤은 귀찮다는 듯 나를 쳐다보았다. 진저의 집에는 어린 남동생이 네 명이나 있었고 코라에게는 밥을 먹어야 할 배고픈 입이 한둘이 아니었던 것이다.

진저가 아침에 집에서 만든 롤빵을 가져다줄 때도 있었다. 퇴근한 뒤 밀 리버 로드에 있는 우리 집에 찾아와서 다리 근처, 목요일을 제외하고 6시 이후에 문을 여는 유일한 식당인 화이트 캐슬에 햄버거를 먹으러 가자고 하기도 했다.

진저는 건전지로 작동하는 휴대용 라디오를 가지고 있었다. 이혼한 전남편한테 받은 선물이었는데, 날씨가 추워지기 전 우리는 아름다운 가을 저녁에 우리 집을 마주한 리포왐강 근처 강둑에 앉아 라디오를 틀고 WJRZ 방송에서 나오는 패츠 도미노의 음악에 귀를 기울이기도 했다. 패츠 도미노의 〈블루베리 힐〉은 그해 가을 내내 인기차트 상위에 머물렀는데, 그게 아니더라도 진저의 가슴 속에서 패츠는 특별한 자리를 차지하고 있었다. 둘이 꼭 닮았기 때문이었다. 심지어 스윙을 추듯 까딱거리는 진저의 걸음걸이마저도 패츠를 닮았다.

진저가 말을 하면 나는 귀를 기울였다. 오래지 않아 나는 입을 잘 다물고 있으면 사람들은 내가 모든 걸 안다고 생각하는 경향이 있으며, 자신 또한 아는 게 많다는 걸 알리고 싶어 안달이 난 나머지 점점 더 많은 걸 털어놓는다는 걸 알게 되었다.

낡은 포드는 철길 맞은편, 애틀랜틱 애비뉴와 큰길이 만나는 곳 연석으로 우아하게 다가가서 멈췄다.

"다 왔어, 누님들." 진저의 동생 시시는 그렇게 말한 뒤 조수석 문이 떨어져 나가지 않게 제자리에 동여매어놓았던 밧줄을 풀었다. 진저와 나는 차에서 내려 가을의 오후 햇살 속으로 들어섰다. 몸을 움츠려야 했지만 아직 오들오들 떨 추위는 아니었다. 애틀랜틱 애비뉴에서는 어린아이들이 핼러윈 야외극이나 가장행렬에 참여하기로 동의한 상점들의 창문이며 문에다가 알록달록한 템페라 물감과 비누 물감으로 요란하고 으스스한 벽화를 온통 그려대고 있었다. 시내 구석구석을 도는 가장행렬에는 이 동네 아이들이 거의 다 참여한다는 것이 진저의 설명이었다.

"상점가에서 애들한테 큰 상을 주는 대가로 자잘한 장난들을 피하는 거지. 매년 그래. 그러면 상점 창문을 긁거나 낙서하는 일이 없거든. 수채화 물감이 유성 페인트보다는 지우기가 쉬우니까. 도시에선 이런 거 안 하지?"

우리는 진저의 스타킹을 사러 거버백화점으로 갔다. 코라가 일요일 교회에 갈 때는 나일론 스타킹을 신으라고 고집을 부린 탓이었다.

"이렇게 핼러윈 행사를 하는 건 처음 봤어."

"흐음……." 진저는 진열된 스타킹을 만져보며 말끝을 길게 늘였다. "이런 건 촌 동네에서만 하는 거니까. 대도시랑 다른 점 중에 네가 아직 모르는 것도 많아. 예를 들면, 이 스타킹들은 질이 안 좋다는 거. 그랜트백화점으로 가보자." 우리는 큰길을 건너 메인스트리트 반대편으로 다시 걸어갔다. 레코드 가게 앞을 지나칠 때 언뜻 들린 로즈메리 클루니가 "우리 집으로 와요, 우리 집으로 와요"라고 노래하는 목소리가 토요일 오후 도로를 메운 자동차 소리와 뒤섞였다.

자전거를 탄 황갈색 머리의 소년이 선명한 녹색 피클을 빨아 먹으며 우리 옆을 지나쳐 갔다. 칼로 똑똑 썬 딜과 마늘의 알싸한 향기가 내 머릿속 낙하산 끈을 잡아당긴 듯 나는 오처드와 들랜시 사이, 리빙턴 스트리트 한가운데로 뚝 떨어지고 말았다.

맨해튼 로어이스트사이드의 청명한 일요일 아침, 저렴하게 장을 보려고 작정하고 나온 뉴욕 사람들은 길거리에 내놓은 통을 뒤지며 값싸고 낡은 물건들을 열심히 찾았다. 오처드 스트리트 한구석에서 피클장수가 나무 통에 다양한 크기와 온갖 색조의 녹색으로 된 즙 많은 잠수함들을 펼쳐놓았는데, 그 온갖 색조 하나하나는 피클의 여러 단계와 여러 맛을 담고 있었다. 둥둥 뜬 마늘이며 후추알과 딜 가지 아래에서 피클들이 한 떼의 양념한 물고기처럼 한 입 맛보라는 듯이 배를 뒤집고 반쯤 잠겨 떠다녔다. 멀지 않은 곳, 길가 줄무늬 차양 아래 펼쳐놓은 톱질 모탕 위에 납작하게 말린 살구들이 신비롭게 반투명한 짙은 오렌지 빛으로 펼쳐져 있었다. 그 옆, 반쯤 열린 기다란 사각형 나무 상자 안, 열어젖힌 유산지 아래로 깨를 갈아 반죽한 사탕인 기다란 할바*가 보였다. 바닐라 맛 상자, 부드러운 초콜릿 맛 상자, 그리고 그 두 가지를 누비이불처럼 섞어놓은, 내가 제일 좋아하는 마블 맛도 있었다.

갈수록 날카로워지는 가을바람 속 래트너스 데어리 레스토랑에서 모퉁이를 넘어 지붕 위로 실려오는 치즈 블린츠**와 갓 구운 양파 롤빵 냄새가 거리를 뒤덮고, 바로 옆 정육점에서 풍기는 쇠고기 마늘 소시지와 속을 채운 내장, 창가 온장고에 들어 있는 카샤 크니쉬*** 냄새도 가세한다. 부산한 거리를 돌아다니는 이들의 코에는 종교나 식이의 구별 같은 것은 아무것도 아니었으며, 리빙턴 스트리트에서 아침 장을 보는 것은 후각적 기쁨의 오케스트라였다.

---

* 견과와 씨앗을 넣은 페르시아 지역의 사탕과자다.
** 유대교 음식으로 속을 채워 돌돌 만 일종의 팬케이크를 말한다.
*** 유대교 음식으로 메밀 반죽에 소를 넣어 만든 일종의 페이스트리를 말한다.

소년이 코네티컷주의 스탬퍼드 어디에서 소금물에 절인 딜 피클을 샀는지 궁금했다.

"그랜트백화점에서 피클을 팔까, 진저?"

"너무 좋은 생각이다!" 그러더니 진저가 빙긋 웃으며 내 팔을 잡았다. "너도 피클 좋아해? 시큼하고 즙 많은 큰 피클, 그리고 조그만…… 잠깐, 조심해!" 내가 아무 생각 없이 머리 위만 보면서 도로로 한 발을 내딛자 진저가 내 팔을 세게 잡아당겼다. "성질 급하긴. 이 근처에서는 무단횡단을 하면 벌금을 물리는데 잡히는 사람들은 대부분 뉴욕에서 온 사람들이야. 돈을 좀 더 나은 데 써야 하지 않겠어?" 신호등이 바뀌자 진저가 다시 미소를 지었다. "그건 그렇고, 우리 공장 이야기는 어디서 들었어?"

"웨스트 메인 커뮤니티센터에서."

"크리스퍼스 애턱스 말이지?"

"그게 뭐야?" 우리는 모퉁이를 돌아 메인스트리트로 접어들어 그랜트백화점을 향해 걸음을 옮겼다.

"센터 말이야, 바보야. 니그로 이름을 따서 센터 이름을 바꿨으니, 거기서 우리 같은 사람한테 시내의 일자리를 소개해주지 않더라도 넘어가줘야지."

"누구 이름을 땄다는 건데?"

"크리스퍼스 애턱스를 모른다는 소리야?" 진저는 말도 안 된다는 듯 얼굴을 찌푸렸다. 고개를 갸웃하더니 콧등을 찡그렸다.

"나는 여기 온 지 얼마 안 됐잖아." 나는 다소 자기방어적으로 대꾸했다.

"정말 충격적이다. 도시에서 온 미끈한 새끼 고양이! 너희들은 학교에서 그런 것도 안 배워?" 진저는 얼굴을 하도 찌푸리는 바람에 믿기지 않는다는 듯 동그랗게 뜬 눈이 주름에 거의 파묻혀 사라질 지경이었다. "**그 사람**을 모르는 사람은 아무도 없을 줄 알았어. 독립전쟁에서 처음 죽은 사람이잖아. 매사추세츠주 콩코드에서 말이야. 크리스퍼스 애턱스라는 흑인 남자야. 전 세계가 그 총성을 들었다고. 다들 알아. 그래서 우리 센터 이름도 그 사람 이름을 따서 바꾼 거고." 백화점 안으로 들어가면서 진저가 내 팔을 다시 한번 세게 쥐었다. "그런데 센터에서 널 키스톤에 보냈다는 거네. 뭐라도 쓸모 있는 일을 해줘서 다행이다."

그랜트백화점에서는 샌드위치 안에 든 것 외에는 따로 피클을 팔지 않았다. 하지만 나일론 스타킹을 세 켤레에 1달러 25센트, 또는 한 켤레에 50센트에 팔고 있었다. 한국전쟁 때문에 물가가 다시 치솟는 것을 고려하면 좋은 가격이었다. 진저는 그만한 돈을 내는 게 맞는지 아닌지 재어보고 있었다.

"얘, 너도 한 켤레 사. 진짜 싸게 판다. 게다가 바지를 입어도 다리가 시릴걸."

"난 나일론 스타킹이 싫어. 다리에 닿는 감촉을 견딜 수가 없어."

그러나 나는 소위 중간색이라고들 하는 싸구려 나일론 스타킹 특유의 색깔이 내 다리에 물 빠진 색깔을 입히는 걸 견딜 수 없다는 속마음은 말하지 않았다. 진저가 애원하는 눈길로 나를 쳐다보는 바람에 나는 결국 수그러들었다. 내가 느닷없이 불편하고 혼란스러운 기분이 된 것은 진저 잘못이 아니었다. **크리스퍼스 애턱스.** 무언가 빠져나간 기분이 들었다.

"그래, 사. 마음에도 들고 유용하기도 하잖아. 게다가 네 어머니가 그걸 절대 낭비하게 하지 않으실 거야." 나는 카운터 앞 진열대의 섬세한 망사 스타킹을 손가락으로 쓸어보았다. 나일론과 실크의 건조하고 미끄러운 감촉은 나를 불신과 의혹으로 가득 채웠다. 손가락이 이 소재를 미끈하게 훑고 지나간다는 사실이 불편했다. 그것들은 눈속임 같고, 혼란스럽고, 믿어서는 안 되는 것이었다. 거칠고 우둘투둘한 모직과 면이 어쩐지 더 정직한 것 같았고, 만질 때 한층 더 직접적으로 연결을 맺는 느낌이 들었다.

크리스퍼스 애턱스. 무엇보다도 나는 나일론이 풍기는, 톡 쏘는 것 같고 생명력도 인정머리도 없는 냄새가 싫었고, 그 냄새가 그 어떤 인간적이거나 연상작용도 단호하게 거부한다는 점이 싫었다. 나일론이 가진 거슬리는 성질은 그것을 신은 사람의 체취로도 누그러지지 않았다. 얼마나 오래 신었건, 날씨가 어떻건, 나일론 스타킹을 신은 사람은 늘 내 코에는 사슬갑옷을 온몸에 두른 채 토너먼트에 출전하는 전사 같았다.

나일론을 손가락으로 쓸어보고 있었지만 마음은 다른 데를 배회하고 있었다. 크리스퍼스 애턱스, 보스턴? 진저는 알고 있었어. 나는 열렬한 호기심과 풍부한 독서 덕분에 쓸모가 있건 없건 잡다한 지식을 많이 알고 있다는 점을 스스로 자랑스럽게 여겼다. 의식의 뒤편에 그런 잡다한 정보들을 모아두었다가 적절한 기회가 오면 꺼내 썼다. 대화 중 다른 이들은 아무도 모르는 무언가를 알고 있는 사람 역할을 하는 데 익숙했다. 그렇다고 내가 모든 걸 다 안다고 믿었던 건 아니다. 그저 주변 사람들보다는 조금 더 많은 걸 알았을 뿐이다.

진저는 습자지에 싼 스타킹 세 켤레를 카운터 뒤 여자에게 건넨 뒤 잔돈을 거슬러 받으려고 기다렸다. 딜 피클은 어디서 산 거였을까.

크리스퍼스 애턱스. 어떻게 이런 일이 있을 수 있지? 나는 '젊은 여성들이 대학과 직업을 준비하는 데' 있어 학술적으로 가장 진보하고 지적으로 적확한 교육을 제공하는 뉴욕 최고의 공립학교라는 헌터고등학교에 4년을 다녔다. 선생님 중 몇 분은 국내 최고의 역사학자였다. 그런데 미국혁명에서 가장 처음 희생된 사람의 이름을 처음 들은 것은 물론 그 사람이 흑인이었다는 이야기마저도 내게는 금시초문이었다. 이 사실은 내가 여태 배운 역사에 관해 무엇을 알려주는 걸까?

언덕을 올라 밀 리버 로드에 있는 내 방으로 돌아가는 내내 생각에 잠긴 내 곁에서 진저는 마음을 누그러뜨리는 쾌활한 목소리로 말을 붙여댔다.

"오늘 왜 그래? 고양이가 혀를 물어가기라도 한 거야?"

오래지 않아 나는 스탬퍼드의 인간관계에 있어서는 진저에게 완전히 의존하게 되었고, 일요일마다 진저의 집에 초대받아 먹는 저녁식사가 내가 유일하게 제대로 먹는 끼니가 되었다. 진저는 나와 뉴욕에서의 내 생활을 놓고 말도 안 되는 신화를 만들어냈고 나도 그런 오해를 굳이 정정하지는 않았다. 내가 열일곱 살에 집을 나와 혼자서 집을 얻어 살기 시작했다고 말하자, 진저는 나를 엄청나게 대담한 사람으로 보게 됐다. 진저는 어머니 집에서 나오려고 스무 살에 결혼했다. 이제는 이혼해서 다시 돌아왔지만 매주 생활비를 보태는 대가만큼의 자유를 얻었다. 진저의 어머니는 아메리칸 사이안아미드에서 유압프레스 오퍼레이터로 일했고 아버지는 당뇨로 눈이 멀었다. 그 집에서는 진저의 남동생 네 명과 함께 어머니의 애인도 함께 살았다.

한동안 나는 진저가 나한테 작업을 거는 걸 알면서도 대체 이 상황에서 어떻게 하면 좋을지 몰라 모르는 척했다. 내가 아는 대로라면 진저는 다정하고 매력적이고 따뜻하며 사랑스러웠고 틀림없는 이성애자였다.

한편, 진저는 내가 모든 걸 다 안다고 생각했다. 나를 도시에서 온, 영리하고 아는 것도 많은 데다가 다른 이의 말에 귀를 기울일 줄 알고 **또한** 먼저 다가갈 수 있을 정도로 안정된 어린 부치*로 보았다. 젊은 이혼녀의 유혹에 대처하는 데도 빠삭할 거라고 확신했다. 그러나 끈적한 눈길을 보내고 쉰 목소리로 웃음을 터뜨린다 해도 나를 유혹하기엔 충분치 않았다. 코라의 부엌에서 맛 좋은 음식을 슬쩍해 손수건에 싸주고, 찰리 삼촌이 야간근무를 하러 나가는 길에 나를 밀 리버 로드까지 태워달라고 설득해주는 것도 마찬가지였다. 나는 최대한 진저의 마음을 모르는 척 굴었다.

향수를 뿌린 매력 넘치는 진저는 건물 2층에 있는 좁아터진 방, 내 책상 의자에 엉덩이를 걸친 뒤 내가 침대 위에 책상다리로 앉아 자기 어머니가 만든 음식을 허겁지겁 먹는 모습을 믿기지 않는다는 듯 쳐다보았다.

"네가 고작 열여덟 살이라니, 말도 안 돼. 이러지 말고, 진짜 나이는 몇 살이야?"

---

* 레즈비언 커플 가운데 남성적 역할을 취하는 이를 말한다.

"벌써 말해줬잖아." 닭고기는 바삭바삭하고 맛이 좋아서 온 마음을 사로잡았다.

"몇 년생인데?"

"1934년."

진저는 잠시 나이를 계산해보더니 "너 같은 열여덟 살은 처음이야" 하고 스물다섯 살에 어울리는 오만한 말투로 말했다.

어느 날은 진저가 나를 위해 바닷가재 집게발을 슬쩍해왔다. 찰리가 코라와 화해하려고 사 온 식재료였는데 사실을 알게 된 코라는 진저를 집에서 내쫓겠다고 을러댔다. 진저는 자기가 치르는 대가가 너무 커진다고 결론 내렸고, 뒷문 포치에서 나누는 길고 긴 굿나잇 키스로는 만족하지 못했다. 그래서 진저는 먼저 다가오기로 했다.

11월 초, 가을이 끝나고 있었다. 나무들은 여전히 강렬한 빛깔이었지만 공기에는 벌써 겨울의 냉기가 감돌았다. 낮은 점점 짧아졌고 나는 점점 불행해졌다. 일이 끝나면 오래지 않아 해가 졌다. 도서관에라도 가면 밀 리버 로드로 돌아올 무렵에는 이미 어두컴컴했다. 진저가 따뜻한 마음으로 기운을 북돋아주려고 아무리 노력해도, 키스톤 일렉트로닉스에서 하는 일은 시간이 지나도 나아지지도 쉬워지지도 않았다.

어느 목요일, 퇴근 후 진저가 남동생의 다 망가져가는 포드를 빌려온 덕분에 우리 둘은 코라나 찰리, 남동생 없이 둘이서만 수표를 현금으로 바꾸러 시내로 나갔다. 은행 업무를 마친 뒤에도 해는 지지 않았고, 나는 진저에게 무언가 꿍꿍이가 있음을 알 수 있었다. 우리는 잠시 차를 몰고 돌아다녔다.

"무슨 일인데?" 내가 물었다.

"언덕 위로 가자."

진저는 자연을 그리 사랑하진 않았지만, 자기가 제일 좋아한다는 곳으로 나를 데려갔다. 마을의 서편 끝, 나무가 우거진 언덕, 사람들의 눈으로부터 몸을 숨길 수 있는 덤불과 숲이 무성한 곳이었다. 우리는 그 곳에 있는 오래된 그루터기를 하나씩 차지하고 앉아 담배를 피우고 패츠 도미노의 노래를 들으며 해 지는 모습을 바라보았다.

나는 전율을 느꼈지이이이이
블루베리이이이이이 언덕에서어어어어어

우리는 차를 그 자리에 세워두고 언덕 꼭대기로 올라갔다. 나무 그루터기에 앉아 숨을 고르는 사이 찬바람이 불었다.

"추워?"

"아니." 나는 시시에게서 얻어 입은 너덜거리는 스웨이드 재킷으로 몸을 꽁꽁 싸매며 대답했다.

"따뜻한 코트 같은 것 좀 사. 이 동네 겨울은 뉴욕이랑 다르니까."

"코트는 있어. 그냥 입기 싫을 뿐이야."

그러자 진저가 나를 향해 눈을 흘겼다. "아, 당연히 그러시겠지. 나한테 거짓말할 생각하지 마. 혹시 돈 문제라면 내가 크리스마스까지 꿔 줄 수 있어." 진저는 내가 아직 지난여름 스프링 스트리트에서 '낙인찍힌 자들'이 마구 써댄 전화 요금 200달러를 갚는 중이라는 걸 알고 있었다.

"어, 고마워. 그래도 코트는 필요 없어."

진저는 럭키스트라이크를 초조하게 빨면서 이리저리 서성거렸다.

나는 앉아서 그를 쳐다보았다. 무슨 일이 일어나는 걸까, 진저는 내가 뭐라고 말하길 바라는 걸까? 난 코트가 필요 없었다, 추워도 상관없었으니까.

"너, 네가 진짜 그렇게 세련됐다고 생각해?" 진저가 돌아서서 나를 바라보더니, 은근한 미소를 흘리며 눈을 가늘게 뜨고는 비둘기처럼 고개를 한쪽으로 갸웃했다. 목소리가 높고 초조했다.

"네가 항상 그렇게 말하잖아, 진저. 그럴 때마다 난 아니라고 했고. 대체 무슨 말을 하는 거야?"

"도시에서 온 세련된 새끼 고양이. 뭐, 꼬마야, 내 앞에선 입 다물고 있을 필요 없어. 난 너랑 네 친구들이 어떤 사람들인지 다 알거든."

대체 진저가 이번에는 또 어떤 사실을 알아냈거나, 또 꾸며낸 걸까, 그리고 나는 또 어떤 기대를 충족해주는 척해야 하는 걸까? 뉴욕의 빌리지 출신이라 술이 셀 거라는 나에 대한 진저의 환상을 충족시켜주기 위해 보드카를 스트레이트로 두 잔이나 원샷했을 때처럼 말이다.

"나랑 내 친구들이라니?" 서서히 진저가 원하는 게 무엇인지 짐작이 갔고, 나는 급속도로 불편해졌다. 진저가 담배를 눌러 끄더니 심호흡을 하고는 몇 발짝 다가왔다.

"그러니까, 별거 아니야." 진저는 숨을 깊이 들이쉬더니 물었다. "너 동성애자야, 아니야?" 그러더니 다시 한번 깊게 숨을 들이쉬었다.

나는 그를 향해 미소를 지어 보인 뒤 아무 말도 하지 않았다. **모르겠어**라고는 도저히 대답할 수 없는 상황이었다. 솔직히 말하면 뭐라고 대답해야 할지 전혀 알 수 없었다. 지난여름에 내가 나에 관해 받아들이기로 했던 것을 물릴 수도 없었다. 그뿐만 아니라 아니라고 대답한다면 나도 고지식한 사람 중 하나라고 인정하는 셈인데, 그렇다고 맞는다고 대답한다면 보드카를 원샷했던 때처럼 또 한 번 그 사실을 증명해 보여야 할 터였다. 그런데 진저는 키스와 포옹과 망상 정도로 만족하는 고등학교 여학생이 아닌, 세상을 알 만큼 아는 여자였다. 그런데 나는 여태 여자와 사랑을 나눈 적이 한 번도 없었다. 물론 진저는 **내가** 세상을 아는 여자이며, '모든 걸' 알고, 지금까지 내가 열심히 주워섬겼던 그 여자들이랑 전부 섹스를 했다고 생각하겠지만 말이다.

나는 진저와 눈높이를 맞춰야 할 것 같아 자리에서 일어섰다.

"저기, 그냥 **아무** 대답이나 해주면 안 돼? 맞아, 아니야?" 진저의 목소리는 초조하고 간절했다. 그의 말이 맞았다. 그저 묵묵부답으로 일관할 수만은 없었다. 나는 무슨 말이 나올지 모르는 채로 입을 열었다.

"맞아." 그 말 한 마디로 사태를 다 끝낼 수 있을지도 몰랐다.

갈색 얼굴의 진저가 씩 미소 지었다. 나는 나도 모르게 마주 웃었다. 언덕 꼭대기에서 손을 잡은 채, 라디오 소리가 열린 문을 통해 언덕 위로 솟구쳐 올라오는 가운데 우리는 해가 지는 동안 서로를 보며 그렇게 씩 웃고 있었다.

진저.

작고 영민한 검은 눈, 버터를 듬뿍 넣은 캐러멜 빛깔 피부, 그리고 발렌도르프의 비너스를 닮은 몸매. 진저는 근사하게 살이 찐 몸매에, 자신의 몸이 섬세하고 정확하게 움직인다는 것을 잘 알았다. 가슴은 풍만하게 높이 솟았다. 허벅지에는 두둑하게 살집이 잡혔고, 둥근 무릎에는 보조개가 있었다. 능숙하게 움직이는 길고 가느다란 손과 조그만 발에도 깊은 보조

개가 패어 있었다. 높이 솟은 광대뼈와 악동 같은 미소가 담긴 얼굴은 앞머리가 이마를 덮는 짧은 페이지보이 스타일의 머리로 감싸고 있었는데, 머리카락을 곧게 펼 때도 있었고 귀 위에서 고불거리게 둘 때도 있었다.

진저는 미용실에 갈 때마다 깃털처럼 가벼운 단발머리를 하고 돌아왔는데, 사랑스럽기는 해도 진짜 같은 느낌은 사뭇 줄어 있었다. 우리가 공장에서 만나고 얼마 지나지 않아 진저는 코라의 잔소리에 반발하기 시작했고 미용실에 가는 일을 완전히 그만두었다.

"뭐가 문제야? 고양이가 혀를 물어가기라도 했어?" 진저가 다시 나를 돌아보았다. 여전히 맞잡았던 우리의 두 손이 떨어졌다.

"밤이 늦었어." 나는 대답했다. 배가 고팠다.

진저는 눈썹을 일그러뜨리더니 어둑어둑해지는 저녁 빛 속에서 쓱하고 숨을 들이쉬었다. "진심이야? 밤이 늦었다는 게 무슨 소리야? 생각나는 게 그것뿐이야?"

아, 이런 말을 할 때가 아니었던 모양이다. 그럼 무슨 말을 해야 하지?

진저의 동그란 얼굴이 내 주먹 하나만큼 떨어진 곳에 있었다. 평소와 같이 건방진 말투였지만 목소리는 나직했다. 가까이에서 들려오는 목소리와 얼굴에 바른 파우더 냄새가 나를 불편한 동시에 들뜨게 했다.

"나한테 키스 안 할 거야? 안 깨물어."

대담한 말이었지만 그 속에는 그의 자기확신이 거짓임을 보여주는 두려움이 도사리고 있었다.

아, 젠장, 하고 나는 생각했다. 애초에 내가 여기서 뭘 하는 거지? 적당한 선에서 멈추지 않으리라는 사실을 알았어야 했다. 알고 있었다,

진저가 나에게 원하는 건…… 이런 제기랄! 이제 내가 뭘 하면 좋지?

나는 있지도 않은 체면이 깎이기라도 할까봐 진저가 시키는 대로 살짝 얼굴을 숙였다. 큐피드의 활을 닮은 진저의 입술에 키스하기 시작하자 그의 부드러운 입술이 살짝 벌어졌다. 심장을 누가 낚아채는 기분이었다. 비탈 아래 세워둔 자동차에서는 라디오 뉴스가 막 끝나가는 참이었다. 기침사탕과 담배와 커피 냄새가 약간 섞인 진저의 기대에 찬 밭은 숨이 얼굴에 느껴졌다. 차가운 밤공기 속 그의 숨이 따뜻하고 설레서, 나는 다시 한번 그에게 키스하며 생각했다, 어쩌면 나쁜 생각이 아니었는지도…….

진저와 내가 집으로 돌아왔을 때, 찰리는 레일로드 익스프레스 수송트럭을 타고 출근한 뒤였다. 코라와 남동생들은 이미 저녁식사를 마쳤고, 아래의 두 동생은 잘 준비를 하고 있었다. 우리 두 사람이 현관문 앞에 나타났을 때 코라는 남편의 저녁식사 쟁반을 들고 막 아래층으로 내려온 참이었다. 진저의 아버지가 화장실에 갈 때를 제외하고는 방에서 일절 나오지 않는다는 이야기는 진저로부터 이미 들은 뒤였다.

시시와 함께 장을 보고 돌아온 코라는 지쳐 있었다. 헤나로 붉게 물들인 고불고불한 머리는 귀 뒤로 넘겨 하늘색 리본으로 여몄고, 헝클어진 앞머리가 짙게 화장한 눈을 완전히 덮다시피 했다.

"오늘은 나도 좀 쉬려고 중국 음식을 사다 먹었다. 너희들이 집에 언제 올지 몰라서 너희들 몫은 남겨놓지 않았어. 진저, 잊지 말고 식탁에 생활비 올려둬라."

코라의 목소리 속에 승리감 섞인 비난이 언뜻 엿보였다. 중국 음식이라니 코라가 드물게 한턱낸 셈이었다.

월급을 받는 목요일이면 나는 보통 진저의 집에서 밤을 보냈다. 진저가 동생들이 설거지해놓은 그릇을 정리하고 다음 날 동생들의 점심 도시락을 준비하는 사이, 나는 2층으로 올라가 짧은 목욕을 했다. 진저의 집에서는 오전 5시라는 이른 시각부터 하루가 시작되었다. 코라가 잠에서 깨 출근하기 전 남편을 보살피는 시각이었다.

"욕조 안에 내키는 대로 물 틀어놓지 마라!" 코라와 찰리가 함께 쓰는 방 앞을 지나치고 있는데 방 안에 있던 코라가 나한테 외쳤다. "여긴 뉴욕이 아니고, 물값이 비싸다고!"

진저의 방은 1층 앞쪽에 위치했고, 별도의 출입구도 있었다. 모두가 자러 들어가고 난 뒤면 진저의 방은 집의 다른 공간과는 분리된 거나 다름없었다.

진저가 샤워를 끝냈을 무렵에 나는 이미 침대에 누워 있었다. 눈을 감은 채로, 이대로 잠든 척할 수 있을지, 만약 할 수 없다면 세련된 다이크라면 무엇을 해야 하는지 고민했다.

진저가 잘 준비를 하는 시간이 평소보다 길었다. 책상으로 쓰는 자그마한 탁자 앞에 앉아 다리에 저겐스 로션을 바르고, 머리를 땋고, 손톱을 줄로 다듬는 내내 짤막한 노래 구절들을 흥얼거렸다.

오늘 내가 집으로 돌아가더라도 그대는 여전히 나의……

우리 집으로 와요, 우리 집으로 와요, 우리 집으로……

나는 항구의 불빛들을 보았지, 우리가 헤어진다고……

237

지금부터 해야 할 일에 대해 긴장감을 느끼는 와중에 언덕 위에서 점점 고조되던 흥분감이 다시 돌아오는 걸 느꼈다. 그 흥분감이 진저가 품고 있을 미지의 기대에 대한 생각, 성적인 행위를 하게 된다는 생각, 시험을 당했으며 역부족이라는 생각들 앞에서 느끼는 두려움에 도전을 제기했다. 진저는 손톱을 다듬으며 팔을 앞뒤로 움직였고 그때마다 캐시미어 부케 파우더와 카메이 비누 향기가 설핏하게 풍겨왔다. 왜 이렇게 미적거리는 거지?

쿨한 척 호기를 부리고 있지만 진저 역시 나만큼이나 초조해하고 있다는 것을 나는 까맣게 몰랐다. 어쨌든 그의 입장에서도 공장에서 같은 고향 출신의 꼬맹이와 놀아나는 것과는 다른, 진짜 살아 있는 뉴욕 그리니치 빌리지 출신 불대거*와 잠자리에 드는 일이었던 것이다.

"침대로 안 올 거야?" 나는 마침내 그렇게 물었고, 내 목소리에 담긴 긴박감에 나도 살짝 놀랐다.

"음, 영영 안 물어볼 줄 알았네." 진저는 안도한 듯 피식 웃더니 가운을 벗고 서랍장 위 램프를 끄고는 내가 누워 있는 침대 위로 뛰어들었다.

워커 로드에 있는 단열 처리를 한 일광욕실 속, 삐걱거리는 낡은 황동 침대 위에서 우리의 벌거벗은 두 몸이 닿는 순간까지, 나는 내가 여기서 뭘 하고 있는지, 여기서 뭘 하고 싶은지 전혀 알 수 없었다. 여자와

---

* 남성적인 흑인 레즈비언을 가리키는 속어. 그러나 1930~1940년대 할렘의 흑인 동성애자 커뮤니티 내에서는 비하 표현이 아니라 신체적으로 강인하고 정서적으로 안정된 부치 레즈비언을 가리키는 말이었다.

사랑을 나눈다는 것이 무슨 의미인지도 전혀 알 수 없었다. 그저 내가 그 일이 일어나길 바란다는 것, 그리고 그것은 내가 여태껏 해본 그 어떤 일과도 다르다는 것만 어렴풋이 알았다.

한 팔을 뻗어 진저를 끌어안자 파우더와 비누와 핸드크림 향기 속에서 그의 체취가 섞인 열기가 피어오르는 게 느껴졌다. 내가 진저를 품에 안는 순간 그는 그 무엇과도 비교할 수 없는 소중한 그 무엇이 되었다. 이번에는 아무 생각도 하지 않고 그의 입술에 키스했다. 내 입이 진저의 귀 뒤 옴폭 파인 자리를 향해 움직였다.

진저의 숨결이 내 목을 달구며 점점 밭아졌다. 내 손은 나의 손길을 기다리는 그의 부드럽고 향기롭고 둥그스름한 몸을 타고 점점 아래로 내려갔다. 열망 앞에서 불확실성과 의심은 커다란 바위를 치우듯 굴러 떨어졌고, 내 솔직한, 마침내 활짝 열린 욕망의 열기에 이끌려 망설임마저도 녹아버렸다.

우리의 몸은 서로에게 꼭 들어맞는 움직임을 찾아냈다. 진저의 살갗은 달고 촉촉하고 겨울 배梨만큼이나 단단했다. 나는 손과 입과 온몸을 그에게 맞대고 움직이며 그를 한껏 느끼고 맛보았다. 그의 살갗이 내 앞에서 작약처럼 활짝 열렸고, 겹겹이 펼쳐지는 깊은 쾌락이 밤새도록 나를 자꾸만 그의 몸을 향해 끌어당겼다. 무성하고 버석거리는 검은 털에 덮여 있는, 그의 다리 사이 촉촉한 곳.

나는 그의 젖은 곳, 그의 향기 속으로 뛰어들었고, 그의 몸이 자아내는 매끄럽고 끈질긴 리듬에 내 허기는 점점 더 깊어졌다. 우리는 서로의 욕망에 실려 움직였다. 여자를 알고자 하는 내 손가락과 내 혀와 내 욕망의 탐색에 그의 몸은 답하고 또 답했으며, 마침내 그의 몸이 무지개를 닮은 호처럼 휘어지며 바르르 떨자 나는 우리가 빚어낸 열기 속으로 미끄러져 그의 허벅지 위에 몸을 누이고 쉬었다. 나는 머리가 어찔했고, 입 안과 목구멍 속을 가득 채우고 내 얼굴에 온통 범벅된 몰약沒藥의 맛에 한껏 취해 있었다. 내 머리카락을 붙잡았던 손아귀에서 스르르 힘이 풀렸고, 말 없는 만족의 소리가 노래처럼 나를 잔잔하게 달랬다.

진저는 내 머리를 가슴 사이에 안고 속삭였다. "네가 할 줄 아는 거 알았어." 그 목소리에 담긴 기쁨과 만족감 때문에 나의 파도는 다시 몰아치기 시작하였고 나는 또다시 그의 몸에 내 몸을 맞댄 채 종이 울리듯 움직였다.

나는 그의 몸과 그의 욕망에 대한 나의 앎이 어디에서 나온 것인지 조금도 의문을 품지 않았다. 그날 밤 진저를 사랑하는 일은 집으로 돌아가 애초 내 것이었던, 어떻게 여태 모르고 살 수 있었는지 남몰래 생각에 잠기게 되는 기쁨을 맛보는 것과 같았다.

사랑을 나눌 때 진저는 웃을 때와 마찬가지로 솔직하고 수월하게 몸을 움직였고 나는 그와 함께, 그와 몸을 맞댄 채, 그라는 따뜻한 갈색 바닷속에서 움직였다. 손끝을 살며시 움직이면 그의 몸에서 기쁨의 소리와 깊은 안도감으로 인한 떨림이 쏟아져 나왔고, 그러면 나는 기쁨, 그리고 그를 조금 더 느끼고 싶다는 허기에 사로잡혔다. 그의 달콤한 몸이 내 입술에 닿아 내 입 안을 가득 채웠고, 내 두 손은 그의 몸 어디에 닿더라도 안정감과 충족감을 느꼈다. 마치 내가 이 여자를 사랑하기 위해 태어난 것처럼, 이제 막 처음으로 그 몸을 깊이 알아가는 것이 아니라, 기억 속에서 그의 몸을 불러내고 있는 것처럼.

경이에 찼으나 놀라지는 않은 채 나는 마침내 진저를 품에 안은 채

가만히 누웠다. 내가 제대로 해내지 못할까봐 그토록 두려워했던 행위가 바로 이것이구나. 이제서야 그 두려움은 얼마나 우습고 또 동떨어진 것처럼 느껴지는지, 나는 사랑을 나누는 것이 나 자신을 넘어선 어떤 과업이라 생각했으나 실은 그저 손을 뻗어 내 욕망이 나를 이끌게 내버려두는 것이었다. 모든 것이 그저 단순했다. 기분이 너무 좋아서 나는 어둠 속에서 미소를 지었다. 진저가 내게 바짝 안겼다.

"이제 자자, 내일 출근해야 하잖아." 그는 그렇게 중얼거리더니 곯아떨어졌다.

알람이 울릴 때까지 한두 시간이 더 남아 있었고, 나는 뜬눈으로 밤을 지새우며 머릿속으로 모든 조각을 하나로 맞춰보려고, 내가 상황을 주도하고 있으니 겁낼 필요 없다고 스스로를 안심시키려고 애썼다. 그런데 이제 내 품에 안겨 있는 이 감미로운 여자와 나는 어떤 사이인 걸까? 밤의 진저는 낮에 알던 진저와는 사뭇 다른 사람처럼 보였다. 내 욕망이 빚어낸 아름답고 신화적인 피조물이 쾌활하고 현실적인 내 친구의 자리를 차지한 걸까?

예전에 진저가 손을 뻗어 촉촉하게 젖은 내 몸을 만지려 했을 때 나는 아무 생각 없이, 이유도 모른 채 그 손길을 쳐냈었다. 그런데 나는 진저의 몸이 맞닿아 있는 내 몸의 핵심으로부터 흘러넘치는 힘에 이끌린 채 움직이며 토해내던 기쁨의 비명과 솟구치던 경이를 아직까지도 원하고 있었다.

진저는 내 친구, 이 낯선 동네에서 하나뿐인 친구였고, 나는 그를 사랑했지만 조심스러웠다. 우리는 같이 잤다. 그렇다면 우리는 연인이 된 걸까?

제니가 죽고 몇 달 뒤, 어느 토요일 늦은 오후에 브로드웨이를 걸었다. 어머니랑 또 말다툼을 한 뒤 우유를 사러 A&P 슈퍼마켓에 가는 길이었다. 집에서 나를 기다리는 긴장과 오해 속으로 돌아가기 싫었던 나는 가게 진열장 안을 들여다보느라 꾸물거리며 대로를 걷고 있었다.

그러던 나는 스톨츠 보석상 앞에 걸음을 멈추고 새로 진열된 보석들을 감탄하며 바라보았다. 특히 은세공 장식에 세팅한 검은 오팔이 달랑거리는 귀걸이 한 쌍이 눈길을 끌었다. '제니가 보면 좋아하겠다.' 나는 생각했다. '잊지 않고 말해줘야지…….' 그러다가 제니가 죽었다는 사실이 번뜩 떠올랐다. 그건 그 애가 더는 이곳에 없다는 것이다. 내가 그 애를 사랑하건, 그 애한테 화가 나건, 그 애한테 새 귀걸이 한 쌍을 보여주고 싶건, 그 애한테는 아무 의미도 없고, 영영 아무 의미도 없으리라. 그 애가 죽었으니 나는 앞으로 그 무엇도 그 애랑 나눌 수 없겠지.

이미 몇 주간 남몰래 애도한 뒤인데도 제니의 죽음은 또 다른 방식으로 내게 현실감을 느끼게 했다.

나는 보석상 진열장으로부터 등을 돌렸다. 내 열여섯 살 여름이 막 시작된 토요일 오후, 브로드웨이와 151번가 한가운데, 바로 그 자리에서, 나는 앞으로 평생 다른 누구도 사랑하지 않겠다 다짐했다. 제니는 평생 내가 처음으로 사랑한다고 자각한 사람이었다. 그런데 제니는 죽었다. 사랑은 너무 아팠다. 어머니는 나를 파괴하기로 작정한 악마로 변해버렸다. 우리는 누군가를 사랑하면 그 사람이 있다는 데 의지하게 된다. 그러나 사람들은 죽거나, 변하거나, 떠나버리고, 그건 너무 아프다. 그 고통에서 벗어날 방법은 그 누구도 사랑하지 않는 것, 그 누구와도 너무 가까워지지 않거나 그가 너무 중요해지지 않도록 하는 것뿐이었다. 나는 다시는 이렇게 아프지 않기 위해 영영 누구에게도 의지하지 않고, 그 누구도 필요로 하지 않고, 사랑하지 않아야 한다고 마음먹었다.

그것이 어린아이의 마지막 꿈이다, 영영 누구의 손길에도 닿지 않는 것.

새벽 4시 30분, 워커 로드의 집 지하실에서 석유 버너가 점화되는 소리가 들렸고, 진저가 몸을 뒤척이더니 잠결에 작게 한숨을 쉬었다. 나는 입맞춤으로 그를 깨우려다가 우리가 밤새 나눈 사랑, 그리고 그의 잠든 정수리가 풍기는 축축한 냄새가 너무나 강렬한 부드러움으로 내 온몸을 휘감는 바람에 멈칫하며 물러났다.

"조심해." 나는 어둠 속에서 스스로에게 말없이 경고했다. 알람이 울리자 정신없이 바쁜 이 집의 아침 일과에 이미 길이 든 진저와 나는 가운을 움켜쥐고 욕실이 있는 2층을 향해 달려 올라갔다.

조금만 늦으면 남동생들과 욕실 앞에 줄을 서서 기다려야 할 터였다. 우리한테는 세면대 앞에서 급히 한 번 끌어안고 입을 맞출 정도의 시간밖에 없었다. 진저는 밤새 헝클어진 머리카락을 빗질해 풀었다.

찰리는 우리 두 사람을 공장에서 한 블록 떨어진 철로 반대편에 내려주었다. 키스톤 일렉트로닉스 길 건너편에 있는 간이식당에서 진저가 우리 두 사람 몫의 버터 롤과 커피를 샀다.

"지난밤을 그렇게 보냈으니 오늘은 커피가 있어야 정신 차리고 하루를 보내겠지." 진저는 그렇게 말하며 씩 웃은 다음 나를 쿡 찔러 공장 입구로 들어가는 사람들의 행렬 속에 밀어 넣었다. 사람들 사이에서 우리를 지옥으로 데려갈 화물용 승강기를 기다리는 사이 우리는 서로에게 윙크를 했다.

나는 지난밤 있었던 특별한 일을 우리가 어떻게 다뤄야 할지에 관한 단서를 얻으려고 온종일 진저를 지켜보았다. 마음 한구석에서는 진저가 나를 대도시에서 경험을 쌓은 성숙한 젊은 동성애자로 본다는 사실에 기대를 걸었다.

(훗날, 진저는 내가 어째서 매일 아침 출근 전 남동생들을 위해 점심 도시락을 싸야 하느냐고 묻는 바람에 코라가 마침내 이런 결론을 냈다고 전해주었다. "그 애 아무래도 불대거다!")

나는 진저에게 구애하는 것을, 그리고 우리 둘만 있는 곳에서 사랑에 빠진 구혼자 취급을 받는 것을 즐겼다. 그러면서 나는 권력과 특권을 느꼈고, 비록 그것이 어떤 면에서 보면 역할놀이에 지나지 않는다는 사실을 알고 있었기에 환상에 불과했을지언정 나는 의기양양해졌다. 어떤 면에서 볼 때 그것은 진저에게도 하나의 역할놀이였는데, 그는 두 여자 사이의 관계를 결코 장난스러운 것 이상으로 보지 않았기 때문이다. 아무리 그 관계를 추구하고 또 소중히 한다고 해도 진저로서는 도저히 그 관계를 중요한 것으로 여길 수가 없었다.

동시에 진실하고도 더 깊은 어떤 차원에서, 진저와 나는 서로의 온기와 피로 이어진 확신을 필요로 하는 두 명의 젊은 흑인 여성으로서 만났고, 우리 몸에 담긴 열정을 나눌 수 있었으며, 아무리 우리가 그저 역할놀이를 하고 있다는 듯 행세해도 그 사실은 변하지 않았다. 그러나 우리 둘 다 자신이 서로에게 얼마나 중요한 존재인지를 부정하려 무진 애를 썼다. 각자 이유는 달랐지만 우리 둘 다, 딱히 개의치 않는 척할 필요가 있던 것이다.

우리 둘은 쿨한 척하느라, 우리가 가능한 어디서건, 주로 단열 처리된 일광욕실, 외풍이 들었지만 우리의 젊은 육체가 뿜어내는 야생의 열기 때문에 열대의 기후가 되어버린 워커 로드의 안식처 속 오래된 황동 침대 위에서 나누었던 강렬한 열정을 무시하고 거짓 이름을 붙이느라 바빴다.

진저와 정서적으로 깊은 관계가 아니라는 확신만 있다면 이 새로운 경험을 기쁜 마음으로 즐길 수 있었다. 진저는 "쿨하게 굴라고"라는 말을 자주 썼고, 나는 **내가** 이토록 쿨해서 다행이라고 생각했다. 진저가 코라가 잡아놓은 데이트 약속에 나가더라도 나는 아무렇지 않다고 꿋꿋이 우겼다.

코라는 이 집에 점점 더 자주 모습을 드러내기 시작한 나를 평소처럼 침착하게 대했다. 내가 자고 가는 일광욕실에서 한밤중 새어 나오는 소리의 정체라든지, 다음 날 퀭해진 우리의 두 눈을 코라가 알아차렸는지는 모르겠지만, 알았다 한들 무시했다. 그러나 그는 진저가 재혼하기를 바란다는 것만은 분명히 했다.

"친구 사귀는 거야 좋지, 그래도 결혼은 결혼이야." 어느 밤, 내가 코라를 도와 재봉틀로 스커트를 만들고 있을 때 그가 말했다. 그제야 나는 어째서 진저가 나를 이 집으로 불러놓고는 자신은 아메리칸 사이안아미드에서 코라와 함께 일한다는 동료와 영화를 보러 간 걸까 하는 생각이 들었다.

"그 애가 돌아오거든 밤새도록 침대에서 쿵쿵거리지는 말아라. 벌써 밤이 늦었고 너희들도 내일 출근해야 하잖니."

그러나 그즈음 나는 출근해서도 진저의 몸이 밤마다 내게 주는 기쁨이라거나, 퇴근 후에 그를 밀 리버 로드의 우리 집에 한두 시간 들렀다가 가게 하는 방법 말고는 거의 아무 생각도 하지 않았다. 내 집은 낡은 침대가 하도 삐걱거려서 매트리스를 매번 바닥에 놓아야 한다는 점만 빼면 진저의 집보다는 사생활이라는 것이 보장되는 곳이었기 때문이다.

19
—

.

크리스마스 전주, 공장에서 일하던 나는 의자에서 굴러떨어지면서 절삭실과 판독실을 가르는 벽돌 반벽에 머리를 부딪쳐 약한 뇌진탕을 겪었다. 병원에 있을 때 진저가 언니가 보낸 전보를 가져다주었다. 아버지가 또다시 심한 뇌졸중을 일으켰다는 전보였다. 크리스마스이브에 나는 직접 퇴원 절차를 밟고 뉴욕으로 가는 열차에 올랐다.

가족을 만나는 것은 1년 반 만이었다.

그 뒤로 몇 주는 두통 속에서 희미했고, 다른 사람들의 감정들이 내 주변에서 빠르게 소용돌이쳤다. 크리스마스가 지난 뒤에는 다시 출근하기 시작했지만 아버지의 병문안 때문에 뉴욕에서 지내며 출퇴근을 했다. 가끔 진저가 퇴근 후에 나와 함께 병원에 가기도 했다.

아버지가 돌아가신 날, 스탬퍼드의 밤거리에는 무겁고 선뜩한 안개가 드리웠다. 도로 위 차들은 움직이지 않았다. 9시 30분 뉴욕행 기차를 타려고 3킬로미터가 넘는 거리를 걸어 역으로 갔다. 크리스퍼스 애틱스 센터까지는 진저가 함께 가주었다. 안개가 너무 짙어 연석에 걸려 넘어질까봐 겁이 났다. 가로등은 먼 곳에 걸린 달처럼 희미하게 빛났다.

아무도 없는 거리가 너무 조용해서 으스스했다. 뉴욕 의료센터 중환자실 병동의 어둑어둑한 산소치료실에 누워 있는 내 아버지뿐 아니라 온 세상이 죽어버린 것처럼.

아버지가 돌아가시고 나는 일주일간 어머니 집에 머물렀다. 어머니는 주체하기 힘든 지독한 슬픔 때문에 안정제를 복용해야 했으므로 우리 집에 드나드는 조문객을 맞이하는 것은 헬렌 언니와 내 몫이 되었다. 결혼한 필리스 언니는 2주 뒤 둘째를 출산할 예정이라 장례식에만 참석했다. 언니는 장례식에 입고 갈 진회색 외투를 한 벌 빌려주었다.

그 주에 나는 내가 이젠 이 집에서 이방인이라는 사실을 잊지 않으려고 애썼다. 그럼에도 어머니를 새로운 관점으로 바라보게 된 건 사실이다. 어머니가 자신과 대등한 존재로 보았던 인간은 온 세상에 오로지 아버지 하나뿐이었는데 이제 아버지는 계시지 않았다. 이 배타성이 어머니에게 부여한 쓸쓸하기 그지없는 고독감이, 그리고 이에 맞서느라 때때로 눈을 감아버리는 어머니가 보였다. 그러나 어머니가 나와 언니들을 볼 때면 그의 시선은 마치 우리가 유리라도 되는 듯 통과해버렸다.

나는 어머니의 고통, 맹목성, 힘을 보았다. 처음으로 어머니가 나와 별개의 존재로 보이기 시작했고, 처음으로 어머니로부터 자유로워진 기분이었다.

헬렌 언니는 자기보호를 위해 경박한 껍질을 뒤집어쓰고 거실에 있는 축음기로 최근에 산 레코드 한 장을 끝도 없이 틀었다. 이레 내내 낮이나 밤이나 같은 음악을 틀고 또 틀었다.

우리가 춤을 출 때 우울해져

난 미리 우울해지지

당신은 떠날 테고

난 홀로 남을 테니까

난 벌써부터 우울해져

어떤 이들은 노래를 듣고 우울해져

사랑이 왔다가 떠나고 나면

당신은 모르겠지 이별한 뒤

내가 얼마나 울게 될지……

장례식이 끝나고 스탬퍼드로 돌아가면서 뉴욕에서 더 먼 곳으로 떠나야 한다는 생각이 들었다. 최대한 돈을 많이 벌어서 가능한 한 빨리 멕시코에 가기로 마음먹었다.

그 목적을 위해, 또 코라가 나를 자기 집으로 초대했던 덕분에, 나는 삐걱거리는 침대가 있는 밀 리버 로드의 방을 단념하고 워커 로드에 있는 코라의 집 일광욕실로 짐을 옮겼다. 숙박에 식사까지 1주일에 10달러면 이전보다 적은 지출이었다. 코라는 나에게서 얻는 가외소득은 이미 쪼들리는 살림에 도움이 된다고, 지금도 내가 자기 집 음식을 다 먹어치우고 있지 않느냐고 했다.

공장의 내 자리에는 에이다라는 다른 여자가 들어왔다고 진저가 알려주었다. 나는 노동조합 소속이었으므로 스탬퍼드에 돌아오자 내게는 새로운 일자리가 주어졌다. 판독실에 있는 엑스레이 기계를 다루는 일이었는데, 제련된 크리스털을 전하의 크기에 따라 읽어 포장할 수 있도록 분류하는 곳이었다.

판독실에서 하는 업무 시급은 1달러 10센트로 예전과 같았지만, 모두가 선호하는 일자리였다. 공장 한가운데에 위치한 판독실은 유리 패널로 둘러싸여 있어서 온 감각을 괴롭히는 공장 내부의 맹렬한 소음을 어느 정도 피할 수 있어서였다.

이곳에서 우리는 원형으로 배열된 각자의 기계 앞에 서로 대화할 수 없도록 등을 마주하고 바깥을 보며 앉았다. 상용 엑스레이 기계가 여섯 대, 그리고 한가운데는 감독인 로즈의 책상이 있었다. 우리는 우리를 감시하는 로즈의 눈길로부터 벗어날 수가 없었다.

그러나 판독실에서 일하면 단가작업을 할 기회가 있었다.

우리는 크리스털이 200개씩 들어 있는 세척조에서 꺼내온 작고 아주 얄팍한 약 2센티미터 크기의 사각형 크리스털을 각자의 엑스레이 기계 투입구에 집어넣고 바늘이 최고점에 이를 때까지 다이얼을 돌렸다. 작은 엑스레이 빔이 크리스털을 훑고 지나가면 고정대에서 크리스털을 빼서 지정된 구멍에 넣어놓고 다음 크리스털을 투입했다. 집중력과 손재주가 있으면 하루에 크리스털을 각자 1000개씩은 읽을 수 있었다.

하지만 엑스레이가 손가락에 닿지 않게 해주는 보호덮개를 젖힐 시간을 아끼면 1100개까지 판독량을 늘릴 수 있다. 그리고 1200개를 초과하는 양은 단가작업으로 계산되어 100개당 2달러 50센트를 받았다. 키스톤 일렉트로닉스에서 장기간 근무한 여자들 중에는 동선을 완벽하게 익혀 굉장히 민첩하게 움직인 덕에 5~10달러가량을 보너스로 받는 이들도 있었다. 그런 여자들의 손끝은 엑스레이에 노출되어 검게 변해 있었다. 키스톤 일렉트로닉스에서 일하는 동안 내 손가락에도 그런 검은 얼룩이 남았고 서서히 옅어지기까지는 한참이 걸렸다.

판독을 마친 크리스털은 기계에서 꺼내 각자의 기계 옆에 있는 정리대 속 다섯 개 구멍 중 하나에 빠르게 집어넣었다. 때로 포장 부서에서 온 잔심부름꾼이 정리대에서 필요한 분류의 크리스털을 거둬갔다. 판독이 끝난 다음 크리스털을 셀 수는 없었기 때문에 각자 하루에 세척조에서 크리스털을 몇 상자씩 꺼내 갔는지에 따라 총계를 냈다. 이 개수에 따라 보너스가 정해졌다.

개수를 늘려 보너스를 받으려고 읽지 않은 크리스털을 정리대에 놓지는 않았는지 또는 급하게 처리하느라 잘못 읽은 크리스털이 없는지 확인하기 위해 로즈가 온종일 일정한 간격으로 기계를 돌아다니며 정리대의 크리스털들을 불시 점검했다.

판독실에서 일하기 시작하고 첫 2주간 나는 아무와도 대화를 나누지 않고 매일같이 개수를 늘렸으며 보호덮개를 젖히지 않은 대가로 3달러의 보너스를 받았다. 이 상황을 재검토해야겠다는 생각이 들었다. 어느 날 밤 나는 진저와 대화를 나누었다.

"일하는 속도 좀 늦춰. 사람들 사이에서 네가 로즈 눈에 들려고 안달이라는 말이 돌아."

나는 그 말에 기분이 상했다. "나 로즈한테 아부하는 게 아니라 돈을 벌려고 하는 거야. 그게 뭐가 문제야?"

"보너스를 받는 생산량 기준이 아무도 달성할 수 없을 정도로 높은 거 몰라? 네가 그렇게 많은 양을 처리하면 다른 애들이 무안해지잖아.

게다가 네가 할 수 있다면 모두 할 수 있다고 생각할 거고 부지불식간에 생산량 기준이 또다시 높아질걸. 그러면 모든 사람이 제대로 못 하는 것처럼 보이게 된다고. 저 사람들은 네가 돈을 벌게 놔두지 않을 거야. 책을 그렇게 많이 읽으면서 그것도 몰라?" 진저가 몸을 숙여 내가 베개에 기대놓고 읽던 책을 툭툭 쳤다.

그러나 나는 이미 마음을 굳힌 뒤였다. 어차피 키스톤 일렉트로닉스에서 버틸 날도 얼마 남지 않았고, 이곳을 떠나기 전에 돈을 좀 모아놔야 했다. 뉴욕으로 돌아가면 어디로 가지? 일자리를 구할 때까지 어디서 살지? 게다가 얼마나 오랫동안 구직생활을 해야 할까? 그리고 저 멀리 지평선 위 어둑어둑한 별처럼 멕시코로 가겠다는 소망이 걸려 있었다. 돈을 벌어야 했다.

내가 서먼 가족의 집에 살기 시작한 뒤로 진저는 새로운 작업동료인 에이다와 같이 영화를 보러 가는 날이 점점 늘었고 나는 신경 쓰지 않기로 마음먹었다. 나의 직감은 내가 떠나야 한다고 말하고 있었다. 그것도 최대한 빨리.

날마다 내 크리스털 작업량은 꾸준히 늘었다. 로즈가 내 기계를 확인하러 오는 빈도도 점점 늘었지만 내가 처리한 크리스털에서도, 분류에서도 아무 문제점을 찾지 못했다. 심지어 하루는 청바지 주머니를 뒤집어보라고까지 했다. 나는 머리끝까지 화가 났지만 시키는 대로 했다. 다음 급여일에 나는 2주 치 보너스로 30달러를 더 받았다. 내 주급에 달하는 돈이었다. 당장 판독실 여자들 사이에서 말이 돌기 시작했다.

"대체 쟤는 저 많은 양을 어떻게 다 처리하는 거야?"

"그냥 지켜보자고. 저러다가 손가락 다 타버리겠지."

내가 크리스털 상자를 또 하나 들고 돌아오면 그들은 목소리를 낮췄다. 하지만 잠시 잡담을 나누려고 판독실에 들렀던 에이다는 내가 듣고 있다는 사실은 신경조차 쓰지 않고 이 말을 남기고 떠났다.

"쟤가 크리스털로 무슨 술수를 부리는지는 모르겠지만, 쟤가 제대로 판독하지 않은 건 내가 장담하지!"

에이다 말이 맞았다. 무슨 수로 그렇게 많은 보너스를 받았느냐고 자꾸만 물어오는 진저에게조차 나는 말할 수 없었다. 사실 나는 화장실에 갈 때마다 양말 속에 크리스털을 집어넣고 있었다. 화장실 칸 안에 들어가자마자 튼튼한 이로 크리스털을 씹어서 깨뜨린 다음, 파편은 변기에 넣고 물을 내려버렸다. 그렇게 한 상자에서 한 줌씩 집어내서 없앤 크리스털이 하루에 50개에서 100개쯤 되었다.

나는 진저가 내가 침묵했기 때문에, 그리고 내가 판독실의 다른 여자들을 배신하고 있다고 생각해서 상처를 받았다는 걸 알고 있었다. 진저의 말은 내가 꾸준히 죄책감을 느끼게 했고 이 때문에 나도 화가 났지만, 아무 말도 할 수 없었다. 진저가 에이다와 보내는 시간이 늘어나는 데 대해 나 역시 아무 말도 할 수 없었으니까.

나는 혼자 있을 시간을, 워커 로드의 일광욕실에 살기 시작한 뒤로 불가능했던 사생활의 자유를 누리기를 간절히 바랐다. 진저와 에이다에 대해 생각하며 보내는 시간이 너무 많아서 싫었다. 점점 더 스탬퍼드를 떠나고 싶은 마음이 절실해졌고 보너스는 쭉쭉 올라갔다.

3월의 어느 날, 로즈가 이곳 공장의 경영능률전문가인 버니와 무슨 이야기를 하더니 화장실에서 나오는 내 모습을 잠자코 바라보는 모습이 보였다. 키스톤 일렉트로닉스에서 보낼 나날이 얼마 남지 않았다는 걸 알 수 있었다. 그 주에 나는 보너스로 40달러를 받았다.

금요일, 로즈는 공장에서 인원을 감축한다며 나를 해고하기로 했다고 전했다. 그는 내가 노동조합원이므로 2주 치 주급을 해고수당으로 받게 될 테니 당장 그만두고 소란을 일으키지 말라고 했다. 내가 바라던 바였음에도 집으로 돌아오는 길에는 조금 울었다. "해고당하고 싶은 사람은 세상에 없지." 진저는 그렇게 말하며 내 손을 잡아주었다.

코라는 가외소득을 잃게 된 걸 아쉬워했다. 진저는 내가 그리울 거라고 말했지만, 나는 그가 속으로 안도하리란 걸 알았다. 그가 몇 달 뒤 털어놓은 대로 말이다. 나는 뉴욕으로 돌아가기로 했다.

20

멕시코로 가겠다는 열망에 사로잡힌 이유는 모르겠다. 기억 속 나는 언제나 멕시코를 내가 갈 수 있는 곳 중 색채와 환상과 기쁨의 땅이자 햇빛과 음악과 노래로 가득한 곳이라고 생각했었다. 또 초등학교 시민 수업과 지리 수업에서 내가 사는 곳과 멕시코가 바로 붙어 있다는 사실을 배웠으므로 흥미가 일었다. 그건 필요하다면 내가 걸어서도 갈 수 있는 곳이라는 의미였으니까.

멕시코에서 그림을 그린다던 진의 남자친구 앨프가 조만간 돌아온다는 소식을 듣고 기뻤다.

아버지가 돌아가신 뒤 뉴욕으로 돌아갔을 때 내 가장 큰 목표는 멕시코에 가는 것이었다. 나는 어머니를 거의 만나지 않았다. 아버지에 대한 애도가 깃들 줄 알았던 곳에는 그저 무감각만 남아 있을 뿐이었다. 일자리를 찾는 동안에는 진과 그의 친구들과 함께 웨스트사이드의 아파트에 머물렀다. 결국 의료센터에서 사무직 일자리를 구한 뒤 진과 앨프의 진보주의자 친구인 백인 여성 레아 헬드와 같은 아파트로 이사했다.

그해 여름, 내 마음은 생채기투성이였으나 멕시코라는 꿈이 의지할 수 있는 횃불처럼 빛나고 있었기에 마음을 다잡을 수 있었다. 일을 해서 저축한 돈을 아버지 보험금에서 나눠 받은 얼마 안 되는 돈에 합치면 멕시코에 갈 수 있을 터였다. 나는 떠나기로 마음을 굳혔고, 정치적 상황이 갈수록 암울해지고 공산주의 탄압이라는 히스테리가 심해질수록 내 결심은 더욱더 단단해졌다.

나는 로젠버그 부부* 석방 위원회 일에 갈수록 적극적으로 참여하게 되었다. 그럼에도 스탬퍼드에서 돌아온 뒤 멕시코에 가기 전까지 뉴욕에서 보낸 몇 달은 단기 체류에 가깝게 느껴졌다.

레아 헬드와 나는 로어이스트사이드 7번가, 당시에는 이스트빌리지라고 알려진 지역에 있는 승강기는 없으나 환하고 해가 잘 드는 7층 아파트에서 꽤 사이좋게 살았다. 레아와 함께 살아가는 법을 배우고, 누군가, 그것도 백인 여성과 한 공간을 나누는 법을 배우는 건 때때로 힘겨웠고 또 새로웠다. 특히 나와 레아는 따뜻하고 일상적인 유쾌함을 나눴을 뿐 깊은 정서적 유대감은 없었기에 더했다.

의료센터에서 하는 의료 업무는 재미있었고 그곳에서 보내는 시간도 지루하지 않았다. 점심시간에 주말 데이트 이야기를 하는 여자 동료들과는 섞이기 힘든 기분이 들었다(한편 내가 정오 무렵 품는 몽상은 여전히 진저의 침대에서 보낸 기쁨의 기억으로 채워져 있었다).

봄이 가고 여름이 왔다. 우리는 시위를 하고 피켓을 들고 봉투에

---

* 로젠버그 부부는 원자폭탄 정보를 소련에 넘겼다는 간첩 혐의를 받고 1951년 사형을 선고받았으며 1953년 6월에 처형됐다.

유인물을 넣고 초인종을 울리고 로젠버그 부부를 위해 워싱턴으로 갔다.

두 번째로 워싱턴에 갔을 때는 버스를 탔다. 여섯 시간이 걸리는 여정이었고, 우리는 일요일 오전 6시 정각 유니언스퀘어에서 버스에 올랐다. 즐거운 여행이 아니었다. 우리는 같은 버스에 탄 두 아이들 부모의 목숨을 청원하러 떠나고 있었다. 로젠버그 부부는 곧 사형당할 예정이었으므로 우리는 최후의 저항으로 집행유예를 호소하러 백악관으로 향하는 중이었다.

빗방울이 똑똑 떨어지는, 6월 초순치고는 추운 일요일 오전이었다. 나는 진과 레아를 비롯한 일행들과 함께 행진하며 우리가 변화를 일으킬 수 있기를 바라는 한편으로, 내 나라가 이 아이들의 부모를 살해하고 그것을 적법하다고 여긴다는 사실이 도저히 믿기지가 않았다. 로젠버그 부부가 백인이었기에 더욱 믿기지 않는 일이었다.

이번에는 내가 탄산음료 가게에서 바닐라 아이스크림을 먹느냐 마느냐 하는 일은 아예 일어나지도 않았다. 돈도 없고 시간도 없었다. 우리는 백악관 앞에서 피켓을 들고 노래를 부르고 청원서를 나눠준 뒤 다시 버스에 올라 비를 뚫고 긴 시간을 달려 집으로 돌아갔다.

일주일 뒤 아이젠하워 대통령이 내가 워싱턴 모든 곳에서 먹고 싶은 것이라면 바닐라 아이스크림을 포함해 무엇이든 먹을 수 있다는 행정규칙을 승인해 법제화했다. 그러나 그즈음에 그것은 나에게 그리 큰 의미가 있는 일이 아니었다.

퇴근한 뒤 저녁이면 나는 진과 이제 그의 남편이 된 앨프를 만나거나 레아와 함께 회의에 참석했다. 우리 모두가 로젠버그 부부와 마찬가지로 얼마든지 죽음의 위협을 마주하거나 최소한 일자리를 잃을 위험 또는 영영 손가락질을 받을 위험에 처해 있는 가운데, 아직도 마지막 희망의 불씨를 꺼뜨리지 않고자 하는 겁에 질린 사람들이 모인 회의들이었다. 우리는 다운타운에서 열리는 정치 회의나 업타운에서 열리는 할렘작가협회 모임 같은 곳에서 친구들, 지인들, 평범한 사람들이 '당신은 현재 공산당에 가담한 상태이거나 한때 가담한 적이 있는가?'라는 질문에 대답해야 할지도 모른다는 사실 때문에 공포에 떨었다.

나에게 로젠버그 부부를 위한 투쟁은 이 나라에서 살아가기 위한 투쟁이자 적대적 환경 속에서 살아남기 위한 투쟁과 마찬가지였다. 그러나 내가 진보주의 모임에서 만난 사람들 대부분과 맺는 연결감은 의료센터의 동료들과 맺는 것과 매한가지로 미약한 것이었다. 나는 흑인이건 백인이건 함께 어울려 피부색과 인종의 차이를 놓고 허심탄회하게 탐구하고 대화하다가도, 어느 날 '당신은 현재 동성애 관계에 가담한 상태이거나 한때 가담한 적이 있는가?'라는 비난 섞인 질문을 받는 상상을 했다. 그들에게 동성애자라는 것은 '부르주아적이고 반동적'인 것으로 의심과 배제의 대상이었다. 또한 이 때문에 'FBI에게 꼬리를 잡힐 가능성도 큰 존재'가 되었다.

우리가 백악관 앞에서 피켓 시위를 벌이고 2주 뒤, 1953년 6월 19일에 로젠버그 부부가 처형당했다. 나는 유니언스퀘어 파크에서 열린 추모시위에서 벗어나 따뜻한 밤의 빌리지를 걸으며 그들을 위해, 그들의 아이들, 우리의 무용한 노력, 그리고 나 자신을 위해 눈물을 흘렸다. 세상에 이곳과는 다른 어딘가, 안전하고 자유로운 공간이 존재할까? 그러나 안전하고 자유롭다는 것이 무슨 의미인지조차 확신할 수 없었다. 그러나 그것은 이 고독과 환멸, 배신감과는 다를 터였다. 서른 살이 된 기분이었다.

그러다 나는 리엔치 커피숍 옆 레코드 가게에서 나오는 비와 우연히 마주쳤다. 지난 몇 주간 애도와 강렬한 감정을 더불어 나눴던 이들과는 다르면서도 낯익은 그 얼굴을 보니 반가웠다. 나는 7번가의 집으로 비를 초대해서 커피를 더 마셨다. 레아는 여태 우리가 함께 공유한 실패와 슬픔을 달래느라 주말 내내 집을 비우기로 했던 것이다.

비와 나는 지난해 내가 질을 만나러 베닝턴대학교에 갔을 때 만난 사이였다. 비 역시 친구를 만나러 왔다. 만취한 채 보냈던 그 주말 우리는 여러 번 눈이 마주쳤는데 그중 한 번은 새벽 2시 학생식당에서였다. 모두가 잠든 밤에 대화를 나누던 우리 둘은 다른 친구들보다 몇 달 더 일찍 태어난 데다가 둘 다 혼자 살고 있으므로 그들과는 다른 존재라는 결론을 내렸다. 스스로 책임지는 존재라는 의미였다. 또 우리 둘 다 한 기숙사에 수많은 아름다운 여자들이 살아간다는 사실을 인식했다는 사실을 놓고 짧지만 조심스러운, 지적인 대화를 나누기도 했다. 그 이후로 비는 애인과 헤어지고 다른 여자들과 함께 집을 빌려 필라델피아에 살고 있었다. 내가 스탬퍼드에서 진저를 만나던 시기였다.

우리는 손을 잡고 동쪽을 향해 걸었다. 나는 묵묵히 에설 로젠버그와 줄리어스 로젠버그를 향해 추모하며 울었고, 비는 공감한다는 듯 침묵했다. 차츰 편안한 기분이 들었다. 지난 한 해간 우리 둘 다 여자를 사랑한다는 것에 있어 흥미 섞인 대화의 단계를 넘어선 것은 분명했다.

함께 걷는 동안 우리가 서로에게 보여준 솔직함 때문에, 나는 내게 어떤 감정이 생겼다고 여겼다.

그날 밤, 나는 비에게 자고 가라고 했다. 나머지는 놀라울 만큼 쉬웠다. 내 침대에서 여자를 사랑하는 것은 처음이었다. 이곳은 집이었고, 마치 지난한 단식을 끝마치기라도 하는 것처럼 희망과 절망으로 점철되었던 지난 몇 달간의 신체적 긴장감이 누그러지는 것을 느꼈다. 그러나 이런 안도감은 비의 무반응에 사그라지고 말았다. 목석처럼 꼼짝도 않는 조각 같은 몸은 기억 속 진저의 열정에 비하면 실망스러울 따름이었다.

그 뒤로 몇 달간 나는 일하지 않을 때면 멕시코로 떠나 비와 장거리 연애를 할 준비를 하는 데 온 에너지를 쏟았다. 우리는 필라델피아와 뉴욕의 YWCA를 오가며 평균적으로 2주에 한 번 주말마다 만났다. 비에게는 룸메이트가 있었고 나도 역시 내 성생활에 대해서는 결코 모르쇠로 일관하는 레아와 함께 살았다. 필라델피아의 YWCA가 더 저렴하고 침대가 편했기 때문에 내가 그곳으로 가는 일이 더 잦았다.

바가 아닌 곳에서는 다른 레즈비언을 만나는 게 무척 어려운 시절이었는데, 나는 술을 마시지 않았으므로 바에도 가지 않았다. 빌리티스의 딸들*이 발행하는 뉴스레터와 〈더 래더〉를 읽고 있자면 다른 레즈비언들은 다들 어디에 있는지 의문이 들었다. 때로는 상대가 동성애자라는 사실만으로도 연애를 시도하기 충분했고, 서로 전혀 안 맞는데도 사랑이라는 이름으로 연결되려 하기도 했다. 그것이 고독이 남긴 결과물

* 1955년에 설립된 미국 최초의 레즈비언 인권단체다.

이었고, 비와 나의 관계는 분명 그런 것이었다. 우선 우리의 배경이 달랐음은 물론, 중요한 문제를 바라보는 시각도 이토록 다를 수가 없었다. 비는 나이가 많고 상류계층이자 백인이었고 돈이 많은 부모님 밑에서 자랐으며 심리적으로도 부모님의 영향하에 있었다. 무엇보다도 우리 둘은 섹스에 대한 태도가 완전히 달랐다.

비와 내가 나눈 성적인 애정표현은 이론적으로는 대체로 만족스러운 것이자 무척 즐거운 여가시간이었다. 이 행위에 비는 지적으로는 엄청나게 헌신했으나 강렬한 감정적 반응은 전혀 일어나지 않는 것 같았다. 그는 나한테는 아무 문제도 없다고 열심히 안심시켰지만, 믿기지 않았다. 상류계층인 부모한테 버림받을지도 모른다는 두려움이 비에게 어느 정도로 영향을 미친 건지는 모르겠지만, 상당히 성공적이었던 게 틀림없었다. 우리는 사랑을 나눌 때보다는 기타와 옛 음악에 대한 애정을 공유할 때 더욱 열정적으로 함께했다.

나는 야간열차로 필라델피아에 가서 버스로 갈아탄 뒤 비가 주말 동안 방을 빌려놓은 아치 스트리트의 YWCA로 가곤 했다. 이곳의 방들은 모두 비슷비슷하게 작고 무난하고 싱글베드가 놓여 있었다.

비는 사각형 얼굴에 장밋빛 뺨을 가졌고 장미 꽃봉오리 같은 입은 입매가 늘 처져 있었다. 눈은 크고 푸르며 이는 튼튼하고 아름다웠다. 작은 가슴, 긴 허리, 탄탄한 골반, 늘씬하고 긴 다리. 매끄러운 금빛 몸에 흠이라고는 하나도 없었다. 고등학생 때 아버지 바지 주머니에서 슬쩍한 돈으로 아시아 수입품 가게에서 샀던 상아 조각상 같은 몸이었다.

처음에는 기대에 차 주말을 기다리곤 했다. 이번만큼은 다르리라는 희망을 품었다. 비가 스스로를 동성애자라 인식한다는 것은 우리 둘을 연결해주는 사실이자, 내가 살아가는 정서적 사막 속에서 하나의 생생한 현실이 되어 주었다. 그런데 비는 언제나 자기가 느끼지 못한다는 걸 꽤나 솔직하게 말해주는 편이었다.

그래서 나는 주말마다 YWCA 침대를 전전하며 뜨거운 입술로 마치 매끈한 돌에 새긴 부조를 핥듯 비의 온몸을 쓸어내렸고, 그러다가 퉁퉁 부어버린 입술로 숨을 헐떡이며 좌절감 속에서 잠시 휴식했다.

"정말 좋았어. 거의 느낀 것 같아." 비는 이렇게 말하곤 했다.

매번 우울하리만치 똑같은 일이 반복되었다. 우리 둘 다 튼튼하고 에너지 넘치는 신체 건강한 젊은 여성이었다. 금요일 밤부터 싱글베드에서 나는 쉬지 않고 비를 기쁘게 해주었고, 그러는 내내 비는 서글픈 한숨만 쉬었다. 일요일 정오쯤이면 충족되지 못한 욕망 때문에 정신이 나가기 직전인 나는 마치 미친 사람처럼, 섹스 중독자처럼, 처녀를 탐하는 방탕아처럼 바람을 쐬러 나왔다. 우리는 음악을 들으며(비는 절대음감이었다) 옷을 입은 뒤, 한낮의 햇빛에 눈을 깜빡이며 바깥으로 나왔다. 지치고 좌절했다는 점에서 동지였던 우리는 손을 맞잡고 로댕 미술관에 갔다가 작은 식당에서 식사를 했고, 식사가 끝난 뒤에는 열차에 몸을 싣고 뉴욕으로 되돌아왔다. 나는 점점 비의 솔직함과 재치를 좋아하게 되었다. 그리고 어떤 의미로는, 우리는 서로를 점점 사랑하게 되기도 했다.

아직도 가끔 필라델피아를 생각할 때마다 나는 아치 스트리트의 YWCA, 로댕 미술관, 그리고 30번가 기차역을 잇는 잘 매만진 삼각형 모양의 회색 돌로 된 따분한 배경을 떠올린다.

비는 테이블 맞은편에 앉아 모든 음식을 서른두 번씩 씹어 삼킨 뒤에 다음 만남이 기대된다고 말했고, 그럴 때마다 나는 정신이 나가버릴 것만 같았다. 일요일 밤마다 열차에 오르면서 다시는 비를 만나지 않겠다고 맹세했다. 일주일간은 그 맹세를 지켰다. 그러다가 비가 내게 전화를 걸거나 내가 전화를 걸었고, 그럼 우리 둘 중 하나는 돌아오는 금요일 열차에 올라 필라델피아로 찾아가거나 필라델피아에서 찾아왔다. 이 극복할 수 없는 평온을 끝내겠다고 생각할 때면 자꾸만 욕망에 불이 붙었던 것이다.

추수감사절 무렵 우리는 함께 멕시코에 가겠다는 계획을 세웠다. 실수라는 걸 알았지만 거절할 용기가 나지 않았다. 결국 여행을 2주 남겨둔 어느 일요일 밤, 기차역으로 가는 길에 나는 비에게 그만 만나자고 했다. 멕시코에 혼자 가겠다고도 했다. 변명도, 서두도 없이 던진 말이었다. 스스로를 지키기 위해서 한 말이었지만 내 잔인함은 나한테도 끔찍하게 느껴졌다. 하지만 나는 다른 방법을 떠올릴 수가 없었다. 비를 30번가 기차역 입구에 서서 울게 내버려두고 달려가 열차를 탔다.

집에 도착한 뒤 비에게 "미안해"라는 전보를 보냈다.

나는 아무리 잔혹하더라도 용기를 내서 그 말을 하고 나면 비를 떠날 수 있을 거라고, 홀로 죄책감을 감당할 수 있을 거라고, 서둘러 여행계획을 조정해 혼자 떠날 준비를 할 수 있을 줄 알았다. 그러나 나는 비가 얼마나 철저하고 단호한지 간과했었다.

재난과 같았던 연애는 다음 날 비가 뉴욕으로 와서 우리 집 밖 7층계단에 앉아 내가 나타나길 기다리는 것으로 종지부를 찍었다. 집 앞에서 웬 여자가 나를 찾으며 울고 있다고 경고해준 덕에 나는 진과 앨프의 집에 숨어 지냈다. 레아는 출퇴근하는 길에 비에게 이런저런 변명을 하

263

며 내 고충을 대신 처리해주었다. 비가 나를 만나러 제일 먼저 찾아갔을 의료센터의 일자리는 이미 그만둔 뒤였다.

비는 근처 식료품점에 콜라를 사러 가거나 화장실에 다녀오느라 잠깐씩 자리를 비우는 것 외에는 고스란히 이틀을 층계참에 머물렀다. 그러다가 마침내 포기하고 필라델피아로 돌아갔다.

그가 남긴 쪽지에는 어째서 이런 식으로 관계를 끝낸 것인지 묻고 싶었다고 쓰여 있었다. 나는 대답해줄 수가 없었다. 나 역시 이유를 몰랐으니까. 꼭 괴물이 된 기분이었다. 나는 자기보호, 또는 자기보호라고 느낄 수 있는 그 무언가를 간절히 바랐고, 내가 아는 방법은 그것뿐이었다. 나는 아무도 다치게 하고 싶지 않았다. 그럼에도 어쩔 수 없었다. 앞으로 다시는 누구와도 이런 관계를 맺지 않기로 스스로와 약속했다.

죄책감은 쓸모 있는 감정이다.

사흘간 복도에서 일어난 소동에 대해 레아는 어리둥절해하는 한편, 평소처럼 있는 그대로 받아들였다. 나는 어쩔 수 없이 비와 있었던 일을 털어놓았지만, 우리 관계가 이미 끝났다는 사실을 강조했다. 비에 대한 나의 감정을 되물을 겨를이 없도록 말을 잇던 와중에도 레아가 한 말은 옳은 말 같았다.

"네가 아무리 강하다고 해서 다른 사람들이 너한테 지나치게 의존하게 하면 안 돼. 그건 상대에게도 부당한 일이잖아. 상대가 원하는 대로 해주지 못하면 상대는 너한테 실망하고 넌 괴로워지니까." 레아는 때로는 자신뿐 아니라 타인에게도 현명한 말과 행동을 했다.

나는 그 대화를 잊지 않았고, 이후로 비 이야기를 입 밖에 내지 않았다. 일주일 뒤 나는 멕시코로 떠났다.

스탬퍼드에서 뉴욕으로 돌아온 지 11개월 뒤, 열아홉 살 생일을 맞기 2주 전이었다.

2년 만에 처음 산 스커트 차림으로 비행기 좌석에 기대앉았다. 멕시코시티로 가는 에어프랑스 야간 비행편 좌석은 반쯤 비어 있었다. 전날 레아가 나를 위해 깜짝 송별파티를 열어주었는데도 나는 밤새도록 벌거벗은 채로, 또는 여행가방, 여권 없이, 아니면 티켓 없이 공항에 도착하는 악몽을 꾸었다. 시선을 내려 한밤에 반짝이는 레이스처럼 펼쳐진 도시의 불빛을 보고 나서야 나는 내가 온전한 상태로, 자력으로, 살아서 뉴욕을 벗어났다는 사실을 믿을 수 있었다.

머릿속에는 계단에서 들려오던 비의 참담한 울음소리가 아직까지 맴돌고 있었다. 지옥문을 지키는 개가 바짝 따라붙는 가운데 뉴욕으로부터 도망치는 기분이었다.

승무원은 나를 세심히 배려해주었다. 내가 처음 비행기를 타는 거라서, 그렇게 멀리까지 혼자 떠나기엔 너무 어리기 때문에 그런 거라고 했다.

21

멕시코시티의 디스트릭토 페데랄 중심가는 국립예술궁전에서 레포르마의 천사상에 이르는 널찍한 아베니다 인수르헨테스*를 따라 놓여 있었다. 이곳은 낯선 소리와 냄새와 경험으로 이뤄진 바다였고 나는 매일같이 기쁜 마음으로 이 바다를 헤엄쳤다. 멕시코시티의 고도에 적응하는 데, 그리고 기초 수준의 언어 실력으로 혼자 외국에 왔다는 사실에 적응하기까지 이틀이 걸렸다.

첫날에는 망설이며 탐색을 시작했다. 이튿날에는 거리의 부산함과 안락한 온기에 들떠 호기심으로 잔뜩 흥분했고 훨씬 더 편안했다. 현대식 상점들과 오래된 박물관들, 건물들 사이에 화로를 놓고 콩이며 토르티야를 구워 먹는 가족들을 구경하며 몇 킬로미터씩 도시를 걸어다녔다. 갈색 얼굴을 한 사람들이 가득한 거리들을 돌아다닌다는 것은 여태 해본 그 어떤 경험과도 다른 심오하고도 짜릿한 감정을 가져다주었다.

---

* 멕시코시티를 남북으로 가르는 대로를 말한다.

친절한 낯선 이들, 스쳐 지나는 미소, 신기하고 궁금하다는 시선들, 내가 있고 싶었고 또 선택한 장소에 와 있다는 느낌. 거리를 구경하며 돌아다니고 있자니 나를 모르는 사람들이 나의 존재를 알아차리고 또 받아들인다는 사실에 나는 사회적으로 뚜렷한 윤곽을 지닌 확실한 존재, 대담하고 모험적이며 특별한 사람이 된 것만 같았다. 호텔 주변 가게 주인들의 관심을 한껏 즐기면서 소박한 식료품을 샀다.

"아, 라 세뇨리따 모레냐![아, 흑인 아가씨!]" 모레냐는 어두운색이라는 의미다. "부에나스 디아스!" 레포르마 모퉁이 가게에서 신문을 샀더니 여주인이 손을 뻗어 나의 짧게 자른 내추럴 헤어를 토닥였다. "아이, 케 보니타! 에스타 라 쿠바나?[아, 정말 예쁘네요, 쿠바에서 왔나요?]"

나는 마주 웃어주었다. 피부색과 머리 모양 때문에 나는 쿠바인이냐는 질문을 종종 받았다. "그라시아스, 세뇨라[감사합니다, 부인]." 나는 그렇게 대답한 뒤 전날 구입한 화사한 레보소**를 어깨에 둘렀다. "노, 요 에스토이 데 누에바 요르크[아니요, 저는 뉴욕에서 왔어요]."

그 말에 여주인은 놀라며 반짝이는 검은 눈을 휘둥그레 뜨더니 방금 내가 건넨 동전을 그대로 쥔 채 주름투성이 건조한 손으로 내 뒤통수를 토닥였다. "아이, 콘 디오스, 니냐[그럼 잘 가요, 아가씨]." 내가 다시 거리로 발길을 옮기자 그가 내 뒤에 대고 소리쳤다.

정오가 되자 도시의 거리가 이토록 분주한 동시에 정다울 수 있다는 사실이 놀라웠다. 새로 짓는 건물들마저도 색채와 빛이 감돌았으며, 공공건물이건 사설건물이건 고층 건물의 측면에 색색의 벽화가 장식되

** 숄과 비슷하게 활용하는 손으로 짠 멕시코의 전통 편물이다.

어 한층 더 축제 분위기가 났다. 심지어 대학교 건물들도 눈부신 빛깔의 모자이크 벽화로 뒤덮여 있었다.

웃옷에 화사한 복권들을 핀으로 몇 줄씩 달고 있는 복권 판매인들이 골목 귀퉁이마다 자리했을 뿐 아니라 차풀테펙 공원을 돌아다녔다. 교복 입은 아이들은 무리를 지어 학교에서 돌아오고, 너무 가난해서 학교에 갈 수 없지만 반짝이는 눈빛만은 똑같은 다른 아이들은 건물 그늘에 담요를 깔아놓고 부모와 함께 책상다리로 앉아서는 폐기된 타이어의 닳아빠진 조각에서 싸구려 샌들에 댈 밑창을 잘라내고 있었다.

세구루 소시알 맞은편의 국영전당포는 금요일 정오면 젊은 공무원들이 주말에 쓸 기타와 댄스화를 찾아오려고 긴 줄을 섰다. 눈이 커다란 꼬마들이 내 손을 잡고는 제 엄마가 담요를 씌워 햇빛을 가린 테이블 위에 차려놓은 노점으로 끌고 갔다. 길 위의 사람들은 나를 모르면서도 그저 낯선 사람이기 때문에 미소를 보냈다.

시내 한가운데에 네사우알코요틀에서부터 국립예술궁전 뒤편까지 몇 블록이나 차지하는 알라메다라는 아름다운 공원이 있었다. 어떤 아침이면 나는 날이 밝자마자 호텔을 나와 버스를 타고 시내로 나와 알라메다 공원을 산책했다. 눈부시게 아름다운 달빛 속에서도 공원 산책을 해보고 싶었지만 멕시코시티에서는 해가 지면 여자 혼자 외출해서는 안 된다는 말을 들었으므로, 멕시코에 온 지 얼마 되지 않았을 때는 저녁마다 여태 제대로 읽어본 적 없었던 《전쟁과 평화》를 읽으며 보냈다.

나는 버스를 타고 국립예술극장 앞에서 내린 뒤 젖은 덤불과 아침의 꽃, 아름답고 섬세한 나무들의 깨끗한 향을 들이마셨다. 공원에 들어가기 전에 자전거를 타고 지나가는 배달부 소년에게서 판 둘세*를 샀다.

챙을 위로 젖힌 큼직한 솜브레로를 머리 위에 조심스레 올린 채로, 어머니의 오븐에서 갓 나와 아직도 따끈한 맛 좋은 작은 빵들을 높이 쌓아 팔러 다니는 소년이었다.

공원 곳곳 오솔길에 대리석으로 된 석상들이 포진해 있었고 점심때가 되면 길 건너 건물들에서 일하던 주간 근로자들이 이곳으로 와 점심시간을 맞아 파세오**를 즐겼다. 석상 중에서 가장 내 마음에 드는 것은 베이지색 돌로 만든 것으로, 벌거벗은 소녀가 몸을 움츠리고 무릎을 꿇은 채 고개 숙여 새벽을 맞는 형상이었다. 인근 도로를 달리는 차들의 소음이 점점 커지지만 아직은 빛이 희미한 가운데 알라메다 공원의 향기롭고 고요한 아침을 헤치고 걷노라면 꼭 그 무릎 꿇은 소녀의 석상이 살아나 고개를 들어 태양을 똑바로 바라보기라도 하는 것처럼 나 역시도 큼지막한 꽃송이처럼 활짝 열리는 기분이 들었다. 이른 아침 아베니다(대로)의 흐름 속으로 발걸음을 옮기면 공원에서 들이마신 빛과 아름다움이 내 안에서부터 빛을 발했고 골목 구석에서 화로의 숯에 불을 붙이던 여자도 내 얼굴의 환한 빛에 화답해 미소를 지어주었다.

멕시코시티에서 보낸 첫 몇 주간 걸을 때 발만 내려다보던 평생의 습관이 깨지기 시작했다. 볼 것이 너무 많았고, 읽고 싶은 흥미롭고 천진한 얼굴들도 너무 많아서, 나는 길을 걸을 때 고개를 드는 연습을 했고 얼굴에 내리쬐는 뜨거운 햇빛에 기분이 좋았다. 어디를 가든 온갖 색조의 갈색 얼굴들이 내 얼굴과 마주쳤고, 거리에서 나와 같은 피부색을

---

* 멕시코의 전통 식사 빵이다.
** 느긋한 산책을 뜻한다.

수도 없이 보며 내 존재를 확인하는 일은 완전히 새롭고도 짜릿했다. 이전까지는 나 자신이 가시적 존재라 느낀 적도 없었으며 내가 눈에 보이지 않는 존재라는 사실조차도 몰랐던 것이다.

멕시코시티에서 아직 친구를 하나도 사귀지 못했지만 객실 청소부와 반은 영어, 반은 스페인어로 날씨나 옷차림, 비데에 대해 나누는 대화만으로도 나는 꽤나 즐거웠다. 내가 아침마다 저녁에 옥수수껍질로 싼 뜨거운 타말레* 두 개와 파란 딱지 붙은 우유 한 병을 사는 세뇨라와도, 내가 조그만 방을 빌린 작은 2등급 호텔의 주간근무 직원과도 비슷하게 대화를 나누었다.

첫 주가 끝날 무렵 나는 새로 벽화를 그린 시우다드 우니베르시타리아에 가서 멕시코의 역사와 민족을 다루는 강의, 그리고 민담 강의를 신청했다. 또 더 저렴하고 오래 지낼 수 있는 집을 찾아다니기 시작했다. 직접 요리할 수가 없어서 노점에서 저렴한 음식을 사 먹으며 지내자니 얼마 안 되는 돈이 줄어들고 있었다. 또 멕시코시티 여행객이 흔히 겪는다는 설사병에 걸리지 않기 위해 음식을 골라야 하니 제약도 컸다.

디스트릭토 페데랄에 온 지 2주가 지났을 때 나는 버스를 타고 쿠에르나바카에 가서 프리다 매슈스와 어린 딸 태미를 만났다. 레아의 친구 중 스페인내전 당시에 링컨여단에서 함께 종군간호사로 일했다는 이가 프리다를 소개해줬다. 그때까지 나는 박물관과 피라미드를 찾아가고 도시의 거리를 헤매며 새로운 장소를 향한 허기와 호기심을 사뭇 충족

---

* 옥수수가루로 만든 반죽을 옥수수껍질이나 바나나껍질에 싸서 쪄내는 메소아메리카 지역의 전통 요리다.

해가는 중이었다. 점점 더 이곳이 편하게 느껴지기는 했지만 영어로 대화할 사람이 아쉬워지기 시작했다. 시우다드 우니베르시타리아 수업은 다음 주부터 시작할 예정이었다.

쿠에르나바카는 멕시코시티에서 남쪽으로 약 70킬로미터 정도 떨어진 모렐로스 골짜기에 있는, 경치가 아름다운 지역으로 수도보다 해발고도가 더 낮았다.

내가 전화를 걸었을 때 프리다는 따뜻하게 반겨주면서 쿠에르나바카에 하루 다녀가라며 나를 초대했다. 버스에서 내리자 프리다와 그 딸이 나를 맞아주었다. 이곳은 수도보다 더 따뜻하고 맑은 날씨였고 시내광장의 분위기도 한층 편안했다.

버스가 광장에 도착하자마자 나는 키 큰 금발의 미국 여성과 그 옆, 볕에 그을린 얼굴로 웃고 있는 어린 소녀를 알아보았다. 프리다는 전화 목소리를 듣고 연상한 것과 비슷한, 차분하고 지적이며 솔직담백한 사십 대 초반 여성이었다. 프리다는 태미와 함께 9년째 쿠에르나바카에 살고 있었기에 고향인 뉴욕 소식에 늘 굶주려 있었다. "에식스 공설 시장은 아직도 있니? 작가들은 요즘 뭘 하지?"

그날 아침 우리는 서로 아는 사람들 이야기를 나눈 다음, 게레로의 시장을 돌아다니며 저녁 재료를 샀고 태미가 가정부에게 가져다주었다. 그 뒤에는 광장 한쪽 모퉁이를 다 차지하고 있는 노천카페 테이블에 앉아 거품이 이는 카페 콘 레체**를 마셨다. 오후의 햇살 속에서 거리음

** 스페인어로 우유가 든 커피를 뜻하며, 스페인과 라틴 아메리카에서 흔히 마시는 에스프레소에 뜨겁게 끓인 우유를 섞은 음료다.

악가들이 기타를 조율했고, 부랑아인 차마키토들이 우리에게 와서 동전을 구걸하다가 태미가 속사포 같은 스페인어로 쏘아붙이는 말에 웃으며 도망쳤다. 금세 다른 미국인들이 동네에 등장한 신참이 누군지 보려고 우리 테이블을 찾았는데 모두 백인이고 대부분 여자였다. 프리다가 나를 소개하자 다들 정답게 반겨주었다.

쿠에르나바카의 평온한 아름다움, 그리고 붙임성 있는 프리다의 친구들과 함께 하루를 보내고 나니, 나는 이곳으로 거처를 옮기라는 프리다의 설득에 금세 마음을 굳혔다. 마침 나는 호텔 포르틴보다 저렴한 숙소를 찾으려 애쓰는 중이었다. 프리다는 대학 강의를 들으러 수도를 왔다 갔다 하는 일은 얼마든지 가능하다고 안심시켰다. 쿠에르나바카 사람들 중에도 멕시코시티로 출퇴근하는 사람이 많고, 버스나 단체로 타는 택시메트로 교통비도 저렴하다는 것이었다.

"멕시코시티보다 여기서 지내는 게 행복할 거야. 더 조용하기도 하고. 훔볼트 24번지 주택단지가 참 살기 좋은 곳인데 아마 거기서 작은 집을 빌릴 수 있을 거야."

열두 살 태미는 엄마와 엄마 친구들보다 자기 나이와 가까운 사람이 생겨서 신이 났다.

"수도에서 짐을 옮겨오는 건 헤수스가 도와줄 거야." 프리다가 권했다. 그는 이혼 위자료로 산등성이에 있는 테포스틀란이라는 작은 마을에 농장을 하나 마련해뒀다고 했다. 헤수스는 이 농장 관리인으로, 한때 프리다와 연인 사이였단다. "지금은 상당히 다른 사이지만 말이야." 파티오에 있던 태미가 자기가 키우는 거위만큼이나 커다란 오리인 파토간소를 보러 오라고 부르는 바람에 프리다는 간단히 설명을 마쳤다.

그날 오후 나는 곧바로 주택단지에 있는 작은 집을 둘러보러 갔다.

나는 무엇이든 받아들일 준비가 되어 있었다. 쿠에르나바카는 꼭 선물 같았다. 내가 보러 간 집에는 큰 방이 하나 있었고 산을 마주 보는 큰 창들이 달려 있었으며 욕실, 부엌, 게다가 식당으로 쓸 수 있는 조그만 벽감이 있었다. 내가 초대하지 않으면 누구도 들어올 수 없는, 나무가 있고 꽃이 있고 덤불이 있고 나만 쓰는 현관문으로 이어진 작은 오솔길이 있는 나만의 집. 오전 8시 강의를 들으러 한 시간 반에 걸쳐 산을 넘어가야 한다는 불편은 감수할 수 있을 것 같았다. 멕시코시티로 돌아가는 버스 안에서 나는 마음을 굳혔다.

수업이 끝난 어느 날 오후, 헤수스가 내 여행가방과 타자기를 옮겨주러 찾아왔다. 수도를 벗어나 새로 생긴 고속도로인 아우토피소를 타고 산을 뱅뱅 돌아 쿠에르나바카로 향한 것은 저녁이 가까운 시간이었다. 헤수스는 낡은 크라이슬러 컨버터블 지붕을 열어두었다. 라디오에서 마리아치 음악이 울려 퍼지는 가운데, 굽이를 돌 때마다 완전히 새로운 풍광과 새로운 지형이 펼쳐졌다. (내가 한때 코네티컷주 스탬퍼드를 '시골'이라 여겼다니!) 모렐로스 골짜기를 넘자 지평선에 도사리고 있던 적란운이 지는 햇빛을 받아 모서리를 보랏빛으로 물들이며 반짝였는데, 이만큼 행복한 기분을 느낀 것이 너무 오랜만이었다. 무엇보다도, 나는 내가 행복하다는 사실을 뼈저리게 자각하고 있었다.

커버가 닳아빠진 널찍한 좌석에 다시 몸을 기댔다. 축가인 마냐니타가 라디오에서 큰 소리로 울려대고, 내 짐과 타자기가 뒷좌석을 온통 메운 가운데, 굽이를 돌 때마다 타이어가 내는 끽 하고 내는 소리며 헤수스가 터뜨리는 허물없고 편안한 웃음소리 속에서 골짜기 아래 쿠에르나바카로 향하던 3월 저녁, 그날 나는 내가 바로 이곳에 존재한다는 사실이 기쁘기 그지없었다.

……달은 숨겨져 있네
일어나라, 내 친구
새벽을 바라보라

라 세뇨라. 라 페리오디스타. 라 모레니타. 라 알타 루비아. 라 치카. 훔볼트 24번지 주택단지의 사용인들은 이 단지에서 지내는 북미 사람들 대부분에게 별명을 붙였다. 별명이기도 하고, 직함이기도 하고, 애칭이기도 했다. 싫은 사람에게는 붙여주지 않는 별명이었다. 이런 별명을 화가 나거나 기분이 나쁠 때 부르는 법은 없었다. 숙녀. 신문기자. 피부색이 짙은 여자. 키 큰 금발. 어린 소녀.

1954년에 쿠에르나바카는 북미에서 온 정치적, 영적 망명자들의 안식처라는 명성을 얻은 곳으로, 중산층 출신인 비순응주의자 미국인들이, 영화배우들이 즐겨 찾는 아카풀코나 탁스코에서보다 더 단순하고 저렴하고 조용하게 지낼 수 있는 지역이었다. 작고 아름다운 마을 쿠에르나바카를 먹여 살리는 것은 주로 다양한 나라 출신의 외국인이었다.

쿠에르나바카의 고요한 거리를 따라 늘어서 있는 철문들과 높다란 벽돌담이 해를 받아 빛났고 찬란한 자카란다 나무들이 안마당에서 가지를 뻗어 벽 위로 꽃을 뚝뚝 늘어뜨렸다.

진흙을 다져 만든 오르막길을 가던 어린 사내애들이 망아지와 함께 벽에 기대앉아 꼬박꼬박 졸았다. 철문 너머에 사는 쿠에르나바카의 미국인들은 복잡하고도 세련된 삶을 살았다.

주로 캘리포니아나 뉴욕 출신으로 적당한 재산을 가진 독신 여성 대다수는 광장에 즐비한, 관광객을 대상으로 하는 상점들의 지분을 가지고 있었다. 나머지는 이런 가게에서 일하거나 멕시코시티에서 일주일에 며칠씩 교사나 간호사로 일해 벌이를 충당했다. 이혼수당을 받아 사는 여자들도 있었고, 나머지는 프리다처럼 링컨여단에서 간호사로 복무하다가 미국 정부와 갈등을 빚은 이들이었다. 링컨여단의 간호사들에게는 멕시코 시민권이 주어졌다. 공산주의자로 몰려 영화계에서 쫓겨난 뒤 돈이 덜 드는 멕시코로 와서 편집이나 대필작가 일로 살아가고 있는 할리우드 텐*의 일원들과 그 가족들도 있었다. 그 밖에도 여전히 대단한 위세를 떨치고 있는 매카시즘의 희생양들이 이곳에 있었다. 여기서 만난 이들은 레아의 친구들과도, 수년 전 로젠버그 위원회에서 만난 사람들과도 공통점이 많았다.

쿠에르나바카의 미국인 거주지는 정치적으로는 신중한 각성의 분위기를 띠고 있었다. 이곳에는 뉴욕에 만연했던 공포의 냄새도, 정치적 탄압도 없었다. 우리는 그곳으로부터 5000킬로미터는 넘게 떨어져 있었으니까. 그러나 정치 활동을 조금이라도 한 적 있는 모든 이들에게, 매카시즘이 국경을 넘어올 수 없다는 믿음은 2년 전 산산이 부서진 뒤였다. 멕시코를 급습한 FBI가 에설 로젠버그와 줄리어스 로젠버그의 공범으로 지목된 모턴 소벨을 미국으로 호송해 즉시 반란죄로 심판했

---

* 매카시즘이 정점에 오른 시기에 할리우드 인사들을 향해 벌어졌던 공산주의자 색출 시도 중 하나로, 할리우드 텐이란 국회 반미활동조사단이 최종 색출을 위해 심문했던 열 명의 인사들을 말한다.

던 것이다.

새로운 주민이 등장하면 모두가 경계하고 두려워하는 한편, 낯선 얼굴을 반기고 또 기대했다. 아직은 알 수 없는 북미의 또 다른 정치적 재난에 대한 기대감도 만발했다. 감미롭게 무르익은 부겐빌레아가 피워내는 불꽃 같은 관능 이면에, 흰색과 분홍색과 보라색의 작은 꽃잎들로 이루어진 섬세한 자카란다 꽃비 이면에 도사린 것 같은 불안감이었다.

숲속에서는 실제로 침묵하기가 더 쉽다는 사실을 내가 알게 된 것은 바로 쿠에르나바카의 숨 막히게 아름다운 새벽빛과 빠르게 언덕을 뒤덮는 땅거미 속에서였다. 어느 날 새벽, 디스트릭토 페데랄행 버스를 타려고 언덕을 내려가 광장으로 향했다. 믿기지 않게 달콤하고 따뜻한 공기 속, 온 사방에서 문득 새들이 날아올랐다. 이렇게 아름다우면서도 예기치 못한 소리는 처음 들었다. 나는 새가 노래하는 소리의 파도 속에서 몸을 떨었다. 그리고 처음으로, 시詩에 담긴 가능성에 눈을 떴다. 여태 나는 꿈을 창조하기 위해 글을 썼지만, 느낌을 재창조하기 위해 언어를 사용할 수도 있을 것 같다는 생각이 들었다.

새 파는 눈먼 어린 소년 헤로메오는 광장 한가운데 야외무대 옆 돌 벤치에 누워 화려한 색의 새가 가득한 새장을 곁에 두고 잠을 잤다. 동이 트기 전 어둠 속에서 높은 나무 위 새들이 곧 해가 뜨리란 것을 감지하자, 광장을 둘러싼 나무 위 새들의 노래가 오케스트라를 이루어 촉촉하고 향기로운 공기 속을 온통 메웠고, 새장 속 새들도 답가를 노래해 광장을 가득 채웠다.

헤로메오는 깨지 않고 계속 잠을 잤다.

디스트릭트 페데랄에 다녀온 오후면 나는 모렐로스 골짜기를 구경하러 가거나 프리다와 그 친구들과 어울려 광장에서 커피를 마셨다. 때로 엘렌 펄의 수영장에서 같이 수영을 하기도 했다.

프리다를 통해 알게 된 여자들은 나보다 나이도, 경험도 훨씬 많았다. 그들이 내가 동성애자인지 아닌지, 내가 그 사실을 스스로 자각하고 있는지 아닌지를 놓고 자기들끼리 한참 추측해댔다는 사실은 시간이 지나고서야 알았다. 나는 그들이 동성애자, 최소한 양성애자일지도 모른다는 가능성은 애초 떠올리지조차 못했다. 그들의 존재 대부분은 그 사실을 숨기는 데 바쳐졌으므로, 나는 일절 의심하지 않았다. 보수주의자 행세는 조금도 할 수 없었던 이 여성들은 그럼에도 이성애자처럼은 굴었다. 용기 있게 정치 성향을 드러내는 것이 성적 지향을 내보이는 것보다 훨씬 수월했던 것이다. 뉴욕 촌뜨기인 내 순진한 눈에 '레즈비언'이란 젊고, 누가 봐도 티가 나고, 또 당연히 보헤미안인 사람들이었다. 진보적이고, 편안하고, 나이에 어울리는 품위를 갖춘 데다가, 수영장이 있고, 머리를 염색했고, 젊은 두 번째 남편도 있는 사십 대 여자들은 결코 레즈비언일 리 없었다. 내 눈에 이 광장에 있는 미국인 여성들은 그저 인습에서 자유로운 이들일 뿐 모조리 이성애자였다.

몇 주 뒤, 테오티우아칸의 피라미드를 보러 가는 길에 유도라에게 그런 이야기를 하자, 그가 얼마나 격렬하게 웃음을 터뜨렸던지 하마터면 우리 차가 도로를 벗어나 도랑에 처박힐 뻔했다.

22

———

유도라. 멕시코. 색채와 빛과 쿠에르나바카와 유도라.

부활절인 토요일의 주택단지. 유도라는 미국에서 핵물리학자 로버트 오펜하이머가 퇴출된 날부터 시작해 일주일간 이어진 폭음에서 막 빠져나온 참이었다. 프리다와 태미와 함께 전날 멕시코에서 열린 성금요일 축제에 다녀온 나는 여전히 축제 분위기에 흠뻑 취해 있었다. 두 사람이 테포스틀란의 농장에 간 사이 나는 집 앞뜰에서 일광욕을 하는 중이었다.

"거기, 안녕! 볕을 너무 과하게 쬐는 거 아니야?" 목소리에 고개를 들자 지난번에도 나를 관찰하고 있던, 주택단지 변두리 이층집 위층에 사는 여자가 나를 보고 있었다. 멕시코에서 본 여자들 중 수영장이 아닌 곳에서 바지를 입는 사람은 그가 유일했다.

그가 내게 말을 걸어주었다는 사실이 기뻤다. 이층집에 각자 한 층씩 차지하고 살던 두 여자는 광장의 카페에 나타나는 법이 없었다. 차를 타러 가는 길이나 수영장에 가는 길에 내 집을 지나치더라도 나한테 말을 걸지 않았다. 두 여자 중 하나가 시내에서 가장 흥미로운 옷을 파는 가게인 라 세뇨라 주인이라는 사실은 알고 있었다.

"정오의 태양 속에 나다니는 건 미친개와 영국인뿐이라는 말 못 들어봤어?" 나는 그를 더 자세히 보려고 손차양을 만들어 해를 가렸다. 생각했던 것보다도 더 그 여자에게 흥미가 동했다.

"전 볕에 잘 안 타요." 나는 그를 향해 고함을 질러 대답했다. 창틀을 액자 삼은 듯 큼직한 여닫이창을 통해 그가 보였다. 그늘에 반쯤 덮인 얼굴은 일그러진 미소를 띠고 있었다. 목소리는 힘이 넘치고 쾌활했지만, 감기에 걸렸거나 담배를 너무 많이 피운 사람처럼 쉬어 있었다.

"커피 마시려던 참이었는데, 같이 한 잔 마실래?"

나는 자리에서 일어나 깔고 누웠던 담요를 집어 들고는 초대에 응했다.

여자는 자기 집 문간에서 기다리고 있었다. 사람들한테 '라 페리오디스타'라고 불리던, 회색 머리에 키가 훤칠한 여자였다.

"난 유도라야." 그가 내게 악수를 청하고는 내 손을 잠시 힘주어 잡았다. "사람들이 널 '라 치카'라고 부르더라. 뉴욕에서 왔고 새로 생긴 대학교에 다닌다며."

"그걸 다 어떻게 알았어요?" 당황한 내가 되물었다. 우리는 함께 집 안으로 들어갔다.

"세상일을 알아보는 게 내 직업이잖니." 유도라는 사람 좋게 웃었다. "기자가 하는 일이 그런 거라니까. 합법적으로 가십을 파헤치는 거."

유도라의 방은 환하고 널찍했으며, 편안하고 정돈되지 않은 곳이었다. 반바지에 폴로셔츠 차림인 유도라는 책이며 신문이 널브러진 침대 위에 책상다리를 하고 앉더니 담배를 피우기 시작했고, 침대 맞은편에는 큼지막한 안락의자가 놓여 있었다.

어쩌면 유도라의 딱 부러지는 태도 때문이었는지도 모르겠다. 어쩌면 나더러 의자에 앉으라는 손짓을 하면서 나를 대놓고 가늠해보던 눈빛 때문인지도 모르겠다. 어쩌면 유도라가 바지를 입고 있어서였는지, 그의 움직임에 담긴 지적인 자유로움과 권위 때문인지도 모르겠다. 나는 그의 집에 발을 들인 바로 그 순간부터 유도라가 동성애자라는 사실을 알았으며, 이 예기치 못한 사실에 놀라움이 섞인 반가움을 느꼈다. 낭패로 돌아간 비와의 관계 때문에 여전히 괴롭고 또 죄책감을 느끼고 있었음에도, 내가 혼자가 아니라 생각하니 마음이 놓였다.

"일주일째 술을 퍼마신 바람에 아직 숙취에 시달리고 있으니까, 집이 엉망인 건 적당히 눈감아줘."

나는 뭐라 대답하면 좋을지 알 수 없었다.

유도라는 나더러, 젊고, 흑인인 데다가, 그의 표현대로라면 여자를 보는 눈이 있는 내가 멕시코에는 뭐하러 왔느냐고 물었다. 그건 두 번째로 예기치 못한 일이었다. 우리는 레즈비언끼리 서로를 알아볼 수 있는 알 듯 말 듯한 신호들에 관해 이야기하느라 한참을 함께 웃었다. 유도라는 내가 지금까지 만난 여자 중 처음으로 스스로를 '게이'가 아니라 '레즈비언'이라고 말하는 사람이었고, 그는 게이라는 말이 싫다고 했다. 유도라의 말대로라면 게이란 북미 동부 사람들이 쓰는 용어일 뿐 자신한테는 아무런 의미가 없고 게다가 자신이 아는 레즈비언 대부분은 결코 게이가 아니라고 했다.

그날 오후, 나는 시장에 가서 유도라를 위한 우유와 달걀과 과일을 샀다. 저녁식사를 하러 오라고 그를 집에 초대했지만, 딱히 식욕이 없다기에 나는 내 몫의 음식을 만들어 유도라의 집에 가져가 함께 먹었다. 유도라는 불면증을 앓고 있었기에 나는 밤늦게까지 그 집에 머무르며 그와 대화를 나누었다.

유도라는 내가 만난 그 누구보다도 매혹적인 여자였다.

48년 전 텍사스주에서 태어난 유도라는 석유노동자 집안의 막내였다. 오빠가 일곱 명 있었다. 어린 시절에는 소아마비에 걸리는 바람에 3년간 침대 신세를 졌고 "그래서 따라잡을 게 많았는데, 언제 멈춰야 할지 알 수 없었다"고 했다.

1925년에 유도라는 여학생 최초로 텍사스대학교에 입학했고, 4년간 대학 부지에 텐트를 치고 소총과 개 한 마리를 데리고 야영하며 지냈다. 오빠들이 텍사스대학교에 다녔으므로 유도라 역시 그곳에 다니기로 마음먹었던 것이다. "학교 측에서는 여학생 기숙사가 없다고 했는데, 난 시내에 집을 구할 형편이 아니었거든."

그는 인쇄 매체와 라디오를 가리지 않고 쭉 언론계에서 일하다가 연인인 프란츠를 따라 시카고로 가서 같은 신문사에서 일했다. "우린 손발이 상당히 잘 맞았어. 좋은 시절들을 함께 보냈고, 바보짓도 많이 했고, 여러 신념을 함께 나눴지."

유도라는 건조하게 말을 이었다. "그러다가 프란츠는 이스탄불의 어느 해외 주재원과 결혼했어. 나는 스코츠보로 사건*의 기사를 쓴 여파로 해고됐고." 그렇게 유도라는 한동안 텍사스주의 멕시코 신문사에

---

* 1931년 앨라배마주에서 여섯 명의 흑인 청소년이 백인 여성에 대한 강간죄로 기소된 사건이다. 용의자들에 대한 집단 린치, 전원 백인인 배심원단 앞에서 졸속으로 이루어진 재판 과정으로 인해 미국 사법 역사에서 공정치 못한 사법 정의의 예로 언급된다.

서 일하다가 이후 멕시코시티로 옮겨와서 쭉 같은 신문사에서 일하고 있다고 했다.

지금보다는 자유주의적 분위기가 득세했던 1940년대에 유도라는 라 세뇨라 주인인 캐런과 연인 사이였고, 함께 쿠에르나바카에서 서점을 열었단다. 한동안 그 서점은 반정부 감정을 지닌 미국인들의 결집 장소 구실을 했으며 그렇게 프리다와도 알게 되었다고 했다.

"미국의 정치 상황을 알고 싶은 사람들은 다들 서점을 찾아오곤 했어. 모두가 거쳐간 곳이었지." 유도라는 잠시 말을 멈췄다가 신중하게 이야기를 이어갔다. "그런데 서점은 캐런의 취향에 비해선 지나치게 급진적인 곳이 되고 말았어. 캐런한테는 옷가게를 하는 쪽이 더 잘 맞았던 거야. 그러다 또 다른 상황들이 엉망진창으로 펼쳐졌고, 아직까지도 캐런한테 받아야 할 돈이 남아 있어."

"서점은 어떻게 됐는데요?" 채근할 생각은 없었지만 이야기가 흥미진진했다.

"아, 짧은 기간 사이 정말 많은 일이 일어났지. 난 예전부터 술을 많이 마셨고 캐런은 그 점을 쭉 불만스러워했어. 그러다가 내가 모턴 소벨 사건을 다룬 칼럼에서 솔직한 의견을 밝히는 바람에 신문사 측에서 안달이 났지. 캐런은 내가 해고될 거라고 생각했어. 결국 잘리지는 않았지만, 내 비자 상태가 바뀌었어. 멕시코에서 일은 할 수 있지만 앞으로는 부동산을 소유할 수 없게 된 거야. 건방진 미국인들의 입을 다물게 만드는 방책이지. 빅브라더의 배를 흔들지만 않으면 머무르게 해주겠다, 그런 거야. 캐런한텐 잘된 일이었지. 그가 내 지분을 사들여서 옷가게를 열었거든."

"두 분은 그래서 헤어진 거예요?"

그러자 유도라는 웃음을 터뜨렸다. "정말 뉴욕에서나 할 법한 얘길 하는구나." 그는 한동안 말없이 넘쳐흐르기 직전인 재떨이를 비우다가 한참 만에야 다시 입을 열었다.

"실은 다른 이유가 있었어. 내가 수술을 받았는데 우리 둘 모두 많이 힘들었거든. 암에 걸려 한쪽 유방절제술을 받았어." 유도라가 재떨이를 향해 고개를 숙이고 있었기에 앞으로 쏟아진 머리카락에 가려 그의 표정이 보이지 않았다. 나는 그의 손을 향해 손을 뻗었다.

"안타까워요."

"그래, 나도 마찬가지야." 유도라는 건조하게 말하더니 잘 청소한 재떨이를 다시 침대 옆 협탁에 올려놓았다. 그러고는 고개를 들고 미소를 짓더니 손바닥 아랫부분으로 얼굴에 덮인 머리카락을 정리했다.

"애초부터 우리에게 주어진 시간은 얼마 없어. 그런데 나는 하고 싶은 일이 빌어먹게도 많고."

"요즘 건강은 어때요, 유도라?" 베스데이비드병원 여성 수술병동에서 보낸 밤들이 떠올랐다. "방사선치료도 받으셨어요?"

"응. 마지막 방사선치료를 받은 지 2년 가까이 지났는데 지금은 괜찮아. 그래도 흉터를 보면 괴롭지. 도발적이지도 낭만적이지도 않으니까. 나조차도 흉터를 자세히 들여다보는 일은 없어." 유도라가 일어서더니 벽에 걸려 있던 기타를 끌어내려 조율하기 시작했다.

"산 위에 새로 생긴 그 근사한 대학에서는 어떤 민요를 가르쳐주든?"

유도라는 멕시코의 역사와 민속학을 다룬 다양한 글을 번역했고, 그중엔 내가 듣는 역사 강의교재로 쓰이는 것도 있었다. 그는 재치 있고 재미있고 냉철하고 통찰력 있었으며 엄청나게 아는 게 많았다. 젊을 때는 시를 썼고 제일 좋아하는 시인은 월트 휘트먼이었다. 그는 휘트먼의 추모 다큐멘터리를 위해 썼다는 기사 스크랩을 보여주기도 했다. 그중 내 눈을 특히 사로잡은 문장이 있었다.

나는 생각하느라 평생을 보낸 사람, 내가 무슨 말을 하건 나를 이해할 수 있는 사람을 만났다. 그리고 눈 덮인 할리*까지 그를 따라갔다.

부활절 연휴던 다음 주 내내 나는 오후나 밤마다 유도라의 집에 가서 시를 읽고 기타 치는 법을 배우고 이야기를 나눴다. 나는 유도라에게 진저와 비의 이야기를 들려줬고, 그는 내게 프란츠와 함께했던 나날들을 이야기해줬다. 우리는 저속한 단어로 하는 스크래블 게임도 했는데, 나는 챔피언이 될 거라 공언했지만 유도라가 이겼고, 내가 아는 어휘는 끝도 없이 늘어났다. 유도라는 그가 쓰고 있는 올메크의 석조 두상에 대한 칼럼을 보여주었고, 멕시코 예술 속 아프리카와 아시아의 영향에 관한 연구를 계획하고 있다는 이야기도 해줬다. 그런 이야기를 할 때면 유도라의 눈이 빛났고 길고 우아한 두 손의 움직임도 빨라졌다. 그 주가 반쯤 지나갔을 무렵엔 우리가 짧은 작별 키스를 나눌 때마다 입술에 닿던 광대뼈의 굴곡이 유도라가 옆에 없을 때에도 떠올랐다. 그와 사랑을 나누는 상상을 하다가 만들던 카레를 냄비째로 망쳐버린 적도 있었다. 이러려고 멕시코에 온 건 아니었다.

----

* 월터 휘트먼이 사후에 묻힌 뉴저지주 캠든의 할리 묘지를 가리킨다.

유도라의 몸짓은 섬세한 동시에 견고하고, 연약한 동시에 거친 분위기를 풍겼다. 그가 자리에서 일어나 고개를 뒤로 젖히고 손바닥으로 머리카락을 쓸어내릴 때 연상되는 금어초처럼. 나는 그에게 정신없이 빠져들었다.

유도라는 내가 내숭을 떤다며 놀리기도 했고, 무슨 이야기건 거침없이 했다. 그럼에도 그에겐 내가 통과할 수 없는 힘의 장, 내가 건드릴 수 없는 슬픔으로 둘러싸인 것만 같은 내성적인 면모가 존재했다. 그뿐만 아니라, 그만한 나이와 경험을 갖춘 여자한테 나는 얼마나 주제넘은 어린애처럼 보였겠는가!

유도라의 집에서 커피를 마시며 한없이 대화를 나누는 밤이 점점 길어졌다. 그때마다 내 머리의 절반은 대화에 집중하고 있었으나 나머지 절반은 체취만으로도 귓불이 화끈 달아오르는 이 여자한테 우아하고 안전하게 접근할 수 있는 틈을 찾아대느라 열심이었다. 그 밖의 모든 것에 그토록 개방적이면서도 웃옷을 갈아입을 때는 내게서 등을 돌리는 이 여자한테.

목요일 밤, 우리는 유도라가 테우안테펙에서 사온 바크 페인팅** 몇 점을 다시 벽에 걸었다. 천장에 달린 팬이 희미하게 웅웅 소리를 냈다. 그의 한쪽 쇄골 위에 땀이 조금 고여 있었다. 나는 부지불식간에 몸을 뻗어 그의 쇄골에 입을 맞출 뻔했다.

"이런, 젠장!" 못을 박다가 손가락을 칠 뻔한 것을 가까스로 피한 유

** 대개 야생 무화과나무 껍질로 만든 캔버스 위에 화려한 색상으로 식물과 동물을 그려낸 전통 공예품으로, 멕시코 일부 지역 원주민의 생계수단이기도 하다.

도라가 외쳤다.

"당신은 정말 아름다워요." 느닷없이 그런 말을 내뱉자마자 나는 방금 한 대담한 말이 부끄러워졌다. 유도라가 망치를 내려놓는 사이 잠깐 침묵이 흘렀다.

"너도 그래, 치카." 그가 나직하게 대답했다. "너 자신이 아는 것보다도 더 아름다워."

유도라는 내 눈을 한참 바라보았고, 나는 그 눈빛을 피할 수가 없었다. 어느 누구도 내게 해준 적 없는 말이었다.

유도라의 집을 나와 청명한 달빛 아래 잔디밭을 가로질러 집으로 돌아간 것은 새벽 2시가 넘은 시각이었다. 집에 돌아왔지만 잠이 오지 않았다. 책을 읽으려 애썼다. 한쪽 입꼬리만 올라가는 유도라의 사랑스러운 미소가 책과 나 사이에 자꾸만 아른거렸다. 그와 함께, 그의 곁에서 웃고 싶었다.

침대 모서리에 걸터앉은 채 나는 유도라를 끌어안고 싶다고 생각했다. 내가 느끼는 부드러움과 사랑이 그를 둘러싼 슬픔을 태워버리게, 내 손, 내 입, 내가 내 것이라 정의한 몸으로 그의 몸을 만지며 그에게 필요한 것을 채워주고 싶었다.

"너무 늦었네." 유도라는 그렇게 말했었다. "피곤해 보이는구나. 잠시 누워 있을래?" 그가 침대 위 자기 옆으로 오라는 시늉을 했다. 의자에 앉아 있던 나는 총알처럼 튀어 올랐다.

"아니에요, 괜찮아요." 나는 더듬거리며 대답했다. 머릿속에 떠오르는 것이라고는 오늘 아침 이후로 몸을 씻지 않았다는 사실뿐이었다.

"저…… 저 어차피 샤워를 해야 해서요."

유도라는 이미 책을 집어 든 뒤였다. "잘 자렴, 치카." 그는 고개도 들지 않고 그렇게 말했다.

나는 내 방 침대에서 벌떡 일어서서 온수기의 불을 켰다. 유도라의 집으로 돌아갈 생각이었다.

"무슨 일이야, 치카? 자러 간다고 하지 않았어?"

유도라는 한 시간 전 내가 떠났을 때와 정확히 똑같은 자세로, 벽에 기대 세운 베개에 등을 대고 앉아 있었다. 손이 닿는 곳에는 반쯤 찬 재떨이, 세미 더블베드의 나머지 부분에는 책들이 흩어져 있었다. 헐렁한 베이지색 반팔 잠옷 상의를 입고, 목에는 화려한 색의 수건을 두르고 있었다.

샤워를 갓 마친 내 머리는 아직도 젖어 있었고, 맨발로 이슬 내린 잔디밭을 밟고 온 터라 발이 따끔따끔했다. 그제야 지금이 새벽 3시 30분이라는 사실을 자각했다.

"커피 좀 더 드실래요?" 내가 물었다.

그러자 유도라는 웃음기 없이 거의 피로한 표정으로 나를 한참 바라보았다.

"커피 더 마시려고 온 거 맞니?"

칼렌다도르 온수기가 끓기를 기다리는 내내, 샤워를 하고 머리를 감고 이를 닦는 내내, 지금 이 순간이 오기까지 내 머릿속에는 오로지 유도라를 안고 싶다는 생각뿐이었고, 그 생각이 너무 강한 나머지 내가 한편으로는 두려워한다는 사실에는 신경조차 쓰지 않았다. 나한테 달빛 속 유도라의 집 계단을 올라갈 용기만 있다면, 유도라가 이미 잠들지만 않았다면, 나는 최선을 다한 것일 터였다. 그 일만 해낸다면 내가 원하는 게 마술처럼 내 품 안에 떨어질 줄 알았다.

유도라가 제자리에 서 있는 나를 바라보는 사이, 그의 회색 머리가 화려한 서라피*로 덮인 벽을 배경으로 움직이는 모습이 보였다. 그의 눈가에 주름이 잡히더니 한쪽 입꼬리만 올라가는 특유의 미소가 번졌고, 나는 마치 우리를 서로 끌어당기기라도 하듯 우리 두 사람 사이를 채우는 따뜻한 밤공기를 느꼈다.

그 순간, 유도라 역시 내가 돌아오길 기다리고 있었음을 알 수 있었다. 현명해서였는지, 두려워서였는지, 그는 내가 먼저 입을 열기를 기다리고 있었다.

우리는 이 방에서 매일 밤, 동이 틀 때까지 언어와 시와 사랑과 좋은 삶에 대해 이야기를 나눴다. 그럼에도 우리는 서로에게 낯선 사람들이었다. 유도라를 바라보며 서 있던 그때, 불가능할 줄만 알았던 것이 수월하게, 나아가 간단하게까지 느껴졌다. 한때 나를 침묵하게 했던 욕망이 나에게 용기를 불어넣었다. 나도 모르게 내 입에서 나온 말,

"당신과 자고 싶어요."

유도라가 천천히 몸을 뻗더니 팔을 움직여 침대 위의 책들을 치우고는 내게 손을 내밀었다.

"이리 와."

------

* 멕시코의 기하학적 무늬 모포를 말한다.

나는 침대 모서리에 걸터앉아 그를 바라보았다. 우리의 허벅지가 서로 닿았다. 우리의 눈이 같은 눈높이에서 서로를 뚫어지게 바라보고 있었다. 심장이 뛰는 소리, 귀뚜라미가 높고도 균일하게 우는 소리가 들려왔다.

"지금 네가 하는 말이 무슨 뜻인지 아니?" 유도라는 내 얼굴을 빤히 바라보며 나직하게 물었다. 야생화의 예리한 날숨 같은 체취가 풍겼다.

"알아요." 이해할 수 없는 질문이었다. 내가 어린애인 줄 아나?

"그래도 되는 건지 잘 모르겠다." 그는 여전히 나직한 목소리로 그렇게 말하면서 잠옷 셔츠 위, 왼쪽 가슴이 있어야 할 움푹 꺼진 자리를 향해 손을 가져갔다. "이것도 상관없니?"

그 우묵한 자리가 내 손에, 입술에 닿을 때 어떤 느낌일지 궁금했었다. 상관없느냐고? 내 사랑이 빛처럼 쏟아져 나, 그리고 내 눈앞에 있는 여자를 휘감는 것만 같았다. 나는 양손을 뻗어 유도라의 얼굴을 감쌌다.

"확신하니?" 그는 여전히 나를 빤히 바라보며 물었다.

"그래요, 유도라." 달리기하는 사람처럼 숨이 턱 막혔다. "틀림없이 확신해요." 지금 당장 내 입술에 그의 입술에 맞대고 알싸한 숨결을 들이마시지 않으면 폐가 타버리고 말 것 같았다.

그렇게 대답한 순간 나의 말이 내 안의 새로운 현실을 건드려 생명을 불어넣는 것을, 절반은 미지에 싸여 있던 자아가 그를 맞이하려 깨어나는 것을 느꼈다.

자리에서 일어나 두 번의 빠른 동작으로 입고 있던 옷과 속옷을 벗었다. 한 손을 그에게 내밀었다. 기쁨. 기대. 그의 얼굴에 내 미소를 그대로 닮은 미소가 서서히 퍼지더니 표정이 누그러졌다. 그가 손을 뻗어 손등으로 내 허벅지를 쓸었다. 손가락이 지나가는 자리마다 소름이 돋았다.

"너는 정말 아름답고 또 갈색이야."

그가 천천히 몸을 일으켰다. 내가 그의 잠옷 단추를 끄르자 그는 어깨를 털어 잠옷을 발치에 떨어뜨렸다. 램프의 둥근 불빛 속에서, 나는 그의 둥글고 단단한 한쪽 가슴에서부터 흉터가 새겨진 반대쪽 가슴에 바짝 일어선 장밋빛 젖꼭지까지 눈으로 훑었다. 방사선치료가 남긴 옅은 켈로이드 흉터는 어깨와 팔 아래 움푹 파인 자리에서 갈비뼈까지 이어졌다. 나는 다시금 그의 눈을 마주 보며 아직 내 입술은 하지 못하는, 부드럽기 이를 데 없는 말을 눈빛으로 건넸다. 그가 내 손을 잡더니 아무렇지도 않게 가슴팍 위로 가져가 그 자리에 가볍게 내려놓았다. 우리의 손이 아래로 떨어졌다. 나는 몸을 숙여 방금까지 우리의 손이 놓였던 그 자리의 흉터에 살며시 입을 맞추었다. 입술 아래서 세차고 빠르게 뛰는 심장이 느껴졌다. 우리 둘은 한 몸이 되어 침대에 몸을 던졌다. 따뜻하고 건조한 살갗에 몸이 닿는 순간마다 폐가 늘어나며 호흡이 깊어졌다. 마침내 내 입술이 받은 숨을 내쉬며 나를 탐색하는 그의 향기로운 입술에 닿았고, 그의 손가락이 내 머리카락 속에서 뒤엉켰다. 그의 육체가 전기처럼 내 안을 가득 채웠다. 유도라가 몸을 살짝 움직여 내 머리 위 램프를 향해 손을 뻗었다. 나는 그의 손목을 붙들었다. 얼얼한 손가락으로 쥔 그의 뼈가 벨벳 같고 유사流砂 같았다.

"안 돼요, 불을 끄지 말아요." 나는 그의 귓가에 속삭였다.

유도라의 집 창밖 자카란다 나무들 사이로 햇살이 쏟아졌다. 수영장으로 향하는 오솔길을 뒤덮은 야생 바나나 덤불을 토마스가 낫으로 잘라내는 소리가 희미하고 리드미컬하게 들려왔다.

잠에서 깬 나는 눈앞에서 불가능한 광경이 벌어지는 것을 보고 놀라 번뜩 정신을 차렸다. 한참 전, 해 질 무렵 내가 신문으로 쳐서 죽인 떡갈잎풍뎅이 한 마리가 흰 칠을 한 벽을 느릿느릿 기어 올라가고 있던 것이다. 풍뎅이는 바닥에서 몇 피트 떨어진 지점까지 올라갔다가, 떨어졌다가, 또다시 올라가기 시작했다. 나는 전날 밤 바닥에 내동댕이쳤던 안경을 집어 썼다. 안경을 쓰니 벽돌 천장에서부터 떡갈잎풍뎅이가 누워 있던 바닥까지 이어지는 개미들의 가느다란 행렬이 보였다. 개미들은 힘을 합쳐 죽은 떡갈잎풍뎅이 시체를 등에 지고 천장에 난 개미굴까지 수직으로 벽을 타고 올라가려 고군분투하고 있던 것이다. 나는 깨알만 한 개미들이 커다란 시체를 지고 움직이다가, 떨어뜨리고, 또다시 들어 올리는 모습을 매혹에 찬 눈길로 바라보았다.

그러다가 나는 몸을 반쯤 돌려 등 뒤, 함께 쓰던 베개에 한 팔을 걸친 채로 누워 있는 유도라를 살짝 만져보았다. 지난밤 느낀 쾌락이 벽을 온통 물들인 햇살처럼 다시금 내게로 쏟아졌다. 잠에서 서서히 깨어난 유도라가 갈색 눈을 뜨고 나를 바라보더니, 조각한 것처럼 섬세한 입술을 살짝 열어 앞니 사이 벌어진 틈을 보이며 미소를 지었다. 나는 손가락으로 그의 입술 위를 덧그렸다. 잠시 나는 모든 걸 들켜버린 것만 같은 불확실한 기분에 사로잡혀 여태 내가 원하는 줄도 몰랐던 확신을 문득 바랐다. 아침 공기는 여전히 이슬에 젖어 축축했고 간밤에 나눈 사랑의 냄새가 우리 위를 떠돌고 있었다.

유도라가 마치 내 생각을 읽기라도 한 것처럼 한 팔로 내 어깨를 감싸 끌어안았다. 우리는 커튼 없는 여닫이창을 통해 쏟아져 들어오는 멕시코의 아침 햇살 속에서 서로를 안고 누워 있었다. 관리인 토마스가 낫을 휘두르며 스페인어로 흥얼거리는 노랫소리가 집 안으로 새어 들어왔다.

"이렇게 이른 아침인데." 유도라는 웃더니 내 정수리에 입을 맞추고는 보폭을 넓게 해 나를 뛰어넘어 침대 밑으로 내려갔다. "배 안 고파?" 유도라는 수건을 목에 두른 채로 멕시코식 스크램블드에그인 우에보스 그리고 제대로 된 카페 콘 레체로 아침식사를 차려주었다. 우리는 작은 부엌과 침실 사이에 놓인 화려한 오렌지색 테이블에 앉아 웃고 대화하며 한 접시에 담긴 음식을 서로에게 먹여주었다.

부엌의 얕은 사각형 개수대 앞에는 한 사람이 서 있을 만한 공간이 전부였다. 내가 오후에 개미가 끓지 않도록 설거지를 하는 사이 유도라는 문틀에 기대서서 나른하게 담배를 피웠다. 긴 다리 위로 골반이 날개처럼 양옆으로 솟아 있었다. 그가 나를 바라보며 뱉는 숨이 내 목에 닿는 게 느껴졌다. 유도라는 설거지를 끝낸 접시의 물기를 닦은 뒤 부엌 찬장에 있는 양철 가면 위에 수건을 걸쳐놓았다.

그러더니 유도라는 그에게 빌린 멕시코식 셔츠를 걸친 나를 향해 손을 뻗으며 중얼거렸다. "이제 다시 침대로 가자. 아직 할 일이 많아."

해가 머리 위로 넘어갈 무렵이었다. 방 안은 반사된 빛과 머리 위 벽돌지붕에서 뿜어져 나오는 열기로 뜨거웠지만 큼직한 창과 게으르게 돌아가는 실링팬 덕분에 달콤한 공기가 순환되고 있었다. 우리는 백랍 머그잔에 담긴 아이스커피를 홀짝이며 침대에 앉았다.

사랑을 나눌 때 내가 받는 입장이 되는 것을 좋아하지 않는다고 말하자 유도라는 눈썹을 치켜올리며 "그걸 어떻게 알아?" 하더니 커피잔을 내려놓았다. "그건 아마 여태까지 너한테 제대로 된 사랑을 해준 사람이 없어서겠지." 부드러운 목소리로 말하는 그의 두 눈가에 강렬하게 욕망하는 듯 주름이 잡혔다.

여자를 사랑하는 일에 있어 유도라는 내가 아직 알지 못하는 것들을 많이 알았다. 낮이 저물었다. 짧은 샤워. 상쾌한 기분. 내 몸에 닿는 그의 몸이 주는 편안함과 기쁨. 그의 팔이 그려내는 곡선과 부드러운 입술, 확신을 품은 온화하고 꾸준하고 완전한 몸에서 생명을 얻는 내 몸.

가파른 외부 계단을 달려 지붕으로 올라가자 거의 차오른 달이 그의 눈 한가운데 검은 우물 속에서 번득인다. 나는 무릎을 꿇은 채 그의 왼쪽 어깨 아래 이제는 익숙한 흉터를 따라 갈비뼈를 더듬어 내려간다. 그의 일부. 아마존*의 표식. 옷을 입고 있을 때는 여위어 보일 만큼 늘씬한 그의 몸은 내 손길 아래서는 농익어 매끄럽다. 사랑하는 몸. 내 차가움을 녹이고 내 열기를 식힌다. 나는 몸을 숙여 납작하고 매끄러운 배에서부터 그 아래 단단히 솟은 둔덕까지 입술을 미끄러뜨린다.

월요일, 나는 학교로 돌아갔다. 다음 달, 우리는 여러 번 오후 시간을 함께 보냈지만 유도라의 삶에는 그가 내게는 거의 언급하지 않는 복잡한 사정들이 존재했다.

유도라는 멕시코 전역을 여행한 사람이었다. 모험 이야기로 나를

---

* 다호메 아마존이라고 알려진, 다호메 왕국의 여성으로만 이루어진 군대를 가리킨다.

즐겁게 해주었다. 그는 보통의 삶이 아닌 장대한 소설 같은 삶을 살아온 것 같았다. 새 조국인 멕시코에 대한 그의 사랑은 압도적일 정도로 깊었고, 그건 마치 내가 어린 시절 꿈꾸던 환상에 대한 답처럼 느껴졌다. 그는 오래전 이 나라를 휩쓸고 자신들의 언어, 그리고 여전히 과거의 방식으로 살아가는 얼마 안 되는 후손을 남기고 떠난 다양한 민족의 습속이며 믿음에 관해 무척이나 방대한 지식을 지니고 있었다.

우리는 그의 허드슨 컨버터블에 몸을 싣고 산을 헤치며 먼 길을 떠나기도 했다. 무어인의 전통춤인 브린카스를 보러 테포스틀란에도 갔다. 아프리카인을 본떠 만든 올메카의 석조 두상이 타바스코에서 발견되고 있다고, 먼 옛날부터 멕시코가 아프리카 및 아시아와 교류했던 흔적이 드디어 빛을 보고 있다고 했다. 우리는 아시아인의 외양을 닮은 푸에블라의 성인聖人 치나 포블라나의 전설에 관해 이야기를 나눴다. 유도라는 사포텍, 톨텍, 미스텍, 아즈텍 문화를 구분할 줄 알았고 유럽인들이 이 문화를 얼마나 잔인하게 파괴했는지도 알았다.

"제2차 세계대전의 홀로코스트와 견줄 만한 대량학살이었지."

유도라는 정글이 사라지면서 치아파스의 코미탄 인근 지역에서 모습을 감춘 유목민인 라칸돈 원주민에 관해 알려주었다. 산 크리스토발 데 라스 카사스의 여자들은 그들이 믿는 여신에게 가톨릭 성인들의 이름을 붙였는데, 딸들이 가톨릭교회의 심기를 건드리지 않고 숲속의 사원에서 평온하게 기도하고 제를 바칠 수 있도록 하기 위해서였단다.

유도라는 내가 남쪽 오악사카와 그 너머 산 크리스토발을 거쳐 과테말라까지 가는 여행 계획 짜는 것을 도와주고 국경을 향해 가는 동안 머물 곳을 내줄 사람들의 이름도 알려줬다. 나는 학기를 마친 뒤 여행을 떠날 계획이었는데 내심 유도라와 함께 갈 수 있길 바라는 마음이 점점 커져갔다.

멕시코에 온 뒤 나는 여러 군데를 다니며 관광을 했고, 박물관과 폐허를 찾아다니고 책도 읽었지만, 이 나라와 사람들의 심장으로 다가가는 문을 열어준 건 유도라였다. 마치 집처럼 느껴지는, 빛과 색채와 자양분을 품은 멕시코라는 땅으로 마침내 들어오는 길을 알려준 것 역시 유도라였다.

"여행을 마치고 돌아오면 한동안 멕시코에서 일하고 싶어요." 유도라와 함께 시장에서 커다란 통에다가 털실을 넣어 염색하는 여자들을 보던 중 내가 말했다. "비자만 받을 수 있다면요."

"치카, 이 나라는 도망쳐온 사람들을 영영 놓아주지 않는단다. 너무 아름답거든. 카페 콘 레체나 들이켜는 여자들이 차마 인정하지 않는 사실이 바로 그거야. 나도 이곳에선 원하는 대로 살고, 하고 싶은 말을 할 수 있을 줄 알았지만, 그렇지 않아. 그저 원하는 일을 하지 않고 사는 게 더 쉬울 뿐이야. 때로는 내가 시카고에서 버티며 살길을 찾아야 했다는 생각이 들어. 하지만 시카고의 겨울은 더럽게 추웠단 말이지. 진도 더럽게 비쌌고." 그는 웃으며 머리카락을 쓸어 넘겼다.

다시 차에 올라타고 돌아오는 길, 유도라는 이상하게 말이 없었다. 모렐로스 골짜기의 산마루를 넘을 때에야 그는 마치 아까 하던 대화를 이어가듯 입을 열었다. "그래도 다시 이곳으로 돌아와 일한다면 좋지. 다만 너무 오래 머물 계획은 하지 마."

유도라와 함께 광장에 나간 건 단 한 번뿐이었다. 그는 광장에 드나

드는 여자들을 전부 알았지만 그들 대부분을 싫어했다. 그들이 예전에 캐런의 편을 들었기 때문이라고 했다. "프리다는 괜찮지만, 나머지는 어림도 없지."

우리가 2인용 작은 테이블에 자리를 잡자 헤로메오가 새로운 손님들에게 새를 팔아보겠다고 새장을 들고 얼씬거렸다. 늘 어슬렁대는 차마키토들이 센타보*나 허드렛일을 구걸하러 다가왔다. 심지어 길거리 마리아치 악사들마저도 행여나 우리한테 세레나데가 필요하지는 않을지 확인하러 찾아왔다. 그러나 우리 테이블까지 와서 먼저 말을 붙인 건 어린 태미뿐이었다.

"내일 나랑 쇼핑 갈 거야?" 태미가 물었다. 태미의 오리한테 친구를 만들어주려고 거북이를 사러 가기로 했던 것이다.

나는 그러자고 한 뒤 태미를 안고 엉덩이를 토닥여줬다. "내일 보자."

"또 사람들이 입방아를 찧어대겠군." 유도라가 씁쓸하게 중얼거리는 바람에 의아해진 나는 그를 쳐다보았다.

"우리 일은 아무도 모르는걸요." 나는 가볍게 응수했다. "게다가 이 동네 사람들은 남의 일에는 관심이 없다고요."

그러자 유도라는 나라는 사람은 도저히 모르겠다는 눈길로 한참 나를 바라보았다.

해가 넘어가자 헤로메오는 천으로 새장을 덮었다. 야외무대의 조명이 켜졌고, 마리아가 테이블마다 돌아다니며 촛불에 불을 붙였다. 계산

---

* 페소화 동전이다.

을 마친 유도라와 나는 자리를 떠나 문 닫힌 상점들 사이를 걸어 훔볼트 24번지를 향해 게레로 언덕을 내려갔다. 꽃향기와 모닥불 냄새가 짙게 풍겼고, 게레로 언덕에 줄 서 있는 노점상 수레에서 메뚜기가 익어가며 탁탁 소리를 냈다.

다음 날 오후, 나는 태미와 시장에 다녀온 뒤 프리다와 친구들의 테이블에 끼어 앉았다. 엘런은 고양이를 데려왔고, 애그니스는 이런저런 일로 국경을 자주 넘나드는 젊은 남편 샘과 함께였다.

내가 나타나자마자 다들 입을 다물기에 나는 "저희가 혹시 이야기를 방해했나요?" 하고 물었다.

"아니, 그냥 닳고 닳은 가십 이야기였지." 프리다가 건조하게 대답했다.

"요즘 동네에 너 모르는 사람들이 없더라." 애그니스가 밝은 목소리로 그렇게 말하더니 벌써부터 미소를 띤 얼굴로 몸을 바짝 당겨 앉았다. 고개를 들자 프리다가 그를 향해 인상을 찌푸리는 게 보였다.

"그저 요즘 유도라 상태가 아주 좋아 보인다는 말을 하는 중이었어." 프리다는 더는 얘기할 생각이 없다는 듯 곧바로 화제를 바꿨다. "너희들 커피 마실래, 아니면 아이스크림?"

나는 프리다가 때로는 나를 동료이자 친구로 대하다가 또 어떤 때는 태미 또래 어린애처럼 대하는 게 거슬렸다.

광장을 나온 뒤 나는 프리다와 태미를 집까지 데려다주었다. 막 돌아서려는데 프리다가 마치 방금 생각난 말이라는 듯 이렇게 말했다. "유도라와 엮여서 입에 오르내릴 일은 만들지 말렴. 그 사람은 좋은 사람이지만 그래도 골치 아픈 일이 생길 순 있지."

집으로 돌아가는 내내 나는 프리다가 한 말을 곱씹었다.

그해 봄, 매카시에 대한 불신임이 결정되었다. 학교에서의 흑인 분리 교육이 위법이라는 대법원 판결이 영어 신문에 실리자, 한동안 우리모두 새로운 미국에 대한 희망으로 미쳐가는 것처럼 보였다. 카페 콘 레체를 마시던 무리 중에는 고국으로 돌아가겠다는 이들도 몇몇 있었다.

"미국 대법원이 흑인 분리 교육을 위헌으로 판결하다." 나는 토요일자 신문을 움켜쥐고 다시 한번 읽었다. 심지어 헤드라인을 차지하지도못한, 1면 아래쪽에 실린 박스 기사 제목일 뿐이었다.

서둘러 언덕을 내려가 주택단지로 향했다. 기념비적인 순간이라는생각이 드는 동시에 혼란스럽기도 했다. 로젠버그 부부는 죽었다. 그러나 NAACP*가 발간하는 〈크라이시스〉를 통해 어렴풋이 알게 된 이번판결이 미국의 인종 문제에 있어 전반적인 기후를 바꿀지도 몰랐다. 대법원이 입을 연 것이다. 나를 위해. 19세기에도 대법원은 입을 열었고,나는 학교에서 대법원이 내린 '분리·평등 정책'** 결정에 관해 배웠다.그런데 이제는 무언가가 실제로 변했고, 어쩌면 정말 변화가 생길지도몰랐다. 이제는 워싱턴에서 아이스크림을 먹을 수 있는지가 중요한 게

---

* 전미흑인지위향상협회의 약자로, 미국에서 인종차별을 반대하고 유색인의 지위 향상을 목표로 삼는 단체다.
** 1868년 미국연방대법원이 학교 등에서의 인종분리가 위헌이 아니라고 판결하며 생긴 원칙으로, 같은 수준의 서비스를 제공한다면 인종에 따라 사용시설을 분리해도 평등하다고 주장함으로써 인종차별 문제를 심화시켰다.

아니었다. 남부의 흑인 아이들이 학교에 다닐 수 있다는 게 중요했다.

어쩌면 멕시코 북쪽에 있는 나라의 악의에 찬 힘과 나 사이에 드디어 진정하고 유익한 관계가 생겨날 수 있는 건 아닐까?

신문 속 대법원의 결정문은 마치 내게 특별히 전해진 개인적 약속이나 지지의 메시지 같았다. 하지만 그날 아침, 광장에 모인 모두가 그 이야기, 또 이 결정이 미국인의 삶에 일으킬지도 모르는 변화에 관해 이야기하고 있었다.

니그로라는 말을 색채의 이름이자 아름답다는 의미로 입에 담는 어두운 피부를 가진 이들, 사람들 사이에서도 내 존재를 알아보는 이들이 가득한 이 땅에 있는 내 작은 집을 향해 바삐 걸음을 옮기는 나에게, 이번 대법원의 결정은 내가 마침내 승인받을 수 있으리라는, 반신반의하며 믿게 되는 약속처럼 다가왔다.

희망. 나는 이 결정이 내 삶의 속성을 근본적으로 바꿔놓을 거라고 기대하지는 않았다. 이는 오히려 진보라고 느끼는 흐름 속에 나를 적극적으로 위치시키는 일이자, 내게 멕시코라는 이름으로 찾아온 자각의 핵심적 부분으로 느껴졌다.

멕시코에 있는 나는 더 이상 투명인간이 된 기분을 느끼지 않았다. 거리에서, 버스에서, 시장에서, 광장에서, 그리고 특히 유도라의 시선 속에서. 때로 유도라는 한쪽 입꼬리만 올려 웃으며 말없이 내 얼굴을 눈으로 훑었다. 그럴 때면 꼭 나를 바라본 사람, 내가 어떤 사람인지를 처음으로 보아준 사람이 그인 것만 같았다. 그는 나를 바라보는 것으로 그치지 않고, 나를 사랑했으며, 내가 아름답다고 생각했다. 그것은 우연의 일치가 아니었다.

나는 유도라가 실제로 술을 마시는 모습을 본 적이 없었으므로 그가 알코올중독자라는 사실을 쉽게 잊었다. 나한테 알코올중독자라는 단어는 바워리의 부랑자들을 떠올리게 할 뿐이었다. 여태까지 음주 문제가 있는 사람을 만나본 적 없어서였다. 우리는 그런 이야기를 입에 올리지 않았고, 함께 멕시코를 탐험하던 몇 주 동안 그에게는 아무런 문제가 없었다.

그러다가 무언가, 내가 알 수 없는 그 무언가가 그를 터뜨려버렸다. 그는 때로 며칠씩이나 자취를 감췄고, 학교에서 돌아오면 그의 집 차고는 비어 있었다.

그런 오후면 나는 후문으로 그의 차가 들어오기를 기다리며 주택단지를 어슬렁거렸다. 어디에 다녀온 거냐고 직접 물어본 적도 있었다.

"테포스틀란에 있는 술집을 죄다 돌고 왔지." 그는 무미건조하게 대답했다. "그 사람들은 나를 알거든." 그러더니 유도라는 눈을 가늘게 뜬 채 내 대답을 기다렸다.

더 캐물을 용기가 없었다.

유도라는 며칠씩 울적하고 말이 없었다. 그러다가 나와 사랑을 나누곤 했다.

거칠게. 아름답게. 그러나 그런 일은 단 세 번이 전부였다.

대학교 강의가 모두 끝났다. 나는 남쪽 과테말라로 여행을 떠나기로 했다. 유도라가 나와 함께 가지 않으리라는 사실은 곧 알게 됐다. 그는 점액낭염에 걸렸고, 자주 아픔에 시달렸다. 때로 이른 아침 유도라의 집 열린 창을 통해 성난 목소리가 새어 나오기도 했다. 유도라와 라 세뇨라가 다투는 소리였다.

나는 단순하고 쾌활한 긴 창문이 나 있던 작은 집의 계약을 해지한 뒤 타자기와 여분의 여행 가방을 프리다의 집에 맡겨놓았다. 마지막 밤을 유도라와 보내고 나서 새벽에 2등 버스를 타고 오악사카로 향할 생각이었다. 열다섯 시간이 걸리는 여정이었다.

유도라의 집 입구에 토마스의 당나귀가 서 있었다. 새의 노랫소리를 뚫고 커다란 고함 소리가 울려 퍼졌다. 계단을 오르는데 라 세뇨라가 나를 지나치며 달려 내려가는 통에 나는 하마터면 넘어질 뻔했다. 유도라의 집 문간에는 토마스가 서 있었다. 오렌지색 테이블 위에 옅은 술이 담긴 라벨 없는 술병 하나가 마개를 따지 않은 채로 놓여 있었다.

"유도라! 무슨 일이에요?" 내가 울부짖었다. 그러나 유도라는 나를 무시하고 토마스에게 스페인어로 쏘아붙였다.

"라 세뇨라한테 다시는 내 물건 중 그 어떤 것도 내주지 말라고요, 알아들었어요? 자!" 그러더니 그가 테이블 위 지갑에서 2페소를 꺼내 토마스에게 내밀었다.

토마스는 마음을 놓은 듯 스페인어로 "이만 가보겠습니다" 하고는 자리를 떴다.

"유도라, 무슨 일이라도 생긴 거예요?" 나는 그를 향해 다가갔지만, 그는 내가 가까이 다가오지 못하게 붙들었다.

"집으로 가, 치카. 이런 일에 끼지 말렴."

"대체 무슨 일인데요? 이게 다 뭐예요?" 나는 유도라의 팔을 털어냈다.

"그 여자는 내 서점을 빼앗아가고 내 인생을 망친 걸로도 모자라 필요할 때마다 내가 재깍재깍 나타나길 바라. 하지만 더는 못 참아. 이젠

내 돈을 돌려받아야겠어!" 유도라는 나를 꽉 안은 다음 다시 밀어냈다. 그에게서 처음 맡아보는 톡 쏘는 냄새가 풍겼다.

"잘 가, 치카. 프리다의 집으로 가렴. 이런 일엔 신경 쓰지 말고 여행 즐겁게 다녀와. 다음에는 함께 할리스코에, 과달라하라에, 아니면 북쪽 유카탄에 가보자. 새로운 유적지가 발굴됐다니 취재도 해야 하고……."

"유도라, 당신을 이런 상황 속에 내버려두고 갈 수는 없어요. 제발 여기 있게 해주세요!"

그를 안을 수만 있다면. 나는 다시 한번 손을 뻗었지만, 그는 내 손길을 피하다가 테이블에 걸려 넘어질 뻔했다.

"안 된다고 했잖아." 그의 목소리가 자갈처럼 모질고도 거칠었다. "나가! 여행비자 따위로 남의 삶에 들어와도 된다고 생각하다니 감히……."

그의 목소리에 담긴 공포에 나는 움찔 놀랐다. 그제야 나는 그에게서 풍기는 게 테킬라 냄새라는 걸, 그가 이미 술에 취해 있다는 사실을 알아차렸다. 어쩌면 내 표정을 보고 그는 말을 멈췄는지도 모르겠다. 유도라의 목소리가 달라졌다. 느릿하고 조심스럽게, 거의 온화하기까지 한 말투로 그는 말을 이었다.

"네가 감당할 수 있는 문제가 아니야, 치카. 난 괜찮을 거야. 하지만 지금 당장 떠나줘. 앞으로 상황이 더 심각해질 텐데 네게 보여주고 싶지 않아. 부탁이야. 가."

유도라가 여태 내게 한 다른 말들과 마찬가지로 명료하고 직설적이었다. 그의 말 이면에는 내가 이해할 수 없는 분노와 슬픔이 도사리고 있었다. 그는 테이블에서 술병을 집어 들더니 나를 등진 채 안락의자에 푹 주저앉았다. 나는 쫓겨난 것이었다.

울음을 터뜨리고 싶었다. 그러나 우는 대신 여행가방을 집어 들었다. 그러고는 마치 배를 발로 걷어차인 것처럼, 겁에 질린 채, 쓸모없는 사람이 된 기분으로 제자리에 서 있었다.

마치 내가 하지도 않은 말에 대답이라도 하듯 안락의자 너머에서 유도라의 목소리가 들려왔다.

"괜찮다고 했잖니. 이제 가."

나는 한 걸음 다가가 엉망으로 헝클어진 그의 정수리에 입을 맞췄다. 그에게서 풍기던 알싸한 꽃향기가 테킬라의 톡 쏘는 냄새와 뒤섞여 있었다.

"알았어요, 유도라. 갈게요. 잘 있어요. 그래도 돌아올 거예요. 3주 뒤에 돌아올게요."

내 말은 단지 고통의 비명이 아니라, 내가 시작한 일을 끝내고자 하는 새로운 다짐이었다. 나는 매달리고 싶었다. 그러나 무엇에? 내 몸이 했던 맹세에? 아니면, 의자 등받이 너머로 보이는 둥그런 머리에서부터 내게로 쏟아지는 저 부드러움에?

우리 두 사람 사이에 오갔던 그 무엇에 매달리려고, 막막해지지 않으려고, 길을 잃지 않으려고.

유도라는 나를 무시하지 않았다. 유도라는 나를 투명인간 취급하지 않았다. 유도라는 내 앞에서 솔직하게 행동했다.

유도라는 내게 떠나라고 했다.

나는 상처를 입었지만 길을 잃은 건 아니었다. 그리고 그 순간, 마치 그를 처음 안던 그날 밤처럼, 나는 내가 어린 시절의 내가 아니라고,

다른 여성들과 난해하고 복잡하며 점점 더 확장되는 관계망으로 연결되어 힘을 주고받는 여성이라고 느꼈다.

"잘 있어요, 유도라."

장마가 오기 직전, 나는 너저분하지만 환희에 찬 상태로 쿠에르나바카로 돌아와 옷을 갈아입으러 프리다의 집으로 갔다. 프리다와 태미는 테포스틀란의 농장에서 갓 돌아온 참이었다.

"유도라는 어떻게 지내요?" 태미가 시원한 음료를 갖다주겠다며 부엌에 간 사이 나는 프리다에게 물었다.

"드디어 여길 떠나 수도로 갔어. 새로운 일간지에서 일하게 됐다던데."

떠났다니. "어디에 사는데요?" 나는 무감각하게 물었다.

"유도라 주소는 아무도 몰라." 프리다는 곧바로 대답했다. "주택단지에서 유도라와 라 세뇨라가 큰 싸움을 벌였다더라. 아무튼 두 사람 일이 해결된 건지, 유도라는 곧 떠났어. 네가 출발하고 얼마 지나지 않아서 일어난 일이었지." 프리다는 탄산음료인 프레스카를 느릿느릿 홀짝이며 내 눈치를 살피더니 주머니에서 동전을 꺼내 태미더러 시장으로 빵심부름을 보냈다.

나는 과일 음료수를 마시는 내내 온 힘을 다해 무표정을 지켰지만 속으로는 비명을 지르고 있었다. 프리다는 마시던 음료수를 내려놓고 내 쪽으로 몸을 기울이더니 팔을 토닥이며 친절한 목소리로 나를 안심시켰다.

"이제 유도라는 잊으렴. 이 좁아터진 어항을 벗어나다니, 그 사람이

할 수 있는 최선의 일을 한 거야. 나만 해도 미국에 있는 아이 아빠한테 태미를 빼앗길 걱정만 없다면 당장 내일이라도 여길 떠나고 싶다."

그 말을 남기고 프리다는 의자에 등을 기대더니 나를 가만히 쳐다보았다.

"아무튼, 다음 주에 미국으로 돌아가지 않니?"

"맞아요." 나는 프리다의 말뜻도, 그의 말이 옳다는 것도 알았다.

"그래도 언젠가는 돌아오고 싶어요." 치첸이트사의 폐허, 타바스코의 올메카 두상, 유도라가 열띤 목소리로 들려주던 해설을 떠올렸다.

"그렇다면야 반드시 돌아오게 될 거다." 프리다가 내 기분을 북돋워주려는 듯 말했다.

7월 4일 밤, 나는 뉴욕으로 돌아왔다. 건조하고 뜨거운 멕시코의 기후를 떠나 맞이한 뉴욕의 무더위는 나를 짓누르는 것만 같았다. 7번가에 도착해 택시에서 내리자 온 사방에서 폭죽 터지는 소리가 들렸다. 멕시코의 폭죽보다 소리가 높고 가늘었다.

305

나는 젊고, 흑인이고, 동성애자로 살아가는 게 어떤 기분이었는지 기억한다. 대체로 내가 진실과 빛과 열쇠를 지니고 있다는 기분이 들어 괜찮았지만, 그럼에도 대체로 순전히 지옥 같았다.

우리한테는 어머니도 자매도 영웅도 없었다. 우리는 아마존의 자매들처럼, 다호메 왕국*에서 가장 외딴 전초기지의 기수들처럼, 뭐든지 홀로 해내야 했다. 우리, 젊고 흑인이고 괜찮았고 동성애자였던 우리는 점심시간에 속마음을 털어놓을 학교 친구나 회사 동료 하나 없이 첫 실연을 이겨내야 했다. 우리가 행복하고 비밀스러운 미소를 짓게 하는 그 이유를, 실재하는 구체적인 것으로 만들어줄 반지가 없었듯, 우리의 실험실 보고서나 도서관 문서에 얼룩지는 눈물에는 어떠한 이름이나 이유가 주어지지도, 공유되지도 못했다.

우리는 타인의 이야기에 귀를 기울였고 더블데이트를 요구하지 않았다. **너도 우리 규칙 알잖아?** 어째서 우리는 늘 여성들 사이의 우정이

---

* 베냉 지역에 약 1600년부터 1904년까지 존재했던 왕국이다.

마음 쓸 만큼 중요하다 느꼈을까? 우리는 "이번 주말에 뭐 해?" 같은 질문마저도 선을 넘는다고 느낄 정도로 서로 거리를 두고 살아갔다. 여자에 대한 관심을 홀로 발견하고 탐구했다. 때로는 남몰래, 때로는 반항적으로, 때로는 서로 스칠락 말락 하는 주머니 속에서("저 꼬마 흑인 여자애들은 어째서 늘 서로 속닥거리거나 싸워대거나 둘 중 하나인 거야?") 이뤄졌지만, 그때마다 늘 혼자였고, 우리 앞엔 더 거대한 고독이 도사리고 있었다. 우리는 그런 일들을 단번에 해냈고, 살아남는다면 상상 속 강인한 여성의 모습이 될 수 있었으나, 우리 중 너무 많은 수는 아예 살아남지 못했다.

나는 해마다 늘 앉던 포니 스테이블 바의 깜깜한 구석 자리에서 늘 똑같은 진을 마시던 머프를 기억한다. 어느 날 머프는 스툴 사이 바닥으로 굴러떨어졌고 뇌졸중으로 그 자리에서 즉사했다. 머프의 진짜 이름이 조세핀이었다는 사실은 나중에야 알았다.

1950년대 빌리지에서 나는 겉으로도 동성애자로 보이는 몇 안 되는 흑인 여자들과 서먹한 사이였다. 알고 보니 우리는 같은 백인 여자와 자는 사이였기 때문이다. 우리 눈에 우리는 함께 뭉친다 해서 딱히 이득이 없는 이국적인 시스터 아웃사이더였다. 어쩌면 우리의 힘은 숫자가 적다는 데서, 희소하다는 데서 나오는 건지도 몰랐다. 다운타운에서는 그랬다. 그리고 흑인들의 땅인 업타운은 무척이나 멀고 적대적인 영토로 느껴졌다.

다이앤은 뚱뚱하고 흑인이고 아름다웠고, 그런 종류의 아름다움이 가능하다는 생각이 널리 퍼지기 전부터 그 사실을 알았다. 그는 충격적

307

일 만큼 거리낌 없이 재치가 담긴 잔인한 말버릇으로 지나치게 가까이 접근하는 사람들을 모조리 박살 냈다. 그러니까 동네 처녀들의 꽃을 꺾느라 바쁘지 않을 때면 그랬다. 다이앤의 가슴이 내 가슴만큼이나 거대하다는 사실을 알았을 때, 나는 경쟁심을 느끼기보다는 차라리 편안한 기분이 들었다. 그의 가슴은 뉴욕시립대학교 로고 티셔츠에 감싸여 있었고, 나는 빌리지의 레즈비언 신에서 나 말고 업타운(즉, 14번가보다 더 위쪽 지역)의 대학교에 다니는 사람이 또 있다는 사실에 상당한 충격을 느꼈다. 우리는 이곳에서 수업이라든지 시험, 또는 다른 이들이 입에 올리는 책들이 아닌 다른 책들에 관해 논하느니 차라리 죽기를 택했을 것이다. 1950년대는 그런 시대였고, 빌리지의 동성애자 신과 대학생 사이에 존재하는 예리한 간극은 그 어떤 대학 대 도시 간의 갈등보다 신랄하고도 험악했다.

머릿수는 적었음에도 우리는 분명 노력했다. 한동안 나는 내가 빌리지에 사는 유일한 흑인 레즈비언인 줄 알았지만, 그러다가 펠리시아를 알게 됐다. 타락한 수녀의 얼굴을 가졌고 깡마른 몸매에 진한 갈색 피부와 두 번이나 돌돌 말리는 엄청나게 긴 속눈썹을 가진 펠리시아는 7번가 우리 집 소파에 앉았다. 그는 샴고양이를 두 마리 데려온 참이었다. 선상가옥에서 사는 이성애자인 데다가 약물중독자인 친구들이 키우던 고양이였는데, 친구들이 병원에서 아기를 낳아 데려오자마자 고양이들이 정신 줄을 놓고 펄펄 뛰고, 심지어 앙앙 우는 아기가 들어 있는 상자에도 뛰어들었단다. 샴고양이는 질투가 심한 종이었다. 그 친구들은 고양이들을 물에 빠뜨려 죽이는 대신 펠리시아에게 주었고, 그날 밤 바가텔에 맥주를 마시러 들렀던 내가 우연히 펠리시아를 만났던 것이다. 뮤리얼이 내가 고양이를 좋아한다고 하자 펠리시아는 당장 고양이들을 우리 집으로 데려오겠다고 고집을 부렸다. 고양이 상자와 돌돌 말린 속눈썹을 가진 펠리시아가 내 소파에 앉았을 때 나는 속으로 생각했다. '가짜 속눈썹을 붙여도 저만큼 티가 나지는 않을 텐데.'

오래지 않아 우리는 서로를 친구나 동료를 뛰어넘는 진짜 자매라고 여기게 되었다. 특히 힘들었던 과거를 회상하던 중, 우리가 1학년 때 6개월 동안 같은 학교에 다녔다는 사실을 알게 된 뒤부터 그랬다.

내 기억 속 펠리시아는 1939년 한겨울에 전학 온 거친 꼬마였고, 우리의 조촐하고 단정한 지루함과 두려움은 그 애가 품고 온 자기 몫의 문제들로 뒤흔들리고 말았다. 우리 둘 다 품행이 나쁘고 근시가 있었으므로 영원한 도움의 메리 수녀님은 그 애를 내 짝으로 앉혔다. 그 깡마른 아이 때문에 내 인생이 지옥 같았던 게 기억난다. 온종일 쉬지 않고 나를 꼬집던 그 애가 세인트 스위딘 축일 무렵 자취를 감추자 나는 무엇에 대한 상인지는 몰라도 하느님이 준 상이 분명하다고 생각해 하마터면 신앙심을 회복하고 다시금 기도라는 걸 하는 사람이 될 뻔했다.

펠리시아와 나 사이에는 포옹하는 것 이상의 육체관계는 없었지만, 우리는 서로를 깊이 사랑하게 되었다. 우리 둘 다 역할놀이를 하지 않는, 그 때문에 흑인과 백인을 가리지 않고 부지늘과 펨*들로부터 키키**나 AC/DC***라 폄하되던 '별난' 레즈비언에 속했다. 키키는 돈 때문에 남

---

* 레즈비언 커플 가운데 여성적 역할을 취하는 이를 말한다.
** 키키는 1950~1960년대 레즈비언 바를 중심으로 부치나 펨이라는 고정된 역할을 수행하지 않는 레즈비언을 가리키는 말이다.
*** AC/DC는 양성애자의 별칭이다.

자와 관계를 맺는 레즈비언, 즉 매춘부를 가리키는 말이기도 했다.

플리는 침대에 누운 채 내 품에 바싹 파고드는 걸 좋아했지만, 때로는 내 가슴이 늘어졌다며 내 기분을 거스르는 말을 하기도 했다. 또 플리와 나는 다른 이들과 함께 잠자리에 들기도 했는데, 상대는 주로 백인 여자였다.

그 시절 나는 세상에, 적어도 빌리지에 흑인 레즈비언은 우리 둘뿐이라고 생각했다. 그 시절 빌리지란 14번가 아래, 강에서 강을 잇는 정신적인 상태이자, 여전히 로어이스트사이드로 불리던 지역 전체를 뜻했다.

플리를 비롯한 다른 사람들 말로는 금요일 밤 스몰스 파라다이스에서의 마지막 공연이 끝난 시각이면 점잖은 흑인 숙녀들이 오럴섹스를 해줄 레즈비언을 찾으러 다운타운으로 내려온다고 했다. 남편이 주말을 맞아 사냥, 낚시, 골프라거나 성령수양회에 가고 없는 컨번트 애비뉴의 자기 집으로 데려간다는 것이었다. 하지만 나는 그런 사람은 딱 한 번 만났을 뿐이다. 게다가 바가텔에서 다이커리를 마시다가 우리의 무릎이 서로 닿았던 그날 밤, 상대의 쫙 펴진 머리카락이며, 그날 밤 그 자리에 따라와 지나치게 열의를 보이던 그 사람 남편을 보고 있자니 나의 흥분은 완전히 식고 말았다. 또 추운 아침 7번가의 7층 계단 위에 있는 내 따뜻한 침대에서는 업타운이 영원처럼 멀게 느껴졌다. 그래서 나는 내가 23번가 위로는 올라가본 적 없다고 말했다. 14번가라고 말할 수도 있었겠으나, 상대가 내가 대학 생활을 했다는 걸 아는 이상 다운타운의 시립대학교가 있는 23번가를 언급하는 것이 좋겠다는 생각이 들었다. 노동계층의 학력으로 허용되는 최후의 보루가 거기까지였다.

다운타운의 레즈비언 바에서 나는 벽장 속 대학생이었고, 투명인간 취급을 받는 흑인이었다. 업타운의 헌터대학교에서 나는 벽장 속 레즈비언이자 전반적으로 침입자 취급을 받았었다. 아마 내가 시를 쓴다는 사실을 아는 사람은 온 세상에서 다 합쳐 네 명쯤 있었을 것이고, 나는 상대가 그 사실을 쉽게 잊어버릴 수 있도록 행동했다.

내게 친구가 없었던 것도, 좋은 친구가 없었던 것도 아니었다. 나한테는 플리와 나를 제외하면 모두 백인인 젊은 레즈비언들로 이루어진 느슨한 모임이 있었고, 우리는 각자가 속한 이성애자 세계와는 별개로 함께 어울렸다. 우리는 20년 뒤 오용되게 될 자매애라는 개념을 실제로 믿었고, 언제 누가 누구와 엮였는지와 무관하게 서로를 어느 정도 이해했고, 우리 모임에 속한 이들한테 잘 곳과 먹을 것, 이야기를 들어주는 이가 부족할 일은 없었다. 자살 생각이 들 땐 반드시 누군가가 전화를 걸어왔다. 친구라는 것의 실용적인 정의가 바로 그것이었으리라.

우리는 비록 불완전했을지언정 적어도 우리에게 적대적이기만 하던 세상 속에서 살아남을 일종의 공동체를 꾸리고자 했다. 20년 뒤 여성운동에서 새로운 개념으로서 등장하게 될 상호 지지라는 관계를 어떻게 하면 더 잘 맺을 수 있을지 끝없이 이야기하기도 했다. 1950년대에 여성들끼리 진정으로 연결되고자 실제 노력을 기울인 사람은 흑인이건 백인이건, 레즈비언이 유일했을 것이다. 우리는 서로에게서 배움을 얻었고, 우리가 배우지 못한 것 때문에 그 배움의 가치가 깎이는 일은 없었다.

플리의 눈에도, 내 눈에도, 여자를 사랑한다는 것은 다른 흑인 여성들은 하지 않는 일 같았다. 다른 흑인 여자들이 여자를 사랑한다 해도 그런 일은 특정한 방식으로, 우리가 결코 접근할 수 없는 특정 장소에서 이뤄지는 모양인지, 우리는 그런 사람들을 만날 일이 없었다. 바가텔의 토요일 밤만이 예외였지만, 플리도 나도 그곳에서 남의 눈에 들 만큼 세련된 사람들이 아니었다.

(진이나 크리스털 같은 나의 흑인 이성애자 친구들은 내가 여자를 좋아한다는 사실을 모른 척하거나, 흥미롭고 아방가르드한 일이라고 생각하거나, 내가 정신이 나갔다는 또 하나의 증거라고 여겼다. 내 성향은 지나치게 두드러지거나 상대에게 영향을 끼치지 않는 선에서 허용됐다. 적어도 나는 동성애자였으므로 남자를 두고 경쟁 상대가 될 일이 없었다. 또 친구들이 내게 비밀을 털어놓기도 편했다. 나는 이보다 더한 걸 요구하지 않았다.)

그러나 가끔, 또는 격주 수요일마다 나는 다른 생활을 꿈꿨다. 우리들, 그러니깐 아마도 니키, 존, 그리고 나는 바가텔에 맥주를 들고 선 채 좁아터진 댄스플로어에 몸을 비집고 들어가 벨트를 치골까지 내리고 성행위를 연상시키는 느린 춤인 피시를 출지 말지 고민했다. (하지만 고단한 한 주의 한가운데에, 게다가 내일도 출근해야 하는데, 정말 그렇게까지 몸을 달아오르게 해야 하나?) 그러다가 나는 미안하지만 너무 피곤하니 이만 가야겠다고 했고, 실제로 그건 내일까지 제출할 과제가 이미 밀려 있어서 오늘 밤을 새워서 과제를 마쳐야 한다는 의미였다.

나는 바가텔에 자주 가지 않았으므로 그런 일이 자주 일어나지는 않았다. 바가텔은 빌리지에 있는 레즈비언 바 중에서도 제일 잘 나가는 곳이었지만, 나는 맥주를 싫어했고, 또 내가 다른 친구들보다 나이가 많은 스물한 살이었음에도 바운서는 매번 내 나이를 확인해야 한다며 신분증을 요구했다. 물론, "유색인은 나이를 도저히 알 수가 없으니까". 또한 동성애자는 당연히 인종주의자가 아니니까, 그 사람들은 그 일이 내가 흑인이기 때문이라고 털어놓느니 차라리 죽었을 것이다. 애초에 그들 역시 억압받는다는 게 무엇인지 너무 잘 알고 있지 않나?

때로 8번가에서, 바가텔에서, 로럴스에서 흑인 여성들, **보이지 않는 동시에 드러나 보이는 자매들**은 서로를 스쳐 지나고, 그때 우리의 시선은 겹치지만, 우리는 서로의 눈을 들여다보지 않았다. 우리는 침묵한 채 다른 방향을 보며 스쳐 지남으로써 서로의 우애를 확인했다. 그럼에도 플리와 나는 늘 언제나 상대의 눈 속에서 반짝이는 숨길 수 없는 불꽃을, 그 밖의 다른 표현 방식으로는 금지된 솔직함을, 상대가 동성애자라는 사실을 알아볼 수 있는 단호한 목소리를 찾아 헤맸다. **그런 건 당사자가 아니면 알아볼 수 없는 것이 아닐까?**

나는 동성애자인 동시에 흑인이었다. 후자는 바꿀 수 없는 사실이었다. 갑옷이고, 망토이고, 벽이었다. 종종, 흑인이 아닌 다른 레즈비언들과 대화를 나누다가 이런 화제를 꺼내고 싶다는 악취미가 들 때마다, 나는 어떤 의미로 내가 동성애자들의 성스러운 연대, 처음부터 내게 충분치 않게 느껴지던 그 연대를 깨뜨리는 것만 같은 기분이 들었다.

우리가 서로 친밀했다는 사실을, 광기 어리고 영예로우며 모순적이던 그 시절 우리가 주고받던 상호 지지를 부정하고 싶은 생각은 없다. 그러니까 나는 금요일 밤 바가텔의 신분증 '문제'에서부터 볕에 그을릴 걱정이 없는 사람이 오로지 나뿐이던 게이 헤드 비치에서 보낸 여름날에 이르기까지 예리하게 자각하고 있었던 것이다. 흑인 여성인 내가 삶과 맺는 관계는, 동성애자건 이성애자건 그들의 것과 다르며, 앞으로도 줄곧 그러하리라는 사실을. 받아들여진다는 것의 무게가 나에게는 남달랐다.

역설적인 일이지만, 사회 전반에서 그러하듯 내가 흑인 사회건 동성애자 사회건 하위 사회에서도 남들과 다른 입장이라는 사실을 깨달은 뒤부터는 지나치게 애쓸 필요가 없다는 걸 알게 됐다. 받아들여지려고, 펨으로 보이려고, 이성애자처럼 굴려고, 이성애자처럼 보이려고, 제대로 된 사람으로 보이려고, '괜찮아' 보이려고, 호감을 사려고, 사랑받으려고, 승인받으려고 노력할 필요가 없었다. 그러나 그저 살아 있기 위해, 아니, 인간으로 남아 있기 위해 얼마나 더 많이 노력해야 하는지는 미처 몰랐다. 그리고 그 노력을 하느라 내가 얼마나 더 강해져야 하는지도 몰랐다.

우리가 살아가는 비인간적인 플라스틱 사회에서는 동성애자건 이성애자건 태어날 때부터 양손잡이에다가 거의 눈이 먼 상태였던 뚱뚱한 흑인 여자들을 좋아하는 이들이 거의 없었다. 그뿐만 아니라 〈에보니〉나 〈제트〉의 광고들은 우리가 매력적이지 않다고 암시했다. 그럼에도 나는 기회만 있으면 화장실에서, 뉴스 가판대에서, 언니 집에서 그 잡지들을 읽었다. 그런 독서는 비밀리에 이뤄졌지만, 아무리 절망적일지언정 그것은 나의 어떤 부분을 긍정하는 일이었다.

나를 혹독하게 들쑤셔대는 사람이 없다면, 내가 감히 탐구하고자 하는 것이 무엇인가는 그리 대단한 게 아니었다. 부모님 집을 나오면서 이미 알게 된 사실이었다.

직장에서 만난 흑인 자매들이 내가 미친 거라고 여기고, 돈을 추렴해 전열식 빗이나 머리 펴는 고데기를 사와 직원용 사물함 안에 몰래 넣어두고, 휴식시간에 내가 사물함을 여는 순간 그 빌어먹을 물건들이 와장창 소리를 내며 바닥으로 쏟아지는 바람에, 매우 매우 백인인 95퍼센트의 나머지 도서관 직원들이 나더러 대체 무슨 일이냐고 물을 때처럼.

흑인 형제들이 당신을 가리켜 남자들의 기를 꺾는 여자라고 부르고, 자기 집으로 불러들인 다음 부엌 찬장에 기대서게 한 뒤, 오로지 당신 콧대를 꺾어놓을 목적으로 그 짓을 하려 들 때처럼, 그런데 당신 역시 그 집으로 들어갈 때 이미 그 사실을 각오하고 있었을 때처럼(왜냐하면 내가 아는 여자들은 모두 너무 복잡했으니까, 또 나 역시 몸이 달아 어쩔 줄 몰랐으니까). 나는 강간당할 뻔한 상황에서 간신히 벗어났고, 반지를 건네주고 온갖 거짓말을 한 덕에 다치지는 않았고, 그건 부모님 집을 떠난 이래 처음으로 내가 감당할 수 없는 물리적인 상황에 놓인 경험이었다. 즉, 그 개자식은 나보다 힘이 셌다. 즉각적으로 의식이 고취되는 순간이었다.

내 말은, 자매들은 당신이 정신이 나갔다고 여기며 창피해하고, 형제들은 당신의 내부가 어떻게 작동하는지 찢어 열어보려고 할 때, 백인 여자들은 당신이 벽에서 접시 위로 기어 올라온 이국적인 요리 한 점이라도 되는 듯이 쳐다보고(그럼에도 그들은 수업이 끝난 뒤 대학교 문예지 사무실에서 당신 책상 모서리에 스커트 입은 하반신을 문지르길 좋아하지 않는가?), 백인 남자들은 돈이나 혁명을 논하면서도 정작 물건을 세우지는 못할 때, 그러면 당신이 '아프로'라는 단어가 생겨나기도 전부터 이미 아프로*

---

* 1970년대 유행했던 흑인들의 둥근 곱슬머리 스타일을 말한다.

315

를 가지고 있었다는 사실 같은 건 더는 중요하지가 않다.

아프리카계 미국인 무용수 펄 프리머스가 내가 다니던 고등학교를 찾아와 방과 후에 아프리카 여성을 다룬 강의를 해준 적이 있었다. 그는 태양빛을 받아 고블거리는 그들의 내추럴 헤어가 아름답다고 말했고, 그 자리에서 이야기를 듣고 있던 나는(헌터고등학교에 다니던 흑인 여학생 열네 명 중 하나였다) 아마 신의 어머니는 그런 모습이었을 거라고, 나 역시 그런 모습이 되고 싶다고 생각했다. 그 시절 나는 내 머리를 '자연스럽다'고 말했고, 다른 모두가 미쳤다고 해도 나는 쭉 자연스럽다고 여겼다. 125번가의 어느 수피 모슬렘이 사무용 가위로 직접 잘라준 내 머리카락은 엄청나게 북슬북슬했다. 그날 그 머리를 하고 집에 돌아갔더니 어머니는 내 엉덩이를 때리고 일주일간 울음을 그치지 않았다.

그 뒤로도 오랫동안 백인들은 길에서, 특히 센트럴파크에서 나를 불러 세워서는 내추럴 헤어를 가진 덩치 큰 아름다운 흑인 여성이라는 점 말고는 나와 닮은 점이 하나도 없는 흑인 포크 가수 오데타가 아니냐고 물어왔다.

나는 우리 가족 중 아버지 다음으로 피부색이 짙었고 고등학교를 졸업한 뒤로 쭉 내추럴 헤어였다.

이스트 7번가로 이사한 뒤, 나는 아침마다 15센트를 챙겨 집을 나섰고, 학교 가는 지하철을 타러 가는 길, 세인트마크플레이스 모퉁이에 있는 세컨드 애비뉴 그리들에 들러서 잉글리시 머핀과 커피를 샀다. 돈이 없는 날에는 커피만 마셨다. 이곳을 운영하는 사람들은 뱃사람을 포함해 갖은 일을 전전했다는 솔이라는 유대인 노인, 그리고 설거지 담당으로 월요일

마다 단단한 머핀을 내 몫으로 남겨두라고 솔에게 상기해주곤 했던 푸에르토리코 출신 지미였다. 10센트면 머핀을 먹을 수 있었다. 잘 구워져 버터가 뚝뚝 흐르는 잉글리시 머핀과 커피를 먹는 것이 하루의 가장 중요한 일정인 날이 많았고, 그것 때문에 아침에 침대에서 일어나 에스터 플레이스 지하철역까지의 머나먼 길을 걸어갈 수 있는 날이 많았다. 어떤 날에는 아침에 눈을 뜰 이유가 오로지 그것뿐이었고, 그것 말고는 아무것도 살 돈이 없는 날이 아주 많았다. 우리는 8년이 넘는 시간 동안 카운터 너머로 온갖 잡담을 나눴고, 여러 생각과 그날의 소식을 주고받았으며, 내 친구들도 대부분 지미와 솔이 누군지 알았다. 지미와 솔은 내 친구들이 들락거리는 걸 보고도 우리 같은 사람들에 관해 한마디도 하지 않다가, 아주 가끔 이런 말을 하는 것이 전부였다. "여자친구가 다녀갔었어요. 10센트 외상이 있으니 7시 정각에 문 닫는 거 잊지 말라고 전해줘요."

사서 학교에서 석사학위를 받은 뒤 로어이스트사이드를 떠나기 전날, 나는 마지막 잉글리시 머핀과 커피를 사러, 또 두 사람에게 감정을 싣지 않고 스스로 용인 가능한 방식으로 작별인사도 전할 겸 그곳을 찾았다. 둘에게 보고 싶을 거라고, 이 동네가 그리울 거라고 했다. 그들은 아쉽다고, 왜 떠나야 하느냐고 물었다. 내가 흑인 학생을 위한 장학금을 받았으므로 다른 도시로 가서 연구를 해야 한다고 대답하자, 솔은 대단히 놀라 눈썹을 치켜올리더니 이렇게 말했다. "그래요? 나는 당신이 컬러드^{cullud}*인 줄 몰랐는데!"

한동안 나는 여기저기 이 이야기를 하고 다녔지만, 친구들 대부분은

---

* 'colored'를 발음대로 표기한 것이다. 유색인을 말한다.

어째서 내가 그 이야기를 우스워하는지 몰랐다. 하지만 이 이야기는 때로 사람들이 자기가 보고 있는 사람 또는 사물의 본모습을 보지 못한다는 사실을 알려준다. 특히 그것을 보고 싶지 않을 때 그렇다.

어쩌면 정말로 어떤 건 당사자가 아니면 알아볼 수 없는 것인지도 모르겠다.

24

뮤리얼과 나는 운명처럼 만났다.

키스톤 일렉트로닉스의 열기와 악취와 소음 속, 절단실의 엑스레이 기계들을 다루다가 진저를 알게 되었을 때, 진저는 1년쯤 전에 내가 지금 쓰는 기계에서 일했다는 뮤리얼이라는 이름을 가진 미친 여자애 이야기를 끊임없이 해줬다(내가 동성애자라는 것을 알고 있고 또 개의치 않는다는 걸 진저만의 방식으로 나한테 알려준 것이다).

"그래, 분명 너랑 정말 비슷한 애였다니까."

"무슨 뜻이야, 나랑 닮았다는 뜻이야?"

"진짜 신기한 게……." 진저는 아기 인형 같은 커다란 눈으로 나를 힐끔 보더니 말을 이었다. "걔 백인이거든. 이탈리아인이야. 그런데 성격이 느긋하고 말투는 나긋나긋한 게 너랑 닮았어. 물론 넌 도시에서 온 세련된 새끼 고양이고 걔 완전 이 동네 토박이긴 하지만 말이야. 걔가 그러는데 열여덟 살이 될 때까지는 아버지가 밤에 바깥을 나돌아다니지 못하게 했다더라. 걔도 맨날 시를 썼어. 점심시간에도 쓰더라."

"아." 어쩐지 그게 전부가 아닌 것 같았다. 진저가 차마 하지 못한 말은 뮤리얼도 나처럼 여자를 좋아한다는 이야기였다.

진저와 마지막으로 만난 건 내가 멕시코로 떠나기 전이었다. 그때 진저는 전에 말한 뮤리얼이라는 친구가 뉴욕에 살다가 신경쇠약을 일으키는 바람에 스탬퍼드로 돌아왔다고 했다.

내가 멕시코에서 지내는 동안 뮤리얼은 강제로 쑤셔 박히다시피 한 충격요법이라는 바구니 밑에서 서서히 기어 나오고 있었다. 뮤리얼이 다시 스탬퍼드의 친구들과 왕래하기 시작하자 진저는 뮤리얼에게 '작년에 너랑 같은 기계를 썼고, 너처럼 시를 쓰던 뉴욕 출신 미친 애' 이야기를 잊지 않고 들려주었다.

멕시코를 떠나 뉴욕에 돌아왔을 때, 나는 햇빛으로, 또 삶의 질서를 재정립한 다음 언젠가는 멕시코로, 또 당연히, 유도라에게로 돌아가고 말리라는 결의로 가득 차 있었다. 예전에 살던 7번가의 승강기 없는 아파트로 돌아온 나는 우울한 구직활동을 시작했다.

어느 일요일 저녁, 전화벨이 울렸고 레아가 전화를 받았다.

"쿨한 목소리를 가진 네 젊은 여자 친구들 중 한 명인데." 그러면서 레아가 웃는 얼굴로 내게 수화기를 건넸다. 받아보니 진저였는데, 그의 걸걸한 목소리는 내 귀에는 도무지 쿨하게 들리지 않았다.

"이봐, 잘 지냈어? 널 만나고 싶다는 친구가 있어서 말이야." 짧은 침묵이 흐르고, 쿡쿡 웃는 소리가 들리더니 높고 초조한 목소리가 전화를 넘겨받았다. "여보세요? 오드리?"

우리는 데이트 약속을 잡았다.

맥아향이 풍기는 어둑어둑한 페이지 스리 문을 열고 들어갔을 땐 아직 이른 시간이라 바 앞에 뮤리얼 혼자 서 있었다. 뮤리얼은 스탬퍼드에 사는 동안 내가 만나본 그 누구와도 닮지 않은 여자였다. 커다란 갈색 눈은 아몬드 모양이었고 짙은 속눈썹이 눈가에 새까만 테두리를 아로새기고 있었다. 눈 바로 아래에 평평한 광대뼈가 위치하고 있고, 수도사의 머리 모양, 아니면 엎어놓은 밥공기를 닮은 새까맣고 곧은 머리카락이 얼굴을 감싸고 있어 하얀 얼굴이 더 하얘 보였다. 짙고 검은 양 눈썹은 미간을 찌푸린 것처럼 가운데로 모여 있었다.

평소처럼 나는 지각했고, 뮤리얼은 나를 기다리고 있었다. 어깨를 축 늘어뜨리고 몸을 움츠린 자세 때문에 뮤리얼은 늘 실제보다 더 작아 보였다. 그는 오른손에 맥주병, 왼손에는 담배를 들고 있었는데, 폭이 넓은 은색 반지를 낀 왼손 새끼손가락이 약손가락 위로 활처럼 구부러져 살짝 올라가 있었다. 나는 그의 이런 손가락 모양을 '뮤리얼의 태아 손가락 포즈'라고 여기게 되었다.

그는 둥그스름한 배를 다 덮는 검은 터틀넥 스웨터, 검은색 바탕에 흰색의 가느다란 세로줄 무늬가 있는 주름진 모직 슬랙스 차림이었다. 머리에는 포근하게 생긴 검은 베레모를 비스듬히 썼고, 검고 곧은 머리카락 아래로 언뜻 보이는 양쪽 귓불에 달린 작은 금빛 귀걸이가 반짝거렸다.

바에 올려둔 낡은 스웨이드 재킷, 그 위에는 모피 안감을 댄 검은 가죽장갑 한 켤레가 놓여 있었다. 뮤리얼의 얼굴에 담긴 뚜렷한 대비는 낭만적으로 고풍스러운 분위기를 풍겼으며, 검은 끈이 달린 반들반들한 옥스퍼드 구두를 신은 덕에 연약한 여학생 같기도 했다.

나는 뮤리얼의 차림새가 꽤 특이하다고 생각했다. 그러다가 제니와 모험 시나리오를 품고 거리를 누비던 시절을 떠올린 나는 별안간 그가 도박꾼처럼 보이게 차려입었다는 사실을 알아차렸다.

처음에는 부정교합으로 보이던 뮤리얼의 입매는 알고 보니 앞니 사이가 벌어져 틈이 있는 것뿐이었다. 뮤리얼이 살짝 웃으며 얼굴에 다정함을 듬뿍 담는 순간에 그것이 눈에 들어온 것이었다. 찌푸리던 미간도 펴졌다. 악수를 나누면서 나는 그의 손이 건조하고 따뜻하다는 것을, 생기가 돌자 두 눈이 아름답기 그지없다는 사실을 알게 됐다.

내 몫의 맥주를 산 뒤 우리는 앞쪽으로 가서 테이블을 찾아 앉았다.

"도박꾼이 입는 바지 같네요." 내가 말했다.

그러자 뮤리얼이 흡족한 듯 수줍은 미소를 지었다. "네, 맞아요. 어떻게 알았어요? 이런 걸 알아보는 사람은 별로 없는데."

나도 그를 향해 미소를 지어 보였다. "음, 예전에 어떤 친구가 있었는데, 같이 옷을 차려입곤 했었어요. 항상 그러면서 놀았죠." 그 말을 했다는 사실에 나 자신조차 놀랐다. 나는 평소에 제니 이야기를 입 밖에 내는 일이 없었으니까.

뮤리얼은 자신과 자신의 삶에 관해 조금 이야기해줬다. 2년 전, 그는 친구 나오미가 죽고 오래지 않아 뉴욕으로 왔다. 이곳에서 사랑을 하고, '아프기' 시작해서, 다시 고향으로 돌아갔다. 뮤리얼은 스물세 살이었다. 나오미와는 고등학교에서 만난 사이였다. 나는 내가 서른다섯 살이라고 했다.

나는 제니에 대한 이야기를 조금 해주었다. 7번 애비뉴의 페이지 스리에서 처음 만난 그 일요일 밤, 뮤리얼과 나는 작은 테이블에 앉아 서로 이마를 마주 댄 채 우리의 죽은 소녀들을 위해 함께 눈물을 흘렸다.

자기소개 삼아 각자 쓴 시들을 챙겨 나온 우리는 얄팍한 시 꾸러미

322

를 서로 교환했다. 거리로 나오자마자 편지를 주고받기로 약속한 뒤 헤어졌고, 뮤리얼은 함께 스탬퍼드로 돌아갈 진저를 만나러 떠났다.

"자, 내 장갑 받아요." 지하철역 안으로 들어가던 뮤리얼이 충동적인 듯 입을 열었다. "집까지 걸어가다가 손이 얼겠어요." 내가 망설이는 사이 그는 간곡해 보이기까지 하는 미소와 함께 내게 스웨이드 장갑을 떠넘기더니 "다음에 만날 때 돌려줘요"라는 말을 남기고 떠났다.

그 표정을 보니 어쩐지 제니가 내게 공책들을 전해준 순간이 떠올랐다.

뮤리얼이 떠난 뒤, 그가 남긴 인상 중 가장 강렬하면서도 지속적인 감각은 뮤리얼이 숨기고 있는 어마어마한 다정함, 그리고 나의 취약함을 뛰어넘을 정도의 취약함이었다. 그리고 음울한 겉모습은 가장에 불과하다는 사실을 알려주는 그의 부드러운 목소리. 나는 뮤리얼이 서로 반대되는 것들의 조합이라는 사실에 호기심을 느꼈고, 그가 약점들을 숨기려 들지도, 자기 약점을 수치스러워하거나 꺼림칙해하는 기색도 없다는 것에도 마음이 끌렸다. 그는 고요한 자기인식을 발산했고, 나는 그것을 자기수용이라 착각했다.

불쑥 튀어나오는 유머 감각은 매력적이었고 그 속에 담긴 빈정거리는 기색은 미미한 정도에 지나지 않았으며 누구에게랄 것 없이 종종 중얼거리는 농담은 통찰력이 돋보이는, 악의 없는 것들이었다.

뮤리얼을 처음 만난 순간부터 나는 그가 내 말은 물론이고 말로 표현할 수 없이 무거운 고통 때문에 말하지 못한 수많은 것들마저도 그 어떤 설명도 없이 다 이해하는 것만 같았다.

집으로 돌아오자 여태 깨어 있던 레아가 휘파람을 불었다.

"오늘따라 왜 그렇게 기분이 좋은 거야?" 레아가 놀리는 말을 듣고서야 나는 멕시코에서 돌아온 이래 이토록 가볍고 들뜬 기분을 느낀 게 처음이란 걸 알았다.

2주 뒤, 일요일 밤, 뮤리얼과 만나 저녁식사를 하고 바가텔에 갔다. 정신없이 붐비는 이곳은 여자를 만나기에는 좋았지만 늘 내 형편에는 지나치게 비싸거나, 혼자 가기엔 좀 불안하게 느껴지는 곳이었다. 로럴스, 시 콜로니, 페이지 스리, 스윙은 '바'였지만, 바가텔은 모두가 '클럽'이라고 불렀다.

우리가 처음 입장한 공간은 이른 저녁인데도 벌써 담배 연기가 자욱했다. 플라스틱과 푸른 유리잔, 맥주, 그리고 이곳을 가득 메운 잘생긴 젊은 여자들 냄새가 났다.

뮤리얼은 예상대로 맥주를 주문했고, 나도 맥주를 한 병 주문해 그날 밤 내내 마시는 시늉을 했다. 우리 둘 다 춤은 추지 않았고, 안쪽에 있는 작은 댄스플로어에는 이미 사람이 꽉 차 있었다. 다른 여자들이 오가는 테이블과 플로어 사이 아치형 통로에서 우리는 대화를 나눴다. 우리를 둘러싼 여자들 중 어떤 이들은 우리처럼 사랑에 빠지는 중인 게 틀림없었다.

뮤리얼은 레즈비언 바를 찾아다니길 좋아했고, 나도 오래지 않아 적응했다. 그는 뉴욕에 올 때마다 바를 돌아다닌다고 했다. 레즈비언 바가 아닌 데서는 진짜로 살아 있는 기분이 안 든다고, 그래서 팔에 주사를 놓는 셈 치고 이런 곳을 찾는다고 했다.

우리 둘 다 다른 레즈비언들과 함께일 수 있는 공간이 필요했고, 1959년에 우리가 아는 만남의 장소라고는 오로지 레즈비언 바뿐이었다.

뮤리얼과 나는 대화를 나눌 때를 제외하면 다소 어색한 기분으로 쿨한 척, 당당한 척 애쓰며 서 있었다. 바가텔에 온 나머지 여자들은 모두 이곳에 있는 자격을 갖춘 사람들 같았다. 우리는 그저 레즈비언이라면 응당 지녀야 할 쿨하고 힙하고 터프한 태도를 따라 하는 흉내쟁이였다. 수줍음이 많아 남들에게 다가가지도 못했으며 우리한테 다가오는 사람들도 없었다. 게다가 그 시절 레즈비언들은 보통 자기들이 속한 작은 집단 바깥에서는 그리 사교적이지 못한 경우가 많았다.

누가 누구인지 알지도 못했고, 매카시 시대가 남긴 자기방어적인 피해망상이 축복받은 미국 중부 교외를 제외한 전 지역에 퍼져 있었다. 게다가 사복 경찰이 돌아다니면서 여성복을 세 점 이하로 걸친 레즈비언을 찾아 위법행위이던 복장도착증을 죄명으로 연행한다는 말도 있었다. 적어도 돌아다니는 소문으로는 그랬다. 우리가 아는 여자들은 대체로 언제나 브래지어와 팬티, 그 밖에도 여성적인 옷가지를 착용하려고 주의를 기울였다. 굳이 불장난을 해서 좋을 게 없었다.

그날 밤은 너무나 빠르게 흘러갔고 뮤리얼은 앞으로도 상스럽고 창의성 넘치는 편지들을 보내겠다고 약속한 뒤 스탬퍼드에서 시간제로 일하고 있는 의치 제작소로 돌아갔다.

나는 여전히 구직 중이었다. 어떤 일이라도 상관없었지만 일자리를 찾을 전망이 보이지 않아 기가 꺾였다. 나는 매카시 시대와 한국전쟁 시기에서도 살아남았으며, 대법원에서는 학교 내 인종차별이 불법이라는 판결을 내린 상태였다. 그럼에도 하루하루 구직광고를 따라 도시를 누비는 나와 일자리 사이에는 인송주의와 불경기라는 현실이 여전히 도사린 채였다.

어디를 찾아가더라도 자격요건 수준을 웃돈다거나(대학을 1년이나 다닌 흑인 여성을 채용하려는 사람이 누가 있겠는가?), 경력이 부족하다는 소리를 들었다(무슨 소립니까, 아가씨. 타자 칠 줄을 모른다고요?).

전처럼 공장에서 일하기도, 타자수로 일하기도 싫다는 사치를 부릴 주제가 아니라는 걸 나도 알았다. 간호조무사 교육과정에 지원했더니 근시가 심해서 안 된다고 통보해왔다. 걱정 때문인지, 늘 그랬던 대로 인종차별을 덮는 핑계인 건지는 영영 알 길이 없었다.

그러다가 일자리 알선 업체를 통해 병원 회계부에 자리를 얻었다. 부기를 할 줄 안다고 거짓을 고했던 덕분이었다. 그러나 업체 역시도 내가 할 업무를 거짓으로 알렸으니 크게 상관없는 일이었다. 애초부터 나는 부기를 담당하는 대신 회계부장의 충실한 하녀 노릇을 할 사람으로 뽑힌 것이다.

구드리치 씨는 미국에서 여성 최초로 대형병원 회계부의 장을 맡은 위압적이고 고압적인 여성이었다. 지금의 직위까지 오르기 위해 겪은 치열한 투쟁은 그에게 냉엄한 태도를 남겨주고 재치는 앗아갔다. 구드리치 씨에게 메시지를 전하거나 커피를 사다주거나 연필을 깎아주지 않는 시간이면 나는 타자수들이 모여 앉은 곳 근처에 따로 떨어진 내 책상에 앉아서 또다시 심부름 호출이 오기를 기다리며 보험회사에 보낼 편지를 썼다. 비서가 점심을 먹으러 간 동안에 구드리치 씨에게 걸려온 전화를 받는 건 내 일이었고, 그는 누구 전화를 전달하고 누구 전화를 전달하면 안 되는지 머릿속에 새길 때까지 노발대발 악을 쓰며 가르쳤다.

구드리치 씨는 여성 회계사를 곱지 않은 눈으로 보는 세상에서 이 정도 지위에 오를 때까지 길고 지난한 싸움을 해온 사나운 여성이었다. 남성과 동일한 방식으로 싸워 이긴 그는 특히 다른 여성들을 대할 때 똑같은 방식을 고집했다. 우리는 만나자마자 무언의 이유로 서로 강렬한 반감을 품었다. 우리가 서로를 어떻게 인식했는지는 몰라도 분명한 건 우리는 서로 한편이 아니었다는 것이다. 하지만 누가 봐도 우리의 지위는 동등한 것과는 거리가 멀었다. 상사인 구드리치 씨가 권력자였으나 나는 물러서지 않았다. 그건 단순한 혐오감보다는 훨씬 복잡한 감정이었다. 나는 그가 나를 대하는 태도에 격노했고, 그는 내가 성에 안 차는 게 뻔한데도 다른 부서로 보내주지도, 가만히 내버려두지도 않았다.

구드리치 씨는 내 걸음걸이가 벌목꾼 같으며 복도에서 너무 시끄럽게 돌아다닌다고 했다. 또 시건방진 나머지 영영 출세할 일이 없을 거라고 했다. 네 '민족'은 시간 약속을 지키는 법이 없지만 그래도 시간을 엄수하는 법을 배우라고 했다. 아무튼 간에 내가 이 병원에는 어울리지 않으니 일을 그만두고 학교나 다니라고 했다. 우리 사이에 대화 같은 대화는 몇 번 없었지만, 그때 나는 학교로 돌아갈 사정이 안 된다는 말을 그에게 했다.

"뭐, 그렇다면 일이라도 좀 제대로 해봐. 안 그러면 조만간 길에 나앉게 될 테니까."

구드리치 씨는 다른 타자수들이 전부 모여 있는 앞에서 내가 오타를 냈다며 호통을 쳤고, 그다음에는 복도 건너편 자기 사무실로 와서 본인이 떨어뜨린 연필을 주우라고 시켰으며, 그럴 때면 나는 남몰래 당혹스러워했다.

발가락 사이에 얼음송곳을 끼고 그의 얼굴을 밟는 게 내 소원이었다.

막막하고 화가 났다. 병원에 입사한 건 추수감사절 일주일 전이었고 연말의 마지막 몇 주는 지옥 같았다. 구드리치 씨는 내가 싫어하는 업무(난 애초에 타자를 배운 적이 없었다)의 상징이 되었고 나는 일을 싫어하는 것만큼이나 열렬히 그 사람을 미워하게 됐다.

매일 태양이 그리웠다. 유니언스퀘어를 통해 서쪽으로, 그리고 스타이브센트 파크를 통해 북쪽으로 올라가는 것이 내 출근길이었다. 14번가를 건널 때 강 쪽의 햇빛을 언뜻 보는 아침도 있었지만, 해가 건물들 위로 솟아오르기도 전에 나는 회색 석조건물인 병원 안으로 들어가야 했다. 퇴근할 때는 이미 해가 진 저녁이었다. 병원 구내식당에서 공짜로 주는 점심을 먹었기에 낮에 바깥에 나갈 수도 없었다. 겨울밤, 걸어서 퇴근하다가 2번 애비뉴를 달리는 차량들 꽁무니에 크리스마스트리처럼 깜박이고 있는 미등을 보고 있으면 자꾸 슬퍼졌다. 키스톤 일렉트로닉스나 맨해튼병원 같은 곳에서 남은 평생을 보낸다면 미쳐버릴 게 분명했다. 정확히는 모르겠지만, 분명 다른 길이 있으리라는 것만은 확실했다.

일터에서 내게 주어진 무기는 회피가 전부였기에, 나는 그 무기를 휘두르며 십 대 반항아나 가질 법한 무분별함까지 곁들였다. 또한 기회만 있으면, 혹은 조금만 기분이 나빠지면 책상에 앉은 채로 졸았는데, 대개 구드리치 씨의 편지를 타자기로 작성하던 도중이었다. 나는 쪽잠에 취한 채 딱딱하고 형식적인 문장 가운데 짧은 시구나 말도 안 되는 어구를 집어넣곤 했다. 다 쓴 편지를 수고롭게 꼼꼼히 읽어보는 대신 그저 끝낸 작품을 확인하듯 여백이 적절한지, 겹쳐 찍힌 부분은 없는지 눈으로 쓱 훑는 게 전부였다. 편지는 깔끔하고 정확하게 작성이 끝난 채로 구드리치 씨의 책상에 도착해 서명을 기다렸지만, 그 안에는 경악하고도 남을 만한 문장들이 끼어들어가곤 했다.

담당자 귀하.

청구서를 받으시려면 낯선 신들이 저녁을 숭배하며 본사에 연락하시기를 부탁드리며……

구드리치 씨의 호출 벨이 울리고 머지않아 복도 너머에서 사무실로 오라는 쩌렁쩌렁한 고함이 뒤따르는 악몽까지 꾸던 시절이었다.

한편 뮤리얼과 나는 계속 편지를 주고받고 있었다. 정확히 말하면 뮤리얼이 내게 길고 아름다운 편지를 써서 보냈고 나는 이 편지들을 조용히 읽고 간직했다.

뮤리얼의 서정적이고 솔직한 편지 속에는 내가 품은 것과 엇비슷한 허기와 고립감, 유머러스한 한편으로 프리즘처럼 선명한 시각이 담겨 있었다. 단순하지만 뜻밖인, 사물들에 관한 그의 새로운 관점이 갈수록 놀랍고 또 즐거웠다. 뮤리얼만의 독창적이고 면밀한 눈으로 새로이 바라보는 세계는 어린 시절 처음 안경을 맞춘 뒤 보았던 세계 같았다. 평범한 사물들에 대한 끝없는, 또 경이로운 재발견이었다.

뮤리얼이 품은, 자기 자신이고자 하는 고통이 내 마음을 사로잡았다. 이상적인 자아라는, 그러나 그 실체를 절반밖에 감지하지 못한 유령에 들린다는 것이 어떤 기분인지 알았으니까. 때로 뮤리얼의 글을 보면 전율이 이는 동시에 눈물이 났다.

고단한 하루가 달팽이 속도로 지나가고 저녁이 오네. 난 네 꿈을 꿔. 이 양치기는 절망의 때가 오길 기다리는 사이 사랑스러운 것들을 만들어 내는 법을 배우는 나병 환자야. 이제 난 새로운 병을 느껴, 그건 완전해 지고 싶다는 열병.

편지를 내려놓고 커피를 또 한 잔 따르는 내 손이 떨렸다. 매일 퇴근 하자마자 그가 보낸 두툼한 파란 봉투를 찾아 우편함을 향해 달려가곤 했다.

서서히, 그러나 틀림없이, 그가 점점 더 나 자신의 취약한 한 조각이 라 느껴지기 시작했다. 이 한 조각은 내 바깥에 있는 것이기에 아끼고 또 지켜줄 수 있을 것 같았다. 내게 정서적으로 소중한 대상을 누구도 건드릴 수 없는 안전한 곳에 간직하고 싶었다. 뮤리얼의 편지가 올 때마 다 나는 나 자신을 위해서는 도저히 할 수 없다고 믿었고, 심지어 하고 있을 때조차 믿기 힘들었던 행동들을 그에게 해주겠다는 마음을 자꾸 만 품게 됐다.

내가 뮤리얼을 돌볼 수 있을 터였다. 세상이 나한테는 아닐지언정 뮤리얼에게는 좋은 곳이 되도록 만들 수 있을 터였다.

아무런 의도 없이, 통찰이라고는 더더욱 없이, 나는 바람과 갈까마 귀를 닮은 이 여자를 내 대리 생존의 상징으로 삼았으며, 낭떠러지에서 뚝 떨어지는 돌처럼 사랑에 빠지고 말았다.

뮤리얼에게도 내가 쓴 시들을 보냈다. 그를 생각하며 쓴 것도 있고 아닌 것도 있었다. 누구도 그 차이를 가려내지는 못할 터였다. 나중에 뮤리얼은 나 역시도 완전히 미친 사람이라고 확신했었다고 했다. 나는 그의 조각들을 싣고 도착하는 편지들을 특별한 선물처럼 손꼽아 기다렸다. 12월 21일, 나는 여태까지 그가 나에게 보내온 간절한 편지의 답이자 동지를 기념하는 의미로, 돌멩이로 가득한 그리스 항아리가 그려진 카드에 "내 머릿속에 돌이 가득 들어 있나봐"라고 써 보냈다.

사랑한다는 뜻이었다.

이로부터 20년도 더 흐른 뒤, 뉴욕의 어느 여성 전용 카페에서 열린 시낭송회에서 뮤리얼을 만났다. 목소리는 여전히 부드러웠으나 아름다운 갈색 눈은 그렇지 않았다. 내가 그에게 말했다. "여태까지의 내 삶과 사랑에 관한 글을 쓰고 있어."

"나에 관해서는 꼭 사실만 쓰도록 해." 그가 말했다.

새해 전날, 1954년의 마지막 날이었다. 또다시 사랑에 빠진 레아는 저녁 외출을 했고 내게 그는 다음 날까지 돌아오지 않을 거라고 했다. 책을 읽고 글을 쓰려 자리를 잡고 앉았는데 전화벨이 울렸다. 뮤리얼이었다.

"행복한 새해 되길! 오늘 밤에 일정 있어?"

기대감과 예기치 못한 놀라움에 내 목소리가 떨렸다. "응, 나중에 친구들 몇몇이 올 거야. 너도 올래? 어디야?"

"집이야, 그런데 다음 기차 타려고." 가볍고 따뜻한 웃음소리를 듣자 가느다랗게 피어오르는 담배 연기와 미간의 주름이 눈앞에 그려지는 것 같았다.

"묻고 싶은 게 있어."

"뭔데?" 나는 궁금해졌다.

"아니, 직접 만나서 해야 하는 얘기야. 나 이제 나가볼게."

두 시간 뒤 베레모를 쓴 뮤리얼이 담배를 피우며 들어왔다. 집 안은 웃음소리와 로즈메리 클루니의 목소리로 부산하게 활기가 돌고 있었다.

이봐요,

눈에 별을 품은 당신

당신은 한 번도

사랑에 취해 바보가 된 적 없었죠

나는 달려가서 그의 재킷을 받아 들었다. "만나서 정말 좋다."

"그래? 그게 궁금해서 여기까지 온 거야. 카드에 적힌 말이 이해가 안 됐거든. 무슨 뜻으로 쓴 거였어?"

비, 린, 글로리아가 와인과 리퍼를 가지고 와 있어서 나는 뮤리얼에게 키안티 와인을 따라주면서 친구들을 소개했다. 비와 린은 가운데 방에서 하반신을 밀착시키고 춤을 췄다. 뮤리얼, 글로리아, 그리고 나는 친구들이 종이상자에 포장해 가져온 매콤한 중국 요리를 먹었다.

자정이 다가오자 우리는 쇳소리를 내는 휴대용 전축을 끄고 라디오를 켰다. 시시하다고 불평해대면서도 1955년 새해를 맞이하려 타임스스퀘어에 모인 인파들의 흥분이 점차 고조되는 소리에 귀를 기울였다. 뮤리얼은 당시 암암리에 베스트셀러에 오른 톨킨의 《반지의 제왕》을 스탬퍼드의 책방에서 사왔다며 내게 선물했다. 그다음엔 모두 서로에게 입 맞춘 뒤 와인을 더 마셨다.

다시 음악을 튼 뒤에는 다들 예전의 송년파티에서 있었던 신나는 일들을 이야기하기 시작했다. 나는 송년파티가 오늘이 처음이라고 고백하지 않을 수 없었지만, 가까스로 그 말이 새빨간 거짓말처럼 들리게는 말할 수 있었다.

새벽 3시, 모두 우리 집에서 자고 가기로 했다. 앞방에는 레아의 더블베드를 끌어다놓고, 가운데 방에는 내 소파베드를 펼쳐놓았다. 그렇게 모두가 잘 공간을 마련했다. 린은 잠이 오지 않는다고 우겼지만 나는 내가 꼭 마지막까지 깨어 있고 싶었던 나머지 결국 병원에서 가져와 모아둔 약품 견본들 속에 있던 수면제를 찾아 린에게 주었다. 요란하게 놀았던 탓에 암페타민을 먹었는데도 나도 슬슬 졸음이 왔다.

뮤리얼은 옷을 전부 입은 채로 가운데 방 소파베드에 누웠다. 여긴 낯선 사람으로 가득한 낯선 집이고, 자기는 수줍음이 많은 성격이라고 익살스레 말했다. 나머지 셋은 앞방에서 곯아떨어졌고 나는 레아가 남자친구 집에서 자고 올 줄 알았다. 그러나 안타깝게도 그날 밤 레아는 아트와 크게 싸웠다.

새벽 4시, 마침내 모두가 자리를 잡고 내가 빛바랜 녹색 소파베드 위 뮤리얼 옆으로 들어가 누운 지 얼마 되지도 않아 레아가 밖에서 열쇠로 문을 여는 소리가 들렸다.

나는 순식간에 잠이 달아나 벌떡 일어났다. 이런 제장. 상의에 몸을 욱여넣으며 발끝걸음으로 부엌에 가보니 화려한 파티드레스가 전부 구겨져 후줄근해진 내 룸메이트가 쓸쓸히 서 있었다. 레아는 말뜻 그대로도, 비유적으로도 자기를 함부로 대하는 남자들과의 연애에 중독되어 있었다. 얼굴이 눈물범벅이었다. 잠자리에서 아트가 말하길, 다른 진보주의자 동지의 열아홉 살 난 딸과 결혼할 예정이란다. 서른한 살인 레아는 자기가 나이가 많아 버림받았다고 생각했다. 반면 나는 그건 아트가 레아한테서는 원하는 걸 얻었고 그 십 대 여자애한테서는 얻지 못해서인 게 틀림없다고 생각했다. 그러나 이런 상황에서 레아한테 그런 말을 할 수는 없었다.

그 와중에도 나는 집 안에 모인 사람들에 대해 대체 뭐라고 변명해야 할지 생각하느라 정신이 없었다. 굳이 변명할 일은 아니었지만 어쨌건 비, 린, 글로리아가 누워 있는 침대는 레아의 것이었으니까.

"너무 심하다, 레아." 나는 그의 외투를 받아 들며 말했다. "커피 한잔 줄게."

"괜찮아." 레아는 눈물을 훔치며 건성으로 대답하더니 억지 미소를 지었다. 길고 풍성한 검은 머리가 엉망으로 헝클어져 있었다. "지금은 일단 잠부터 잘래."

"그게……." 나는 아주 잠깐 머뭇거렸다. "있잖아, 네 침대에서 누가 자고 있어. 친구들이 놀러왔는데 네가 오늘 안 들어올 것 같다고 해서……."

레아의 눈에 또다시 눈물이 차올랐다. 그러더니 심란한 듯 손을 뻗어 지갑, 그리고 강청색 태피터드레스와 색을 맞추겠다며 불과 몇 시간 전 화려하게 물들인 구두를 집어 들었다. 그가 현관문을 향하는 걸 보고 나는 "내가 당장 깨우면 돼" 하고 황급히 입을 열었다. 레아의 사촌이 2층 아래에 살고 있었지만, 차마 레아를 울게 내버려 둘 수가 없었다. "내가 지금 바로 깨울게."

그리고 나는 서둘러 그 말을 실행했다.

세 친구는 잠에 취한 채 일어나 가운데 방, 뮤리얼이 자고 있는 소파

334

베드 위로 기어 올라가 숟가락 모양으로 나란히 누워 다시 잠에 빠졌다. 이 무렵엔 이미 동이 트기 직전이어서 다시 잠들기엔 너무 늦어버렸지만, 어쨌거나 나는 다시금 기운을 차렸다. 어차피 나는 남들보다 일찍 일어나는 걸 좋아했다. 오베트롤을 조금 먹고 화장실에 앉아 해가 뜰 때까지 책을 읽었다.

잠든 여자들 사이를 살금살금 지나 7층의 정면 창밖으로 몸을 내밀고 고요한 거리 너머 서서히 밝아오는 동쪽 하늘을 내다보았다. 1월치고는 아침 공기가 온화했고 이스트강 건너편 하르츠마운틴 새 모이 공장에서 희미한 맥아 냄새가 실려 왔다. 얼음이 녹는 1월. 석 달만 지나면 봄이라는 사실이 놀라웠다. 그럼에도 석 달이란 시간이 너무 길게 느껴졌다. 겨울이 지긋지긋했다.

라디오를 작은 볼륨으로 켰다. 새해 첫날 아침 뉴스는 자동차 사고 사망자 수와 얼마 전 있었던 매카시 불신임 결의 결과를 제외하면 케케묵은 것들뿐이었다. 계절에 걸맞지 않게 따뜻할 거라는 날씨 예보를 들으면서 더치 클렌저 가루세제를 조금 풀고 낡은 칫솔로 벅벅 문질러가며 운동화를 세탁했다. 신발을 세탁하는 것은 내가 부모님한테서 아무런 의문이나 심사숙고 없이 전수받은 새해맞이 의식이었다.

오진 8시 30분, 나는 레아를 제외한 나머지 친구들을 전부 깨웠다. 어서 하루를 시작하고 싶었다. "칫솔 필요한 사람?" 그렇게 고함을 지르면서 이런 때를 위해 조금 모아둔 칫솔을 끄집어냈다. 어떤 상황에서건 책임을 도맡는 모습을 뮤리얼에게 보여줄 수 있어 남몰래 뿌듯했다. 난 언제나 준비되어 있었다. 해군 표어처럼 말이다.

서른다섯 살 여자라면 어떤 세상이건 굴릴 줄 알아야 한다는 걸 다들 알았고, 나는 언제나 실행하는 사람이고자 했다.

멕시코에서 하던 대로, 그곳에서 가져온 천으로 된 작은 망에 커피 가루 소량을 걸러서 커피를 만들었다. 라디오를 끈 뒤 전축으로 로버타 셔우드의 〈크라이 미 어 리버〉를 틀었다. 자면서도 찡얼거리고 한숨을 폭폭 쉬는 레아가 깨지 않을 정도로 아주 낮은 볼륨이었다. 나머지 친구들과 기다란 유리창 앞 부엌 식탁에 모여 앉아 커피를 마셨다. 뮤리얼은 한시도 끊이지 않는 담배 연기 속에서 음악 같은 부드러운 소리로 웃었다. 접어 올린 청바지 단 아래로 튼튼한 발이 드러나 보였고, 굵은 발가락은 음악에 맞추어 까닥이고 있었다. 비와 린은 덩가리와 체크무늬 셔츠 차림이었다. 그리고 글로리아는 울 스타킹 위에 화려한 스페인식 우아라체 샌들을 신고 진홍색 수직手織 면으로 된 헐렁한 페전트팬츠를 입었다. 글로리아의 과수목果樹木 목걸이와 팔찌가 따닥따닥 부딪치는 소리가 대위법적 메아리로 울려 퍼지는 가운데 그날 아침에는 레즈비언 가십, 새로 나온 신경안정제가 정신병원에서 어떤 쓰임을 갖는가 하는 주제의 대화가 이어졌다.

라디에이터가 켜지자 집 안은 더 따뜻해졌고, 나는 새해 첫날 아침 식사를 근사하게 차려볼 생각으로 자리에서 일어났다. 딱 두 개 남은 달걀을 잘 풀어서 어제 먹다 남은 중국요리에 넣고 푸용* 그레이비소스와 분유를 살짝 뿌렸다. 넉넉한 양의 양파를 잘게 썰고, 색을 내기 위한 파프리카를 잔뜩, 딜을 조금 넣어 마가린에 볶은 다음 모든 재료를 휘저으며 익혔다. 어린 시절 일요일이면 어머니가 우리 셋을 데리고 주일 미사

* 중국식 오믈렛의 일종이다.

에 간 사이 아버지가 만들어 '앙트레'라는 이름으로 내놓던, 달걀, 양파, 손질한 닭 간을 섞은 아침식사를 떠올리게 하는 요리였다,

아침을 먹고 긴 작별인사와 새해 덕담을 주고받은 뒤 세 친구는 떠났다. 분유가 다 떨어져 블랙커피를 마시면서 뮤리얼과 식탁에 앉아 이야기를 나누었다.

정오께 레아가 잠에서 깨자 나는 두 사람을 서로 소개해줬다. 레아에게 커피를 만들어준 뒤, 레아와 뮤리얼 둘이서 마르크시즘의 장단점을 놓고 한 시간가량 논쟁을 벌이는 사이 (뮤리얼은 자기가 정치에 관심 없다고 주장했으나 나는 그 말을 나이브하다는 의미로 해석했다) 목욕을 했다. 레아는 옷을 챙겨 입고 눈가가 촉촉하게 젖은 채로 저녁식사를 하러 부모님 집으로 갔다.

전축을 끄고 현관문을 이중으로 잠갔다. 그리고 더는 어쩔 도리가 없었던 뮤리얼과 나는 레아의 더블베드에 내리쬐는 새해의 녹녹한 햇빛 속에서 함께 잠자리에 들었다. 사랑이 꽃피던 그 오후, 뮤리얼이 불꽃이 되어 나를 휘감았다.

쿠에르나바카에서 유도라와 보낸 밤들 이후 6개월이 지나도록 여자를 가까이한 것은 그날이 처음이었다.

섹스가 끝나자 기진백신한 우리는 서로 뒤엉켜 누운 채로 웃고 떠들었다. 내 안, 제너비브가 죽었을 때 단단히 잠긴 채 영원히 봉인되어버린 것만 같던 공간에 우리 둘 사이의 동지애와 온기가 스며들었다.

우리가 열다섯 살에 죽은 나오미와 제너비브 이야기를 나누자 마치 두 죽은 소녀의 영혼이 땅 밑에서 솟아올라 우리를 축복한 뒤 떠나가는 것 같았다. 제니의 죽음이 남긴 특유하고 지독한 외로움이 마침내 사라

지려 했다.

뮤리얼과 나는 끝도 없이 사랑을 나누고 또 나눴고, 이른 저녁이 찾아와 불을 켜야 했을 때, 또 고양이 밥을 줄 때만 잠시 멈췄을 뿐이었다. 해가 지고 라디에이터가 켜지자 온 방 안이 우리 몸이 뿜어낸 향기로 따스해진 것만 같았다.

뮤리얼이 가진 비밀스러운 상처 중 내 상처와 맞닿지 않는 것은 하나도 없었기에, 우리의 고독은 물론 꿈조차도 그토록 닮아 있었기에, 우리는 서로를 만나기 위해 태어난 거라고 믿어 의심치 않았다.

1955년 1월 2일

나는 몸을 굴려 한 팔로 지탱해 몸을 일으킨 뒤, 내 곁에서 몸을 웅크리고 한 팔을 고개 밑에 괸 채로 잠에 취한 여자의 귀여운 뺨과 헝클어진 머리카락을 내려다보았다. 귀 뒤로 넘긴 곱슬머리에 몸을 숙여 입맞춘 뒤 검은 머리카락이 끝나는 부분부터 이불로 감싼 어깨에 이르는 목 뒤를 혀로 천천히 핥아 내렸다.

한숨, 서서히 번지는 미소와 함께 뮤리얼이 한쪽 눈을 떴고, 나는 하던 일을 계속하며 그의 귓가에 속삭였다. "서인도제도에서는 이런 걸 잔달리를 깨운다고 불러."

잠시 후, 꼬박꼬박 조는 뮤리얼 옆에 누운 채로 나는 구드리치 씨에게 전화를 걸었다. 아파서 출근할 수 없다고 했다. 연휴 전날 구드리치 씨는 부서 전체를 향해 어떤 상황에서도 이런 식의 '아프다'는 핑계는 받아주지 않을 거라고 경고했었다.

구드리치 씨는 곧바로 나를 해고했다.

25

레아는 나와 여자들의 관계를 파악하기 위해 필요한 단서들을 모두 갖고 있었다. 비와 나 사이의 멜로드라마 역시 목격했다. 그럼에도 표면적으로 레아는 내가 동성애자라는 것을 **몰랐고** 나는 **말하지** 않았다. 그 당시 동성애는 당의 기본 강령에 어긋나는 것이었다. 그러므로 레아는 그걸 '나쁜' 일이라 규정했고, 레아의 인정을 받는 것은 나한테 중요했다. 레아가 언제나 "쿨한 목소리를 가진 네 젊은 여자 친구들"이라고 부르는 여자 친구들과의 관계는 분명 내 삶을 이끌어가는 열정이었지만, 우리 둘은 그 이야기를 입 밖에 내지 않기로 암묵적으로 합의했다.

레아와 나는 서로 사랑했지만, 레아는 우리의 사랑이 육체적 관계로 발전한다는 상상만으로도 공포에 질렸을 게 분명하다.

다행히도, 어쩌면 레아의 그런 태도 덕분에, 나는 그에게 육체적 끌림을 느낀 적이 한 번도 없었다. 레아는 아름답고 강하고 명랑했지만 나는 이성애자 여성에게 육체적 매력을 느낄 수가 없었다. 이런 메커니즘은 자기보호적인 한편으로 나한테는 직감의 역할을 했다. 그 시절, 레즈비언이 둘 이상 모이면 가장 자주 등장하는 화제는 "저 사람 동성애자

일까?"였다. 우리가 어쩌다 관심 가는 여자가 생기면 어김없이 묻는 질문이었다. 내 경우는 육체적으로 강하게 끌리는 상대가 생기면 그 사람이 어떤 보호색을 띠고 있건 간에 알고 보면 동성애자거나, 아니면 동성애자가 되는 게 시간이나 기회의 문제일 정도로 여성을 강하게 선호하는 사람인 경우가 열 명 중 아홉 명꼴이었다.

여태까지 내가 알던 몇 안 되는 레즈비언은 전부 내 삶의 기존 맥락 속에서 만난 여성들이었다. 학교건, 직장이건, 시건, 성적 지향을 넘어서는 다른 관심사로 이뤄진 세계를 공유하는 사이였다. 우리 모두 여성을 사랑한다는 사실은 다른 이유로 친해지고 마음을 나누게 된 **뒤에야** 알 수 있었다.

레즈비언 바에서 만난 여자들은 우리가 동성애자가 아니었더라면 만날 일 없었을 사람들이었다. 뮤리얼과 나는 이쪽 세계에서 중요하다고들 하는 것과는 큰 인연이 없었다. 말하자면 술 마시기, 소프트볼, 시크한 다이크 패션, 춤, 그리고 누가 누구를 이용해 누구와 잤는가 하는 문제들 말이다. 생존에 관련된 그 밖의 질문들은 전부 무척 사적인 것들로 취급받았다.

그해 봄, 뮤리얼은 주말에 뉴욕으로 올 때면 웨스트 빌리지의 허드슨 스트리트에 있는 YWCA에서 묵었다. 이제는 요양원으로 쓰이는 곳이었다. 주말이면 우리는 바에 놀러 가거나 요기를 하러 7번가의 우리 집을 오가는 사이사이 뮤리얼의 작은 방에서 사랑을 나눴다. 나는 다시 실직 상태였고 뮤리얼은 시간제 일만 하고 있었기에 YWCA에 묵을 돈이 없을 때도 있었다. 그러면 레아의 당혹스럽고 의문에 찬 시선을 견뎌 내며 우리 집에서 머물렀다. 어느 일요일, 뮤리얼이 돌아가자 레아가 내게 물었다.

"뮤리얼이 요즘 자주 오네?" 나는 레아가 계단실에서 울던 비의 모습을 떠올리고 있다는 걸 알 수 있었다.

"나 뮤리얼을 정말 사랑해, 레아."

"그거야 나도 알지." 레아가 웃었다. "하지만 **어떤 방식으로** 사랑한다는 거야?"

"내가 아는 모든 방식으로!" 그러자 레아는 다시 설거지를 하러 돌아가더니, 내가 뮤리얼을 사랑하는 것과 자신이 겪은 고통스러운 연애들 사이의 상관관계를 찾으려는 듯 고개를 설레설레 저었다. 레아는 그 두 가지가 가지는 유사점들을 감히 직시하려 하지 않았기에 차이점 역시 알지 못했다. 하지만 대놓고 그런 이야기가 나온 적은 없었다. "저기, 이봐. 레아, 뮤리얼과 나는 연인 사이야"라고 말하기엔 난 너무 겁이 많았다.

레아는 아트와 헤어진 아픔을 감당하지 못하고 늦봄에 시카고로 이사할 계획을 세우는 중이었다. 조만간 혼자 살게 된다 생각하자 기뻤다. 앞으로는 연인이 아닌 다른 사람과 절대 한집에 살지 않기로 마음먹었다.

뮤리얼과 나는 함께하는 삶을 그리기 시작한 참이었다. 나의 개인적 비전과 정치적 비전을 어떻게 하나로 묶을 수 있을지는 몰라도, 두 가지 모두를 강렬하게 느꼈으므로 하나로 묶는 것이 가능해야 한다는 것을 알았고, 생존하기 위해서는 두 가지 모두가 필요하다는 것도 알았다. 혁명이란 그런 것이 아니라는 레아와 그의 진보주의자 동료들의 말에 나는 동의하지 않았다. 내가 여성을 사랑할 공간이 없는 세계는 내가

341

살고 싶은 세계도, 내가 싸워 얻어낼 세계도 아니었다.

어느 금요일 밤, 뮤리얼과 나는 가운데 방의 소파베드에서 사랑을 나눴다. 해 질 녘의 빛이 통풍창 바깥으로 밀려 나가고 밤이 찾아왔다. 잠시 쉬는데, 부엌 쪽 정문에서 레아가 열쇠로 문을 여는 소리가 들렸다. 우리는 이제는 익숙해진 1인용 소파베드 위에서 서로를 부둥켜안았다. 최소한의 동작으로 이불을 끌어올려 덮은 뒤 눈을 감고 자는 척했다.

레아가 부엌으로 들어와 불을 켜는 소리가 들렸다. 옆방에서 켜진 불이 아치 모양 문간을 지나 내 방의 바닥, 우리가 누워 있는 소파베드까지 비추는 게 느껴졌다. 레아가 들어오더니 내 방을 가로질러 집 앞쪽 자기 방을 향했다. 그러다가 우리 두 사람이 어린애처럼 눈을 질끈 감고 누워 있던 침대 앞에서 발소리가 멈췄다. 레아는 그 자리에 잠시 가만히 선 채, 부엌에서 새어 들어온 침침한 빛 속에서 좁디좁은 이불을 덮고 자는 척 엉켜 있는 우리 두 사람을 내려다보았다.

다음 순간, 레아가 갑작스레 울음을 터뜨렸다. 마치 눈앞의 광경 때문에 가슴이 미어진다는 듯 정신없이 흐느껴 울었다. 레아는 우리 때문에 적어도 2분 가까이 울었고, 그동안 우리는 눈을 꼭 감은 채 그대로 서로를 안고 누워 있었다. 달리 할 수 있는 일이 없었다. 내가 눈을 뜨고 "무슨 일이야?" 하면 레아가 너무 부끄러울 것 같아서였다. 또 레아가 우는 이유를 알 것도 같아서였다. 우리가 '틀린' 사랑을 하며 얻는 행복이 그의 '올바른' 사랑이 주는 불행과 비교해 너무 컸기에, 이 엄청나게 부당한 사태 앞에서 보일 수 있는 반응이라고는 그저 울음을 터뜨리는 것뿐이었으리라.

그날 밤 일을 레아와 이야기해본 적은 없었다. 노여움에 찬 눈물이 레아 자신의 외로움 때문이었는지, 뮤리얼과 내가 서로에게서 찾은 기쁨 때문이었는지도. 만약 대화를 나눴더라면 레아와 내 삶은 둘 다 달라졌을 것이다. 레아는 일주일 뒤에 뉴욕을 떠났고 나는 그 뒤로 오랫동안 그를 다시 보지 못했다.

오랜 시간이 지난 뒤, 레아가 그해 봄 급히 뉴욕을 떠나 시카고에 일자리를 얻은 진짜 이유를 알게 되었다. 진보주의계의 높으신 분이 어느 날 저녁 우리 집에 방문했는데 그날 나도 있었단다. 그 높으신 분은 뉴저지의 본부로 돌아가서는 레아가 동성애자이자 흑인인 사람과 한집에 살고 있다는 충격적인 사실을 보고했다. 즉, 레아는 나와의 관계 때문에 맹비난을 받았던 것이다. 1955년에는 진보주의 단체의 정식 구성원에게 이런 수상한 친구는 허락되지 않았다. 난 부끄러운 존재가 되고 말았다.

뮤리얼과의 사랑에 흠뻑 빠져 있던 나는 이런 사실은 까맣게 몰랐다. 그저 자꾸만 더 힘들어하던 레아가 마침내 침대 위 우리 두 사람을 보았다는 사실만 알았다. 그러나 레아에게 명령이 떨어졌다. 나를 쫓아내지 않으면 일을 그만두라는 명령이었다. 레아는 나를 사랑했고 우리 우정을 소중히 생각했지만, 일은 더 중요했고, 또 스스로를 보호해야 했다. 얼마 전 겪은 실연이 완벽한 핑계가 되어주었다. 레아는 나더러 나가달라고 하거나 상황을 설명하는 대신 내게 이 집을 넘기고 시카고로 떠나기를 택했다.

1954년 7월 5일

어머니 집에서

거칠고 길게 늘어진 흰 머리에 사악하고 잘생긴 두 눈을 가진 히커리*
색 살갗의 악마들이 양팔을 활짝 펼치고 방문 앞을 막고 서 있는 가운데
나는 찢어지는 비명을 지르며 출구를 찾아 달린다. 그런데 달리기를 멈출
수가 없다. 출구를 막은 저 기다란 팔과 부딪치면 난 감전당해 죽을 터였
다. 나는 달리면서 절망에 차 울부짖기 시작한다. "하늘에 계신 우리 아버
지……." 그러자 팔들이 스르르 녹더니 벽을 타고 흘러내려 문과 나 사이
공기 속으로 사라진다.

그다음에 나는 부모님 집의 다른 방으로 간다. 두 분의 방, 지금 내가
자고 있는 방이다. 방은 깜깜하고 고요하다. 책상 위에 달걀 모양 수박이
하나 있다. 수박을 들어 올리다가 리놀륨 바닥에 떨어뜨린다. 수박이 쩍
갈라지자 안에 빛나는 터키석 빛깔의 과육이 들어 있다. 그건 내게 도움
의 손길이 다가온다는 약속으로 느껴진다.

레아는 내 부모님의 커다란 침대에서 꼼짝 않고 자고 있다. 그는 엄
청난 위험에 처해 있다. 나는 히커리색의 얼굴을 한 악마들이 남기고 간
이름 붙일 수 없는 거대한 악에서 레아를 구해야 한다. 나는 그의 손을 잡

---

* 북아메리카가 원산지인 낙엽목. 연한 갈색이다.

는다. 반그늘 속에서 레아의 손이 희부옇다.

바로 그때 나는 어린 시절 살던 이 집에서 내가 더는 환영받지 못한다는 걸 별안간 알아차린다. 모든 게 내게 적대적이다. 문은 좀처럼 열리지 않는다. 유리창은 건드리면 금이 간다. 심지어 책상 서랍마저도 내가 닫으려 들면 삐걱거리며 굳어버린다. 조명 스위치를 올리면 전구가 꺼진다. 깡통 따개는 돌아가지 않는다. 교반기마저도 알 수 없는 이유로 멎고 만다.

여긴 더는 내 집이 아니다. 그저 과거의 집이다.

그 사실을 깨닫자마자 나는 레아를 데리고 마음대로 이곳을 떠날 수 있게 된다.

26

3월이 되어 뉴욕공공도서관 어린이도서실의 사무직원으로 일하게 된 나는 진심으로 기뻤다. 다시 돈을 벌 수 있어서 안심했을 뿐 아니라 도서관과 책을 사랑하는 내가 좋아하는 일을 할 수 있어서였다. 이 무렵 뮤리얼과 나는 최대한 자주 만났으며, 뮤리얼이 다시 뉴욕으로 와서 사는 것을 의논하고 있었다.

뮤리얼은 생기가 넘칠 때면 헝클어진 검은 머리와 수도사 같은 동그란 머리통 때문에 줄기가 살짝 구부러진 국화를 연상시켰다. 그는 몇 년 전 앓은 '병'에 대해, 조현병이란 무엇인가에 대해 끊임없이 이야기했다. 그 말을 듣고 있을 때조차도 나는 그 말이 뮤리얼이 내게 사랑하는 마음을 담아 하는 경고이기도 하다는 사실까지는 알지 못했다.

드물지만 함께 리퍼를 피울 때면 뮤리얼의 말솜씨는 유창해졌고 나역시 마음이 활짝 열렸다.

"전기치료는 작은 죽음 같은 거야." 그는 내 뒤에 놓인 재떨이를 향해 팔을 뻗으며 말했다. "정식으로 인정받은 도둑처럼 내 머릿속에 침입해서는 소중한 걸 영영 가져가버리는 거지."

그의 말투는 때로는 화난 것 같고 때로는 이상스레 심드렁했지만, 말투가 어떻건 이런 이야기를 들을 때마다 나는 얼른 그를 안아주고 싶어 견딜 수 없었다. 치료 과정에서 기억을 일부 잊었기에, 오래전 뉴욕에 살던 시절 연인이던 수지가 과거의 자신을 간직하고 있다고 했다.

춘분절이던 그날, 우리는 곧 여름을 맞을 잔잔한 봄철의 침대에 누워 담배를 피우고 있었다.

"그래서 좀 나아졌어?" 내가 물었다.

"음, 전기치료를 하기 전엔 깊은 우울이 부셸* 바구니처럼 나를 덮고 있는 느낌이 들곤 했어. 하지만 그 우울 깊은 곳 어딘가에 작고 가냘픈 빛이 반짝이고 있다는 걸 알았고, 그 빛이 혼란스러운 머릿속을 밝혀줬었지." 뮤리얼은 몸을 부르르 떨더니 입술이 새하얘질 때까지 꼭 다문 채 한동안 아무 말도 하지 않았다.

"내가 의사들을 용서할 수 없는 건, 전기치료를 받고서도 그 바구니는 아주 살짝 들어 올려졌을 뿐이라는 사실이야. 무슨 말인지 알겠어? 그런데 그 작은 빛은 꺼져버렸으니, 그만한 대가를 치를 가치가 없는 일이었던 거야. 미친 생각이라 하더라도 상관없어. 난 바깥에서 비추는 그 어떤 빛과도 나만의 작은 불꽃을 바꾸고 싶지 않았다고."

그의 말 하나하나가 슬프기 그지없었다. 할 수 있는 대답이라고는 그를 꼭 안아주는 게 전부였다. 다시는 그런 일을 겪지 않게 해주겠다고 속으로 다짐했다. 뮤리얼을 지키기 위해 세상 그 무슨 일이라도 할 작정이었다.

---

* 곡물의 측정 단위로 28킬로그램 정도 된다.

그날 밤, 앞방에 놓인 레아의 침대 위에서 뮤리얼은 내게 경고했다. "스탬퍼드의 직장을 그만두고 뉴욕에서 다른 일자리를 구할 수 있을지 모르겠어. 내 요청이 거절당하는 게 무섭거든. 이유는 모르겠지만, 난 도저히 그런 상황을 견뎌내지 못하고 무너져버리고 말 거야."

얼마 전까지 구직의 공포를 겪은 나는 내가 뮤리얼의 마음을 안다고 생각했다. 그러나 아니었다. 뮤리얼이 느끼는 위태로운 현실의 깊이가 나한테는 미지의 것이었음에도, 그때는 내가 그를 속속들이 아는 게 아닐지도 모른다는 생각은 떠오르지조차 않았다. 우리의 사랑에 힘입어 언젠가는 뮤리얼도 장해물을 직면하게 될 거라 자신했다. 그러니까 나는 이 말이 그가 내게 할 수 있는 유일한 형태의 경고였음을 까맣게 몰랐다.

레아가 떠난 뒤 4월 초, 뮤리얼이 뉴욕으로 왔다. 나는 기대감에 차 부엌과 욕실에 새로 페인트칠을 하고 새 책장도 마련해놓았다.

스탬퍼드의 일을 그만두고 나서 뉴욕으로 물리적으로 이동하기까지의 과정은 서서히, 조금씩 이뤄졌다. 뮤리얼이 스탬퍼드로 돌아갔다가 일요일 오후에 의자 하나라든지 공구상자 하나, 목재, 책을 담은 쇼핑백 따위를 들고 돌아오는 일이 몇 달이나 이어졌다. 때로 루퍼트라는 친구가 폭스바겐 비틀에 책과 종이를 가득 싣고 뮤리얼을 태워 오기도 했다.

'자고 가기'가 '함께 살기'가 되기까지의 변화는 서서히 이뤄졌음에도 나는 내가 큰 결정을 내렸음을 알았다. 그리고 이 결정이 정확히 무엇이 될지는 몰라도 내 평생에 영향을 주리라는 것 역시 알았다. 내가 레아와 함께 이 아파트로 이사했을 때 내가 한 일은 고작 종이 위 레아

이름 옆에 내 이름을 휘갈겨 써서 복도 우편함 구멍에다 끼워 넣은 게 고작이었다.

그러나 거센 바람이 불던 4월 첫 주, 나는 점심시간을 틈타 이스트 브로드웨이에 있는 하이츠 철물점을 찾아 제대로 된 우편함용 금속 명패에 뮤리얼과 내 이름을 새겨달라고 주문했다. 반짝이는 직사각형 놋쇠 조각 위에 압인기로 우리 이름이 새겨지는 모습을 지켜보며 서 있자니 자랑스럽고 흥분되는 한편으로 조금은 겁이 났다. 그것이 마치 우리가 하나가 되는 의식이자 상징적 결혼으로 느껴졌기 때문이다.

명패 제작을 마친 기념으로 채텀스퀘어에서 에그크림을 한 잔 사서는 우리 둘의 이름이 작은 줄표 하나만 사이에 두고 나란히 새겨진 작고 반짝이는 명패를 쳐다보았다. 다음 주, 생일을 맞아 뉴욕에 올 뮤리얼을 위한 깜짝 선물이었다.

이제 소꿉놀이는 끝이었다.

같이 산다는 건 나한테는 진짜인 일, 되돌릴 수 없는 발걸음을 내딛는 일이었다. 나는 단순히 어떤 여자와 연애놀음을 하는 게 아니었다. 이제 나는 한 여자와 함께 살고, 우리는 연인 사이였다. 갈망하던 동시에 두려워하던 그 일을 내가 조용히, 수월히 해낸 것이다. 정확히 왜 그렇게 생각하게 된 건진 몰라도 내게 **함께**란 **영원**을 의미했다. 비록 약혼 서약도, 결혼식도 없었으며 서류에 서명하지도 않았지만 말이다. 뮤리얼과 나는 사랑과 의지로 결합해 기쁠 때나 슬플 때나 하나였다.

그해 봄 내내, 나는 누군가와 이토록 가까이 붙어서 남은 평생을 살아갈 수 있을지 깊이 생각했었다. 당연히 평생이라고 생각했다. 누군가에게 헌신할 수 있다는 결심이 선 뒤로는 내가 헌신할 그 사람이 뮤리얼임을 단 한 순간도 의심하지 않았다.

우리는 우리만의 방식으로 사랑과 영원을 서약했다. 봄밤의 훈기가 감돌기 시작하자 뮤리얼은 채텀스퀘어 도서관으로 나를 데리러 왔다. 때로 우리는 차이나타운 뒷골목을 서성이다가 실험을 해볼 요량으로 즙 많은 낯선 채소나 향이 독특한 육포와 함께 낱개로 파는 단단하고 주름진 버섯을 사오기도 했다. 우리는 서로 다른 뉴욕을 알고 있었고, 함께 이 도시를 탐험하며 커낼 스트리트 남쪽 골목길 한가운데 숨겨둔 소중한 장소들을 서로에게 보여주곤 했다.

때로 뮤리얼이 점심시간에 찾아오면 우리는 점점 강해지는 햇살 속 캐서린 슬립 공동주택 벽에 등을 기대고 서서는 사과 무슬리를 먹으면서 3번가 고가철로가 철거되고 마지막으로 남은 채텀스퀘어역을 해체하는 복잡한 공정으로 불꽃이 날아다니는 모습을 구경했다. 때로 내가 늦게까지 야근을 하면 우리는 같이 집까지 걸어왔다.

우리는 뉴욕을 떠나 흑인 여자와 백인 여자가 평온하게 함께 살 수 있는 서부 어딘가에 터를 잡고 땅을 일구며 살아가자는 이야기를 나눴다. 뮤리얼은 농장에서 사는 게 꿈이었고, 내 생각에도 좋은 삶 같았다. 나는 도서관에서 팸플릿을 빌려온 뒤 이곳저곳 주정부에 편지를 보내 미국 대륙 어딘가에 정부 공여 농지가 남아 있는지를 알아보았다.

아쉽게도 당시에는 남은 땅이라고는 아직 주州로 승격되기 전이던 알래스카 북부 황무지가 전부였다. 뮤리얼도 나도 태양과 멀리 떨어진 추운 지역에서 사는 건 상상조차 할 수 없었다. 또 농사만으로 살아갈 수는 없을 테니 알래스카 북부는 고려할 가치가 없었다.

품에는 새 책을 잔뜩, 입 안에는 이야기를 잔뜩 담고 집에 돌아오면 요리가 준비되어 있을 때도 있었고, 아닐 때도 있었다. 시가 기다리고 있을 때도 있었고, 아닐 때도 있었다. 그리고 주말이면 우리는 항상 레즈비언 바에 갔다.

토요일과 일요일 이른 아침마다 우리는 로어이스트사이드, 그리고 부촌인 웨스트 빌리지의 거리에 쌓인 쓰레기 더미를 들쑤셔 상상력 없는 사람들이 내다 버린 낡은 가구나 멋진 물건들을 찾았다. 이런 물건들이 미래에 어떤 가능성으로 싹틀지 가늠해본 다음, 7층까지 이어지는 계단을 올라가 언젠가 고쳐 쓸 작정으로 부엌에 모아놓은 잡동사니 무더기에 더했다. 잡동사니는 점점 불어나고 있었다. 목제 라디오 캐비닛은 속이 비어 있어서 선반을 달면 멋진 레코드 수납장이 될 터였다. 낡은 서랍을 이루는 단단한 목재는 주위온 벽돌과 함께 책꽂이로 만들 수 있었다. 배선을 바꾸면 쓸 수 있는 동 램프나 로코코풍의 부착식 조명, 한쪽 팔걸이가 떨어져 나간 것 외엔 멀쩡한, 웅장하게 생긴 낡은 치과의자도 있었다. 수리가 필요 없는 물건을 발견할 때도 있었다(지금도 내 침실 램프는 어느 일요일 아침 포도원에서 돌아오던 길에 첼시의 쓰레기 더미에서 꺼내온 빅토리아양식 램프 받침대 위에 올라가 있다).

우리의 세계를 배열하고 또다시 재배열해가던 시절, 뮤리얼과 나는 한밤중이면 침대에 앉아 내가 도서관 분류함 안에서 슬쩍해온 책을 읽었고, 빈털터리일 때는 마가린과 오레가노를 넣은 파스타를 만들어 먹었다. 빈털터리가 아닐 때는 차이나타운에서 모험 삼아 사온 재료에다가 고기 조각이라든지 닭발 몇 개, 생선 한 토막처럼, 1번 애비뉴 공설시장에서 눈에 들어온 재료들 중 우리가 가진 돈으로 살 수 있던 아무 재료나 집어넣어 기묘한 요리를 해 먹었다. 우리는 주로 집 근처의 이 시장에 좌판을 차려놓는 행상인들로부터 먹거리 장을 봤다.

나는 뮤리얼이 기억하는 몇 안 되는 옛 친구들을 만났고, 뮤리얼도 내 친구들을 만났다. 고등학교 친구인 믹과 코딜리어. 뮤리얼의 옛 연인이던 수지의 친구인 니키와 존. 우리는 가난하고 언제나 배가 고팠으며 언제나 저녁식사에 초대를 받았다. 수지의 집에 저녁 초대를 받는 날은 운이 좋은 날이었다. 그는 돼지기름에 영양가가 풍부하다는 말을 어디선가 들은 뒤로 스토브 뒤 프라이팬에 베이컨 기름을 모아놓고는 무슨 요리건 그 기름을 써서 만들었던 것이다.

로럴스에서 만난, 한동네에 사는 깡마른 금발 예술가 커플인 도티와 폴리도 있었다. 비, 그리고 비의 새 여자친구인 린. 건축가를 꿈꿨지만 술에 취했을 때만 꿈에 관해 말하던 필리스. 그리고 물론 내가 입양한 여동생이라고 부르던, 우리 중 나를 제외하고는 유일한 흑인이던 펠리시아도 있었다. 우리는 일부 겹치는 다양한 관심사를 공유하는, 느슨하게 이어져 있으며 정서적으로도 사회적으로도 상호의존적인 집합을 형성했다. 우리 모임의 바깥에는 다운타운 레즈비언들로 이루어진 더 큰 모임도 존재했다. 그들은 쾌적한 지인 사이이자 술친구이고 누군가의 옛 연인들인 사람들로, 서로 안면도 있고 꽤나 친한 데다가 어차피 서로의 안부를 속속들이 알고 있기도 했지만, 긴박한 일이 아니라면 연락은 하지 않는 사이였다.

그러나 우리가 흑인이라는 사실은 오로지 펠리시아와 나 둘 사이에서만 오고 가는 주제였다. 심지어 뮤리얼조차도 레즈비언인 우리는 모두 아웃사이더이며, 아웃사이더라는 지위 속에서는 동등하다고 믿었다. "우린 모두 니거nigger야." 뮤리얼은 그렇게 말하곤 했는데, 나는 그 말이 듣기 싫었다. 그건 근거 없는 희망 사항이었을 뿐이다. 그 말이 지닌 진실성이 있다 해도, 그 말이 영영 거짓일 수밖에 없게 만드는 많은 의미의 그림자에 가려져 힘을 잃고 말았으므로.

웨스트 빌리지의 거리나 로어이스트사이드 시장을 돌아다니는 우리가 매서운 시선이나 웃음의 대상이 될 때, 그게 우리가 흑인 여자와 백인 여자의 조합이기 때문인지 아니면 동성애자이기 때문인지는 도저히 알 도리가 없었다. 그런 일이 생길 때면 나는 적당히 뮤리얼의 생각에 동조했다. 그럼에도 나는 펠리시아와 내가 남들은 할 수 없는 싸움, 남들은 가질 수 없는 힘을 나누는 사이란 걸 알았다. 우리는 남몰래 그 사실을 받아들였기에, 우리는 백인 친구들은 들어올 수 없는 세계에 동떨어진 존재들이었다. 이곳은 심지어 내가 아무리 뮤리얼을 들여놓고 싶다 해도 그조차도 들어올 수 없는 세계였다. 그리고 심지어 연인마저도 자신들이 접근할 수 없는 이 세계를 무시하고, 묵살하고, 마치 그것이 존재하지 않는 것처럼 굴면서 우리 사이에 아무 차이도 없다는 착각에 빠졌다.

그러나 차이란 실제로 존재했고 또 중요했다. 아무도, 심지어 자신이 수영모자 없이는 수영하지 않는 이유가, 비 맞는 걸 싫어하는 이유가 무엇인지 설명하는 데 진력이 난 플리 자신조차 그렇게 느끼지 않는다 해도 마찬가지였다.

그렇기에 뮤리얼과 나 사이에는 나를 영영 그에게서 동떨어진 사람으로 만드는 사실이 존재했으나, 내가 고통을 홀로 간직하기로 하는 이상 그 사실은 니민 일고 있을 터였다. 나는 흑인이고 그는 아니었으며, 우리 사이에는 좋고 나쁨은 물론 바깥세상의 광기와도 무관한 차이가 존재했다. 시간이 지날수록 나는 그 차이가 우리의 인식에 영향을 끼치고 우리가 공유하는 세계를 바라보는 방식도 달리 만든다는 것을, 그리고 내가 이 차이를 우리 둘의 관계와는 별개로 마주해야 하리라는 것을 알게 됐다.

그것이 사랑과는 별개로 우리 사이에 처음으로 생겨난 틈이었다. 하지만 나는 이 차이가 가리키는 진실을 자세히 들여다보면 우리 사이가 멀어질지도 모른다는 두려움에 그 차이에 담긴 의미로부터 재빨리 눈을 돌렸다. 나는 우리 둘의 인종적 차이를 너무 자주 생각하지 않으려 애썼다. 애초에 차이는 존재하지 않으며, 레즈비언은 모두 흑인, 특히 흑인 여성과 똑같이 억압받고 있다는 뮤리얼의 생각에 동의하는 척할 때도 있었다.

그러나 가끔 생각에 잠길 때면 인종적 차이는 나를 소외시키는 동시에 보호하는 것 같기도 했다. 내가 스커트 입기와 이성애자처럼 굴기를 포함해 무슨 짓을 한들, 7번가의 우리 아파트 현관 계단에서 해바라기를 하다가 내가 뮤리얼과 팔짱을 끼고 지나갈 때면 손가락질을 하는 왜소한 우크라이나 할머니들 눈에는 흡족해 보일 리 없다는 사실을 나는 **알았다**. 그들 중 길 건너편 세탁소를 운영하던 할머니 한 분이 어느 날 뮤리얼에게 남이 입던 모직스커트를 주려고 했다. "공짜야." 그러면서 할머니는 그에게 스커트를 억지로 떠넘기다시피 했다. "돈 필요 없어, 공짜야. 입어봐. 예뻐. 잘 어울릴 거야, 다리도 조금 보일 거고."

내가 덩가리 차림으로 몇 년이나 세탁소를 들락거리는 동안, 그 왜소한 우크라이나 할머니가 나를 개조하려 든 적은 단 한 번도 없었다. 뮤리얼이 모르는 차이를 할머니는 알았다.

언젠가 '그때'가 오면 이 차이야말로 내 무기고 속의 무기가 되리라는 것을 나는 내심 알았다. 그리고 '그때'는 어떤 방식으로건 반드시 올 터였다. 언제, 어떻게 올지는 몰라도, 내가 나 스스로를 보호해야 할 '그때'. 플리와 나에게 사회악이 품은 힘은 이론에 불과한 것도, 동떨어진 것도, 순전히 제도적인 것도 아니었다. 우리는 일반적인 옷차림일 때조차도 매일같이 그 힘과 마주했다. 고통은 늘 가까이에 존재했다. 차이가 나에게 그 사실을 가르쳐주었다, 어머니의 입을 통해서. 나는 그 사실을 아는 것만으로도 안전하게 스스로를 방어하고 있다고 생각했다. 아는 것만으로는 충분하지 않다는 것을 아직 모르던 시절이었다.

우리 모임을 이루는 여자들은 다들 우리 모두 옳은 편에 서 있다는 사실을 당연히 여겼으며 누군가 물어보았다면 그렇게 대답했을 것이다. 그러나 다들 편들고 있다고 여기는 그 옳음의 속성은 이름이 붙여지지 않은 채로 남았다. 이 작은 모임을 이루는, 독립적인 동시에 상호의존적인 레즈비언들은 서로가 삶에서 차지하는 지위를 자세히 살펴보기를 암묵적으로 꺼렸다. 우리는 이 차이가 영영 해소될 수 없는 것임이 드러날까봐 지나치게 겁을 냈다. 단 한 번도 그런 문제를 대하는 방법을 배운 적 없었으니까. 우리는 각각의 개인을 무척 소중하게 여겼으나 모임도, 고독이 가진 보다 사회적 측면을 나눌 수 있는 다른 아웃사이더들도 마찬가지로 소중했다.

레즈비언이되 고정된 역할을 수행하지 않는다는 점이 우리가 서로에게 보여줄 수 있고, 또 우리를 서로 연결지어주는 단 한 가지 차이였다. 애초에 우리는 **다른** 세상에 속한 사람이 아니었기에, 자본주의, 탐욕, 인종주의, 계급주의 같은 **다른** 세상의 문제로부터 자유롭다고 믿고 싶어 했다. 그러나 그렇지 않았다. 그럼에도 우리는 마치 실제로 그런 문제들로부터 자유롭기라도 한 듯 계속 서로의 집을 찾아 함께 식사하고 삶과 자원을 나눴다.

어느 날 퇴근길에 휴스턴 스트리트에서 니키와 존을 우연히 만난 나는 두 사람을 즉흥적으로 저녁식사에 초대했다. 내 주머니에는 단돈 1달러 50센트뿐이었고 집에 먹거리는 없었다. 우리는 1번 애비뉴 시장에 가서 보통보다 가느다란 스파게티 500그램, 싱싱한 파슬리, 닭 염통 500그램, 분유 한 상자를 샀다. 남은 75센트로는 풍성한 수선화 한 다발을 사서 그럴싸한 저녁식사를 차렸다. 무엇을 축하하는 자리였는지는 잊었지만 말이다. 우린 늘 무언가를 축하했다. 새로 얻은 일자리, 새로 쓴 시, 새로 시작한 사랑, 새로 품게 된 꿈.

디저트로는 홈 쿨러를 마셨다. 잔에 커피 얼음을 담고 탈지우유를 따른 다음 시나몬과 아몬드추출액을 듬뿍 뿌린 음료였다.

주말에 레즈비언 바를 찾는 것은 함께이기 위한 의식이었고, 나는 혼자인 것에 진력이 난 훗날에야 그 의미를 완전히 이해할 수 있었다. 매주 금요일마다 똑같은 일들이 벌어졌다.

"서둘러, 오디, 오늘 밤엔 테이블을 잡자." 다른 바들이 대개 그랬듯 로럴스 댄스플로어 가장자리에 죽 놓인 테이블을 차지하는 건 선착순이었다. 때로 그곳에서 우리가 아는 몇 안 되는 흑인 레즈비언인 비다와 펫을 마주칠 때도 있었다. 두 사람은 '다이크'라는 표현을 선호했는데, '게이 여성들gay-girls'보다는 '다이크'가 자신의 삶을 훨씬 잘 책임지는 것처럼 들리긴 했어도 우리는 누군가를 헐뜯기 위해 쓰는 말인 다이크라는 단어는 선뜻 쓸 엄두를 내지 못했다. 비다와 펫은 퀸스에 있는 집에서 제리라는 또 다른 다이크와 함께 살았고, 우리는 파티에 초대받아 그 집에 가기도 했다. 비다와 펫은 대부분의 친구들보다 나이가 많았고 더 안정적인 삶을 살고 있었다. 둘 다 뮤리얼과 내게 무척 친절했고, 때로 돈이 떨어지면 우리한테 먹을 걸 사주기도 했으며, 파티가 끝난 뒤에는 누가 우리를 시내까지 태워줄지, 아니면 어딘가 머무를 곳이 있는지를 확인하는 식으로 우리를 보살펴줬고, 나는 그런 행동에 반발심과 고마움이라는 양가감정을 느꼈다.

어느 따스한 토요일 저녁, 뮤리얼과 나는 발두치 식품점 앞 좌판에 쌓인 무르익은 멜론 무더기를 보았다. 아름답고 값비싼 과일이 상자에 담겨 그리니치 애비뉴의 인도까지 차지하고 있었다. 여름의 이른 땅거미 속, 빌리지 스트리트 건너편에는 초조한 남편들이며 애인들이 서성거렸다. 그리니치 애비뉴 서편에 위치한 여성구치소의 창살 친 높은 창문들 속, 목소리는 들리지만 얼굴은 보이지 않는 수감자들을 상대로 대화를 시도하고 있던 것이다. 여러 정보와 다정한 말들이 창문을 타고 오갔다. 변호사를 선임할 수 있는가, 수감 기간은 어느 정도인가, 가족 이야기, 건강 상태, 그리고 영원불멸의 가치인 진실한 사랑의 말들을 주고받는 목소리들은 지나가는 이들의 귀에는 들리지 않는 모양이었다. 빌리지 한복판을 차지한 여성구치소는 늘 우리 편이라는 느낌을 주었다. 반항적인 여성들이 모여 지내는 그곳은 그 자리에 늘 존재함으로써 처벌과 동시에 가능성 역시 상기시켜주었다.

"우리 허니듀멜론 하나 슬쩍할 수 있을까?" 신선하고 달콤한 과육을 상상하니 입에 침이 고였다. 그리니치 애비뉴를 살펴보니 사람들이 저녁나절을 맞아 유아차를 끌고 산책을 나오면서 아까보다 한층 붐비

357

고 있었다. 이에 겁이 나기보다는 대담해진 나는 마음을 단단히 먹었다.

"잘 모르겠는데, 한번 해보자. 내가 하나 챙겨서 6번가로 갈게. 주인이 날 쫓아오거든 '치코!'라고 소리를 질러. 이따가 웨이벌리로 접어드는 곳에서 다시 만나자."

우리는 아무렇지 않은 척 헤어졌고, 뮤리얼은 오렌지가 있는 곳으로 가더니 살까 말까 고민하는 척 오렌지를 만지작거렸다. 과일장수는 기대에 차 그쪽으로 다가갔다. 나는 게걸음으로 과일장수의 등 뒤로 다가가서는 녹색에 황금빛이 돌 정도로 제일 잘 익은 멜론 하나를 상자 속에서 낚아채 마구 달렸다. 바깥에서 물건을 슬쩍할 때 첫 번째 규칙. 웬만하면 일방통행로를 택해 역방향으로 달릴 것. 나는 당황하는 보행자들을 피해 6번 애비뉴의 굽은 길을 한 블록 달려 웨이벌리 플레이스로 접어들었다. 내가 해낸 위업이 만족스러웠던 나는 난간에 몸을 기댄 채 감미로운 전리품을 살펴보며 뮤리얼을 기다렸다.

그때, 누군가 뒤에서 내 팔을 붙들었다. 심장이 입 밖으로 튀어나올 것만 같았다. 나는 상대가 누구인지 확인하기도 전에 손아귀에서 빠져나오려고 몸부림을 치면서 우리 몫의 멜론을 꼭 움켜쥐고 있었다. 이런 젠장!

"진정해. 나였으니 망정이지!" 비다의 거칠지만 다정한 목소리를 듣자 안도감이 파도처럼 밀려왔다. 말조차 나오지 않아 무너지듯 난간에 기댔다. "너인 것 **같더라니**. 차를 타고 6번가를 지나는데 네가 꽁무니가 빠지게 뛰어가는 걸 보고, 아, 일단 차를 세우고 내 친구가 대체 뭘 하는 건지 확인해야겠다, 혼잣말을 했지."

한가롭게 모퉁이를 돌아 다가오던 뮤리얼이 비다를 보자마자 놀라

358

서 딱 걸음을 멈췄다. 우리는 재빨리 눈길을 주고받았다. 비다한테 보이고 싶지 않은 모습이었으니까. 토요일 밤 과일을 훔치는 건 분명 쿨한 행동과는 거리가 멀었다. 비다가 껄껄 웃음을 터뜨렸다.

"기겁했구나." 그러더니 비다의 목소리가 진지해졌다. "다행이지, 뭐. 다음엔 내가 아닌 다른 사람한테 들킬 테니, 그전에 이런 헛짓거리는 그만두도록 해. 이리 와, 펫이 차에서 기다리고 있어. 드라이브나 하자고."

뮤리얼과 나는 끊임없이 이야기를 나눴다. 내가 뮤리얼과 남은 평생을 함께하리란 건 분명했으나, 우리가 만나기 이전 서로의 파편들을 이야기하고, 나누고, 알아가자니 시간이 아무리 많아도 부족한 것만 같았다. 새로움이 차츰 익숙함이 되어갈수록 내 눈에 뮤리얼의 얼굴이 더더욱 사랑스러워 보인다는 사실이 놀라웠다. 우리 두 사람이 함께한다는 것은 세상 그 무엇보다도 근사하고 참신한 아이디어였고, 나는 한 인간이 다른 인간과 영원히 연결된다는 것이 가지는 의미를 낱낱이 검토하고 의미하며 줄곧 그 생각에 빠져 있었다.

매일같이 한 여자와 함께 잠자리에 들고 또다시 그의 옆에서 깨는 것, 서로를 품에 안은 채로 잠의 안팎을 드나드는 것, 서로와 함께한다는 게 잠깐의 은밀한 기쁨도, 터무니없는 선물도 아니라, 햇빛처럼 나날의 삶이 가지는 일과라는 것.

나는 두 사람의 자아가 가까이 존재할 때, 두 여자가 만났을 때, 삶에 온갖 방식으로 사랑이 스며드는 모양을 발견하고 있었다. 내 옷에 배어든 뮤리얼의 체취, 내 장갑에 끼어 있는 그의 검은 머리카락. 어느 밤에는 우리가 만나자마자 이해했던 그 무엇을 우리가 이해한 것과 같은 방식으로 이해할 수 있을 사람이 오로지 우리 둘밖에 없는 이 세상에서 서로를 발견하다니 얼마나 운이 좋은가, 그런 생각이 들어 울음이 터졌다. 우리는 천생연분이고, 서로를 만나기 위해 각자가 이미 여러 지옥을 거쳐온 거라고 우리 둘 다 생각했다.

친한 친구들의 눈에 우리는 다른 설명이 필요 없는, 그저 오디와 뮤리얼로 통했다. 다른 친구들의 눈에는 언제나 공책을 끼고 다닌다는 게 조금 특이할 뿐 사랑에 빠진 여느 동성애자 커플과 다르지 않았다. 시 콜로니와 스윙 바 단골들의 눈에 우리는 역할 수행을 하지 않는 키키였다. 그리고 바가텔에 죽치고 있는 패거리의 눈에 우리는 서로 딱 어울리는 별종들이었는데 뮤리얼은 미쳤고 나는 흑인이기 때문이었다.

한편 뮤리얼과 나는 책장을 여러 개 만들었고, 같이 글을 쓰기도 했으며, 뼈만 앙상한 검은 새끼 고양이 두 마리를 입양해 각각 '크레이지 레이디'와 '스케리 루'라는 이름을 붙여주었다.

뮤리얼은 옷차림에 있어서는 무척 멋을 부리는 편이었다. 그가 하는 거의 모든 행동이 그러듯, 뮤리얼은 머릿속에 남모를 설명서라도 있는 것처럼 정확히 원하는 대로 옷을 입어야 했고 안 그러면 차라리 집 밖에 나가지 않는 편을 택했다. 무엇인가 그의 내적인 규칙과 무관하다면 별문제 없었지만, 뮤리얼의 규칙은 융통성 없이 완고한 것들이었으므로 건드려지는 순간 모를 수가 없었다. 내가 이 다양한 규칙들을 서서히 알아가기까지는 오랜 시간이 걸렸다.

스탬퍼드에 살던 시절 출근복으로 낡은 덩가리와 남성용 셔츠를 입었다. 추수감사절 직전에는 코듀로이 바지를 한 벌 샀고, 진저의 어머니

도움을 받아 명절에 입을 스커트를 지어 입었다. 멕시코에 살 때는 쿠에르나바카의 시장에 가면 얼마든지 살 수 있는 풍성한 페전트스커트와 블라우스를 입고 다녔다. 이제는 도서관에 출근할 때 입을 만한 일반적인 옷도 있었다. 번갈아 입을 수 있는 스커트와 스웨터가 각각 두 벌 있었고, 날이 따뜻할 때 입을 블라우스도 한두 벌 있었다. 출근용 구두도 있었고, 언니가 아버지 장례식에서 입으라고 준 낡은 코트를 뜯어 대담하게 재단해 만든 모직 정장도 있었다. 스타킹을 신지 않았기에 이스트브로드웨이의 얼음처럼 차가운 바람을 맞으며 버스를 기다릴 때면 내 다리를 따뜻하게 감싸줄 덩가리나 승마바지를 간절히 원했다.

나한테는 진정한 삶에서 입을 만한 옷이 몇 벌 없었지만 돈키호테를 방불케 할 뮤리얼의 옷가지가 더해지니 젊은 레즈비언이 입고 다닐 만한 의상들을 어느 정도 갖출 수 있었다. 나는 보통은 최근 들어 '진'이라는 이름으로 불리기 시작한 푸른색이나 검은색 덩가리를 입었다. 뮤리얼이 준 승마바지는 마음에 쏙 들었기에 가장 즐겨 입었다. 줄무늬가 있는 면 셔츠와 함께 유니폼처럼 입고 다녔다.

뮤리얼은 겨울에는 도박꾼 바지를 입었고 따뜻할 때는 주로 검은색 버뮤다팬츠와 니 삭스 차림이었다. 겨울에 멋을 낼 때는 해군 군수품 상점에서 산 터틀넥 스웨터를 입었는데 우리는 그 옷이 마음에 든 나머지 늦봄까지도, 또는 에어컨이 있는 곳에 갈 때도 입었다. 몸을 감싸는 모직 원단의 깊고 어둡고 안전한 감촉이, 편한 옷이 주는 자유가 좋았다. 또 이 스웨터를 입으면 내 큰 가슴이 작아 보이는 것 같았다.

우리가 굉장히 좋아하던 군수품 상점을 제외하면 옷을 살 때는 존스 바겐 스토어에 갔다. 우리 둘 다 가난해도 잘 살아갈 줄 안다는 긍정적인 덕목을 지니고 있었는데, 그러려면 노력, 창의성, 그리고 저렴한 옷을 찾아내는 예리한 안목이 필요했다. 존스 바겐 스토어에서 별 소득이 없으면 일요일 아침마다 리빙턴 스트리트와 오처드 스트리트의 작은 가게들을 찾았다. 에식스 공설시장에서 멀지 않은 이 거리에서는 야물커를 쓴 남자들이 물건을 팔았다. 1달러 98센트에 산 운동화, 99센트에 건진 단색 긴팔 티셔츠 같은 것은 자랑해도 좋을 수확이었다.

우리는 함께 세계를 새로이 발명하고 있었다. 뮤리얼은 내게 가능성들로 이뤄진 세계를 열어줬고, 그건 유도라의 서글프고도 우스운 눈빛과 느긋한 웃음이 내게 남긴 유산처럼 느껴졌다. 나는 유도라에게서 일을 처리하는 방법, 다이크로서 자부심을 느끼는 방법, 사랑하고 살아가고 이야기하는 법을 배웠다, 그것도 솜씨 좋게. 나는 유도라에게서 배운 것을 뮤리얼과 함께 실현해내고 있었다.

뮤리얼과 함께하던 시절을 떠올리면 우리가 서로에게 주었던 확실성, 폭풍 속 작은 틈새에 함께 깃들어 있던 감각, 마술과 근면한 노력에서 비롯되었던 경이로움이 기억난다. 이 아침이, 이 삶이, 영영 계속될 수 있을 것 같던 느낌을 아직도 기억한다. 뮤리얼의 굽은 손가락과 깊은 눈빛과 버터 같은 피부의 체취가 기억난다. 바질 향. 우리 사랑의 개방성을 '사랑'이라 불리던 모든 것에 잣대로 들이댔던 것이 기억난다. 훗날 나는 그것이 모든 연인 사이에 오고 가는 정당한 요구라는 사실을 알았다.

뮤리얼과 나는 다정하게, 오래, 잘 사랑했지만, 우리의 강렬한 사랑이 언제나 현명하게 초점을 맞추고 있는 것은 아닐지도 모른다는 말을 해줄 사람은 없었다.

둘 다 너무 오랫동안 사랑에 굶주려 있었기에 마침내 찾아낸 사랑이 전지전능하다고 믿고 싶었다. 우리는 이 사랑이 아직 시작에 불과했던 나의 고통과 분노에 언어를 부여해줄 거라고 믿고 싶었다. 사랑은 뮤리얼이 세상을 마주하고 일자리를 구하게 해줄 수 있을 거라고, 우리가 쓰는 글을 해방시켜줄 거라고, 인종주의를 치료하고, 호모포비아를 종식시키고, 사춘기의 여드름까지도 없앨 수 있을 거라고 믿고 싶었다. 우리는 음식만 있으면 지금 느끼는 온갖 고통은 물론, 오래 지속된 결핍의 아픔까지도 치료될 거라 믿는 굶주린 여자들이었다.

27

1955년의 그 황금빛 여름, 우리는 바빴고 또 빛으로 가득했다. 평일이면 나는 도서관 일을 했고 뮤리얼은 동네 반대편에 사는 믹과 코딜리어를 위해 침대를 만들었다. 주말이면 함께 글을 쓰고 책을 읽고 중국 서예를 공부하고 해변과 바에 놀러 다녔다.

헬렌 언니의 시립대학교 졸업식에서는 조나스 소크가 소아마비 백신을 발표했는데, 헌터고등학교 시절 친구들 중 상당수가 소아마비에서 비롯된 다양한 정도의 장애를 갖고 있었던 탓에 이 소식은 내게 개인적인 의미로 다가왔다.

삶에는 각기 다른 수많은 조각들이 있었다. 〈제트〉는 흑인 시사 잡지를 표방하는 여성지였는데, 나는 드물게 브롱크스에 갈 때마다 헨리 형부로부터 잡지를 빌려서는 다운타운까지 돌아오는 내내 지하철에서 열심히 읽은 뒤 내릴 때 슬쩍 옆자리에 두고 왔다. 도서관에서는 내가 시를 쓴다는 이야기를 하자 누군가 그해 선풍적 인기를 끈 베스트셀러인 앤 모로 린드버그의 《바다의 선물》을 언급했다. 그 책과 내 작품은 가리비와 고래만큼이나 딴판이었는데 말이다. 나는 뮤리얼이 부추긴

끝에 빌리티스의 딸들이 출간하는 레즈비언 잡지 〈더 래더〉에 시 몇 편을 보냈다. 검토 의견조차 없이 곧바로 반송되는 바람에 참담한 기분이었다.

도서관 책들로 부족한 독서는 4번 애비뉴에 있는 헌책방들에서 꾸준히 책을 거래하며 채웠다. 뮤리얼도 그곳에서 긴 시간을 보냈는데, 스트랜드 서점에서 바이런이나 거트루드 스타인의 헌책을 산 후 일주일 뒤 좀 더 싼값으로 같은 거리에 있는 파인 서점에 팔았다. 그 시절 책은 지금만큼 흔하게 넘쳐나는 것들이 아니었다. 한번은 린드버그 책 특별판을 넘기고 페이퍼백 열 권, 비주류 시인들의 하드커버 시집 두 권, 거기다가 10센트짜리 〈매드〉 잡지 창간호까지 받아왔던 기억이 난다.

6월, 린이 우리 집에 와서 함께 살게 됐다. 그럴 계획은 아니었지만 어쩌다 보니 그렇게 되었다. 뮤리얼과 나는 비와도 조심스레 연락을 이어왔는데, 린은 문제의 새해 전날 파티에서 처음 만났던 비의 전 연인이었다.

어느 초여름의 일요일, 린이 필라델피아에서 돌아왔다며 느닷없이 우리한테 전화를 걸었다. 짧고 다부진 목 주변으로 기다란 금발을 늘어뜨렸고, 한쪽 어깨에는 짐이 가득 든 더플백을 메고 있었다. 구겨진 군용 작업복이 풍만한 엉덩이를 덮고 있었다. 린의 미소는 은근했고 웃을 때면 얼굴 전체가 다 구겨졌다. 체구가 실팍하면서도 작달막했고, 무척이나 섹시했으며, 정서적으로는 엉망진창이었다. 린은 나와 똑같은 스물한 살이었는데도 정신없이 바쁘게 살아왔다.

린의 젊은 남편은 3개월 전 군에서 휴가를 나왔다가 트럭 사고로 화상을 입고 죽었다. 두 사람은 필라델피아에 있는 린의 새 애인 집으로 린의 물건들을 옮기던 길이었다.

갈 곳이 없어진 린은 우리 집을 찾아왔다. 비를 따라 뉴욕까지 왔지만, 내가 익히 아는 이유로 그와 헤어졌다. 덱세드린을 복용하는 탓에 신경과민이었던 데다가 피로로 인해 제정신이 아니었던 린은 잠드는 걸 두려워했다. 그는 죽음과 죽어감과 불타는 잔해가 등장하는 악몽을 꾸었고, 그때마다 전남편에 대한 엄청난 죄책감을 느꼈다.

그 누구라도 투지 가득한 이 젊은 여성의 애처로운 사연을 차마 외면하지 못했을 것이다. 린이 나타난 것은 우리가 이야기하고 꿈꿔왔던 미래의 자매애를 현실에서 실천해볼 기회였다.

뮤리얼과 나는 린을 우리 집에 들였다. 한동안 우리는 여성들이 모여 살며 서로의 삶과 일, 사랑을 나눈다는 비전과 가능성을 품고 그 여름을 보냈다. 하지만 우리 셋 중 그 누구도 자기 자신을 잘 아는 사람은 없었다. 우리에겐 따라갈 밑그림이 없었고, 그저 각자의 욕구와 아직까지는 제대로 생각해내지 못한 꿈이 있을 뿐이었다. 꿈이 우리를 잘못된 길로 몰아간 것은 아니지만, 때로 꿈만으로는 충분치 않았다.

나는 언제부턴가 도서관 카탈로그를 보다가 부정교합을 가진 린의 얼굴을 상상하는 몽상에 빠지기 시작했고, 마침내는 내가 그에게 육체적으로 강렬하게 끌리고 있음을 인정하는 수밖에 없었다. 두렵고 수치스러운 동시에 낯설고 예기치 못한 사건들의 전개가 혼란스러웠다. 나는 뮤리얼을 내 목숨만큼 사랑했다. 서로 평생을 약속했다. 그런데 어떻게 다른 여자에게 육체적 욕망을 느낄 수 있단 말인가? 그런데 그런 일이 일어났다. 자연히 이제부터는 이런 새로운 사건들이 일으킬 수 있는 결과들을 모조리 탐색하고 하나하나를 샅샅이 논해야 했다.

그렇게 우리 세 사람은 밤새 그 이야기를 끝없이 되풀이해 나눴다. 뮤리얼은 그것이 여성들이 만드는 새로운 세계에서 실현할 수 있는 흥미진진한 아이디어라고 했다. 린은 우리 둘 다와 자더라도 그 밖의 관계는 갖고 싶지 않다고 했다. 나는 내가 무엇을 원하는지 알았다. 모두를 원하지만, 한 번에 한 명씩이어야 했다. 내가 바라는 바가 모순적인 것으로 느껴졌으므로, 나는 원하는 모든 걸 가지는 동시에 안전해질 수 있는 방법을 알아내야 했다. 우리가 있는 곳은 미지의 영역이었으므로 무척이나 어려운 일이었다.

우리가 쌓고자 하는 관계는 위험했고 뮤리얼과 나 사이에서 파국을 일으킬지도 몰랐다. 그러나 우리의 사랑은 시험을 이겨낼 만큼 강하고, 사랑의 근간이 되는 동시에 관계를 확장할 수 있을 만큼 강했다. 나는 늘 친구들과 잘 수 있다고 말해왔다. 그러니까 이론을 실제에 적용할 기회가 온 것이었다. 린이 다소 신경질적인 웃음을 터뜨리거나 콧등을 찌푸릴 때마다 나는 무릎에 힘이 빠져 흐물흐물해졌다. 퇴근하고 돌아와 현관문을 여는 순간에는 온 집 안에서 시들어 떨어진 꽃잎 같은 린의 체취가 느껴졌다.

우리는 이야기를 나누느라 밤을 지새웠다. 어떤 날은 한숨도 못 잔 채로 고양이가 물어와도 먹지 않을 무언가와 같은 몰골로 도서관에 도착하기도 했다. 도서관에는 남자친구인 올리버가 치명적인 병에 걸려 밤새 앓는 바람에 올리버의 동생 뮤리얼과 밤새 그를 간호하느라 잠을 못 잤다는 변명을 했다. 그러자 어린이도서관장 존슨 씨가 이상야릇한 눈길로 나를 쳐다보았지만 나는 아무 말도 하지 않았다. 아마 존슨 씨도 레즈비언이었던 것 같다.

어느 날 퇴근해 현관문을 열자 뮤리얼과 린이 한 침대에서 몸을 일으켰고, 나는 그 장면에 오히려 마음이 놓였다. 극도로 노여운 한편(뭐라고, 다른 여자의 손이 뮤리얼의 몸속에 들어갔다고?), 두렵기도 했다(잠깐, 이제 정말로 태도를 분명히 해야 하잖아). 그러나 전반적으로 나는 우리가 마침내 말을 넘어 행동하기 시작했으며, 이 움직임이 내 손을 떠나 나아간다는 사실에 안도했다.

우리 셋은 키스를 하고 손을 잡고 그날 린이 처음으로 요리한 저녁을 먹었다. 그다음에 뮤리얼은 맥주를 마시러 로럴스로 갔고, 나는 린에게서는 내가 상상한 것과 똑같이 황홀한 맛이 난다는 사실을 알았다.

새로운 삶의 방식을 시작한 걸 축하해야 했으므로 다음 날부터 이틀간 휴가를 냈다. 도서관에 전화해서 존슨 씨에게, 뮤리얼과 내가 더는 올리버를 돌볼 수 없어서 코네티컷의 요양소로 데려가야 한다고 했다.

뮤리얼과 나는 우리 둘의 관계는 그 무엇으로도 끊어지지 않으니, 우리의 몸과 기쁨을 우리가 사랑하게 된 또 다른 여자와 나눠도 괜찮다는 결론을 내렸다. 린을 우리의 침대에 들이는 것은 단순히 우리의 삶에 또 다른 요소가 통합되는 것을 넘어, 우리 모두의 사랑과 개방성을 시험하는 일이었다.

비전은 아름다웠으나 실험은 고단했다. 처음에는 린이 가장 이득을 보는 것 같았다. 우리 둘 다 린과 린의 문제, 그리고 기수를 연상시키는 조그만 육체와 상스러운 섹스에 한껏 집중하고 있었으니 말이다.

나는 린이 도서관의 다른 분관에 취직할 수 있도록 도왔다. 린은 웨스트 블리커 스트리트에 방을 빌리고 가구를 들여놓았지만 대체로 7번가의 우리 집에서 지냈다.

여성들의 독특한 생활방식, 적의를 품지 않은 공동의 섹스를 실천한 사람들은 분명 우리가 최초인 것 같았다. 아무튼 아무도 우리에게 그런 이야기를 해준 적은 없었다. 그토록 열심히 읽은 레즈비언 소설들 중 그 어느 책에도 우리의 비전, 우리가 서로에게서 얻는 기쁨이 새로운 게 아니라고 말해주지 않았다. 우선 비보 브링커*는 알려주지 않았다. 《스콜피온》에 나오는 올가 역시 마찬가지였다. 페이지가 닳도록 읽은 앤 배넌의 《우먼 인 더 섀도》《오드 걸 아웃》**은 한 번에 두 명 이상의 여자들을 사랑할 때 발생할 수 있는 위험과 비극 같은 것에 관해서는 입도 벙긋하지 않았다. 당연히 이런 책들은 그 기쁨도 언급하지 않았다. 우리는 이런 책들에는 등장하지 않는 레즈비언의 경험의 세계가 있다는 사실은 알고 있었다. 그러므로 이는 곧 우리가 그 경험을 직접 쓰고, 몸으로 살아가며 알아내야 한다는 의미였다.

우리는 그 일이 적절하면서도 어느 정도 능숙하게 이뤄질 수 있게 해보려 애썼다.

뮤리얼, 린, 그리고 나는 우리 자신을 위한 현실적이면서도 암묵적인 예법 규칙을 만들었다. 상처받은 마음을 허락하고 또 누그러뜨리는 규칙, "오늘 밤엔 네가 나랑 자는 줄 알았는데". 한집에서 몸을 부대끼며 살아가는 부담을 줄이는 규칙, "쉿, 걔가 아직 깨어 있어". 그리고 물론, 죄책감을 불러일으키는 정중함의 규칙, "내가 먼저 나가볼 테니 너희 둘은 나중에 와서 만나. 그래도 너무 오래 걸리지는 않았으면 좋겠다".

---

* 1950년대에서 1960년대까지 유행하던 레즈비언 펄프 픽션 중 하나인 《비보 브링커》에 나오는 동명의 주인공이다.
** 상술한 것은 모두 레즈비언 펄프 픽션의 제목이다.

잘 될 때도 있었다. 잘 안 될 때도 있었다. 뮤리얼과 나는 잘 안 되는 이유를 분석하려 끝도 없이 시도했다. 우리를 침착하고 능숙하게 다루던 린은 우리 둘 중 하나와 단둘이 오랜 시간을 보내는 법이 없었다. 시간이 갈수록 우리가 아무리 노력한들, 린은 7번가의 집은 뮤리얼과 나의 공간이며, 린은 우리가 욕망하고 또 추구하는 손님이지만, 영영 손님일 뿐이라는 메시지를 받았다.

나는 다른 상황을 꿈꿨다. 뮤리얼 역시 다른 결과를 바랐고, 린도 마찬가지였다. 최소한 우리가 의식적으로 서로의 몸에 접촉하던 모든 공간에서는 말이다. 때로는 모든 게 실패로 돌아간 것 같을 때도 있었지만, 뮤리얼도 나도 이미 우리 둘 사이에 쌓인 시간으로부터 시작하는 관계가 린에게 얼마나 불공평한지 모르는 척했다. 우리한테는 서로가 있었다. 린이 가진 건 우리 두 사람의 작은 조각이 다였고, 그는 우리의 호의에 의지해 이곳에서 함께하는 신세였다.

우리는 집단생활을 끊임없이 탐구하고 또 이에 대해 글을 썼지만 긴 시간이 지난 뒤에야 문제가 무엇인지 분명히 알고 또 표현할 수 있게 되었다. 그리고 때는 이미 늦은 뒤였다. 적어도 우리가 품었던 비전을 실천하고자 했던 그 실험에서는 말이다.

뮤리얼과 나는 사랑이 자발적 헌신이라 말했으나, 이를 의식해서 배웠다기보다는 오래된 춤의 스텝을 밟듯 절박하게 따라가며 고전하는 신세였다. 우리는 쉽게 포기할 줄 모르던 강인한 여성이던 우리 어머니들의 부엌에서 잘 가르침 받은 딸들이었다. 이런 따뜻한 생존의 장소에서, 사랑이란 아무리 마음껏 내어준다 해도 통제의 다른 이름이었다.

8월 초입의 어느 일요일 밤, 뮤리얼과 내가 로럴스에서 돌아와보니 린이 떠나고 없었다. 린의 가방도, 다양한 여러 삶의 기념물을 담아뒀던 상자들도 사라졌다. 부엌 식탁 한가운데에는 뮤리얼의 카셀 독일어 사전이 놓여 있었다. 우리는 그 책 안에 돈을 모았고, 그때까지 모은 돈은 총 90달러였다. 사전은 펼쳐져 있었고 페이지 사이에는 아무것도 남아 있지 않았다.

그 90달러는 우리의 전 재산이었고, 우리에게 일어난 엄청난 손실이 무엇인지 보여주었다. 룸메이트를 잃었고, 집 열쇠를 잃었고, 저축금도 잃었다. 하지만 가장 큰 손실은 우리의 꿈이 사라졌다는 사실이었다.

아주 오랜 세월이 흐른 뒤에도 린은 왜 그런 짓을 했는지 영영 말해주지 않았다.

28

그해 가을, 뮤리얼과 나는 뉴스쿨대학교에서 미국 현대시 강의를 수강했고 나는 심리치료를 받기 시작했다. 나에게는 이해할 수 없는 것들, 느끼고 싶지 않은 것들이 있었고, 무엇보다도 때때로 눈앞이 어찔할 만큼 심한 두통이 파도처럼 밀어닥쳤다.

또 나는 거의 입을 열지 않았다. 글을 쓰고 꿈을 꾸었지만 직접 묻는 말에 답하거나 무언가를 지시할 때 말고는 말을 하지 않았다. 뮤리얼과 함께하는 생활이 계속될수록 점점 그 사실을 의식하게 되었다.

레아와 대화할 때 나는 여느 때와 마찬가지로 기본적으로 듣는 사람 역할을 했다. 보통 사람들은 마음껏 이야기할 기회가 잘 없었으며, 나는 상대가 하고픈 말에 진심으로 흥미를 보이며 열심히 듣는 사람이었다. (어쩌면 그런 이야기들을 기억해뒀다가 남몰래 타인의 삶을 곱씹다보면 나 자신에 대해 무언가를 알게 될지도 모르니까.)

뮤리얼과 나는 대체로 직관, 그리고 끝맺지 않은 문장으로 소통했다. 도서관에서는 정숙해야 했기에, 책 위치를 알려주거나 어린이들에게 이야기를 들려줄 때 말고는 말을 할 필요가 없었다. 나는 어린이들에게 이야기를 들려주는 일을 잘했고 또 좋아했다. 마치 어린 시절 외우고 있던 끝없는 시를 나 자신은 물론 귀를 열고 있는 모든 사람에게 다시금 읊어주는 것만 같았다. 외우던 시가 다 떨어지자 나는 직접 시를 쓰기 시작했다.

그리고 나는 대학으로 돌아가고 싶었다. 뉴스쿨대학교에서 듣는 강의는 이해하기 어려웠고, 나는 공부하는 데 익숙하지 않았다. 제대로 공부해본 적 없이 고등학교를 마쳤음에도 아무도 그 사실을 알아차리지 못했다. 나는 사람은 삼투압처럼 지식을 흡수하며 다른 사람이 하는 말에 면밀히 귀를 기울이는 과정에서 배움을 얻는 거라고 믿으며 대학교에 입학했다. 우리 가족의 집에서 생존하는 방식이 그것이었다.

대학교를 그만둘 때, 나는 대학 생활 1년이면 어지간한 흑인 여성들보다는 많이 공부한 거라고 스스로에게 말했다. 하지만 뮤리얼이 뉴욕에 오자 나는 내가 당분간 멕시코로 돌아갈 일이 없음을 알게 되었고, 그러자 학위를 얻고 싶어졌다. 마땅한 기술이 없는 흑인 여성이 구직 과정에서 겪는 현실도 이미 체험해본 터였다. 좋아하는 일을 하고 있기는 했지만, 언젠가는 남의 명령을 받지 않는 일을 하고 싶었다. 무엇보다도, 나는 내가 하고 싶은 일이 무엇인지 알고 또 실행할 수 있는 자유를 갖고 싶었다. 화가 날 때 몸을 덜덜 떨지도, 성이 날 때 울지도 않는 사람이 되고 싶었다. 게다가 시립대학교는 여전히 학비가 공짜였다.

나는 뮤리얼과 만난 지 1년이 되는 날에 심리치료를 받기 시작했다.

추수감사절에 큰 파티를 열기로 한 우리는 수지와 시스를 초대했다. 학생할인을 받더라도 심리치료에는 큰돈이 들었고, 우리 둘 중 돈을 버는 사람은 하나뿐이었으니 살림은 전보다도 팍팍해졌다. 추수감사절 전날 나는 메신저백을 챙기고 뮤리얼은 헐렁한 재킷을 걸친 채 동네 반대편, 밤새 영업하는 짐 앳킨스 식당 옆에 있는 A&P 슈퍼마켓으로 향했다. 그렇게 우리는 작은 닭 한 마리, 버섯 1킬로그램, 쌀 한 상자와 아스파라거스를 슬쩍해 돌아왔다. 아스파라거스를 손에 넣는 게 제일 힘들었고, 뮤리얼의 허리춤에 급히 쑤셔 넣는 통에 대가리 부분이 부러진 곳이 많았다. 그럼에도 실수하지도 들키지도 않고 성공했다는 사실에 휘파람을 불며 기분 좋게 집으로 돌아왔다.

슈퍼마켓에서 식료품을 훔칠 때면 나는 우리가 간절히 바란다면 들키지 않을 거라 생각했다. 솔직히 말하면, 더는 훔칠 필요가 없어지자 나는 아무것도 훔치지 않게 됐고, 그때까지 단 한 번도 들킨 적이 없었다.

집으로 돌아가는 길에 디저트로 먹을 체리 바닐라 아이스크림을 사느라 돈을 펑펑 썼다. 수지와 시스가 와인을 가져왔다. 뮤리얼이 만든 이탈리아식 후추 달걀 파이 덕분에 근사한 파티가 되었다. 멕시코에서 가져온 러그와 레보소를 있는 대로 꺼내 벽이며 의자, 소파를 화려한 색으로 장식했다. 집 안에 명절 특유의 행복한 분위기와 냄새가 감돌았다.

그날 밤 나는 봄 학기부터 야간대학에 등록하겠다는 결심을 모두에게 알렸다.

뮤리얼과 나는 크리스마스이브에도 명절을 기념했다. 선물을 교환했고, 그 뒤에는 불평을 늘어놓으며 다음 날 각자의 가족을 찾아갈 준비를 했다. 가족에게 줄 선물들을 포장했고, 어떤 옷을 입어야 그렇게 불편하지 않으면서 앞으로 찾아올 질문이나 의견들도 적당히 막을 수 있을지 고민했다.

크리스마스 당일, 여러 차례의 키스와 긴 작별인사를 나눈 뒤 뮤리얼은 스탬퍼드로, 나는 브롱크스에 있는 필리스 언니의 집으로 갔다. 언니, 헨리 형부, 조카들에 더해 어머니와 헬렌 언니까지 다 함께 모여 저녁을 먹기로 했던 것이다. 필리스 언니한테 가족, 그리고 아파트가 아닌 진짜 집이 생긴 덕에, 크리스마스는 언니 집에서 보낸다는 암묵적인 전통이 생겼다. 덕분에 어머니 집에 가지 않아도 될 핑계, 또 사랑하지만 자주 만나지는 못하는 두 조카와 시간을 보낼 기회가 생겼다. 나는 언젠가 7번가의 우리 집에 조카들을 초대하겠다는 대단한 계획을 세웠지만 결국 조카들을 한 번도 부르지 못했다.

우리는 각자의 가족과 크리스마스를 보냈다. 새해는 둘이 함께 맞았다. 가족과 우리는 완전히 동떨어진 두 개의 세계였다. 내 가족은 내게 뮤리얼이라는 룸메이트가 있다는 사실을 알고 있었지만, 아는 바는 그게 전부이다시피 했다. 어머니는 뮤리얼을 만난 적이 있었지만, 내가 집을 나온 뒤 쭉 그랬듯 내 사생활에 대해 아무 말도 하지 않는 게 현명하다고 여겼다. 어머니는 내가 아는 그 누구보다도 더 크고 적대적으로 '노코멘트'를 할 줄 아는 사람이었다. 한번은 뮤리얼을 데리고 필리스 언니의 집에 저녁식사를 하러 간 적이 있었다. 언니 부부가 우리를 어떤 사이라 생각했는지는 몰라도, 그들은 우리에게 아무 말도 하지 않았다. 대체로 우리 가족은 굳이 알고 싶지 않은 일은 캐묻지 않는 편이었으며, 나 역시 그들이 나를 가만히 내버려두는 한 굳이 들쑤시지 않았다.

새해 전날 뮤리얼과 나는 니키와 존의 집에서 열린 파티에 갔다. 두 사람은 브로드웨이 인근 80번대 거리에 있는 브라운스톤 주택에 살았다. 니키는 패션지 기자였고 존은 〈메트로폴리탄 라이프〉 비서였다. 니키는 체구가 작고 탄탄했으며, 존은 스패니얼을 닮은 검은 눈을 가진 늘

씬한 미인이었다. 뮤리얼과 나와는 달리 두 사람은 제대로 된 복장을 입는 적절하고 우아한 사람들로 보였고, 또 업타운에서도 위쪽 동네에 살았으므로 우리보다 훨씬 관습적인 삶을 사는 것처럼 보였다. 어떻게 보면, 특히 니키의 경우에는 맞는 말이었는지도 모르겠다. 존은 일을 그만두고 한동안 빈둥거리며 살겠다는 이야기를 하고 있었다. 원하면 곧바로 새로운 일자리를 얻을 수 있다는 데서 오는 선택의 자유가 부러웠다. 백인이라는 것, 그리고 타자를 칠 줄 안다는 건 그런 뜻이었다.

그날의 파티는 발만 씻고 격식 없이 찾아가면 반겨주는 곳이 아니라 정식 명절 파티였다. 나는 우리가 여는 파티가 아닌 한 딱히 파티를 즐기는 편이 아니었으나, 비다, 펫, 그리고 제리와 어울려 퀸스에서 열리는 파티들을 찾다 보니 점점 진심으로 그런 자리를 좋아하게 됐다. 흑인 여성들이 여는 파티에는 늘 음식과 춤, 리퍼, 웃음, 흥이 가득했다. 드라마틱한 목소리에 엉뚱한 감각을 지닌 비다와 춤추기를 좋아해서 잠시도 가만히 있을 줄 모르는 펫과 함께 파티에 가면 나 역시 수줍음을 버리고 음악에 몸을 맡길 수 있었다. 내가 마침내 춤추는 법을 익힌 것도 이런 파티에서였다.

그런데 존과 니키의 파티는 달랐다. 음악은 보통 없었지만, 있더라도 춤을 출 만한 음악이 아니었다. 레드와인과 화이트와인 모두 넉넉히 마련되어 있었는데, 그건 니키와 존이 덩가리파가 아니라 버뮤다파라서였다. 버뮤다팬츠를 입는 사람들과 덩가리를 입는 사람들이 눈에 띄게 다른 점을 하나 꼽자면 와인을 마시느냐 독주를 마시느냐였다. 하지만 나는 어떤 와인이건 한 잔 이상 마시면 속이 쓰렸던 데다가 내 입맛에는 와인에 단맛이 적다고 느껴졌다. 달짝지근한 와인을 선호하는 건

376

세련되지 못한 취향이었기에, 그런 건 소프트 아이스크림과 마찬가지로 진정한 친구라는 게 입증된 사람들 사이에서만 즐길 수 있는 비밀스러운 악덕이 되어버렸다.

또 그런 파티에서는 음식이 충분한 적도 없었다. 그러나 오늘 밤의 새해맞이 파티엔 층고가 높고 널찍한 응접실 한구석에 테이블이 근사하게 차려져 있었다. 니키가 어머니한테서 물려받은 낡은 리넨 테이블보, 펠트를 잘라 만든 새빨간 포인세티아색 매트 위에는 작은 접시에 담긴 감자칩, 프레츨, 크래커, 치즈와 그릇에 담긴 사워크림, 립튼 양파수프 가루로 만든 양파 딥, 그리고 선명한 초록색 테를 두른 작은 병에 담긴 연어 알이 있었다. 올리브, 셀러리, 피클이 담긴 접시도 있었고, 응접실 군데군데 혼합 견과류가 담긴 바구니도 있었다. 하지만 나는 자꾸 지난번 제리의 파티에서 먹은 소시지 빵, 닭날개 튀김, 감자 샐러드, 뜨거운 콘 브레드가 생각났다. 연어 알이 닭날개보다 훨씬 비싸니 돈 문제는 아니란 걸 나도 알았다.

파티 분위기는 조용조용했다. 여자들이 몇 명씩 모여 두런두런 이야기를 나누는 적당한 소음은 연기처럼 짙고 묵직했다. 파티라는 건 당연히 즐겁기 마련인데 이곳에서는 웃음소리가 나지 않았고, 딱히 재미도 없는 데다가 무슨 이야기를 하면 좋을지 몰라 난감했다. 나는 벽면에 늘어선 책장을 구경하는 데 몰두했다.

뮤리얼은 편안하게 파티를 즐겼다. 담배와 맥주병을 손에 들고 평소처럼 부드러운 목소리, 나직한 웃음소리를 내며 사람들 사이를 돌아다녔다. 나 혼자 어울리지 못하고 있다는 점을 자각한 나머지 나는 책만 들여다보았다. 니키의 신문사 동료 팻이 다가와 말을 걸었다. 그제야 마음이 놓인 나는 팻의 말에 열심히 귀를 기울였다.

자정이 지나자마자 뮤리얼과 나는 파티에서 나와 팔짱을 끼고 센트럴파크웨스트 지하철역으로 걸어갔다. 조금 피곤해진 채로 차고 싸늘한 바깥바람을 맞으니 기분이 좋았다. 우리는 텅 빈 거리에서 뛰고 까불면서 말도 안 되는 이야기를 나누며 웃어댔고, 드라이 와인을 마셔대는 업타운 친구들을 농담거리로 삼기도 했다. 화려한 조명이 켜진 창문들 속에서 간간이 파티용 피리를 삑 하고 부는 소리가 새어 나왔다.

차갑고 신선한 겨울밤의 추위 속에 뮤리얼과 단둘이 되자, 강렬하고도 희망적인, 설레면서도 즐거운 감정이 서서히 퍼졌다. 한 해 마지막 날 타임스스퀘어를 떠돌며 보냈던 지난날을 떠올렸다. 나는 정말 운이 좋고, 축복받은 사람이었다.

뮤리얼의 손을 잡자 그도 내 손을 마주 잡아왔다. 나는 사랑에 빠져 있었고, 새해가 밝았고, 미래는 점점 커져가는 별의 윤곽을 띠고 있었다. 레아가 7번가 집을 나선 뒤 우리가 현관문을 잠그고, 커피 주전자를 끓이던 스토브의 불을 끄고, 서로 심장과 심장을 마주 대고 한 침대에 누운 날로부터 1년이 지났다. 오늘이 우리의 첫 기념일이었다.

집으로 돌아온 우리는 새벽이 우리 몸의 리듬과 열기로 함께 노래하기 시작할 때까지 썩 적절한 방식으로 기념일을 축하했다.

한참이 지난 뒤 우리는 자리를 털고 일어났다. 뮤리얼은 필라델피아에서 온 수지의 친구 라이언한테 배워 지금은 그의 장기가 된, 동부콩과 쌀을 넣은 호핑존*을 냄비 한가득 끓였다. 뮤리얼이 발개진 얼굴로 부엌을 돌아다니다가, 요리가 곤죽이 되어 푹 퍼지지 않고 딱 알맞은 농도로 완성되자 기뻐하며 나무스푼을 휘두르는 모습을 보며 나는 웃었다.

저녁이 됐고, 친구들이 찾아왔고, 우리는 모두와 새해 인사를 나누며 실컷 음식을 먹었다. 몇몇은 숙취가 심했고, 몇몇은 우울해했으며, 몇몇은 그저 전날 밤을 새웠는데 내일 출근을 해야 한다는 생각에 피곤해했다. 하지만 모두들 지금까지 먹어본 호핑존 중에서 뮤리얼이 만든 게 최고라고, 올 한 해는 우리 모두한테 최고의 한 해가 될 거라고 이구동성으로 입을 모았다.

마지막까지 남아 있던 니키와 존이 떠난 뒤, 우리는 접시며 냄비를 개수대의 뚜껑 있는 칸에 불려놓은 뒤 각자 공책을 들고 침대에 올라가 새해를 맞는 글을 쓰기 시작했다. 뮤리얼이 주제를 골랐다. "아무도 살지 않는 땅에서 온 남자." 글을 다 쓰고 난 뒤 다음 주제로 넘어가기 전 서로 공책을 바꿔 읽어보았다.

뮤리얼은 이런 글을 썼다.

1955년 한 해

오디   **나**

새 직장이 생겼고

심리치료를 시작했고   아무것도!

시 몇 편을 투고했고

학교로 돌아간다.

---

* 콩과 쌀로 만든 미국 남부의 요리로 새해 첫날에 먹으면 행운과 번영을 가져온다는 의미가 있다.

누가 내게 찬물을 끼얹기라도 한 기분이 된 나는 아무 말 없이 종이만 빤히 들여다보았다. 손을 뻗어 뮤리얼의 손을 잡았다. 서늘한 손은 내 손 안에서 꼼짝도 하지 않고 가만히 있었다. 누가 자신을 나에게 견주며 스스로 부족하다고 느낀다는 사실 자체가 충격적이지 않을 수 없었다. 그런데 그 사람이 사랑하는 나의 뮤리얼이라니, 무시무시하기 짝이 없는 일이었다.

나는 우리의 삶은 상호 탐구라고, 사랑의 힘을 통해 점점 나아지고 있다고 생각했다. 그러나 공책에 담긴 그의 냉정한 서술을 읽고 또 읽으면서 나는 뮤리얼의 눈에 우리의 결합은 점점 나의 성취, 그리고 그 성취 때문에 두드러지는 그의 무능력이라는 사실을 깨달았다. 뮤리얼의 공책은 우리의 삶이 공통의 성취가 아니라는 것을, 그리고 나도, 우리의 사랑도, 뮤리얼이 바라본 진실로부터 그를 보호해줄 수 없다고 분명히 이야기해주고 있었다.

29

1956년의 어느 주말 밤, 나는 작은 계단을 세 칸 내려가 바가텔로 들어섰다. 바가텔의 안쪽 문은 남자 가드 한 명이 지키고 있었는데, '레지'들로 눈요기하려 드는 이성애자 남성들을 막기 위해서라는 명목이었으나 실제로는 '반갑지 않은' 여성들을 못 들어오게 하기 위해서였다. 그리고 여기서 '반갑지 않은'이라는 말이 흑인을 의미하는 일이 너무나 많았다.

바 주변과 테이블 사이 여자들이 세 겹으로 늘어서 있었고, 좁아터진 댄스플로어로 들어가는 입구 역시 마찬가지였다. 밤 9시가 되자 플로어는 주크박스에서 흘러나오는 음악에 맞춰서 느릿느릿 흔들어대는 여자들의 몸으로 꽉 찼다. 루스 브라운의,

친구들이 당신을 저버리고
나만의 사람이라 부를 이가 아무도 없을 때

또는 프랭크 시나트라의,

시작해, 조

들려줄 이야기가 있어……

답답한 공기 속에서 담배연기와 음악, 머리에 바른 포마드 냄새가 향이 피어오르듯 뒤섞이는 가운데, 앞 공간에서 서로를 탐색하는 여자들, 그리고 안쪽 댄스플로어에서 피시를 추는 여자들 틈을 지나고 있노라면, 내가 아웃사이더인 것이 내가 레즈비언이라는 사실과 연관이 있다고는 도저히 믿을 수가 없었다.

그러나 흑인 여성인 내가 지난주에도, 다음 주에도, 이 수많은 얼굴 속 나를 닮은 얼굴을 하나도 마주치지 못했을 때는, 내가 바가텔에서 아웃사이더인 것이 내가 흑인이라는 사실과는 떼려야 뗄 수 없다는 걸 지극히 잘 알 수 있었다.

바가텔이라는 제한된 사회는 이 공간을 낳은 더 큰 사회의 부침을 그대로 닮아 있었다. 사회성을 발산할 곳도, 함께 어울릴 곳도 없는 외로운 다이크를 상대로 물을 탄 술에 바가지를 씌워 파는 바가텔이 이토록 오랫동안 살아남을 수 있던 것 역시 그 때문이었다.

1950년대는 거짓 노스탤지어로 이뤄진 목가적인 그림이라기보다는, "우리는 행복하고, 이 세상은 지금이 최선이며, 감히 그 말에 반대하는 역겨운 빨갱이들은 박살내버리자"라고 외치는, 지극히 백인 이성애자 중심인 미국의 냉각기에 해당하는 시기였다.

로젠버그 부부는 처형당했고, 트랜지스터라디오가 발명되었으며, 집요한 일탈행동에 대한 표준 치료요법은 전두엽 절제술이었다. 엘비스 프레슬리와 그가 도용한 흑인 리듬은 어떤 사람들에게는 적그리스도의 상징이었다.

바가텔 안에서는 젊은 미국의 성장통이 덩가리파와 버뮤다파의 패션 전쟁이라는 모습을 띠었다. 또한 당연하게도, 예술가여서건 미쳐서건 피부색이 달라서건, 둘 중 어느 쪽에도 속하지 못하는 이들이 있었다.

바가텔 속 레즈비언 관계에서는 '마미'와 '대디'의 구분이 중요했다. 실수로 춤을 신청하는 상대를 잘못 고르기라도 한다면, 바가텔을 나오는 당신한테 작정하고 따라붙은 그 여자의 부치가 골목에서 코뼈를 부숴놓을지도 몰랐다. 가만히 있는 게 안전했다. 누가 누구인지 물어봐서도 안 되었다. 그러기 때문에 적절한 의복을 갖추는 게 그토록 중요했던 것이다. 잘 차려입은 레즈비언은 그 의복을 통해 당신이 알아야 할 단서들을 충분히 주니까.

그러나 우리 중에는 이 역할 수행이 이성애자 사회에서 우리를 치떨리게 하던 여성비하적 태도를 그대로 닮아 있다고 여기는 이들도 있었다. 애초부터 우리는 그런 역할에 대한 거부감 때문에 '이 생활'에 끌렸다. 따라서 우리는 특정 이론이나 정치적 입장이나 변증법 없이도 본능적으로 억압은 어디서 오건 억압이라 여겼다.

하지만 지배-복종 구도를 흉내 내는 세계에 작은 틈을 만들어 들어온 레즈비언들은 소위 '혼란스러운' 우리의 생활방식을 거부했으며, 다수를 차지하는 건 그들이었다.

어느 일요일 오후, 같이 사진수업을 듣기로 한 펠리시아가 너무 늦는 바람에 뮤리얼과 나는 둘이서 로럴스로 떠났다. 일요일에 요기를 하려면 서둘러야 했다. 스윙 랑데부는 일요일이면 문을 닫았지만, 로럴스에서는 일요일 오후에 술을 시키면 브런치를 공짜로 먹을 수 있었고, 그건 우리가 그날 먹는 음식이 그게 전부라는 의미였다. 사람이 없는 일요일 오후 시간에 영업하는 레즈비언 바는 여럿 있었지만 그중에서도 로럴스 음식이 가장 훌륭했다. 실력이 썩 괜찮은 중국인 요리사가 주방에서 계속 요리를 내어왔던 것이다. 그 소문이 돌자, 일요일 오후 4시면 로럴스 앞에는 레즈비언들이 길게 줄을 서서 담배를 피우고 이야기를 나누면서 어쩌다 우연히 그 시간에 온 척하려고 애를 썼다.

문이 열리면 손님들은 조심스러우면서도 단호한 걸음으로 우선 바를 향했고, 그다음에는 라운지 안쪽에 차려진 음식 테이블로 갔다. 우리 역시 침착한 척, 복숭아와 살구로 만든 달달한 소스를 얹은 돼지갈비 바비큐라든지, 잘게 썬 초록색 파와 샛노란 달걀, 작게 자른 돼지고기와 양파를 넣은 걸쭉한 금색 바닷가재, 소스에 푹 잠긴 촉촉한 분홍 새우 요리에는 아무런 관심도 없는 척했다. 접시 위에 잘게 자른 햄이며 닭고기, 셀러리로 속을 채우고 돌돌 만 다음 참깨 페이스트를 살짝 묻혀 바삭하게 튀겨낸 갈색 에그롤도 수북이 쌓여 있었다. 프라이드치킨도 있었고, 가끔은 바닷가재나 신선한 게 같은 특별 요리도 등장했다. 특별 요리를 먹을 수 있는 건 맨 먼저 도착한 운 좋은 몇 사람뿐이었기에, 쿨한 이미지를 살짝 희생하면서라도 일찍 줄을 설 가치가 충분했다.

우리는 혈기 왕성하고 활동적인 또래 대부분보다 더 활력 넘치는 젊고 건강한 여성이었다. 언제나 피가 끓고, 주머니는 빈털터리고, 유쾌한 환경, 즉 다른 레즈비언과 함께인 공간에서 즐기는 공짜 음식은 맥주 한 병 값인 50센트를 지불하고 온갖 불평을 해야 하더라도 사실상 크게 한턱 얻어먹는 셈이었다.

로럴스는 춤을 출 수 없는 곳이어서 바가텔만 한 인기는 없었지만 일요일 오후에는 달랐다. 뮤리얼은 더 조용한 로럴스를 선호했다. 로럴스 주인 트릭스는 언제나 '자기 여자들'을 돕고 싶어 했다. 체구는 작지만 터프하고, 플로리다 햇볕에 그을린 피부에 브롱크스 악센트를 쓰는 트릭스는 뮤리얼과 나를 굉장히 마음에 들어 해서 때로 바에 손님이 없을 때는 맥주를 한 병씩 사주고 테이블에 함께 앉아 말벗이 되어주기도 했다.

정기적으로 나타났다가 사라지는 레즈비언 바들의 사정이 어떤지, 또 여기서 진짜 돈을 버는 사람이 누군지 우리는 모두 알았다. 하지만 트릭스는 예쁜 동시에 영리하고, 강인하면서도 친절했으며, 특히 내 마음을 끄는 건 볕에 탄 피부였다. 그 시절 내 꿈속에 종종 등장하던 히커리색 피부를 가진 악마들 중에서 착한 쪽을 닮았다.

사실 레즈비언 바의 수명은 바가텔 같은 특별한 경우를 제외하면 대개 1년을 넘기기 힘들었다. 로럴스 역시도 스윙, 스누키스, 그레이프바인, 시 콜로니, 포니 스테이블 인 같은 다른 바들과 같은 수순을 밟아 사라졌다. 전부 1년 남짓 운영했고 그사이에 다른 바가 또 생겨서 인기를 끄는 식이었다. 그럼에도 그해 로럴스는 그곳에서 만나 작은 공간들을 얻은 우리한테는 중요한 곳이었다. 가족 같은 분위기를 가진 곳이었다.

그해 여름에 우리는 일요일 오후마다 4시에는 로럴스에서 음식을 먹을 수 있도록 코니 아일랜드나 리스 파크의 게이 비치에서 시간 맞춰 일어나 지하철을 타고 집으로 돌아온 다음 씻고 옷을 갈아입은 뒤 다시 집을 나섰다. 내가 다른 레즈비언과 피부색 문제로 처음 대립각을 세운 것도 로럴스에서 보낸 그런 오후 중 하나였다.

그날 오후, 우리는 리스 파크에 갔다가 햇빛과 모래투성이로 돌아온 참이었다. 소금기가 여전한 몸으로 사랑을 나눈 뒤 목욕을 하고 머리를 감은 다음 나갈 준비를 했다. 나는 가랑이 부분에 스웨이드를 덧댄 낡은 코듀로이 승마바지, 그리고 그 주 평일에 애비뉴 C에 있는 존스에서 69센트를 주고 산 하늘색 반팔 셔츠를 입었다. 내 피부는 볕에 그을렸고 더위 때문에, 또 사랑을 나눈 흔적으로 붉게 달아올랐다. 얼마 전 숱을 친 머리카락은 방금 감았는데 더운 여름이면 늘 그렇듯 버석버석했다. 나는 상스럽고도 들뜬 기분이었다.

8월 오후의 뜨거운 햇빛 속을 걸어간 우리는 지하 로럴스의 문을 열자마자 별안간 찾아오는 서늘한 어둠 속으로 들어갔다. 유령처럼 창백한 뮤리얼은 검은색 버뮤다팬츠에 셔츠를 입고 평소처럼 담배를 손에 들고 있었다. 그리고 그 옆에는 뚱뚱하고, 흑인이며, 그 사실이 아주 괜찮다는 걸 알고 있는 자신만만한 내가 서 있었다. 우리한테는 비슷한 친구들도, 어떤 분류도 없었지만, 그날 나는 아무리 누가 우릴 업신여긴다 해도 그 사실이 자랑스럽기 그지없었다.

우리가 음식과 맥주를 가져와 테이블에 앉자 도티와 폴리가 다가왔다. 둘은 바가텔에서도, 애비뉴 D에 있는 슈퍼마켓에서도 종종 마주치는 사이였지만, 우리는 두 사람 집에 한 번도 가본 적이 없었고, 또 모두 새해 음식을 나누러 우리 집에 다녀간 그날을 제외하면 두 사람을 집에 초대한 적도 없었다.

"어디 갔다 오는 길이야?" 폴리가 천진하게 웃었고, 그의 금빛 머리카락과 푸른 눈은 입고 있던 터키색 만다린 셔츠와 대조를 이루며 강렬하게 빛났다.

"리스 게이 비치에 다녀왔어." 맥주를 꿀꺽 들이켜는 뮤리얼의 손가락이 구부러져 있었다. 우리는 다들 맥주를 잔에 따라 마시는 건 좀스러워 보인다고들 생각했지만, 나는 차가운 맥주를 마시면 이가 시려서 잔이 있었으면 할 때가 때때로 있었다.

폴리가 나를 보더니 말했다. "와, 해변에 다녀오더니 멋지게 탔네. 니그로도 햇볕에 타는 줄 몰랐어." 그러면서 폴리는 방금 한 말이 농담이라는 의미로 씩 웃었다.

평소에 나는 이런 상황을 맞닥뜨리게 되면 이 말이 함축하고 있는 의미를 모른 척 흘려보냄으로써 자기방어를 했다. 그런데 도티 도스가 폴리가 해서는 안 되는 말을 했다는 사실에 초조했기 때문인지 이 화제를 그냥 흘려보내지 못하고 멋지게 탄 내 피부를 놓고 끝없이 떠들어댔다. 자기 팔을 내 팔 옆에 대본다든지, 옅은 색 금발을 설레설레 저어대며 자신도 햇빛을 받으면 화상을 입는 대신 나처럼 피부가 그을렸으면 좋겠다든지, 이렇게 잘 그을리는 피부를 가진 내가 운이 정말 좋다느니 하는 말들이었다. 나는 질려버렸고, 그 뒤엔 참을 만큼 참았다는 생각에 몸이 덜덜 떨릴 정도로 성이 났다.

"여태까지 내 자연스러운 검은 피부에 대해 아무 말도 안 하고 무슨 수로 참았던 거야, 도티 도스? 대체 어떻게?"

우리가 앉은 테이블에 잠시 침묵이 흘렀다. 뮤리얼만 이해한다는 듯 희미하게 픕 웃었고, 곧 모두가 다행스럽게도 다른 화제로 넘어갔다. 나는 속으로는 여전히 부들부들 떨고 있었다. 난 그 일을 영영 잊지 않았다.

387

레즈비언 바를 찾을 때마다 나는 다른 흑인 여성을 마주치길 간절히 바랐지만, 그런 바람을 입 밖에 낸 적은 한 번도 없었다. 흑인 여성들은 이 나라로 온 지 400년이 되도록 서로를 짙은 의혹의 눈으로 바라보도록 학습해왔던 것이다. 동성애자 세계에서도 다를 바 없었다.

흑인 레즈비언은 대부분 벽장 안에 있었는데, 우리는 인종주의 사회에서 흑인으로 살아남느라 마주하는 수많은 다른 직접적인 위협들을 알고 있듯 흑인 공동체가 우리의 위치에 관심이 없다는 것도 알고 있었다. 흑인으로 사는 것만으로도, 흑인이자 여성으로 사는 것만으로도, 흑인이자 여성이자 동성애자로 사는 것만으로도 힘들었다. 흑인 레즈비언들은 대부분 백인 중심 세계에서 흑인이고, 여성이고, 동성애자로 살아가면서 벽장 밖으로 나간다는 것이 고작 바가텔에서 춤을 추는 것에 지나지 않을지라도 자살이나 마찬가지라고 생각했다. 또한 그런 행동을 할 정도로 어리석은 이상 그 누구도 건드릴 수 없는 터프한 모습이어야 했다. 나는 때때로 그들의 세련된 태도, 옷차림새, 매너, 차, 그리고 그들이 데리고 다니는 펨들 때문에 기가 죽었다.

내가 바가텔에서 보는 흑인 여성들은 대개 역할 수행에 열을 올렸고, 그 모습을 보면 나는 겁이 났다. 나 자신의 흑인성을 거울로 비춰 보는 것 같아서이기도 했고, 그 가장假將 속에 담긴 진실 때문이기도 했다. 힘과 통제를 갈구하는 그들의 모습을 보고 있자면 꼭 내 안의 어떤 부분이 적의 복장을 걸친 채로 백일하에 드러난 모습을 보는 기분이었다. 그들은 나로서는 도저히 엄두가 나지 않는 방식으로 터프했다. 실제로는 그렇지 않다고 하더라도, 그들의 자기보호 본능이 그들에게 터프하게 굴어야 한다고 경고했던 것이다. 백인 중심적으로 왜곡된 미의 기준 때문에 '펨' 역할을 하는 흑인 여성들은 바가텔에서 인기가 없었다. 또 부치들은 누가 제일 '매력적인 펨'을 팔에 끼고 다니는지를 놓고 끊임없이 경쟁했다. 여기서 '매력'을 정의하는 것은 백인 남성들의 기준이었다.

나에게 바가텔에 혼자 가는 건 마치 변칙적인 여성 금지구역으로 들어가는 것 같았다. 나는 '펨' 행세를 할 만큼 귀엽지도 수동적이지도 않았으며, '부치'로 통할 만큼 험상궂지도 터프하지도 않았다. 사람들은 내게 가까이 오지 않았다. 전형에 들어맞지 않는 사람들은 동성애자 공동체에서조차도 위험할 수 있었다.

펠리시아와 나만 빼고, 바가텔의 흑인 여성들은 몸에 걸칠 수 있는 권력의 상징들을 모조리 과시하며 스스로를 보호했다. 라이언이나 트립이 평일에 무슨 일을 했는지는 알 수 없지만, 그들은 금요일 밤마다 값비싼 옷을 입은 여자들을 대동하거나, 홀로 이곳에 나타날 때는 관심과 존경을 요구했다. 그들은 돈이 많았고, 옷을 빼입었고, 자기관리에 능했고, 컨버터블을 몰았으며, 자기 친구들한테 술을 몇 잔씩이나 돌렸고, 대체로 사업에 종사했다.

그러나 **그들**마저도 때때로 그들을 알아보는 가드 없이는 입장을 거부당했다.

나와 내 친구들은 히피라는 단어가 생기기 전부터 레즈비언 세계에서 히피였다. 우리 중 여럿이 죽거나 실성했고, 우리 중 여럿은 우리가 맞서 싸워야 했던 수많은 전선에 의해 왜곡됐다. 그러나 살아남았을 때 우리는 강해졌다.

그 시절 내가 빌리지에서 만난 흑인 여성들은 비록 금요일 밤 바가텔의 머릿수로만 존재했을지라도 모두 내 생존에 크건 작건 기여했다.

바가텔의 흑인 레즈비언들이 마주한 세계는 우리가 매일같이 마주하던 바깥세상과 비교하면 근소한 정도로 덜 적대적일 뿐이었다. 우리가 흑인인 데다가 여성이기에 두 배로 무의미하다 정의하던 세계, 우리의 혈압을 상승시키고 우리의 분노와 악몽을 빚어내던 세계 말이다.

제2차 세계대전이 막을 내리자, 군수공장에서 일어난 한시적인 통합, 리벳공 로지*라는 평등주의 신화는 느닷없이 끝이 났고, 미국 여성들은 모두 하잘것없는 아내라는 애초의 지위로 돌아왔다. 내가 본 바대로라면 1950년대에 서로 애국주의나 정치운동의 공허한 수사가 아닌 진짜 대화를 나누는 흑인 여성과 백인 여성은 오로지 레즈비언뿐이었다.

흑인이건 백인이건 키키건 부치건 펨이건, 우리 모두가 때로는 제각기 다른 비율로 공유하던 유일한 공통점은 우리가 여성이라는 이름 아래서 감히 서로 연결되고자 한다는 것, 그리고 여성이라는 이름을 우리의 문제가 아닌 우리의 힘으로 본다는 것이었다.

그 시대로부터 살아남은 우리는 어느 정도 이상한 사람일 수밖에 없었다. 젊은 날의 우리는 그런 용어가 존재한다는 사실을 전혀 모르면서도 여성으로 정체화한 여성으로 스스로를 정의하려 노력했으며, 우리가 당면한 경계 너머에 그런 말들을 듣고자 귀를 기울이는 이들이 있다는 사실은 까맣게 몰랐다. 그 시대로부터 살아남은 우리는 어느 정도 자부심을 느낄 수밖에 없었다. 엄청난 자부심을 느낄 법도 했다. 기우뚱하게나마 하나가 되어 우리만의 길을 가고자 하는 시도는 양철 호루라기로 디누줄루 전쟁가나 베토벤 소나타를 연주하는 것을 방불케 했으므로.

---

* 제2차 세계대전 당시 미국 군수공장에서 일한 여성들을 대표하는 문화적 상징이다.

중요한 건, 우리만의 공간이 있어야 한다는 것이었다. 우리가 스스로에 관해 느끼는 그 무엇을 정당하게 다룰 수 있건 없건, 연료를 새로 채우고 날개를 점검할 수 있는 장소가 있어야만 했다.

결핍과 엄청난 불안정성의 시기에 공간이란, 우리가 애초 그 공간을 필요로 하게 된 본질보다는 의미에 가까워지기도 했다. 때로 후퇴가 우리의 현실이 되었다. 카페에 죽치고 앉아 단 두 단어도 쓰지 않은 채 자기 작품을 죽어라고 논하는 사람들. 여성 **그리고** 자신의 여성성을 맹렬히 혐오하는, 남성만큼이나 정력적인 레즈비언들. 1950년대 빌리지의 바, 커피숍, 거리는 애써 얻어낸 집단을 거역하길 죽도록 두려워하는 비순응주의자들로 넘쳐났다. 결국 이들은 집단의 욕구와 개인의 욕구 사이에서 괴리를 겪었다.

우리 중 어떤 이들에게는 특정한 장소가 주어지지 않았으므로, 우리는 공간이, 위로가, 고요가, 미소가, 비판하지 않는 태도가 있는 곳이라면 가리지 않고 매달렸다.

함께 여성인 것만으로는 충분치 않았다. 우리는 달랐다. 함께 레즈비언인 것만으로는 충분치 않았다. 우리는 달랐다. 함께 흑인인 것만으로는 충분치 않았다. 우리는 달랐다. 함께 흑인 여성인 것만으로는 충분치 않았다. 우리는 달랐다. 함께 흑인 레즈비언인 것만으로는 충분치 않았다. 우리는 달랐다.

우리는 각자만의 욕구와 목표, 다양한 여러 동맹을 지니고 있었다. 자기보호 본능은 우리가 한 가지의 쉬운 정의, 좁은 의미의 하나의 개별

적 자아에 머무를 여유가 없다고 경고해줬으므로. 진정한 나는 여러 조각으로 나뉘어 각각 바가텔, 헌터대학교, 할렘 업타운, 도서관이라는 공간에 얽매인 채로 성장했다.

우리의 자리란 그 어떤 하나의 특정한 차이에서 오는 안정감이 아닌, 차이라는 집 그 자체라는 걸 알게 되기까지는 시간이 걸렸다. (그리고 종종 우리는 배움 앞에서 겁쟁이가 된다.) 매일같이 살아남음으로써 얻은 힘을 사용하는 법을 배운 것은, 두려움이 반드시 무력함을 가져오는 게 아니라는 것을, 우리와 반드시 같지 않아도 서로를 받아들일 수 있다는 것을 알게 된 것은 오랜 시간이 지난 뒤의 일이다.

1950년대 빌리지의 레즈비언 바를 드나들던 흑인 레즈비언들은 서로의 이름을 알았으나 서로의 검은 눈을 들여다보는 일은 거의 없었다. 검은빛을 좇다 보면 스스로의 외로움이, 스스로의 약해진 힘이 거울처럼 비춰 보일 테니까. 우리 중 몇몇은 거울과 이를 외면하는 시선 사이의 간극 속에서 죽어버렸다.

시스터 아웃사이더. 디디 그리고 토미 그리고 머프 그리고 아이리스 그리고 라이언 그리고 트립 그리고 오드리 그리고 다이앤 그리고 펠리시아 그리고 버니 그리고 애디.

애디는 마리 에번스처럼 아름답던, 쇠약한 시스터 소울sister-soul이었다. 우리 모두와 마찬가지로 투지로 가득하던 그는 나머지 우리에게 여전히 낯선 출구를 찾아냈다. 보다 가혹하지만, 좀 더 선명한 출구였다.

뮤리얼과 내가 사진수업에 가려고 플리를 기다리고 있던 그 일요일 오후, 애디는 2번 애비뉴 건너편의 아파트에서 플리에게 처음으로 헤로인을 권하고 있었다.

30

1956년의 봄은 모호한 징조들을 잔뜩 싣고 다가왔다. 돈이 떨어져서 심리치료를 그만두었다. 1년 전까지는 가까스로 버틸 만하다고 여겼던 자금은 인플레이션인지 공황인지, 아무튼 〈뉴욕타임스〉가 떠들어대던 현상 때문에 줄어들었다. 내 내면의 구조를 손가락으로 어루만지는 건 더는 감당할 수 없는 사치가 되었다. 줄일 수 있는 지출 중 맨 마지막이 심리치료였다. 우리 둘 다, 뮤리얼이 일자리를 구하지 못하는 것에 관해서는 한 마디도 입 밖에 내지 않았다. 뮤리얼은 자기혐오를 해소하지 않았고, 나는 분노를 해소하지 않았다. 헌터대학교 생리학 교수는 내 재정문제를 돕겠다며 파크 애비뉴의 자기 집에서 입주가정부로 일하는 게 어떠냐고 제안했다.

심리치료 마지막 회기 전날 밤, 꿈에서 뮤리얼과 나는 암청색 어둠이 드리운 지하철역에 서서 열차를 기다리고 있었다. 주변에 사람들이 있었지만 모두 이쪽을 등지고 있어 얼굴이 보이지 않았다. 열차가 역으로 들어오는 순간 뮤리얼이 플랫폼에서 뛰어내려 열차 바퀴에 깔렸다. 열차가 그를 뭉개고 지나가는 동안 나는 아무것도 하지 못한 채 바퀴에 심장이 으스러지는 심정으로 플랫폼에 서 있었다. 나는 도저히 말로 표현할 수 없는 슬픔을 느끼며 눈물범벅으로 잠에서 깼고, 그 감각은 좀처럼 사라지지 않았다.

뮤리얼은 수면장애를 겪고 있었다. 밤마다 가운데 방 소파에 앉아 책을 읽고 담배를 피우고 일기를 썼는데, 때로는 그가 혼잣말하는 소리에 내가 한밤중에 잠을 깰 때도 있었다. 그가 조급증과 유머 뒤에 숨기고 있던 환각이 얼마나 필사적인 것이었는지 나는 시간이 지나서야 알 수 있었다.

술을 마시러 나간 뮤리얼이 내가 잠들 때까지 돌아오지 않는 밤들도 있었다. 그런 밤, 잠에서 깬 침실 문간으로 나가보면 그는 벽에 기대둔 베개로 등을 받친 채 소파에 앉아 있었다. 램프의 둥근 불빛 속에 사랑스러운 검은 머리의 윤곽이 선명히 드러나 있고, 따뜻한 두 허벅지 사이에는 크레이지 레이디와 스케리 루가 몸을 웅크리고 누워 있곤 했다. 때로 나는 마치 우리 둘 중 하나가 죽기라도 한 것처럼 우리가 서로에게 무심하다는 기분이 들었다.

내가 아침에 일어나 출근 준비를 할 무렵이면 그는 피로에 지친 듯 연약한 모습으로 소파에서 자고 있었다. 읽다가 가슴 위로 떨어뜨린 책을 새하얀 손이 부여잡고 있었으며, 어린 고양이 두 마리가 서로 부둥켜안은 채 그의 배 위에서 잠들어 있었다. 그는 점점 더 말라갔고 먹는 양도 줄었으며, 배가 고프지 않다고 고집을 부렸으나 내 눈에는 맥주와 담배로 연명하는 그가 위험해 보였다. 나는 그의 머리 위 램프를 끄고 그에게 이불을 덮어준 다음 출근했다.

케 세라, 케 세라,

일어날 일은 일어나게 될 거야……

전에 없는 더위와 함께 찾아온 그해 봄, 온 사방의 주크박스며 탄산음료 판매대의 라디오에서 도리스 데이가 입을 활짝 벌리고 부르던 〈케 세라 세라〉가 흘러나왔다.

4월 초, 어느 상쾌한 일요일 저녁이었다. 뮤리얼과 길을 걷다가 예전 학교 친구였던 질이 두 사이즈는 큰 낡은 피코트를 입은 몸을 옹송그린 채로 이스트 휴스턴 스트리트를 건너는 모습을 우연히 마주했다. 내가 스탬퍼드로 일을 하러 간 사이에 질은 '낙인찍힌 자들'과 함께 스프링 스트리트의 내 아파트를 썼으니, 우리는 거의 2년 만에 만난 사이였다. 질도 나도 시를 썼고, 이탈자였고, 투지로 가득한 젊은 여성이었으므로, 서로 달랐음에도 공감할 수 있는 일들이 많았다. 그리고 우리 사이에는 제대로 끝마무리가 안 된, 서로를 갈라놓을 만했던 사정 역시 여럿 있었다. 따라서 우리는 서로의 통찰력을 높이 사는 동시에 서로 경계했다.

다운타운에 질의 아버지가 운영하는 법률사무소가 있었고, 질은 사무소가 문을 닫은 시각에 전동 타자기를 사용하러 그곳에 가는 중이었다. 뮤리얼과 나도 따라갔다. 그렇게 그 뒤로 몇 주간 우리는 일요일마다 기품 있는 IBM 타자기로 시와 산문을 써내려 갔다. 마치 우리 사이 공감대며 지난 역사만으로도 서로 간의 간극을 메울 수 있다는 듯, 질과 나는 예전에 있었던 일에 관해서는 입 밖에 내지 않은 채 조심스러운 휴전 상태를 이어갔다. 적어도 질 역시 나처럼 싸움꾼이자 확고한 아웃사이더였으니까. 갓난아기 시절 우리는 프랭클린 델라노 루스벨트의 결연히도 낙관적인 노변한담*이 잠재의식 속에 침투하는 가운데 자라났다. 우리 둘 다 진보에 대한 루스벨트의 처방을 어느 정도씩 내면화했던 것이다. 어려운 시절이 오면, 뭐라도 하라. 효과가 있다면, 더 많이 하라. 효과가 없다면, 다른 무언가를 하라. 그럼에도 계속하라.

그다음 주의 어느 날 저녁, 독일어 강의가 끝난 뒤 강의실을 나오는데 누군가 내 이름을 불렀다. 놀랍게도 헌터고등학교 시절 운동부의 스타였던 토니였다. 우리는 가까스로 얼굴만 아는 사이였지만, 헌터대학교라는 냉혹한 황무지에서 만난 서로의 익숙한 얼굴에 반가움과 안도감을 느낀 나머지 따뜻한 인사를 주고받았다.

"다음 주에 같이 커피 한잔하자." 다음 수업 종이 울리는 바람에 승강기를 향해 달려가며 내가 제안했다. 그러자 토니는 웃더니 바짝 깎은 금발 머리를 설레설레 저었다.

"굳이 커피를 마시자고? 술이나 한잔하자! 웨스트사이드에 시 콜로니라는 근사한 바가 있어. 수업 끝나고 내 차로 가자. 너희 집에서도 멀지 않지?"

그러니까 토니도 동성애자였던 것이다. 반갑기는 했지만 역시 그리 놀라운 일은 아니었다. 게다가 자기 차까지 있다니, 고등학교를 졸업한 지 고작 3년 사이에 이룬 것치곤 굉장한 업적이었다.

정식 간호사가 된 토니는 헌터대학교에서 매주 간호학 강사로 일하고 있었다. 경탄스러울 따름이었다. 우리는 아직 세계를 재구성하려 애

---

* 1933년 루스벨트 대통령이 했던 라디오 연설을 가리킨다.

쓰고 있는데, 토니는 진작부터 스스로 인생을 굴려나가기 시작한 것 같았다. 뮤리얼과 나에 비교하자면 토니는 정말 어른 같고, 유능하고, 안정적이고, 윤택한 삶을 살고 있는 듯 보였다. 나보다 한 살이 어린데도 벌써 자기 차가 있으며 헌팅턴역 근처에 여름 별장을 빌렸고 식비 걱정을 할 필요도 없다니. 토니는 일터나 학교에서는 벽장 속에 있었지만, 그럼에도 '색다른' 친구가 많은 것으로 유명했다.

우리는 토니를 자주 만났다. 나는 일주일에 나흘은 밤 10시까지 학교 수업을 들어야 했으니, 뮤리얼이 그와 더 자주 만나는 사이였다.

어느 날, 아직도 사인sine의 역할이 무엇인지 헷갈려 골머리를 앓으며 고급 대수학 숙제를 막 끝마친 내가 침대에 누우려던 순간, 뮤리얼이 바깥에서 열쇠로 현관문을 여는 기척이 들렸다. 봄 폭풍이 몰아치던 날이어서, 문이 열리자 비에 젖어 번들거리는, 이제는 수척해진 그의 얼굴보다 축축한 공기가 먼저 훅 밀려 들어오는 것이 느껴졌다.

"아직 안 자?" 남색 스웨터를 소파 위에 벗어놓고 다가온 뮤리얼이 침대 모서리에 걸터앉았다. 잠들기 전 뮤리얼, 그것도 기분이 좋은 뮤리얼을 볼 수 있다는 사실이 반가웠던 나는 몸을 일으키며 안경을 집었다. 뮤리얼은 토니와 맥주를 마시러 간다는 쪽지를 남기고 집을 비웠었다.

"토니는? 토니가 집까지 태워주지 않았어?" 나는 뮤리얼에게 키스했다. 그에게서는 맥주와 담배와 4월의 비 냄새가 났다.

"오늘 병원 근처에 아파트를 빌렸대. 그래서 차를 안 끌고 왔어." 우리 둘 다 차가 있는 생활에는 익숙하지 않았다.

"나 오늘 이차함수 시험에서 8점 받았어." 그 학기, 수학에서 가장 큰 걸림돌이 된 게 삼각함수였다. "어디 갔었어?"

"스윙에 갔는데 문을 닫았더라. 오늘 밤만 닫은 건지 영영 닫은 건지는 모르겠어. 그래서 블리커 스트리트에 새로 생긴 머메이드라는 곳에 가봤는데 기본 입장료가 1달러더라고. 평일인데 말도 안 되는 헛소리지. 그래서 결국 리비에라에 갔어." 리비에라는 레즈비언 바가 아니었지만, 바닥에 톱밥을 깔아놓고 맥주를 저렴한 값에 파는 곳이었으므로 셰리든스퀘어에서 마땅히 갈 곳이 없을 때면 다들 그곳을 찾았다.

"토니는?"

그러자 뮤리얼이 킥킥 웃었다. "갈수록 정신을 빼놓고 다닌다니까. 오늘은 수간호사 모자도 안 챙겨 나왔다나." 그가 손을 뻗더니 내 담배를 빼앗아 한 모금 빨았다. "만약 내가 토니랑 잤다면 넌 기분이 어떨 것 같아?"

나는 아주 오랜만에 활짝 열린 채로 빛나고 있는 그의 짙은 갈색 눈을 바라보았다. 그렇게 된 거구나. 어떻게 이런 질문을 그토록 쉽게 할 수 있는 것일까 하는 충격은 그가 기대에 찬 눈으로 나를 바라보며 한쪽 입꼬리만 올려 미소를 짓고 있었기에 다소 추슬러졌다.

"어, 그랬어?"

"아직. 당연히 아니지. 그런 일이 있으면 당연히 너한테 얘기했겠지."

그렇게 말하는 뮤리얼은 생기가 넘치고 또 가뿐해 보여서 나도 모르게 미소가 나왔다. 예전의 뮤리얼이 돌아온 거구나. 나는 담배를 비벼 끈 뒤, 운동화를 벗는 뮤리얼을 보면서 다시 침대로 돌아갔다. "그래, 물어봐줘서 고마워. 이제 자자."

날카로운 질투심은 죄책감 때문에 누그러졌다. 무엇에 대한 죄책감인지는 말하기 어려웠다. 뮤리얼 곁에 누워 그가 낮게 코를 고는 소리를 듣고 있을 때조차 정확히 내 감정이 무엇인지 꼬집어 말할 수가 없었다. 나는 토니가 좋았고, 무엇보다 중요한 건, 토니를 믿었다. 토니가 분명 뮤리얼을 잘 돌봐줄 것 같았다.

뮤리얼의 눈이 다시 반짝일 수 있어 좋았다. 지난해 린이 우리의 삶에 일으킨 균열도 떠올렸다. 그런데 이번은 그때와 완전히 다른 것 같았다. 나 역시 그사이 많은 걸 배웠다. 뮤리얼한테는 분명 무언가가 필요했다.

하지만 내 마음속 깊은 곳에는 무거운 슬픔에 젖어 어둠 속에서 돌아눕는 또 다른 내가 있었다. 문득 부모님 집에서 보낸 마지막 해가 떠올랐다. 어느 날 아침, 학교에 가기 전에 머리를 펴려고 동이 트기도 전에 부모님 침실로 들어갔을 때였다. 어둑한 아침 빛 속에서 내가 소리 없이 돌아다니는 모습을 가만히 보고 있던 어머니와 눈이 마주친 순간 나는 화들짝 놀랐다. 그제야 어머니가 한참 전에 잠에서 깨, 내가 적막한 집 안을 돌아다니며 십 대다운 일을 하고 있는 기척에 귀를 기울였으리라는 데 생각이 미쳤다. 우리의 눈이 잠시 마주쳤고, 우리 사이에서 영영 사라질 줄 모르는 적대감에 대한 어머니의 고통이 얼마나 무거운 것인지를 내가 완연히 느낀 건 그 순간이 처음이자 마지막이었다.

짧고도 날카로우며, 믿기지 않을 정도로 사무치던 순간이었다.

나는 침실 문손잡이를 쥐고 서 있었다. 어머니도 나도 아무 말을 하지 않았으나, 문득 첫 월경을 한 날이 떠오르는 바람에 울음이 터질 것 같았다. 나는 고데기를 품 안에 숨긴 채 침실을 나가 조용히 문을 닫았다.

나는 고개를 돌려 7번가를 비추는 흐릿한 가로등 빛에 의지해 뮤리얼의 잠든 얼굴을 바라보았다. 내가 떠나고 없는 지금 어머니는 밤에 무슨 생각을 할까?

나는 점점 다른 곳에 에너지를 집중시키고 싶었다. 뮤리얼과 함께 하는 삶이 이전만큼 목가적으로 느껴지지는 않아도 나는 여전히 그 것이 우리 두 사람 모두가 만들고자 헌신할 만큼 소중한 것이라 여겼다. 게다가 우리는 **영원**을 약속하지 않았던가.

뮤리얼은 새로운 삶의 가능성을 얻은 것만 같았다. 더 잘 샀고, 가운 데 방 소파에 누워 보내는 시간이 점점 줄었다.

오래지 않아 체구가 크고 무뚝뚝한, 체조용 재킷 차림에 꼿꼿이 쳐 든 머리에는 어울리지 않는 레이스 달린 간호 모자를 쓴 토니는 우리 삶 의 일부가 되었다. 일요일 오후면 토니는 직접 만든 블린츠와 차트를 가 지고 우리 집으로 왔고, 우리는 그 차트 위에다가 훗날 우리가 함께 만 들 여성들의 세계에서 가능해질 상호관계들을 그려보고자 했다.

학교생활은 내가 바라던 것보다도 나와 훨씬 잘 맞았다. 살면서 처 음으로 나는 내가 똑똑하다는 사실을 진정으로 알게 됐다. 백인 남성들 이 하는 일을 할 수 있었다. 공부를 할 수 있다는 의미였다. 나는 마침내 독일어를 이해하기 시작했으며 꽤나 잘 해나가고 있었다. 그건 대부분 뮤리얼, 그리고 예전 심리치료사의 도움 덕분이었다. 학교에서 독일어 를 배웠던 뮤리얼이 같이 독일어 회화 연습을 해줬으므로 나는 한동안 영어보다 독일어로 더 의사를 잘 표현할 수 있었다.

이따금 토니는 7번가의 우리 집에서 자고 가기도 했다. 기분 좋게 쌀쌀하던 봄, 우리 셋은 토요일 아침 동이 트자마자 일어났고, 니키와 존까지 차에 태워 십스헤드 베이에 낚시하러 가곤 했다. 오후면 배에 가 자미와 블랙피시를 가득 싣고 돌아왔다.

또 일요일에는 종종 질을 만나 그의 아버지 사무실에서 타자기로 글을 썼다.

뮤리얼, 질, 그리고 나는 어둑어둑해지는 일요일의 도시를 걸어 7번가로 돌아왔다. 따스해지는 공기 속에 5월 초순의 향기가 짙게 배어 있었다. 집에 돌아왔을 땐 늦은 시각이어서 질이 우리 집에서 자고 가게 됐다. 다음 날은 월요일이었고, 평소처럼 나는 출근을 앞두고 있었다. 뮤리얼과 질이 가운데 방에서 대화를 나누는 사이 나는 먼저 자러 갔다.

새벽, 잠에서 번뜩 깬 나는 공포와 불신감에 사로잡혔다. 옆방에서 나직하게 들려오는 소리의 정체가 무엇인지는 분명했다. 뮤리얼. 뮤리얼과 질이 가운데 방 소파베드에서 사랑을 나누는 소리였다. 나는 그 소리를 애써 외면하고 싶은 심정으로, 깨어 있지도 그 자리에 있고 싶지도 않은 심정으로, 창밖의 7층 높이의 허공과 옆방에서 일어나고 있는 행위 사이에서 꼼짝하지 못하고 갇힌 채 덫에 걸린 야생동물처럼 뻣뻣이 누워 있었다. **출구가 없었다.**

뮤리얼과 함께 소파에 있는 이가 다른 사람이었다면 고통과 분노는 덜했을지도 몰랐다. 질과 나 사이엔 아직 풀리지 않은 앙금이 너무 많았다. 질은 뮤리얼이 택할 수 있는 잔인한 흉기였고, 적어도 내게는 그렇게 느껴졌다. 다른 곳도 아닌 우리 집에서. 그것도 옆방에 내가 누워 있는 사이에. 어머니 집에 살던, 눈물 대신 코피를 터뜨리곤 하던 그 시절 이후로 느낀 적 없던 새빨간 분노의 너울이 내 의식을 온통 뒤덮었다. 모직 담요를 입에 물고 짓씹으며 죽어버리고 싶다고 생각했지만, 죽일 상대가 없었다. 나는 절박한 자기보호 본능에 의지해 곧바로 다시 잠들었다.

눈을 뜨자 집은 아무도 없는지 조용했다. "어떻게 다른 사람도 아닌 개랑 그럴 수가 있어, 이 쌍년아" 하고 말할 수조차 없었다. 대화로 풀어 볼 수도 없었다. 뮤리얼이 없었으니까.

나는 손가락이 저릿저릿해지고 시뻘게질 때까지 양손을 쥐어짜며 집 안을 서성거렸다. 오늘 하루를 어떻게 버티지? 뮤리얼은 어디 있지? 그의 목을 비틀고 싶은 심정이었다. 나는 느릿느릿 옷을 챙겨 입은 뒤 애써 집 밖으로 발걸음을 옮겼다.

거리도 하늘도, 모두 분노의 너울로 뒤덮여 있었고, 그 너울의 끄트머리에 링으로 고정된 금속 볼트는 내 가슴 한가운데를 관통하고 있었다.

브롱크스의 도서관으로 출근해야 했다. 다가오는 열차 앞으로 내가 누군가를, 어쩌면 나 자신을 밀어버릴지도 몰라 두려운 나머지 나는 애스터 플레이스 지하철역 뒷벽으로 다가가 섰다.

모리스 애비뉴까지 지하철을 타고 가는 내내 눈앞이 시뻘겋고 손은 벌벌 떨렸다. 배신당한 고통과 날것의 분노가 주는 고통이 뒤섞였다. 뮤리얼을 향한 분노, 질을 향한 분노, 둘 다 죽여버리지 못한 나 자신을 향한 분노. 열차는 34번가에서 잠시 지연되었다가 다시금 쏜살같이 나아갔다. 내 안에 들끓는 독을 내보내지 못하면 죽을 것만 같았다. 눈앞이 흐려질 정도로 심한 두통이 찾아왔다가 사라지는 사이, 번뇌는 늘지도 줄지도 않은 그대로였다. 그랜드 센트럴 지하철역쯤 왔을 때 코피가 쏟아졌다. 누가 티슈를 건네주고 자리까지 양보해주어서, 자리에 앉은 채 고개를 뒤로 젖히고 눈을 감았다. 눈꺼풀 안쪽을 스크린 삼아 번득이는 학살극의 장면들이 너무 두려웠다. 그래서 나는 도착할 때까지 애써 눈을 뜨고 버텼다.

그날 아침 도서관에서는 직원회의가 열렸다. 직원들이 돌아가며 차를 준비하는 것이 도서관의 오랜 전통이었다. 그 주는 내 차례였다. 한쪽에 마련된, 설비랄 것이 거의 없는 주방으로 간 나는 개수대 안에 놓인 찻주전자에 물을 부으려고 끓고 있던 커다란 냄비를 집어 들었다.

주방 창밖, 도서관 건물과 바로 옆 거리에 즐비한 공동주택들 사이 좁다란 뒷마당의 아카시아 나무에서 움튼 보송보송한 눈이 보였다. 날이 흐린 월요일 아침, 갓 피어난 푸릇푸릇한 눈은 선뜩하리만치 선명했다. 봄이 가차 없이 다가오고 있었고, 고작 몇 시간 전 뮤리얼은 우리 집 소파에서 질과 잤다.

나는 왼손으로 찻주전자 주둥이를 감쌌고, 다른 손으로 들고 있던 끓는 냄비를 개수대 모서리에 지탱했다. 왼손 검지에 끼고 있던, 뮤리얼에게서 생일선물로 받은 스네이크 링이 갈색 피부 위에서 은빛으로 빛났다. 나는 내 손, 그리고 셔츠와 스웨터 소매 사이에 가려진 손목을 바라보았다. 꼭 언젠가 열심히 읽었던 책에서 본 이야기처럼, 다음 순간 무슨 일이 일어날지 깨닫는 순간에도 나는 동요하지 않았다.

오른팔의 긴장이 거세지면서 손이 떨리기 시작했다. 냄비가 서서히 개수대 모서리에서 떨어지면서, 끓는 물이 냄비 테두리를 넘어 찻주전자 위에 놓인 내 손등을 향해 쏟아지는 장면이 슬로모션처럼 재생되었다. 폭포처럼 쏟아져 내린 물줄기는 내 손등을 지나친 뒤 개수대 속으로 튀어 들어갔다. 갈색 피부가 증기로 뒤덮였다가 시뻘겋게 번들거렸고, 황급히 셔츠 단추를 끌러 젖은 옷소매를 화상 부위에서 떼어내는 사이 내 안의 독은 물처럼 쏟아져 나갔다. 익어버린 살에 벌써 물집이 잡히고 있었다.

나는 직원실로 들어가 자리에 앉아 도서 주문을 논의하던 동료들에게 알렸다. "실수로 화상을 입었어요." 그러자 독이 빠져나가 빈 공간에 고통이 차오르기 시작했다.

병원에서 집으로 가는 길, 누군가 택시를 잡아줬다. 현관문을 열어주고 옷 벗는 걸 도와준 사람은 뮤리얼이었다. 무슨 일이 일어난 건지는 묻지 않았다. 내 손등과 손목을 제외한 모든 것이 아무것도 이전처럼 느껴지지 않았다. 나는 곧바로 잠들었다. 다음 날 나는 세인트빈센트병원의 화상 클리닉에 갔고, 그곳에서 스네이크 링을 절단해 화상으로 부어오른 손가락에서 반지를 빼냈다.

그 뒤로 며칠간, 내가 고통 외에 느낀 감각이라고는 마치 용서받을 수 없으며 입에도 올릴 수 없는 짓을 저지르기라도 한 것만 같은 죄책감과 수치심뿐이었다. 자해. 고통을 표출하는 쿨하지도 힙하지도 않은 방식. 그 밖에는 그 어떤 열정도 느낄 수 없었다.

뮤리얼과 나는 질에 대해서도, 사고에 대해서도 한 마디도 입 밖에 내지 않았다. 우리는 서로에게 조심스럽고 다정했고, 더는 돌이킬 수 없는 어떤 일을 침묵으로 수긍하고 있기라도 한 것처럼 다소 구슬펐다.

질은 떠났고, 훗날 전혀 예기치 못했던 어딘가에서 다시 나타나게 된다. 질은 이곳에서 그리 중요한 사람이 아니었고, 중요한 건 오로지 그가 상징했던 무언가였다. 지금, 대화가 우리 사이에서 그 무엇보다도 중요한 이 순간 뮤리얼도 나도 입을 다물었다. 우리 사이에 있었던 그 무언가는 과거의 언어로는 닿을 수 없는 곳으로 가버렸고, 우리는 둘 다 극도로 혼란스럽고 두려운 나머지 새로운 언어를 시도할 수 없었다.

니키의 생일을 맞아 우리는 존과 니키와 함께 외출했다. 화상 부위가 아물어가고 있었다. 다행히 감염되지 않은 덕에 다시금 일터로 돌아갈 수 있었고, 손목과 손등에 돋은 분홍색 새살에 보기 싫게 얽힌 흉터를 감추려 흰 장갑을 끼었다. 굵은 켈로이드 흉터가 생기지 않게 하려면 매일 코코아버터를 바르고 면장갑을 끼어야 한다고 오래전 어머니가 알려주었는데 그 말이 맞았다.

5월 20일, 뮤리얼과 나는 마지막으로 사랑을 나눴다. 대학교 기말시험 전날이었다.

다음 날, 내가 집에 돌아오니 아무도 없었다. 시험공부를 하려고 일찍 퇴근한 참이었다. 땅거미가 질 무렵, 지하철을 타러 나갈 때까지도 집은 텅 비어 있었으며, 그날 밤 시험을 끝마치고 돌아와 마침내 잠드는 순간까지도 마찬가지였다. 다시금 학교로 돌아가 첫 학기를 마쳤는데 함께 기뻐할 이도, 걱정할 이도 없었다. 무척이나 외로운 기분이었다.

뮤리얼과 존이 바람을 피우고 있다는 사실을 알았을 때, 니키와 나 모두 결말이 좋지 않으리라 예감했다. 두 사람 다 일을 하지 않았기 때문이었다.

그해 여름은 헤어짐과 끝으로 이루어진 악몽으로 변했다. 뮤리얼은 나를 떠나고 있었으나 나는 그와 헤어지고 싶은 마음이 간절하면서도 도저히 놓아줄 수 없었다. 영원히 함께한다는 과거의 꿈이 내 눈을 가렸다.

밤이면 내가 외로이 누운 침대를 둘러싸고 바닥에 화산이 솟았으며 뮤리얼은 호기롭게, 그러나 조심성 없이 화산 주변을 떠돌았다. 조심하라고 경고해주고 싶었지만 내 혀로는 아무 소리도 내지 못했다. 침대 위는 안전했지만 그의 발을 푹푹 빠뜨리는 구덩이에 내 삶도 묶여 있었다. 리놀륨 바닥으로 용암이 넘쳐흘렀다. 그가 내 방식대로 해주기만 한다면, 내 말에 귀를 기울인다면, 화염 사이로 흐릿하게 빛나는 그 길을 따라와준다면, 우리 둘은 영원히 행복할 수 있을 텐데. 신이시여, 너무 늦어버리기 전 그가 내 말을 듣게 해주세요!

그러나 우리는 아무것도 모른 채 몸을 밀착하고 복잡한 미뉴에트를 추고 있는 두 파트너였다. 둘 중 누구도 춤을 그만둘 수 없었다. 우리 둘 다 우리의 작고 빠듯한 춤의 분위기나 스텝을 바꿀 만한 도구를 갖고 있지 않았다. 우리는 서로를 파괴할 수 있었지만 우리의 고통을 넘어설 수는 없었다. 이제 우리가 함께 사는 건 심지어 편의를 위해서조차도 아니었고, 다만 우리 둘 다 서로를 놓아줄 수 없으며, 파괴적인 접촉의 순간이 필요하다는 사실을 인정하지도 못해서일 뿐이었다. 이 관계를 끝내려면, 우리는 그 이유를 질문해야 할 터였다. 그리고 이제 사랑은 충분한 대답이 될 수 없었다.

그즈음 뮤리얼은 6번가와 애비뉴 B에 있는, 니키와 존이 얼마 전부터 세 들어 살기 시작한 지층 아파트에서 종일 머무르다시피 했다. 우리 둘만 있는 때면 내 입에서 앙심과 비난이 야생 개구리처럼 튀어나와 반응 없이 시큰둥한 그의 머리 위에서 비처럼 쏟아졌다.

하지가 오기 전 뮤리얼은 또 한 번 뜨거운 사랑에 빠져 있었다. 나는 뜬눈으로 밤을 지새우며 어떻게 우유부단한 미소와 무궁무진한 잠재력이 담긴 것만 같은 분위기를 지닌, 깡마르고 나긋나긋한 존에게 내 사랑을 빼앗길 수 있는지 생각했다.

헌터대학교에서 최종 성적이 나온 날엔 폴란드에서 시위가 있었다. 우리 동네는 폴란드인 거주지였기에, 우편함에서 성적표를 꺼낼 때는 흥분감과 근심으로 온 동네가 들썩이고 있었다. 수학은 C, 독일어는 A

였다. 영어가 아닌 다른 과목에서 A를 받아본 건 처음이었다.

　물론 나는 성적엔 아무 의미가 없다고 생각했다. 도전은 극복하는 동시에 도전이 아니게 되고, 힘들게 얻어내 자랑스러워해야 마땅할 무엇이 아니라 그저 예상 가능한 평범한 일이 되어버린다. 나는 승리감을 간직할 줄도, 승리를 얻어낸 스스로의 공을 인정할 줄도 몰랐다. A를 받은 것은 열심히 노력하고 공부해서 얻어낸 성취라기보다는 그저 일어난 일이었고, 그건 독일어를 예전보다 더 이해하기 쉬워진 덕분이었을 것이다. 또한 뮤리얼이 나를 떠난다면, 나는 내 힘으로 독일어에서 A를 받지 못하는 것은 물론 그 무엇도 제대로 해내는 사람일 리가 없었다.

　잠들 수 없는 밤들이 있었다. 동이 트면 나는 존과 니키의 집 앞을 걸어다니며 소매 속에 숨겨온 푸주 칼의 예리한 날을 만지작거렸다. 뮤리얼은 저 집에 있고, 아마 잠들지 않았겠지. 내가 무슨 짓을 할 작정인지 나도 알 수 없었다. 마치 엉터리로 쓴 멜로드라마에 등장하는 배우가 된 심정이었다.

　내 심장은 내가 머리로 이해하기를 거부한다는 사실을 알고 있었다. 우리가 함께하는 삶은 끝났다. 존이 아니더라도 뮤리얼은 다른 누군가를 만났을 것이다. 그러면서도 내심 이런 일이 일어날 리 없다고 끈질기게 생각했고, 꿈을 꾸면 살인과 죽음과 지진의 장면들에 시달렸다. 정신의 불협화음이 뇌를 찢어발기고 있었다. 분명 내가 모든 걸 해결할 수 있는, 헤어짐 때문에 느끼는 번뇌에 종지부를 찍고 뮤리얼에게 이성을 찾게 해줄 다른 방법이 있을 터였다. 그를 설득해 이 모든 게 불필요하고 말도 안 되는 행동이라고 알려줄 수만 있다면. 거기서부터 우리는 다시 시작할 수 있을 거라고.

드라이아이스처럼 차가운 분노가 눈꺼풀 속에서 지끈거릴 때도 있었다. 뮤리얼이 며칠씩 집에 들어오지 않을 때면 나는 걷잡을 수 없이 휘몰아치는 정서적 태풍에 휩싸인 채 그와 존을 찾아 빌리지의 거리를 헤집고 다녔다. 증오. 나는 제정신인 사람이면 감히 뚫고 들어오지 못할 만큼 짙은 고통과 분노의 구름에 둘러싸여 동트기 전의 여름 거리를 겨울바람처럼 쏘다녔다. 그렇게 걷고 있으면 아무도 내 쪽으로 다가오지 않았다. 그 점이 때로는 아쉬웠다. 누굴 죽일 핑계가 간절했으니까. 머리를 도려내는 것 같던 두통은 사그라들었다.

어머니에게 전화해 안부를 묻자, 어머니는 난데없이 뮤리얼의 안부를 물어왔다. "네 친구는 어떻게 지내냐? 잘 지내니?" 점쟁이가 따로 없었다. 나는 허겁지겁 대답했다. "아, 잘 있죠. 아무 문제 없어요." 나는 어머니가 내 실패를 모르기를 간절히 바랐다. 이 수치스러운 일을 숨기려고 혈안이 되어 있던 것이다.

여름학기가 시작되었고 나는 영어와 독일어 강의를 신청했다. 그러나 수업에 한 번도 가지 않았고, 개강한 지 2주 만에 수강을 취소했다. 이제 나는 도서관에서 반일 근무를 하고 있었는데, 버는 돈은 줄었지만 덕분에 시간은 더 많았다.

나는 제니를 애도한 것보다 더 격렬한 슬픔으로 뮤리얼을 애도했다. 내 인생에서 두 번째로 도저히 견딜 수 없는 일이 일어나고 있었다. 내가 무슨 일을 하더라도 이 일을 바꿀 수도, 스스로를 도울 수도 없었다. 무슨 일을 하더라도 이 사실을 받아들일 수도, 달라지게 할 수도 없었다. 제정신이 아니었으므로 나 자신을 바꾸겠다는 데까지 생각이 미치지 않았다.

우리가 알았던 것을 알고 우리가 나눈 것을 나눈 뮤리얼과 내가 함께하지 못한다면, 그 어떤 두 여자가 함께할 수 있겠는가? 이 세상의 그 어떤 두 인간이 과연 함께할 수 있을까? 또다시 다른 누군가와 맺어지길 시도하며 느낄 아픔보다는 뮤리얼에게 매달리는 아픔이 더 견딜 만할 것 같았다.

살면서 겪었던 고통과 여태껏 한 번도 느끼지 못했던 온갖 고통까지 회색 박쥐처럼 내 머리 주변을 날아다녔다. 그것들이 내 눈을 쪼고, 목구멍에, 명치 아래 집을 지었다.

유도라, 유도라, 당신이 나한테 뭐라고 했었더라?

그 무엇도 허투루 쓰지 마, 치카, 고통마저도. 특히 고통을 낭비해서는 안 돼.

손등과 손의 켈로이드 흉터는 코코아버터를 바르자 점점 작아졌다. 나는 어머니가 그레나다에서 사온 서인도제도의 팔찌를 끼고 다니기 시작했다. 팔찌가 흉터와 변색된 피부를 가려주었기에 무슨 일이 있었는지 설명할 일이 더는 없었다.

내 친구들은 대부분 이별의 트라우마를 겪은 적이 없었다. 하지만 나는 내 이별은 다르다고 생각했다. 뮤리얼과 나는 실제로 함께 살았고, 그것도 거의 2년에 가까운 기간이었으며, 우리는 영원을 약속했으니까.

"할 수 있어." 어느 날 토니가 헌팅턴역 근처 수영장에서 나한테 잠영을 가르쳐줬다. "눈을 떠, 제기랄, 눈 뜨라고!" 차가운 물 밖에서 토니가 나를 향해 고함을 질렀다. "눈을 떠야 훨씬 쉬워!" 나는 다시 물속으로 잠수했다가 다시 나왔다. "아무튼 뮤리얼이 제정신이 아닌 건 너도 알잖아. 걔는 그만한 가치가 있는 사람이 아니야."

그러나 나한테는 가치가 있었다.

무더운 8월의 어느 날, 한밤중에 전화선 너머로 과거의 목소리가 찾아왔다. 1년이나 감감무소식이던 마리였다. 마리는 디트로이트에 있었다. 텍사스주 출신 백인노예 상인 남편 짐과 전국을 돌아다니며 도피 생활을 했단다. 그러다 마침내 남편으로부터 도망쳐 디트로이트에서 가명으로 살고 있다고 했다. 마리의 어머니 집 거실 간이침대에 누워 키득키득 웃으며 비밀을 나누던 시절이 수백 년 전인 것만 같았다.

나는 토니에게서 돈을 빌려 버스에 몸을 싣고 일주일간 디트로이트에 다녀왔다.

여행 덕분에 기분전환이 됐다. 마리의 문제들은 외부적인 것들이었으며 감당할 수 있는 차원에서 해결 가능했다. 짐으로부터 몸을 숨기기, 새로운 일자리 찾기, 이것저것 물어오는 가족과 친구들을 피하기. 우리 둘은 디트로이트에서 좋은 시간을 보냈다.

뉴욕에서는 뮤리얼이 우리 집에서 지내며 고양이들에게 밥을 주기로 했다. 또 여름 내내 내버려둔 나머지 타인들의 삶에서 끌어온 고고학적 쓰레기더미로 전락하고 만 부엌의 잡동사니를 정리하기로 했다. 뮤리얼은 우리가 모아둔 연장, 못, 낡은 목재를 비롯해 일요일마다 도시를 떠돌며 모아온, 사랑스러운 잠재력을 담은 재료들을 정돈했다. 또 우리가 이 물건들을 보관할 용도로 만들던 목제 캐비닛 작업도 마무리했다.

또 그는 나를 깜짝 놀라게 할 요량으로 부엌 전체에 페인트칠을 다시 하기로 마음먹었다. 하지만 뮤리얼은 그 어떤 프로젝트도 제대로 마무리하지 못하는 사람이었다.

이틀 뒤 나는 디트로이트에서 돌아왔다. 여행 가방을 끌고 익숙한 계단을 올라 현관문을 연 것은 늦은 오후였다. 뚜껑이 열린 채 여름의 더위 속에서 악취를 풍기는 마른 페인트 깡통들. 벽 한쪽은 샛노란색, 나머지는 연한 크림색으로 반쯤만 칠해진 부엌. 그리고 고양이들. 먹을 것을 찾으러 테레빈유 깡통 안에 들어갔던 모양이었다. 크레이지 레이디와 스케리 루가 부엌 식탁 바닥에 뻣뻣한 사체가 되어 누워 있었다.

나는 연장통 바닥에 낡은 베갯잇을 깔고 그 위에 고양이들의 작은 몸을 뉘었다. 땅거미가 지기 시작하는 7번가를 걸어 이스트 리버 파크까지 연장통을 들고 갔다. 탁한 강물과 최대한 가까운 덤불 아래, 엉성하게 무덤을 만들어 고양이들을 묻어준 다음, 개가 파내지 못하도록 돌과 흙을 쌓았다. 공원 건너편에서 야구를 하던 사람들이 호기심 어린 눈으로 이쪽을 구경했다.

늦여름 밤, 집으로 걸어오면서 내가 디트로이트에서 예전과 똑같은 뉴욕으로 이토록 빨리 돌아왔다니 하는 생각을 했다. 그런데 내 안에서 무언가가 한발 물러난 기분이 들었다. 나는 6번가에 있을 뮤리얼을 찾아가 무슨 일이 일어난 거냐고 묻지 않았다. 그럴 필요가 없었다. 그는 고양이들을 사랑했고, 고양이들이 죽게 방치했다. 별안간, 묘한 일이지만 그 어떤 드라마도 없이, 덤불 아래 묻힌 연장통 속 뻣뻣한 두 개의 검은 몸은 나에게 필요했던 구체적인 증거이자 최후의 희생제물이 되어주었다.

두 여성이 함께 관계를 꾸려가기 시작할 때, 그들은 설령 동일하지 않더라도 공통된 만족감을 기대한다. 이 관계가 마음에 차지 않거나 각자의 요구를 더 이상 채워주지 못할 때도 있다. 그런 일이 일어나면,

동시에 이 관계를 끝내자는 상호합의가 없는 이상 둘 중 한 사람이 먼저 행동을 취하기로 마음먹게 마련이다.

먼저 행동을 취하는 여성이 꼭 더 많이 아프거나 더 많이 잘못한 것은 아니다.

9월 첫 주, 〈저널 아메리카〉는 전국의 주크박스와 라디오를 장식하고 있는 엘비스 프레슬리가 반짝 성공에 그칠 것이라 예견했다. 뮤리얼의 옷가지는 여전히 집에 있었지만 우리가 마주치는 일은 거의 없었다.

나는 2번 애비뉴 모퉁이에 서서 버스를 기다리고 있었다. 그럭저럭 따스한 날씨인데도 해가 눈에 띄게 짧아지고 있었다. 초여름의 고통은 무뎌진 뒤였다. 여태 여름이 끝나길 바란 적은 한 번도 없었는데, 지금은 황량한 겨울이 다가오리라는 사실에 차라리 안도감을 느꼈다.

버스 문이 열리자 나는 한 발을 계단에 올렸다. 그 순간, 마치 2번 애비뉴 버스 안, 내 앞에 천사들의 합창단이 탑승하기라도 한 것처럼 느닷없이 내 머릿속에 음악이 울려 퍼졌다. 희망을 노래하는 오래된 영가靈歌의 마지막 합창부였다.

갈-보-리에서

이 죽음을 죽으리라

그러나

다시는

죽지 않으리라……!

7번 애비뉴의 소음 위로 달콤하고도 힘센 천사들의 목소리가 울려 퍼지자 나는 버스 계단 맨 밑 칸에 붙박이기라도 한 듯 꼼짝도 할 수 없었다.

"이봐, 아가씨, 버스비 내야지!" 그 목소리에 정신을 차린 나는 요금통에 동전 두 개를 집어넣었다. 노랫소리가 여전히 현실처럼 생생했기에 자리를 찾아 걸음을 옮기는 와중에도 주변을 두리번거렸다. 느지막한 오전이라 버스는 텅텅 비었고 몇 없는 승객들은 말없이 각자의 생각에 빠져 있었다. 그때, 천사들의 오케스트라가 다시 한번 크게 울려 퍼지며 내 머릿속에 예리하고도 정확한 가사들을 가득 채워넣었다. 음악소리는 내게 힘을 불어넣는 것만 같았다. 그 안에 희망과 생명의 약속, 무엇보다도 고통을 뚫고 나아가거나 넘어설 수 있는 새로운 길이 담겨있는 것만 같았다.

갈보리에서
이 죽음을 죽으리라
다시는
　　죽
　　　지
　　　　않으
　　　　리라!

우중충한 버스 안이라는 실체적 현실은 내게서 미끄러져 사라지고, 문득 나는 낯선 나라 한가운데 솟은 언덕 위에 서서, 하늘에 내 이름의 새로운 철자가 가득 채워지는 소리를 들었다.

뮤리얼은 처음 7번가의 집에 들어올 때와 마찬가지로 서서히, 조금씩 떠났다. 마지막 책 무더기를 챙겨 나간 것은 크리스마스 직전이었다. 어느 날 밤 학교에서 돌아와보니 그가 짐을 마저 챙기러 와 있었다. 뮤리얼은 옷을 입은 채로 소파에서 잠들어 있었다. 우리가 함께였던 마지막 겨울, 잠이 오지 않을 때면 그가 동틀 때까지 앉아서 글을 쓰던 자리였다. 그는 한 팔을 들어 불빛을 가리고 있었다. 손등에는 어린아이들이 심심하거나 외로울 때 하는 데이지 꽃 낙서가 그려져 있었다.

램프의 둥근 불빛 속, 연약하고 조금도 훼손되지 않은 존재처럼 자고 있는 뮤리얼을 보고 있자니, 여태 겪은 온갖 고통과 분노에도 불구하고 여전히 내 한가운데에 남아 있던 기억 속 사랑이 내 심장을 움직였다. 뮤리얼이 눈을 뜨더니 무엇을 보고 있느냐고 물었다. "아무것도." 나는 그렇게 대답했고, 더는 성난 말을 주고받고 싶지 않은 마음에 돌아섰다. 뮤리얼은 내가 만든 창조물이 아니었다. 단 한 번도 그랬던 적 없었다. 뮤리얼은 자기 자신이었으며, 나는 그저 그가 형성되는 과정에 도움을 보탰을 뿐이었다. 그 역시 내게 그랬듯이. 그가 내 사랑을 풀어주었던 것과 같은 방식으로 나도 뮤리얼의 분노를 풀어주었고 그 때문에 우리는 서로에게 중요했다. 내가 놓아주어야 하는 것, 또는 영영 간직해야 하는 것은 오로지 내 머릿속 뮤리얼에 지나지 않았다. 소파에 누워 나를 올려다보고 있는 뮤리얼은 그 어떤 모습으로 존재하고 싶건 간에 오로지 그 자신만의 것이었다.

나는 평일에 혼자서 바를 돌아다니기 시작했다. 바가텔, 페이지 스

414

리, 포니 스테이블, 세븐 스텝스⋯⋯. 그해 겨울, 존이 뮤리얼을 떠난 뒤, 나는 바 한구석에 앉아 울고 있는 뮤리얼을 몇 번 마주쳤다. 그가 남들 앞에서 우는 모습은 처음 보았다. 예전의 달콤한 목소리는 간 데 없었다. 때로 그는 고함을 지르거나 소란을 일으켜 클럽에서 쫓겨나기도 했다. 그가 취한 모습 역시도 처음 보았다. 쿠에르나바카의 주택단지 정원에서 데킬라에 흠뻑 취한 유도라의 고함을 들었던 밤이 떠올랐다.

술에 취한, 헝클어진 검은 머리가 얼굴을 뒤덮은, 구부러진 새끼손가락을 아래로 늘어뜨린 뮤리얼은 신의 은총을 빼앗기고 너무나도 인간에 가까워진 하얀 천사 같았다. 니키는 뮤리얼이 마침내 전기치료의 후유증에서 회복되고 있는 거라고 했다. 이따금 나는 뮤리얼을 집으로 데려가 침대에 눕혀주었다. 때로는 우리 집에 데려오기도 했다. 어느 밤에는 7번가의 우리 집 옆방에서 눈싸움을 하자며 존을 부르는 뮤리얼의 잠꼬대를 들으며 뜬눈으로 밤을 지새우기도 했다. 그러다 마침내, 계단 아래 세븐 스텝스에 들어갔다가 바 한쪽 끝에 나를 등진 채 엎드려 있는 뮤리얼을 보았던 어느 밤, 나는 휙 돌아선 뒤 그가 나를 발견하기 전 얼른 그곳을 빠져나왔다. 보호자 노릇에 진력이 났다.

그해 겨울엔 엘비스 프레슬리가 흑인 음악으로부터 훔쳐온, 조악해졌으나 여전히 익숙한 리듬이 갈런드처럼 온통 드리워져 있었다.

내 연인이 나를 떠났으니 나는 다른 살 곳을 찾았어요
론리 스트리트 끄트머리, 하트 브레이크 호텔에

뮤리얼은 크리스마스를 지내러 스탬퍼드의 집으로 돌아갔고 다시는 돌아오지 않았다. 이듬해 봄, 그는 토니가 조현병 환자에 대한 실험 치료 프로그램을 실시하고 있는 주립병원 인슐린 병동에 자진해 입원했다.

7번가의 집을 떠나기 전 뮤리얼이 마지막으로 한 일은 자기가 쓴 시와 일기를 모두 아연도금을 한 양동이에 집어넣은 뒤 가운데 방 녹색 소파 앞에 놓고 태워버린 일이었다. 양동이 바닥이 타면서 낡은 꽃무늬 리놀륨 바닥 위에 지워지지 않는 고리 무늬가 생겼다. 이듬해 봄, 나는 펠리시아와 함께 탄 부분을 사각형으로 잘라내고 그 자리에 들랜시 스트리트에서 찾아 사 온 같은 패턴의 리놀륨 조각을 끼워 넣었다.

31

제리는 젊고, 흑인이었고, 퀸스에 살았고, 블루피시라는 별명을 붙인 파우더블루 색상의 포드를 몰았다. 정성껏 웨이브를 넣은 머리카락과 버튼 달린 셔츠와 회색 플란넬 바지 차림의 그는 누가 봐도 고지식해 보였으나 알고 보면 고지식한 여자와는 거리가 멀었다.

제리가 우리를 초대해 차로 태워준 덕분에 뮤리얼과 나는 브루클린과 퀸스의 다른 여자들 집에서 열리는 파티에 가곤 했다.

그런 곳에서 만난 여자 중에 키티가 있었다.

수년 뒤, 스윙 랑데부 아니면 포니 스테이블 아니면 페이지 스리 같은, 1957년의 그 슬프고 외로운 봄날 혼자 돌아다니던 2군 레즈비언 바에서 키티를 다시 마주쳤을 때, 곧바로 우리가 처음 만났던 피티가 열린 세인트올번스에서 풍기던 푸르른 퀸스의 여름밤 냄새, 비닐 커버를 덮은 소파, 술, 헤어오일의 냄새, 여자들의 체형이 떠올랐다.

표면을 벽돌로 단장한 퀸스의 목조 주택, 벽면에 소나무 패널을 댄 지하 휴게실은 커다란 음악 소리와 좋은 음식, 제각기 다양하게 차려입은 아름다운 흑인 여성들로 생생하게 박동하고 있었다.

능직으로 짠 여름정장을 입고 반드르르하게 풀을 먹인 셔츠 깃은 여름의 더위 때문에 열어젖힌 사람들. 앞 주름을 잡은 개버딘 슬랙스라거나, 아주 날씬한 이들만 입은 슬림한 아이비리그 스타일. 그해 가장 유행했던 칼주름 잡힌 밀색 카우든 청바지도 있었고, 심지어 그 시절에도 백 버클이 달린 회색 바지에 잘 재단된 사슴가죽 구두를 신은 이들도 한두 명 있었다. 해군 군수품에서 유래한, 널찍한 검은 가죽띠에 윤이 나는 가느다란 버클이 달린 개리슨 벨트도 여럿 보였고, 다림질을 하지 않아도 되는 신소재인 데이크론으로 만들어 빳빳하고 속이 비쳐 보이는 옥스퍼드 셔츠를 입은 이들도 많았다. 남성용으로 재단된 이런 반소매 셔츠는 벨트를 한 바지 허리춤에 깔끔하게 아랫단을 넣어 입거나, 딱 달라붙는 일자 스커트와 함께 입었다. 저지 니트 셔츠를 입고 다니는 사람은 한두 명 있을까 말까 했다.

7번 애비뉴에서도 파리에서도 그 위세를 치열하게 떨치던 시크한 다이크의 패션 세계에 이미 버뮤다팬츠, 그리고 그 사촌 격이자 길이가 더 짧은 자메이카팬츠가 등장하기 시작한 뒤였다. 부치건 펨이건 모두가 입었던 이런 반바지는 바로 그 이유 때문에 패셔너블한 레즈비언들의 의상이 되기까지는 시간이 걸렸는데, 신호를 교란시켜서는 안 되기 때문이었다. 때로 의상은 각자가 선택한 성적 역할을 널리 알리는 가장 효과적인 수단이었다.

파티 장소에는 목선이 파이고 상체에 딱 달라붙는 보디스 밑으로 무릎 아래까지 오는 화사한 색의 풍성한 스커트가 달린 드레스를 입은 이들이 곳곳에 보였고, 그 외에도 몸을 빠듯하게 감싸는 시스드레스와 가느다란 굽이 달린 하이힐 옆, 사슴가죽 구두와 운동화, 로퍼를 신은 발들이 보였다.

펨은 자잘한 컬을 넣은 페이지보이 스타일 단발머리를 하거나, 컬을 넣은 머리카락을 위로 틀어 올려 모양을 내거나, 얼굴을 감싸는 페더 커트를 했다. 1950년대 흑인 레즈비언들이 모인 곳마다 감돌던 미용실의 달짝지근하면서도 깨끗한 향내가 파티가 열리던 방 안의 다른 향기들에 전열식 빗과 헤어 포마드 특유의 냄새를 더했다.

부치는 머리가 더 짧았고, 뒤통수에서 머리카락을 양쪽으로 가르는 D. A. 스타일 아니면 펨보다 짧은 길이의 페이지보이 스타일을 했다. 내추럴 헤어의 곱슬기를 압도할 만큼 자글자글한 컬을 넣는 경우도 있었지만 흔치는 않았기에, 그 파티에 있던 사람 중 머리를 펴지 않은 흑인 여성은 단 한 사람밖에 기억나지 않았다. 로어이스트사이드에 사는 내 지인 아이다였다.

붙박이 바 옆에 차려둔 식탁 위에는 진, 버번, 스카치, 그리고 탄산 음료를 비롯한 여러 희석용 음료가 뚜껑이 열린 채 준비되어 있었다. 바 위에는 가벼운 안줏거리들이 다양하게 차려져 있었다. 칩, 딥, 작은 크래커, 사각형으로 자른 빵에 평범한 달걀 샐러드와 정어리 페이스트를 살짝 얹은 것. 맛 좋은 닭날개 튀김도 한 접시 있었고, 식초를 듬뿍 뿌린 감자와 달걀 샐러드도 있었다. 주요리가 담긴 접시 둘레에는 그릇에 담긴 올리브와 피클이 놓여 있었으며, 빨간 능금이나 작은 양파에 이쑤시개를 꽂아 담아둔 쟁반들도 몇 개나 있었다.

그러나 식탁의 주인공은 큼직한 접시에 얇게 썰어 담아둔 육즙 가득한 로스트비프였다. 핏물이 도는 고기 조각을 외음부 모양으로 돌돌 말아 그 정점에 마요네즈를 아주 살짝 묻힌 뒤 베이지색 접시 위에 차려두고 잘게 부순 얼음이 담긴 그릇을 아래에 받쳐두었다. 분홍빛이 도는 갈색 고기에 노르스름한 소스가 점처럼 찍힌 도발적인 작품은 그날 그 자리에 모인 여자들한테서 엄청난 인기를 끌었다. 집주인이자 이 작품을 구상한 장본인인 펫은 요리를 칭찬받을 때마다 미소를 지으며 무용수를 닮은 우아하고 긴 목으로 고개를 끄덕였다.

열기의 냄새와 음악이 섞인 그날 특유의 분위기가 내 마음속에서 잦아들고, 그 자리에 높은 광대뼈와 검은 피부를 가진 젊은 여자의 은근한 목소리와 나를 견주어 보는 듯한 눈길이 들어왔다. (그의 입술은 어쩐지 내가 처음 집을 나온 뒤 만난 간호사 동료 앤을 연상시켰다.)

키티는 내가 앉아 있던 낮은 벤치 끄트머리에 걸터앉은 뒤 섬세한 검지를 들어 양 입가에 묻은 립스틱을 무심한 듯 아래로 문질러 지웠다.

"오드리…… 이름이 멋지네. 어떤 이름을 줄인 거야?"

루스 브라운의 음악에, 그리고 열기에, 팔의 축축한 털이 쭈뼛 솟았다. 나는 누가 내 이름은 물론 별명조차도 함부로 입에 올리는 게 싫었다.

"줄인 게 아니야. 그냥 오드리. 키티는 어떤 이름을 줄인 거지?"

"아프레케테." 그러면서 키티는 그 이름의 리듬에 맞춰 손가락을 딱 튕기더니 한참 웃었다. "그게 나야. 검은 고양이." 그는 또 웃었다. "머리 모양이 마음에 들어. 가수야?"

"아니."

키티는 그 뒤로도 한참이나 그 커다란 눈으로 나를 빤히 쳐다보았다.

그의 차분하면서도 에로틱한 눈길 앞에서 나는 문득 무슨 말을 해야 할지 몰라 당황스러웠다. 벌떡 일어난 나는 최선을 다해 로럴스에 어울리는 간결한 말투로 "춤추자" 하고 툭 던졌다.

지나치게 밝은 톤의 화장을 한 그의 얼굴은 넓고 매끈했지만, 함께 폭스트롯을 추기 시작하자 땀을 흘린 덕에 그의 피부에 깊고도 풍부한 광택이 돌았다. 춤을 추면서 키티는 눈을 감았고, 미소를 지을 때면 금을 입힌 앞니가 반짝 빛나기도 했고, 음악에 맞추어 간간이 아랫입술을 깨물기도 했다.

더운 여름이라 키티가 입고 있던 아이젠하워재킷 스타일로 재단한 노란 포플린 셔츠의 지퍼를 반쯤 내려놓았기에 기다란 목에서 두 개의 갈색 날개처럼 솟아난 쇄골이 도드라져 보였다. 레즈비언 중에서도 자유주의 성향인 이들 사이에서 지퍼 달린 옷은 크게 유행했는데, 특정 상황에서 부치와 펨 둘 다 입을 수 있으면서도 이 때문에 시비가 걸리거나 골치 아플 일이 생기지 않을 수 있어서였다. 키티는 잘 다림질한 통이 좁은 카키색 스커트에 새것이라는 점만 빼면 내 것과도 비슷한 검은 벨트를 둘렀는데, 닳도록 입은 내 승마바지가 추레하게 느껴질 정도로 말쑥하고 단정한 차림새였다.

키티는 무척 아름다웠고, 나도 그만큼 편안하고 자연스럽게 춤을 출 줄 알았더라면 좋았으리라는 생각이 들었다. 키티는 곧게 편 머리에 짧고 포슬포슬한 컬을 넣었는데, 잘 세팅한 물결 모양 웨이브며 D. A. 스타일, 페이지보이 스타일의 머리로 가득한 로럴스 안에서 내 머리와 가장 비슷한 모양이었다.

키티에게서는 비누와 장 나테 향수 냄새가 났고, 내가 늘 덩치 큰 여성들에게 연상하는 포근한 체취 덕분에 자꾸만 그가 실제보다 더 크게 느껴졌다. 그의 체취에는 톡 쏘는 허브 향도 섞여 있었는데, 코코넛오일과 라벤더 향의 야들리 헤어 포마드가 섞여 나는 냄새라는 건 나중에야 알 수 있었다. 도톰한 입술에는 맥스 팩터에서 나온 신상 컬러인 짙고 광택 있는 '워페인트' 립스틱이 칠해져 있었다.

다음 춤은 내가 잘 추는 슬로피시였다. 다른 종류의 춤을 출 때면 내가 리드해야 할지 따라가야 할지 알 수 없었고, 그중 하나를 결정하는 건 매번 왼쪽으로 움직일지 오른쪽으로 움직일지 고민하는 것만큼이나 골치 아팠다. 왼쪽과 오른쪽이라는 쉬운 구분도 나한테는 저절로 되는 것이 아니어서, 고민하다 보면 움직임과 춤을 즐길 에너지가 남아 있지 않을 때도 있었다.

하지만 피시는 달랐다. 훗날 원스텝이라고 불리게 될 춤의 조상 격인 피시는 사실상 몸을 밀착한 채 비비는 것과 다를 바 없는 동작으로 이뤄져 있었다. 어둑어둑한 붉은 조명 속, 사람들로 가득 찬 세인트올번스의 댄스플로어 위에 남은 자리라고는 서로를 솔직하게 끌어안고 서로의 목과 허리에 팔을 두를 만한 공간뿐이었고, 은밀하고 느린 음악은 우리의 발뿐 아니라 온몸까지 움직였다.

이 일은 거의 2년 전, 뮤리얼이 내 삶에 틀림없이 존재할 거라 믿었던 시절 퀸스의 세인트올번스에서 벌어진 일이었다. 해가 바뀌고 봄이 온 지금 나는 또다시 내 아파트에 홀로 남아 슬퍼하고 있었다. 행복한 커플이나 또는 그저 두 사람이 같이 있는 모습만 보아도 나는 내 삶에서 그런 것들이 빠져나간, 뮤리얼이라는 이름의 캄캄하디캄캄한 구멍이 떠올랐기에 친구들 커플을 만나거나 집에 손님들을 짝수로 초대하는 일을 삼갔다. 뮤리얼과 헤어지고 나는 퀸스는 물론 그 어떤 파티에도 가지 않았고, 일터와 학교를 제외하면 내가 사람을 만나는 일이라고는 빌리지에 사는 친구들이 나를 불러낼 때, 아니면 바에서 누군가를 우연히 마주칠 때가 전부였다. 이들은 대부분 백인이었다.

"저기, 오랜만이야." 나를 먼저 발견한 것은 키티였다. 우리는 악수를 했다. 사람이 얼마 없었던 걸 보면 아마도 그곳은 자정이 지나야 사람이 차기 시작하는 페이지 스리였던 것 같다. "여자친구는?"

나는 뮤리얼과 헤어졌다고 답했다.

"정말? 안타깝네. 두 사람 함께 있는 모습이 참 귀여웠는데. 그래도 연애란 게 다 그렇지. 그쪽은 이 '생활' 얼마나 한 거야?"

나는 대답 없이 키티를 빤히 바라보면서, 나한테는 오로지 하나의 생활, 즉 나 자신의 삶밖에 없다는 사실을 어떻게 설명하면 좋을지 고민했다. 하지만 그는 마치 내가 그 말을 이미 입 밖에 내기라도 한 듯 곧바로 내 생각을 이해했다.

"그게 중요하진 않지." 키티는 생각에 잠긴 듯 그렇게 말하더니, 내가 앉아 있던 바의 한구석으로 들고 온 맥주를 마저 마셨다. "우리한테 인생은 어차피 하나뿐이잖아. 적어도 이번 삶에서는." 그가 내 팔을 붙들었다. "일어나, 춤추러 가자."

키티는 여전히 늘씬하고도 말쑥했지만, 미소는 옛날보다 더 느긋해졌고, 화장도 훨씬 옅었다. 화장을 덜어낸 초콜릿색 피부와 조각 같은 입술이 마치 베냉의 청동 조각상을 연상시켰다. 머리카락은 여전히 곧게 폈지만 길이는 짧아졌고, 입고 있는 검은 버뮤다팬츠와 니 삭스는 눈에 확 띄게 반들거리는 검은 로퍼와 잘 어울렸다. 세련된 옷차림을 완성한 것은 검은 터틀넥 스웨터였다. 이번에는 어쩐지 키티 옆에 서 있어도 내 청바지가 초라해 보이기는커녕, 오히려 비슷한 의상의 또 다른 변수 같다는 느낌이 들었다. 이번에도 우리 둘 다 널찍한 검은 띠에 놋쇠 버클이 달린 비슷한 벨트를 하고 있던 덕분이었는지도.

우리는 안쪽 공간으로 가서 프랭키 라이먼의 〈구디, 구디〉에 맞춰 춤을 췄고, 그다음에는 벨라폰테의 앨범 〈칼립소〉에 맞춰 춤을 췄다. 이번에는 키티와 함께 춤을 추는 동안 내가 누구이며 내 몸이 어디로 향하는지를 느낄 수 있었고, 그 느낌이 리드하느냐 따라가느냐보다도 더 중요했다.

아직 봄이었지만 실내가 더웠다. 곡이 끝나자 키티와 나는 서로를 바라보며 미소를 지었다. 그대로 서서 다음 레코드가 올라가고 다음 춤이 시작되기를 기다렸다. 프랭크 시나트라의 느린 곡이었다. 기름을 바른 듯 매끄러운 음악에 맞춰 몸이 맞닿을 때마다 벨트 버클이 서로 부딪쳐 불편했기에 우리는 남들 눈을 피해 버클을 허리 옆쪽으로 돌렸다.

뮤리얼이 우리 집을 떠난 뒤로 몇 달이나, 나는 내 피부가 원래의 모양을 간신히 유지하고 있는 얼어붙은 얇은 가죽처럼 차갑고 딱딱하고 삭막하다고 느꼈다. 그날 밤 페이지 스리의 댄스플로어에서 춤을 추다가 우리의 몸이 닿는 순간마다 나는 단단한 껍데기가 서서히 부드러워지다가 녹아내리는 것 같은 기분이 들었고, 그러다가 마침내는 움직이는 우리 둘의 몸이 맞닿는 순간마다 여태 잊고 지냈던 따뜻한 기대감이 나부끼며 나의 온몸을 감싸는 것만 같았다.

나는 키티의 내면에서도 마치 팽팽한 끈이 풀리기라도 한 것처럼 무언가가 서서히 변하고 있음을 느낄 수 있었다. 우리는 춤을 추는 사이사이에 자리로 돌아가지 않고 플로어에 선 채 다음 곡이 시작될 때를 기다렸고, 그러다가 오로지 둘이서만 춤을 추기 시작했다. 자정이 조금 지난 시각, 우리는 말하지 않고도 서로의 마음을 읽기라도 한 것처럼 페이지 스리를 나왔고, 키티가 차를 대놓은 허드슨 스트리트를 향해 웨스트 빌리지를 몇 블록 걸어갔다. 키티가 자기 집에 가서 술을 한잔하자고 했던 것이다.

셰리던스퀘어를 가로지르는 사이, 춤을 추느라 가슴골 사이에 배어난 땀이 매서운 밤공기에 차디차게 식었다. 크리스토퍼 스트리트 모퉁이 짐 앳킨스를 지날 때 나는 걸음을 멈추고 유리창 안으로 보이는 단골들에게 손을 흔들었다.

키티의 차에 탄 뒤 침묵 속에서 업타운을 향하는 동안 나는 내가 지금 하고 있는 일에 대해 생각하지 않으려 애썼다. 배 아래 옴폭한 곳의 아릿한 통증이 서서히 퍼져 다리 사이로 수은처럼 뚝뚝 흘러내렸다. 키티의 따스한 몸이 내뿜는 체취가 옅은 향수 그리고 포마드의 라벤더 향과 뒤섞여 차 안에 흥건했다. 나는 운전대 위에 얹힌 코코넛 향이 나는 두 손으로부터, 도로를 집중해 바라보고 있는 속눈썹의 곡선으로부터 눈을 뗄 수가 없었다. 덕분에 키티가 간간이 말을 걸 때도 살갑게 추임새를 넣으며 따라갈 수 있었다.

"사실 다운타운의 바에는 오랜만에 왔어. 우습지. 왜 더 자주 오지 않은 건지 모르겠어. 그러다가 가끔 가야겠다는 생각이 들어서 가게 돼. 넌 아마 이 동네에 사니까 다르겠지." 키티가 금니를 빛내며 나를 향해 미소 지었다.

59번가를 건너가는 동안 한순간 급격한 공황감이 밀려왔다. 이 여자는 누구지? 페이지 스리를 떠나면서 했던, 술 한잔하고 가라는 말이 정말 말 그대로의 진심이었을까? 만약 내가 이 사람의 의도를 완전히 오해한 거라서 일요일 새벽 3시에 길거리에 발이 묶이는 신세가 되면 어쩌지? 내 청바지 주머니에는 집에 갈 차비만큼의 잔돈도 남아 있지 않잖아? 고양이 밥은 충분히 챙겨뒀던가? 내일 아침에 플리가 카메라를 들고 우리 집에 들렀을 때, 내가 집에 없으면 고양이 밥을 챙겨줄까? 만약 내가 집에 없으면.

만약 내가 집에 없으면. 그 생각이 암시하는 바에 동요한 나머지 나는 하마터면 차에서 뛰어내릴 뻔했다.

그날 밤 나한테는 맥주 한 병을 사 마실 돈밖에 없었으므로, 나는 분명 술에 취하지 않았고, 리퍼는 특별한 날에만 피웠다. 내 안의 무언가가 욕망의 불꽃에 사로잡힌 암사자처럼 울부짖고 있었다. 심지어 머릿속에 떠오르는 말들마저도 전부 싸구려 소설에서 빌려온 것들인 것만 같았다. 그러나 내 안의 그 암사자는 에나멜 로퍼를 신고 낙타털 스윙코트*를 걸친, 말솜씨가 능란하며 때때로 이야기를 강조하고 싶을 때면 장갑 낀 손을 청바지 입은 내 다리에 가져다 대면서, 차분하게 어퍼 맨해튼을 통해 차를 몰아가고 있는 어두운 피부를 가진 미지의 여자와 허벅지가 닿을 정도로 가까운 거리에 있다는 것만으로도 취해 있었다.

내 안의 또 다른 나는 갈팡질팡하고 서투른 네 살배기 어린애가 된 기분이었다. 나는 연인 흉내를 내고 있지만 오래지 않아 단번에 거절당하는 건 물론 허세를 부렸다며 비웃음거리로 전락하게 될 천치였다.

두 여자가 서로를 가두지도 질식시키지도 않으며 그날 밤 우리가 느낀 그 불길을 나눌 수 있을까, 그것이 가능하기는 할까? 나는 그의 몸을 갈망하듯 그 감정을 갈망했다. 둘 다 의심하고, 둘 다 열망했다.

---

* 어깨는 꼭 맞고 밑단으로 내려갈수록 폭이 넓어지는 형태의 코트를 말한다.

고작 몇 시간 전만 해도, 그리고 그전 몇 개월 내내, 뮤리얼과의 헤어짐을 슬퍼하며 영영 실연의 상처가 아물지 않으리라 확신했으면서, 이 여자의 바다가 내 안으로, 나를 감싸며 몰아치기를 꿈꾼다는 게 무슨 수로 가능한 걸까? 또, 만약 이게 내 실수라면 어떡하지?

내 다리 사이의 팽팽한 감각만 사라졌더라면 나는 다음 신호에서 그대로 차 문을 열고 뛰어내렸을 것이다. 적어도 나는 그렇게 생각했다.

우리는 7번 애비뉴와 110번가에 있는 파크 드라이브로 진입했고, 새벽이라 텅 빈 대로의 신호가 바뀌자마자 아프레케테는 커다란 입술을 지닌 아름다운 얼굴을 돌려 웃음기 하나 없는 표정으로 나를 바라보았다. 반쯤 감긴 커다랗고 반짝이는 눈이 나를 빤히 쳐다보았다. 마치 느닷없이 다른 사람이 된 듯이, 여태 내가 익숙하게 몸을 숨겼던, 내 안경이 만들던 벽이 순식간에 녹아 없어지기라도 한 듯이.

내가 품은 모든 물음표와 완벽히 맞아떨어지면서, 그 때문에 내 의문을 전부 지워버리는, 거의 사무적으로 들릴 만큼 굴곡 없는 목소리로 그가 물었다.

"밤을 보내고 갈 수 있어?"

그제야 나는 여태 내가 그를 향해 품었던 모든 의문을 그 역시도 똑같이 품고 있었을지 모른다는 데 생각이 미쳤다. 그의 섬세함과 솔직함이 자아내는 흔치 않고 귀한 조합 앞에서 나는 숨조차 제대로 쉴 수 없었다.

그의 질문이 내게 준 확신, 노래하기 시작한 나의 육체가, 이 끌림이 그저 나만의 상상인 게 아니라는 분명한 말 너머에는 내 시인의 두뇌 속에서 메아리치는 단순한 질문의 형태를 이룬 일련의 섬세한 가정들이 존재했다. 내가 만에 하나 거절한다 해도, 내 대답은 "아니"가 아닌 "안 돼"로, 즉 선택이 아닌 불가능성을 이유로 삼는 구문을 이룰 터였다. 대놓고 거절하지 않고서도 다른 할 일이 있다거나, 일찍 출근해야 한다거나, 고양이가 아프다거나 하는 핑계를 대는 쪽이 더 나을 것이다.

'밤을 보낸다'는 표현마저도 단순히 사랑을 나누는 행위를 듣기 좋게 표현한 것이라기보다는 상대가 이쪽 아니면 저쪽으로 움직일 수 있는 공간을 허용하는 말이었다. 신호가 바뀌기 전 내가 아니, 결국 난 동성애자가 아니었어, 하고 마음을 바꾼다 해도, 우린 그저 친구로 지낼 수도 있을 터였다.

나는 마음을 가다듬은 뒤 로어이스트사이드에서 쓰는 태평한 목소리를 최선을 다해 가장해 "정말 그러고 싶어"라고 대답했고, 그러면서 진부하기 이를 데 없는 단어 선택을 스스로 후회했으며, 또 그가 내 초조함을, 원만하면서도 품위 있고자 하는 간절한 욕망을 감지했을지 궁금해하는 와중에도 순전한 욕망에 잠겨 가고 있었다.

우리는 맨해튼 애비뉴와 113번가의 버스 정거장에 차를 세운 뒤 인도에 반쯤 걸쳐 주차했다. 오래전 제니가 살던 동네였다.

키티의 어떤 면은 마치 내가 롤러코스터에 올라탄 것처럼, 천치였다가 단숨에 솟아올라 여신이 되는 것만 같은 기분이 들게 했다. 망가진 우편함에 들어 있던 우편물을 챙긴 뒤 6층까지 계단을 올라 그의 집 앞에 다다랐을 무렵에는, 나는 여태 내 몸이 지금 당장 그의 코트 안쪽으로 손을 뻗어, 베이지색 낙타털 코트가 우리 주위를 나부끼고 그의 장갑 낀 손에는 여전히 집 열쇠가 쥐어져 있는 가운데, 아프레케테를 끌어안고 그의 몸을 내 몸의 굴곡에 단단히 밀착시키고 싶다는 충동보다 더 강렬한 충동을 느낀 적이 없는 것만 같았다.

복도의 희미한 불빛 속에서 그의 입술은 물가로 밀려오는 큰 파도처럼 움직였다.

그의 집은 간이주방이 딸린 1.5룸 아파트로, 천장이 높은 좁다란 앞방에 좁고 긴 형태의 창문이 나 있는 곳이었다. 창문마다 서로 다른 위치에 붙박이 선반이 자리하고 있었다. 선반마다 즐비하게 놓인 토분들에서는 크고 작은 잎사귀를 가진 다채로운 형태와 모양의 온갖 식물들이 피어나고 있었다.

시간이 지난 뒤 나는 남향의 직사광선이 식물 잎사귀를 투과해 방안에 던지는 빛을 사랑하게 되었다. 방 안 맞은편 벽, 빛살이 부딪치는 자리에서 아래로 15센티미터 정도 떨어진 곳에는 연철 다리가 달린 100리터 용량의 어항이 작게 웅얼거리는 말 없는 보석처럼 신비롭게 빛나고 있었다.

반짝이는 물속에는 무지개 광택을 입은 반투명한 물고기들이 느긋하면서도 날렵하게 돌아다니며 색을 입힌 조약돌이나 돌로 된 터널과 교각으로 만든 환상적인 세계를 헤엄치고 어항 유리벽을 훑어 먹이를 찾기도 했다. 교각 위에는 갈색 몸을 가진 자그마한 관절 인형 하나가 두 다리를 벌리고 선 채 자기 다리 사이를 들락거리며 헤엄치는 물고기들을 내려다보고 있었다. 인형의 벌거벗은 매끈한 몸은 인형 뒤 공기 발생기가 내뿜는 거품에 씻겨나갔다.

이국적인 물고기가 가득 담긴 마법처럼 빛나는 어항과 초록 식물 사이, 그 방 안에 있던 모든 것은 지금도 내 머릿속에서 도저히 지울 수 없다. 펼치면 더블베드가 되는 체크무늬 커버를 씌운 소파 위에서 그날 우리는 밤새도록 사랑을 나누느라 들썩였고 그렇게 환한 일요일 아침을 맞이하자 아프레케테 집의 기다란 창문 앞에 놓인 식물들을 통과한 초록색 햇빛이 방 안에 어룽졌다.

잠에서 깨었을 때, 방 안은 초록색 빛에 흠뻑 젖어 있었고, 꼭대기 층 창문의 절반을 하늘이 차지하고 있었으며, 이제 내가 아는 여자가 된 아프레케테가 내 곁에 잠들어 있었다.

나의 혀가 전진하면 그의 배꼽에 난 잔털이 수없이 넘겨본 책 속 매혹적인 페이지들처럼 누웠다.

그해 여름, 모퉁이 술집에서 새어나온 톱밥과 술 냄새가 거리로 스며들고, 흑인 남자들이 나이를 가리지 않고 엎어놓은 두 개의 우유 상자 앞에 번갈아 자리 잡고 체스를 두던 8번 애비뉴의 그 구역으로 나는 얼마나 여러 번 발길을 옮겼던가? 모퉁이를 돌아 113번가로 들어간 뒤 공원을 향하는 내 걸음은 급해졌고 아프레케테의 흙을 가지고 놀 생각에 손끝이 아릿아릿했다.

그리고 나는 아프레케테를 기억한다, 꿈에서 빠져나온, 언제나 내 배꼽 아래쪽 가장자리를 따라 난 불의 털만큼이나 단단한 실체이던 이. 그는 덤불에서 난 살아 있는 것들을 가져다주었으며 그의 농장으로부터 코코얌과 카사바를 가져왔다. 키티가 140번가의 레녹스 애비뉴에 늘어선 서인도제도 상점에서, 또는 머리 위로 센트럴 철도 구조물이 지나가는 파크 애비뉴와 116번가의 북적거리는 시장 안 푸에르토리코인이 운영하는 보데가에서 사온 마술적인 과일들.

"다리 밑에서 가져왔어"는 최대한 먼 곳, 집에서 가까운 곳에서 온, 즉 최대한 진정한, 그 무엇이건 충분히 설명할 수 있는, 태고의 시간으로부터 전해지는 말이었다.

우리는 프랑스산 캐슈 열매만 한 맛 좋은 빨간 피핀 사과를 샀다. 녹색 플랜테인도 사서 껍질을 반만 벗긴 뒤 서로의 몸에 심는다. 위쪽으로 활짝 벌린 우리의 허벅지 사이 곱슬곱슬한 어둠 위로 꽃잎 같은 플랜테인 껍질이 커다란 초록 불길의 촉수처럼 놓일 때까지. **작달막하고 달콤한, 붉게 농익은 핑거 바나나, 그것으로 너의 입술을 조심스레 벌린 뒤 껍질 벗겨진 바나나를 포도처럼 짙은 보랏빛 꽃 속에 밀어넣는다.**

나는 네 갈색 다리 사이에 누워 너를 안은 채 네 익숙한 숲속을 천천히 혀로 더듬어 느릿느릿 핥고 삼켰고, 네 강인한 몸이 자아내는 깊은 파형과 밀물과 썰물 같은 움직임은 바나나를 으깨어 전류가 흐르는 네 몸의 즙에 뒤섞인 베이지색 크림으로 만들었다. 또 한 번 우리의 몸은 구부린 발가락 끝에서부터 혀끝까지 표면이란 표면은 전부 서로의 뼈대에 맞닿고, 그렇게 우리는 우리가 만들어낸 격렬한 리듬에 사로잡힌 채 천둥이 휘몰아치는 공간을 가로질러 서로를 몰아가 서로의 혀끝에서 빛이 되어 뚝뚝 떨어졌다.

우리는 둘 다, 하나가 되었을 때 자기 자신이었다. 그러다가 서로의 몸에서 떨어지면 땀이 식용유처럼 우리 몸에 옅은 광택을 입혔다.

아프레케테는 때로 업타운에서 더 북쪽으로 들어간 슈거 힐의 작은 클럽에서 노래를 불렀다. 97번가와 암스테르담 애비뉴에 있는 그리스테드 슈퍼마켓에서 계산원으로 일하기도 했고, 토요일 밤 아무 예고도 없이 포니 스테이블이나 페이지 스리에 나타나기도 했다. 어느 늦은 밤, 새벽 3시가 되어서야 7번가 우리 집에 돌아왔더니 그가 한 손에 맥주 한 병을 들고 머리에는 화사한 아프리카산 천을 두른 채 현관 계단에 앉아 있었고, 우리는 머리 위에서 천둥을 동반한 여름 스콜이 쏟아지고 그의 작은 내시 램블러 바퀴 아래서 젖은 도시가 노래하는 가운데 새벽의 텅 빈 도시를 달려 업타운을 향해 속도를 높였다.

세상에는 사라지지 않는, 우리가 의지하는 진리들이 있다. 여름철엔 해가 북쪽으로 움직인다는 것, 얼음은 녹으면 작아진다는 것, 휘어진 바나나가 더 달다는 것. 아프레케테는 나에게 나의 뿌리를, 우리가 가진 여성의 몸에 대한 새로운 정의를 가르쳐주었고, 여태까지 나는 그 정의를 배우기 위한 훈련을 해왔을 따름이었다.

여름이 다가왔을 무렵 아프레케테의 아파트 벽은 옥상에서 전해지는 열기 때문에 늘 따뜻했으며, 창을 통해 불어온 우연한 바람은 창가의 식물들을 살랑 흔들고 사랑을 나눈 뒤 휴식 중이던 우리의 땀에 젖어 미끈한 몸을 쓸고 지나갔다.

때로 우리는 여자를 사랑한다는 것이 무슨 의미인지, 비록 수시로 혀를 깨물며 침묵해야 한다 해도 태풍의 눈 속에서 그것이 얼마만큼 위안인지 이야기했다. 아프레케테한테는 일곱 살 난 딸이 있었고, 그 애는 조지아에 사는 어머니 집에 있었고, 우리는 수많은 꿈을 함께 나눴다.

"그 애는 사랑하고 싶은 그 누구나 사랑할 수 있게 될 거야." 아프레케테는 맹렬히 말하며 럭키 스트라이크 담배에 불을 붙였다. "마찬가지로 그 애는 원하는 그 어디서든 일할 수 있게 될 거야. 그 애 엄마가 눈 똑바로 뜨고 지켜볼 테니까."

한번은 흑인 여성들은 선택의 여지없이 적군의 근거지에서 활동에 임하는 데 전념하는 일이 너무 많고 또 잦다고, 이러한 반복되는 전투와 활동으로 우리의 정신적 지형은 약탈당했으며 지쳐버렸다고 이야기한 적도 있었다.

"그리고 그걸 증명하는 흉터도 있지." 아프레케테는 한숨을 쉬었다. "하지만 그런 일들을 견뎌낸다면 넌 터프해질 거야. 그래서 널 좋아하는 거야. 넌 나와 닮았거든. 우리 둘은 해내고 말 거야, 실패하기엔 우리 둘 다 너무 터프하고, 너무 미쳤으니까!" 우리는 서로 부둥켜안고 이런 터프함을 얻기 위해 치른 대가가 얼마나 컸는지를 놓고, 또 부드러운 것과 거친 것이 하나라는 것을, 기쁨과 눈물이 우리의 고개 아래 놓인 하나의 베개에서 뒤섞이듯이 그 두 가지가 같은 작용을 한다는 것을 아직 모르는 이들에게 설명하기란 얼마나 힘든 것인가를 놓고 울고 웃었다.

해는 먼지 낀 유리창을, 아프레케테가 세심하게 가꾼 수많은 초록 식물들을 통과해 우리 위로 쏟아졌다.

나는 농익은 아보카도를 하나 찾아 들어서는 초록색 껍질 속에서 단단한 씨앗을 품은 과육이 부드럽게 으깨질 때까지 양 손바닥 사이에서 굴렸다. 네 입술이 남긴 입맞춤 속에서 깨어난 나는 과일 껍질 탯줄 가까운 곳을 살짝 베어 물고 옅은 황록색 과즙을 짜내 코코넛 같은 네 갈색 배 위로 가느다란 의례의 선을 남겼다. 우리의 살갗에 흥건한 기름과 땀 덕분에 과일은 말랑거리고, 나는 과일로 네 허벅지 위와 양 가슴 사이를 마사지한다. 마침내 연하디연한 녹색 아보카도의 베일, 내가 네 몸에서 느릿느릿 핥아낸 여신의 배 열매로 이루어진 너울 아래서 네 갈색이 빛처럼 배어나올 때까지.

그다음에 우리는 자리에서 일어나 씨앗과 껍질을 주운 뒤 청소부가 오기 전 봉지에 담아 바깥에 내놓는다. 침대 옆에 그것들을 잠시라도 방치하면 할렘의 공동주택들, 특히 모닝사이드 하이츠 언덕 아래의 작고 오래된 건물 벽에 언제나 모여 기다리는 바퀴벌레들을 때로 불러들일 것이므로.

아프레케테가 사는 곳은 제너비브의 할머니 집에서 그리 멀지 않았다.

그를 보고 있으면 때로는 제니와 함께 소파에 누워 있던 방 바깥에서 앞치마 차림으로 빗자루를 들고 돌아다니던 제니의 계모 엘라가 떠올랐다. 엘라는 짤막하고 단조로운 가락을 끝도 없이 흥얼거리며 다녔다.

엄마가 날 죽였고
아빠가 날 먹었지
가여운 어린 남동생은
내 뼈를 빨아먹었고……

어느 날 제니는 내 무릎을 베고 있던 고개를 돌려 불편한 기색으로 이런 말을 했었다. "있잖아, 난 가끔 엘라가 미친 건지, 멍청한 건지, 아니면 성스러운 건지 모르겠어."

이제 와 생각하면, 여신이 엘라의 입을 통해 무언가 말하고 있었던 것 같다. 하지만 잔인무도한 필립 때문에 쇠약해지고 감각을 잃은 엘라는 자신이 하는 말을 믿지 못했고, 우리, 제니와 나는 오만하고도 유치하기 그지없었기에 (우리는 그저 아이에 불과했으니 그러고도 남았겠으나) 저

비질하는 여인의 단조로운 노래에 우리의 생존이 달려 있을 가능성을 알지 못했다.

나는 내 자매 제니를 잃었다. 내 침묵 때문에, 그 애의 고통과 절망 때문에, 우리 둘 모두의 분노, 그리고 어린아이들을 파괴하는 세상의 잔혹함 때문에. 그것도 반항적인 제스처나 희생, 영혼이 새로운 삶을 얻으리란 희망 때문조차 아닌, 그저 이 파괴에 대한 무지와 무심함 때문에. 나는 그 잔혹함으로부터 도저히 눈을 돌릴 수 없었고, 정신건강에 대한 널리 퍼진 한 가지 정의에 따르자면 그 때문에 나는 정신적으로 불건강해졌다.

아프레케테의 집은 모퉁이 근처의 가장 높은 건물에 있었다. 대로 한편에서 모닝사이드 파크의 높다란 절벽이 시작되는 곳이었다. 하지절 전날 밤, 달이 뜨자 우리는 담요를 챙겨 옥상으로 올라갔다. 그의 집은 꼭대기 층이었고 암묵적인 약속에 따라 옥상은 지붕이 전달하는 열기를 견디며 살아야 하는 사람들에게 주어진 공간이었다. 옥상은 공동주택에 사는 이들의 주된 휴식공간으로 타르 비치라는 이름으로 불렸다.

우리는 운동화 신은 발로 옥상 문을 차서 쾅 닫은 뒤, 뜨뜻한 벽돌 굴뚝과 건물 전면의 높은 난간 사이 공간에 담요를 펼쳤다. 유황 가로등이 등장해 뉴욕의 길거리에서 나무와 그림자를 지워버리기 이전이었으므로 거리의 가로등 불빛은 이렇게 높은 곳까지 닿지 못하고 희미해졌다. 길 건너편 공원에서 우뚝 솟아 뚜렷한 윤곽을 드러내는 노출된 현무암과 대리석 절벽이 묘하게 가깝고 또 도발적으로 보였다.

옥상 굴뚝의 그늘 속에서 우리는 입고 있던 면 시프트 드레스를 벗고 서로의 축축한 가슴에 파고들어 달을, 영광을, 사랑을 나눴다. 거리로부터 뿜어져 나온 유령처럼 흐릿한 가로등 불빛과 보름달이 뿌리는 달콤하고도 차디찬 은빛은 밀물의 바다처럼 성스러운, 땀에 젖어 미끈거리는 우리의 검은 몸을 너나없이 거울처럼 비추었다.

비스듬히 쳐든 그의 허벅지 위로 달이 떴던 것이, 빛이 어룽진 처녀의 숲을 이루는 곱슬곱슬한 덤불 속에 반사된 은빛을 내 혀가 담았던 것이 기억난다. **나는 네 커다란 홍채 한가운데에 박힌 새하얀 동공 같던 보름달이 기억난다.**

달이 사라지고, 내 위로 몸을 굴려 올라오는 네 눈이 새까매지고, 나는 달의 은빛 광채가 내 눈꺼풀을 더듬는 너의 젖은 혀와 뒤섞이는 것을 느꼈다.

아프레케테, 아프레케테, 우리가 여자의 힘으로 감싸여 잠들 수 있는 그 교차로까지 나를 몰아가줘. 우리의 몸이 맞닿는 소리는 모든 낯선 이들과 자매들의 기도이기에, 교차로마다 버려져 폐기된 악마들은 우리의 여정을 쫓아오지 못할 거야.

우리가 옥상에서 내려왔을 때, 할렘 서부의 여름은 숨이 막히게 더웠고, 거리에는 녹음된 음악이 울려 퍼졌다. 피로와 더위에 지친 아이들은 짜증을 내며 징징거렸다. 멀지 않은 곳에서 어머니들과 아버지들은 현관 계단에, 우유 상자에, 줄무늬 캠핑 의자에 걸터앉은 채 멍하니 부채질을 하며 평소처럼 내일 할 일과 부족한 잠에 대해 이야기하고 생각했다.

이곳은 코코넛 나무가 부드럽게 스치며 갈채를 보내는, 타르처럼 검고 위험천만하며 아름다운 바다가 몰아치는 소리에 맞춰 귀뚜라미가 울어대는 와이다*의 하얀 모래톱도 아니요, 위네바, 또는 안나마부**의 해변도 아니었다. 이곳은 우리가 하지절 전날 달밤의 회합을 마치고 내려온 113번가였지만, 손을 잡고 8번 애비뉴를 거니는 우리를 향해 어머니들과 아버지들이 미소로 인사를 건넸다.

7월 몇 주간 아프레케테를 만나지 못했고, 그의 집에는 전화가 없었으므로 나는 업타운으로 그를 찾아갔다. 문은 잠겨 있었고 층계참에서 소리를 질러 불러보았지만 옥상에도 아무도 없었다.

일주일 뒤 포니 스테이블 바텐더 미지가 아프레케테가 주었다는 쪽지를 내게 전했다. 9월 내내 애틀랜타에서 공연을 하게 되었으며, 한동안 어머니와 딸을 보러 간다는 내용이었다.

우리는 한데 모이면 뇌우가 되어 터지는 요소들처럼 짧은 시간이지만 흠뻑 젖은 채 하나가 되어 에너지를 교환하고 전류를 나누었다. 그 뒤에는 헤어지고, 지나치고, 개선되었고, 더 나은 교환을 할 수 있도록 스스로를 다시금 빚어냈다.

그 뒤 나는 다시는 아프레케테를 만나지 못했으나, 그의 흔적은 반향과 힘을 담은 정서적인 타투로서 내 삶에 남아 있다.

---

* 오늘날 베냉에 해당하는 지역에 존재하던 왕국이다.
** 위네바와 안나마부 모두 가나의 해안 지역이다.

에필로그

내가 사랑한 여자들은 저마다 나에게 자신의 흔적을 남겼다. 나 자신의 일부면서도 나와는 별개인, 너무나도 다른 나머지 그를 알아보기 위해서 자라나고 뻗어나가야 했던 귀중한 일부분을 내가 사랑했던 자리에. 그렇게 자라다가 우리는 헤어짐에 이르렀다. 모든 것이 시작되는 자리다. 또 다른 만남.

1년 뒤, 나는 사서 학교를 졸업했다. 나 다음으로 이곳을 찾을, 쉼터가 필요할 그 누군가를 위해 현관문을 잠그지 않고 집을 떠난 뒤 마지막으로 7번가를 걸으며 1960년의 첫 여름이 저물었다. 욕실 변기와 욕조 사이의 벽에는 미완성의 시 네 편을 끄적거려두었고, 나머지 시들은 창문의 세로 기둥에, 꽃무늬 리놀륨 아래 나무 바닥에 쓰인 채 유령처럼 희미하게 남은 다채로운 음식 냄새들로 뒤덮이고 있었다.

이 공간이라는 껍데기가 7년간 나의 집이었다. 죽은 세포가 새로운 세포로 교체되며 인간의 몸이 완전히 재생되는 데 필요한 시간인 7년. 그리고 그 7년 동안 내 삶은 점점 더 여성들의 터와 다리가 되어갔다. **자미.**

자미. 친구이자 연인으로서 함께 일하는 여성들을 부르는 캐리아쿠식 이름.

우리는 그 전통을 이어간다. 웨스트체스터의 새 아파트에 가져갈 적십자 소금 몇 상자와 옥수숫대로 만든 새 빗자루를 산다. 새로운 일자리, 새 집, 오래된 삶을 새로운 방식으로 살아가는 새 생활. 내게 본질을 불어넣어준 여자들을 언어로써 다시금 창조하면서.

마 리즈, 들로이스, 루이즈 브리스코, 안니 이모, 린다, 제너비브. 천둥이자 하늘이고 태양인, 우리 모두의 위대한 어머니인 마울리사. 그리고 그의 가장 어린 딸이자, 장난기 많은 언어학자, 변신가, 최고의 사랑인, 우리 모두가 되어야 하는 모습인 아프레케테.

이 이름, 자아, 얼굴들이 노동하기 전의 옥수수처럼 나를 먹여 살렸다. 나는 나의 일부인 그들을 살아가고, 주요한 핵심이자 우리 모두의 삶을 예지하는 시각인 시를 쓸 때 말을 고르는 것과 똑같이 깊은 관심을 담아 이 말을 고른다.

한때 **집**은 무척이나 먼 곳, 단 한 번도 가지 못한, 오로지 어머니의 입을 통해서만 알던 장소였다. 그곳이 더는 내 집이 아니게 된 뒤에야 나는 캐리아쿠의 위도를 알게 되었다.

그곳에서는 다른 여성들과 눕는 일이 내 어머니의 혈통을 타고 전해지는 일이라고 한다.

감사의 글

삶을 가능케 한 모든 이들에게 진 빚을 잊지 않고 살고 싶다.

이 책이 형태를 갖출 수 있도록 꿈, 신화, 이야기를 나누어준 여성들 각각에게 마음 깊은 곳에서부터 진심으로 감사한다.

특히 고마움을 전하고 싶은 이들이 있다. 올바른 질문을 던지는 용기, 그리고 대답을 얻을 수 있다는 믿음을 보여준 바버라 스미스. 제3의 귀로 내 이야기에 귀를 기울여준 체리 모라가. 그리고 두 사람이 편집 과정에서 보여준 배짱에도 감사한다. 내가 적절한 책을 들고 두 번째 도전을 했을 때 그 자리에 있어준 진 밀러. 섬사람의 귀, 초록 바나나, 그리고 세밀하고 날렵한 연필을 지닌 미셸 클리프. 캐리아쿠를 방문해 이야기를 전해준 도널드 힐. 내 역사가 악몽을 넘어 미래를 위한 구조물이 될 수 있도록 이끌어준 블랜치 쿡. 모계보母系譜를 통해 나와 연결된 클레어 코스. 언어가 일치하는 것이 될 수 있다고 주장했으며 그럴 것이라 믿었던 에이드리언 리치. 내 나날을 이어 붙여 노래들을 만들어준 이들. 차이 중의 차이를 처음 만들어준 버니스 굿맨. 모든 것을 참고 견디고 결코 포기하지 않았던 프랜시스 클레이턴. 영원에 이름을 붙여준 매리언 메이슨. 내가 단순함을 유지하는 걸 잊지 않게 해준 베벌리 스미스. 나의 전투와 생존에 있어 최초의 원칙을 알려준 린다 벨마 로드. 내가 솔직하고 현재에 걸맞은 사람이 될 수 있게 해준 엘리자베스 로드 롤린스와 조너선 로드 롤린스. 마 마리아, 마 리즈, 안니 이모, 시스터 루를 비롯해 내 꿈을 교정해준 벨마 집안의 여성들, 그리고 아직은 이름을 말할 수 없는 그 밖의 사람들에게 감사한다.

옮긴이의 글

　1934년 그라나다 출신의 미국 이민자 가정에서 태어난 오드리 로드는 평생 인종주의와 성차별, 동성애혐오와 싸워온 흑인 페미니스트 이론가이자 활동가, 그리고 시인이다. 1968년 첫 시집《최초의 도시들 The First Cities》을 발표한 것을 시작으로 시인으로서의 명성을 얻었으나 그가 본격적으로 더 많은 독자들에게 이름을 알리고 흑인 페미니스트로서 활약하기 시작한 것은 1970년대에 와서다. '레즈비언이자, 어머니이자, 전사이자, 시인' 등의 수많은 이름으로 스스로를 정의했던 로드는 중첩되는 정체성이 빚어내는 다채로운 삶의 형태를 긍정하고 '차이를 가로질러 함께 손을 맞잡을 때' 생기는 다양성의 힘을 운동의 동력으로 삼은, 훗날 교차성intersectionality이라는 이름으로 정리된 페미니즘 이론을 일찍이 주장하고 실천한 사람이기도 하다.

　지난 몇 년 사이 그의 핵심 사상을 내포하는 작품들이 담긴 산문집《시스터 아웃사이더》와 시집《블랙 유니콘》이 우리말로 소개되었다. 중요한 작품들이 국내에 출간되면서 독자들에게 부쩍 가까이 다가오기는 했지만, 그는 흑인 페미니즘과 퀴어 문학에 강렬한 자취를 남긴 인물답게 페미니즘과 퀴어 역사의 일부로서, 또는 인용의 형태로 짤막하게 소개된 작품들로 이미 우리에게 익숙한 사람이다.

때로 우리는 이런 인물들을 처음부터 완전하게 형성된 모습으로 상상한다. 마치 서너 살의 어린 오드리 로드가 진짜가 되기를 염원하며 밀가루 점토로 빚고 색칠하고 향을 입혀 만든 사람의 형상처럼(4장), 처음부터 인상적이고 위대한 모습으로 나타나 1970년대 페미니즘에 목소리를 내며 줄곧 흐름을 주도한 사람처럼 말이다. 《자미》에는 그가 우리가 익히 아는 사람이 되기 전의 모습들이 담겨 있다. 그는 뉴욕에 사는 서인도제도 이민자 가정의 막내였고, 두꺼운 안경을 통해 세상을 보는 아이였으며, 나아가 위험한 저임금 노동을 할 수밖에 없었던 젊은 여성이자, 1950년대 뉴욕의 레즈비언 신을 누비며 환대에 반드시 따라오는 차별을 감지하던, 갓 정체화한 레즈비언이기도 했다. 《자미》는 이 기념비적인 인물이 우리가 아는 모습이 되기까지의 이야기다. 또한 그가 어떻게 시인이 되었는가를 설명하는 대신 보여주는 책이기도 하다.

《자미》의 원서 표지에는 자서전이나 회고록 대신 '자전신화biomythography'라는 생경한 설명이 붙어 있다. 우리가 일반적으로 알고 있는 회고록은 대개가 한 사람의 성장 과정을 선형적 시간 순서대로 다루며 삶의 특정한 한 국면에 초점을 맞추는 서사다. 이 책 역시 어린 시절부터 젊은 여성으로 성장하기까지를 시간 순서대로 다루고 있다는 점에서는 회고록의 플롯을 크게 벗어나지 않지만, 그가 이 서사의 시작, 즉 자신의 출발점으로 삼은 것은 향신료 가득한 서인도제도의 섬에서 서로를 사랑했던 여성들이다.

《자미》가 출간된 것은 오드리 로드가 이미 퀴어 페미니스트 지식인이자 활동가로 왕성하게 활동하고 있었던 1982년이지만,《자미》의 서사 속에서는 젊은 오드리가 곧 시인으로서 확고하게 자리매김했다거나, 이후 그가 평생을 헌신한 투쟁의 장에 뛰어들었다는 이야기는 찾아볼 수 없다. 그 대신 1960년대의 어느 날 홀연히 사라진 아프리케테와 함께 이 책 역시 끝을 맺는다.

그러니까 오드리 로드라는 존재 역시 한 가지 결정적인 정체성으로 완성되는 것이 아니다. 학교를 시작으로 경험하는 첫 불편한 자각에서부터, 대학을 마치지 못한 데다가 타이핑을 할 줄 모르는 흑인 여성이 현실적으로 마주하던 일자리의 제약, 매카시즘이 득세하던 1950년대 미국에서 젊은 급진주의자로 각성한 경험, 그리고 그리니치빌리지의 레즈비언 바의 생생하고 풍요로운 풍경들이 차례차례 등장하고, 시와 꿈, 다호메와 아보메의 여신들, 기억인 것 같기도 하고 상상인 것 같기도 한 짤막한 단편들이 그 사이에 끼어든다.

한편,《자미》의 서사는 어린 시절의 어머니 또는 그의 근원을 이루는 신화에 도사린 여성들을 시작으로 삶 전반에 흩뿌려져 있던 다양한 여성들과의 관계를 통해 앞으로 나아간다. 에필로그를 여는 첫 문장처럼, 오드리 로드가 사랑했던 여자들은 그에게 자신의 흔적을 남겼다. 이런 관계들은 점을 차례차례 이어 그림을 그려내듯 끊김 없이 유연한 선으로 이어진다. 그렇게 그려간 그림들이 겹쳐지고 또 짙어지면서, 훗날 우리가 알게 되는 오드리 로드의 모습이 어렴풋이 드러나기 시작한다.

오드리 로드가 스스로에게 써주고 싶어 했던 신화는 그런 식으로 이루어진 것이었으리라.《자미》는 우리가 알고자 하는 사람을 선명하고 단호한 선으로 그려내지 않는다. 때로는 망설이고, 때로는 대담하게, 그때그때 수선해 입는 옷을 걸친 채 춤을 추고(13장), 낯선 소리와 냄새를 들이마시며 어두운 피부를 자랑스레 드러낸 채로(21장), 자신을 끊임없이 바깥과 연결하고자 시도하는 모험이다.

오드리 로드는 〈성애의 발견〉에서 "나에게 좋은 시를 쓰는 것과, 내가 사랑하는 여성의 몸에 쏟아지는 햇살 속으로 걸어 들어가 함께하는 것은 아무 차이가 없다"고 썼다(《시스터 아웃사이더》). 그에게 에로틱한 것이란 여성에게 내재된 고유의 힘이며, 외부의 제약 없이 삶을 꾸려가기 위한 자원이다.

《자미》를 읽고 우리말로 옮기는 동안 젊은 흑인 레즈비언 여성으로서의 오드리 로드를 만나볼 수 있다는 기대로 설렜다. 여성들과의 에로틱한 관계, 그리고 레즈비언 여성들의 연대에 대한 기록은 《자미》라는 자전신화의 큰 부분을 차지한다. 오드리 로드의 생각과 시론, 그리고 그가 살아온 용감하고도 위태로운 삶을 이해할 수 있도록, 향신료를 빻는 절구의 리드미컬한 움직임 속에서(11장), 자신 안에서 침묵하던 에로틱한 힘을 끄집어내고 나아가 서로에게 그 힘을 불어넣는 과정을, 또 여성을 향한 깊은 사랑과 육체적 마주침을 통해 나눈 강렬한 기쁨을 함께 읽을 수 있어서 기쁘다. 《자미》를 통해 우리가 다시 한번 힘을 주고받을 수 있기를, 외로움과 차별에 저항하는 새로운 방법을 배울 수 있기를 바란다. 뿐만 아니라 사랑을 통해 스스로를 발견해가고 있는 사람들에게 《자미》가 영감을 줄 수 있기를 바란다.

《자미》를 번역하는 동안 먼저 오드리 로드의 삶과 생각을 살펴보고 글로 남겨 주신 여러 선생님들의 작업으로부터 많은 도움을 받았다. 특히, 흑인 페미니즘과 오드리 로드를 깊이 연구해오신 박미선 선생님의 글은 오래전부터 오드리 로드를 알고 이해하는 데 길잡이가 되어주었다. 《자미》의 번역을 제안해주시고 책이 완성되기까지 너그러운 마음으로 모자란 부분을 꼼꼼히 채워주신 디플롯의 김진형, 원보름 편집자님께 감사드린다. 앞으로 《자미》를 함께 읽어주실 독자들께도 감사드린다. 《자미》는 삶이란 서로와 소통하고 서로를 경험하는 것이라 굳게 믿은 사람이 쓴 이야기다. 우리가 서로에게 말을 거는 일, 자신과 서로의 감정을 존중하는 일, 차이를 인정하되 위험과 위태로움을 감수하고 서라도 함께하게 되는 일이 가능하리라 줄곧 생각하며 이 책을 옮겼다. 《자미》가 여러분의 마음을 움직이면 좋겠다.

옮긴이 송섬별

다른 사람을 더 잘 이해하고 싶어서 읽고 쓰고 번역한다. 여성, 성소수자, 노인, 청소년이 등장하는 책을 좋아한다. 옮긴 책으로는 《블랙 유니콘》《서평의 언어》《벼랑 위의 집》《그녀가 말했다》《불태워라》《사라지지 않는 여름》《당신 엄마 맞아?》 등이 있다.

.

자미

1판 1쇄 펴냄	2023년 1월 25일
1판 2쇄 펴냄	2023년 2월 10일

지은이	오드리 로드
옮긴이	송섬별
펴낸이	김정호

주간	김진형
편집	김진형, 원보름
디자인	형태와내용사이, 박애영

펴낸곳	디플롯
출판등록	2021년 2월 19일(제2021-000020호)
주소	10881 경기도 파주시 회동길 445-3 2층
전화	031-955-9503(편집) · 031-955-9514(주문)
팩스	031-955-9519
이메일	dplot@acanet.co.kr
페이스북	https://www.facebook.com/dplotpress
인스타그램	https://www.instagram.com/dplotpress

ISBN	979-11-979181-7-9 03800